JAYNA DARK

DARKNESS

LEUCHTENDE
DUNKELHEIT

LACHENDE GEFÜHLE

Bibliografische Information der
Deutschen Nationalbibliothek:
Die Deute Nationalbibliothek verzeichnet diese Publikation in der
Deutschen Nationalbibliografie; detaillierte bibliografische Daten sind
im Internet über http:// dnb.dnb.de abrufbar

2. Auflage
© 2020 Jayna Dark
Herstellung und Verlag
BoD – Books on Demand, Nordstedt
Covergestaltung: VercoDesign, Unna

ISBN 978-3-751-9018-71

Wenn du die Hoffnung

Deine Hoffnung

in den Herzen aller fühlen kannst, wenn du den leisen Stimmen,
dem Flüstern der Herzen zuhörst, erkennst du, dass es andere gibt,
so viele andere, die denselben

Traum träumen,

wie du, und du wirst deine Gefühle
lachen hören, während die

Dunkelheit

anfangen wird zu leuchten.

Prolog

Tief in mir spürte ich, dass es falsch war. Feige. Aber das interessierte mich nicht. Nicht mehr. Ich hielt das *alles* nicht länger aus, und so fällte mein Unterbewusstsein eine Entscheidung, zu der ich nicht mehr in der Lage war.

Vergessen.

Vergessen.

Einfach nur…

VERGESSEN.

„Verzeih mir", flüsterte ich, während mir die Tränen unkontrolliert vom Gesicht liefen. Rote Tränen, die sich, bevor sie auf die Erde aufschlugen, in rote Eiskristalle verwandelten. Ich streckte die Hand aus, spürte das Wasser an meinen Fingerspitzen und schloss die Augen. Es wurde dunkel, stockdunkel.

Die Dunkelheit, sie hatte keinen Anfang und kein Ende. Alles, was ich sah, war das Nichts. Dieses ~~befreiende~~ erdrückende, furchteinflößende Nichts. Suchend huschte mein Blick hin und her. Doch die in der Nachtschwärze existierende Leere verschluckte alles: Mich eingeschlossen. ~~Erleichterung durchflutete mich, erfüllte mich. Denn das war alles, was ich wollte. Vergessen.~~

Ich ~~wollte~~ konnte nichts sehen. Nichts hören. Noch nicht einmal etwas fühlen. All meine Sinne – weg.

Ich fiel und fiel. Immer weiter. Immer tiefer. Verwandelte mich in einen Schatten, ein Echo meiner Vergangenheit. Eine Vergangenheit, die zu Asche und Staub zerfiel, sich in Luft auflöste, genau wie die Zeit. Erinnerungen verblassten, legten sich wie ein Schleier um die Nacht. Bilder und Gedanken befreiten sich, suchten sich einen Weg hinauf zu den Sternen. Ich schloss die Augen und entleerte meine Seele, schickte mein ICH auf eine unbekannte Reise, einem ungewissen Ende entgegen.

Der Schmerz schwächte ab, und irgendwann hörte es auf wehzutun. Die Traurigkeit verschwand und ich spürte nichts mehr. Nichts. Außer diese unendliche Leere, in einer nie enden wollenden Dunkelheit…

Keine Ahnung, wo ich mich befand. Ich wusste nur, dass dieser Ort das Grauen widerspiegelte. Mein persönliches Grauen. Kein Weg schien aus diesem Labyrinth herauszuführen. ~~Für immer verloren.~~ ~~Eingesperrt. Vergessen.~~ Ein beklemmendes Gefühl erwachte und mit jedem weiteren Herzschlag wuchs die Verzweiflung. Nahm mir die Luft zum Atmen. *Hoffnung. Du darfst die Hoffnung nicht aufgeben!* flüsterte eine leise Stimme, kaum hörbar.

Hoffnung dachte ich zynisch… Wozu? Wie? Wie hält man an der Hoffnung fest, wenn man den Glauben verliert? Den Glauben daran, dass man einen Weg aus der Dunkelheit herausfindet? Oder ist der Glaube letztendlich nichts weiter als eine Entscheidung? Eine Entscheidung, wie so viele unzählige andere auch?

Ich durfte mich der Hoffnung nicht freudig, nicht überstürzt, in die ausgestreckten Arme werfen. Meine Finger ballten sich zur Faust. Furcht erwachte, schlug ihre Krallen in mein Herz und die einsetzende Kälte lähmte mich, betäubte mich. Die Gedanken überschlugen sich, hielten mich gefangen.

Wie lange irrte ich schon allein durch die falsche Nacht? Durch eine grausame, kalte Einsamkeit? Hier, wo auch immer ich mich befand, gab es niemanden. Niemanden – außer mich. Noch während ich darüber nachdachte, ob ich bereit war der Hoffnung zuzuhören, spürte ich, wie sie erwachte. Sich befreite. ~~Meine Seele befreite.~~

Völlig unerwartet wurde ich zu Boden gerissen. Die mich umgebene Finsternis drückte mich mit ihrer tonnenschweren Last, scheinbar völlig mühelos, unbarmherzig nieder. Mein Verstand weigerte sich aufzugeben. Fieberhaft suchte ich nach einer Fluchtmöglichkeit. Irgendeiner.

Viel zu lang schon war ich dieser heimtückischen Leere hilflos ausgesetzt gewesen. Viel zu lang schon, war ich nicht in der Lage gewesen, mich zur Wehr zu setzen, zurückzuschlagen.

Mein Kampfgeist erwachte, genau wie meine Entschlossenheit. Ich wollte zurück, zurück ins Leben... in *mein* Leben. Keine Ahnung, wie lange mich der Urwald der Isolation schon festhielt, einsperrte. Denn Zeit existierte hier nicht.

Jetzt, wo die Hoffnung leise lachend zurückkehrte, begannen die Ketten, die mich an diesen trostlosen Ort fesselten, zu schmerzen. Und zwar bei jedem Atemzug. Alles, was ich mir wünschte, alles, wonach ich mich sehnte, war, endlich wieder Luft holen zu können, ohne dem damit verbundenen Schmerz hilflos ausgesetzt zu sein.

Ich schlug um mich, wehrte mich, versuchte die unsichtbaren Fesseln des Grauens abzustreifen, endlich loszuwerden.

Der Nachtschatten spürte meinen Widerstand und griff nach mir. Kämpfte um mich. Er wollte mich nicht gehenlassen. Immer stärker werdend zerrte er an mir. Meine Seele schrie. Wehrte sich. Verteidigte sich. Wie eine Ertrinkende suchte ich nach Etwas, wo ich mich dran festklammern konnte. Nach etwas Greifbarem. Doch ich fand nichts.

NEIN! Nicht! Ich wollte nicht zurück zu der finsteren Einsamkeit. Ich wollte LEBEN.

Mit Allem, was mich ausmachte, trat ich dem schwarzen Phantom der Isolation gegenüber. Stellte mich ihm entgegen. Kämpfte. Kämpfte. Kämpfte gegen ihn an.

Die Taubheit brach durch meine Haut, gab mich frei und im gleichen Atemzug realisierte ich, *was* ich fühlte. MICH. Mit jedem Herzschlag entfernte ich mich ein klitzekleines Stückchen mehr von dem Gefühl des Eingesperrtseins.

Ich verwandelte mich in Sternenstaub, für den Nachtschatten nicht mehr zu greifen.

Endlich. Die Zeit, sie existierte wieder, gewann ihre Bedeutung zurück. Sekunden verwandelten sich in Minuten und rieselten wie winzige Sandkörner durch eine kaputte Sanduhr, ohne festen Boden. Ich schloss die Augen, blendete alles aus.

Es wurde still.

Ich wurde still.

Ich hörte nichts mehr. Nichts, bis auf das leise Pochen meines Herzens. In Gedanken zählte ich meine Atemzüge.

Schlagartig erwachten verlorengeglaubte Gefühle zu neuem Leben. Wuchsen. Steigerten sich ins Unermessliche.

Es war Ewigkeiten her, dass ich Gefühle, egal welcher Art, ~~zugelassen~~ empfunden hatte. Jede Emotion – wie ein Wirbelsturm, in dessen Kern Funken tanzten, glitzerten. Leuchtend hell. Leuchtend schön.

Lichter.

So unendlich viele Lichter.

Dann, mit einem Schlag änderte sich alles.

Ein stechender Schmerz explodierte in meinem Kopf, zerstörte meine Konzentration. Der Druck stieg, verwandelte sich in einen Tsunami. Meine Gefühle und Gedanken wurden unter Wasser gedrückt. Von einem Moment auf den anderen wurde es plötzlich still. Unerträglich still. Gespenstisch still.

Gefühle kollidierten, überschlugen sich. Gedanken zersplitterten.

Irgendetwas stimmte hier nicht.

Irgendetwas war hier vollkommen falsch.

Ich konnte nur nicht sagen WAS.

~~Die Vergangenheit, meine Vergangenheit, wurde von der Dunkelheit verschluckt.~~

Ganz langsam erwachte ein mulmiges Gefühl, breitete sich aus, schlängelte sich durch jede Zelle meines Körpers. Ich versuchte die Augen zu öffnen, mich zu bewegen. Vergeblich. Es geschah nichts. Absolut nichts.

Was zum Teufel passierte hier? Panik überkam mich. Ich wartete auf eine Reaktion, irgendeine Reaktion meines Körpers... aber nichts passierte. Ich versuchte einst vertraute Worte über meine Lippen zu bekommen, um Hilfe zu schreien, doch kein Laut befreite sich. Ich schrie, ohne gehört zu werden. *Was passiert mit mir? Warum kann ich mich nicht bewegen? Warum?*

Fragen.

Fragen.

Fragen.

So viele Fragen.

Die Antwort war immer dieselbe.

Gefangen.

Ich war gefangen.

Gefangen in meinem eigenen Körper.

Erneut streckte der Nachtschatten seine Fühler nach mir aus.

Griff nach mir.

Packte mich.

Dabei wollte ich nicht zurück.

Heute nicht.

Morgen nicht.

Nie wieder!

Die Panik nahm zu, als ich versuchte mich zu erinnern und feststellte, dass da NICHTS war, woran ich mich erinnern konnte. Meine Entschlossenheit geriet ins Wanken. Die Dunkelheit kehrte zurück, schloss mich in ihre vertrauten Arme.

Plötzlich wurde alles wieder schwarz.

Müdigkeit. Einsamkeit. Meine Augenlider – schwer wie Blei. Noch immer war die Furcht mein ~~einziger~~ ständiger Begleiter. Dabei war ich es leid, ich wollte mich nicht länger fürchten.

Die Hoffnung explodierte. Ein Funkenregen aus schillernden Regenbogensplittern verlieh mir Kraft, vertrieb die Angst. Meine Konzentration löste die Versteinerung, befreite meine Gedanken.

Unbekannte Geräusche lenkten mich ab, durchbrachen das Eis der Stille.

Leise Schritte.

Gebrochene Worte.

Ein Flüstern im Wind.

Stimmen!

Fremde Stimmen.

Endlich, die Zeit der unerträglichen Stille war vorbei.

Jedes Wort – wie Musik in meinen Ohren.

„Auch, wenn es dir schwerfällt, du musst dich beruhigen. Okay? Hör zu… sie schafft das. Ich weiß es. Versprochen!"

Eine Frauenstimme. Fremd. Und doch seltsam vertraut. Ein Gefühl, dass sich nicht greifen, nicht packen, ließ.

Obwohl die Worte Trost spenden sollten, spürte ich die Verzweiflung, die sich dahinter verbarg. Und zwar auf eine Art, die ich nicht nachvollziehen konnte.

„Was macht dich nur so sicher? Sie liegt hier jetzt seit Monaten. Verstehst du… seit *Monaten!* Und es passiert nichts. Absolut nichts", antwortete eine weitere unbekannte Frauenstimme.

Wut, Enttäuschung und Trauer ergriffen von mir Besitz. Aber es waren nicht *meine* Gefühle, die erwachten, genau deshalb ignorierte ich sie, blendete sie aus. Erneut konzentrierte ich mich auf die Stimmen.

„Sie ist eine Kämpferin. Lass ihr einfach noch etwas Zeit."

„Zeit?! Was, wenn die Zeit des Kämpfens vorbei ist? Ich weiß, du willst es nicht hören Holly, aber… vielleicht *will* sie nicht aufwachen, vielleicht weigert sie sich dem Leben hier gegenüberzutreten."

„Nein! Nein, das glaub ich nicht. Ich meine… Nein! So darfst du nicht denken."

„Aber…"

„Nichts *aber!* Ich will es nicht hören! Sie hat nicht aufgehört zu kämpfen. Das spüre ich einfach. Und ganz ehrlich, ich weigere mich irgendetwas anderes zu glauben. Nur, weil sie bisher keinen Weg zurückgefunden hat, bedeutet es nicht, dass sie für immer verloren ist. Hast du verstanden?! Summer würde NIEMALS aufgeben und wir dürfen es auch nicht. Wir dürfen die Hoffnung nicht aufgeben. Wir dürfen *sie* nicht aufgeben."

„Meinst du das wüsste ich nicht?! Aber…verdammt… ich ertrag diese Hoffnung nicht länger. Sie so zu sehen… so verletzlich, ohne einen Hauch von Leben. Es bricht mir das Herz. Verstehst du?! Wenn ich sie dort liegen sehe, werde ich das Gefühl nicht los, dass ihre Seele zerbrochen ist, in unendlich viele Splitter und ganz egal, wieviel Zeit wir ihr auch geben, die Dunkelheit wird sie nicht freigeben."

„Nicht. Sag das nicht…"

„Hier, bei uns… würde ihre Seele leiden… und keine Zeit der Welt könnte sie heilen."

„Wenn er erfährt, dass Summer…"

„Sei still. Es gibt nur einen Grund, warum er nicht hier ist und wir wissen beide, was das bedeutet. Holly, wo auch immer sie jetzt ist… dort hat sie Frieden. In der Dunkelheit existieren keine Gefühle."

„Was, wenn du dich irrst? Was, wenn sie dort, wo sie gefangen gehalten wird, schrecklichen Qualen ausgesetzt ist…?"

Zerbrochene Seele? Schmerzen? Qualen? Wovon sprachen die beiden? Von wem sprachen sie? Etwa von mir? Sie sprachen in Rätseln. Dem weiteren Gesprächsverlauf konnte ich nicht länger folgen. Auf einmal erwachten so viele Fragen in meinem Kopf.

Fragen, die mich beschäftigten, mich nicht mehr losließen.

Fragen, die sämtliche Gedanken in meinem Kopf in ein Gefängnis sperrten. In ein viel zu enges Gefängnis.

13

Anstatt Antworten zu bekommen, tauchten immer mehr Fragen auf.

Keine einzige konnte ich beantworten.

Je mehr Wörter durch die Luft wirbelten, wie lästige Fliegen, desto aufgewühlter wurde ich.

Verwirrung.

Ein komplettes Durcheinander.

Verflucht, ich brauchte Antworten.

Dringend.

Wenn nicht, würde ich durchdrehen.

Und… ich brauchte sie jetzt.

Jetzt sofort.

Wer war ich? Was war mit mir passiert? Mit meiner Vergangenheit? Warum erschien mir alles so seltsam fremd? Was waren das für Gefühle und Gedanken, die mich quälten? Folterten? Warum konnte ich mich an nichts erinnern? Nicht einmal an MICH? Und... warum war die Furcht vorm Spiegel so erdrücken? So beängstigend?

Diese Fragen stellte ich mir, seitdem ich vor ein paar Tagen die Augen aufgeschlagen hatte, ununterbrochen. Immer und immer wieder. Das Echo dieser Fragen wollte einfach nicht verstummen. Ich erkannte nichts und niemanden. Alles war fremd. Vollkommen fremd.

Der Geruch von *Vergessen* erfüllte den Raum und schwebte durch die stickige Luft des Krankenzimmers, während draußen der Regen von der Fensterscheibe perlte. Ich lehnte die Stirn gegen das kühle Glas und zeichnete gedankenverloren die Wege der Regentropfen nach. Die zarten Spuren des Wassers waren wie winzige Fußabdrücke. Wie blauschimmernde Spuren auf dem Grund des Ozeans. Und ich erinnerte mich, dass auch ich einen Weg, eine Reise, hinter mir hatte. Nur, dass meine Spuren von den Wellen des tosenden Meeres in meinem Kopf fortgespült worden waren. Der Tsunami hatte meine Vergangenheit verschluckt.

Erneut stolperte ich über unzählige Gefühle und Gedanken, ohne festen Boden unter den Füßen. Taumelte einer ungewissen Zukunft entgegen. Auf erschreckende Weise flackerte, für den Bruchteil einer Sekunde, ein Gefühl in mir auf, dass ich im ersten Moment nicht zu fassen bekam. Ein Gefühl, das mich sanft streichelte, wie eine Feder, so zart wie der Flügelschlag eines Schmetterlings. Ein Gefühl, dass tief in mich hineinkroch, sich versteckte und versuchte ein Geheimnis vor mir zu verbergen. Ein Geheimnis namens *Erleichterung*.

Völlig in Gedanken versunken bekam ich nur am Rande mit, was die Ärzte, die sich wie jeden Morgen aufgrund ihrer täglichen Visite in meinem Zimmer versammelt hatten, meiner Tante Holly versuchten zu erklären.

Mein Blick verlor sich in den Regentropfen…

Ich wurde zu einem Regentropfen.

Zu einem Regentropfen, der von all dem nichts hören wollte.

Genau aus diesem Grund blendete ich alles aus. Ich versuchte Nichts an mich und meinen, im Moment völlig leeren Kopf, rankommen zu lassen. Ich fühlte mich viel zu verloren, als dass ich in der Lage gewesen wäre, dem Gerede die Beachtung zukommen zu lassen, die nötig gewesen wäre. Nötig, um zu verstehen, was da im Einzelnen gesprochen wurde. Ich bezweifelte einfach, dass ich auch nur ein Wort von diesem Fachlatein verstehen würde. Vereinzelt schnappte ich irgendwelche Wortfetzen auf. Wörter wie Hieroglyphen. Wörter, mit denen ich nichts anfangen konnte.

Wobei, ehrlich gestanden, interessierte es mich ohnehin nicht. Es war egal, wie so vieles. Mich beschäftigten Gedanken, die ich mir nicht erklären konnte. Gedanken, die so laut in meinem Kopf schrien, dass ich mir am liebsten den ganzen Tag die Ohren zugehalten hätte.

Dann passierte es. Vollkommen unerwartet.

Gegen meinen Willen erregte etwas meine Aufmerksamkeit.

Seufzend kehrte ich den Regentropfen den Rücken zu, drehte mich um und sofort begegnete ich dem Blick des Arztes.

Dr. Whitefield stand auf seinem Kittel. Widerwillig schenkte ich ihm meine Aufmerksamkeit und versuchte, mich auf seine Worte zu konzentrieren, auf den Klang seiner Stimme. Er erklärte, dass mein prozedurales Gedächtnis, in dem Fähigkeiten wie Lesen, Laufen, Fahrradfahren und Ähnliches verankert sind, nicht beeinträchtigt wäre, genauso wenig wie mein Allgemeinwissen. In meinem Fall wäre lediglich das episodische Gedächtnis betroffen. Nachdenklich runzelte ich die Stirn. Ich verstand kein einziges Wort.

„Das heißt? Was bedeutet das jetzt in meinem Fall", fragte ich, während sich meine Finger zur Faust ballten.

Unzählige Augen starrten mich an.

Augen, die versuchten meine Seele zu berühren.

Augen, die versuchten in mir zu lesen, wie in einem verschlossenen, geheimen Tagebuch.

Mitgefühl und Bedauern schlugen ihre Krallen in mein Herz.

Der Augenblick hielt mich gefangen, ließ mich schwerelos in der Unendlichkeit zurück. Gebannt wartete ich auf eine Antwort.

Dr. Whitefield legte den Kopf leicht schräg. „Vereinfacht ausgedrückt bedeutet das, dass deine ganzen autobiographischen, sprich persönlichen Erlebnisse, weg sind."

Was meinte er mit *weg*?

Weg – wie für immer verloren?

Klar, im Moment war meine Vergangenheit für mich nicht zu greifen, aber die Möglichkeit, dass meine Erinnerungen sich unwiderruflich in Luft aufgelöst haben könnten, hatte ich nicht eine Sekunde lang ernsthaft in Betracht gezogen. Irgendwie war ich davon ausgegangen, dass alles mit der Zeit zu mir zurückkehren würde. Erst jetzt realisierte ich wie naiv dieser Gedanke gewesen war.

Ein Gefühl der Ohnmacht überkam mich, breitete sich aus und vergiftete jede Zelle meines Körpers. Erschrocken zuckte ich zusammen. Meine Gedanken zersprangen in tausend Splitter, als ich begriff, dass ich in ein paar Tagen, wenn ich entlassen werden würde, mit zu Tante Holly und Onkel Charlie nach Hause gehen müsste. Zu mir völlig Fremden.

„Wie meinen Sie das *weg*?" Meine Stimme zitterte, genau wie der Rest meines Körpers.

FUCK! schoss es mir durch den Kopf. Ganz langsam drang die Bedeutung dieses winzigen Wortes in mein Gehirn vor. Alles war FUTSCH. Weg. Einfach ALLES.

Meine Vergangenheit war ausgelöscht.

Ich war ausgelöscht.

Als hätte es mich nie gegeben.

Dr. Whitefield antwortete und riss mich aus meinen düsteren Gedanken.

„Nicht direkt *weg*, vielmehr ist der Zugang zu deinen Erinnerungen blockiert."

„Dann lösen Sie diese Blockade", murmelte ich mit tränenerstickter Stimme. „Bitte…", flehte ich und senkte den Kopf, weil ich die Blicke, die mich durchbohrten, nicht länger ertragen konnte.

Summer

Die Tür fiel ins Schloss. Keine Fremden mehr um mich herum. Kein wildes Durcheinander. Keine mitleidigen Blicke. Keine falschen Gefühle. Gefühle, die nicht mir gehörten.

Nur Stille.

Die Stille der Einsamkeit.

Es war das erste Mal, seitdem ich die Augen aufgeschlagen hatte, dass ich tatsächlich allein war. Eingesperrt mit einer riesigen Uhr, deren Zeiger mich seit 345.600 Sekunden ununterbrochen daran erinnerten, dass ich im Körper einer Fremden gefangen war. MICH aussperrte.

Suchend huschte mein Blick durchs Zimmer, wobei ich nicht einmal wusste, wonach ich überhaupt suchte. Die kahlen weißen Wände wirkten so verloren, wie ich mich in diesem Moment fühlte. Bei dem Versuch meine Gedanken zu ordnen, das soeben Gehörte zu verarbeiten oder besser gesagt verstehen zu können, scheiterte ich. Erneut schlängelte sich das beklemmende, klaustrophobische Gefühl durch meinen Körper. Legte sich um meine Lungen. Würgte mich. Ließ mich innerlich schreien, ohne dass ich gehört werden konnte.

Das Plätschern des Regens durchbrach die Geräuschlosigkeit meiner Gedanken, die unerträgliche fröstelnde Ruhe.

Ich schaute zum Fenster und konnte sehen, wie vereinzelte Regentropfen versuchten sich an der Glasscheibe festzukrallen. Doch, sie fanden keinen Halt, tropften ungehört, stumm, still und leise zu Boden. Begegneten auf dem harten Asphalt, den kalten Straßen dieser Welt, anderen Regentropfen, weiteren verlorenen Seelen. Wo sie sich zusammenschlossen, gegenseitig retteten, indem sie eine Pfütze, einen Zufluchtsort, eine Auffangstation bildeten. Winzig klein. Doch mit jedem weiteren, nicht geretteten Tropfen, wuchs und wuchs die Pfütze. Verwandelte sich schließlich in einen reißenden Fluss. Die Strömung verhinderte, dass sie zurückblicken konnten. Verhinderte, dass sie umkehren konnten. Der Fluss der Zeit, der Strom der Vergangenheit, konnte nicht aufgehalten werden. Nicht angehalten werden. Nicht zurückgeholt werden. Von Niemanden. Weder von den unzähligen Regentropfen. Noch von mir.

Ich war ein Regentropfen.

Ein verirrter, *einsamer* Regentropfen.

Seufzend legte ich mich ins Bett und starrte teilnahmslos rauf zur Decke. Ich weigerte mich das Offensichtliche anzuerkennen, es zu glauben. Es musste einen Weg geben, um *mich* zurückzuholen. ~~Wollte ich denn gerettet werden?~~

Ich merkte, dass ich auf dem besten Weg war, den Kampf gegen die aufsteigende Verzweiflung zu verlieren. Tränen verschleierten mir bereits die Sicht. Allerdings weigerte ich mich, auch nur eine einzige davon zu vergießen. Tapfer biss ich die Zähne zusammen, hielt sie zurück. ~~Ich sperrte sie weg. In ein Gefängnis. Genau wie meine Gefühle und Gedanken.~~

SPIEGEL – schoss es mir blitzartig durch den Kopf.

Bisher hatte ich zwar bewusst den Blick in den Spiegel vermieden, aber nur, weil ich eine Scheißangst vor den Augen hatte, die mir entgegenblicken würden.

Augen – der Spiegel der Seele. Was würde der Spiegel mir zeigen? WEN würde der Spiegel mir zeigen? ~~Nicht WEN, sondern WAS? Eine Vergangenheit, die es nicht mehr gab, die verloren war. Für immer verloren. Eine innere Leere. Eine nie enden wollende Einöde.~~

Langsam setzte ich mich auf, blieb jedoch am Rand des Bettes sitzen. Meine Füße baumelten schwerelos über dem Boden, ohne ihn zu berühren. ~~Furcht erwachte. Lähmte mich.~~

Plötzlich wurde alles unscharf, die Welt um mich herum verschwamm. Farben verwischten. Schwärze tränkte meine Gedanken, breitete seine Flügel aus. Ein stummer Schrei ertönte in meinem Kopf. ~~Meine Welt, mein Erinnerungsvermögen, war ein Knochenbruch. Irreparabel. Nicht heilbar. Ganz einfach, weil ICH in unendlich viele Bruchstücke zersplittert war. Puzzleteile, die der wütende Sturm in alle Himmelsrichtungen verteilt hatte.~~

Einen Herzschlag später verschwand die innere Unruhe, die ~~begründete~~ unbegründete Furcht. Erleichtert atmete ich aus. Erst jetzt bemerkte ich, dass ich die ganze Zeit über die Luft angehalten hatte.

Langsam, wie in Zeitlupentempo, lief ich auf die gegenüberliegende Waschecke zu, die sich hinter dem beigen Vorhang verbarg. Meine Finger berührten den rauen Stoff, umklammerten ihn, ohne ihn zurückzuschieben. Ich zögerte. Schloss die Augen. Holte paarmal tief Luft. *Ich schaffe das. Ich weiß, dass ich das schaffe.* Wie ferngesteuert schob ich den Vorhang zurück. In dem Moment, wo meine Augen das Waschbecken entdeckten, stützte ich mich mit durchgestreckten Armen haltsuchend an der weißen Keramik ab, während mein Blick auf den Boden unter mir gerichtet war.

Meine Brust zog sich zusammen und ein sonderbares Gefühl überkam mich. Neugier? ~~Angst. Furcht. Panik.~~ Es wurde Zeit. Ich wusste, dass ich es nicht länger hinauszögern konnte, selbst, wenn ich wollte. Ganz langsam hob ich den Blick. Immer höher und höher... bis ich sah, was ich nicht sehen wollte.

Mein Spiegelbild.

Augen, die nicht mir gehörten.

Erschrocken hielt ich die Luft an. Nein! Unmöglich! Ich schaute in ein mir völlig unbekanntes Gesicht. ~~Erleichterung durchströmte mich.~~

Die Hoffnung zerplatzte wie eine schillernde Seifenblase. Zurück blieb ein beklemmendes Gefühl. Ich merkte nicht mal, dass ich weinte, bis ich die salzigen Tränen, die mir übers Gesicht kullerten, auf den Lippen schmeckte.

In diesem Moment begriff ich, dass ich tatsächlich nicht mehr ICH war. Die schreckliche Wahrheit – ich konnte sie nicht länger leugnen. Die heuchlerische Wahrheit, vor der ich mich die ganze Zeit versucht hatte zu verstecken. ~~Die ich tief in meinem Inneren gefühlt hatte.~~ Jetzt war es zu spät, ich konnte die Augen nicht länger vor der grausamen, kalten Realität verschließen.

„Wer bin ich?", flüsterte ich meinem Spiegelbild zu.

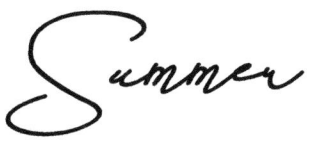

Summer

Was war das für ein nerviger schriller Piepton? Verdammt... eine Alarmanlage? Nur widerwillig öffnete ich die Augen und hätte sie in dem Moment, wo mein Blick auf den verfluchten Wecker fiel, am liebsten sofort wieder geschlossen. Es war gerade mal vier Uhr morgens. Quasi mitten in der Nacht. Nichtsdestotrotz saß ich kerzengerade im Bett und starrte ungläubig auf diesen verdammten Wecker.

Wer von den beiden Rabauken hatte sich heimlich in mein Zimmer geschlichen? Laney? Dieser süße, quirlige Lockenkopf? Oder Luc? Der knuffige, charmante Herzensbrecher?

Mit dem Anflug eines verschmitzten Lächelns ließ ich mich stöhnend zurück ins Bett fallen und vergrub mein Gesicht im Kopfkissen. Ich kniff die Augen zusammen. Versuchte zurück in den Schlaf zu finden. Unruhig wälzte ich mich von einer Seite auf die andere. Trotz der Müdigkeit funktionierte es nicht.

Keine Ahnung woran es lag. Normalerweise hatte ich damit nämlich keine Probleme... schließlich war es für mich nichts Ungewöhnliches. Ich wurde ständig aus dem Schlaf gerissen. Meistens in den frühen Morgenstunden, wenn ich schweißgebadet aus dem Alptraum erwachte. Aus einem Traum, der mich jede Nacht quälte. Ausnahmslos.

Ein Traum – ohne Bilder.

Alles, was dort existierte, war eine unheimliche Dunkelheit.

Eine Dunkelheit, die mich all meiner Fähigkeiten beraubte.

Mich versuchte in ein Gefängnis zu sperren.

In ein Gefängnis ohne Gitterstäbe.

In ein Gefängnis des Grauens.

In ein Gefängnis der Kälte.

Und wo ich jedes Mal blind tastend durch ein Labyrinth herumirrte, dessen Wände aus Emotionen bestanden.

Emotionen, die mich quälten. Folterten. Nicht mehr loslassen wollten.

Die Kälte und das ewige Eis, die zusammen in der Dunkelheit existierten, lösten immer wieder aufs Neue ein Gefühl in mir aus, als wäre ich nicht mehr vollständig, als hätte mir jemand einen wichtigen Teil meines Ichs, meiner Seele, gestohlen.

Die sonderbare Leere in mir oder vielmehr das dadurch hervorgerufene Gefühl war mit einem so grauenhaften Schmerz verbunden, dass ich schließlich jedes Mal schreiend aus dem Alptraum erwachte. ~~Dieser Traum erinnerte mich an all das, was ich in Wahrheit war. Zerbrochen. Unvollständig. Einsam. VERGESSEN.~~

Gähnend streckte ich meine müden Glieder. Wischte mir den Schlaf aus den Augen, ehe ich seufzend die Beine aus dem Bett schwang und wie ein Zombie Richtung Badezimmer schlürfte. In dem Moment, wo ich die Türklinke umschloss, durchfuhr es mich wie ein Blitz. Heute war Sonntag. SONNTAG!

Stöhnend öffnete ich die Tür. Tante Holly stand bereits vorm Spiegel und putzte sich summend die Zähne. Sie war nicht nur Frühaufsteherin, sie war auch immer direkt gutgelaunt. Egal zu welcher Tages- oder Nachtzeit. Das Tollste daran war, dass sie mit ihrer fröhlichen Art jeden ansteckte. Jeden. Selbst so einen Morgenmuffel wie mich.

„Summer?" nuschelte sie mit der Zahnbürste zwischen den Zähnen und spülte sich im nächsten Moment den Mund aus. Ihre kornblumenblauen Augen funkelten mich freudestrahlend an. „Bist du aus dem Bett gefallen?"

Bevor ich zu einer Antwort ansetzen konnte, hörte ich Holly bereits sagen: „Vielleicht solltest du dein Zimmer tagsüber, wenn du nicht da bist, doch besser abschließen. Wer weiß, wann die Zwillinge dich das nächste Mal aus dem Bett schmeißen." Lächelnd streichelte sie mir über den Rücken. „Ich geh schon mal in die Küche und mach Kaffee."

Die Aussicht auf einen Kaffee ließ mich für einen kurzen Augenblick die Müdigkeit vergessen. Koffein war jetzt genau das, was mein Körper brauchte.

Nachdem ich mir die Haare gekämmt hatte, flocht ich sie zu einem einfachen Zopf. Anschließend putzte ich mir die Zähne, wobei ich den Blick in den Spiegel vermied. Aus dem einfachen Grund, weil ich mich selbst jetzt, nach all der Zeit, nicht mit dem mir entgegenblickenden Gesicht richtig identifizieren konnte. Es war, als würde mir noch immer jemand Fremdes gegenüberstehen. Ich wusste einfach nicht, wenn ich in diese Augen blickte, wer mir gegenüberstand. ~~Noch immer war ich ein einsamer, verirrter, vom Himmel stürzender Regentropfen. Ohne Fallschirm. Schwebend. Gefangen in den Zeitwolken der Gegenwart.~~ Wie jedes Mal, wenn ich den Kampf gegen den Spiegel drohte zu verlieren, atmete ich tief durch und verließ das Badezimmer.

Als ich an dem Kinderzimmer der Zwillinge vorbeikam, blieb ich stehen. Die Tür stand offen. Auf Zehenspitzen schlich ich hinein und blickte auf die beiden kleinen Engel. Allein dieser Anblick, wie sie friedlich schlafend in ihren Betten lagen, berührte mein Herz auf eine Art, die sich nicht in Worte fassen ließ.

Der Tag ihrer Geburt blieb unvergessen. Nicht zuletzt, weil die damit verbundenen Gefühle mir geholfen hatten, nicht irgendwo im Nirgendwo verloren zu gehen. Laney und Luc waren nie Fremde für mich gewesen. Nie. Es existierten keine ausradierten Erinnerungen in meinem Kopf, keine verlorene, geraubte Vergangenheit. Nein. Es gab nur eine gemeinsame. Jeden Augenblick, jeden Atemzug... hatte ich mit ihnen zusammen erlebt.

Unzählige Momente hatte ich seither mit der Kamera eingefangen, festgehalten. Hatte Fotos geschossen, so unendlich viele Fotos. Unvergessliche Augenblicke für die Ewigkeit. Die Wände meines Zimmers waren mit diesen wundervollen Augenblicken tapeziert. Schnappschüsse, Nahaufnahmen meiner Familie, meiner Freunde. Auf denen Momente, die mir den Atem geraubt hatten, die mich hatten träumen, lachen, tanzen lassen, mich jeden Tag daran erinnerten, dass diese Augenblicke niemals mehr in Vergessenheit geraten konnten, weil ich jedem einzelnen Augenblick Unsterblichkeit verliehen hatte. Lächelnd zog ich mich zurück, schlich leise zur Treppe und machte mich auf den Weg nach unten in die Küche.

Nach der zweiten Tasse Kaffee beschloss ich kurzerhand den Ort aufzusuchen, der mich in eine andere Welt entführte. Mein See. Ich trank den letzten Schluck, stellte die Tasse in die Spüle und machte mich auf den Weg nach oben, um mich für den morgendlichen Ausflug entsprechend anzuziehen.

Keine zwei Minuten später verabschiedete ich mich von Holly und zog leise die Haustür hinter mir zu. Im gleichen Atemzug verzauberte mich die Melodie des Windes. Das war einer dieser Momente, wo ich mich frei fühlte. Glücklich. Ich atmete die Musik ein, füllte meine Lungen mit der Frische und Leichtigkeit des Lebens und versuchte den Wind, der mir übers Gesicht streichelte, mich an der Nase kitzelte, festzuhalten… seine Berührung zu erwidern.

Die Morgenluft roch nach Lebendigkeit. Einer Lebendigkeit, die aus ihrem Schlaf erwachte. Ich wünschte, ich könnte diesen Augenblick für immer festhalten. ~~Das Wort *für immer* existierte nicht~~. Das Zwitschern der Vögel begleitete mich durch die Dunkelheit des frühen Morgens.

In gewisser Weise ängstigte mich der Schleier der Nacht, denn immer öfter erwachte tief in mir das Gefühl, beobachtet zu werden. Als würde ~~irgendjemand~~ irgendetwas, aus den Tiefen der Schattenwelt, nur darauf warten, mich in einen Abgrund stoßen zu können. Ich atmete tief durch, sperrte die in mir schlummernde Angst weg.

Plötzlich wehte mir eine starke Böe ins Gesicht. Die Melodie des Windes verstummte, verwandelte sich in ein seltsames, unheimliches Geräusch.

Ein leises Knurren. Beängstigend. Furchteinflößend. Ja, geradezu bedrohlich. Das Geräusch kam näher.

Schlagartig schoss mein Puls in die Höhe. Adrenalin rauschte durch meinen Körper. Mein Herz raste. Stolperte. Versuchte zu fliehen. Ich erstarrte, wagte nicht mich zu bewegen, obwohl mein Instinkt schrie LAUF!

Ich war allein, vollkommen allein, während mich eine kalte Einsamkeit in die Arme schloss. Ich hasste die Hilflosigkeit, die mich in diesem Moment würgte. Hasste die Situation, in der ich mich befand, der ich nicht gewachsen war, der ich mich nicht stellen sollte. Nicht stellen wollte. Ich fühlte mich wie eine Gefangene, ohne Aussicht auf Rettung, als würde irgendeine unsichtbare Macht mich mit aller Gewalt zurück in die Welt der Schatten ziehen wollen, ~~weg von meiner Vergangenheit~~ weg vom Licht.

Ein nicht nachvollziehbarer Schmerz durchströmte meinen Körper, tränkte meine Seele mit Kälte. Meine Augen füllten sich mit Tränen. Ich schluckte sie runter, jede einzelne, weigerte mich auch nur eine einzige davon zu vergießen.

Ich machte einen unbedachten Schritt und stolperte prompt in jemanden hinein. *Shit!* Mein Herzschlag verstummte, setzte flüsternd aus. Ein leiser Schrei sprang von meinen Lippen, ohne dass ich in der Lage gewesen wäre, diesen aufzuhalten.

„Hast du keine Augen im Kopf?! Verdammt, pass gefälligst auf, wo du hinläufst." Diese Stimme. Tief. Und doch sanft. So unsagbar sanft. Trotz des genervt-aggressiven Untertons, der nicht zu überhören war, beruhigte mich die Stimmfarbe. ~~Emotionen erwachten. Verdrängte, längst vergessene, Gefühle wärmten mich.~~ Verwundert runzelte ich die Stirn, ehe ich einen Herzschlag später meiner Sprache beraubt wurde, meiner Worte. Eine nie gekannte Lebendigkeit durchdrang meine Haut, erfüllte mich. Gedanken sammelten sich auf der Zungenspitze, schafften aber nicht sich zu befreien, denn ein weiteres Gefühl erwachte. Eins, das in dieser Situation völlig unangebracht war und dessen Intensität mich nur noch mehr verwirrte. Das absurde Gefühl von Geborgenheit. Sicherheit.

„Alles in Ordnung?"

Plötzlich fühlte ich eine Besorgnis, die mich schlagartig aus der Trance riss. Erst jetzt wurde mir bewusst, dass ich noch keinen Ton von mir gegeben hatte. Ich legte den Kopf leicht schräg und überlegte, ob ich jemals die Gefühle eines Fremden hatte *fühlen* können? Noch dazu in dieser Intensität.

Mein Herzschlag setzte aus, stockte, als ich begriff, dass dieser Fremde meine Seele berührte. Ich versuchte dagegen anzukämpfen, versuchte mich zu wehren… aber es passierte nichts.

Langsam wanderte mein Blick vom Boden hoch, hin zu der anziehenden Stimme. Zu den flüsternden Gefühlen.

„Ohhh… S-sorry…", stammelte ich verwirrt und suchte nach irgendwelchen Wörtern. Doch mein Kopf war leer.

Alles, was ich sah, was ich sehen konnte, sehen wollte, waren Augen. Leuchtend grüne Augen. Der Fremde hatte die Kapuze seines Hoodys so tief ins Gesicht gezogen, dass die Schatten das Einzige waren, was ich zu sehen bekam. Ein lebendiger Schatten, mit fesselndem grünem Blick. Je länger ich diesen Augen schutzlos ausgeliefert war, desto lebendiger fühlte ich mich.

Unwillkürlich wich der Fremde zurück, als wüsste er, welche seelischen Empfindungen er in mir hervorrief. In dem Moment, wo mich sein Blick freigab, kehrte schlagartig die innere Trivialität zurück.

Bei dem Versuch mir auszuweichen, berührte er für einen winzigen Augenblick meine Hand und im gleichen Atemzug kehrte die nach Regenbogen und Sonnenstrahlen duftende Geborgenheit zurück, und zwar so heftig, so intensiv, dass es mir erneut die Sprache verschlug. Die Worte, die ich sagen wollte, blieben ungehört. Obwohl die Sprachlosigkeit nur wenige Atemzüge währte, war der Fremde, als ich aus meiner Trance erwachte, verschwunden.

Ich stand allein auf der Straße.

Allein.

Allein.

Vollkommen allein.

Und…

vollkommen durcheinander.

Die Sonne breitete ihre Schwingen aus, tanzte zur Melodie der Wärme am Horizont, während sie gleichzeitig den Himmel berührte, ihn rotlächelnd zum Tanz aufforderte. Das Leben erwachte. ~~Genau wie verlorengeglaubte Gefühle.~~

Dieses Rot war so leuchtend, so warm, dass ich die Augen schloss, um den Zauber des Augenblicks genießen zu können. Fühlen zu können. Einatmen zu können.

Der Duft von Mohnblumen erfüllte die Luft… oder war es der Himmel selbst?

Phoenix

„FUCK!", murmelte ich knurrend. *Was zum Teufel…?* Ich kniff die Augen zusammen. Legte den Kopf in den Nacken. Ohne dass ich es hatte verhindern können, war ich mit ihrer Seele in Berührung gekommen. Natürlich hatte ich gewusst, dass es gefährlich werden könnte. Ein stummes Risiko. Eine unsichtbare, im Verborgenen lauernde, schlafende Macht. Aber ich hatte verflucht nochmal gedacht, nein, ich war der festen Überzeugung gewesen, dass es sich hierbei um ein kalkulierbares Risiko handeln würde. Eins, dass mir nicht gefährlich werden könnte. Eins, dass mich kalt lassen würde. Eins, dass keine Gefahr darstellte. Wie sich gerade herausgestellt hatte, war es ein Irrtum gewesen! Ein gewaltiger Irrtum. Ein Eissturm braute sich in mir zusammen, verwandelte sich in eine Lawine.

Mein Blut wurde kalt. So entsetzlich kalt. Brach durch meine Haut.

Noch immer war ich wie betäubt.

Machtlos.

Zerrissen.

Die Gefahr war noch immer zum Greifen nah, verpestete die Luft. Das Echo ihrer Gefühle wollte nicht verstummen. Ich hörte ihre Angst. Ihre Verwirrung. Die sanfte Stimme der Geborgenheit.

Geborgenheit.

Geborgenheit.

Und genau dieses Gefühl, war dafür verantwortlich gewesen, dass sich meine eigenen Gefühle versucht hatten aus den Tiefen meiner Seele zu befreien. Dabei hatte ich mir geschworen, nie wieder etwas zu empfinden. Nie wieder zu *fühlen*. Nie wieder.

Meine Augen wurden dunkel, schwarz. Was hatte ich mir bloß dabei gedacht? Wieso hatte ich sie nicht aussperren können? Mein Verstand explodierte. Die Sehnsucht erwachte. Legte mich in Ketten. Versuchte mich zu bezwingen.

Ich hatte mir so viel vorgenommen, hatte mir selbst Versprechungen gegeben. Nachdem was gerade eben passiert war, war ich mir nicht mehr sicher, ob ich diese würde halten können. Mein Wille mochte ungebrochen sein, doch meine Gefühle drohten sich in einen Verräter zu verwandeln. Es war unerträglich. Weitere Gefühle zerkratzten meine Haut, verpuppten sich wie ein Schmetterling aus Eis, schlüpften... verwandelten sich in frostige Hoffnung.

Tiefe Verbundenheit.

Das Gefühl *Zuhause* zu sein.

Verärgert schüttelte ich den Kopf. Diese Nähe würde mich zerstören, wäre mein Untergang. Früher oder später. Bereits jetzt wurde jeder Atemzug zur Qual. Meine Lungen sperrten den Sauerstoff aus, während sich jeder Gedanke, jedes Gefühl, in einen Tsunami verwandelten.

Ich floh. Jeder Schritt führte mich weiter von ihr weg. Zurück in die Verdammnis. Zurück in die Einsamkeit. Mehr wollte ich nicht.

Ich versuchte in meine Welt zurückzukehren. In eine Welt ohne Gefühle. Ohne Hoffnung. Kalt. Dunkel.

Ich lauschte der einsetzenden Stille, und hörte doch nur die Melodie des Windes.

Unsere Melodie.

Ich schloss die Augen und sah doch nur ihr Gesicht.

Für einen winzigen Moment blieb ich stehen, atmete den Duft unzähliger Mohnblumen ein und ließ den Schmerz zu, der durch meine Seele jagte.

Es gab kein Entkommen.

Nicht für mich.

Dieser Schmerz war alles, was mir geblieben war.

Dieser Schmerz war seit Ewigkeiten dafür verantwortlich, dass mein Herz immer wieder aufs Neue in unendlich viele, winzige Teile zersprang und meine dunkle Seele zerfetzte.

Summer

Mit der Angst ~~mit der Lebendigkeit, mit der Geborgenheit~~ in den Knochen, in meinem Herzen, konnte und wollte ich meinen See, meinen Ort der Stille, nicht aufsuchen.

In dem Moment, wo ich um die Ecke bog und mein Blick auf unser Haus fiel, atmete ich erleichtert auf. Das Gefühl zu Hause zu sein, war zum Greifen nah. Ein Gefühl, dass mich beruhigen sollte, beruhigen musste. Denn irgendwie kam ich mir hier, auf der noch immer menschenleeren Straße, nach wie vor beobachtet vor.

Als ich die Stufen zur Veranda hochstieg, ertönte das vertraute Geräusch der knackenden Holzbretter. Onkel Charlie wollte diese Stufen schon unzählige Male reparieren oder besser gesagt austauschen, doch irgendwie war bisher immer etwas dazwischengekommen. Jetzt, in diesem Augenblick, war ich dafür dankbar, denn dieses vertraute Geräusch ließ mich erkennen, dass ich zu Hause war.

Zuhause. Dieser Gedanke schmerzte. Hinter dieser Tür lebte meine Tante, zusammen mit ihrer Familie. Und, auch wenn ich mittlerweile Teil dieser Familie war, riss der Gedanke, dass es einmal eine Zeit gegeben hatte, an der ich einen anderen Ort als mein *Zuhause* bezeichnet hatte, ein Loch in mein Herz. Eine Zeit, die ich vergessen hatte.

Lächelnd drängte ich die dunklen Empfindungen zurück, blickte die Straße hinab und ließ meinen Gedanken freien Lauf.

Auf den ersten Blick sah hier, in Blackwood, ein Haus aus, wie das andere. Weiße Fassade. Holzveranda. Hollywoodschaukel. Erst beim genaueren Betrachten bemerkte man die Unterschiede, die Besonderheiten.

Die Türen und Fenster.

Jede Tür war ein Unikat, genau wie die Menschen, die dahinter lebten. Die Fensterscheiben waren aus undurchschaubarem Glas. Glas, dass die Geschichten und Geheimnisse seiner Bewohner bewahrte, so-lange versteckte, bis man die Fenster öffnete, bis man bereit war, seine Gefühle mit der Welt zu teilen. ~~Und doch gab es Fenster, die für im-mer verschlossen bleiben sollten, die man niemals öffnen durfte. Denn immer mehr Menschen verwandelten sich in jene Monster, die einem nach der Seele trachteten und dessen Türen sich als das Tor zur Hölle entpuppten. Weltanschauungen, Vorurteile, Religion, Glauben, Rassis-mus… all das zerstörte uns, genau wie das Streben nach Macht. Und die einzige Rettung wandte uns den Rücken zu, sprang von den Klip-pen in eine ungewisse Zukunft. Rückte in unerreichbare Ferne.~~ **Em-pathie.** ~~Die Fähigkeit zu fühlen, zu lieben, zu verstehen. Die Rettung der Menschlichkeit, der Nächstenliebe, schien ebenso verloren zu ge-hen, wie die damit verbundene Hoffnung. Und diejenigen, die ver-suchten die eigene Empathie zu bewahren, zu beschützen, zu ret-ten…schwiegen. Aus Furcht. Aus falschverstandener Toleranz. Sie verkauften ihre Seelen an eine Stille, in einer laut um Hilfe schreienden Welt.~~

Vor der Tür suchte ich nach dem Schlüssel, konnte ihn aber nicht finden, also klingelte ich.

„Summer?" hörte ich Holly durch das offene Küchenfenster rufen. *Wer sonst?* dachte ich und schüttelte, mit einem Lächeln im Gesicht, den Kopf. Ein Einbrecher würde wohl kaum, nachdem er geklingelt hat, antworten…

„Ich glaub, ich habe den Schlüssel vergessen…"

„Du glaubst?"

„Ich weiß es, okay? Machst du jetzt die Tür auf?", lachte ich.

Geräuschlos öffnete sich die Tür. Bevor ich etwas sagen konnte, war Holly schon wieder verschwunden. Im Haus herrschte Stille, kein Geräusch war zu hören. Die Zwillinge schliefen also noch, genau wie Onkel Charlie.

Der Duft von Hollys Apfelkuchen erfüllte den Raum. ~~Ein vertrau-ter Geruch. Ein vergessener Geruch.~~ Das Essen meiner Tante war je-des Mal Genuss pur, ein Gaumenschmaus. Der einzige Nachteil bei ihren Kochexperimenten war, dass sie, bis auf wenige Ausnahmen, je-des Mal vergaß ihre Rezepte schriftlich festzuhalten. Nicht, dass ihr Essen deshalb weniger schmeckte, nur schmeckte es immer anders.

Köstlich, keine Frage. Nur eben *anders*. Dieser Gedanke brachte mich zum Schmunzeln. So war Holly eben. Eine chaotische, liebenswerte Köchin.

Die anthrazitgraue, mit Milchglas versehene Küche war ihr ganzer Stolz. Jede freie Minute verbrachte sie hier, egal ob allein oder mit der gesamten Familie. Es war sozusagen ihr persönlicher Rückzugsort. Das Highlight dieser Küche war die Naturholzarbeitsplatte aus Wildeiche, die dem ansonsten kühlen Ton der Küchenfront eine angenehm warme Atmosphäre verlieh.

Schweigend setzte ich mich an den Tisch und beobachtete sie. Ich liebte es, ihr beim Backen zuzusehen. Holly war so in ihrer Welt versunken gewesen, völlig abgetaucht, dass sie mich erst jetzt, Minuten später, bemerkte.

„Du bist also wieder zurück." Es war keine Frage, sondern eine Feststellung. Allerdings klang sie sichtlich erstaunt. Die Besorgnis, die sie versuchte vor mir zu verbergen, konnte ich trotz alledem spüren. Um mich vor weiteren Fragen zu schützen, erzählte ich ihr erst gar nichts von diesem merkwürdigen Zwischenfall, sondern antwortete stattdessen: „Zwei Tassen Kaffee waren scheinbar nicht genug Koffein, um die Lebensgeister zu erwecken."

Ich lächelte, zumindest versuchte ich es. „Dein berühmtberüchtigter Apfelkuchen… hmmm… ich liebe diesen Geruch."

„Also hat dich der Duft zurückgelockt?"

„Vielleicht", erwiderte ich grinsend und fing an ihr beim Aufräumen zu helfen. Holly hatte nämlich die schlechte Angewohnheit die Küche jedes Mal in ein Schlachtfeld zu verwandeln, wobei sie trotz des Chaos nie den Überblick verlor.

Erst als alles weggeräumt war und Holly die Backform in den vorgeheizten Backofen geschoben hatte, setzen wir uns mit einer Tasse Kaffee zusammen an den Küchentisch.

„Sag mal, was hältst du von der Idee, wenn ich mir ab nächsten Monat, sobald die Zwillinge in den Kindergarten gehen, einen Teilzeitjob suche?"

„Hört sich gut an", murmelte ich, während ich die Teigreste mit dem Löffel aus der Rührschüssel kratzte. „Und… ich wüsste nicht, was dagegensprechen sollte. Also? Weißt du schon, was du machen möchtest?", fragte ich und sah sie abwartend an.

„Elaina hat mich gestern angerufen und gefragt, ob ich mir vorstellen könnte ihre Arbeitskollegin zu werden. In dem Kinderheim, in dem sie arbeitet, würde nämlich ab nächsten Monat eine Stelle freiwerden."

„Bittest du mich etwa gerade um Erlaubnis?" Ich lehnte mich vor und stützte die Ellbogen auf den Küchentisch, während ich sie fragend ansah. Ohne ihre Antwort abzuwarten, fuhr ich fort. „Hör zu, ich weiß, wie sehr du Kinder liebst und wie sehr dich ihr Lächeln verzaubert… und ich sehe das Leuchten in deinen Augen. Warum fragst du, wenn du dich im Endeffekt längst entschieden hast? Ich mein, du sagst immer, dass man nach den Sternen, nach dem Glück greifen soll… Also, warum zögerst du?"

Holly stand auf, lief zum Backofen und lehnte sich schließlich mit dem Rücken gegen die Spüle. Ihr Blick verlor sich nachdenklich in der Ferne. Im gleichen Atemzug spürte ich ihre Sorge. Ihr Mitgefühl.

„Summer?" Die Traurigkeit in ihrer Stimme ließ mich augenblicklich hellhörig werden.

„Ja?" Ich schloss die Augen, konnte den verlorenen Ausdruck in ihrem Blick nicht länger ertragen.

„Ich weiß, dass die letzten Jahre schwer für dich waren, verdammt schwer sogar. Zumal du noch immer auf der Suche nach Antworten bist. Ich möchte einfach nicht, dass du dich vernachlässigt fühlst oder glaubst ich…" Sie seufzte leise. „Was ich sagen will, ist… wenn du mich brauchst, bin ich für dich da. Immer. Egal was passiert. Es gibt nichts Wichtigeres als die Familie. Man sorgt füreinander. Beschützt diejenigen, die man liebt. Verstehst du? Ich liebe dich, wie mein eigenes Kind. Du bist Teil dieser Familie. Und…"

„Ich versteh, was du mir sagen willst", unterbrach ich meine Tante. „Und unabhängig davon, dass es mir gutgeht, möchte ich einfach nicht, dass du meinetwegen auf etwas verzichtest, was dich glücklich macht." Der Kloß in meinem Hals wurde immer größer. Die Erinnerung an das Leuchten in ihrem Blick, als ihre Gedanken sie zu den *vergessenen* Kindern geführt hatten, trieb mir Tränen in die Augen. Obwohl sie das Gefühl liebte, sich um andere kümmern zu dürfen, würde sie, ohne zu zögern, darauf verzichten, sollte ich sie darum bitten. Aber den Teufel würde ich tun. Ich wollte, dass Holly zur Abwechslung an sich selbst dachte, anstatt immer nur auf andere Rücksicht zu nehmen. Alles, was ich mir wünschte, war… sie glücklich zu sehen. Allein mit ihrer Lebensfreude würde sie den Kindern den Himmel ein Stückchen näherbringen. Zusammen würden sie durch die Wolken fliegen und den Regenbogen berühren. Die Kinder brauchten ihre Hilfe dringender als ich.

Das, was mir fehlte, waren meine Erinnerungen, und die konnte Holly mir ohnehin nicht zurückbringen. Niemand konnte das. ~~Abgesehen von mir.~~

„Du bist dir wirklich sicher?"

„Holly", ermahnte ich sie liebevoll, aber bestimmend. „Halte an dem Traum fest, der dich glücklich macht."

Ich stand vom Stuhl auf, schlang die Arme um ihre Taille und sagte leise: „Ach, Holly… ich bin so froh, Teil eurer Familie sein zu dürfen. Ich liebe dich, Charlie und die kleinen Quälgeister und ich kann euch gar nicht oft genug danken, für das, was ihr für mich getan habt. Ihr habt mich nicht nur ohne zu zögern bei euch aufgenommen, ihr habt mir in der dunkelsten Zeit meines Lebens ein Gefühl geschenkt, dass wertvoller ist als alle Reichtümer dieser Welt. Das Gefühl Zuhause zu sein. Eine Familie zu haben, die einen bedingungslos liebt."

Summer

Schneebedeckte Berge, soweit das Auge reichte. Jeder Baum, jeder Strauch, jede Blume… jeder noch so winzige Grashalm war von einer feinen und doch dicken Puderzuckerschicht überzogen. Die Sonnenstrahlen, die vom Himmel auf die Erde fielen, verwandelten den weißen Schnee in feinsten Perlmutstaub. Überall glitzerte und schimmerte es in den schönsten Regenbogenfarben. Der Kälteeinbruch hatte das farbenprächtige Land in eine Winterlandschaft verwandelt.

Mit ausgestreckten Armen und Beinen lag ich im Schnee, und während die vom Himmel fallenden Schneeflocken wispernd meinen Namen riefen und mich kitzelten, sobald sie mit ihren winzigen Fallschirmen auf meinem Gesicht landeten, schloss ich die Augen. Ich fühlte den Schnee, die Kälte… auf magische Art und Weise. Jede Schneeflocke, jede Windböe, erfüllte mich mit unerklärlichen Gefühlen. Einzigartig. Wunderschön.

Der Geruch von Freiheit lag in der Luft und ich atmete ihn ein. Wandelte ihn um. In Lebensenergie. In Hoffnung. Mit einem Lächeln im Gesicht blies ich dem Wind meine Gefühle entgegen und bat ihn, diese mit der Welt zu teilen.

Die einsetzende Stille bestand aus Herzenswärme. Schweigend, um diesen unbeschreiblichen Moment nicht zu zerstören, bewegte ich die Arme und Beine geräuschlos auf und ab. Einen Herzschlag später stand ich, um mein Kunstwerk nicht zu zerstören, so vorsichtig wie möglich auf. Mein Mund verzog sich zu einem breiten Grinsen, während ich die Konturen des Schneeengels bewunderte.

„Von den Wolken aus, kann man es noch besser sehen", lachte ein kleines Mädchen, griff nach meiner Hand und schenkte mir, während sich weiße Wattebäusche in ihren braunen Locken verfingen, ein sanftes Lächeln. Ihre Augenfarbe war eine einzigartige Mischung aus den unterschiedlichsten Blautönen. Leuchtendes Indian Ocean, strahlend hell und so endlos wie der Himmel. Mit einem Hauch tief verborgener türkiser Sehnsucht.

„Na dann, worauf warten wir…", antwortete ich. Wir breiteten unsere Schwingen aus, tanzten mit den Schneeflocken zur Melodie des Winters. Wir flogen hinauf zu den Wolken. Immer höher und höher, ohne uns loszulassen. Mein Herz war erfüllt von Glück. Und grenzenloser Freiheit.

Ohne ersichtlichen Grund beschlich mich ein von Angst begleitendes Grauen.

Der Geruch von VERGESSEN erfüllte die Luft, während Schwefel meine Schwingen tränkte.

Plötzlich erwachte ein dunkelschimmernder schwarzer Nebel zum Leben. Bevor ich begriff, was geschah, war es bereits zu spät. Es gab kein Entkommen. Panik. Der Nebel nahm Gestalt an, verwandelte sich in ein gesichtsloses Monster… und doch hatte es Augen.

Augen, in denen sich das NICHTS spiegelte. Rauchartige Fangarme griffen nach dem kleinen Mädchen, dessen Blick von unbändiger Furcht erfüllt war. Hilfesuchend schaute sie mich an. Flehend. Mein Herz schrie, ohne gehört zu werden. Ich schloss die Augen, tauchte in die Seele des Monsters. Doch alles, was ich fand, war eine blauschimmernde schwarze Leere. Panisch riss ich die Augen auf.

Ein Sturm braute sich zusammen, grollend, beängstigend, und ein unheilvolles Grauen packte mich. Würgte mich. Der Wind wehte so scharf, dass er sichtbare Spuren auf der Haut hinterließ. Tosender Donner erwachte und zerstörte die heuchlerische, bösartige Stille, während Lichtblitze die Dunkelheit erhellten.

Der Schatten entriss mir das kleine Mädchen. Verzweifelt griff ich nach ihrer Hand, versuchte sie zurückzuholen…festzuhalten. Doch sie wurde, genau wie die vielen schimmernden Schneeflocken, verschluckt. Einfach verschluckt. Die Donnerschläge verwandelten sich in Worte „Vergiss mich nicht…"

Tränen erschwerten mir die Sicht. Stille Tränen, die ungehört und ohne Fallschirm auf die Erde zurasten.

Tränen, die sich mit denen des Himmels vermischten.

„Neeeiiin…"

Schreiend erwachte ich aus dem Traum und schmeckte die salzigen Tränen, die von meiner Lippe perlten. Der Knoten in meiner Brust, das Loch in meinem Herzen, wuchs und wuchs… wurde immer größer. Kalter Schweiß brach durch meine Haut. Was zum Teufel?! Der Nachtschatten aus meinem Traum, er war hier… in meinem Zimmer. Die Finsternis verschluckte meine Tränen, mein stummes Schluchzen. Ein unheimliches Schweigen erwachte, legte sich wie kalte Erde über meine Seele. Ich konnte nicht mehr atmen, erstickte… verwandelte mich in einen Regentropfen. Einen Regentropfen, der auf die Erde zuraste, auf den harten Asphalt aufschlug und zertrümmert wurde.

Ein leises Flüstern durchbrach die Stille, erfüllte den Raum. Verängstigt kniff ich die Augen zusammen, drückte mir beide Hände auf die Ohren. Ich wollte nichts sehen. Nichts hören. Nichts fühlen. Doch, es war zu spät. Ein beklemmendes Gefühl schlängelte sich bereits durch meine Adern, durch jede Zelle meines Körpers, drückte auf meine Lungen und nahm mir die Luft zum Atmen. Gefühle befreiten sich, rissen mich unter Wasser. Luft, ich bekam keine Luft. Mein Puls raste und ich hörte das Blut in meinen Venen um Hilfe schreien. Ich ertrank in einem Meer aus Emotionen.

Erneut drang ein leises, kaum hörbares Flüstern zu mir durch. Einfühlsam. Friedlich. Sanft. Ein Rettungsanker auf dem tosenden Meer. Ich ignorierte das Rauschen der Wellen, des Sturms, konzentrierte mich verzweifelt auf die Worte, die durch die Luft flogen und versuchten mich zu erreichen.

„Scht… Scht…" Ganz langsam durchdrang eine Stimme die mich umgebene Nebelwand, besänftigte das dunkle Meer. Erleichtert stellte ich fest, dass es die Stimme meiner Tante war, die, wie so oft, beruhigend auf mich einredete.

„Hier", sagte Holly, hielt mir eine Papiertüte unter die Nase und streichelte über meinen Rücken. „Und jetzt, langsam in die Tüte atmen. Sehr gut. Ein- und ausatmen. Ein… und wieder aus."

Meine Atmung normalisierte sich und der unheimliche Nachtschatten wich zurück, gab mich frei. Erschöpft lehnte ich den Kopf an Hollys Schulter und mit einem letzten tiefen Atemzug drängte ich all die düsteren Gefühle zurück. Die Nähe meiner Tante vertrieb die innere Kälte und ich warf mich in die ausgestreckten Arme der vertrauten Geborgenheit.

„Schon wieder dieser schlimme Traum?"

Ein Traum, der mich seit dem Verlust meiner Vergangenheit jede Nacht quälte. Dabei war das Einzige, was mich in diesem Traum erwartete ein schwarzes Loch, eine dunkle… gähnende Leere. Das NICHTS. Sobald es mir gelang dem Nichts zu entkommen, wachte ich schreiend auf, begleitet von einem tiefen Schmerz und unendlich vielen Emotionen. Keine Bilder, keine Erinnerungen... nur Gefühle. Selbst im Schlaf, im Gefängnis des Alptraums, kehrten die Schatten meiner Vergangenheit nicht zu mir zurück. Als wäre ein Teil meiner Seele hinter einer, mit unzähligen Schlössern versehenen, Stahltür eingesperrt. Weggesperrt.

Trotzdem... es hatte sich etwas verändert. Etwas, was mich mit Freude erfüllt hatte, zumindest bis zu dem Moment, wo das Nichts mir meinen Traum gestohlen hatte.

„Ja... und Nein", antwortete ich mit zittriger Stimme und rückte ein Stück von Holly ab, um ihr ins Gesicht gucken zu können.

Ohne ihr die Möglichkeit zu geben, zu fragen, was genau ich damit meinte, fuhr ich leise fort. „Es war ein Traum, Holly... ein richtiger Traum. Ich... ich habe im Schnee gelegen, konnte die vom Himmel fallenden Flocken auf meiner Haut fühlen und..." Ich stockte, seufzte. „Da war ein kleines Mädchen gewesen. Mit den außergewöhnlichsten blauen Augen, die ich jemals gesehen hab. Das Leuchten in ihrem Blick hatte mich mit Liebe...bedingungsloser Liebe erfüllt. Zusammen sind wir den Wolken entgegengeflogen. Ich konnte den Wind zwischen meinen Flügeln fühlen... wie er mir zärtlich über mein Gesicht streichelte und leise meinen Namen flüsterte, so als wüsste er, dass ich ihn verstehen konnte... ihn hören konnte." Meine Stimme brach, und ich versuchte die dunklen Gefühle, die sich bei der Erinnerung an das Grauen, das daraufhin gefolgt war, auszusperren.

„Dann kehrte der Alptraum zurück, verschluckte die Bilder meines Traums... und ließ mich im dunklen NICHTS zurück."

„Summer", begann Holly freudestrahlend. „Das ist wundervoll. Ich mein, wie lange wartest du schon auf diesen Moment? Auf den Moment, wo die Träume anfangen zu dir zurückzukehren?"

Meine Tante sah mich lächelnd an. Und, obwohl ich ihre Freude spüren konnte, erwachte ein weiteres Gefühl. Eins, dass sich allerdings versuchte vor mir zu verstecken. Eins, dass nicht greifbar war, zumindest nicht in diesem Augenblick. Mein Blick schweifte durchs Fenster. Nach draußen. Die Nacht wirkte friedlich, was wahrscheinlich an den unzähligen Sternen lag, die den dunklen Himmel in ein Blumenmeer, bestehend aus Glühwürmchen, verwandelten. Diese majestätische

Schönheit vertrieb die düsteren Gedanken, und die kalten Erinnerungen an den Traum verließen mich. Gaben mich endlich frei.

„Wundervoll", wiederholte ich, tief versunken in dem Anblick der Sterne.

Holly legte mir den Arm um die Taille, und ich kuschelte mich an sie.

„Hast du ihn gefunden?"

„Wen?", fragte ich irritiert.

„Deinen Stern." In ihrem Gesicht erschien ein wehmütiges Lächeln.

Ich fragte erst gar nicht, woher Holly von *meinem* Stern wusste. In der ersten Nacht, als ich allein in diesem Zimmer gewesen war, hatte ich mich ans Fenster gestellt, meine Hände aufs kühle Glas gelegt und sehnsüchtig in den Himmel gestarrt. Suchend. Bis mein Blick irgendwann an einem Leuchten hängengeblieben war, während im gleichen Atemzug das Gefühl *Verloren und Vergessen* zu sein, angefangen hatte zu verblassen.

„Ja, habe ich", antwortete ich flüsternd, ehe ich mich leise räusperte.

„Es fühlt sich an, als wenn dieser Stern nur für mich leuchten würde…"

Holly lächelte. „Das muss ein schönes Gefühl sein. Ich finde, jeder sollte so einen Stern haben. Sein eigenes Licht in der Dunkelheit."

Es war wieder einer dieser Momente, wo mir so richtig bewusst wurde, wie sehr ich meine Tante liebte. Worte konnten nicht beschreiben, was es für mich bedeutete, Teil dieser wundervollen Familie sein zu dürfen. Jeden einzelnen hatte ich ins Herz geschlossen. Sie waren *meine* Familie. Alles, was ich kannte. Alles, was ich hatte und liebte.

Obwohl ich glücklich war, hatte ich bis heute nicht geschafft, meine Vergangenheit hinter mir zu lassen. Wie auch? Wie sollte ich damit abschließen können, wenn ich nicht einmal wusste *womit?* Meine Gedanken trübten sich, als ich an die dunkelste Zeit meines Lebens zurückdachte.

„Worüber denkst du nach?" Hollys Frage holte mich glücklicher Weise zurück.

„Ich… ich weiß nicht so genau." Seufzend schloss ich die Augen. „Ich denk an so vieles, dass ich nicht einmal sagen kann, worüber ich am meisten nachdenke…"

„Schatz, setz dich nicht immer so unter Druck."

„Das… das ist nicht so einfach. In letzter Zeit fühlt es sich immer öfter so an, als wenn ich *mich* nie finden würde. Der Zug der Zeit, mein Zug, er fährt nur in eine Richtung… vor… und niemals zurück. Verstehst du? Selbst, wenn ich wie durch ein Wunder, auf den Zug aufspringen könnte, er könnte mich trotz alledem nicht zurückbringen."

„Lass dir Zeit. Und… fang an zu leben, ohne dir ständig den Kopf über irgendwelche Dinge zu zerbrechen, auf die du ohnehin keinen Einfluss hast. Denn manchmal, wenn man am wenigsten damit rechnet, geschehen Wunder. Wunder, die man nie für möglich gehalten hätte."

Tränen traten mir in die Augen, doch ich blinzelte sie weg. „Was willst du damit sagen?"

„Ich will damit nur sagen… wenn der richtige Zeitpunkt gekommen ist, dass du dich erinnern sollst, dann wird es auch passieren. Aber erst dann… und keinen Augenblick früher."

„Aber *wann* ist der richtige Zeitpunkt? Woher weiß ich, wann es so weit sein wird?"

„Die Frage nach dem *wann* kann dir niemand beantworten. Die Frage nach dem *woher* – tja, du wirst es fühlen. Hier drin", antwortete Holly, während sie ihre Hand auf mein Herz legte. „Und jetzt versuch noch etwas zu schlafen. Du musst morgen früh raus." Sie drückte mir ein Küsschen auf die Stirn und verließ das Zimmer, wobei sie die Tür einen kleinen Spalt breit offenließ, gerade so viel, dass das Licht, welches vom Flur aus ins Zimmer fiel, die Dunkelheit für den Rest der Nacht aussperrte.

Summer

Am nächsten Morgen ertönte lautstark der Song Dusk Till Dawn im Radio und riss mich unbarmherzig aus dem traumlosen Schlaf. Blinzelnd öffnete ich die Augen, nur um sie im gleichen Atemzug wieder zu schließen. Draußen war es noch immer dunkel. Leise stöhnend drehte ich mich auf den Bauch und vergrub mein Gesicht im Kopfkissen. So früh am Morgen fiel es mir immer unsagbar schwer richtig wach zu werden. Heute schien es jedoch besonders schlimm zu sein. Ich fühlte mich nicht nur unausgeschlafen, sondern zudem auch noch erschöpft.

„Bist du wach?", hörte ich Holly von unten hoch rufen.

„Ja", antwortete ich, rieb mir den Schlaf aus den Augen und streckte gähnend die Arme in die Luft.

„Beeil dich, der Kaffee wartet schon…"

Leise seufzend schmiss ich die Decke zurück. Doch, anstatt endlich aufzustehen, setzte ich mich im Schneidersitz hin und beobachtete den Regen, der von draußen gegen die Fensterscheibe klopfte. Während die meisten Menschen den Regen hassten, übte er auf mich eine Faszination aus, der ich mich nicht entziehen konnte. Ich stand auf, lief hinüber zum Fenster und öffnete es. In dem Moment, wo ich die Arme ausstreckte fühlte ich den Regen auf meiner Haut. Die Kälte. Die Nässe. ~~Ich war ein Regentropfen.~~ Jeder Tropfen schenkte mir das Gefühl *lebendig* zu sein. Ich liebte den Regen… egal, ob den feinen, sanften Nieselregen oder die dicken Tropfen, bei denen man das Gefühl bekam, dass der Himmel für all die Menschen Tränen vergoss, denen die Kraft dazu fehlte. Vielleicht liebte ich den Regen gerade deshalb. Denn ich kannte *diese* Momente, wo man voller Verzweiflung die Tränen wegsperrte, die versuchten auszubrechen.

Mit einem Lächeln im Gesicht schloss ich das Fenster und verließ mein Zimmer. Ich ging den Flur entlang, Richtung Badezimmer. Sobald ich unter der Dusche stand, entspannten sich meine verkrampften, müden Muskeln. Mit geschlossenen Augen legte ich den Kopf in den Nacken und ließ mir das warme Wasser übers Gesicht laufen. Es prasselte auf meinen Körper und ich genoss die nasse Wärme, die sich auf meiner Haut wie ein warmer Sommerregen anfühlte.

Frisch geduscht fühlte ich mich wie neu geboren. Was so ein paar Wassertropfen doch bewirken konnten. Während ich mir die Zähne putzte, begegnete ich für einen winzigen Augenblick meinem Spiegelbild. Der, wenn auch kurze Moment, reichte aus, um zu erkennen, dass die Augenringe nicht so schlimm waren, wie befürchtet. Ein bisschen Concealer und sie wären so gut wie unsichtbar. Meine Haut war leicht blass – doch dank der Sommersprossen im Nasen- und Wangenbereich fiel die Blässe nicht großartig auf. Holly sagte immer, dass meine Haut dadurch aussähe, als wäre sie leicht von der Sonne geküsst worden. Da ich weder Lust noch Zeit hatte mir die Haare zu trocknen, föhnte ich sie nur kurz an und ließ mein braun gelocktes Haar offen, wo es mir in sanften Wellen über die Schultern und meinen Rücken hinunterfielen.

Der Geruch von frisch gekochtem Kaffee lag in der Luft.

„Memma… Memma", empfingen mich Laney und Luc freudestrahlend in ihren Hochstühlen. Aus unerklärlichen Gründen hatten die Zwillinge mich auf den Namen *Memma* getauft.

„Guten Morgen, ihr süßen Rabauken", begrüßte ich die Kleinen und drückte jedem ein Küsschen auf die Stirn.

„Du siehst aus, als könntest du einen Kaffee vertragen ", sagte Holly mit einem Lächeln im Gesicht und hielt mir eine Tasse entgegen.

„Danke", antwortete ich, nahm den Becher entgegen und trank den ersten Schluck. „Entschuldige, aber ich muss los. Bin spät dran."

„Willst du nicht wenigstens den Kaffee in Ruhe trinken? Auf die paar Minuten kommt es jetzt auch nicht mehr an", tadelte sie mich liebevoll und zuckte die Achseln.

„Das sagst du jedes Mal", erwiderte ich schmunzelnd, zog aber gleichzeitig den Stuhl zurück und setzte mich zu Holly und den Zwillingen an den Tisch.

Summer

Im Schulgebäude rannte ich durch den leeren Korridor. Mr. Black hasste nichts mehr als Unpünktlichkeit. Direkt nach dem Wochenende zu spät kommen? Noch dazu in der ersten Stunde? Besser konnte die Woche gar nicht anfangen…

„Ufff…", murmelte ich und taumelte einen Schritt zurück. Ich war so tief in meinen Gedanken versunken gewesen, dass ich geradewegs in jemanden hineingelaufen war.

Vor lauter Schreck ließ ich die Tasche fallen. Mist, verdammter. Auch das noch. Völlig perplex starrte ich auf die am Boden liegenden, herausgefallenen Bücher und wollte mich gerade bücken, um die Sachen aufzuheben, als ich schlagartig erstarrte. Aus dem Nichts heraus erwachte ein unbeschreiblich intensives Glühen in meinem Herzen, katapultierte mich zurück in die Vergangenheit. Zurück zu dieser sonderbaren Begegnung. Es war… wie eine Art Deja-Vu. Allerdings hatte es nichts mit der Tatsache zu tun, dass ich mal wieder, völlig in Gedanken versunken, in jemanden hineingelaufen war. Nein, es lag vielmehr an dem Glühen, dass mich durströmte, dass durch meinen kompletten Körper jagte.

Völlig konfus ging ich in die Hocke, stopfte die Bücher in den Rucksack und versuchte diese unerklärliche ~~schrecklich vertraute~~ Wärme abzuschütteln. Auszublenden.

Am Anfang, als ich begriffen hatte, dass ich die Gefühle anderer *spüren* konnte, war es aufregend gewesen, berauschend. Aber, so sehr wie ich diese Gabe liebte, allein, weil ich all die wundervollen, tief in der Seele schlummernden Gefühle *sehen* konnte, so sehr fürchtete ich diese Fähigkeit auch. Es war Segen und Fluch zugleich. Fluch, weil ich hin und wieder mit Gefühlen konfrontiert wurde, die so abgrundtief hässlich waren, dass allein der Gedanke daran mir selbst jetzt noch, unsagbare Schmerzen zufügte… und, weil ich jeden dazu bringen konnte, sich in mich hineinzuversetzen. Ich konnte meine Gefühle auf andere projizieren. Anfangs, als ich mir dessen noch nicht bewusst gewesen bin, hatte ich unbeabsichtigt jemandem die tief in mir existierende, dunkle Leere spüren lassen. Während ich die Leere verstand, hatte derjenige, der mit ihr in Berührung gekommen war, nicht damit umgehen können und wäre beinahe in *meiner* Gefühlswelt ertrunken.

Bei dieser Erinnerung traten mir Tränen in die Augen, die ich hastig runterschluckte. Sofort zwang ich mich gefühllos zu werden, um die Gefühle von damals nicht erneut heraufzubeschwören.

Mittlerweile verstand ich meine Gabe. Aber es änderte nichts an der Tatsache, dass ich im Grunde noch immer eine Waffe war.

In dem Augenblick, in dem mich die Welle der Erinnerung drohte unter Wasser zu drücken, hörte ich *seine* Stimme. Die Stimme, die mich trotz der Kälte aus den Fluten rettete.

„Hast du eigentlich keine Augen im Kopf?"

Ich hob den Blick. Die Welt blieb für einen winzigen Atemzug stehen. Da war es wieder… dieses leuchtende Grün. Vor mir stand der Kerl von gestern. Der starre, intensive Blick seiner smaragdgrünen Augen fesselte mich und, obwohl sich darin eine eisige Kälte spiegelte, fühlte ich mich trotz aller Widersprüche beschützt.

„Entschuldige", stammelte ich verlegen, woraufhin der Kerl einen undefinierbaren Laut von sich gab, wie eine Art Knurren.

Sein Blick wurde noch intensiver, seine Körperhaltung noch angespannter.

Alles an ihm wirkte plötzlich bedrohlich. Wir starrten uns gegenseitig an. Wortlos. Schweigend. Dieses Blickduell durfte ich nicht verlieren, er sollte nicht merken, wie sehr er mich einschüchterte. Eine tiefe Furche erschien zwischen seinen Augenbrauen. Unweigerlich stellte ich mir die Frage, was genau ich an diesen Augen so faszinierend fand. Denn, obwohl jegliche Wärme, wenn sie denn überhaupt jemals wirklich existiert hatte, verschwunden war, nahm mich der Ausdruck, der sich in seinem Blick versteckte, gefangen. Ich wollte den Kopf senken, auf meine Füße schauen, auf den Boden schauen, weil ich nervös wurde, so verdammt nervös, aber ich konnte nicht, schaffte es einfach nicht. Mir gefiel nicht, was mit mir passierte, was er mit mir anstellte.

Die Logik löste sich auf, genau wie die Gedanken. Seine Augen verdunkelten sich. Schlagartig kamen mir diese Augen vertraut vor, schmerzhaft vertraut. Dieser Gedanke war noch nicht zu Ende gedacht, als mein Körper anfing zu zittern. Zu beben. *Gefühlsbeben.*

„Kennen wir uns?", fragte ich mit leiser, brüchiger Stimme, ohne den Blickkontakt zu unterbrechen.

„Läufst du deshalb ständig in mich hinein? Weil du mich kennenlernen willst?", fragte er herablassend, gehässig.

„W-was?" Ich schüttelte den Kopf. „Nein…"

„Dann pass das nächste Mal besser auf, wo du hinläufst, sonst…", knurrte er und ließ seine Drohung offen im Raum stehen.

Ich holte tief Luft. „Keine Sorge! Es wird mit Sicherheit *kein nächstes Mal geben!*", zischte ich zornig und ebenso herablassend, während ich ihn gleichzeitig provokativ anfunkelte. Doch, anstatt etwas zu erwidern, drehte er sich kommentarlos um und verschwand, ließ mich einfach schnaubend im Gang stehen. Er sagte nichts. Absolut nichts. *So ein…* Selbst in Gedanken fehlten mir die Worte.

Ohne mir weiterhin den Kopf über dieses unverschämte Verhalten zu zerbrechen, stampfte ich, begleitet von meiner Wut, zum Klassenraum. Ganz toll, jetzt würde ich wegen Prinz Charming auch noch zu spät zum Unterricht kommen. Grrrhhh.

Summer

Erstaunt, und zugleich erleichtert, stellte ich fest, dass der Unterricht noch nicht begonnen hatte. Von Mr. Black fehlte jede Spur. *Merkwürdig.* Im Klassenzimmer herrschte ein wildes Durcheinander. Jeder unterhielt sich mit seinem Tischnachbarn und es wurden auf den letzten Drücker die Hausaufgaben verglichen. Ich lief auf meinen Platz in der letzten Reihe zu, direkt am Fenster.

Tyler lag quer auf der Fensterbank und redete mit Simon, naja… zumindest versuchte er es. Irgendwie sah es nämlich so aus, als würde sich Simon an der Unterhaltung nicht beteiligen wollen. Er vergrub seinen Kopf hinter einem Buch. Entweder um zu Lernen oder um Tyler zu ignorieren. Wobei ich auf Letzteres tippte.

„Hey Tyler. Hey Simon", begrüßte ich die beiden schmunzelnd.

„Hallo Sonnenschein", antwortete Tyler gutgelaunt und strahlte mich mit seinen bernsteinfarbenen, honiggoldenen Augen an.

Simon löste seinen Blick für einen klitzekleinen Moment vom Buch, starrte Tyler zornig an, sagte jedoch kein Wort und würdigte mich keines Blickes.

„Was hast du ihm getan?", fragte ich gespielt entrüstet.

„Ich? Nichts. Als wenn ich Simon etwas antun könnte. Ich bitte dich!", antwortete Tyler mit einem durchtriebenen Lächeln und zwinkerte mir verschwörerisch zu. „Du weißt doch, wie er ist", flüsterte er leise, hinter vorgehaltener Hand. „Naja, ich habe zwar eine Vermutung, aber scheinbar will er nicht darüber reden. Denn, ganz offensichtlich, redet er nicht mit mir."

„Offensichtlich." Ich bemühte mich nicht zu lachen.

„Willst du wissen, was ich denke?", fragte Tyler mit einem dreckigen Grinsen im Gesicht.

„Wenn ich *Nein* sage, behältst du deine Gedanken dann für dich?"

Meiner Antwort schenkte er keinerlei Beachtung, er redete, während sein Blick auf Simon gerichtet war, einfach weiter. „Ich vermute", begann er und lachte, „dass mein Kumpel letzte Nacht einfach nur schlechten Sex hatte. Denn, ganz ehrlich, *DAS* kann einem echt die Stimmung verderben." Tyler machte sich nicht einmal die Mühe leise zu sprechen. Simon sollte es hören... und reagierte auch prompt. Er murmelte, ohne das Buch zur Seite zu legen: „Ich kann dich hören."

„Ohhhh", freute sich Tyler, „*Es* kann sprechen."

„Halt die Klappe, Ty!"

„Jetzt hab dich mal nicht so. Kumpel... Ich versteh das, ehrlich. Jeder hat schließlich mal schlechten Sex... Naja, abgesehen von mir natürlich."

„Wenigstens habe ich Sex...", brummte Simon.

„Autsch", sagte Tyler, während ein dreckiges Grinsen seine Lippen umspielte.

Schmunzelnd drehte ich mich weg, blendete die beiden aus. Ich wusste, sollte ich ihnen noch länger zusehen oder vielmehr zuhören, wäre es nur noch eine Frage der Zeit, bis ich lautstark loslachen würde.

Wo blieb nur Mr. Black? Das sah ihm überhaupt nicht ähnlich. Er kam nie zu spät. Bevor ich mir jedoch Sorgen machen konnte, betrat er den Klassenraum. Allerdings nicht allein... Nein! Unmöglich! Direkt hinter ihm stand der Typ von vorhin. Prinz Charming.

„Entschuldigt die Verspätung. Das Gespräch im Büro des Direktors hat länger gedauert als ursprünglich geplant, da wir auf eine bestimmte Person erst noch warten mussten." Mr. Black sah den Neuen missbilligend an. Ich verspürte den Anflug von Mitleid. Zum einen, weil ich der Grund für sein unpünktliches Erscheinen war und zum anderen, weil es auch jeder andere begriffen hatte. Sämtliche Augenpaare waren auf Prinz Charming gerichtet. Allerdings schien ihn diese Tatsache kalt zu lassen. Er verzog nicht einmal eine Miene.

„Darf ich vorstellen... Phoenix. Euer neuer Mitschüler."

Ohhh... Sieh an, Prinz Charming hat also einen Namen dachte ich zynisch. Für den Bruchteil einer Sekunde huschten so tiefe Gefühle über sein Gesicht, dass ich mir unweigerlich die Frage stellte, stellen musste, was hier gerade passierte. Er zog die Brauen zusammen, sah mich an und im gleichen Atemzug explodierte in mir ein Feuerwerk aus den unterschiedlichsten Gefühlen. Bunt. Schillernd. Laut. So unsagbar laut. Ich erstarrte, vergaß zu atmen. Wurde von einer eigenartigen ~~freudigen, jubelnden, lachenden~~ Nervosität geflutet. Blinzelnd beendete ich den Blickkontakt, während mein Kopf versuchte die Gefühle zu verstehen, zu begreifen, zu analysieren.

Aus dem Augenwinkel erkannte ich, dass Mr. Black mit dem Finger in meine Richtung zeigte. Erschrocken schnappte ich nach Luft. Nein! So viel Pech konnte ich nicht haben. Doch, nachdem meine beste Freundin den Kurs gewechselt hatte, war das neben mir nun einmal der einzig freie Platz.

Für einen winzigen Moment spielte ich mit dem Gedanken Hope zu fragen, ob sie nicht zurückkommen wollte. FUCK! NEIN! Egal wie ätzend Prinz Charming sich mir gegenüber auch verhalten hatte, oder auch in Zukunft verhalten würde, darum würde ich Hope unter keinen Umständen bitten. Sie hasste englische Literatur und sie hasste Mr. Black. Naja, *hassen* war vielleicht der falsche Ausdruck. Hope mochte ihn einfach nicht. Weder Mr. Black noch seinen Unterricht. Schließlich hatte ich sie aus genau diesem Grund davon überzeugt, dass es besser wäre den Kurs zu wechseln, um ihrer eigentlichen Leidenschaft nachgehen zu können. Klassische Musik. Hope liebte Klavierspielen. Jedes Mal, wenn sie die Augen schloss und ihre Finger über die Tasten schwebten, begann die Luft zu tanzen und es erwachten die schönsten Melodien zum Leben.

Phoenix lief den Mittelgang hindurch, kam direkt auf mich zu. Ohne mich eines Blickes zu würdigen, zog er lautlos den Stuhl zurück und setzte sich. Schweigend. Als hätte er seine Stimme auf dem Weg hierher verloren. Ich biss mir auf die Unterlippe, blendete ihn aus und versuchte den Worten von Mr. Black zu lauschen, bis ich plötzlich, unbedingt, sein Gesicht sehen wollte, sehen musste. Mit gesenktem Kopf blinzelte ich so unauffällig wie möglich in seine Richtung.

Verblüfft stellte ich fest, dass er jetzt, genau in diesem Moment, eher verloren, als bedrohlich, wirkte. Nervöse Hoffnung flatterte durch die Luft, wie eine schneeweiße Taube, landete in meinem Kopf, in meinen Gedanken. Ich versuchte Phoenix auszublenden, mich stattdessen auf den Unterricht zu konzentrieren.

Doch... immer wieder erwischte ich mich dabei, wie ich in seine Richtung blinzelte. Ich holte tief Luft und wünschte, ich hätte keine Augen, wünschte, ich könnte endlich... endlich... aufhören ihn so anzustarren.

Phoenix war attraktiv, keine Frage. Und sein äußerliches Erscheinungsbild entsprach vielleicht, aber nur vielleicht, auch durchaus meinem Geschmack, allerdings konnte und durfte diese Tatsache nicht der Grund dafür sein, dass ich nicht schaffte ihn auszublenden, zu ignorieren.

Je länger ich ihn heimlich beobachtete, und je länger ich über ihn nachdachte, desto verwirrender wurden meine Gefühle und Gedanken. Ohne es verhindern zu können, stahl sich ein Lächeln in mein Gesicht.

Phoenix trug einen schwarzen Hoody und eine schwarze Lederhose... doch auch ohne die düsteren Klamotten strahlte er etwas Dunkles, etwas Bedrohliches aus. Plötzlich bewegte er sich, hob den Kopf, schaute mich aber zum Glück nicht an. Mein Herz fühlte sich ertappt, schlug zu schnell, viel zu schnell. Ich flehte mich an, mich zu beruhigen, wollte die Nervosität bändigen, zähmen, und meinen Augen wollte ich sagen, dass sie endlich aufhören mussten ihn berühren zu wollen.

Phoenix krempelte die Ärmel seines Hoodys bis zu den Ellenbogen hoch, gewährte mir so einen Blick auf seine Tätowierungen. Mir fehlte die Kraft wegzusehen. Die Tätowierung am linken Arm schien sich über seinen ganzen Oberarm, über die Brust, bis hin zum Schlüsselbein zu ziehen, wo sie letztendlich am Hals endete. Entweder das oder er besaß mehrere Tattoos. Sein rechter Arm hingegen war komplett mit Farbe bedeckt. Allerdings konnte ich nicht erkennen, was dort für die Ewigkeit auf seiner Haut eintätowiert worden war. Ich wünschte, die Tinte könnte mir die Geschichte, und das damit verbundene Geheimnis, das sich dahinter verbarg, zuflüstern.

Moment! WAS?! Sofort stoppte ich meine Gedanken. Was interessierten mich diese Tätowierungen?! Und überhaupt!

Ich holte tief Luft. Sah ihn noch immer an, war unfähig den Blick abzuwenden und erkannte, durch seine angespannte Körperhaltung, wie muskulös er in Wahrheit war. ~~Ich wollte ihn berühren… ihn einmal nur berühren.~~ Seine Augen leuchteten. Hart. Emotionslos. Sein dunkles, seidiges Haar erinnerte mich an Zartbitterschokolade. Der dunkle Karamellton seiner Haut. Seine markanten Gesichtszüge. Die hohen Wangenknochen und dieses unglaubliche Grün seiner Augen. All das machte sein Gesicht perfekt. ~~Er war perfekt. Phoenix war der Inbegriff von Perfektion.~~ Keine Ahnung wieso, aber plötzlich verspürte ich das überwältigende Bedürfnis in seine Gefühle einzutauchen. ~~Ich musste mich überzeugen, dass er in seinem Inneren genauso perfekt war.~~ Plötzlich drehte er den Kopf, suchte mich. Fand mich. Seine Kiefermuskeln spannten sich und seine Augen verengten sich zu schmalen Schlitzen. Ein kalter Schauer überlief mich. Meine Gedanken stürzten zu Boden. Ich erstarrte. Nicht wegen seines Blicks, sondern wegen seiner Worte…

„Wieso beobachtest du mich?"

Meine Stimme – weg.

Meine Gedanken – weg.

Ich wollte ihm antworten, aber mir fiel nichts ein, also starrte ich ihn schweigend an.

„I-ich… ich weiß es nicht", stammelte ich schließlich leise, kaum hörbar. Jedes Wort zerplatze zittrig in der Luft, wie eine Seifenblase. Seine Brauen zogen sich zusammen und gerade, als ich dachte, er würde etwas darauf erwidern, lief Mr. Black an uns vorbei und legte einen Zettel auf den Tisch. Erleichtert griff ich nach dem Stück Papier.

„Mir ist durchaus bewusst, dass einige unter euch der Meinung sind, dass mein Kurs ein Kinderspiel werden wird und man für eine gute Note so gut wie nichts tun müsste. Doch von diesem Gedanken solltet ihr euch lieber ganz schnell verabschieden. Wer so denkt, hat in meinem Kurs nichts verloren. Englische Literatur ist kein Zuckerschlecken, es ist eine Herausforderung. Es ist eine Leidenschaft… und diese Leidenschaft lebe ich. Und genau das erwarte ich auch von meinen Schülern. Einige sollten daher nicht nur ihre Einstellung überdenken, sondern die nächsten Wochen dazu nutzen, um herauszufinden, ob sie diese Leidenschaft leben wollen. Dabei ist es nicht damit getan, die Kenntnisse im Bereich der englischen Literatur stur auswendig zu lernen und zu meinen, dass man sich so die erforderliche Leidenschaft aneignen könnte. Nein! Ihr müsst es fühlen. Literatur ist eine Sprache, die nicht nur dein Herz berührt, sondern deine ganze Seele. Vorausgesetzt man ist bereit, sich ihr zu öffnen."

Der Lehrer ließ seinen Blick durch die Klasse wandern und als dieser bei Tyler hängenblieb, erschien ein stolzes, zufriedenes Lächeln auf seinem Gesicht. Kein Wunder. Tyler liebte diesen Kurs nicht nur, er *lebte* ihn… genau das war es, was Mr. Black sich von jedem einzelnen hier wünschte.

„Nichtsdestotrotz", fuhr er fort, „aus diesem Grund werden wir uns in diesem Halbjahr an anspruchsvolle Stücke der Literaturgeschichte heranwagen. Bei den Autoren längst vergangener Tage habt ihr gleich die Möglichkeit, euch zusammen mit eurem Tischnachbarn, einen der zur Auswahl stehenden Titel auszusuchen. Eure Aufgabe wird darin bestehen, eine ausführliche Rezession darüber zu verfassen… eine, bei der ich herausfinde, ob ihr meiner Meinung nach für *meinen* Kurs geeignet seid oder ob es sinnlose Zeitverschwendung wäre. Natürlich werde ich eure Arbeit benoten. Diese Note wird die Hälfte der Gesamtnote am Ende des Kurses ausmachen. Also dann… viel Erfolg. Überrascht mich."

Sobald alle Zettel verteilt waren und Mr. Black wieder vorne an seinem Pult Platz genommen hatte, las ich mir die zur Auswahl stehenden Titel durch. Es waren ziemlich anspruchsvolle Stücke. Sturmhöhe von E. Brontë, Romeo und Julia von W. Shakespheare und Verstand und Gefühl von Jane Austen. Alle drei Klassiker hatte ich schon mehrmals gelesen, regelrecht verschlungen. Obwohl ich jedes dieser Bücher liebte, war die Entscheidung in dem Moment gefallen, wo ich den Titel meines absoluten Lieblingsbuches gelesen hatte – Verstand und Gefühl. Dann machte es *Klick*.

„Wunderbar", nuschelte ich leise vor mich hin, biss mir auf die Lippe.

Ganz langsam lehnte Phoenix sich in meine Richtung. Verspottete mich mit seinem Blick. „Und, meine *Prinzessin*… für welches Buch sollen *wir* uns entscheiden?" Ein Lächeln breitete sich auf seinem Gesicht aus. Ein arrogantes Lächeln.

Ich wusste nicht warum, aber mir stockte der Atem, und meine Stimme weigerte sich die Worte, die in mir explodierten und die meinen Puls in die Höhe trieben, wie Handgranaten auf ihn abzufeuern. Er schüttelte den Kopf, musterte mich, versuchte in mir zu lesen, wie in einem Buch.

Innerlich zitterte ich. Phoenix hatte tatsächlich die Frechheit besessen, mich in einem völlig abwertenden Ton *Prinzessin* zu nennen. *Seine* Prinzessin. Meine Knochen brannten, gingen in Flammen auf, so wütend machte mich diese Äußerung. Am liebsten hätte ich ihm meine Meinung ins Gesicht geschrien, doch ich blieb stumm. Sperrte die Worte tief in mir ein. Wollte sie, aus welchen Gründen auch immer, festhalten. Mein Herz verwandelte sich währenddessen in einen Verräter, hämmerte mit den Fäusten gegen meine Rippen, wollte aus meinem Körper ausbrechen, vor diesem grünen Sturm fliehen.

Phoenix' Augen verdunkelten sich, wirkten für den Bruchteil einer Sekunde besorgt, ernsthaft besorgt. Noch immer war ich unfähig zu sprechen. ~~Ich wollte SEINE Stimme hören, wollte mich von ihr verzaubern lassen.~~

„Kannst du auch sprechen? Oder ist sich die Prinzessin zu schade dafür?"

Oooookay – jetzt reicht*s!*

Meine Lippen formten sich zu einer harten Linie. Meine Augen funkelten bedrohlich, wollten ihn würgen, woraufhin er genervt mit den Augen rollte und sich lässig eine Haarsträhne von der Stirn pustete.

Endlich fand ich meine Stimme wieder.

„Wie war das? Habe ich gerade richtig gehört? Prinzessin?!", zischte ich durch zusammengebissene Zähne und sah ihn abwartend an.

„Hm, keine Ahnung, was du glaubst gehört zu haben", antwortete er mit einem verlogenen Grinsen. Schaute mich weiterhin provokativ an.

„Ich glaub es nicht nur... ich *weiß* es. Schließlich hast du es nicht nur einmal gesagt."

„Wenn du dir so sicher bist, warum fragst du dann?"

„Was hast du eigentlich für ein Problem? Prinz CHARMING?!" Das war zwar nicht die Frage, die ich stellen wollte, doch jetzt ließ es sich eh nicht mehr ändern. Die Tatsache, dass er mich völlig mühelos provozieren konnte oder besser gesagt, dass ich mich so leicht provozieren ließ, machte mich fuchsteufelswild. Anstatt darauf zu antworten, schaute er mich einfach nur an. Ganz offensichtlich hatte er mit dieser direkten Frage nicht gerechnet.

Sein Blick wanderte über mein Gesicht, blieb an meinem Mund hängen, ruhte auf meinen Lippen. Mir wurde schwindelig, während mich eine Welle der Nervosität durch die Luft wirbelte. Gefühle erwachten… und für den Bruchteil eines winzigen Augenblicks fühlte ich mich *lebendig*. Mein Herz kollabierte, zersprang… wollte diesem Unbekannten entgegenfliegen.

Verwirrt blinzelte ich. Einmal. Zweimal. Kehrte zurück in die kalte gegenwärtige Realität. Eine Realität ohne Vergangenheit. ~~Seine Augen brannten, und ich trank die Flammen, wie einen lieblichen Wein, genoss die Wärme, die sich um mein Herz legte, um meine Seele. Dieses Feuer rief nach mir, verlangte nach mir. Es war ein Feuer, das mich magisch anzog. Ein Feuer, dass mir das Gefühl von Lebendigkeit schenkte.~~

„Ich habe kein Problem. Ich wollte lediglich wissen, ob die Prinzessin in der Lage ist, ihre Gedanken in Worte zu fassen, sprich… ich wollte wissen, ob du überhaupt sprechen kannst."

„Tja. Scheinbar kennst du nicht den Unterschied zwischen *können* und *wollen*", erwiderte ich schnippisch.

„Wie wäre es, wenn du mir den Unterschied erklärst", forderte er mich mit einem feindseligen Ton auf.

„Also", setzte ich an, wurde jedoch prompt von ihm unterbrochen.

„Ich habe es mir anders überlegt. Ich will es nicht wissen. Denn… ganz ehrlich… es interessiert mich nicht. Also tu uns beiden einen Gefallen und spar dir deine jämmerlichen Erklärungsversuche für jemanden, den interessiert, was du zu sagen hast."

Sein selbstgefälliges Grinsen nahm mir für einen kurzen Augenblick den Wind aus den Segeln. Schon wieder war ich sprachlos, wusste nicht, was ich darauf erwidern sollte. Atmete die Antwort, die mir auf der Zunge lag, wie schwüle Sommerluft ein.

Die Tatsache, dass er mit Abstand der heißeste Typ war, dem ich je begegnet bin, ließ mich für einen winzigen Augenblick vergessen, dass er gleichzeitig auch das größte Arschloch war, dem ich je über den

Weg gelaufen bin. Alles an ihm verwirrte mich. Mir wurde heiß und kalt zugleich. Ich wusste, dass ich mich konzentrieren musste, mich zusammenreißen musste. Ich blinzelte. Blinzelte. Doch, je länger mich sein Blick berührte, fesselte, desto mehr Gefühle begannen in mir zu pulsieren, vertrieben die Wut und ließen mich mit Wahrnehmungen zurück, die ich nicht verstand, die ich nie zuvor gefühlt hatte.

Ich wollte, nein, durfte mich von diesen irritierenden Gefühlen nicht verwirren lassen. Erschrocken über all das, schnappte ich nach Luft, kniff die Augen zu, wollte und musste die vielen Gefühle, die in mir tobten, unter Kontrolle bringen.

„Was wird das denn jetzt?", lachte er spöttisch, woraufhin ich automatisch die Augen aufriss. „Fängst du etwa an zu meditieren?" Bei dieser sarkastischen Bemerkung hob er ungläubig seine perfekt geformten Augenbrauen.

Ohhh. Er machte mich wahnsinnig. ~~Verzauberte mich.~~

„Ich dachte, wenn ich die Augen schließe und deinen Anblick nicht länger ertragen müsste, würdest du deine niveaulosen Kommentare vielleicht für dich behalten, anstatt sie weiterhin der Welt mitteilen zu wollen. Aber… wie ich merke, ist das etwas, was du scheinbar nicht kannst."

„Der Welt? Du hältst dich also für die Welt? Für welche denn? Etwa für Meine?" Er blinzelte. „Spar dir die Antwort. Ich weiß jetzt, dass du nicht nur wie eine Prinzessin redest, sondern auch so denkst. Ich verrate dir mal ein kleines Geheimnis – nur, weil man die Augen vor der Realität verschließt, verschwinden noch lange nicht die Monster darin. Jetzt guck nicht so ungläubig. Ist nicht meine Schuld, wenn du bisher blind durch die Gegend gelaufen bist. Ehrlich. Es wurde höchste Zeit, dass dich jemand aufklärt und aus dem Dornröschenschlaf erweckt."

„Ich dachte immer, dass das die Aufgabe eines Prinzen wäre?"

„Hmmm… wie war das doch gleich? Prinz Charming? Schon vergessen?!"

„Prinz ist nicht gleich Prinz!"

„Tja, ich würde sagen, dass es keine Rolle spielt, was für eine Art Prinz dich aus dem Schlaf reißt…"

„Du… Du bist…", fauchte ich und wurde im gleichen Moment schon wieder von ihm unterbrochen. Ständig unterbrach er mich, anstatt mich ausreden zu lassen.

„Ich bin mir sicher, dass dir jede Menge Schimpfwörter im Kopf herumschwirren. Doch abgesehen davon, dass mich auch das völlig kalt lässt, versichere ich dir, dass kein Schimpfwort dieser Welt mich auch nur ansatzweise beschreiben könnte. Also behalte deine Gedanken für dich."

„Wie charmant. Ich muss zugeben, du machst deinem Namen wirklich alle Ehre. In einem Punkt gebe ich dir sogar Recht. Ein Wort, das dich beschreibt, existiert nicht und es wäre reine Zeitverschwendung danach zu suchen. Und… so gerne ich es vorziehen würde, nicht länger mit dir reden zu müssen, so hast du mir noch immer nicht die Frage nach dem Buch, für welches *wir* uns entscheiden müssen, beantwortet. Also, tu uns beiden einen Gefallen… Je eher wir zu einer Einigung kommen, desto eher können wir aufhören so zu tun, als würden wir miteinander reden wollen."

„Wer sagt denn, dass ich aufhören will. Es fängt gerade an Spaß zu machen."

„Schön, dann eben nicht." Ich drehte mich weg und widmete mich der Liste. „Um die Sache hier endlich zu beenden, anstatt sie weiterhin unnötig in die Länge zu ziehen, treffe *ich* eben die Auswahl. Denn, ganz offensichtlich, überfordert dich selbst diese einfache Aufgabe."

„Das Einzige, was mich überfordert, sind sinnlose Gedanken über Geschichten, die nichts… aber auch rein gar nichts mit der Realität zu tun haben. Kein Buch… Kein Satz… Kein Wort… kann auch nur im Entferntesten das Leben beschreiben. Das wahre Leben lässt sich nicht in Worte fassen, genauso wenig wie irgendwelche Gefühle…!"

Ungläubig sah ich ihn an. Zuerst wollte ich etwas Bissiges darauf erwidern, doch je länger ich über seine Worte nachdachte, desto sicherer wurde ich mir, dass er gar nicht dieses herzlose Arschloch war, dass er mir gegenüber raushängen ließ. In seiner Aussage steckte mehr Wahrheit, als ich mir eingestehen wollte.

Plötzlich empfand ich einen Schmerz, der mir nur allzu vertraut war. Der Schmerz, den er einsperrte und versuchte vor der Welt zu verbergen, ließ mich erkennen, dass er auf seltsame Weise genauso zerbrochen war, wie ich. Vielleicht fühlte ich mich deshalb so zu ihm hingezogen. Dieser Erkenntnis war es zu verdanken, dass ich mich beruhigte.

„Was hältst du von Verstand und Gefühl?", fragte ich tief versunken in seinem Blick.

„Ich dachte", sagte er bissig, unterbrach sich dann aber selbst. „Mir egal."

Unter normalen Umständen hätte mich die Art, wie er es sagte, erneut auf die Palme gebracht, aber ich schaffte mich zu beherrschen. Woher diese unerwartete Beherrschtheit kam, war ein Rätsel. Ich wusste nur, dass ich sie so lange wie möglich bewahren musste. Ein Blick auf die Uhr verriet mir, dass der Unterricht in weniger als fünf Minuten zu Ende sein würde.

„Schön. Dann wären wir uns ja einig." Ich schenkte ihm ein Lächeln.

„Wie du wünscht, Prinzessin", murmelte er abfällig. Sofort bereute ich ihn angelächelt zu haben. Das Wort *Prinzessin* spuckte er geradezu verabscheuungswürdig aus.

Mistkerl schoss es mir durch den Kopf. Dieser verdammte Mistkerl. Bevor ich reagieren konnte, klingelte es. Ohne mich eines weiteren Blickes zu würdigen, stand Phoenix auf und verließ den Klassenraum.

Das Ganze passierte so schnell, dass mir überhaupt keine Zeit blieb, um auf sein unverschämtes Verhalten zu reagieren. Völlig perplex saß ich auf meinem Stuhl und sah fassungslos dabei zu, wie er seelenruhig aus dem Klassenzimmer stolzierte. Unfassbar! Was bildete er sich überhaupt ein?! Wut begann in meinen Venen zu pulsieren, umklammerte mein Herz und meine Augen füllten sich mit Tränen. Ich musste die Wut ausblenden, durfte ihr nicht zuhören. Denn ich wollte unter keinen Umständen riskieren, dass Phoenix oder sonst irgendjemand sah, wie ich seinetwegen auch nur eine einzige Träne vergoss, selbst keine beschissene Wutträne. Shit! Ich schluckte und wischte mir unauffällig mit dem Finger über die Augen, um die Tränen, die sich befreit hatten, wegzuwischen.

„Und dann fragt ihr, ob mit mir etwas nicht stimmt?", murmelte Simon kopfschüttelnd an Tyler und mich gewandt, während er versuchte ein Lächeln zu unterdrücken.

„Spar dir die blöden Sprüche, okay?! Ehrlich Simon… halt einfach die Klappe." Ich kniff die Augen zusammen und funkelte ihn giftig an.

„Ach, Summer", seufzte Simon schuldbewusst. „Du weißt doch, wie es gemeint war. Was ich dir eigentlich sagen wollte, ist… halte dich von ihm fern. Solche Typen bedeuten nur eins. Nämlich Ärger."

„Entschuldige. Ich wollte nicht so zickig rüberkommen, ehrlich. Ich… ach, keine Ahnung. Dieser Typ hat mich einfach nur so wütend gemacht", versuchte ich mein aufbrausendes Verhalten zu rechtfertigen, musste mir aber Mühe geben, nicht erneut so zickig zu klingen.

„Summer… für dich spiel ich gerne den Punchingball", antwortete Simon aufrichtig. Für einen winzigen Augenblick veränderte sich seine Augenfarbe. Aus dem sanften Blau wurde eine außergewöhnliche Mischung aus türkis und grün. Ich blinzelte. Und das Azurblau kehrte in seinem Blick zurück. *Seltsam! Echt… seltsam…*

„Genau wie ich", mischte sich Tyler lächelnd in unser Gespräch ein.

Als ich die Jungs daraufhin abwechselnd giftig anfunkelte, sagten beide gleichzeitig: „Ach komm, lass es raus. Trau dich. Wenn es sein muss, dann kannst du uns beide schlagen."

„Allerdings hätte ich nichts dagegen, wenn du bei Simon anfängst", witzelte Tyler und hob abwehrend die Hände, während sein Blick zu Simon huschte. In der nächsten Sekunde fingen beide an zu lachen.

„Ach, haltet einfach beide die Klappe", erwiderte ich gespielt schnippisch, konnte mir das Lachen allerdings nicht länger verkneifen. Es war unmöglich weiterhin ernst zu bleiben. Das Gemeine war, dass ihre Art, in Verbindung mit ihrem Lachen nicht nur ansteckend war, sondern jeden Eisberg zum Schmelzen brachte. Egal wie verärgert ich auch sein mochte, in diesem Moment konnte ich mich der Anziehungskraft ihres, wenn auch dreckigen, Lachens nicht entziehen.

„Geht doch", flüsterte Tyler. „Lass dir bloß nicht von diesem Kerl deine gute Laune verderben."

„Keine Sorge", erwiderte ich aufrichtig. „So lange ihr zwei in der Nähe seid, wird ihm das nicht gelingen. Danke."

Tyler streichelte mir sanft über den Rücken, ehe er den Arm um mich legte und wir drei uns auf den Weg zur Mensa machten.

Summer

In der Mensa saß Hope bereits zusammen mit Logan an unserem üblichen Tisch und winkte mir, als sie uns entdeckte, quer durch den Raum zu. Schmunzelnd rollte ich mit den Augen. Ich wusste, dass Hope nur so schnell auf sich aufmerksam machte, weil Logans Nähe sie durcheinanderbrachte. Ich spürte ihre Nervosität. Ihre Ungeduld. Ihre Freude. Das Gefühl des Verliebtseins. All ihre Gefühle flogen wie ein Schwarm Kolibris durch die Luft. Bunt. Schillernd. In den unterschiedlichsten Blau- und Grüntönen, bis hin zu Türkis. Aber auch Lila. Pink. Rosa. Sie sahen aus wie fliegende Juwelen. Einige flatterten voller Aufregung mit ihren winzigen Flügelchen, ohne sich zu bewegen, standen still, hielten die Zeit an. Andere flogen rückwärts, versuchten zu fliehen. Wieder andere flogen über die Köpfe der Schüler hinweg, verbreiteten dabei Glück und Freude. *Okay… das war neu. So hatte ich die Gefühle bisher nie wahrnehmen können oder vielmehr sehen können…*

Dabei war Hopes Nervosität vollkommen unbegründet. Selbst ein Blinder konnte sehen, wie verrückt Logan nach ihr war. Die Art, wie er sie ansah… ja, geradezu anhimmelte. Meine beste Freundin besaß einfach eine Ausstrahlung, der man sich nicht entziehen konnte. Sie war liebenswert. Charmant. Mitfühlend. Offenherzig. Humorvoll. All diese Eigenschaften spiegelten sich in ihren cyanblauen Augen wider. Diese ausdrucksstarke Farbe symbolisierte für mich glitzernde Wellen und grenzenlose Freiheit.

Ihr welliges kastanienbraunes Haar, dass ihr bis zum Rücken reichte, band Hope meistens zu einem Zopf zusammen. Als ich sie vor drei Jahren kennengelernt hatte, war mir sofort die Sanftheit in ihrem Blick aufgefallen. Und irgendwie hatte ich mich vom ersten Augenblick an mit ihr verbunden gefühlt. Abgesehen von ihrer Natürlichkeit besaß Hope ein großes Herz. Für ihre Familie und Freunde würde sie, genau wie jeder anderer meiner Freunde, sprichwörtlich durch die Hölle gehen.

Auch bei Logan waren mir damals als Erstes die Augen aufgefallen. Dieser warme Braunton. Eine einzigartige Mischung aus Kaffeebohnen und flüssigem Karamell. Und, ohne ihn gekannt zu haben, hatte ich gespürt, dass er ein gutes Herz besaß.

Unzählige Mädchen himmelten ihn an, schwärmten für ihn, doch er hatte nur Augen für Hope. Erneut fiel mir auf, dass das Erste, worauf ich bei jemanden achtete, die Augen waren. Oft genügte ein Blick, ein richtiger Blick, um zu spüren, ob mein Gegenüber eine gute Seele besaß… oder nicht.

Ty, Simon und ich durchquerten die Cafeteria und setzten uns zu den beiden an den Tisch. Sofort begannen die Gespräche. Wörter flogen durch die Luft, ohne gehört zu werden. Ich starrte gedankenverloren in die Ferne, während sich meine Gefühle in Wolken verwandelten.

„Summer?! Verdammt. Hörst du mir überhaupt zu?" Hope riss mich abrupt aus der Versunkenheit und die Wolken verschwanden. Sie sah mir direkt ins Gesicht, in die Augen. Ich versuchte mich an ihre letzten Worte zu erinnern… vergeblich.

„Natürlich", log ich und lächelte schuldbewusst, in der stillen Hoffnung, dass Hope mich bei der kleinen Lüge nicht ertappen würde.

„Netter Versuch, Süße. Aber wir beide wissen, dass du nicht lügen kannst, also lass es", erwiderte sie und zog die Augenbrauen hoch. Ohne weiter auf diese unbedeutende Lüge einzugehen, wiederholte sie einfach, was sie mir soeben erzählt hatte. Dieses Mal hörte ich zu.

„Meinst du, Holly und Charlie wären enttäuscht, wenn ich den Spieleabend Donnerstag ausfallen lassen würde?"

Einmal im Monat trafen wir uns alle bei mir zu Hause zum gemeinsamen Spieleabend. Hope, Damon, Tyler und hin und wieder auch Simon. Dieses Ritual hatte Holly vor zwei Jahren ins Leben gerufen. Anfangs nur, um meine neuen Freunde besser kennenzulernen. Später aus dem einfachen Grund, weil meine Tante ein volles Haus liebte.

„Logan hat mich nämlich ins Kino eingeladen." Hope strahlte vor Glück und in diesem Moment spiegelten sich ihre Gefühle in mir wider.

„Darüber machst du dir jetzt nicht ernsthaft Gedanken... oder? Das Einzige, was die beiden sagen werden, ist, dass es verdammt nochmal höchste Zeit wurde. Schließlich hast du die letzten Wochen, ach was rede ich da... die letzten Monate... von nichts anderem mehr geredet. Immer nur Logan, Logan... Logan."

„Komm... Sooooo schlimm war es jetzt auch wieder nicht."

„Nein, stimmt. Es war sogar noch schlimmer", lachte ich, zog sie spontan in meine Arme und flüsterte ihr leise ins Ohr: „Du kannst dir gar nicht vorstellen, wie sehr ich mich für dich freue. Kommst du heute Abend noch vorbei? Du musst mir *alles* ganz genau erzählen."

Hope lächelte verträumt. „Worauf du dich verlassen kannst. Am liebsten würde ich es dir jetzt schon erzählen, aber da mein lieber Bruder im Anmarsch ist..."

„Schon kapiert. Der *große* Bruder muss schließlich nicht alles wissen."

„Ich sehe, wir verstehen uns. Jetzt aber zu dir. Woran hast du gerade gedacht? Du warst so tief in deinen Gedanken versunken gewesen, dass ich kurz davor war, Logan zu bitten mir ein Glas Wasser zu holen, um es dir ins Gesicht kippen zu können. Ehrlich. Es war fast schon unheimlich."

„Das hättest du dich nicht gewagt."

„Wetten doch?!", antwortete sie mit einem frechen Grinsen und sah mich herausfordernd an.

Tja, woran hatte ich gedacht? Eigentlich waren es eher Gefühle gewesen, die mich gefangen genommen hatten, die mich verwirrten... und mich gleichzeitig träumen ließen. Beängstigende. Wunderschöne.

Alles, was ich jetzt sah waren sturmumtoste Augen. Verlorene Augen. Einen warmen grünen Sommerregen. Ein smaragdgrünes Meer... mit sanften Wellen, bis der Sturm aufzog und ich das Gefühl bekam zu ertrinken.

„Da ist so ein neuer Kerl bei mir im Literaturkurs. Und... er sitzt genau neben mir. Und... ach, ich weiß auch nicht. Irgendwie ist er... ~~bezaubernd~~ komisch."

„Wie meinst du das? Komisch im Sinne *von*...?" Abwartend sah sie mich an. Nur wusste ich nicht, wie ich meine Gedanken so formulieren sollte, dass Hope es auch verstehen würde. „Verdammt, jetzt lass dir doch nicht jedes Wort aus der Nase ziehen."

„Keine Ahnung. Er ist… unverschämt… arrogant… und absolut ~~hinreißend~~ unausstehlich. Stell dir vor, er hat es tatsächlich geschafft mich auf die Palme zu bringen. Verstehst du? Mich! Dabei lass ich mich nie provozieren. Nie. Aber Prinz Charming schafft es innerhalb weniger Minuten. Unfassbar. Selbst jetzt rege ich mich schon wieder auf, dabei ist er nicht einmal hier. Es reicht, wenn ich an ihn denke… und das ärgert mich. Abgesehen davon ist er irgendwie unheimlich…" Verzweifelt rang ich nach Worten und versuchte Hope begreiflich zu machen, welche Wirkung er auf mich ausübte, welche Gefühle er in mir hervorrief. Dabei war das gar nicht so einfach.

„Was genau ist denn an ihm so *unheimlich*?"

„Seine Augen", antwortete ich wie aus der Pistole geschossen. Im gleichen Atemzug durchströmten mich Gefühle, die ich *so* nicht empfinden wollte, die mich… ängstigten, die überall in mir eine nicht nachvollziehbare Sehnsucht auslösten.

„Sein Blick ist so… ~~voller Traurigkeit~~ kalt." Obwohl die Kälte, die sich in seinen Augen widerspiegelte, beängstigend war, fühlte ich, dass sich dahinter etwas anderes versteckte. ~~Als wären seine Augen der Spiegel *meiner* Seele.~~

Dem Blick nach zu urteilen, den meine Freundin mir zuwarf, konnte sie meine Erklärungsversuche nicht so ganz nachvollziehen. Verständlich. Schließlich hatte sie Phoenix noch nicht kennengelernt und konnte somit nicht wissen, wie furchteinflößend er gucken konnte, wenn er es drauf anlegte. Seine Augen waren der reinste Widerspruch. In einem Moment strahlten sie eine Wärme aus, die mich zutiefst berührte und einen Wimpernschlag später verwandelten sie sich in einen wütenden Eissturm.

Noch während ich fieberhaft nach einer einigermaßen plausiblen Erklärung für Hope suchte, fühlte ich, wie Phoenix die Cafeteria betrat. Ich fühlte es?! Was zum Teufel war los mit mir? Bei dem bloßen Gedanken daran, zusammen mit ihm im selben Raum zu sein, hämmerte mein Herz so laut, als könnte es jeden Moment aus meinem Brustkorb springen.

60

Hope bemerkte meinen plötzlichen Stimmungswechsel und suchte sofort mit ihren Augen den Raum nach der möglichen Ursache ab.

„Er ist hier. Stimmt´s oder habe ich Recht?"

Dabei klang es viel eher wie eine Feststellung, als nach einer Frage.

„Stimmt", murmelte ich.

„Und? Wo ist der unheimliche Fremde?"

Vorsichtig deutete ich mit den Augen in seine Richtung. Er saß in der letzten Reihe, am äußersten Rand des Tisches… in der hintersten Ecke. Mit gesenktem Blick blinzelte ich vorsichtig in seine Richtung. ~~Enttäuscht~~ Erleichtert stellte ich fest, dass er mir keinerlei Beachtung schenkte.

Die leichten Sonnenstrahlen, die in diesem Moment durch die Fenster fielen, ließen seine Gesichtszüge weniger hart erscheinen. Irgendwie wirkten sie… weich. ~~Sanft.~~

Ich stellte mir die Frage, ob ich möglicherweise ein völlig falsches Bild von ihm im Kopf hatte. ~~Er stellte meine gesamte Welt auf den Kopf. Meine Gefühle… einfach alles.~~ Er war ein Arsch – keine Frage. Aber unheimlich? Bedrohlich? Einschüchternd – ja!

Ich ertrank in seinen Augen, hörte auf zu denken. Blinzelnd senkte ich den Blick, nur um ihn kurz darauf erneut zu beobachten. Heimlich.

Sein Gesicht war von tiefen Gefühlen gezeichnet und plötzlich hörte ich mein Herz schreien. Hörte, wie es zersplitterte, wie es schmerzte. Erschrocken kniff ich die Augen zu, nur um einen Herzschlag später erneut seinen Blick zu suchen.

Er beobachtete mich, sah mich an. Peinlich berührt senkte ich den Kopf. Sofort. Dieser, wenn auch kurze, Blickkontakt traf mich unvorbereitet und brachte mich durcheinander. Ich ließ mir einen Moment Zeit, um mich zu sammeln, bemerkte aber erst, dass ich Phoenix erneut anstarrte, als Hope mich leise darauf aufmerksam machte.

„Du starrst schon wieder. Oder sollte ich besser sagen… immer noch?", flüsterte sie mir leise kichernd ins Ohr.

Ruckartig schreckte ich aus meinen Gedanken auf. „Meinst du, er hat etwas mitbekommen?", fragte ich leise und sah sie unsicher an.

„Naja", druckste Hope rum und wippte dabei auf ihrem Stuhl vor und zurück. „Kommt drauf an, ob du ne ehrliche Antwort willst oder nicht…"

Allein diese Formulierung war Antwort genug.

„Du bist echt ne tolle Hilfe", jammerte ich und der geplante Sarkasmus löste sich in Luft auf.

„Ach komm. Was soll´s? Ich mein, du bist schließlich nicht die Einzige, die ihn so anstarrt. Wenn mich nicht alles täuscht, dann ist zurzeit jeder weibliche Blick auf ihn gerichtet. Von ein paar Ausnahmen wie mir mal abgesehen", antwortete sie und zwinkerte mir aufmunternd zu.

Um nicht lächeln zu müssen, biss ich mir leicht auf die Unterlippe. Hope bemerkte diese Geste natürlich und fing erneut an leise zu kichern. Ihre Gefühle, ihre unbeschwerte Art halfen mir dabei, mich weniger unbehaglich zu fühlen. Abgesehen davon lachte ich gerne, denn jedes Mal fühlte es sich an, als würden mir Flügel wachsen und ich könnte hinauf zu den Wolken fliegen. Wenn ich eins begriffen hatte, dann, dass Lachen die Seele befreit. In solchen Momenten war ich glücklich… und das war alles, was zählte.

„Da sind ja meine beiden Lieblingsfrauen", ertönte es hinter mir und im gleichen Atemzug setzte sich Damon, Hopes Zwillingsbruder und *mein* Fels in der Brandung, neben mich, legte mir den Arm um die Schulter und begrüßte mich mit einem Küsschen auf die Wange. Wie jedes Mal. Ich setzte gerade zu einer Antwort an, als plötzlich lautstarkes Geschrei erklang. Hope und ich bewegten zeitgleich unsere Köpfe und schauten über unsere Schultern in die Richtung, aus der das Geschrei zu kommen schien. Von einer Sekunde auf die andere verstummte unser Lachen und wich blankem Entsetzen.

Thomas und Phillip, zwei Jungs aus meinem Literaturkurs, prügelten gerade auf dem Boden liegend wie wild aufeinander ein. Was war nur in die beiden gefahren? Ich konnte nicht glauben, was für ein Bild sich mir bot. Die beiden waren keine Schlägertypen. Im Gegenteil. Beide waren ruhig, hilfsbereit… und unzertrennlich. Wo der eine war, war auch der andere. Beste Freunde eben – dachte ich zumindest. Aus welchem Grund schlägt man rücksichtslos und ohne Hemmungen auf den besten Freund ein?! Denn genau das passierte hier gerade. Das war keine Rauferei unter Freunden. Nein. Es war, als würden sich zwei Fremde gegenüberstehen, als würde ihre Freundschaft nicht existieren, schlimmer noch… als hätte es sie nie gegeben. Je länger ich darüber nachdachte, desto unwirklicher erschien es mir, obwohl ich es mit eigenen Augen sah.

Dann ging alles blitzschnell.

„Thomas", schrie ich hysterisch und versuchte seine Aufmerksamkeit auf mich zu lenken. Ich konnte nicht länger schweigend zusehen. Thomas reagierte nicht. Er hockte über Phillip, hielt ihn mit seinem Gewicht am Boden. Die Kniee presste er auf seine Arme und verhinderte dadurch, dass Phillip sich wehren konnte. Der Blick von Thomas war leer. Nicht kalt, einfach nur leer. Kälte hätte wenigstens eine Gefühlsregung zum Ausdruck gebracht... so wie Hass, Zorn, Wut, Abneigung. Aber dort war Nichts. Ich versuchte auf seine Gefühle zuzugreifen, um zu verstehen, was mit ihm los war, aber alles, was ich fand, war ein undurchdringbarer Nebel. Eine Wand. Dann sah ich das viele Blut, Phillips Blut. Allerdings konnte ich nicht erkennen, woher es stammte.

Ich war geschockt von dieser Brutalität, von dieser Gewaltbereitschaft. Die Angst in Phillips Augen war schlimm, doch es hinderte Thomas in keiner Weise daran, mit dem Wahnsinn aufzuhören. Er hob gerade seine zur Faust geballte Hand, um erneut auf ihn einzuschlagen.

Sah er das viele Blut nicht? Wollte er es nicht sehen? War ihm wirklich egal, dass sein bester Freund wimmernd und blutverschmiert unter ihm lag? Hatte er keine Gewissensbisse? Kein Mitgefühl? Wo war seine Grenze? Hatte er überhaupt noch eine?

Phillip schaffte irgendwie seine Arme zu befreien und hielt sich diese jetzt schützend übers Gesicht. Mir stockte der Atem, als die Gefühle der beiden auf mich übersprangen... abfärbten.

Die Welt wurde still, gespenstisch still, bis plötzlich unzählige Emotionen erwachten. Sämtliche Gefühle meiner Mitschüler peitschten wie von Geisterhand auf mich ein. Folterten mich. Quälten mich. Verwirrt sah ich mich um. Die meisten Gesichter meiner Mitschüler waren verstört und verängstigt, und doch gab es einige Gesichter, in denen sich Freude widerspiegelte. Skrupellosigkeit. Zu wissen, dass es einigen Schülern Spaß machte dabei zuzusehen, wie jemand anderes verprügelt wurde, war zu viel für mich. Dieses Wissen zerriss mir fast das Herz. Keuchend rang ich nach Luft, ehe ich alle Empfindungen wie auf Knopfdruck abstellte. Meine Seele verwandelte sich in Granit und ich war nicht länger empfänglich für die fremden Emotionen.

Ich blinzelte. Blinzelte. Sah wie Damon die Arme um Thomas Oberkörper schlang, ihn im gleichen Atemzug von Phillip runterzog, und zwar bevor er seinen geplanten Schlag ausführen konnte.

„Beruhig dich, okay?! Oder willst du ihn umbringen? Deinen besten Freund?", knurrte Damon und schaffte irgendwie zu ihm durchzudringen… ihn aus diesem erbärmlichen Zustand zu befreien.

Als Thomas seine blutverschmierten Hände betrachtete, schüttelte er ungläubig den Kopf. Immer und immer wieder. Scheinbar registrierte er erst jetzt, was er angerichtet hatte. Fassungslosigkeit lag in der Luft. Er konnte nicht glauben, dass das Blut seines besten Freundes an seinen Händen klebte.

Phillip ließ die Deckung erst Sekunden später fallen und robbte panisch zurück, während Thomas ihn anstarrte, ohne begreifen zu können, was passiert war. Seine Unterlippe begann zu zittern und in seinem Blick erwachten Selbsthass und Bedauern, prügelten erbarmungslos auf ihn ein. Er suchte Phillips Blick, bat ihn stumm um Verzeihung.

„Komm, Summer… Lass uns verschwinden", hörte ich Hope neben mir sagen. Sie griff nach meiner Hand. Ich schaute ihr ins Gesicht und erkannte dort die gleiche Fassungslosigkeit, die auch von mir Besitz ergriffen hatte.

„Damon? Was ist mit Damon? Was, wenn er Hilfe braucht… Und Phillip? Was ist mit ihm?", stammelte ich und guckte Logan, der Hope schützend im Arm hielt, hilfesuchend an.

„Ganz ruhig, Summer. Damon geht es gut, ihm passiert nichts." Logan versuchte mich mit seinen Worten zu beruhigen. „Glaub mir… Thomas ist viel zu geschockt, als dass er versuchen würde auf Damon loszugehen. Und außerdem… du kennst doch Damon. Also komm, lass uns von hier verschwinden."

„Wo sind Tyler und Simon?" Suchend sah ich mich um, konnte aber keinen von beiden entdecken.

„Die sind mit Phillip auf dem Weg zum Lehrerzimmer. Aber keine Sorge, es war schlimmer, als es aussah."

„Es. War. Schlimm!"

„So meinte ich es auch nicht", verteidigte sich Logan.

Natürlich wusste ich, wie es gemeint war. Genau aus diesem Grund unterdrückte ich die Frustration, die sich anfing in mir auszubreiten. Mein Blick fiel auf Damon, der mich genau in diesem Moment ansah. Stumm gab er mir zu verstehen, dass ich mir keine Sorgen um ihn machen brauchte. Erleichterung vertrieb die restlichen düsteren Gedanken. Ich nickte und schenkte Damon ein schwaches Lächeln.

Thomas erweckte gerade vielmehr den Eindruck, als wenn er jemanden bräuchte, der ihm erzählte, dass er nicht die Kontrolle über sich verloren hatte. Er versuchte noch nicht einmal die Tränen, die ihm übers Gesicht kullerten, zu verbergen. Ich spürte, dass er gerade von seinen Schuldgefühlen zerfressen wurde. Bevor ich die Szene, die sich mir bot, noch länger betrachten konnte, packte jemand meine Hand und zog mich hinter sich her. Es war Hope. Durch das, was hier soeben passiert war, wusste keiner von uns, was er sagen sollte. Also liefen wir schweigend nebeneinander her.

Fragen erwachten.

Fragen.

So viele Fragen.

Warum hatte ich vorhin die Gefühle sämtlicher Schüler wahrnehmen können?

Unabhängig davon, dass es Ewigkeiten her war, dass ich überhaupt dazu in der Lage gewesen bin, war es in diesem Ausmaß noch nie vorgekommen. Nie zuvor hatte ich so viele unterschiedliche Emotionen spüren können. Noch dazu alle gleichzeitig... noch dazu von Menschen, die mir nicht nahestanden.

Nie.

Niemals zuvor.

Im ersten Moment wusste ich nicht, wie ich reagieren sollte. Es war beängstigend. Und gleichzeitig war ich erleichtert. Erleichtert, weil meine Gabe mich scheinbar nicht, wie befürchtet, verlassen hatte.

Am Ende des Korridors trennten sich unsere Wege. Logan drückte Hope ein Küsschen auf die Stirn und sah ihr tief in die Augen, ehe er sich umdrehte und in die entgegengesetzte Richtung verschwand.

Phoenix

Das war gefährlich gewesen. Verdammt gefährlich. UND… es hätte nicht passieren dürfen. Dabei hatte ich nicht einmal gewusst, dass ich dazu in der Lage war. Diese Fähigkeit… war mir fremd gewesen. Genau deshalb hatte es gedauert, bis ich begriffen hatte, dass meine Wut der Auslöser für die Schlägerei gewesen war.

In dem Augenblick, wo Damon an Summers Seite aufgetaucht war und die Dreistigkeit besessen hatte, sie zu berühren, war meine Seele von Gefühlen überwältigt worden, die ich nicht in der Lage gewesen war zu kontrollieren, zu bändigen. Die abscheuliche Kombination von Hass und Eifersucht hatte eine Reaktion hervorgerufen, die ich nie für möglich gehalten hätte. Es war so überwältigend, so berauschend und gleichzeitig so verstörend gewesen, dass ich mich nicht hatte beherrschen können.

Wütend kniff ich die Augen zusammen, atmete tief durch. Versuchte die Erinnerung an gerade eben auszusperren, die damit verbundenen Gefühle nicht erneut heraufzubeschwören. Doch es war zu spät. Die Bilder in meinem Kopf befreiten sich. Jedes einzelne zeigte mir mein Versagen.

Die Wahrheit schlug mir ins Gesicht.

Enttäuschung und Wut vermischten sich, prügelten wie wild aufeinander ein. Meine Hände ballten sich zu Fäusten. Ich hatte geahnt, dass etwas Schlimmes passieren könnte. Meine Gedanken überschlugen sich und während ich meinen Weg fortsetzte, wurde ich still… ohne zu wissen, ob der Weg, den ich bereit war einzuschlagen, der richtige war.

In dem Moment, wo Hope und ich den Klassenraum betraten, hörten wir, worüber sich unsere Klassenkameraden so angeregt unterhielten. *Das* Thema, das wahrscheinlich in den nächsten Tagen Thema Nummer eins sein würde – die Prügelei in der Mensa.

Genervt von den unzähligen Spekulationen lief ich auf meinen Platz zu. Schenkte diesem sinnlosen Gerede keine Beachtung. In meinen Augen gab es nichts Schlimmeres, als sich über jemanden, der nicht anwesend war, das Maul zu zerreißen. Auch, wenn keiner von uns verstehen konnte, was da vorhin passiert war, stand es keinem zu, irgendwelche, aus der Luft gegriffene Behauptungen aufzustellen. Die Wahrheit würde dabei ohnehin auf der Strecke bleiben. Ganz einfach, weil die Wahrheit im Grunde niemanden interessierte.

Wörter, erfunden, und die lediglich dazu missbraucht wurden, um zu verletzen.

Wörter, die sich in Aasgeier verwandelten, ihre Opfer umkreisten, auf einen Moment der Schwäche warteten.

Aasgeier, die sich am Leid anderer erfreuten.

Aasgeier.

Aasgeier.

Nachdem ich die Bücher vor mir auf den Tisch gelegt hatte, schaute ich, wie so oft, aus dem Fenster. Für einen winzigen Moment wollte ich einfach nur alles ausblenden, die Stille meiner Gefühle genießen. Ich atmete tief durch und schloss die Augen.

„Sieh mal an, wer da kommt", freute sich Hope und stupste mir spielerisch gegen die Rippen. Allerdings konnte ich ihre Freude nicht teilen. „Zufall?!" sagte sie und sah mich mit hochgezogenen Brauen schmunzelnd an.

„Willst du etwa andeuten…", weiter kam ich nicht, da Hope mir ins Wort fiel.

„Ich will überhaupt nichts andeuten", beteuerte sie unschuldig, wobei ich ihr nicht ein Wort glaubte, dafür kannte ich sie zu gut.

„Ist auch besser so", zischte ich deshalb leicht gereizt.

Im nächsten Moment presste ich die Lippen fest zusammen, sperrte die Gedanken weg.

Gedanken, die mich versuchten in Ketten zu legen.

Gedanken, die mich fluteten.

~~Gedanken, die mich träumen ließen.~~

Gedanken an *ihn*.

„Ich weiß gar nicht, was du hast?! Er ist doch total süß."

„Ich habe nie behauptet, dass er hässlich ist." ~~Das Aufregendste waren seine Augen. Atemberaubend. Geheimnisvoll. Augen, die mich in eine andere Welt entführten. Eine Welt voller Gefühle. LEBEN. Seine Augenfarbe war so außergewöhnlich. Dunkel und gleichzeitig so leuchtend… voller Leidenschaft. Eine Leidenschaft, die er mit aller Macht versuchte vor der Welt und vor sich selbst zu verbergen… zu leugnen.~~

Einen Herzschlag später war das Gespräch beendet. Zum Glück. Ich wollte nicht länger reden. Geschweige denn denken oder fühlen.

Mr. Jenkins betrat den Klassenraum. Sofort wurde es still. Alle Gespräche verstummten. Er besaß eine außergewöhnliche Autorität, allerdings keine von der angenehmen Sorte. Allein sein Blick reichte aus, um die Worte, die einem im Kopf herumschwirrten und nur darauf warteten endlich gehört zu werden, augenblicklich auszulöschen. Ja, man könnte ihn durchaus als furchteinflößend bezeichnen. Manchmal gewann man sogar den Eindruck, dass er uns Schüler mit Absicht schikanierte, einfach nur, weil er es konnte.

Daher war es nicht verwunderlich, dass er Phoenix nach vorne bat, um sich der Klasse vorzustellen. Sämtliche Augenpaare waren auf ihn gerichtet, meine eingeschlossen. Wie ein Tier im Käfig wurde er von allen Seiten angestarrt. Wäre ich an seiner Stelle, würde ich mit Sicherheit kein einziges Wort herausbringen. Ich war zwar nicht schüchtern oder auf den Mund gefallen, aber ich hasste das Gefühl im Mittelpunkt zu stehen. Phoenix dagegen wirkte selbstsicher. Souverän.

Ein charmantes, umwerfendes Lächeln umspielte seine Mundwinkel, während sein Blick durch die Klasse schweifte. So lange, bis sich unsere Blicke trafen. Fanden. Erst dann begann er zu reden. Und schon beim ersten Wort hörte ich meine Gefühle lachen. Fühlte, wie eine Welle von Emotionen meinen Körper, meinen Geist, flutete. Stopp! So durfte ich nicht empfinden. Um nicht erneut über irgendwelche absurden Gefühle zu stolpern, senkte ich den Kopf, beendete den Blickkontakt.

Stumm starrte ich hinaus zu den Wolken, hörte eine geflüsterte Verheißung, eine nach Frühling duftende Hoffnung, ohne es begreifen zu können. Seit Phoenix den Klassenraum betreten hatte, drehten sich sämtliche Gefühle und Gedanken um ihn. Und genau das ärgerte mich. Die Spannung wuchs, kroch in mich hinein. Steigerte sich ins Unermessliche.

„Er starrt dich schon die ganze Zeit an", flüsterte Hope mir leise ins Ohr. ~~Ich erstarrte… vor Freude.~~ Ungläubig drängte ich die Gedanken zurück ins Gefängnis.

„Mir egal", antwortete ich wie aus der Pistole geschossen.

„Tja… sieht aber nicht danach aus."

„Was willst du damit sagen?"

Meine Frage schien sie im ersten Moment zu verwirren, dann erschien dieses dreckige, zufriedene Grinsen in ihrem Gesicht.

„Hör gefälligst auf so dreckig zu grinsen!", brummte ich leicht genervt. Hope behielt ihre Gedanken für sich, hüllte sich schmunzelnd in Stille. Mein Blick schweifte durch die Klasse. Nicht zu fassen… jedes Mädchen starrte ihn an. Jedes. Ausnahmslos.

Langsam drehte sich Phoenix in meine Richtung, durchbohrte mich mit seinem Blick. Der Ausdruck in seinen Augen ließ mir das Blut in den Adern gefrieren. Eissplitter. Kalt. Unheilvoll…

Ich wollte seinem Blick ausweichen, aber ich war wie hypnotisiert. Alles in mir wehrte sich gegen die Gefühle, die in diesem Augenblick in mir erwachten. Es war beängstigend… und gleichzeitig erfüllend. Mein Herz bebte. Zitterte. Verwandelte sich in einen Kolibri. Schlug wild mit den Flügeln, ohne vorwärtszukommen, dabei wollte es zu *ihm*, wohlwissend, dass es unmöglich war, dass es nicht passieren durfte.

Nur waren es nicht meine eigenen Gefühle, die mich fesselten, dessen Flügel mich hinauf in den Himmel trugen, die mich aus einem unsichtbaren Käfig Namens Zeit, alles um mich herum vergessen ließen.

Sondern seine. Ungewollt tauchte ich in die hintersten Winkel seiner Seele und entdeckte längst vergessene, verdrängte Gefühle. Panik lag in seinem Blick, als er fühlte, dass ich Erinnerungen weckte. Erinnerungen an eine Zeit, in der jeder Atemzug die reinste Qual gewesen ist. Sein Schmerz wurde zu meinem.

Ohne es verhindern zu können, zeigte ich ihm meine Welt. Zeigte ihm, was es bedeutete zu fühlen. Alles zu fühlen. Alles. Meine Seele brannte, als er die Gefühle, die in ihm wüteten, aussperrte. Erstickte. Nicht zuließ.

Zum Glück klingelte es. Der Moment war vorbei, zerstört. Eilig stopfte ich die Bücher in den Rucksack. Ich musste hier weg. Sofort.

„Hope?! Verdammt… beeil dich gefälligst…"

Irritiert sah sie mich an. „Was hast du es denn so eilig?"

„Beeil dich einfach, okay?!"

Hope schüttelte den Kopf. „Wieso bist du auf einmal so komisch?"

„Bin ich gar nicht", widersprach ich und wich ihrem Blick aus.

„Oh doch, Süße! Und ich will wissen, warum. Was ist in den letzten Minuten passiert? Du bist völlig durch den Wind."

Aus dem Augenwinkel konnte ich sehen, wie Phoenix mich beobachtete. Seine Hände ballten sich zu Fäusten und ich fühlte eine Welle der Traurigkeit, ehe er sich umdrehte und verschwand.

Frustriert stöhnte ich. „Hope… bitte. Könnten wir bitte einfach verschwinden?"

„Wie soll ich dir helfen, wenn du mir nicht sagst, was dich bedrückt?"

Meine Stimme war unfähig sich zu befreien. Vielleicht, weil ich nicht wusste, was ich ihr sagen sollte. Wie sollte ich ihr etwas erklären, was ich selbst nicht verstand.

„Ich versteh einfach nicht, warum jedes Mädchen den Neuen so anstarrt, als wenn er der einzige Typ im ganzen Universum wäre. Als wenn er… naja…"

„Als wenn er *was*?"

„Selbst eine Kühltruhe strahlt mehr Wärme aus als er!" Meine Stimme klang sonderbar. Meine Worte – unglaubwürdig.

„Ach Summer, Süße… das sagst du doch nur, weil du eifersüchtig bist. Aber… naja… wie soll ich es dir am besten erklären? Weißt du, es gibt einen Grund, warum er nicht dich mit seinem Blick ausgezogen hat, sondern mich. Und willst du auch wissen welchen? Ich mein… sieh dich doch mal an. *Was* hättest du ihm schon zu bieten? Richtig! Nichts. So Jemand wie *du* spielt eben nicht in seiner Liga", mischte sich Ashley ungefragt in unser Gespräch ein. Herablassend. Gehässig.

Für gewöhnlich ignorierte ich ihre bissigen Kommentare, immerhin waren sie mir bestens vertraut. Dieses Mal schaffte ich jedoch nicht ruhig zu bleiben. Etwas erwachte, tief in mir. Wut pulsierte in meinen Adern, vermischte sich mit Eifersucht. Eiswasser flutete meinen Geist, vergiftete meine Gedanken. Worte befreiten sich.

„Ach?! Ist das so?", fragte ich ebenso herablassend. „Und warum, wenn ich fragen darf? Nur, weil bei mir nicht FICK MICH auf der Stirn geschrieben steht? Jetzt verrate ich *dir* mal ein kleines Geheimnis. Ich steh ohnehin nicht auf Männer, die leicht zu haben sind und sich von Äußerlichkeiten blenden lassen und alles ficken, was die Beine breitmacht. ICH stehe eher auf Männer, die so Frauen wie *dich* ignorieren… oder besser ausgedrückt, die dich wie eine heiße Kartoffel fallenlassen, sobald sie sehen, was sich hinter dieser schönen Maske versteckt. So jemand wie Damon. Letztendlich hat er deinen wahren Charakter gesehen… und der ist ebenso hässlich wie deine Seele."

Es war ein Schlag unter die Gürtellinie. Ein Faustschlag… mitten ins Gesicht. Ich wusste, dass die Erinnerung an Damon sie verletzte. Schlimmer noch… ich *wollte* ihr wehtun. Ohne mich weiter dazu zu äußern, drehte ich mich in die entgegengesetzte Richtung und ließ sie kommentarlos stehen. Für mich war das Gespräch beendet. Hope folgte mir, ohne sich zu meiner bissigen Bemerkung zu äußern. Sie brauchte nichts zu sagen, ihr Schweigen war Antwort genug.

Seufzend wandte ich den Blick ab, sah Richtung Fußboden. Verachtung schmetterte meine Seele gegen eine Wand.

„Summer", flüsterte Hope mitfühlend. „Was ist los mit dir? So kenn ich dich überhaupt nicht. Ich mein, ich will Ashley mit Sicherheit nicht in Schutz nehmen, denn, wenn du mich fragst, hat sie es verdient… Aber darum geht es nicht. Das eben… *das* warst nicht du. So bist du nicht."

„Meinst du, das weiß ich nicht?! Verdammt… Hope." Ich schloss die Augen und versuchte herauszufinden, was mich dazu getrieben hatte Ashley absichtlich so zu verletzen. „Seit Damon sie abserviert hat, macht sie mir das Leben zur Hölle. Es vergeht kaum ein Tag, an dem sie mir nicht irgendeine Gemeinheit an den Kopf wirft. Zu viel ist zu viel. Was bin ich? Ihr dämlicher Punchingball? Mit Sicherheit nicht. Ich mein, wenn sie nicht damit klarkommt, dass dein lieber Bruder sie verlassen hat, dann soll sie ihm gefälligst das Leben zur Hölle machen. Ich habe ihn schließlich nicht gebeten, Ashley zum Mond zu schießen. Er mag vielleicht etwas länger gebraucht haben... aber letztendlich hat er begriffen, wer sich hinter dieser hübschen Fassade versteckt. Sie war schon immer ein kaltes, durchtriebenes Miststück und daran wird sich auch nichts ändern."

„Ich sag nicht, dass ich deine Reaktion nicht nachvollziehen kann. Ich mein, ich an deiner Stelle hätte ihr schon längst... naja... ist ja auch egal..." Hope ließ den Satz unausgesprochen in der Luft hängen.

Meine Gefühle spielten verrückt. Folterten mich. In meinen Kopf hörte ich die unausgesprochene Frage. Klar und deutlich. Stumm... und doch ohrenbetäubend laut.

„Hope, bitte... lass gut sein. Ich mein... was erwartest du jetzt? Dass ich mich entschuldige? Ihr sage, dass es mir leidtut? Wozu? Was würde es ändern? Und abgesehen davon, wissen wir beide, dass ich das niemals tun würde. Niemals. Eher würde die Hölle zufrieren, als dass ich ihr gegenüber zugebe, dass ich meine Worte bereue." Fuck. Wem zum Teufel versuchte ich hier eigentlich etwas vorzuspielen?! Natürlich könnte ich versuchen zu behaupten, dass meine Worte unbedacht gewesen waren... aber das wäre eine glatte Lüge gewesen. Keine Ahnung wieso... aber in diesem Moment hatte ich Ashley verletzen wollen. Ich war so unsagbar wütend gewesen, dass ich ihr das Herz hatte herausreißen wollen.

Doch jetzt, wo die Wut mich verlassen hatte, bereute ich meine Worte. Jedes einzelne. Immerhin wusste ich, wie sehr sie Damon geliebt hatte... und es immer noch tat. Plötzlich empfand ich tiefes Mitgefühl. Im Grunde war sie mir gegenüber nur so gehässig, weil sie verletzt war... und weil sie nicht wusste, wie sie mit ihren Gefühlen umgehen sollte.

Genau aus diesem Grund hatte mich bisher keine einzige ihrer unzähligen Bemerkungen verletzen können. Warum also dieses Mal? Was war anders gewesen? Warum hatten ihre Worte mich verletzt? Gekränkt? Bevor die Antwort meine Gedanken vergiften konnte, drehte ich mich um und lief Ashley hinterher. Ich packte ihr von hinten an den Oberarm, hielt sie auf. Als sie sich umdrehte, bemerkte ich ihre glasigen Augen. Meine Kehle war wie zugeschnürt, trotzdem hörte ich mich sagen „Es tut mir leid. Ehrlich. Das… das hätte ich nicht sagen dürfen."

„Fahr zur Hölle!", schrie sie mir ins Gesicht, riss sich los und ließ mich mit meinem schlechten Gewissen allein.

„Das ist die Summer, die ich kenne." Hopes Worte vertrieben die dunklen Wolken. „Und?", fragte sie mitfühlend, „geht es dir jetzt besser?"

Ich sah ihr in die Augen, ohne ihre Frage zu beantworten.

„Ach Süße. Versuch nicht weiter drüber nachzudenken. Im Grunde hatte sie es verdient. Und abgesehen davon, hast du dich entschuldigt, was Ashley nie im Leben getan hätte."

„Das macht es auch nicht besser."

Endlich, die Schule war zu Ende. Sofort stürmte ich Richtung Parkplatz. Ich musste hier so schnell wie möglich verschwinden. Weg von diesen widersprüchlichen Gedanken, wobei die Gefühle weitaus verstörender waren. Noch immer fühlte ich zu viel. Viel zu viel. Was hatte sich verflucht nochmal verändert? Was passierte hier gerade? Mit mir? Mit meiner Gabe?

Phoenix. Instinktiv fühlte ich, dass er die Antwort auf meine Fragen war. Nur, wieso veränderte sich meine Gabe? Ich zuckte die Achseln, öffnete die Wagentür und stieg ins Auto, flüchtete vor der Antwort. Doch die Buchstaben verfolgten mich. Es gab kein Entkommen. Phoenix. Er hatte, auch wenn ich es nicht begreifen konnte, meine Seele berührt… und zwar auf eine vollkommen neue Art. Ich brachte die Stimme in meinem Kopf zum Schweigen, steckte den Schlüssel ins Zündschloss und startete den Motor.

Zu Hause schloss ich die Haustür auf und sofort stieg mir der Geruch von Hollys Lasagne in die Nase. Diese Lasagne war ein Traum. Göttlich. Schlagartig verbesserte sich meine Laune. Mein Magen knurrte so laut, dass Holly mich hörte. Ich stellte den Rucksack auf die unterste Treppenstufe und betrat die Küche. Lächelnd begrüßte mich meine Tante, während ich einen Stuhl zurückzog und mich hinsetzte.

„Und? Wie war die Schule?"

„Kein Kommentar."

„So schlimm?" Holly setzte sich zu mir an den Tisch und sah mich an, als hätte sie die Worte gehört, die mir, seitdem ich den Parkplatz verlassen hatte, ununterbrochen durch den Kopf geisterten. Worte, die ich mir nicht eingestehen wollte.

Ich zuckte mit den Schultern, woraufhin Holly nachdenklich die Stirn runzelte. Sorgen flogen durch die Luft und ich wusste, dass mein Schweigen dafür verantwortlich war.

„Holly", sagte ich leise und suchte ihren Blick. „Kein Kommentar bedeutet, dass es ein vollkommen normaler Schultag war. Es gibt nichts, was ich dir erzählen könnte. Es sei denn, du möchtest wissen, was wir in den einzelnen Stunden besprochen haben. Aber ich warne dich – das ist sooo langweilig, dass du dich unweigerlich fragen wirst, wie ich diesen Schultag überstehen konnte, ohne einzuschlafen."

„Dann bin ich ja beruhigt, mein Schatz." Lächelnd sah Holly mich an, allerdings entging mir nicht, dass dieses Lächeln ebenso unehrlich war, wie meine Antwort. Als meine Tante aufstand, wusste ich, dass es das erste Mal war, dass sie mich anlog. Und das nur, weil sie spürte, dass ich nicht bereit war, die Wahrheit, wie auch immer sie aussehen mochte, in Worte zu fassen und laut auszusprechen.

Holly widmete sich dem Essen.

„Wann ist die Lasagne fertig?" wollte ich wissen.

Als Holly nicht auf meine Frage antwortete, stand ich auf und zupfte ihr gespielt ungeduldig, wie ein kleines Kind, an der Schürze herum. Ich konnte mich nicht erinnern, meine Tante beim Kochen jemals ohne ihre geliebte Schürze, gesehen zu haben. Vielleicht trugen die modernen Frauen von heute solche Dinger nicht mehr, aber Holly war das egal. Ohne Schürze – kein Essen. So einfach. Unweigerlich musste ich grinsen.

„Hat da etwa jemand Hunger?" Lächelnd sah sie mich an. „Das dauert leider noch einen Moment."

„Wie lange ist *dein* Moment?"

„Du kannst ja schonmal anfangen den Tisch zu decken."

„In Ordnung", antwortete ich bereitwillig und holte bereits die Teller aus dem Schrank.

„Ach, Summer... wenn du damit fertig bist, wärst du dann so lieb und würdest in den Garten gehen, um Charlie und die Zwillinge zu holen?"

„So gut wie erledigt." Dann fiel mir ein, dass mein Onkel um diese Uhrzeit noch gar nicht von der Arbeit zurück sein dürfte. „Charlie? Ist etwas passiert? Er ist doch sonst nie so früh zu Hause."

„Nein", beruhigte mich Holly, „keine Sorge. Alles in Ordnung. Charlie hat sich den Nachmittag freigenommen, um mich bei dem Termin heute Mittag zu begleiten. Du weißt schon... die Anmeldung im Kindergarten."

„Der Termin ist heute? Nehmt ihr die Zwillinge mit?"

„Eigentlich hatten wir vor, dich gleich beim Essen zu fragen, ob du auf die beiden aufpassen könntest, weil wir anschließend noch etwas erledigen wollten. Wenn du allerdings schon etwas vorhast..."

„Deshalb also mein Lieblingsessen", kicherte ich und lehnte meinen Kopf gegen Hollys Schulter.

„Und? Funktioniert der Bestechungsversuch?"

Ich nickte. „Klar."

Ich half Holly das dreckige Geschirr in die Spülmaschine zu räumen. Als wenig später alles erledigt war, verabschiedeten sich Holly und Charlie mit einem „Bis später. Und schön lieb sein."

Die Worte schwebten noch immer durch die Luft, als die Haustür leise ins Schloss fiel. Jetzt konnte der Spaß beginnen. Laney und Luc rannten kreischend die Treppe hoch. Ich folgte ihnen. Ziel – mein Zimmer.

„Memma, Memma", quietschten die beiden vergnügt und hüpften dabei freudestrahlend auf meinem Bett herum.

„Na wartet", rief ich ihnen drohend zu, ehe ich anfing die beiden zu kitzeln. Einer lachte lauter als der andere. Oh, wie ich das Toben mit den Zwillingen liebte. Dabei stand nicht einmal der Spaß im Vordergrund, sondern vielmehr diese kindliche Unbeschwertheit. Wer brauchte schon Superhelden?

Kinder waren die wahren Helden.

Kinder liebten bedingungslos und ihre Liebe war unerschütterlich.

Jede einzelne Kinderseele war ein Wunder.

Das größte Wunder im gesamten Universum.

Manchmal wünschte ich, die Erwachsenen würden den Kindern öfter zuhören, richtig zuhören, denn wir könnten so viel von ihnen lernen.

Aber anstatt diesen Gedanken ernsthaft in Erwägung zu ziehen, spielten wir uns weiterhin so auf, als wären wir unfehlbar, als wären wir die Herrscher über Macht und Wissen.

Dabei begriffen wir NICHTS. Absolut nichts.

Wir waren unfähig zuzuhören.

Wir bildeten uns ein, dass die eigene Meinung bedeutender sei als die Meinung anderer.

Wir verletzten, folterten, zerstörten. Und wozu? Weil wir der festen Überzeugung waren, dass unser Handeln der einzig richtige Weg wäre, um die eigene Existenz zu sichern, um so in dem Dschungel der Unbarmherzigkeit, des kalten Grauens, zu überleben.

Wir waren blind. Taub. Stumm. Und merkten es nicht einmal. Wir sahen nicht, dass wir alles falsch machten, weil wir es schlicht und ergreifend nicht sehen *wollten*.

Kinder stritten sich nicht wegen irgendeiner Hautfarbe.

Kinder stritten sich nicht wegen irgendeiner Religion.

Kinder stritten sich nicht wegen irgendeiner Weltanschauung.

All diese Dinge existierten für sie nicht einmal.

Kinder führten keine Kriege.

Kinder richteten nicht.

Kinder zerstörten nicht

Kinder kannten keinen Neid.

Kinder kannten keine Missgunst.

Kinder kannten keinen Hass.

Kinder verurteilten niemanden.

Kinder waren frei von Vorurteilen.

Im Gegensatz zu den Erwachsenen!

Ihre Seelen waren unser Licht in der Dunkelheit.

Kinderseelen strahlten heller als jeder Stern.

Aber, anstatt die Hilfe unserer Kinder anzunehmen, zerstörten wir ihre Träume, Hoffnungen… und beraubten sie ihres Lichts.

Doch Laney und Luc würde dieses Schicksal nicht widerfahren.

Die beiden bedeuteten Hoffnung. Sie waren mein Leben. Mein Licht. Und ich würde sie beschützen vor den Monstern dieser Welt. Niemals würde ich zulassen, dass irgendjemand die Seelen von Laney und Luc in die Welt der Finsternis zog. Eine Welt, die die Erwachsenen erschaffen hatten. Eine Welt, so grausam, dass allein der Gedanke daran meine Seele in Schutt und Asche legte. Nein! Die beiden würden ihre Unbefangenheit und ihre Superheldenkräfte nicht verlieren.

Kinder waren der Schlüssel zum Glück.

Der Weg ins Paradies.

Ihre bedingungslose Liebe, ihr grenzenloses Vertrauen... ihre Empathie... all das... war unsere Rettung.

Plötzlich kletterte Luc vom Bett. Blieb mitten im Raum stehen und suchte meinen Blick. Sah mich mit seinen kleinen Kulleraugen herzzerreißend an. Ich konnte die unausgesprochene Frage bereits in seinem Blick erkennen.

„Pipi", flüsterte er leise.

Weitere Worte waren überflüssig.

Sofort sprang ich aus dem Bett. „Sag dem Pipi, es soll noch kurz warten. Okay? Schaffst du das?" Ohne seine Antwort abzuwarten rannte ich aus dem Zimmer, um Mr. Yellow (sein gelbes Töpfchen) aus dem Badezimmer zu holen. Ich wusste, dass die wenigen Sekunden sich für Luc wie eine Ewigkeit anfühlten, also beeilte ich mich und kehrte wenige Sekunden später mit Mr. Yellow in der Hand zurück.

Das Töpfchen stand noch nicht ganz auf den Boden, als Luc anfing zu weinen. Dicke Krokodilstränen. Breitbeinig stand er auf dem Teppich und die Tränen tropften in die kleine Pfütze unter ihm. Sein trauriger, schuldbewusster Blick versetzte mir einen Stich ins Herz.

Ich schloss ihn in meine Arme und streichelte ihm sanft über den Rücken. „Warum weinst du denn mein Schatz?"

Als Antwort zeigte er wortlos auf die Stelle, wo soeben noch das Pipi zu sehen war, mittlerweile war die Pfütze nämlich im Teppich verschwunden.

„Das ist doch nicht schlimm."

„Memma nicht böse?"

Allein die Frage ließ mich schlucken.

„Böse? Ich? Warum sollte ich denn böse sein? Luc, mein Schatz, ich bin stolz auf dich. Und willst du wissen warum? Weil du, obwohl wir so viel gelacht haben, gemerkt hast, dass du Pipi machen musst.

Und soll ich dir noch was verraten? Beim nächsten Mal bekommt Mr. Yellow das Pipi, anstatt Fluffy der Teppich."

Ein kleines zaghaftes Lächeln schlich sich in sein Gesicht.

„Versprochen?" fragte er leise.

„Versprochen!", versicherte ich ihm.

Die Zwillinge saßen gerade in der Wanne, als unten die Haustür geöffnet wurde. Holly und Charlie waren zurück.

„Wir sind im Badezimmer", rief ich so laut, dass sie mich hören konnten. Holly steckte den Kopf durch den Türspalt und sofort strampelten Luc und Laney voller Freude mit ihren kleinen Ärmchen.

„Darf ich ihr Kapitän sein?", fragte Holly lächelnd und löste mich als Kapitän ab.

Ich zwinkerte meiner Crew zu, stand auf und verließ grinsend das Badezimmer.

Ich saß in meinem Schaukelstuhl und zwei leuchtendgrüne Regentropfen wirbelten, flogen... tanzten durch die Luft, ehe sie in ein tosendes grünes Meer eintauchten, dessen Wasseroberfläche sich in einen schimmernden, funkelnden Spiegel verwandelte. Allein der Anblick der smaragdgrünen Wellen zog mich gnadenlos unter Wasser, wo ich nichts anderes sah als *seine* Augen.

Ich blinzelte. Einmal. Zweimal. Doch das Licht seiner Augen wollte nicht aufhören zu leuchten, gab mich nicht frei. ~~Schlimmer noch, ich wollte nicht auftauchen. Mein Blick war gefangen. *Ich* war gefangen. Verzaubert. Fasziniert.~~

Schließlich schüttelte ich den Kopf, tauchte aus den Fluten auf. Etwas hatte sich verändert. Seine Augen. Dieses Mal hatten sie mir keinen kalten Schauer über den Rücken gejagt. Sein Blick war dieses Mal nicht kalt gewesen. Nicht bedrohlich.

Ich ließ den Gedanken an ihn zu und einen Herzschlag später erfüllte mich eine innere Ruhe. Gefühle wie Wolken. Friedlich. Sanft. Ich schaute zum Fenster und entdeckte einen blauschimmernden Schmetterling, der wenig später auf der Fensterscheibe landete und dort sitzen blieb. Er flatterte zaghaft mit seinen Flügelchen, flog jedoch nicht weg, es war, als würde er mich ebenso beobachten, wie ich ihn. Meine Augen erkannten die Schönheit dieses Augenblicks und erst als ich zufrieden lächelte, flog er davon, hinauf zu den Wolken.

Verwirrt kehrte ich ins Hier und Jetzt zurück. Die Gefühle, die erwachten, stürzten mich in ein Gefühlschaos.

Fest entschlossen mich auf andere Gedanken zu bringen, stand ich auf und lief zum Bücherregal. Mein Lieblingsbuch *Verstand und Gefühl* stach mir sofort ins Auge. Ich zog es raus und zeichnete die Buchstaben mit der Fingerspitze des rechten Zeigefingers nach und machte es mir auf dem Bett gemütlich.

Es dauerte nicht lange, da musste ich mir eingestehen, dass es eine echt blöde Idee gewesen war. Es war zwecklos. Zum Verrücktwerden. Mein Kopf war leer. Ich wusste nicht, was ich die letzten Minuten gelesen hatte. Wörter und Buchstaben ergaben keinen Sinn. Lösten sich in Luft auf. Alles was ich sah, waren strahlend grüne Augen. Verdammt! Verärgert schüttelte ich den Kopf und versuchte mich erneut auf die Zeilen zu konzentrieren, als es leise an der Tür klopfte.

„Ja?"

Keine Antwort... und wenn doch, dann war sie so leise gewesen, dass ich sie durch die geschlossene Tür nicht hatte hören können.

Hope – schoss es mir durch den Kopf. Sie kam genau zum richtigen Zeitpunkt. Vielleicht könnte sie mich endlich auf andere Gedanken bringen.

„Tür ist offen", antwortete ich.

Kaum hatte ich den Worten Leben eingehaucht, öffnete sich die Tür und ich erstarrte, begriff nicht, in wessen Augen ich blickte. Wie war das möglich? Ich starrte in jenes Paar Augen, dass ich die letzten Minuten verzweifelt versucht hatte zu verdrängen. Ein Windhauch strich über meine Haut. Völlig irritiert blinzelte ich. Es musste eine Halluzination sein. Oder? Schließlich realisierte ich, dass es kein Traum war. Phoenix, er stand tatsächlich vor mir. Erschrocken fiel mir das Buch aus den Händen.

„Was willst du hier?", zischte ich bedrohlich, wie eine Kobra, ohne begreifen zu können, warum mich der Ausdruck in seinem Gesicht so wütend machte.

„Ich freu mich auch dich zu sehen", antwortete er mit einem selbstgefälligen Grinsen und sah mir demonstrativ in die Augen.

„Lass den Scheiß! Ich hab dir ne einfache Frage gestellt. Und überhaupt... woher weißt du wo ich wohne?!"

Er bewegte den Kiefer hin und her. Schweigend war sein Blick fest auf mich gerichtet. Seine Hände steckte er in die Hosentasche. Seelenruhig lief er hinüber zum Fenster und setzte sich in den Schaukelstuhl. Ich beobachtete ihn, verfolgte jede seiner Bewegungen und wartete auf eine Antwort. Sekunden vergingen. Dehnten sich. Zogen sich ins Unermessliche. Dann, endlich, brach er sein Schweigen.

„Hausaufgaben. Literaturkurs. Wir zwei. Schon vergessen?!", erinnerte er mich eisig und funkelte mich wütend an, während sich ein winziges Lächeln in sein wunderschönes Gesicht schlich. Unbemerkt. Dieser kurze Augenblick reichte aus, um in mir einen Wirbelsturm zu entfachen. Der Wind sang eine Melodie, eine schrecklich vertraute Melodie. Je verzweifelter ich versuchte zuzuhören, desto stiller wurde es um mich herum. Ich konnte dieses unbekannte und zugleich vertraute Gefühl nicht festhalten. Alles verstummte. Erinnerungen im Blut. Im Herzen. Verschluckt von einer unbekannten Finsternis.

Angst erwachte... und ehe ich begriff, was passiert war, verließ ich schlagartig die Dunkelheit, die mir den Atem geraubt hatte.

Phoenix wirkte irritiert, zog nachdenklich eine Braue hoch.

Ich fühlte seinen Blick. Merkte, wie er mich aufmerksam musterte. Einen Atemzug später stand er vor meinem Bett, schaute zu mir runter, genau in mein Gesicht. Der Ausdruck in seinen Augen beraubte mich all meiner Sinne.

Irgendwie – keine Ahnung – wirkte er plötzlich nicht mehr so selbstsicher, wie noch vor wenigen Sekunden.

„Du hast gesagt..." Weiter kam er nicht, denn ich fiel ihm ins Wort.

„Ja, schon... Aber, ganz ehrlich, nachdem was heute in der Schule passiert ist, so wie du mich behandelt hast... naja... ich habe nicht mit dir gerechnet. Weder heute, noch sonst irgendwann. Ich mein, jedes Wort..."

Dieses Mal unterbrach er mich.

„Hab es mir eben anders überlegt."

„Warum? Wieso hast du deine Meinung geändert?"

„Das spielt keine Rolle. Ich bin hier, alles andere ist unwichtig. Aber... wenn du willst, dass ich gehe, dann...", sagte er, ohne den Satz zu beenden. Seine Augen wurden dunkel. „Was soll`s. Ich verschwinde... war ohnehin ne Scheißidee."

Er wollte verschwinden? Keine Ahnung warum, aber er sollte nicht gehen. Durfte nicht gehen. Er sollte bleiben. Hier. Bei mir. Phoenix senkte den Blick, drehte sich seufzend um und ging Richtung Tür. Ich realisierte, dass er tatsächlich im Begriff war, zu verschwinden. Meine Alarmglocken schrillten. Warum konnte ich ihn nicht gehen lassen? Es blieb keine Zeit, um diese Frage zu beantworten. Ich wurde gezwungen zu reagieren. Jetzt.

Phoenix hob den Arm und seine Finger umschlossen die Türklinke.

„Wo willst du hin? Ich…" Die Worte, die mir auf der Seele lagen, schluckte ich runter, ließ sie unausgesprochen. Zumindest für den Moment.

Er stand mit dem Rücken zu mir. Stumm. Sagte kein Wort.

„Phoenix?" Meine Stimme zitterte. Sein Schweigen verwandelte sich in Sprengstoff. Dynamit. Explosionsartig stand ich auf und lief auf ihn zu, blieb direkt hinter ihm stehen.

„Was?!", knurrte er gefährlich ruhig. Er biss die Zähne zusammen. Sein ganzer Körper wirkte angespannt. Ich fühlte eine Zerrissenheit, die mir unerklärlich war. Meine Nähe machte ihn wütend und gleichzeitig auch wieder nicht.

„Geh nicht. Bitte", flüsterte ich leise… ängstlich.

Er zögerte. Ich hielt die Luft an, wartete auf seine Reaktion. Schließlich sagte er die erlösenden Worte.

„Ich… also schön, lass uns anfangen."

Die Missbilligung in seiner Stimme überhörte ich. Es spielte keine Rolle. Er hatte sich entschlossen zu bleiben. Punkt.

Phoenix schnappte sich das Buch vom Bett und setzte sich zurück in den Schaukelstuhl. Während er mir das erste Kapitel vorlas, lag ich mit geschlossenen Augen auf dem Bett und lauschte dem Klang seiner Stimme. Die Wörter waren uninteressant, zumindest in diesem Augenblick. Seine Stimmfarbe war göttlich. Atemberaubend. Dunkel. Gefährlich. Sanft. Ausdrucksvoll. Einfühlsam.

Der reinste Widerspruch.

Genau wie seine Gefühle.

Genau wie er selbst.

Phoenix war wie ein Buch. Geschrieben in einer mir unbekannten ~~vertrauten~~ Sprache. Verschlossen. Nicht zu entschlüsseln. Ein Buch, das nicht gelesen werden wollte.

Seine Stimme berührte nicht nur mein Herz, sondern meine ganze Seele. Vielleicht sollte mich diese Erkenntnis erschrecken, aber dem war nicht so. Ich fühlte mich… sicher. Sicher und geborgen. Für den Moment hörte ich auf mir den Kopf über Dinge zu zerbrechen, auf die ich ohnehin keinen Einfluss hatte und genoss den Zauber des Moments.

Obwohl ich dieses Buch schon unzählige Male gelesen hatte, wurde es jetzt, in dieser lachenden Stille, neu geschrieben. Seine Stimme hauchte den Seiten neues Leben ein. Magie lag in der Luft.

Schwer vorstellbar, dass zwischen dem Phoenix, der jetzt hier in meinem Zimmer saß, und dessen Worte mich verzauberten, und dem Phoenix von heute in der Schule mit den eiskalten Augen, eine Verbindung bestand. Handelte es sich wirklich um ein- und dieselbe Person? War das, was ich glaubte in seinem Blick gesehen zu haben, nur ein Hirngespinst gewesen? Oder spielte er mir genau jetzt etwas vor? Wer von beiden war der wahre Phoenix? Was war Traum? Was Wirklichkeit?

Ich öffnete die Augen und sofort suchten diese das Gesicht, welches ich selbst hinter geschlossenen Lidern die ganze Zeit über vor Augen gehabt hatte.

Vielleicht ging meine Fantasie mit mir durch. Vielleicht war *dieser* Phoenix nichts weiter als ein Traum. Ein wunderschöner Traum. Aber warum fühlte sich dieser Traum dann so echt an?

Ich wurde still. Jeder seiner Atemzüge verwandelte sich in Musik. In eine Melodie, die sich vertraut anfühlte. Es war merkwürdig, unerklärlich, aber irgendetwas passierte mit mir… nur konnte ich nicht sagen *was*.

„Summer?"

Der Klang meines Namens riss mich aus meinen Gedanken. Ich hob den Kopf und sofort fanden sich unsere Blicke. Erneut war ich überzeugt zu träumen. Ein verschmitztes Grinsen umspielte seine Lippen. Dieses Lächeln musste eine Halluzination sein. Ich gab mir Mühe nicht allzu nervös zu klingen, als ich endlich meine Stimme wiederfand. Dieses Lächeln – es verunsicherte mich viel zu sehr.

„Ja?", krächzte ich, weil meine Kehle so trocken war. Ein Wort. Mehr war nicht möglich.

„Fährst du mit mir zur Bücherei?" Fragend sah er mich an, wobei das zaghafte Lächeln nicht einen Augenblick lang verschwand.

Mein Herz schlug wie verrückt. ~~Mit jedem Atemzug, mit jedem Herzschlag war ich dabei mich ein wenig mehr in ihn zu verlieben. In einen völlig Fremden.~~

Meine Gedanken befreiten sich. „Mit dir würde ich überall hingehen, sogar bis ans Ende der Welt."

NEIN! schrie mein Kopf. OH. MEIN. GOTT. Das hatte ich nicht wirklich laut ausgesprochen, oder?! Bitte, lass mich diese Worte nicht laut gesagt haben.

Phoenix öffnete den Mund, schloss ihn jedoch wieder, ohne etwas zu sagen. In seinen Augen glänzten Schuldgefühle, vermischten sich mit einer nicht nachvollziehbaren Angst. Seine Gefühle wurden immer verwirrender. Plötzlich ergab nichts mehr einen Sinn.

Fuck! Er glaubte doch wohl nicht ernsthaft, dass… Nein! Er konnte denken, was er wollte, aber er durfte nicht mehr in die Worte hineininterpretieren, als sie in Wahrheit bedeuteten.

„Das… naja… was ich *eigentlich* damit sagen wollte, war, dass ich mit dir zu jeder Bücherei der Welt fahren würde." Oh mein Gott. Es wurde immer schlimmer. „Hör zu, Phoenix. Tu uns beiden den Gefallen und vergiss, was ich gesagt habe." Ich atmete tief durch. Sein Blick veränderte sich, genau wie die Gefühle, die ich von ihm empfing.

„Das war… interessant…", murmelte ich leise vor mich hin.

„Was war *interessant?*", fragte er.

Verdammt. Ich musste echt lernen, meine Gedanken in seiner Gegenwart, nicht immer laut auszusprechen. Bevor ich antworten konnte, redete er einfach weiter.

„Wenn du keine Lust hast zur Bücherei zu fahren, dann sag es!" Die Kälte in seiner Stimme erschreckte mich.

Sein Lächeln – verschwunden.

Seine Augen – dunkel.

Er war wütend, nein, nicht wütend, sondern… verletzt. Und genau diese Verletzlichkeit berührte mich auf eine unvorstellbare Art. Mein Herz schmerzte.

„Keine Lust?" wiederholte ich leise.

„Ja. Keine Lust! Wenn du deine Zeit nicht mit mir verschwenden willst, dann lass es einfach. Die Bücherei finde ich auch ohne deine

Hilfe", antwortete er mit einem scharfen Unterton. Seine Hände umklammerten das Buch so fest, dass seine Fingerknöchel sich weiß färbten.

„So war das überhaupt nicht gemeint", verteidigte ich mich. Seine Reaktion auf meine Worte war nicht nachvollziehbar. Was hatte ich denn so Schlimmes gesagt? Ach ja... richtig. NICHTS!

„Wie war es dann gemeint?", fragte er provokativ und funkelte mich mit hasserfülltem Blick abwartend an. Seine Augen mochten vielleicht bedrohlich funkeln, aber ich war überzeugt, dass sich hinter dieser Fassade eine Verletzlichkeit verbarg, die er mit aller Kraft versuchte vor mir zu verbergen. Doch, selbst wenn meine Vermutung stimmen sollte, würde es sein aufbrausendes Verhalten nicht rechtfertigen.

Mit jedem Atemzug steigerte sich die Wut. Worauf wartete er? Auf eine Entschuldigung? Wofür? Für Worte, die nicht einmal für seine Ohren bestimmt gewesen waren und die er, abgesehen davon, in den völlig falschen Hals bekommen hatte? Als ich begriff, dass sich seine unbegründete Frustration buchstäblich in mir widerspiegelte, war es zu spät.

Meine Hände ballten sich zu Fäusten. Phoenix hatte keine Ahnung, wie wütend mich sein Anblick in diesem Augenblick machte.

„Was hast du für ein Problem?!", platzte es aus mir heraus. Der Ton war schärfer als beabsichtigt, zeigte jedoch Wirkung. Phoenix war verdutzt, zumindest für den Bruchteil einer Sekunde.

„DU!", antwortete er mit eisiger Stimme. „Du bist das Problem!"

„Ich?!", wiederholte ich ungläubig. „Ich bin also das Problem?" Ich zitterte am ganzen Körper, als seine Worte mich auf eine bisher unbekannte Art verletzten. Phoenix senkte den Kopf, fuhr sich mit den Händen durch die Haare. Seine Wut rauschte durch meine Adern.

Ich erstarrte, wagte nicht zu blinzeln. Seine Gefühle verwandelten sich in grauglitzernde Nebelschwaden, schwebten durch die Luft, drangen in meinen Körper ein, in meine Seele. Ich fühlte, wie sie sich dort in pechschwarze, eiskalte, wunderschöne, schimmernde Schatten verwandelten. Ich blinzelte und sperrte seine Finsternis aus.

„Weißt du, Phoenix... Für einen winzigen Moment hatte ich echt den Eindruck, dass du gar nicht das gefühlskalte Arschloch bist, für das ich dich gehalten hab. Aber danke, dass du mir gerade eindrucksvoll beweist, dass der erste Eindruck scheinbar doch immer der Richtige ist. Du bist..."

Er fiel mir ins Wort. „WAS bin ich?!", fragte er gefährlich leise und blickte mir dabei direkt in die Augen. Was zum Teufel passierte hier gerade? Mein Herz hämmerte gegen meine Rippen und erneut tauchte ich ungewollt und unbeabsichtigt in seine Gefühle.

Die Finsternis verwandelte sich in ein tosendes Meer, deren Wellen mich unter Wasser drückten. Doch in ihm existierte nicht nur Dunkelheit, sondern auch jede Menge Licht. Seine Gefühle waren tiefer als jeder Ozean. Mein Herz zog sich zusammen, und ich wusste, wenn ich noch eine Sekunde länger in diesen Fluten schwimmen würde, wäre es für mich zu spät. Ich wünschte, ich könnte ihn retten, sein Anker auf dem tosenden Meer sein. Ein Meer bestehend aus unendlich vielen Gefühlen. Unterdrückter Gefühle. Die unstillbare Sehnsucht, die in ihm existierte, ihn ausfüllte und ihm die Luft zum Atmen nahm, machte mich sprachlos.

Schweigend starrten wir uns in die Augen und lauschten gemeinsam einer Stille, die uns wie eine wärmende Decke vor der Kälte schützte.

„Wieso bist du hier?" flüsterte ich schließlich.

Ein Muskel in seinem Kiefer zuckte und der Ausdruck in seinem Blick nahm mich gefangen.

„Wegen dem verfluchten Referat."

Seine Worte waren wie winzige Nadelstiche. Den Gedanken, dass das Referat nur ein vorgeschobener Grund war, weil er in Wahrheit *mi*ch kennenlernen wollte, verdrängte ich. Phoenix durfte nicht herausfinden, was ich dachte... ~~was ich mir wünschte.~~

„Wieso sollte ich sonst hier sein?" Er stand direkt vor mir. Sein Blick ruhte auf meinen Lippen. Mir stockte der Atem und ich vergaß, dass man überhaupt Luft holen musste. Er war zu nah. Viel zu nah. *Verdammt! Verdammt! Verdammt!*

Ich wich einen Schritt zurück. Doch anstatt mir den Abstand zu gönnen, machte er einen Schritt auf mich zu und verringerte die Lücke zwischen uns. Jetzt standen wir uns direkt gegenüber. Und mit *direkt* meinte ich direkt. Böser Fehler. Ganz böser Fehler. In seinen Augen flackerte Etwas auf.

Etwas, was ich nicht deuten konnte.

Etwas, von dem ich nicht sicher sein konnte, ob es das gewesen war, was ich mir insgeheim wünschte.

Meine Gedanken spielten verrückt. Ohne es verhindern zu können, tauchten plötzlich Bilder vor meinem geistigen Auge auf. Bilder von ihm... und mir.

Emotionen erwachten. Emotionen, die mir die Kehle zuschnürten.

Der Ausdruck in Phoenix' Blick veränderte sich, als könnte er meine Gefühle und Gedanken fühlen. Hitze stieg in mir auf und ohne es verhindern zu können, wurde ich rot.

„So schmutzig?", flüsterte er mir anrüchig ins Ohr.

Zorn stieg in mir auf, gemischt mit Scham. Ich wollte ihm sagen, dass er mich in Ruhe lassen sollte... dass er verschwinden sollte. Doch anstatt ihm etwas, irgendetwas, vor den Kopf zu werfen, starrte ich ihn einfach nur an.

„Na komm schon. Verrat mir, woran du gedacht hast." Dieses arrogante Grinsen steigerte meinen Zorn und verbannte alle anderen in mir existierenden Emotionen. Ich hüllte mich in Schweigen, behielt meine Gedanken für mich. Und ohne es verhindern zu können, explodierte in mir erneut das Verlangen in seine Augen zu sehen. Ich holte tief Luft. Verstand die Welt nicht mehr. Dieses ständige Wechselbad der Gefühle.

„Summer..."

Nein. Ich wollte nichts hören. Er sollte still sein. Die Sorge, die in seiner Stimme mitschwang, machte alles nur noch schlimmer.

„Nicht!" sagte ich leise, viel zu leise.

„Ich wollte nicht..."

„Was? Was wolltest du nicht? Meine Gefühle verletzen? Keine Sorge, das hast du nicht. So Jemand wie du kann mir nicht wehtun!" knurrte ich. Seine Augen folterten mich. K̶ü̶s̶s̶t̶e̶n̶ ̶m̶i̶c̶h̶. Er verfolgte jede meiner Bewegungen. Die Intensität seines Blickes versenkte meine Seele. Sein Verhalten war, genau wie seine Gefühle, nicht nur widersprüchlich, sondern undurchschaubar. Nicht nachvollziehbar.

Gefühle, die er jedoch mit aller Kraft versuchte zu kontrollieren, zu verbergen. Ich hatte keinen blassen Schimmer, was er dachte, welche Gedanken ihm durch den Kopf gingen. Keine Ahnung, ob er mich verachtete oder nicht... ob er mir etwas vorspielte oder nicht. Ich wollte ihm so viele Fragen stellen, brachte aber keinen Ton heraus. Bisher hatte ich mich immer auf meine Gefühle verlassen können. Warum nicht dieses Mal?

Zweifelsohne weckte er Gefühle in mir.

Unbekannte Gefühle.

Gefühle, die mir Angst machten.

Gefühle, die ich nicht zulassen durfte.

~~Gefühle, die mich atmen ließen.~~

Ich musste raus, weg von ihm. Instinktiv griff ich nach der Türklinke.

„Wo willst du hin?" knurrte er, woraufhin ich mich zu ihm umdrehte. Seine Hände ballten sich zu Fäusten. Ohne ersichtlichen Grund.

Was zum Teufel war nur los mit ihm?

Eine herzzerreißende Verzweiflung tauchte in seinen Augen auf. Nahm mich gefangen, so dass ich mich sagen hörte: „WIR!", und betonte dieses eine Wort, als wäre es sein Rettungsanker. „Du und ich... wir fahren jetzt in die Stadt."

Er nickte, bewegte sich jedoch keinen Millimeter.

„Worauf wartest du? Auf ne schriftliche Einladung?"

Leise lachend schüttelte er den Kopf. Beim Klang seines Lachens drehte ich mich bewusst in die entgegengesetzte Richtung. Nicht, weil ich ihn nicht länger ansehen wollte, nein, ich wollte einfach nur den Zauber des Moments genießen... fühlen, was sein Lachen in mir auslöste. *Verdammt! Hör sofort auf damit, Summer!* Verärgert über meine Reaktion schloss ich die Augen und versuchte meine Gefühle in den Griff zu bekommen.

„Nervös?", hauchte Phoenix mir plötzlich leise ins Ohr. Erschrocken zuckte ich zusammen. Er stand genau hinter mir.

Anstatt seine Frage zu beantworten, drückte ich die Klinke herunter und stürmte aus dem Zimmer, Richtung Treppe.

Auf dem Weg zum Auto konnte ich mich kaum auf meine Gedanken konzentrieren. Obwohl er schweigend neben mir herlief, brachte er mich völlig mühelos aus dem Gleichgewicht. Irgendetwas an ihm fesselte mich, legte meine komplette Aufmerksamkeit in Ketten. Dabei war das absurd, immerhin kannte ich ihn nicht einmal, wusste *nichts* über ihn. Absolut nichts.

„Ich fahre", murmelte er leise und blieb in derselben Sekunde stehen. Und ich hatte nichts Besseres zu tun, als in ihn hineinzulaufen. Schon wieder. *Idiot! Wieso bleibst du auch einfach stehen?!*

„Scheint wohl zur Gewohnheit zu werden. Hmm?! Hör zu, Prinzessin… ich weiß, dass ich heiß bin… *aber* das bedeutet nicht, dass du dich jedes Mal ungefragt, wie eine rollige Katze, in meine Arme werfen kannst."

„Was?", fragte ich peinlich berührt und merkte wie mir die Hitze ins Gesicht stieg. Dieser selbstverliebte, arrogante Mistkerl. „Wieso bleibst du auch einfach stehen?!"

„Das muss dir nicht peinlich sein. Ich mein… ich weiß, dass es nicht deine Schuld ist. Ich bin nun mal unwiderstehlich. Trotzdem. Ein bisschen mehr Abstand kann nicht schaden, wir wollen ja schließlich nicht, dass du dich verletzt."

„Du verwechselst wohl gerade unwiderstehlich mit *unausstehlich*. Aber keine Sorge, ich weiß, dass es nicht deine Schuld ist", wiederholte ich seine soeben gesagten Worte. „Selbstüberschätzung kommt bei Typen wie dir häufiger vor."

„Typen wie mir?", lachte er kalt und seine Augen funkelten zornig. „Hör zu, Prinzessin… es gibt Niemanden, der so ist wie ich."

„Na hoffentlich!", rief ich ihm über die Schulter hinweg zu und ließ ihn einfach stehen.

Phoenix

Wutschnaubend sah ich dabei zu, wie Summer die Beifahrertür öffnete... und aus meinem Blickfeld verschwand. Dabei galt die Wut nicht einmal ihren Worten. Es war mein eigenes Versagen, was mich so wütend machte. Warum war ich vorhin nicht in der Lage gewesen sie auszusperren? Ihre Gabe lag immerhin auf Eis. Schlummerte. Und würde erst aus ihrem Dornröschenschlaf erwachen, wenn die Erinnerungen zu ihr zurückkehren würden. Zumindest sollte sie auf Eis liegen. Doch, wie sich gerade mehrfach herausgestellt hatte, war diese Annahme ein Irrtum gewesen. Und zwar ein gewaltiger Irrtum.

Immer wieder war sie, ohne sich dessen bewusst zu sein, in meine Seele abgetaucht. In meine tiefsten Abgründe. Ihre Empathie, ihre unbändige Kraft, verstärkte jedes einzelne Gefühl, jede Emotion.

Meine Seele leuchtete wie ein Komet. Und diesem Leuchtfeuer konnte sie sich nicht entziehen. Unsere Seelen verband etwas, was weder Zeit noch Raum trennen konnte. Scheinbar konnte selbst die Tatsache, dass sie ihre Erinnerungen verloren hatte, daran nichts ändern.

Zu wissen, dass ihre Seele mich erkannte, war etwas womit ich nicht umgehen konnte.

Zu wissen, dass sie in der Lage war, völlig mühelos, die in mir existierende Finsternis zurückzudrängen, weckte verbotene Gefühle.

Ohne ein weiteres Wort startete ich den Motor. Summer drehte sich bewusst in die entgegengesetzte Richtung. Sie lehnte ihre Stirn gegen die Fensterscheibe und atmete die angehaltene Luft aus. Ich fühlte ihre Erleichterung. Ihre Unsicherheit... und ihre Faszination.

Verflucht. Ich sollte ihr aus dem Weg gehen, mich von ihr fernhalten. Doch was machte ich stattdessen? Ich suchte nicht nur ihre Nähe, nein, jetzt saß ich auch noch zusammen mit ihr in einem Auto. In einem beengten Raum, wo ich ihren Gefühlen hilflos ausgesetzt war.

Das leise Surren des Motors erstarb und sofort suchten meine Augen ihr Gesicht. Summer schien mit ihren Gedanken ganz woanders zu sein. Ihre Hände lagen ineinander verschränkt in ihrem Schoß und ihr Blick wirkte nachdenklich. Traurig. Je länger ich mich in ihrem Anblick verlor, desto nervöser wurde ich. In ihr existierte eine Traurigkeit, die mich ebenfalls traurig machte. Ich hatte keine Ahnung, woran sie in dieser Sekunde dachte. Oder an *wen*...

Ihre Gefühle fesselten mich, quälten mich. Scharf stieß ich die Luft aus und zerstörte den Moment.

„Wir sind da."

„Oh", murmelte Summer verwirrt.

Draußen heulte der Wind und es klang wie eine Warnung. Eine Warnung, die ich, wie so oft, ignorierte. Ich guckte ihr in die Augen und ertrank in Erinnerungen an eine verlorene Zeit. Oh, wie ich die Prinzessin vermisste. Meine Prinzessin. Schlagartig stolperte ich über meine Wut und drängte die verbotenen Gefühle, die durch meinen Körper rauschten, zurück.

„Wieso bist du so... traurig?", flüsterte ich rau.

FUCK! Was sollte diese Frage?! Es spielte keine Rolle. Durfte keine Rolle spielen.

Nachdenklich runzelte Summer die Stirn. Ihr Herz schlug wild.

„Wie kommst du darauf, dass ich traurig bin?"

Seufzend starrte ich auf meine Hände. „Keine Ahnung. Du hast eben traurig ausgesehen. Und... naja... ich hab mich gefragt, woran du gedacht hast." Meine Worte waren kaum mehr als ein Flüstern. Obwohl ich ihr nicht in die Augen gucken wollte, hob ich den Kopf und suchte ihren Blick.

Ungläubig sah sie mich an und ich fühlte, wie ihre Seele mich berührte. Sofort sperrte ich sie aus. Ich wusste, dass ich meine Seele beschützen musste. Meine Gefühle. Ich verengte die Augen zu Schlitzen und dunkle Schatten erschienen auf meinem Gesicht. Die Finsternis erwachte.

„Vergiss es!", knurrte ich bedrohlich, zornig.

Sie sah mich an und Wut blitzte in ihrem Blick auf. Meine Wut.

„Warum fragst du, wenn es dich ohnehin nicht interessiert?!"

Mein Blick zuckte zu ihren Lippen und ich hatte das Gefühl in ein tiefes dunkles Loch zu stürzen. Zu wissen, dass meine Dunkelheit sich völlig mühelos Zugang zu ihrer Seele verschaffen konnte, brach mir das Herz. Ohne es verhindern zu können, explodierte ein völlig unerwartetes Gefühl. Eifersucht. Ich schrie stumm in meine Faust, als ich in einem Meer aus Erinnerungen eintauchte. Bilder. Bilder von Damon. Wie er Summer den Arm um die Schulter legte… sie küsste…

„Das ist eine gefährliche Frage", keuchte ich und versuchte dieses allesverschlingende Gefühl loszuwerden. Es vergiftete meine Gedanken. Ich vergrub den Kopf zwischen den Armen, schloss die Augen und wartete, bis das Grauen vorbei war… mich endlich freigab.

„Warum? Warum ist diese Frage gefährlich?"

„Weil du die Antwort nicht hören willst!"

„Oh, doch. Und ob ich das will!", beharrte sie, ohne zu wissen, worauf sie sich einließ. Welchen Teufel sie weckte.

Ich verstummte. Starrte durch die Windschutzscheibe.

„Phoenix!"

„Willst du das wirklich wissen?"

„Ja!", erwiderte sie bockig.

„Wahrheit? Oder Lüge?", fragte ich leise und wartete auf ihre Reaktion. Summer betrachtete mich nachdenklich.

„Lüge", antwortete sie, kaum hörbar.

„Ich wollte bloß, dass du wieder lächelst." In Gedanken beendete ich den Satz mit den Worten *weil ich der Stimme deines Herzens nicht länger zuhören konnte, ohne dich in meine Arme zu schließen.*

„Wenn das die Lüge ist… dann ist die Wahrheit wirklich gefährlich", murmelte sie mit geschlossenen Augen.

Summer

Ohne ihn eines weiteren Blickes zu würdigen, öffnete ich die Beifahrertür und stieg aus dem Auto. Die kalte Luft, die mir entgegenwehte, kühlte meine erhitzten Wangen. Unerwartete Emotionen erwachten. Emotionen, die ich im gleichen Atemzug zurückdrängte, genau wie das Echo seiner Worte. Jetzt war definitiv nicht der geeignete Moment, um diesem Tornado gegenüberzutreten. Solange Phoenix sich in meiner Nähe aufhielt, war das einfach ein Ding der Unmöglichkeit.

Plötzlich quietschten Reifen und die Welt drehte sich ein kleines bisschen langsamer, während mich aus heiterem Himmel eine unbekannte Panik ergriff.

Jemand packte mir von hinten auf die Schulter, schleuderte mich in die entgegengesetzte Richtung. Wärme vermischte sich mit Geborgenheit, durchfluteten mich, während mich gleichzeitig ein elektrischer Schlag traf. Das leise Knistern tanzte durch die Luft, ehe ein bedrohliches Geschrei ertönte. Diese unbedeutenden Geräusche nahm ich jedoch nur am Rande wahr, weil ich viel zu sehr von diesem wunderschönen Gesicht abgelenkt war. Dem Gesicht eines Engels. ~~Meines Engels…~~

Irgendetwas veränderte sich. Die lachende Lebendigkeit verschwand, Hammer und Meißel verwandelten seinen Gesichtsausdruck in eine gefühllose Skulptur. Eisig. Kalt. Dennoch raubte mir sein Anblick den Atem. Jegliche Geräusche verstummten.

Alles, was ich hörte, hören wollte, hören konnte, war die Stimme seines Herzens. Seinen viel zu schnellen Herzschlag. Phoenix stand direkt vor mir und hielt mich mit beiden Armen fest umklammert, als würde er mich beschützen. Nur wovor? Mir blieb nicht einmal genug Zeit, um seine Nähe zu genießen. Die Tiefe in seinem Blick weckte verbotene Gefühle. Ich wollte mich zwingen, den Blick abzuwenden, um ihm nicht länger in die Augen gucken zu müssen, doch es war bereits zu spät. Ich ertrank in dem smaragdgrünen Meer. ~~Ich wollte ertrinken.~~.. Alles um mich herum schrumpfte zur Bedeutungslosigkeit zusammen. Das Einzige, was für mich jetzt noch existierte, war dieser Moment.

Ein leiser Fluch.

Oh – diese Stimme.

Der Zorn, der in dieser engelsgleichen Stimme mitschwang, ließ mich in seinen Armen erstarren. Erschrocken zuckte ich zusammen. In Sekundenschnelle erfasste ich die Situation. Während Phoenix mich noch immer schützend an seine Brust presste, hörte ich, wie er den Motorradfahrer, der neben uns stand, anknurrte.

Die Kälte, die jedes Mal in seiner Stimme mitschwang, und die mich auf unerklärliche Weise berührte, war *nichts* im Vergleich zu jetzt. Der Zorn, der sich in jedem einzelnen Wort spiegelte, und ein grausames Versprechen offenbarte, ließen mir das Blut in den Adern gefrieren. Es enthüllte seine Gewaltbereitschaft. Und, obwohl mich diese Erkenntnis erschrecken sollte, erschrecken müsste, so tat sie es nicht. Aus Gründen, die ich mir nicht erklären konnte, fühlte ich mich beschützt.

„Solltest du ihr auch nur einen Kratzer zugefügt haben, stirbst du."

Ich spürte die Angst des Motorradfahrers, als wäre es meine eigene. Und doch wurde diese Angst von einem weitaus stärkeren Gefühl überschattet. Die Sorge um Phoenix.

Es entstand ein dumpfes Pochen in meinen Schläfen. Mit jedem Atemzug steigerte sich der Druck. Wuchs und wuchs. Bis ins Unermessliche. Bis ich glaubte, nein, bis ich überzeugt war, ihn nicht länger ertragen zu können.

Ein ohrenbetäubender Knall ertönte und drängte die Stimme des Schmerzes in den Hintergrund, ließ diesen langsam verstummen.

Glas zersplitterte.

Scherben, winzig klein.

Unzählige Splitter wirbelten durch die Luft, in denen sich das Licht spiegelte. Die Welt um mich herum glitzerte. Fasziniert schaute ich dabei zu, wie sie in Zeitlupentempo zu Boden fielen. Jede einzelne Scherbe sah ich rasiermesserscharf, egal wie winzig sie auch sein mochte. Eine endlose Sekunde lang herrschte eine tödliche Stille.

Tränen glitzerten in den Augen des Motorradfahrers. Langsam begriff ich, dass ich meine Gefühle auf ihn projiziert hatte. Unbeabsichtigt. Ich spürte seine wachsende Panik, ebenso wie seine Schuldgefühle. Erschrocken sah ich ihn an und bat ihn stumm um Verzeihung, während ich gleichzeitig lautlos das Wort „Verschwinde!" mit den Lippen formte.

Der Motorradfahrer verstand meine unausgesprochene Aufforderung, schwang sich auf seine Harley und raste davon. Phoenix' Hände zitterten, während er mich festhielt.

„Summer", flüsterte er leise, als hätte er Angst, wenn er lauter sprechen würde, dass ich schreiend vor ihm wegrennen könnte. „Alles in Ordnung?"

„I-ich… ich weiß nicht. Ich denke schon", stotterte ich. Meine Stimme klang eigenartig. Fremd.

„Ist dir etwas passiert? Bist du verletzt?" Noch immer hielt Phoenix mich fest umklammert. Mein Kopf ruhte an seiner Brust und ich lauschte seinem Herzschlag. Erst jetzt stellte ich mir die Frage, was hier gerade eben passiert war. Woher stammten die vielen Scherben, die überall auf dem Boden verteilt lagen?

„Phoenix?", fragte ich besorgt und versuchte mich aus seiner Umarmung zu lösen. Ich musste mich einfach überzeugen, dass es ihm gutging. Dass ihm nichts passiert war. Im ersten Moment drückte er mich enger an seine Brust, als wäre er nicht bereit mich loszulassen. Einen Herzschlag später löste er seine Arme von meinem Körper. Sofort setzte eine nicht nachvollziehbare Leere ein. Ich fühlte mich unvollständig. Doch, anstatt mich von den Gefühlen leiten zu lassen, nutzte ich diesen kleinen Zwischenraum, um ihn besorgt zu mustern.

„Hör auf mich so anzusehen!", knurrte er gereizt.

„Wie sehe ich dich denn an?"

„Ich bin der Letzte, um den du dir Sorgen machen solltest", antwortete er in einem merkwürdigen Tonfall und wich meinem Blick aus.

„Sag du mir nicht, was ich tun oder lassen soll! Verstanden?! Und es ist mir scheißegal, ob es dir passt oder nicht. Also, … bist du jetzt verletzt oder nicht?"

„Selbst, wenn ich es wäre, hätte es *dich* nicht zu interessieren!"

„Ach, du darfst dir Sorgen machen und mir willst du es verbieten?!"

„Wer sagt, dass ich mir Sorgen mache?", fragte er emotionslos… vollkommen kühl.

„Wahrheit oder Lüge?"

„Denk was du willst. Mir egal." Erstaunlicherweise klang seine Stimme jetzt vielmehr so, als müsste er sich das Lachen verkneifen.

„Worauf du dich verlassen kannst", murmelte ich trotzig.

Ich blinzelte. Blinzelte. Nein. Unmöglich. Das, was ich sah oder glaubte zu sehen, konnte unmöglich real sein. Ein Schauplatz des Grauens. Fassungslos starrte ich auf das riesige Schaufenster der Bücherei, dessen Glasscheibe in winzigen Splittern verstreut über den ganzen Asphalt lag… und wir standen mittendrin. Unverletzt. Wie war das möglich? Wie? Mein Blick verlor sich und meine Gedanken fielen zu Boden, als ich sah, dass überall Scherben lagen. Sämtliche Schaufensterscheiben in der Fußgängerzone waren zersplittert.

Scherben…

Scherben…

Scherben…

Die Fassungslosigkeit breitete ihre Flügel aus und flog hinauf zu den Wolken, wo sie sich in Entsetzen verwandelte. Pures Entsetzen.

Ich konnte nicht mehr atmen. Nicht mehr denken. Nicht mehr fühlen.

Stille versenkte mich.

Stille verschluckte mich.

Stille.

Aus heiterem Himmel erfüllte mich eine innere Ruhe und das beklemmende Gefühl verschwand. Phoenix. Er war der Auslöser. Er berührte mich, hielt meine Arme fest. Die vielen, unzähligen Fragen, lösten sich in Luft auf. Ich wollte etwas sagen, aber noch immer fehlten mir die Worte, weil alles, worauf ich mich konzentrieren konnte, *seine* Augen waren. Seine dunklen Wimpern schimmerten wie gesponnene Goldfäden. Phoenix starrte mich an und seine Augen glichen einem tosenden Meer… voller Emotionen.

Von allen Seiten ertönten Stimmen. Aufgeregte Stimmen. Ängstliche Stimmen. Verwirrte Stimmen. Hektik brach aus. Chaos.

„Nicht bewegen", hörte ich jemanden hinter uns schreien.

„Gütiger Gott. Was ist denn hier passiert?" rief eine weitere aufge-
brachte Stimme.

„Jemand muss die Polizei verständigen. Und den Notarzt."

„Gibt es Verletzte?"

So viele Leute. So viele verschiedene Emotionen.

Alles, was ich wollte, war von hier zu verschwinden. Aber ich
konnte mich nicht bewegen, war wie versteinert.

Phoenix suchte meinen Blick, sagte nur ein Wort. „Ja."

„Ja, was?"

„Ja, lass uns von hier verschwinden."

„Verrätst du mir dann, was hier gerade passiert ist?" Meine Stimme
zitterte.

Ein harter Ausdruck trat in sein Gesicht „Du weißt, was passiert
ist."

„Nein. Weiß ich nicht! Ich… ich war viel zu abgelenkt."

„Und *was* bitteschön hat dich so abgelenkt, dass du von alldem hier
nichts mitbekommen hast?", knurrte er leise.

„Als wenn du das nicht wüsstest", brummte ich verärgert. „Wer hat
denn hier wen so festgehalten, dass er nichts sehen konnte?!", fragte
ich und sah ihn herausfordernd an.

„Es hat dir also nicht gefallen?" zischte er verärgert und funkelte
mich verbissen an.

„Was soll das?"

„Was soll *was*?", säuselte er mit seiner dämlichen Herzschmerz-
Stimme.

„Warum bist du jetzt so?"

„Ach… *wie* bin ich denn?"

„Arschig!"

„Arschig?", wiederholte er schmunzelnd. „Oh, wie ich das vermisst
habe…" murmelte er leise, so verdammt leise. Auch, wenn die Bemerkung nicht für meine Ohren bestimmt war, ich konnte sie nicht ignorieren. Nicht jetzt.

„WAS hast du vermisst?"

„Wir sollten verschwinden. Jetzt."

„Das ist nicht die Antwort auf meine Frage."

„DAS ist die einzige Antwort, die du bekommen wirst." Seine Stimme war eisig.

Warum wollte er mir diese dämliche Frage nicht beantworten?

„Hör zu, Phoenix! ICH gehe nirgendwo mit dir hin, ehe du mir diese verdammte Frage nicht beantwortet hast." Ich wollte nicht nachgeben, unter keinen Umständen.

„Zwing mich nicht, dir weh zu tun", drohte er in einem gefährlich ruhigen Ton. Diese gespielte Ruhe verunsicherte mich.

„Du weißt schon, dass hier überall Menschen sind. Sie können *uns* sehen…", wies ich ihn sarkastisch, scheinbar ganz nebenbei, auf das Offensichtliche hin. Ich hatte nicht vor mich einschüchtern zu lassen. Nicht, wenn so viele Augenpaare anwesend waren. Demonstrativ, und um meinen Standpunkt zu vertreten, verschränkte ich die Arme vor der Brust und funkelte ihn zornig an.

Dann tat er etwas Unerwartetes. „Vertrau mir. Nur dieses eine Mal", bat er leise, zögerlich und überraschte mich mit einer unverhüllten Sanftheit, die ich ihm nicht zugetraut hätte. Die aufsteigenden Gefühle und Gedanken ignorierte ich. Alles, was mir durch den Kopf schoss, waren seine Worte. Seine Bitte. Er bat um Vertrauen? Nachdem er gedroht hatte mir wehzutun? ~~Er würde mir niemals weh tun. Und ganz gleich, was er auch sagen oder machen würde… mein Vertrauen gehörte ihm längst.~~ Leise Gedanken. Erneut sperrte ich sie weg, wollte ihnen nicht zuhören. Nicht jetzt. Nicht hier.

Aus unerklärlichen Gründen beschlich mich das ungute Gefühl, dass er mir die Antwort nur aus einem einzigen Grund vorenthielt. Nämlich, um mich zu beschützen.

Sirenen. Sie kamen immer näher. Wurden lauter.

„Also gut. Ich vertraue dir…"

„Schön!", antwortete er mit einer Gereiztheit, die mich verwirrte. Hätte ich etwa nein sagen sollen? War das in seinen Augen die falsche Antwort gewesen? Verdammt. Er hatte *mich* um einen Vertrauensvorschuss gebeten. Nicht umgekehrt.

„Schön!", schoss ich wütend zurück.

Hatte er sich vielleicht doch am Kopf verletzt? Vielleicht nicht unbedingt heute… Das wäre zumindest eine Erklärung für seine ständigen Stimmungsschwankungen. Doch bevor ich die Möglichkeit hatte, ihm diese Frage zu stellen, tauchten zwei Polizeibeamte und mehrere Sanitäter in meinem Blickfeld auf, liefen direkt auf Phoenix und mich zu. Toll. Jetzt war es zu spät, um unbemerkt von hier verschwinden zu können.

Das Gespräch dauerte zum Glück nicht lange. Unsere Personalien wurden aufgenommen. Das war es. Zumindest für den Augenblick.

„Ich würde jetzt gerne fahren."

„Wenn du, anstatt deinen Willen durchsetzen zu wollen, direkt auf mich gehört hättest, wären wir schon lange verschwunden. Aber NEIN!... die Prinzessin schafft es einfach nicht, nur ein einziges Mal, das zu tun, was von ihr verlangt wird." Dieser arrogante Ton gefiel mir nicht. Ganz und gar nicht.

„Vielleicht, weil die *Prinzessin* es nicht gewohnt ist, sich herumkommandieren zu lassen!"

Ohne ein weiteres Wort drehte er sich in die entgegengesetzte Richtung und marschierte zum Auto. Völlig perplex sah ich ihm hinterher, unfähig mich zu bewegen. Er hatte es tatsächlich geschafft. Seine schroffen Worte hatten mich eingeschüchtert. Verletzt. Und dass, obwohl ich mir fest vorgenommen hatte, dieses Verhalten künftig schlichtweg zu ignorieren.

„Was ist jetzt?! Oder hast du vor noch länger hier dumm rumzustehen?" Ungeduldig lehnte er in der Fahrertür und strafte mich mit einem Blick, der dafür sorgte, dass ich, ohne zu zögern, gehorchte. Meine Beine bewegten sich praktisch von ganz allein.

Kaum hatte ich die Beifahrertür hinter mir zugezogen, legte er den Rückwärtsgang ein und brauste mit quietschenden Reifen davon.

„Spinnst du?! Nur zu Erinnerung – hier wimmelt es von Polizisten. Willst du, nur weil du sauer auf mich bist, deinen Führerschein quitt werden? Wenn ja, dann brauchst du nur zu dem netten Polizisten von vorhin rübergehen und ihm deinen Führerschein in die Hand drücken. Dank deiner glanzvollen Darbietung bräuchtest du noch nicht einmal eine Erklärung für dein Handeln."

Keine Reaktion.

Er war wütend.

„Du willst nicht reden?! Schön. Dann lass es. Ich habe ohnehin nicht vorgehabt, mich länger mit dir zu unterhalten."

Noch immer keine Reaktion.

Die in mir erwachte Wut setzte mein Herz in Flammen und ich funkelte ihn zornig an. Buchstaben flogen durch die Luft. Ohne es verhindern zu können befreiten sich meine Gedanken, verließen das Labyrinth in meinem Kopf. „WAS zum Teufel stimmt nicht mit dir?"

Langsam schüttelte er den Kopf und antwortete, sichtlich amüsiert „Ich dachte, du wolltest nicht mehr mit mir reden?"

„Wieso bist du so?", fragte ich mit zitternder Stimme, flüsternd… und suchte bewusst seinen Blick. Für einen kurzen Augenblick schaute er zu mir herüber, ehe er sich im nächsten Moment wieder auf den Straßenverkehr konzentrierte. Leise seufzend antwortete er: „Was willst du jetzt von mir hören, Prinzessin?"

Die Verletzlichkeit in seiner Stimme erschütterte mich, genauso wie die Traurigkeit, die sich in seinen Worten verbarg. Meine Wut verpuffte. Meine Gedanken verwandelten sich in Wolken und es war unmöglich nicht in dieser weichen, flauschigen Fülle zu versinken.

„Die Wahrheit", murmelte ich zaghaft. „Ich möchte die Wahrheit hören. Warum bist du so verdammt wütend auf mich?"

„Wie kommst du darauf, dass ich wütend bin?"

„Weil… weil ich es fühlen kann", gab ich zögerlich zu, ohne zu wissen, ob er wirklich verstand, was hinter dieser Aussage steckte.

Sein Blick flackerte zwischen der Windschutzscheibe, dem Rückspiegel und mir hin und her, während sich Besorgnis und Konzentration in seinem Gesicht abzeichneten. Phoenix versuchte nicht nur seine Gedanken zu ordnen, sondern auch seine Gefühle in den Griff zu bekommen.

„Ich weiß nicht, was du glaubst zu *fühlen*. Aber, ich versichere dir… ich bin nicht *wütend* auf dich."

„Warum belügst du mich?"

„Ich lüge nicht!", fauchte er.

„Tja, das sehe ich anders."

„Du glaubst also, dass ich lüge?! Warum? Warum sollte ich lügen? Um deine Gefühle nicht zu verletzten?" Er lachte kalt, grausam. „Ich dachte… *so jemand wie ich* könnte dir nicht wehtun?!" Seine Stimme verwandelte sich in eine Klinge. Schneidend. Rasiermesserscharf.

101

„So… so war es nicht gemeint gewesen." Ich senkte den Blick und suchte verzweifelt nach einer Erklärung für das, was ich ihm ungewollt in meinem Zimmer an den Kopf geschmissen hatte. Meine Worte hatten ihn, auch wenn er es nie zugeben würde, tief verletzt.

„Bist du deshalb so wütend? Denn, wenn ja, dann…" Ich schluckte den Kloss im Hals runter. „Es tut mir …"

„Sei still", unterbrach er mich. „Hör auf dich entschuldigen zu wollen. Das, was du gesagt hast, sollte dir nicht leidtun. Okay?! Du hattest Recht. So jemand wie ich *darf* einfach nicht in der Lage sein deine Gefühle zu verletzen. Und, um dein Gewissen zu beruhigen… Ich. Bin. Nicht. Wütend. Vielleicht bin ich einfach ein gefühlskaltes, unberechenbares Monster."

Die unterschiedlichsten Gefühle schlugen auf mich ein. Seine Augen suchten meine. Die anfängliche Wut verwandelte sich mit jedem Atemzug in eine Verbundenheit, die mit Worten nicht zu erklären war. Seine Seele war ausgehungert und schrie so laut nach Erlösung, dass ich außerstande war, meine Seele vor diesem Schmerz zu beschützen. Sein Schmerz wurde zu meinem. Allein in diesem Blick lag so viel Leid, dass ich nicht wusste, wie ich damit umgehen sollte. Meine Augen wurden glasig. Sofort drehte ich mich weg, biss die Zähne zusammen und versuchte die aufsteigenden Tränen zurückzuhalten. Jede Träne hätte mich verraten. Verflucht. Er durfte nicht erfahren, *was* ich gesehen hatte… *was* ich gefühlt hatte. Noch immer fühlte.

„Summer?" Da war sie wieder – die Sanftheit in seiner Stimme, die mein Herz und meine Seele berührte. „Du weinst doch nicht… oder?"

Ich war viel zu aufgewühlt, um sofort zu antworten. Deshalb schüttelte ich leicht mit dem Kopf, schluckte den unerträglichen Schmerz runter.

„Nein. Ich… ich hatte nur eine Wimper im Auge", log ich.

Seufzend griff er sich mit einer Hand in die Haare, behielt seine Gedanken aber für sich. Schwieg, obwohl er wusste, dass ich ihm nicht die Wahrheit gesagt hatte. Denn in diesem Moment war es einfacher dieser Lüge zu glauben.

Einfacher für ihn.

Einfacher für mich.

Wir hüllten uns in Schweigen. Manchmal waren Worte überflüssig. Unbedeutend. Dieses *manchmal* war jetzt. Jeder von uns war in seinem eigenen Gedankengefängnis gefangen. Es gab nichts zu sagen.

Nicht jetzt.

Nicht hier.

Jedes Wort wäre eine weitere Lüge gewesen.

Ein weiterer Fluchtversuch.

Ich atmete tief durch, schloss die Augen.

Alles wurde dunkel.

Alles wurde still.

Meine Gedanken.

Meine Gefühle.

Mein Herz.

Meine Seele.

Summer

Ich erkannte unser Haus. Endlich. Erleichtert lehnte ich die Stirn gegen die kühle Fensterscheibe. Der benötigte Abstand war zum Greifen nah. Alles in mir sehnte sich nach Ruhe. Doch warum schmerzte mein Herz plötzlich? *Abstand...* allein bei diesem Gedanken zog sich mein Herz zusammen.

Was wollte ich? Wobei – war das wirklich die richtige Frage? Ich wusste, dass ich keinen klaren Gedanken fassen konnte, so lange Phoenix sich in meiner unmittelbaren Nähe befand. Allein aus diesem Grund sollte ich mich über die bevorstehende Stille freuen. Doch... ich konnte ihn unmöglich gehen lassen. ~~Ich wollte ihn nicht gehen lassen. Nie wieder.~~ Ich war hin- und hergerissen, zwischen Verstand und Gefühl.

Ich öffnete den Mund, wollte etwas sagen, aber die Wörter weigerten sich von meiner Zunge zu springen. Verlegen starrte ich auf meine Hände, wusste nicht, wohin ich gucken sollte, bis Phoenix sich plötzlich in meine Richtung drehte.

„Weiß Damon wo du bist? Ich meine jetzt? In diesem Augenblick?"

Ich blinzelte verwirrt. Schwieg, weil mir die Worte fehlten. Sein Blick verharrte auf meinem Gesicht. Wartend. Voller Ungeduld.

„Damon?!" hörte ich mich schließlich fragen.

„Damon. Dein Schatten."

„Mein WAS?"

Noch immer ruhte sein Blick auf meinem Gesicht. Entwaffnend. Gefährlich. Unergründlich. Mein Atem stockte, als ich die Eifersucht in seinen Augen entdeckte.

„Damon? Und... ich?"

„Ja!", knurrte er leise. Zornig. Anklagend.

„Was?" Ich starrte ihn eingeschüchtert an, schüttelte den Kopf. Dann begriff ich, und sofort sprang ein „Nein!" von meinen Lippen.

Er blieb stumm. Wollte oder konnte seine Gedanken nicht mit mir teilen. Und während sich sein Schweigen, die Stille seiner unausgesprochenen Vorwürfe in einen Mix aus Schönwetter- und Gewitterwolken verwandelten, federleicht und gleichzeitig tonnenschwer, spannte sich alles in mir an. Mein Herz war unruhig, wollte sich verteidigen.

In mir erwachte eine kalte Schwere, und nur ihr war es zu verdanken, dass ich wütend wurde. Auf ihn. Auf seine Worte. Auf seine Vorwürfe. Auf seine Gedanken. Zum einen, weil alles, was mich betraf, Phoenix nichts anging und zum anderen, weil er in einem herablassenden Ton über meinen besten Freund redete, ohne ihn überhaupt zu kennen.

„Und warum lässt du dich dann von ihm in den Arm nehmen?... und *küssen*?", setzte er sein Verhör fort. Denn genau so fühlte ich mich. Wie eine Angeklagte. Schuldig. Zu Unrecht verurteilt.

„Das stimmt doch überhaupt nicht!", verteidigte ich mich, ohne es verhindern zu können.

„Es stimmt also nicht?"

Sein Sarkasmus steigerte meine Wut. „Nein! Natürlich nicht!", schrie ich, lauter als beabsichtigt.

„Und was war heute? In der Mensa? Hat Damon dir etwa nicht den Arm um die Schultern gelegt und dich *geküsst?"*

Wortlos starrte ich ihn an, unfähig einen Satz, geschweige denn ein Wort über meine Lippen zu bekommen. Jeder Buchstabe des Alphabets verwandelte sich in Staub und Asche, wurde vom Wind davongetragen. Der Ausdruck in seinen Augen veränderte sich. Etwas in mir begann zu schmerzen und ich schüttelte stumm den Kopf. „Das, was du gesehen hast... war eine freundschaftliche Begrüßung gewesen. Damon ist mein Freund. Mein bester Freund."

„Ach ja? Sieht er das auch so?"

„Ja!"

„Na, du musst es ja wissen...", murmelte er abfällig.

„Wieso interessiert dich was Damon denkt?"

„Damon interessiert mich einen Scheißdreck!"

„Verdammt. Was soll dann das Verhör? Du kennst ihn nicht."

„Ich brauch ihn nicht zu kennen, um zu wissen, dass..."

„Wehe", schnitt ich ihm drohend das Wort ab. „Wage nicht, es auszusprechen." Genug war genug. Es wurde Zeit Phoenix in seine Schranken zu weisen.

„Du drohst mir?", lachte er sichtlich amüsiert und legte den Kopf in den Nacken, so dass ich mich in aller Ruhe von seinem charismatischen Lächeln, das in diesem Augenblick zum Vorschein kam und sein Gesicht noch umwerfender, noch schöner, noch atemberaubender, noch außergewöhnlicher machte, verzaubern lassen konnte. „Du weißt doch gar nicht, was ich sagen wollte."

„Stimmt. Aber ich weiß, dass es mit Sicherheit nichts Nettes gewesen wäre…", schlussfolgerte ich.

„Die Wahrheit ist niemals *nett*." Er holte tief Luft, senkte den Blick.

„Könnten wir bitte aufhören uns zu streiten?"

Ein verwunderter Ausdruck trat in sein Gesicht. „Wir streiten doch überhaupt nicht."

„Doch. Tun wir. Und ich weiß nicht einmal *warum*…"

„Was, wenn es mir einfach nur Spaß macht?"

„Soll das heißen, dass es dir Spaß macht mich zu verletzen?"

Schlagartig verschwand sein Lächeln, genau wie seine Arroganz. Aufmerksam beobachtete er mich und suchte scheinbar nach den richtigen Worten. Doch hin und wieder ließen sich Buchstaben nicht zu Wörtern formen, geschweige denn zu ganzen Sätzen. Verständliche Sätze. Plausible Erklärungen.

„Nein, natürlich nicht. Summer, hör zu… es lag nie in meiner Absicht dich zu verletzen. Was ich eigentlich sagen wollte…" Er schüttelte den Kopf. „Ach, vergiss es." Er wand den Blick ab, als würden die Gedanken in seinen Kopf ihn quälen. Foltern.

„Kommst du noch mit rein?", fragte ich unsicher. Leise.

Ruckartig drehte er den Kopf in meine Richtung. Für den Bruchteil einer Sekunde tauchte ein neuer Ausdruck in seinen Augen auf. Eine Zerrissenheit, die mir einen Stich versetzte. Mitten ins Herz.

Er zögerte, als wüsste er nicht, was er sagen sollte. Seine Brust hob und senkte sich. Ich starrte ihn an, wartete auf eine Antwort. Schließlich drehte er sich weg, schaute durch die Windschutzscheibe nach draußen, strich sich über den Mund, übers Kinn.

„Besser nicht", erwiderte er abweisend.

„Warum nicht?"

„Warum?! Ist es denn nicht offensichtlich?"

Schweigend schüttelte ich den Kopf.

„Gerade eben hast du mir erklärt, dass dich mein Verhalten verletzt. Wie kannst du dann weiterhin Zeit mit mir verbringen wollen? Ich… ich versteh das nicht. Ich verstehe dich nicht. Wieso kannst du nicht einfach sagen, dass ich verschwinden soll?"

Weiß nicht, wollte ich antworten, doch stattdessen hörte ich mich leise flüstern „Weil es eine Lüge wäre." ~~Allein die Vorstellung, dass er jetzt verschwinden könnte, versenkte meine Haut.~~

Hoffnung erwachte in seinem Blick, in seinem Herzen. Das… das ergab keinen Sinn. Vielleicht bildete ich mir das auch bloß ein. Vielleicht *wollte* ich es mir einbilden.

„Du weißt nicht, was du sagst. DAS kannst du unmöglich wollen, nicht nachdem ich… Nein." Er schloss die Augen, seufzte.

„Ich weiß, was ich will", sagte ich.

„Hör auf!"

Die Kälte, die von ihm ausging, ließ mich alles andere vergessen. Ich blinzelte, suchte seinen Blick.

„Was ist so schlimm daran?" Mühsam suchte ich nach einer Erklärung, fand jedoch keine. Zumindest keine, die ich wagte laut auszusprechen.

„Dann lass es mich anders formulieren, so dass du es verstehst. ICH möchte meine Zeit nicht mit dir verbringen. Okay?!"

AUTSCH! Ich wusste nicht, wie ich meine Gefühle davon überzeugen sollte, die schmerzhafte Zurückweisung zu ignorieren. Der Stachel der Erniedrigung bohrte sich tiefer und tiefer in mein Herz.

Ohne etwas zu sagen, ohne ihn eines weiteren Blickes zu würdigen, stieg ich aus dem beschissenen Auto und schlug die Beifahrertür so heftig zu, dass ich durch den lauten Knall innerlich zusammenzuckte. Ich kratzte meinen restlichen Stolz zusammen und lief auf die Haustür zu. Ich fühlte seinen Blick im Rücken und, obwohl ich mich am liebsten umgedreht hätte, tat ich es nicht. Diese Demütigung wollte ich mir unter allen Umständen ersparen. In der Sekunde, in der die Haustür ins Schloss fiel, atmete ich die angehaltene Luft aus und lehnte mich mit geschlossenen Augen gegen die Wand.

Für einen kurzen Moment zitterte meine Unterlippe und Tränen brannten in meinen Augen. Tränen der Wut. Seine Worte hatten mich auf eine unvorstellbare Art verletzt. Ich schüttelte den Kopf, atmete tief durch und befreite mich von den Gefühlen, naja, zumindest versuchte ich es. Das Problem war – es funktionierte nicht. Warum hatte er behauptet seine Zeit nicht mit mir verbringen zu wollen? Jedes Wort war eine Lüge gewesen. Jedes. Und er wusste, dass ich es wusste. Das ergab doch keinen Sinn.

Ich seufzte und schlich mich ungesehen an der Küchentür vorbei. Mir war nicht nach Reden. Im Moment wollte ich nichts weiter als meine Ruhe, also ging ich hoch in mein Zimmer. Mein Blick fiel auf das Buch und in Gedanken sah ich, wie Phoenix es in seinen Händen hielt... und... Nein! Ich wollte nicht länger an ihn denken.

Verärgert griff ich nach dem Buch, klappte es zu und stellte es zurück ins Bücherregal. Ich strich mit den Fingern über die einzelnen Buchrücken. Tauchte ab in eine Welt, die niemand betreten konnte. Niemand, außer mir.

In jedem Buch verbargen sich Gefühle, die nur darauf warteten, dass man ihre zarten Stimmen mit dem Herzen hörte. *Fühlte*. Natürlich liebten es die Bücher, wenn man die Buchstaben beim Lesen mit den Fingerspitzen berührte, die Wörter kitzelte, die Sätze streichelte. Doch, um diese unvergessliche Reise antreten zu können, mussten die Menschen das Buch aufschlagen, es in den Händen halten, während ich, dank meiner Gabe, die verborgenen Gefühle auf eine unvorstellbare Art nachempfinden konnte, spüren konnte, ohne mit den Augen sehen zu müssen. Jedes Mal hörte ich eine Art leises Flüstern, eine Stimme in meinem Herzen. Eine Stimme, die meine Seele berührte. Jedes meiner Bücher hatte ich mindestens zweimal gelesen. Auf völlig unterschiedliche Arten. Zuerst mit den Augen, wo ich die Abenteuer, das Leben und die Liebe hatte *sehen* können, während ich beim zweiten Mal, als ich das Buch mit geschlossenen Augen gelesen hatte, jede Emotion… jeden Schmerz hatte spüren können.

Jede Geschichte sollte mindestens zweimal gelesen werden, um all die versteckten Gedanken, die sich in den vielen Wörtern verbargen, entschlüsseln zu können, um die Welt mit anderen Augen betrachten zu können. Geschichten waren nicht immer bloße Erfindung… manchmal versuchten sie einem die Augen zu öffnen.

Seit einigen Minuten lag ich auf dem Bett und träumte mit offenen Augen, als ein leises Räuspern ertönte. Hope stand im Türrahmen. *Perfektes Timing.* Ich setzte mich im Schneidersitz hin und sah sie abwartend an. Ein Lächeln schlich sich in ihr Gesicht.

„Was?", fragte ich. „Worauf wartest du? Komm endlich rein."

Sofort setzte sich Hope zu mir aufs Bett und, bevor ich etwas sagen konnte, fing sie an zu erzählen. Von Logan. Ohne Punkt und Komma. Ein Wunder, dass sie überhaupt Luft holen konnte. Aber genau dafür liebte ich sie. Hope trug ihr Herz auf der Zunge. Sie war wie ein Wasserfall. Und hin und wieder wie ein Vulkan.

„Ich habe gehört, du und Phoenix, ihr seid zusammen in der Stadt gewesen?" wechselte sie plötzlich das Thema.

Ich rollte mit den Augen, ohne ihre Frage wirklich zu beantworten.

„Also?", hakte sie ungeduldig nach. „Erzähl schon."

Nachdenklich runzelte ich die Stirn, setzte mich ein wenig aufrechter hin und antwortete schließlich „Ja. Aber… es war grauenhaft."

Hope lachte leise.

„Wieso lachst du? Es stimmt. Es war grauenhaft. ER ist grauenhaft."

Sie hob den Finger und pikste mir gegen die Schulter. „Ach, Süße… Findest du nicht, dass du übertreibst?"

„Nein! Im Gegenteil. Es ist die Untertreibung des Jahrhunderts."

„Es wird allmählich dunkel. Was ist? Gehen wir nach draußen in den Garten? Auf Sternschnuppenjagd?", wechselte Hope geschickt das Thema.

Der Himmel, nein, das gesamte Universum, übte auf mich eine Faszination aus, die mit Worten nicht zu beschreiben war. Es war die Unendlichkeit, die mich immer wieder aufs Neue verzauberte. Die vielen Milliarden Sterne, die jede Nacht auf uns heruntersahen, und deren winzige Lichter uns halfen in der Dunkelheit nicht verloren zu gehen. Glühwürmchen des Alls. Wegweiser. Es existierten unzählige Galaxien, unbekannte Welten und in jeder davon leuchteten die Sterne, Lichtjahre von uns entfernt.

Unter all den Sternen war einer dabei, der jede Nacht nur für mich leuchtete, dem ich all meine Sorgen und Ängste anvertrauen konnte, ohne dafür reden zu müssen. Ein besonderer Stern. *Mein* Stern in der Dunkelheit.

„Wieso starrst du eigentlich die ganze Zeit über in den Himmel?" riss mich Hope aus meiner Faszination

„Ich dachte wir suchen Sternschnuppen?!", erwiderte ich, ohne den Blick von den Sternen abzuwenden.

„Schon. Aber… naja… Irgendwie sieht es so aus, als wenn es nicht die Sternschnuppen wären, die du dort oben suchst."

„Sondern?", fragte ich leise lachend.

„Als würdest du darauf warten, dass dein Traumprinz vom Himmel fällt. Dein Seelenpartner."

„An Traumprinzen glaub ich nicht. Die existieren nur in Märchen."

„Hin und wieder werden Märchen wahr…"

„Ach, Hope", seufzte ich. „Nur, weil du deinen Traumprinzen gefunden hast, bedeutet es nicht, dass ich ihn ebenfalls finden werde… oder *will.*"

„Was, wenn du deinem Traumprinzen schon begegnet bist… wenn du ihn bereits gefunden hast… oder er dich?"

„Okay. Nochmal… es gibt keine Traumprinzen in meinem Leben."

„Ach nein?"

„Nein!", versicherte ich ihr.

„Und was ist mit Phoenix?", flüsterte sie leise.

„Phoenix…", murmelte ich gedankenverloren und sofort kehrten all die unterdrückten Gefühle zurück.

„Schon gut", sagte Hope traurig, mitfühlend.

Anstatt ihre eigentliche Frage zu beantworten, hörte ich mich sagen: „Wieso bist du auf einmal so... traurig? Was ist los?" Und anstatt weiterhin in den Nachthimmel zu gucken, suchte ich ihren Blick.

Hope schaute mir in die Augen und Begreifen blitzte plötzlich darin auf. „Deine Gabe... sie ist zurückgekehrt. Du kannst meine Gefühle wieder spüren. Wie? Seit wann?"

Ich kaute nervös auf meiner Unterlippe herum. Zuerst wollte ich ihr sagen, dass ich keine Ahnung hatte, wovon sie redete. Aber... Hope war meine beste Freundin. Ich hatte noch nie Geheimnisse vor ihr gehabt. Also erzählte ich ihr ALLES. Angefangen bei der ersten Begegnung... bis hin zu dem Vorfall vorhin im Auto. Wobei ich nichts ausließ. Sie hörte mir aufmerksam zu, ohne mich zu unterbrechen.

Als ich mir alles von der Seele geredet hatte, fragte sie: „Wenn du glaubst, dass Phoenix dafür verantwortlich ist, warum behauptest du dann, dass du deinen Traumprinzen noch nicht gefunden hättest? Süße... *er* ist dein Prinz. Verstehst du nicht? Er lässt dich *fühlen*."

„Glauben bedeutet nicht *wissen*. Und, mal ganz davon abgesehen, *will* ich nicht, dass er der Prinz ist. Okay? Ich. Will. Es. Einfach. Nicht."

„Warum?"

„Weil... ich in seiner Nähe zu viel fühle. Und... weil... keine Ahnung, weil er eben ein Blödmann ist. Ein gefühlskalter Blödmann!"

Hope lachte. Ich konnte es nicht fassen. Sie lachte.

„Summer", lachte sie, „Süße. Ganz egal, wie oft du behauptest, dass er ein Blödmann ist, wir beide wissen, dass es längst zu spät ist. Deine Gefühle werden sich dadurch nicht verändern. Genauso wenig wie seine. Du kannst versuchen, dich dagegen zu wehren, aber glaub mir... ihr zwei... ihr gehört zusammen. Ihr seid wie Feuer und Eis."

„Feuer und Eis?" fragte ich irritiert. „Das... passt nicht zusammen. Feuer verbrennt dir die Seele, während Eis deine Gefühle gefrieren lässt. Sie würden sich gegenseitig zerstören."

„Nein! Sie würden sich gegenseitig retten... immer und immer wieder."

Summer

Mit ausgebreiteten Schwingen schwebte ich hoch oben in der Luft und ließ mich vom Wind tragen. Ich genoss die Schönheit des Augenblicks, genau wie Lelia, mein Kolibri. Die vom Himmel fallenden Sonnenstrahlen fielen auf ihre winzigen Federn und in diesem Moment leuchtete Lelia wie ein Juwel. Blau. Lila. Schwarzviolett. Denn Lelia bedeutete **Die Leuchtende**. Wobei, in meinen Augen leuchtete sie immer. Genau aus diesem Grund hatte ich ihr diesen Namen geschenkt.

Mein Blick huschte zu den unter mir liegenden Wasserfontänen. Jeder einzelne Wasserfall strahlte eine Schönheit aus, die mit Worten nicht zu beschreiben war.

Kraft.

Stärke.

Hoffnung.

Man konnte es lediglich fühlen, aber auch nur, wenn man bereit war seine Seele dieser Urgewalt anzuvertrauen. Wasser übte seit jeher eine außergewöhnliche Faszination auf mich aus, ganz besonders die Strömungslichter. Hier offenbarte das Wasser sein Geheimnis, gewährte einem einen Blick auf die ungeahnte, unterschätzte Kraft jedes einzelnen Wassertropfens.

Regentropfen, vermischt mit Sternenstaub, sprangen aus den Wolken, breiteten ihre Fallschirme aus und segelten in freudiger Erwartung auf das perlende Nass zu. Wohlwissend, dass die Wassertropfen sie aufnehmen würden, ihnen ein neues Zuhause geben würden. Dieser Zauber versprühte ein vollkommen neues Lebensgefühl.

Lelia landete auf meiner Schulter, schmiegte ihren Kopf in meine Halsbeuge. Ich spürte ihren Einklang mit Mutternatur... mit all den verborgenen Wundern. Wunder, die nur darauf warteten, entdeckt zu werden. Lächelnd schloss ich die Augen, setzte zur Landung an. Begleitet von Lelias Lachen. Es war ein Geräusch, so einzigartig wie sie selbst. Ein Geräusch, das jedoch niemand hören konnte. Niemand, außer mir. Ich hörte das, was allen anderen verborgen blieb. Denn jedes Lebewesen besaß seine eigene Melodie... seine eigene Symphonie, nur hatten scheinbar alle im Laufe der Zeit verlernt dieser Melodie zuzuhören. Ihre Gefühle lachten.

Und in ihnen spiegelten sich die unterschiedlichsten Emotionen wider. Dieser winzige Kolibri war fröhlich, unbeschwert, frei von Sorgen, erfüllt von Glück... all diese Gefühle sprangen auf mich über. Das Leuchten ihrer Seele berührte mein Herz, erfüllte mich. Diese Fröhlichkeit war einfach ansteckend.

Ich legte mich in das bunte Blumenmeer und beobachtete Lelia bei ihrer Nahrungssuche. Wie sie ihren rüsselartigen Schnabel in die Knospen steckte, um einen Tropfen des kostbaren Nektars zu kosten. Die Blüten waren teilweise größer als sie selbst. Blüten, in den schönsten Farben. In den schönsten Formen. Einige sahen aus wie Paradiesvögel, mit rosaroten und violetten Blütenspitzen. Andere ähnelten fliegenden Vögeln deren Federn in den unterschiedlichsten Farbabstufungen glitzerten. Kirschblütenrosa. Himbeerrosa. Zuckerwattenrosa. Wolkenrosa. Flamingorosa... bis hin zu knalligem Pink. Andere sahen aus wie schlafende Fledermäuse, mit einer atemberaubenden Farbauswahl. Rubinrot. Feuerrot. Morgenrot.... Über Cyanblau. Lichtblau. Himmelblau. Türkis...

Eine Welt voller Farben.

Jemand legte sich zu mir, berührte mich an den Fingerspitzen. Ich drehte meinen Kopf und tauchte ein in das außergewöhnlichste türkisblaue Meer, dass ich je gesehen hatte. Das kleine Mädchen lächelte mich voller freudiger Erwartung an, setzte sich hin und flüsterte „Sieh mal, Summer... was ich gefunden habe."

Ich traute meinen Augen nicht. In ihren Händen lag ein riesiges schwarzviolett schimmerndes Ei.

„Ist es das, was sich denke...?"

„Ja, ist es", unterbrach sie mich. „Ein Drachenei. Ich weiß nur nicht welches."

„Aber..." fragte ich und beugte mich über das Ei. Vorsichtig legte ich meine Hand auf die noch warme Schale. „Wo hast du es her?"

„Ich habe es gefunden. Im Sand. In der Nähe des Korallenriffs. Ich denke, dass es irgendwo von den unterirdischen Höhlen nach oben an die Wasseroberfläche gespült wurde. Summer, du musst die Mutter finden, und zwar bevor es schlüpft. Ich wette, sie ist schon auf der Suche... und halb wahnsinnig. Du weißt, was passiert, wenn eine Drachenmutter ihr Ei verliert. Der Verlust... wird sie umbringen. Das... das musst du verhindern."

Vorsichtig nahm ich ihr das Ei aus den Händen, presste es an meine Brust, an mein Herz... breitete meine Schwingen aus und flog Richtung Korallenriff. Lelia begleitete mich, genau wie das kleine Mädchen.

113

Ich spürte die Seele des ungeborenen Drachenbabys. Friedlich schlummernd. Das kleine Mädchen neben mir wollte gerade etwas sagen, als mit einem Mal sämtliche Farbe aus ihrem Gesicht verschwand. Die Augen weit aufgerissen… und nach vorne gerichtet.

Ein Drache.

Ein riesiger Drache.

Und er kam direkt auf uns zugeflogen.

Blind vor Trauer.

Erfüllt von dunkler Verzweiflung.

„Flieg zurück. Sofort! Hast du verstanden?", forderte ich das kleine Mädchen auf. Mein Blick huschte zu Lelia, und ohne, dass ich meine Bitte aussprechen musste, wusste sie, dass sie auf die Kleine aufpassen sollte.

„Aber…"

„Mir wird sie nichts tun. Vertrau mir."

In den Augen des Mädchens schimmerten Tränen, doch ohne ein weiteres Wort kehrte sie um. Flog zurück. Brachte sich in Sicherheit.

Ich schloss die Augen und projizierte sowohl meine Gefühle auf den riesigen Drachen, als auch die des ungeborenen Drachenbabys. Im Inneren bewegte sich das Ei, als wollte es seine Mutter in die Arme schließen. Ihr entgegenfliegen. Ihr sagen, dass sie sich keine Sorgen mehr machen brauchte.

Die Augen des Drachens — eine Mischung aus Bernstein und winzigen Goldfäden. Lebendiges Gold. Mit jedem Flügelschlag, mit jedem Herzschlag, wurde sie ruhiger. Ihre Panik löste sich auf. Verschwand.

Plötzlich blendete mich ein gleißend helles Licht. Ich hob die Hand und legte diese wie ein Schutzschild vor mein Gesicht. Schirmte das gewaltige Leuchten ab. Die Drachenflügel schienen aus Lichtstrahlen zu bestehen… wie von der Sonne reflektierender Schnee… wie Millionen winziger Sterne. Ein Sternenlichtdrache. Diese Drachen galten als Seelenbeschützer… und als solche waren sie die Einzigen ihrer Art, die unter Wasser atmen konnten. Aus diesem Grund bauten sie ihre Nester auch nicht in schwindelerregender Höhe, sondern tief unterm Meeresspiegel, in Unterwasserhöhlen. Obwohl ich noch nie zuvor einen zu Gesicht bekommen hatte, spürte ich, dass ich einen vor mir hatte. Aus ihren Nüstern drang Rauch. Doch, kein gewöhnlicher Rauch. Dieser hier war weder grau, noch stank er nach Schwefel. Die Rauchwolke bestand aus Wasserdampf. Durch die Lichtreflektion der Flügel schimmerte dieser in allen erdenklichen Farben des Lichts.

Direkt vor mir blieb der Drache stehen, schwebend... senkte den Kopf und plötzlich hörte ich ihre Stimme in meinem Kopf. „Danke.“

„Du brauchst mir nicht zu danken. Nicht ich habe dein Baby gefunden, sondern das kleine Mädchen, das vorhin noch bei mir war.“

„Mit meinem Dank war auch nicht die Rettung meines Babys gemeint. Denn dieser Dank geht weit über das Unvorstellbare hinaus und gilt, wie du bereits erwähnt hast, der kleinen Prinzessin. Dem Mädchen, dass du vor mir versucht hast zu beschützen.“

„Dass ich sie fortgeschickt habe...“, begann ich zögerlich, wurde jedoch sofort von ihr unterbrochen.

„... war eine weise Entscheidung. Ich weiß, warum du es getan hast. Denn... eine besorgte Mutter kann in ihrer Sorge... in ihrer Verzweiflung... oftmals nicht zwischen Freund und Feind unterscheiden. Ich war nicht ich selbst. Ich war blind gewesen. Blind. Taub. Stumm. Die Panik war dabei gewesen mich zu verschlingen. Mein Licht... ich konnte spüren, wie die Flammen in meinem Herzen kälter wurden... als würde ich sterben. Und vor einem sterbenden Drachen flieht man für gewöhnlich.“

„Selbst, wenn ich dein Baby nicht in den Händen halten würde, hätte ich versucht dir zu helfen. Ich könnte nie jemanden hilflos in der Dunkelheit zurücklassen.“

„Ohne mein Baby hättest du mich aber nicht retten können. Denn... ich hätte nicht gerettet werden wollen. Verstehst du? Das, was du da in deinen Händen hältst, ist nicht einfach bloß ein Ei. Es ist mein Herz. Meine Seele. Ohne mein Baby, das friedlich schlummernd in dem Ei darauf wartet das Licht der Welt erblicken zu können, hätte ich aufgehört zu existieren. Und egal, was du versucht hättest, du hättest mich nicht retten können.“

Jetzt sah ich ihr direkt in die Augen. Sie lächelte. Herzergreifend. Aufrichtig. Voll tiefer Dankbarkeit. Ich schüttelte den Kopf, konnte ihre Gefühle nicht begreifen. Nicht verstehen. Nicht nachvollziehen.

„Wenn ich sage, dass ich dir danke... dann spreche ich im Namen aller Geschöpfe, aller Lebewesen... aller verlorenen Seelen.“

„Wovon redest du?“ fragte ich irritiert.

„Von der Wahl, die du getroffen hast.“

„I-ich verstehe nicht“, gestand ich leise. Vollkommen verwirrt.

Der Drache suchte meinen Blick, antwortete und geflüsterte Worte irrten durch die Luft, versuchten mich zu erreichen, aber ich konnte nichts mehr hören.

Alles war still.

Meine Gedanken.

Meine Gefühle.

Ich blinzelte, starrte mit weit aufgerissenen Augen in den aufsteigenden Nebel, versuchte dem Unfassbaren zu entkommen. Vor den Schatten zu fliehen. Ich wusste, dass ich träumte… und ich wusste, was jetzt gleich passieren würde.

Die Dunkelheit war dabei alles zu verschlingen.

Die Farben.

Das Licht.

Einfach alles.

Ich streckte die Arme nach dem Drachen aus, überreichte ihr mit zitternden Händen das Ei. Ich öffnete den Mund, um den Sternenlichtdrachen zu sagen, dass es Zeit wurde zu verschwinden. Dass es meine Dunkelheit war, die auf uns zukam. Meine. Nicht Ihre. Doch ich blieb stumm. Brachte keinen Ton heraus. Ich sah, wie das Leuchten ihrer goldschimmernden Augen verschwand und durch Fassungslosigkeit ersetzt wurde.

Ich blinzelte.

Blinzelte.

Doch alles, was ich sah… war das Nichts.

Alles wurde dunkel.

Alles wurde still.

Meine Seele.

Meine Gefühle.

Meine Gedanken.

Mein ICH…

Verschluckt von der schwarzen Unendlichkeit…

Summer

Beim Blick auf den Wecker war ich mit einem Schlag hellwach und saß kerzengerade im Bett. Shit! Ich hatte verschlafen. Wieso hatte der verdammte Wecker nicht geklingelt? Oder hatte er geklingelt und ich hatte es nur nicht gehört? Egal. Wie vom Blitz getroffen sprang ich aus dem Bett und stürmte Richtung Badezimmer.

Oh, wie ich Stress am frühen Morgen hasste. Die Zeit raste... hatte sich gegen mich verschworen. Im Grunde blieb mir nicht einmal genug Zeit, um die nötigsten Dinge, wie waschen, Zähne putzen und anziehen, zu bewältigen. Ein Kampf, den ich bereits so gut wie verloren hatte und doch, ich konnte es noch immer nicht fassen, hatte ich all das in weniger als fünfzehn Minuten geschafft.

Mit einem „Bis später. Hab dich lieb, Tante Holly", öffnete ich die Haustür und machte mich auf den Weg zur Schule.

Eilig rannte ich zum Biologieraum und betete, dass der Unterricht noch nicht begonnen hatte. Es gab nichts Fürchterlicheres als mitten in den Unterricht zu platzen. Diese gespenstische Ruhe und die ungeteilte Aufmerksamkeit, die einem unfreiwillig geschenkt wurde, wenn man mit hochrotem Kopf den Klassenraum betrat und versuchte sein Zuspätkommen zu rechtfertigen.

Ich drückte die Klinke herunter, öffnete leise die Tür und seufzte erleichtert. Das Grauen blieb mir zum Glück erspart, denn vom Lehrer fehlte jede Spur. Ich lief schnurstracks auf meinen Platz in der hintersten Reihe zu. Hope bemerkte mich als Erste und schüttelte grinsend den Kopf, genau wie Simon. Wohingegen Ty mir ein dreckiges Grinsen schenkte und mich außerdem mit den Worten behelligte: „Ach, sieh an. Sieh an. Wenn das nicht unsere kleine Langschläferin ist. Auch schon da? Wobei... irgendwie siehst du... naja, lass es mich vorsichtig formulieren… *müde* aus. Unausgeschlafen. Kann es sein, dass dich *jemand* aus dem Schlaf gerissen hat? War es wenigstens ein schöner Traum?" Er feuerte eine Frage nach der anderen ab, ohne mir die Möglichkeit zu geben eine davon zu beantworten. Doch Tyler wäre nicht Tyler, wenn er die Antworten auf seine Fragen nicht bereits kannte und so ließ er es sich nicht nehmen, uns *seine* Antworten mitzuteilen. „Klar, war es ein schöner Traum. Denn wir beide… du und ich", sagte er und deutete mit dem Finger auf sich und mich, „wissen von *wem* du geträumt hast. Und… ganz ehrlich Summer, du bist nicht die Einzige, die jede Nacht von mir träumt." Der neckende Unterton brachte mich gegen meinen Willen zum Schmunzeln.

„Ja… und wie sich herausstellte, ist es jedes Mal der reinste Alptraum."

„Autsch", erwiderte Tyler und drückte mit schmerzverzerrtem Gesicht beide Hände auf sein Herz.

„Entschuldige, Ty."

„Das ist nicht zu entschuldigen… Du hast mir das Herz gebrochen."

„Welches Herz?", witzelte Simon und zuckte mit den Schultern.

„Simon?", sagte Ty theatralisch. „Wie könnt ihr nur so grausam sein?"

„Okay… vielleicht ist es nicht *immer* ein Alptraum."

„Oh, Summer… ich wusste, dass du meinem Charme nicht widerstehen kannst. Konntest du noch nie."

Kaum hatte Tyler die Worte ausgesprochen begannen wir beide gleichzeitig zu lachen. Seine unbeschwerte, liebenswerte Art wickelte mich jedes Mal um den Finger und zauberte mir völlig mühelos ein Lächeln ins Gesicht. Tyler war für mich ein ganz besonderer Mensch. Jemand, dem ich mein Leben anvertrauen würde. Sein Herz und seine Seele waren so unschuldig wie die Seele eines Kindes. Ohne Vorurteile, mit der Fähigkeit in jedem das Gute zu sehen, selbst dann, wenn es kein anderer mehr konnte.

„Jetzt mal ernsthaft", unterbrach Hope meine Gedanken, „du bist echt verdammt spät dran."

„Findest du?", fragte ich gutgelaunt.

„Wenn mich nicht alles täuscht, wolltest du versuchen nicht mehr zu spät zum Unterricht zu erscheinen", half mir meine beste Freundin auf die Sprünge.

„Und? Ich finde, Summer hat es bisher ganz gut hinbekommen. Immerhin hat der Unterricht noch nicht begonnen... oder?", sagte Tyler und zwinkerte mir verschwörerisch zu.

„Danke, du Traum meiner schlaflosen Nächte."

„Ihr seid doch beide bescheuert", antwortete Hope und schüttelte schmunzelnd den Kopf.

Als wären ihre Worte eine Art Liebeserklärung gewesen, warf Tyler meiner Freundin freudestrahlend einen Luftkuss zu. Im gleichen Moment betrat ein äußerst gelangweilt wirkender Mr. Collins den Raum und begann mit dem Unterricht.

Ich schaffte nicht mich zu konzentrieren. Seit einer gefühlten Ewigkeit starrte ich jetzt schon auf das vor mir liegende Buch, ohne den Text lesen, geschweige denn, verstehen zu können. In Gedanken hörte ich immer wieder Phoenix' Stimme.

Sah sein Gesicht.

Sah seine Augen.

„Summer", flüsterte Hope, während sie nach der Buchseite griff und diese umblätterte. „Was ist los?"

„Ich weiß nicht", antwortete ich leise und versuchte den Text zu entschlüsseln, die Buchstaben zusammenzusetzen.

Sie sah mich mit einem leichten Stirnrunzeln an. „Es ist wegen ihm. Oder?"

Ich antworte nicht. Hope blinzelte ein paarmal, ehe sie sich wieder ihrem Buch widmete. Sie spürte einfach, dass ich nicht reden wollte.

Obwohl ich überzeugt war, dass die Zeit raste, genau wie meine Gedanken, bewegten sich die Zeiger meiner Armbanduhr keinen Millimeter. Es war, als wäre die Zeit stehengeblieben. Der Moment eingefroren. Und ich auf Ewig dazu verdammt an ihn denken zu müssen. Denn... jeder Gedanke führte mich zu ihm. Immer. Und immer wieder.

Phoenix

Literaturkurs dachte ich verbittert und schlug mit der Faust gegen den geschlossenen Spind. Knurrend lehnte ich die Stirn gegen das kalte Metall, atmete tief durch und sperrte den Zorn weg, ignorierte den dumpfen Schmerz. Erst, als ich mich wieder unter Kontrolle hatte, drehte ich mich um und machte mich auf den Weg zum Unterricht.

Ich zog gerade den Stuhl zurück, als Tyler zusammen mit Summer den Klassenraum betrat. Allein ihre Nähe stürzte mich in ein Wechselbad der Gefühle. Gefühle, die ich nicht zulassen wollte. Nicht zulassen durfte. Ihre Augen suchten mich, fanden den Zugang zu meiner Seele. Finster starrte ich sie an, woraufhin sie unverzüglich den Blick senkte.

„Was zum Teufel spielst du für ein Spiel?!", hörte ich Tyler in Gedanken zornig brummen. Ich schmiss ihn aus meinem Kopf, blieb ihm die Antwort schuldig. Es war Jahre her, dass wir uns gesehen hatten. Drei Jahre, um genau zu sein.

Nachdem Summer ihre Erinnerungen verloren hatte, war Tyler auf meinem Befehl hin, zusammen mit Hope und Damon, in die Welt der Menschen geflohen, um sie dort vor dem Phantom zu verstecken. Vor einem Monster, dass es sich zur Aufgabe gemacht hatte die Prophezeite unserer Welt zu zerstören. Tyler sollte so lange auf sie aufpassen, sie mit seinem Leben beschützen, bis ich dem Phantom das Herz bei lebendigem Leib herausgerissen hätte.

Der Tag ihres Verschwindens hatte mich verändert. Alles war schwarz geworden. Bedeutungslos. Leer. Die Dunkelheit in mir, hatte mich meiner Selbst beraubt. Ich hatte jeden erdenklichen, existierenden körperlichen Schmerz in mich aufgesaugt, hatte mich freiwillig einer zerstörerischen Grausamkeit verschrieben, mich ihr hingegeben, weil ich nichts weiter hatte empfinden wollen… als Hass. Puren, kalten Hass. Alles, woran ich hatte denken können war der Wunsch nach Rache gewesen.

Doch selbst die Stille meiner Gefühle, die lähmende Taubheit meines Herzens hatte die Sorge um Summer nicht auslöschen können. Die ständige Ungewissheit, nicht zu wissen wie es ihr ging, hatte mich verschlungen, mich an den Rand des Wahnsinns getrieben. Stück für Stück. Als dann dieser Spruch wie durch Zauberhand auf meiner Haut erschienen war, hatte ich gewusst, dass ich nicht länger warten durfte, dass es höchste Zeit wurde nach ihr zu suchen.

Jetzt, wo ich mich davon überzeugt hatte, dass ihr Leben nicht in Gefahr war, sollte ich endlich in meine Welt zurückkehren. Blinzelnd verdrängte ich den Gedanken, blendete die Stimme der Vernunft aus, hörte ihr nicht länger zu.

Gefahr dachte ich bittersüß, zynisch. Die einzige Bedrohung hier war ich. Und trotz dieser Gewissheit fehlte mir die Kraft, ihr ein weiteres Mal *Lebewohl* zu sagen. Bis heute wusste ich nicht, woher ich damals die Kraft genommen hatte, wie ich es tatsächlich geschafft hatte, sie gehen zu lassen, sie zu verlassen. ~~Im Stich zu lassen.~~

Blitzartig erwachte der Moment in meiner Erinnerung, als ich ihr, nach all der Zeit endlich wieder gegenübergestanden hatte. Ein Blick in ihre Augen hatte gereicht. Ein einziger Blick… und all die unterdrückten Emotionen waren durch meine Haut gebrochen. Summer hatte zu diesem Zeitpunkt die traurigsten Augen gehabt, die ich je gesehen hatte. Der daraufhin einsetzende Schmerz war so gewaltig gewesen, dass ich mich hatte zurückziehen müssen. Doch ich hatte sie nicht schutzlos in der Dunkelheit zurücklassen können, also war ich ihr, in sicherer Entfernung, gefolgt. Bis zu ihrem Haus. Holly, die sich bereits vor langer Zeit für ein menschliches Leben, ein sterbliches Leben, entschieden hatte, hatte ihr ein Zuhause geschenkt.

Ich spürte Tylers Blick. Spürte, wie er mich beobachtete. Nach außen hin, wirkte er ruhig und gelassen. Für Summer ließ er seinen Charme spielen. Nicht, um sie zu beeindrucken, sondern um sie auf andere Gedanken zu bringen. So wie er es schon sein ganzes Leben lang getan hatte. Doch trotz seiner gespielten Gelassenheit konnte ich spüren, wie es in ihm brodelte. Ja, er kochte vor Wut. Und diese Wut galt mir. Weil er meine Entscheidungen nicht nachvollziehen konnte. Weder damals. Noch heute. Ganz besonders nicht heute. Er war der Ansicht, dass Summer ein Recht darauf hatte die Wahrheit zu erfahren. Dabei versuchte ich genau das zu verhindern. Die Erinnerungen durften nicht zurückkehren. Niemals. Die Wahrheit… würde sie zerstören.

Summer

Irgendwie schaffte ich mich auf den Unterricht zu konzentrieren, trotz seiner Nähe. Ich machte stichwortartige Notizen. Notierte das, was ich aufschnappte... egal was. Hauptsache meine Finger hatten eine Beschäftigung. Sekunden vergingen. Minuten.

Und jede verstrichene Minute verpuppte sich, verwandelte sich in einen Schmetterling. Schimmernd. Wunderschön. Es wurden immer mehr. So unendlich viele. Sie flogen durch den Raum. Tanzten. Und ihre Flügel leuchteten in allen erdenklichen Regenbogenfarben... bis eine dunkle Rauchwolke sie alle verschluckte. Alle. Bis auf einen. Es war, als würde dieser zurückgelassene, einsame Schmetterling mich ansehen, mich um Hilfe bitten. Jeder Flügelschlag wurde zu einem Gefühl. Zu einem einzigen Gefühl. Einsamkeit.

Ich spürte seine Atemzüge, das leise Pochen seines Herzens und hörte wie seine Seele um Hilfe schrie. Er hatte Angst für immer verlorenzugehen. Zu verschwinden. Sich in Luft aufzulösen. Es war verrückt. Meine Fantasie ließ mich Dinge sehen, die unmöglich existieren konnten. Und doch... spürte ich das Echo seiner Angst. Kopfschüttelnd versuchte ich die Gedanken zu verscheuchen.

Ich blinzelte. Blinzelte. Blinzelte. *Was zum Teufel war das denn bitte schön gewesen?* Ich schnappte mir meine Aufzeichnungen und stellte erschrocken fest, dass alles, was auf dem Stück Papier stand, ein Name war. Ein einziger Name. Sofort strich ich den Namen durch. Immer und immer wieder.

Eine klitzekleine Bewegung... und schon war es vorbei mit der Konzentration. Endgültig. Ich senkte den Kopf und lauschte seinen Atemzügen, während ich ihn heimlich beobachtete. Phoenix schaute starr geradeaus. Ohne zu lächeln. Er blinzelte noch nicht einmal. Mein Herz schlug wie verrückt und alles, woran ich denken konnte, war ihn zu berühren. Zufällig. Nur für einen winzigen Augenblick. Es wäre so einfach... ich müsste nur meine Hand nach rechts ausstrecken. Obwohl es nur wenige Zentimeter waren, fühlte es sich an, als würde uns eine dicke Betonwand trennen. Meterhoch. Unüberwindbar.

Er ballte beide Hände zu Fäusten. Merkte er, dass ich ihn heimlich beobachtete? Sofort senkte ich den Blick, griff nach meinem Stift und kritzelte irgendwelche Wörter aufs Papier. Notizen, die keine waren.

Als ich realisierte, dass er mich, ohne überhaupt ein Wort gesagt zu haben, einschüchterte, wurde ich wütend. Auf mich. Auf ihn. Und am liebsten hätte ich ihn beleidigt. Ihm alle erdenklichen Schimpfwörter an den Kopf geschmissen. Doch kein Laut verließ meine Lippen. Wie durch ein Wunder schaffte ich meinen Zorn zu unterdrücken.

„Summer?"

Das unangenehme Schweigen war vorbei. Verdutzt drehte ich den Kopf in seine Richtung und verlor mich in diesen wunderschönen Augen. *Reiß dich gefälligst zusammen!* Er glaubte doch wohl nicht ernsthaft, dass ich einfach so über sein sonderbares Verhalten hinwegsehen würde. Genau aus diesem Grund konnte ich mir eine bissige Bemerkung nicht verkneifen. Wozu auch?

„Ohhhh. Sieh an, Prinz Charming erinnert sich also doch an meinen Namen."

„Ich habe deinen Namen nicht vergessen, Prinzessin. Ich hatte nur bis gerade eben kein Verlangen danach, deine Stimme zu hören."

„Ach. Und warum hast du deine Meinung geändert? Ist dir plötzlich bewusst geworden, dass du den Klang meiner Stimme brauchst, wie die Luft zum Atmen?", fragte ich patzig und hoffte, der Sarkasmus würde dabei helfen, dass ich mich weniger verletzt fühlte.

Keine Reaktion.

Ging das schon wieder los?

„Hast du meine Frage nicht verstanden? Oder versuchst du erneut ein Schweigegelübde abzulegen?"

Noch immer keine Reaktion.

„WAS willst du?", fauchte ich und funkelte Phoenix missbilligend an. Der Ausdruck in seinen Augen veränderte sich. Mir stockte der Atem. Allein dieser Blick ließ mich von innen heraus verglühen. ~~Bitte, sag meinen Namen. Sag, dass du MICH willst.~~

123

Verwirrt runzelte ich die Stirn, ohne den Blick von ihm lösen zu können.

Er öffnete sein Notizbuch, murmelte: „Ich brauche… einen Stift."

„Einen Stift?"

„Ja, für meine Notizen. Ohne Stift kann ich nicht schreiben…"

„Oh…", stammelte ich verlegen, holte einen Kuli aus meinem Etui und reichte ihm diesen. Ich wollte gerade meine Hand wegziehen, als er bereits nach dem Kuli griff und mich versehentlich berührte. Diese winzige Berührung setzte mich in Flammen. Meine Haut. Mein Herz. Meine Seele. Reflexartig zog ich die Hand zurück. Saß ganz still. Wartete. Zählte die Sekunden. Die Minuten.

Meine Hände lagen währenddessen unterm Tisch, in meinem Schoß. Immer wieder zeichnete ich mit dem Finger die Stelle nach, wo er mich soeben berührt hatte.

Endlich. Es klingelte. Eilig packte ich meinen Kram zusammen, wobei ich darauf achtete, mich darauf konzentrierte, Phoenix nicht anzusehen. Nicht in seine Richtung zu blinzeln. Ich wollte seinem Blick nicht begegnen. Wollte mich nicht erneut von dem Ausdruck in seinen Augen verwirren lassen.

Tyler und Simon standen bereits wartend, mit gespielter Ungeduld im Blick, im Türrahmen, und als sie mich kommen sahen, erschien auf ihren Gesichtern ein aufmunterndes Lächeln. Auf dem Weg zur Mensa unterhielten sich die Jungs über die bevorstehende Party bei Dylan. Schweigend lief ich neben ihnen her, versunken in meinen eigenen Gedanken. Fieberhaft suchte ich nach einer Erklärung für mein sonderbares Verhalten. Wieso ging mir Phoenix nur so dermaßen unter die Haut? Wieso fühlte ich diese unstillbare Sehnsucht? Eine Sehnsucht, die nicht existieren dürfte…

Meine Gedanken waren so laut, dass ich Tylers Frage im ersten Moment gar nicht hörte. Undeutliche Worte…

„Was?", fragte ich genervt.

Tyler sah mich mit hochgezogenen Brauen ungläubig an. Sofort meldete sich mein schlechtes Gewissen.

„Entschuldige Ty… ich wollte dich nicht so anblaffen. Ich weiß auch nicht, was mit mir los ist. Irgendwie… ach, keine Ahnung. Vielleicht hätte ich einfach im Bett bleiben sollen"; stammelte ich kleinlaut.

Ein schelmisches Lächeln schlich sich in sein Gesicht. „Wenn ich von mir träumen würde… und jemand würde mich wecken, tja, dann wäre ich genauso unausstehlich. Also… keine Sorge. Ich nehme es dir nicht übel." Bevor ich etwas darauf erwidern konnte, sprach er weiter. „Übrigens… Du hättest dich nicht entschuldigen müssen. Ich *weiß* warum du so mies gelaunt bist. Denn… ob du es glaubst oder nicht… ich habe Augen im Kopf."

„Keine Ahnung wovon du sprichst."

Er suchte meinen Blick, legte seinen Arm um meine Schulter und flüsterte mir leise „Phoenix" ins Ohr. So leise, dass Simon nichts verstehen konnte.

Ich zuckte zusammen, ohne etwas zu sagen.

„Aber, um dich zu beruhigen… es liegt nicht an dir. Ich mein, er verhält sich nicht nur dir gegenüber wie ein Arsch… sondern ist zu jedem so *freundlich*."

„Und wie soll mir das jetzt weiterhelfen?"

„Summer, komm schon. Ignorier ihn einfach!"

Ihn ignorieren?! dachte ich zynisch… *klar, warum bin ich nicht von allein auf die Idee gekommen?* Vom eigenen Sarkasmus verhöhnt zu werden, war… grausam. Ich seufzte leise. Tyler versuchte mir zu helfen und… im Grunde hatte er ja auch Recht, aber was für ihn und für alle anderen leicht sein mochte, war für mich undenkbar. Unvorstellbar. Ja, gar unmöglich. Und genau diese Tatsache ärgerte mich. Machte mich… wütend. Launisch.

„Tyler", stöhnte ich frustriert und schloss für einen Atemzug die Augen. „Meinst du etwa, das hätte ich noch nicht versucht?!"

Plötzlich schaute er mich ganz merkwürdig an. Nachdenklich. Traurig. Hoffnungsvoll. Alles auf einmal.

„Willst du ihn überhaupt ignorieren?" Tyler blickte mir aufmerksam in die Augen, wartete auf eine Reaktion. Als ich nicht antwortete, fuhr er leise fort „Ich… ich mein…"

„Ich *will*", versicherte ich blitzschnell und verhinderte, dass er seinen Satz zu Ende sprechen konnte. „Du weißt gar nicht, wie sehr ich das will…"

„Hör zu…", begann er mitfühlend, leise, „es geht mich zwar nichts an… aber, wenn ich dir einen kleinen Rat geben dürfte, dann würde ich dir sagen, dass sich hin und wieder *jemand* absichtlich wie ein Arschloch benimmt. Um *jemand anderen* zu schützen…"

„Ich habe aber nicht vor, dich nach deinem Rat zu fragen."

„Summer…"

„Schön. Meinetwegen. Angenommen du hast Recht… Wie soll mir das jetzt weiterhelfen? Hm? Soll das etwa bedeuten, dass dieser *jemand* in Wahrheit gar kein Arschloch ist? Dass er in Wahrheit der Traum aller Schwiegermütter ist? Und ich mir einfach nur mehr Mühe geben sollte, um hinter seine Fassade zu blicken? Was, wenn ich das nicht will? Oder aber, wenn dieser jemand es überhaupt nicht will? Was, wenn dieser jemand nichts weiter sein möchte als dieses unnahbare Arschloch? Was dann?"

„Zum einen *der Traum aller Schwiegermütter* bin immer noch ich. Und daran wird sich nichts ändern, diesen Platz lass ich mir von niemandem streitig machen. Okay? Von *NIEMANDEM*", lachte Tyler, ehe er wieder ernst wurde. „Die Grenze zwischen *nicht wollen* und *glauben nicht anders zu können* ist manchmal ein schmaler Grad. Was ich eigentlich sagen will… manchmal sollte man den Verstand ausschalten… und das Herz entscheiden lassen. Du hast bisher immer deinen Gefühlen vertraut… Warum nicht dieses Mal?"

Warum? Gute Frage. Vielleicht, weil… ich dieses Gefühl bisher nicht kannte, zumindest nicht in dieser Intensität.

~~Weil mir diese Gefühle Angst machten.~~

~~Ich hatte einfach Angst.~~

~~Angst, vor meinen Gefühlen.~~

~~Angst vor seinen Gefühlen.~~

Ich blieb Tyler die Antwort schuldig.

„Du musst nichts sagen. Außerdem… wir haben genug über diesen *jemand* gesprochen", sagte er mit einem Lächeln auf den Lippen. „Also? Was ist? Bist du nächstes Wochenende dabei?"

Ich war erleichtert, dass er nicht näher auf dieses Thema einging, oder auf einer Antwort bestand… und mich stattdessen versuchte auf andere Gedanken zu bringen.

„Nächstes Wochenende? Du meinst die Party bei Dylan, oder?"

„Ohhh, Summer. Wo soll das bloß enden?"

Innerlich grinste ich, rollte gespielt genervt mit den Augen und antwortete „Im Chaos natürlich…"

„Wo sonst", erwiderte er gutgelaunt. Im nächsten Moment drückte er mir lachend ein Küsschen auf die Stirn. Simon, der unsere Unterhaltung nur am Rande mitbekommen hatte, schüttelte grinsend den Kopf, behielt seine Gedanken aber glücklicherweise für sich, was jedoch nicht für seine Gefühle galt. Ich spürte seine Missbilligung. Seine Verachtung.

Diese Gefühle galten jedoch nicht mir – sondern Phoenix.

Auf dem Parkplatz wimmelte es nur so von Schülern. Jetzt, nach Schulschluss wollten alle so schnell wie möglich nach Hause. Alle gleichzeitig. Doch, da ich dieses Mal nicht fluchtartig von hier verschwinden wollte, stieg ich ins Auto, ohne mich von der Hektik anstecken zu lassen, und beobachtete meine Mitschüler mit einem Lächeln im Gesicht… so lange, bis alle Autos vom Parkplatz verschwunden waren. Erst als niemand mehr zu sehen war, steckte ich den Schlüssel ins Zündschloss, startete den Motor, legte den Rückwärtsgang ein und fuhr los.

Zuhause erwartete mich Stille. Es fühlte sich seltsam an. Normalerweise war immer jemand hier, wenn ich von der Schule kam. Fieberhaft überlegte ich, ob mir irgendetwas entgangen war. Dann fiel es mir wieder ein. Holly war mit den Zwillingen auf dem Kindergeburtstag von Abigail, zwei Straßen weiter und, genau wie Onkel Charlie, würden sie vor heute Abend nicht zurück sein. Das bedeutete, dass ich mehr als genug Zeit hatte, um nachdenken zu können. Ich starrte geradeaus ins Nichts. *Nachdenken. Ich wollte nicht nachdenken…* Um dieser Trostlosigkeit zu entgehen, ging ich hoch in mein Zimmer und schnappte mir ein Buch. Irgendein Buch.

Das Nächste, das ich hörte, war das Geräusch der Hausklingel. Schlaftrunken schaute ich mich im Zimmer um. Mist. Ich war tatsächlich während des Lesens eingeschlafen. Es klingelte erneut. Ich setzte mich auf und stieg umständlich aus dem Bett.

Als ich die Haustür öffnete, setzte mein Herzschlag aus. Phoenix stand vor mir und guckte mich mit seinen grünen Augen an. Meine Erstarrung dauerte nur den Bruchteil einer Sekunde, trotzdem brachte ich, egal wie sehr ich es versuchte, keinen Ton heraus. Dieser scheinbar simple Befehl schien nicht zu meinem Gehirn vordringen zu können.

„Summer?" Erst der Klang seiner Stimme holte mich ins Hier und Jetzt zurück. Bevor ich antwortete, räusperte ich mich geräuschlos, um den Kloß in meinem Hals verschwinden zu lassen.

„Ja?" Meine Stimme hörte sich trotzdem kratzig an.

„Geht es dir nicht gut? Du siehst so… blass aus."

„Was?", murmelte ich, tief versunken in seinem Blick. Ich schloss die Augen, tauchte aus den Fluten auf. „Nein. Nein, mir geht es gut. Du hast mich bloß geweckt. Das… ist alles."

Seine Miene verdüsterte sich, ohne ersichtlichen Grund. Mal wieder. Und er atmete hörbar schwer aus. Genervt. Wütend.

„Kann es sein, dass du an der falschen Tür geklingelt hast?!" fragte ich schnippisch.

„Wenn ich an der falschen Tür geklingelt hätte, würdest du jetzt wohl kaum vor mir stehen."

Genervt rollte ich mit den Augen. „Schön. Dann lass es mich anders formulieren. WAS willst du hier?", fragte ich kühl und warf ihm einen zornigen Blick zu. Tja, ich hatte soeben beschlossen, ihn genauso herablassend zu behandeln, wie er mich.

„Ist das nicht offensichtlich?", flüsterte er.

„Ich weiß nicht. Ist es das?!"

Ohne auf meine Bemerkung einzugehen, lief er an mir vorbei. Direkt ins Haus.

„Ich kann mich nicht erinnern, dich hineingebeten zu haben!"

„Ist mir nicht entgangen", sagte er trocken, ohne eine Miene zu verziehen. Diese Dreistigkeit verschlug mir die Sprache.

Da stand er, lässig am Treppengeländer gelehnt und beobachtete mich.

„Warum verschwindest du nicht einfach?"

„Ich würde… wenn ich *könnte*." Die Art, wie er seine Antwort formulierte, oder vielmehr betonte, verwirrte mich.

„W-was? Wieso kannst du nicht?", stotterte ich verunsichert. Der Plan, ihn herablassend zu behandeln, funktionierte bestens, dachte ich sarkastisch.

„Das… Prinzessin… kann ich dir nicht verraten", antwortete er gefährlich ruhig und kam langsam auf mich zugelaufen. Er stand jetzt direkt vor mir. Oh. Mein. Gott. Phoenix war nicht nur dreist, sondern zudem unverschämt sexy. Verflucht, so durfte ich nicht denken. So wollte ich nicht denken. Frustriert senkte ich den Blick, schloss die Augen. Ich hörte seinen viel zu flachen... und viel zu schnellen Atem. Die direkte Nähe ging ihm genauso unter die Haut wie mir. Ich wollte wissen, was er in diesem Augenblick empfand. Irgendetwas hatte sich jedoch verändert. Bisher hatte seine Nähe jedes Mal ein Feuerwerk der Emotionen in mir ausgelöst – seiner Emotionen... doch jetzt war alles, was ich empfang – Stille. *Er sperrt mich aus.*

„Also?", hauchte er leise. So verdammt leise. „Können wir jetzt anfangen?"

Anfangen? Womit? Ich hatte nicht einmal mitbekommen, dass er mir überhaupt eine Frage gestellt hatte. Seine Nähe war so berauschend, dass ich alles um mich herum ausgeblendet hatte. Wie machte er das bloß? Sobald er in meiner Nähe auftauchte, zogen mich die unterschiedlichsten Gefühle in einen Strudel. Ein Wechselbad der Emotionen. Das *musste* aufhören... und zwar *jetzt.*

„Anfangen? Womit?"

„Literaturkurs...", erinnerte er mich barsch.

„Ohhh... stimmt." Ich schluckte die Enttäuschung runter. „Kaffee?", fragte ich, denn was Besseres fiel mir momentan nicht ein.

Anstatt zu antworten, sah er mich mit hochgezogenen Brauen skeptisch an.

Ich zog ebenfalls die Brauen hoch und stellte ihm erneut die Frage, nur dieses Mal in Form eines kompletten Satzes. „Möchtest du, bevor wir anfangen, auch eine Tasse Kaffee? Oder lieber etwas Anderes? Wasser vielleicht?"

„Kaffee. Schwarz."

Oh, wie passend, dachte ich sarkastisch, behielt meine Gedanken aber für mich. Stattdessen sagte ich: „Du kannst ja schon mal in mein Zimmer gehen. Ich komm, sobald der Kaffee fertig ist. Das Buch liegt übrigens auf dem Bett."

Phoenix drehte sich um und stieg die Treppe hoch. Ich wartete, bis er aus meinem Blickfeld verschwand, dann zog ich hektisch das Handy aus der Hosentasche. Sofort rief ich Hope an. Ich musste dringend mit ihr reden. Verdammt dringend. Irgendwie musste sie versuchen mich zu beruhigen, immerhin saß Phoenix gerade in meinem Zimmer. Viel schlimmer war jedoch die Tatsache, dass wir beide allein waren. Mutterseelenallein. Zum Glück nahm Hope beim ersten Freizeichen ab.

„Hey, Süße", trällerte sie gutgelaunt. „Was gibt`s?"

Mein Blick verdunkelte sich und ich flüsterte: „ER ist hier."

„Wieso flüsterst du?"

„Hast du mir nicht zugehört? ER ist hier…"

„Wer?", fragte sie, als wenn sie nicht wüsste, wer gemeint war.

„Na wer schon. Er… Phoenix."

In der Leitung wurde es erstaunlich still. Dann erklang ein leises Lachen.

„Das ist nicht witzig. Ich mein es ernst. WAS soll ich denn jetzt machen? Ich bin ganz allein mit ihm. Verstehst du? Außer uns ist niemand hier…"

„Was?", fragte Hope gespielt schockiert, dann kicherte sie leise… räusperte sich und fuhr fort. „Du bist, wenn ich das richtig verstanden habe, vollkommen allein mit ihm und willst jetzt von mir hören, was du machen sollst? Ernsthaft?" Sie lachte. Schon wieder. „Also, wenn ich an deiner Stelle wäre, wüsste ich, was ich mit ihm anstellen würde. Ehrlich, Summer. Ich versteh nicht, wo das Problem liegt. Schon vergessen? ER ist *dein* Traumprinz. Er ist…"

„Hope", unterbrach ich sie warnend. „Lass den Scheiß!"

„Okay. Kapiert. Du befindest dich noch in der Leugnungsphase. Schön. Dann hör mir jetzt gut zu. Leg auf und schwing deinen hübschen Hintern hoch in dein Zimmer. Man lässt seinen Traumprinzen nicht warten… erst recht nicht, wenn er so verdammt heiß ist, wie Phoenix. Und jetzt… viel Spaß. Aber vergiss nicht… Tu nichts, was ich nicht auch tun würde."

Freizeichen ertönte. Hope hatte einfach aufgelegt. Das war ja super gelaufen. Den Anruf hätte ich mir sparen können. Die Nervosität war immer noch da. Fesselte mich, als plötzlich die Küchentür knarrte und mein Herzschlag aussetzte. Schon wieder. Obwohl ich wusste wer hinter mir stand, zuckte ich erschrocken zusammen.

„Wenn du willst, dass ich gehe, weil du nicht mit mir allein sein willst… warum sagst du es dann nicht einfach?"

Ich schüttelte den Kopf, ordnete die Gedanken. Ohne es verhindern zu können, rutschte mir die Frage raus, die mir schon die ganze Zeit im Kopf herumschwirrte. „Warum bist du *wirklich* hier?"

Er sah mich an, ohne einen Ton von sich zu geben. Stille verschluckte uns. Ihn und mich. Fieberhaft überlegte ich, ob ich etwas sagen sollte, als mich plötzlich eine fremde Traurigkeit erfüllte und sich gleichzeitig der Ausdruck in seinen Augen veränderte. Die Wärme, die dort noch vor wenigen Sekunden zu sehen gewesen war, wurde durch eine Kälte ersetzt, die mich innerlich frieren ließ. Er verwandelte sich in einen Eisblock. Emotionslos. Unnahbar. Kalt. Und doch hatte ich für einen winzigen Augenblick seine Traurigkeit fühlen können. Eine Traurigkeit, die nicht nur ihn innerlich zu zerreißen gedroht hatte, sondern auch mich.

Dieser scheinbar unbedeutende Moment... dieser kurze Blick, hatte so weh getan, dass ich noch immer das Echo dieses Schmerzes fühlen konnte. Und – es war nicht das erste Mal gewesen. Jedes Mal, wenn er diese Art von Gefühlen in mir hervorrief, setzte unmittelbar darauf die eisige Kälte in seinem Blick ein, so wie jetzt.

Ich ahnte bereits, was dahintersteckte. Sobald seine Augen den Glanz, das Leuchten verloren, war es, als versuche er sich in Finsternis zu hüllen. In eine Finsternis, die es mir unmöglich machte, seine Gefühle wahrnehmen zu können. Als wollte er verhindern, dass ich seinetwegen Schmerzen leiden müsste.

Er schüttelte den Kopf, während er einen Schritt auf mich zumachte.

„Du hast Angst...", hauchte er mit gequälter Stimme.

Von allen existierenden Möglichkeiten zog ich ausgerechnet die Wahrheit in Betracht. Anstatt ihn zu belügen, sah ich ihn eingeschüchtert an... und nickte. Nicht zu fassen – ich nickte.

„Und wovor hast du Angst?"

Keine Ahnung, ob es die Frage an sich war, oder seine Stimme... fest stand, dass ich keinen klaren Gedanken mehr fassen konnte. Allein sein Blick reichte aus, um unendlich viele Stromstöße durch meinen Körper zu jagen. So etwas hatte ich noch nie erlebt. Die Intensität meiner Emotionen vermischte sich mit seinen. Es war berauschend.

Erfüllend. Überwältigend. In diesem Augenblick übernahm mein Unterbewusstsein die Kontrolle und ich schloss instinktiv die Augen, um auf diese Weise den in mir stattfindenden Tornado zum Verstummen bringen zu können.

„Nicht wovor…", murmelte ich zögerlich. Ja, beinahe ängstlich. Unsicher. „Sondern vor wem…"

„Vor mir. Du hast vor mir Angst." Keine Ahnung, ob es eine Frage oder eine Feststellung sein sollte.

„Nein. Nicht vor dir… Vor mir", gestand ich leise, kaum hörbar. Mein Blick glitt zu Boden, bevor ich Phoenix einen Wimpernschlag später wieder ansah. Warum hatte ich das gesagt? Warum? Ich verstand mich selbst nicht mehr.

Er strich sich mit der Hand durchs Haar. Räusperte sich leise, so verdammt leise, ehe er meinen Blick suchte. Gefühle flogen durch die Luft. Schwebten durch den Raum. Meine Seele lachte, meine Gefühle lachten, doch einen Herzschlag später versuchten sie sich zu verstecken, versuchten sich zu beschützen. Phoenix war der einzige Mensch, dessen Gefühle mich so aus der Bahn werfen konnten.

„Wieso?" wollte er wissen.

Ich zuckte mit den Schultern, blieb ihm die Antwort schuldig.

„Lass uns über etwas anderes reden." Ich wich seinem Blick aus.

„Ach… und worüber willst du stattdessen reden? Das Wetter? Die Schule?", knurrte er. Seine Verärgerung war nicht zu überhören, nur konnte ich sie, wie so oft, nicht nachvollziehen. Abrupt drehte ich mich weg, presste die Lippen fest aufeinander, um ihm nicht irgendeine Gemeinheit an den Kopf zu werfen. Als ich die Türklinke mit der Hand umschloss, schaute ich ihn über die Schulter hinweg an, forderte ihn stumm auf, mir zu folgen. Aber anstatt sich zu bewegen, lehnte er ihm Türrahmen der Küche, unschlüssig, ob er mir folgen sollte oder nicht.

„Was ist jetzt? Kommst du?"

Er schüttelte den Kopf und versuchte ein Lächeln zu unterdrücken, während er langsam auf mich zugelaufen kam. Fragend schaute er mich an.

„Hör zu, Phoenix. Ich… ich glaub es wäre keine so gute Idee, wenn wir hierbleiben würden." Ich schloss die Augen, schluckte. „Vielleicht wäre es besser, wenn wir irgendwo hinfahren, wo wir nicht Gefahr laufen, zu glauben, uns über Dinge unterhalten zu müssen, die in Wahrheit niemand hören will."

„Was spielt es für eine Rolle, wo wir sind? Glaubst du, dass ich deshalb weniger an deiner Antwort interessiert bin? Warum kannst du mir nicht einfach sagen, warum du dich vor dir selbst fürchtest?"

„Weil es alles andere als *einfach* ist. Okay?!" Ich konnte ihm unmöglich sagen, über welche Gabe ich verfügte. Ich konnte ihm unmöglich sagen, welche Art von Gefühlen er in mir hervorrief. Gefühle, die mir so vertraut vorkamen, dass ich mich vor dem Hintergrund dessen, was es bedeutete oder bedeuten könnte, fürchtete.

„Und wo soll dieser Ort sein?", lenkte er schließlich ein.

„Lass uns einfach in die Stadt fahren. Irgendwo hin, wo wir einen Kaffee trinken können. Hauptsache weg von hier."

„Vielleicht wäre es besser, wenn ich einfach verschwinde."

„W-was?", fragte ich ungläubig und schüttelte den Kopf. „Nein! Ich will nicht, dass du gehst. Bitte. Geh nicht. Lass uns einfach nur von hier verschwinden."

Summer

Wir parkten in der Nähe meines Lieblingscafés, welches mitten in der Fußgängerzone von Darkwood lag. Von hier zweigten mehrere Gassen mit vielen verschiedenen Geschäften ab. Boutiquen. Secondhand-Läden. Antiquitätenläden. Kunstgalerien. Es gab nichts, was es nicht gab. Außerdem lag der Parkplatz nur wenige Meter von dem kleinen Schreibwarenladen entfernt, wo ich später noch mit Phoenix vorbeischauen wollte, um das Buch für den Literaturkurs zu besorgen. Dort war die Auswahl zwar nicht so groß wie in der Bücherei… doch da diese wegen des unerklärlichen Vorfalls gestern auf unbestimmte Zeit geschlossen bleiben würde, waren die übrigen Möglichkeiten mehr oder weniger begrenzt.

Während wir durch den leichten Nieselregen liefen, sprachen weder Phoenix noch ich ein Wort. Aus dem Augenwinkel heraus beobachtete ich ihn, jede seiner Bewegungen. Er krempelte sich die Ärmel hoch, trotz der einsetzenden Kälte, und gewährte mir einen Blick auf seine Tattoos. Lebendige Tinte. Dunkel. Unheilvoll… und doch voller Leben, als würden sie eine Geschichte erzählen. Seine Geschichte. Eine Geschichte für die Ewigkeit. Unvergessen. Nie endend. Ich konnte nicht anders, ich musste es mir genauer ansehen. Bewundern. Versuchen zu verstehen. Begreifen. Alles, was ich erkennen konnte, war ein Kompass, Koordinaten… eine Landkarte… und Buchstaben. Wörter, geschrieben in einer fremden Sprache.

Latein – eine tote Sprache. Eine vergessene Sprache.

Die vom Himmel fallenden Regentropfen perlten von seinem Gesicht, seinen Armen… tropften still zu Boden.

Die Einkaufspassage war so gut wie ausgestorben, was vermutlich eher an dem Herbstmarkt lag, der diese Woche stattfand, als an dem schlechten Wetter. Ich entdeckte in einiger Entfernung ein Riesenrad.

„Bist du schon mal bei Regen Riesenrad gefahren?"

Die Brauen tief zusammengezogen, warf er mir einen Seitenblick zu.

„Was ist?", fragte ich und sah ihn hoffnungsvoll an.

„Ernsthaft? Du willst jetzt, bei diesem Wetter, Riesenrad fahren?"

„Warum nicht? Ich mein… keine Ahnung, wie ich das erklären soll… Aber ich liebe den Regen. Und die Welt von oben dabei zu beobachten, wie diese winzigen Tränen den Schmerz der Welt versuchen wegzuspülen, ist…" Ich seufzte. „Es lässt mich hoffen."

„Hoffen? Worauf?"

„Darauf, dass die Menschen irgendwann wieder anfangen den Regen zu *fühlen*."

Er blieb stehen. In den Regentropfen auf seinem Gesicht spiegelte sich *meine* Hoffnung, während in seinen Augen ebenfalls Hoffnung erwachte. Nur, dass es dieses Mal nicht meine war. Sondern seine.

Ich lief los und rief ihm über die Schulter hinweg zu „Komm schon. Bevor es aufhört zu regnen."

Ich kletterte in eine Gondel des Riesenrads und lehnte mich lächelnd in den gepolsterten Sitz zurück. Es war nur noch eine Frage der Zeit, bis ich die Welt aus schwindelerregender Höhe bewundern konnte. Phoenix setzte sich neben mich. Schweigend. Ich wünschte, ich könnte ihn verstehen. Begreifen, was in seinem Kopf vorging. Ich beobachtete ihn. Sah, wie sich sein Brustkorb hob und senkte. Wie er blinzelte. Wie er atmete. Er war angespannt. Seufzte. Starrte auf seine Hände. Zitterte.

„Phoenix", hauchte ich seinen Namen, nur wenige Zentimeter von ihm entfernt. Ich fühlte die Kälte seiner Haut und rückte ein Stückchen näher an ihn heran.

Er lächelte.

„Hm?"

„Du zitterst", flüsterte ich leise, weil ich den Zauber des Moments nicht zerstören wollte. Ruckartig setzte sich das Riesenrad plötzlich in Bewegung. Instinktiv, als wäre es das Normalste der Welt, legte er seinen Arm um meine Schulter. Vielleicht hätte ich auf Abstand gehen sollen… aber stattdessen lehnte ich mich an ihn, genoss seine Nähe. Ich fühlte seinen Herzschlag, hörte das Pulsieren seines Blutes. Das

Rauschen in meinen Ohren. Hier oben blieb die Zeit stehen, während die Welt dort unten sich weiterdrehte.

Es war erschreckend was mit mir passierte. Mit jeder Sekunde, die ich mit ihm zusammen verbrachte, schenkte ich ihm langsam, aber sicher einen Platz in meinem Leben. In meinem Herzen. Einen Platz, den er nicht wollte. Es war ein Spiel mit dem Feuer... und es war nur eine Frage der Zeit, bis meine Seele in Flammen aufgehen würde. Es war mehr als bloße Faszination. Es war... *so viel mehr*. Vielleicht wäre es klüger, wenn ich mich von ihm fernhalten würde. Das Problem war, dass ich kein Kopfmensch war. Noch nie gewesen bin. Ich war bereit mich verbrennen zu lassen, auch wenn ich nicht verstand *wieso*...

Für einen winzigen Moment brachten mich meine Gefühle aus der Fassung, also ignorierte ich sie. Ich legte einen Arm auf die Stange, lehnte das Kinn darauf ab und sofort huschte mein Blick nach unten zu den Menschen. Von hier oben sahen sie winzig aus. Unbedeutend. Und doch faszinierte mich jeder Einzelne von ihnen. Ich saß ganz still, während mein Blick zwischen den verschiedenen Menschen hin und her wanderte. Suchend. Ohne Ziel, vollkommen orientierungslos.

Ich bewunderte die Zuversicht der leisen Regentropfen. Ihren Versuch das Böse fortzuspülen. Auszulöschen. Noch immer huschte mein Blick von einem zum anderen. Noch immer suchend. Aber alles, was ich fand, war eine Trostlosigkeit, die mir Tränen in die Augen trieb. Die Menschen waren dabei zu *verschwinden*. Sich in Luft aufzulösen.

Ich sah so viel, spürte aber nichts. Es war, als wäre die Empathie dieser Menschen bereits von dem Nichts verschluckt worden. Ich lauschte... versuchte den Gefühlen zuzuhören. Aber alles, was ich hörte, war Stille. Die Stille der Einsamkeit. Die Stille des Vergessens.

„Summer? Alles in Ordnung?"

„Ich... ich weiß nicht", gestand ich zögerlich.

„Woran hast du gerade gedacht?" wollte er wissen und folgte meinem Blick.

Ich versuchte meine Gedanken in Worte zu fassen und fragte: „*Was siehst du?*"

„Ich... verstehe nicht", gestand er irritiert.

Meine Brust zog sich zusammen. Der Moment der Wahrheit. Ich wusste, dass ich ihm hier und jetzt begreiflich machen musste, wie ich die Menschen wahrnahm. Wie sehr Gefühle, egal welcher Art, mein Leben bestimmt hatten und, seitdem er hier aufgetaucht war... wieder bestimmte.

„Auf der Suche nach dem scheinbar perfekten Leben, verlieren wir das Wichtigste aus den Augen. Wir sind so sehr mit uns selbst beschäftigt, dass wir nicht einmal merken, was um uns herum passiert. Worte verlieren ihre Bedeutung. Ihren Sinn. Denn alles, was zählt... was scheinbar wichtig ist, findet in einer Welt fernab der Realität statt. Einer erschaffenen Welt... einer digitalen Welt. Absolute Überwachung. Kontrolle. Lüge. Verrat. Korruption. Eine unumstrittene Wahrheit. Und doch weigern wir uns es zu glauben, wollen es nicht wahrhaben... spielen es herunter. Wie so vieles in unserem Leben. Wir werden zu Sklaven unserer eigenen Manipulation. Wir glauben der Lüge, verkaufen unsere Empathie an einen unumstrittenen Feind. Nicht sichtbar. Und merken es nicht einmal. Doch anstatt aufzuwachen und das Unrecht, das vor unseren Augen geschieht, zu verhindern... laufen wir blind weiter. Setzen einen Fuß vor den anderen, weil niemand sich verantwortlich fühlt. Weil niemand etwas sehen will. Weil niemand zuhören will. Weißt du, Phoenix... es ist erschreckend, was mit uns passiert. Selbst hier in Darkwood, in diesem Kaff, in einer scheinbar perfekten Welt, sitzt man sich gegenüber, ohne seinem Gegenüber in die Augen sehen zu können... ohne miteinander zu reden, weil alles, was sich in unserem Leben abspielt mit der Kamera festgehalten werden muss, weil wir der festen Überzeugung sind diese Momente, dessen Zauber wir nicht einmal begreifen, mit einer Welt teilen zu müssen, die nicht existiert. Und soll ich dir auch verraten *warum?* Weil jeder so sehr mit der manipulierten Version seiner eigenen Persönlichkeit, wenn man es überhaupt noch so nennen kann, beschäftigt ist, dass keine Zeit bleibt, um sich über irgendetwas Anderes Gedanken zu machen. Millionen Menschen... auf der ganzen Welt... verlieren sich, weil sie versuchen jemand zu sein, der sie nicht sind, und niemals sein werden. Mittlerweile trägt man nicht nur eine Maske, sondern so entsetzlich viele, dass man selbst nicht mehr weiß, wer man ist, weil wir jedem versuchen zu gefallen. Die Meinung anderer ist uns wichtiger als die eigene... dabei ist diese ebenso eine Lüge... wie alles andere im

Leben. Im Grunde sind wir Marionetten, dessen Fäden aus Granit bestehen. Unzerstörbar. Wir existieren… anstatt zu leben. Und in dieser Existenz zählen Gefühle als Schwäche. Empathie ist eine Krankheit. Eine Krankheit, die systematisch ausgerottet wird. Unwiderruflich zerstört… bis irgendwann nichts mehr davon übrig ist. Es ist ein Kampf… dessen Sieg darin besteht die Menschheit und alles was wir kennen, zu zerstören. Eine Welt ohne Empathie – ist die Hölle auf Erden. Der Anfang vom Ende."

Phoenix schüttelte den Kopf, legte seinen Finger unter mein Kinn und zwang mich ihm in die Augen zu gucken. „Du bist nicht wie diese Menschen. Und… du wirst niemals so werden", sagte er mit so viel Gefühl in der Stimme, dass ich anfing meine eigene Identität zu hinterfragen… als könnte ich nur deshalb nicht so enden, weil ich in Wahrheit gar kein Mensch wäre.

„Verstehst du nicht, was ich dir versuche zu sagen? Es geht nicht nur darum, dass die Menschen vergessen wer sie sind… es geht darum, dass sie aufhören wollen zu *fühlen.*"

„Ich weiß", seufzte er.

„Willst du gar nicht wissen, wie ich darauf komme?"

„Auch hier lautet die Antwort: ich weiß es."

„Woher? Ich mein, ich habe mit keinem einzigen Wort erwähnt, dass ich all das weiß, weil ich es spüren kann. Verstehst du? Ich kann, oder besser gesagt konnte die Gefühle *aller* spüren, wusste was in ihnen vorging, konnte mich auf eine Art und Weise in sie hineinversetzen, dessen Tragweite du nicht mal annähernd verstehen könntest."

„Du sagst *konntest.* Wieso redest du in der Vergangenheitsform? Heißt das, dass deine Gabe dich verlassen hat?"

„Was? Nein… Ich mein… Moment. Ich erzähle dir gerade, dass ich die Gefühle anderer spüren kann… konnte… wie auch immer. Doch anstatt mich für verrückt zu erklären, oder mich als Freak zu bezeichnen… ist das Einzige, was dich interessiert, die Frage *warum* ich die Vergangenheitsform benutze?"

„Sieht so aus. Allerdings beantwortet das nicht meine Frage…"

„Naja… meine Empathie ist nicht verschwunden, wenn es das ist, was du wissen möchtest. Ich konnte nur eine Zeitlang nicht mehr die Gefühle aller wahrnehmen, sondern nur noch von meiner Familie und

Freunden… Allerdings fing die Intensität dessen, was ich empfing, an sich zu verändern. Es ist… Ich weiß nicht. Ich kann es nicht erklären. Es ist… kompliziert." Wie einfach wäre es, ihm all das zu sagen, was mir auf der Seele lag. Mich zu öffnen. Meine Geheimnisse zu offenbaren, mich ihm anzuvertrauen. Ich wollte ihm sagen, dass meine Art des Fühlens in dem Moment zurückgekehrt war, wo er hier aufgetaucht war. Ihm sagen, dass die Gefühle, die er versuchte vor der Welt zu verbergen, mich auf eine Art und Weise berührten, die so unvorstellbar intensiv war, dass mich jedes seiner Gefühle die Welt mit anderen Augen sehen ließ. Ihm sagen, dass es sich anfühlte, als wäre er der Schlüssel zu meiner Seele. Als würde er die Antworten auf all meine Fragen kennen. Als wäre er die Antwort selbst. Und doch schwieg ich, behielt meine Gedanken für mich.

„Das… was du besitzt… ist etwas Wundervolles. Etwas Einmaliges. Ein Geschenk. Eine Gabe."

„Eine Gabe? Du glaubst wirklich, dass es eine Gabe ist? Du hast keine Ahnung wovon du redest. Du weißt nicht, wie es sich angefühlt hat, als ich den Gefühlen anderer schutzlos ausgeliefert war. Überall wurde ich mit Gefühlen konfrontiert, ohne zu wissen, wie ich mich davor schützen konnte. Es war ein Drahtseilakt… zwischen Licht und Dunkelheit. Gut und Böse. Berauschend und Zerstörend. Denn es gab Gefühle, die so abgrundtief böse waren, voller Dunkelheit, dass diese Art des Fühlens einen Schmerz freigesetzt hatte, der mich jedes Mal aufs Neue an den Rand einer Klippe geführt hatte… wo ich mir die Frage hatte stellen müssen, ob ich der Dunkelheit strotzen wollte oder ob ich mich in ihre ausgebreiteten Arme werfen sollte. Diese Schmerzen. Diese Zerrissenheit. Es war…" Ich schloss die Augen, schluckte den aufsteigenden Schmerz herunter. „Dabei war *das*, noch nicht einmal das Schlimmste. Eine Zeitlang war ich der festen Überzeugung gewesen, dass ich eine Waffe wäre. Eine zerstörerische Waffe. Denn jedes Mal, wenn ich die Kontrolle verloren hatte, hatten sich meine Gefühle wie eine Druckwelle bei einer Atombombe befreit und jeder, absolut jeder, der sich in meiner unmittelbaren Nähe befunden hatte, war mit Gefühlen konfrontiert worden, die er nicht in der Lage gewesen war, auch nur im Entferntesten, zu verstehen. Diese Druckwelle war eine Variante dessen, was ich sein konnte. Und diese Variante hatte die *Gabe* in einen Fluch verwandelt. Es war eine allesverzehrende Kraft, die ich nicht kontrollieren konnte…"

„Und doch hast du es geschafft", unterbrach er mich mit einem traurigen Lächeln. „Du hast gelernt deine Gabe zu kontrollieren. Oder etwa nicht? Dein Leben wird nicht länger von deiner Gabe kontrolliert. DU hast die Kontrolle übernommen. Du bestimmst über dein Leben. Du. Niemand sonst. Verstehst du nicht, was das bedeutet? *Das,* Prinzessin, ist etwas, was dir niemand mehr nehmen kann."

Ich blieb stumm.

„Du könntest die Welt zu einem besseren Ort machen."

Ich schwieg noch immer.

„Deine Empathie ist stärker als jede Waffe dieser Welt."

„Das… das kann nicht sein. Unmöglich…"

„Du weißt, dass ich Recht habe. Du kannst es *fühlen.*"

„Gefühle", lachte ich verächtlich. „Wie sollten Gefühle in der Lage sein gegen ein Maschinengewehr anzukommen? Gegen eine Atombombe? Wie? Selbst wenn ich wollte… *das* ist unmöglich."

„Vielleicht hast du Recht, zumindest wenn du es aus dieser Perspektive betrachtest. Aber, wenn die *Menschen* mit deiner Hilfe anfangen würden ihre Menschlichkeit zurückzubekommen, dann wäre keiner von ihnen bereit die Waffe abzufeuern… den Knopf zu drücken. Weil die Gefühle, die dann über sie hereinstürzen würden, so verheerend wären, dass sie mit der Schuld, die sie sich aufgeladen hätten, nicht würden umgehen können. Es ist einfach ein Menschenleben auszulöschen, eine Kinderseele zu zerstören, wenn die eigene Empathie auf Eis liegt, aber… was glaubst du würde passieren, wenn es nicht so wäre? Mitgefühl und Menschlichkeit würden dafür sorgen, dass niemand mehr in der Lage wäre jemand anderen Schaden zuzufügen. Es geht nicht nur darum Kriege zu beenden und den Menschen die Augen zu öffnen. Es geht darum diese Welt für die Kinder zu einem besseren Ort zu machen. Wie viele glauben an ein Leben nach dem Tod? An das Paradies? Frieden? Dieser Glaube könnte Wirklichkeit werden… und zwar lange bevor sie sterben. Das Leben ist ein Geschenk. Ein Wunder. Ein Phänomen. Und die Menschen sollten anfangen, es als solches zu betrachten. Es gibt nur dieses eine Leben hier auf Erden."

Mir fiel auf, dass Phoenix sich nicht als Teil dieser Gesellschaft betrachtete. Er sagte nie *wir*. Sondern immer nur *die Menschen*.

„Wieso sagst du nie *wir*?"

Mit hochgezogenen Brauen sah er mich fragend an. Er hatte keine Ahnung worauf ich anspielte.

„Du sagst immer *die Menschen*, nie *wir*. Das hört sich irgendwie so an, als würdest du dich nicht als Mensch sehen. Sondern als etwas *Anderes*."

Sein Herz pochte. Schnell. Als wollte es versuchen zu flüchten.

„Du bist verdammt aufmerksam, Prinzessin. Aber, um deine Frage zu beantworten… ich sage deshalb nicht *wir*, weil ich nicht wie diese Menschen bin. Und weil ich niemals so werden will." Er schenkte mir ein trauriges Lächeln und sein Blick verlor sich in der Ferne. „*Wir* sind anders. Du und ich", murmelte er leise, so verdammt leise, dass ich nicht sicher war, ob er überhaupt etwas gesagt hatte.

Summer

Das Gefühl von Schwerelosigkeit und grenzenloser Freiheit war vorbei. Die Erde, die Schwerkraft, hatte uns zurück.

Inzwischen hatte es zwar aufgehört zu regnen, doch die dunkle Wolkendecke, die sich am Himmel ausbreitete, war ein Vorbote des nächsten Regenschauers. Es war nur noch eine Frage der Zeit, bis der Himmel erneut seine Schleusen öffnen würde. Der Geruch nach Regen lag noch immer in der Luft und vermischte sich mit dem Geruch feuchter Erde. Es roch nach Neuanfang. Nach Leben. Und doch wurde ich das Gefühl nicht los, dass ich die Einzige war, die diesem Duft einen Namen gab, ihn erkannte. Ihm Beachtung schenkte.

Schweigend liefen Phoenix und ich nebeneinander her, bis mir eine fremde Traurigkeit Tränen in die Augen trieb. Ich blieb stehen und war überwältigt von den Gefühlen des kleinen Mädchens, das nur wenige Meter von mir entfernt stand und ihre Mutter hilfesuchend ansah. Phoenix blieb ebenfalls stehen. Zusammen sahen wir einen kleinen Engel. Ein Geschenk des Himmels.

Das kleine Mädchen, vielleicht sechs oder sieben Jahre alt, zupfte ihrer Mutter an der Regenjacke, bat stumm um Aufmerksamkeit. Selbst aus dieser Entfernung konnte ich die Traurigkeit in ihren Augen erkennen, unabhängig davon, dass ich in der Lage war ihre Gefühle zu spüren. Die Augen des Mädchens huschten immer wieder zu dem auf der Parkbank liegenden Obdachlosen, dessen Klamotten vollkommen durchnässt waren, genau wie die Zeitungen, die er wie eine Decke über sich ausgebreitet hatte. Plötzlich riss sich das Mädchen von der Hand der Mutter los und lief in den gegenüberliegenden Laden.

Einen Atemzug und einen Herzschlag später kehrte das Mädchen mit einer riesigen Tüte unterm Arm und einem zufriedenen Lächeln im Gesicht zurück. Sie nahm ihre Mutter an die Hand und lief mit ihr hinüber zu dem noch immer auf der Parkbank liegenden Obdachlosen. Mit einem herzzerreißenden Blick tippte sie dem Mann vorsichtig auf die Schulter, woraufhin er sich langsam aufsetzte und sie ansah, als könnte er nicht glauben, dass jemand ihn, den man sonst nur wie Luft behandelte, tatsächlich bemerkt hatte. Wortlos... lächelnd reichte sie ihm die Tüte. Als ich erkannte, was der Mann aus der Tüte herausholte, musste ich schlucken... so gerührt war ich. Es war ein bunter, glitzernder Regenschirm und eine dicke Wolldecke.

Erstaunt, voller faszinierender Bewunderung beobachtete die Mutter das Geschehen, während sich ihre Augen mit Tränen füllten. Tränen der Rührung... des Stolzes.

Plötzlich tauchte Phoenix neben dem Mädchen auf. Er hielt einen dampfenden Becher Kaffee in seinen Händen und reichte diesen dem Mann. Im nächsten Moment kniete Phoenix sich vor das Mädchen und flüsterte ihr etwas ins Ohr. Als er sich wenig später erhob spürte ich, wie sich das Herz des kleinen Mädchens mit Hoffnung füllte. Es fand ein Gespräch statt, dass ich zwar nicht hören, dafür aber fühlen konnte.

Es war ein Moment voller Magie.

Ein Moment voller Gefühle.

Ein Moment voller Emotionen.

Ein scheinbar unbedeutender Moment... gefüllt mit Hoffnung...

Ich schloss gerade die Beifahrertür, da hörte ich mich auch schon fragen „Was... hast du zu dem kleinen Mädchen gesagt?"

„Dass der Mann Recht hat."

„Recht? Womit?"

Phoenix startete den Motor, fuhr los.

„Nachdem der Mann die Tüte ausgepackt hatte, hatte er sich bei der Kleinen bedankt und sie einen Engel genannt. Doch die Kleine hatte ihm geantwortet, dass sie leider kein Engel wäre, schließlich hätte sie ja keine Flügel. Also habe ich mich zu ihr hingekniet und ihr gesagt, dass man einen Engel nicht an seinen Flügeln erkennt, sondern an seinem Herzen... und ihr Herz wäre das eines wahrhaftigen Engels."

Wer war dieser Phoenix? Seine Worte... seine Geste... einfach alles verwirrte mich. Und ich fühlte mich nur noch mehr zu ihm hingezogen.

~~Verliebte mich in ihn.~~

~~Wieder.~~

~~Und wieder.~~

„Hast du sonst noch etwas zu dem kleinen Mädchen gesagt?"

„Sie wollte wissen, warum niemand gesehen hat, dass der Mann nasse Klamotten anhatte und dass er gefroren hat. Sie konnte nicht verstehen, warum niemand bereit war ihm zu helfen. Doch, bevor ich antworten konnte, hatte die Mutter versucht ihr diese Frage zu beantworten. Sie sagte, dass die Menschen oft nicht sehen wollen, was um sie herum geschieht, weil sie viel zu sehr mit ihrem eigenen Leben beschäftigt sind... dass sie einfach keine Zeit hätten. Daraufhin hatte das Mädchen geantwortet, dass es nicht wehtun würde, sich die Zeit zu nehmen... und dass jeder mit offenen Augen durch die Welt laufen müsste, weil man sonst die Wunder, die um einen herum passieren, nicht sehen könnten. Und eine Welt ohne Wunder... wäre ein trauriger Ort. Naja, diese Antwort hatte sowohl der Mutter als auch dem Mann, Tränen in die Augen getrieben. Die Mutter hatte ihr versprochen, von nun an, jeden Tag die Welt so zu sehen, wie sie es tat. Sie wollte versuchen, die vielen winzigen Wunder zu erkennen, anstatt blind an ihnen vorbeizugehen, doch sie bräuchte dafür die Hilfe ihrer kleinen, bezaubernden Tochter. Das Mädchen hatte ihre Mutter daraufhin mit großen Augen angesehen und gefragt, wie sie ihr dabei helfen könnte, schließlich wäre sie nur ein Kind. Woraufhin die Mutter geantwortet hatte, dass die Erwachsenen anfangen müssten die Welt durch Kinderaugen zu sehen... denn sie, die Kinder, wären die besseren *Erwachsenen*."

„*Wer* bist du?", flüsterte ich mit zittriger Stimme.

„Lass es, Summer. Tu das nicht!", zischte er zornig, ohne ersichtlichen Grund.

„Was? Was ist so schlimm an dieser Frage?"

„Weil dir die Antwort nicht gefallen wird. Ich bin nicht so, wie du mich siehst... oder sehen willst."

145

„Ach. Und wie bitte schön bist du dann? Verdammt. Meinst du, ich hätte keine Augen im Kopf? Ich habe gesehen, was du gerade getan hast. Ich konnte spüren, was deine Worte bei dem kleinen Mädchen ausgelöst haben... welche Hoffnungen du ihr geschenkt hast."

„Wie du schon sagst... Worte. Leere Worte. Bedeutungslos."

„Für das kleine Mädchen waren sie nicht bedeutungslos. Genauso wenig wie für dich."

Er sperrte mich aus. Seine Finger umschlossen das Lenkrad so fest, dass seine Fingerknöchel sich weiß färbten. Mit pochendem Herzen berührte ich ihn an der Schulter, versuchte ihn dazu zu bringen, mich nicht länger auszusperren. Nicht vor mir zu fliehen. Denn genau das war es. Ein Fluchtversuch. Aber anstatt mit mir zu reden, irgendetwas zu sagen, sah er durch mich hindurch, als wäre ich unsichtbar.

„Was soll das? Warum behandelst du mich jetzt wie Luft?"

Er seufzte, zog es aber weiterhin vor sich in Schweigen zu hüllen. Auf seine Gefühle konnte ich nicht zurückgreifen, denn er sperrte mich noch immer aus. Hüllte seine Seele in Dunkelheit. Also versuchte ich etwas, irgendetwas, aus seinem Gesicht ablesen zu können.

„Verdammt, Phoenix! Rede mit mir!", forderte ich ihn wütend auf.

Er legte seinen Kopf leicht schräg und suchte meinen Blick.

„Warum?" Ein Wort. Nur ein einziges Wort. Mehr sagte er nicht.

Ich zog die Brauen zusammen und schüttelte verärgert den Kopf.

„Wie *warum?*"

„Warum kannst du mich nicht einfach in Ruhe lassen? Warum vergeudest du überhaupt deine Zeit mit mir?"

„Du kennst die Antwort. Du weißt genau *warum*." Ich stöhnte frustriert.

„Ich versteh es aber nicht."

„Weil du es nicht verstehen willst."

„Es wäre besser, wenn du dich in Zukunft von mir fernhalten würdest. Glaub mir... ich bin nicht gut für dich", knurrte er leise und griff sich mit der Hand in den Nacken.

Wovon zum Teufel redete er? Warum konnte er sich nicht so sehen wie ich ihn sah? Seine Worte machten mich wütend. So unglaublich wütend.

„Hör zu, Phoenix… wenn dir so viel daran liegt, dass ich mich von dir fernhalte, du aber scheinbar begriffen hast, dass es nicht das ist, was ich möchte… tja, dann frag ich mich, warum du nicht ganz einfach deinen eigenen Rat befolgst?!" Die Worte waren raus, bevor ich es verhindern konnte. Ich hielt den Atem an und wartete auf seine Antwort. Starrte auf seine Lippen. Phoenix machte den Mund auf, schloss ihn jedoch wieder, ohne seine Gedanken in Worte zu verwandeln. Worte, die ich hören wollte. Hören musste. Es sah so aus, als wäre er ein Gefangener seiner Gedanken, unfähig sich von den Fesseln zu lösen.

Er parkte vor unserem Haus, schaltete den Motor ab. Noch immer sah er mich nicht an.

„Es ist besser, wenn du gehst. Jetzt." Da war sie wieder. Diese eiskalte, gefühllose Stimme.

„Tu das nicht", bat ich leise, verzweifelt. Die Traurigkeit, die sich in mir ausbreitete, spiegelte sich in meinen Worten wider und doch zeigte er kein Bedauern. Nichts deutete auf seine wahren Gefühle hin.

Und so stieg ich schweren Herzens aus dem Auto. Ich lief, ohne mich umzudrehen, auf die Haustür zu. *Ich werde mich nicht umdrehen. Nein! Unter keinen Umständen.* Das letzte bisschen Stolz das ich noch besaß, würde er nicht auch noch zertrampeln.

Wieso ließ ich überhaupt zu, dass er so mit mir umging? Seine ständigen Stimmungsschwankungen. Seine immer wiederkehrende Kälte. Seine verletzenden Worte. ~~Ich sah, was keiner sah. Sein wahres Gesicht. Seine zerbrochene Seele. Sein gefrorenes Herz. Und seine Angst… Und er machte mich für diese Angst verantwortlich. Es war einfacher auf jemand anderen wütend zu sein als auf sich selbst. Und, eben weil ich das wusste, ließ ich mich so behandeln… denn ich wollte nichts sehnlicher als das Licht in seiner Dunkelheit sein.~~

„Summer, warte!"

Erschrocken zuckte ich zusammen. Es klang, als wäre er direkt hinter mir.

Ich? Warten?! Du kannst mich mal! Automatisch beschleunigte ich meine Schritte. Ich wollte so schnell wie möglich ins Haus. Mit zittrigen Händen kramte ich nach dem Schlüssel und steckte diesen ins

Schloss. Sofort öffnete sich die Tür. Erleichtert, es doch noch geschafft zu haben, setzte ich einen Fuß über die Schwelle, als sich in der gleichen Sekunde eine Hand um meinen Arm legte, mich festhielt.

„VERSCHWINDE!", schleuderte ich ihm zornig entgegen, ohne ihn eines Blickes zu würdigen. Ich versuchte mich loszureißen. Mich irgendwie aus seinem Griff zu befreien. Doch, je mehr ich mich wehrte, desto mehr verstärkte er den Griff.

„Summer, bitte", bat er verzweifelt, „lass es mich erklären."

„Erklären?", wiederholte ich ungläubig. Meine Wut wuchs mit jedem Atemzug. „Ich wüsste nicht, was es da noch zu erklären gibt!"

Während ich ihm die Worte vor die Füße spuckte, versuchte ich mich erneut von ihm loszureißen. Mit einer ruckartigen Bewegung drehte er mich so, dass ich ihm genau gegenüberstand. Ich weigerte mich ihm in die Augen zu gucken, deshalb senkte ich trotzig den Blick, schaute demonstrativ auf den Boden. Warum konnte er nicht einfach verschwinden? ~~Er durfte jetzt nicht gehen.~~

Plötzlich berührte er mein Gesicht, seine Finger ruhten auf meinem Kinn. Sanft… so unsagbar zärtlich. Vorsichtig hob er es an. Meine Haut ging dort, wo er mich berührte, in Flammen auf. Ich wusste, wenn ich ihm jetzt in die Augen sehen würde, dann würde meine Wut schlagartig verschwinden… sich in Luft auflösen. Einfach verpuffen. Aber ich wollte wütend sein. Wütend zu sein bedeutete weniger verletzlich zu sein. Nicht angreifbar. Und es ließ mich, zumindest für den Moment, vergessen, welche Wirkung allein seine Nähe auf mich ausübte. Bevor sich unsere Blicke treffen konnten, schloss ich die Augen.

„Was soll das, Prinzessin?", hauchte er zärtlich, voller Gefühl. „Bitte, mach die Augen auf."

Dieses Mal wollte ich mich nicht von seinem Charme um den Finger wickeln lassen. Mich nicht blenden lassen. Mich nicht manipulieren lassen. ~~Mich nicht noch mehr in ihn verlieben.~~ Ich war wütend *und* ich wollte es auch bleiben.

„Vergiss es!", zischte ich leise.

„Kannst oder willst du mir nicht in die Augen gucken?"

„Das fragst du noch?! Verdammt, Phoenix. Verstehst du nicht?! Ich will es einfach nicht. Okay? Und mit dir reden *will* ich genauso wenig."

Meine Worte verletzten seine Seele, ich konnte das Echo dieses Schmerzes fühlen. Er versuchte mich zwar weiterhin auszusperren, aber irgendwie war es mir gelungen zu ihm durchzudringen. Ungewollt. Er konnte mich nicht länger aussperren. Jetzt nicht mehr.

Im gleichen Atemzug begriff ich, dass es nur einen einzigen Grund gab, warum er von mir verlangte, mich von ihm fernzuhalten – weil er selbst dazu nicht in der Lage war. Nie gewesen ist. Vom ersten Moment an. Ganz egal, was er mir auch vorzumachen versuchte, er suchte meine Nähe, genau wie ich seine.

Einen Herzschlag später war die Wut weg, hatte mich verlassen. Stattdessen bereute ich meine Worte, aus tiefster Seele und ich fühlte mich innerlich zerrissen. Die Verletzlichkeit in seinem Blick raubte mir den Atem, brach mir das Herz.

„Es tut mir leid. Ich… Das hätte ich nicht sagen sollen. Es ist nur so, dass ich im Moment einfach so wütend bin. So unsagbar wütend. Und… vielleicht wäre es besser, wenn du jetzt gehst. Lass uns morgen reden."

„Morgen? Du willst dich also nicht von mir fernhalten? Mich nicht aus deinem Leben streichen?"

„Was? Nein! Wie kommst du darauf?"

„Ich wollte, dass du gehst… und du bist gegangen… und naja, als ich mit dir reden wollte, hast du dich geweigert mir in die Augen zu sehen. Du…"

„Stimmt. Ich habe gesagt, dass ich nicht mit dir reden will. Aber doch nur, weil ich wusste, dass ich gemeine Dinge gesagt hätte, schreckliche Dinge. Nur können Worte, die aus Wut gesagt werden, einen schlimmer verletzen als die schärfste Klinge der Welt. Und, egal wie sehr ich diese Worte hinterher auch bereut hätte, ich hätte sie nicht ausradieren können. Verstehst du? Und ich wollte wütend sein. Wütend auf dich, weil du etwas von mir verlangst, wozu ich nicht in der Lage bin. Und…" Ich schloss die Augen, seufzte leise. „Willst du wissen, warum ich dir nicht in die Augen gucken wollte? Weil du die Dunkelheit in mir vertrieben hättest. Ein Blick hätte gereicht, und ich wäre nicht länger in der Lage gewesen auf dich wütend zu sein."

„Ohhhh…" seufzte er.

149

Ich fühlte seine Erleichterung. Obwohl ich mit keiner Silbe erwähnt hatte, dass ich ihn nie wiedersehen wollte, war es doch genau das gewesen, was er verstanden hatte. Wie kam er bloß auf diesen absurden Gedanken? Allein die Vorstellung, mich von ihm fernhalten zu müssen, war unerträglich. Es fühlte sich an, als würde mir jemand meine Atemzüge rauben.

„Dann… werde ich jetzt wohl besser verschwinden…"

Ich sah ihm solange hinterher, bis er mit seinem Auto um die Ecke bog. Aber anstatt ins Haus zu gehen, öffnete ich die Haustür einen kleinen Spalt und rief: „Ich bin noch mal kurz weg."

„Komm nicht zu spät", antwortete Holly von der Küche aus.

„Okay. Versprochen."

Es gab nur einen Ort, an dem mir niemand hin folgen würde.

Den niemand kannte.

Meinen See.

Nur dort würde ich ungestört meinen Gedanken nachgehen können.

Je tiefer ich in den Wald vordrang, desto finsterer wurde es. Die Schatten der Bäume erwachten zum Leben. Tanzten. Schlängelten sich durch die hier existierende Dunkelheit. Ohne mich ihrer zu fürchten, setzte ich einen Fuß vor den anderen. Diese Schatten verwandelten sich nicht in seelenlose Monster. Nein. Es war fast so, als würden sie dafür sorgen, dass ich mich ungesehen durch den Wald bewegen konnte. Nicht sichtbar für all jene, die versuchten einem nach der Seele zu trachten. Sie waren wie eine Art Schutzschild. Ein magischer Tarnumhang.

Hin und wieder fielen Lichtstrahlen durch die dichten Baumkronen und die am Wegrand stehenden Blumen streckten ihre Blüten der Sonne entgegen, atmeten den Duft der Sonnenstrahlen ein. Nach wenigen Schritten erreichte ich die Stelle, an der ich vom Weg abkommen musste. Unzählige Büsche und Sträucher versperrten einem die Sicht, so dass kein Mensch auf die Idee kommen würde, sich einen Weg durch das Dickicht zu bahnen.

Ich blinzelte, konnte nicht glauben, was ich sah. Mohnblumen. Ein Leuchtfeuer in der Nacht… und doch versteckten sie ihre Schönheit und waren im ersten Moment für das bloße Auge nicht sichtbar. Sie leuchteten im Verborgenen. Ich spürte ihre Zuversicht, ihr grenzenloses Vertrauen und setzte meinen Weg mit einem Lächeln im Gesicht fort. Dann, endlich sah ich ihn. Den Geheimgang, an dessen Ende ein Tor wartete, dass einem den Zugang in eine andere Welt ermöglichte. Eine Welt voller Wunder.

Vorsichtig schob ich die Dornenbüsche auseinander und bewunderte voller Ehrfurcht meinen persönlichen Rückzugsort. Im gleichen Atemzug ließ ich mich von der Melodie des Windes verzaubern. Es war das schönste Fleckchen Erde, das ich je gesehen hatte. Ich trat hinter dem Gestrüpp aus Beerensträuchern hervor und betrat eine majestätische Welt, voller Frieden. Mein Blick fiel auf die vielen Seerosen, die den unzähligen Libellen ein Zuhause boten. Jede Libelle leuchtete in den unterschiedlichsten Farbkonstellationen. Von Saphirblau bis hin zu Türkis.

Kein Baum, kein Strauch versperrte einem die Sicht auf den mittlerweile wieder hellen Himmel. Die Tränen der Wolken waren versiegt, zumindest in diesem Moment. Die Sonnenstrahlen fielen ungehindert auf die Wasseroberfläche und ließen den See funkeln wie glitzernde Diamanten. An diesen Anblick würde ich mich nie gewöhnen, dafür waren die Gefühle, die dieser Ort in mir hervorrief, einfach zu überwältigend.

Ich zupfte ein paar der köstlichen Brombeeren vom Strauch und bewahrte diese auf dem Weg zum Ufer, vorsichtig, wie einen kostbaren Schatz in meinen Händen auf. Mit Blick auf den See legte ich mich ins Gras. Das sanfte Rascheln der Gräser verwandelte sich in Musik. Es war eine Melodie, die nur hier gespielt wurde, nirgends sonst. Als wäre die Symphonie eigens für diesen Ort komponiert worden.

Ich schloss die Augen und aß die erste Beere. Dieser süße und zugleich bittere Saft war eine Geschmacksexplosion. Genuss pur. Im Nu vernaschte ich alle Beeren. Es war immer dasselbe. Sobald ich die erste Beere im Mund zergehen ließ und sich das Aroma entfaltete, schaffte ich einfach nicht, den übrigen zu widerstehen.

Jetzt war ich bereit meinen Gedanken freien Lauf zu lassen. Dabei waren die Gedanken nichts im Vergleich zu den Gefühlen, die Phoenix in mir auslöste.

Was war das? Gegen meinen Willen erregte ein leises Knacken meine Aufmerksamkeit. Sofort stellten sich meine Nackenhärchen auf und ich zuckte erschrocken zusammen. Ganz langsam erwachte die Angst in mir zum Leben. Dieses Geräusch, was immer es auch gewesen sein mochte, versetzte mich schlagartig in Alarmbereitschaft. Trotz, oder gerade wegen der aufsteigenden Angst, gab ich keinen Mucks von mir. Ich war wie erstarrt. Bewegungsunfähig. Wie gelähmt. Ich versuchte mich zu beruhigen, ignorierte die Stimme der Angst, wollte ihr nicht länger zuhören. Konzentrierte mich stattdessen auf die Umgebung. Lauschte der Stille. Mein Herzschlag beschleunigte sich.

Einen Moment lang spielte ich mit dem Gedanken aufzuspringen und einfach loszurennen. Doch irgendetwas ließ mich zögern. Anstatt zu fliehen, blieb ich versteinert liegen.

Seit wann war ich so schreckhaft? Ich befand mich draußen, in der Natur. Geräusche waren hier nichts Ungewöhnliches. Und doch war es seltsam. Nie zuvor konnte ein Geräusch diese magische Stille durchbrechen, nicht, wenn ich im Einklang mit der Natur war. Hätte ich nicht ein erneutes Knacken gehört, hätte ich mir vielleicht einreden können, dass ich überreagiert hatte. Aber es war keine Halluzination. Es war real. Echt. Ich hörte es, klar und deutlich. Nur, dass es sich dieses Mal so anhörte, als würde das Geräusch näherkommen, als würde sich etwas auf mich zu bewegen.

Ich riskierte einen kurzen Blick über die Schulter. Erleichtert stellte ich fest, dass niemand zu sehen war. Merkwürdig. Dann nahm ich aus dem Augenwinkel heraus eine Bewegung wahr.

Eine dunkle Gestalt trat zwischen den Büschen hervor. Meine Erstarrung währte nur den Bruchteil einer Sekunde. Ich sprang auf und wollte gerade in die entgegengesetzte Richtung stürzen, als sich starke Arme von hinten um meine Taille legten und so meine Flucht verhinderten. Der Schrei blieb mir im Hals stecken. Das Ganze ging so schnell, dass mein Verstand erst verstehen musste, was mein Körper bereits in dem Moment begriffen hatte, als sich diese Arme um meinen Körper gelegt hatten. Denn anstatt von einer Panik überrollt zu werden, fühlte ich mich sicher und geborgen. Und es gab nur eine Person, die in der Lage war, diese Gefühle in mir hervorzurufen.

„Verdammt, Phoenix!", beschwerte ich mich nach Luft schnappend. „Du hast mich zu Tode erschreckt."

„Was du nicht sagst", stellte er mit einem schelmischen Grinsen im Gesicht fest. Ohne darüber nachzudenken, drehte ich mich um und warf mich in seine Arme.

„Tu das nie wieder", flüsterte ich und schmiegte mein Gesicht an seine Brust.

Im ersten Moment versteifte er sich, so, als wäre ihm mein Gefühlsausbruch unangenehm. Nur zögerlich erwiderte er die Umarmung… bis er mich schließlich einfach nur festhielt.

„Werde ich nicht. Versprochen."

Zutiefst berührt von der Sanftheit in seiner Stimme, hob ich den Kopf und schaute in sein perfektes... wunderschönes Gesicht, suchte seinen Blick. Sofort beschleunigte sich mein Herzschlag. Mein Puls. Und Schmetterlinge erwachten zum Leben. Jede Zelle meines Körpers reagierte auf ihn. Sehnsucht befreite sich... und es fiel mir unsagbar schwer, meine Gefühle unter Kontrolle zu halten. Jeder Atemzug wurde zur Qual. Verdammt, ich konnte nicht atmen. Seine Nähe... es war zu viel... zu intensiv...

Ich ließ ihn los, machte einen Schritt zurück. Ich brauchte Abstand. Dringend. Die einsetzende Stille brachte den tosenden Sturm in mir zum Schweigen.

„Du liebst diese romantische Stille hier. Stimmt´s?"

„Romantische Stille?", wiederholte ich schmunzelnd.

„Ja. Warum sonst solltest du dieser Stille lauschen, anstatt mir die Frage zu stellen, die ich in deinen Augen ablesen kann?"

„Hmmm", überlegte ich laut. „Worüber sollte ich denn mit dir reden wollen?" Ich suchte seinen Blick. „Ist es nicht vielmehr so, dass du derjenige bist, der mir eine Frage stellen möchte..."

Er verengte die Augen, funkelte mich an. „Was machst du hier? Mutterseelenallein. Hast du keine Angst?"

„Angst?", fragte ich ungläubig. „Wovor? Vor der Stille?"

Er schaute mir tief in die Augen. Ich entdeckte eine Ernsthaftigkeit, die ich nicht nachvollziehen konnte. Eine Besorgnis, die keinen Sinn ergab.

„Du weißt genau, was ich damit andeuten will", antwortete er verärgert. „Was, wenn ich jemand anderes gewesen wäre? Jemand, der..." Er schloss gequält die Augen, ließ die Worte unausgesprochen. Seufzte. Fuhr leise fort. „Du bist hier völlig schutzlos. Niemand könnte dich hören. Niemand könnte dich finden, weil dich hier niemand vermuten würde. Es ist... gefährlich."

Wie sollte ich ihm mein Bedürfnis nach der hier existierenden Stille erklären? Nirgendwo sonst hatte ich diese Art von Stille gefunden. Nur hier konnte ich meine innere Zerrissenheit, wenn sie drohte wieder stärker zu werden, zurückdrängen. Zum Verstummen bringen. Nur hier fand ich die Ruhe und die Kraft, die nötig war, um zu mir selbst zurückzufinden. Wenn der Wind durch die Bäume wehte und mir dabei zärtlich, ja geradezu beruhigend, übers Gesicht streichelte, war es, als würde er mir Trost spenden wollen und die daraufhin einsetzende Melodie der Stille half mir bei der Suche nach meinem verlorenen Ich. Hin und wieder fühlte es sich sogar so an, als würde ich mir hier ein winziges Stückchen näherkommen.

Manchmal gab es eben keine Worte. So wie in diesem Fall. Außerdem wusste ich nicht, ob ich überhaupt wollte, dass er die Wahrheit erfuhr. Was, wenn er es nicht verstehen könnte? Ich beschloss das Geheimnis, dass ich mit diesem Ort teilte, für mich zu behalten. Vorerst zumindest.

Als Antwort auf seine Frage zuckte ich nachdenklich mit den Schultern.

„Ich weiß deine Besorgnis zu schätzen, aber…"

Er fiel mir ins Wort. „Aber? Verdammt… es gibt kein *ABER*", sagte er barsch. „Glaubst du ernsthaft, dass dir hier draußen nichts passieren könnte? Dass niemand in der Lage ist, diesen Ort zu finden? Dich zu finden? Dir hier aufzulauern?"

Seine Worte jagten mir einen kalten Schauer über den Rücken. Warum versuchte er mir Angst zu machen? Warum wollte er mich von diesem Ort fernhalten?

„Du machst mir Angst…", gab ich schließlich leise zu.

„Du solltest auch Angst haben."

Erschrocken zuckte ich zusammen, sah ihn verwirrt an.

„Vor mir brauchst du dich nicht zu fürchten. Zumindest nicht mehr als vor allen anderen."

„Ich fürchte mich nicht vor dir. Ich weiß, dass du mir nie wehtun könntest."

Eine sonderbare Mischung aus Furcht und Wut erwachte in seinem Blick. „Ich könnte… wenn ich wollte. Vergiss das nicht. Niemals."

„Ich weiß aber, dass du mir nicht wehtun willst."

„Das kannst du nicht wissen."

„Wenn du es gewollt hättest, hättest du es längst getan."

„Summer, Prinzessin… tu mir einen Gefallen. Vertrau niemanden, den du nicht kennst… Was mich also mit einbeschließt."

„Tja, Pech… deine Warnung kommt leider etwas zu spät."

155

„Jemanden, den man nicht kennt, bedingungslos zu vertrauen… ist gefährlich. Warum willst du es nicht begreifen?"

„Weil… naja… weil es sich so anfühlt, als würde ich dich kennen. Ich weiß, es klingt verrückt. Aber mein Gefühl sagt mir nun einmal, dass ich dir vertrauen kann."

„Manchmal ist es besser *nicht* auf seine Gefühle zu hören. Verstehst du? Vielleicht gibt es irgendwo dort draußen schlimmere Monster als mich, aber das bedeutet nicht, dass ich deshalb weniger gefährlich bin."

Ich schloss die Augen und dachte über seine Worte nach, während ich fühlte, dass seine Gedanken versuchten an einen Ort zu wandern, an den er nicht erinnert werden wollte. Für einen winzigen Moment gewährte mir Phoenix, ohne sich dessen bewusst zu sein, einen Blick auf seine Verletzlichkeit. Sein Herz war gefangen und seine Seele litt. Er kämpfte. Ich fühlte, wie er versuchte gegen den aufsteigenden Schmerz anzukämpfen… doch die Dämonen seiner Vergangenheit waren stärker, gaben ihn nicht frei. Seine Verzweiflung ließ mich innerlich verstummen. Zögerlich streckte ich eine Hand nach ihm aus, legte sie ihm vorsichtig auf die Wange und flüsterte leise seinen Namen: „Phoenix?"

Keine Reaktion.

Ich versuchte es erneut.

Noch immer reagierte er nicht auf meine Berührung.

Ich umschloss sein Gesicht mit beiden Händen, suchte seinen Blick.

Leise seufzend schloss er die Augen und schmiegte seine Wange gegen meine Hand, als würde er die Nähe genießen.

Einen Atemzug später umfasste er meine beiden Handgelenke und löste sich aus meiner Berührung. Er verengte die Augen und ließ meine Hände los, als hätte er sich daran verbrannt. Ich versuchte mir nicht anmerken zu lassen, wie tief mich seine Reaktion verletzte.

Schweigend legte ich mich mit dem Rücken ins hohe Gras, sah hinauf zu den Wolken. Phoenix ließ sich ebenfalls, in sicherer Entfernung, neben mir ins Gras fallen. Er schien aufs Äußerste darauf bedacht, mich unter keinen Umständen ein weiteres Mal berühren zu wollen. Unauffällig drehte ich den Kopf, so dass ich ihn sehen konnte. Er lag mit unterm Kopf verschränkten Armen keinen Meter von mir entfernt. Seine Augen waren geschlossen. Ohne Weiteres hätte ich ihn berühren können, dafür hätte ich nur meinen Arm nach ihm ausstrecken müssen.

„Phoenix?" Unbehaglich räusperte ich mich, beendete die Stille.

„Hm?"

„Darf ich dir eine Frage stellen?"

„Kommt drauf an, was du wissen möchtest…"

Langsam richtete ich mich auf, setzte mich in den Schneidersitz und zupfte an einem Grashalm herum. „Wer hat dir nur so weh getan?"

Sein Blick wurde finster, genau wie seine aufsteigenden Gefühle. Alles an ihm wirkte plötzlich bedrohlich. Eiskalt. Er öffnete den Mund… und schloss ihn wieder. Keine Antwort.

„Warum antwortest du nicht?"

„Weil es dich nichts angeht", knurrte er leise, zornig.

Ich schluckte. Die Kälte, die er ausstrahlte, hätte jeden vernünftigen Menschen dazu gebracht von hier zu verschwinden. Vielleicht stimmte etwas nicht mit mir. Vielleicht war ich ein Masochist. Aber es gab Gründe, die konnte man mit dem normalen Verstand nicht begreifen. Dieser war einer davon. Natürlich wusste ich, dass er die Macht besaß mich zu zerstören, doch selbst diese Erkenntnis änderte nichts an der Tatsache, dass ich nicht bereit war ihn aufzugeben.

„Summer… hör auf. Hör einfach auf."

„Womit? Dir Fragen über dein Leben zu stellen? Mich für dich zu interessieren? Womit genau soll ich denn aufhören?"

„Mich analysieren zu wollen", sagte er verabscheuungswürdig.

„Das tu ich doch überhaupt nicht", widersprach ich heftig.

„Doch! Genau das tust du."

„Nein. Tu ich nicht."

„Was willst du denn hören? Dass ich nur deshalb so bin, wie ich bin, weil mir jemand *was?*… das Herz gebrochen hat? Ist es wirklich das, was du hören willst?! Begreifst du nicht, dass du dir selbst etwas vormachst? Du hoffst mich *retten* zu können, ohne zu wissen *wovor*… Und das nur, weil du der festen Überzeugung bist, dass irgendwo, tief in mir, etwas Gutes existiert. Aber ich versichere dir – DU. IRRST. DICH! So bin ich nicht. Nie gewesen. Und… so werde ich niemals sein. Ich bin… verfluchte Scheiße. Das führt doch zu nichts. *ALLES* was ich berühre, zerstöre ich. So bin ich nun einmal. Und genau deshalb, solltest du dich von mir fernhalten. Verschwinde… bevor es zu spät ist. Bevor ich dich zerstöre." Er schloss die Augen und ich konnte seine Zerrissenheit, seinen inneren Kampf fühlen. Ich verstand nicht, wieso er so kalt war, während seine Seele laut schreiend um Hilfe bat.

„Ich hätte es wissen müssen. Ich… ich hätte es nie so weit kommen lassen dürfen. Es war ein Fehler. DAS hier ist ein Fehler! Ich brauche weder dich noch sonst irgendjemanden."

Das konnte er unmöglich so meinen.

„Soll das heißen, dass es Niemandem in deinem Leben gibt, der dir etwas bedeutet? Niemandem, dem du etwas bedeutest?", fragte ich mit leiser, kaum hörbarer Stimme.

Er hüllte sich in Schweigen, bis er wenig später antwortete: „Nein. Niemanden!" Er betrachtete seine zitternden Hände. „Und ich habe nicht vor, daran jemals wieder etwas zu ändern."

In seiner Stimme verbargen sich die unterschiedlichsten Gefühle. Verbitterung. Enttäuschung. Schuldgefühle. Und jede Menge Wut. So entsetzlich viel Wut. Völlig unerwartet durchbrach ein weiteres Gefühl die Oberfläche. Pure Verzweiflung.

Ich erstarrte.

Sein Blick ruhte auf mir und seine grünen, sturmumtosten Augen nahmen mich gefangen. Ließen mich eine Welt betreten, die mir den Atem raubte. Eine Welt voller Schmerz. Ich hatte keine Ahnung, was ich tun sollte. Ich wollte ihm helfen, ihn von der Dunkelheit befreien… doch ich wusste nicht *wie*. Mir blieb im Moment nichts anderes übrig, als das Thema fallen zu lassen. Ich blinzelte. Blinzelte.

Ohne ersichtlichen Grund beschleunigte sich mein Herzschlag. Kalter Schweiß brach aus und plötzlich war ich von einer grausamen, allesverschlingenden inneren Unruhe erfüllt. Die Farben verschwanden. Alles begann ineinander zu verwischen. Die Zeit blieb stehen, legte mich in Ketten, während mich das Grauen verschluckte. Die Welt wurde in unterschiedliche Grautöne getaucht…

Dichter Nebel legte sich um meine Füße. Kroch an mir hoch. Verschluckte mich. Alles wurde schwarz. Alles, was ich sah, war eine Dunkelheit, die mir das Blut in den Adern gefrieren ließ. Ich zitterte. Mein Körper bebte. Angst erwachte. Dieses beängstigende Gefühl vergiftete meine Gedanken, fraß sich durch jede Zelle meines Körpers. Plötzlich fühlte ich einen alleszerreißenden Kummer. Eine unerträgliche Qual. Ich schrie, doch kein Laut verließ meine Lippen. Ich versuchte zu fliehen. Vergebens. Unsichtbare Fesseln hielten mich gefangen. Die Dunkelheit, so lebendig, so verdammt lebendig. Verschwommene, schmerzverzehrte Gesichter flogen durch die Luft. Einen Wimpernschlag später verwandelten sie sich in hässliche, flehende Fratzen. Stumm... und doch ohrenbetäubend laut. Ich versuchte meine Gedanken zu stoppen. Meine Gefühle zu beschützen. Doch das Grauen schlug seine Krallen unaufhörlich weiter in meine Seele. Es gab kein Entkommen. Ich biss mir auf die Zunge, bis ich mein eigenes Blut schmeckte. Das Rauschen des Windes verwandelte sich in ein Flüstern. Eine Stimme. Eine Warnung. Eine Bitte.

„Es wird Zeit sich zu erinnern."

Ich fühlte eine unbekannte, tiefe Leere.

Fremde Gefühle.

Meine Seele wurde gefoltert, mein Herz in Stücke gerissen. Zerfetzt. Der Boden unter meinen Füßen veränderte seine Farbe. Rot wie Blut. Mit jeder Faser meiner Seele spürte ich unsagbare Qualen. Laut schreiend versuchte ich der Dunkelheit zu entkommen. Doch, je mehr ich mich wehrte, versuchte dagegen anzukämpfen, desto lebendiger wurde das Grauen. Die Dunkelheit war überall. Um mich herum. In mir drin. Ich fiel... und fiel. Hörte einen Schrei. Ich wusste nur nicht, ob es mein eigener war...

Der Schrei verstummte, während mein Herz pochte. Leise. Verängstigt. Noch immer hielt mich etwas gefangen, nahm mir die Luft zum Atmen.

„Summer?!"

Innerhalb eines Herzschlags versuchte ich aufzuspringen. Um mein Leben zu rennen. Zu fliehen. Das Echo der Stimme durchbrach die entsetzliche Stille. Mein Denken setzte aus. Alles in mir wehrte sich und ich wollte mich meinen Instinkten hingeben... die sagten *Lauf! Lauf, so schnell du kannst... und dreh dich nicht um. Schau nicht zurück, egal was passiert.*

„Prinzessin? Verdammt... sag doch was. Mach die Augen auf. Bitte..."

„Phoenix?", flüsterte ich mit tränenerstickter Stimme.

Ich blinzelte, und da sah ich ihn. Phoenix. Meinen dunklen Engel. Mit ausgebreiteten, pechschwarzen Schwingen und einer Sanftheit, die mein Herz höherschlagen ließ. Erneut blinzelte ich… und die schimmernden Schwingen waren verschwunden.

Noch immer starr vor Schreck versuchte ich das soeben Erlebte zu begreifen. Zu verstehen.

Was zum Teufel war gerade passiert?

War das ein Bruchstück meiner Vergangenheit gewesen?

Ein Schatten, der mich versucht hatte einzuholen?

Während ich langsam begriff, dass ich nicht länger eine Gefangene meines Unterbewusstseins war, hielt Phoenix mich schützend in seinen Armen.

„Ich werde nicht zulassen, dass dir etwas passiert", murmelte er leise, so verdammt leise. „Niemand wird dir wehtun. Niemand." Er wiederholte die Sätze. Immer und immer wieder. So lange, bis mich der Klang seiner Stimme beruhigte. Bis mein Körper aufhörte unkontrolliert zu zittern.

Erschöpft schloss ich die Augen.

Phoenix

Wir hatten die Haustür noch nicht erreicht, als sich diese wie von Geisterhand öffnete. Aufgerissen wurde. Mit einem Blick, den nur eine fürsorgliche Mutter haben konnte, kam Holly auf uns zugelaufen. Sie spürte, dass etwas passiert war, dass sich etwas verändert hatte. Dann schweifte ihr Blick zu mir... und sofort weiteten sich ihre Augen. Sie erkannte mich. Ich schüttelte kaum merklich den Kopf, als ich sah, dass sich ihre Augen mit Tränen füllten.

Summers Kopf ruhte an meiner Brust. Seit wir den Wald verlassen hatten, hatte ich sie nicht mehr losgelassen und obwohl sie mich angefleht hatte, sie nicht zu tragen, hatte ich diese Bitte, bis jetzt, ignoriert.

„Lass mich runter. Siehst du nicht, dass du meiner Tante Angst machst?", flüsterte Summer anklagend.

Weder sagte ich etwas, noch ließ ich sie runter.

Auf dem Weg ins Wohnzimmer erzählte ich Holly was passiert war.

Vorsichtig setzte ich Summer auf der Couch ab und setzte mich direkt neben sie, während Holly auf dem gegenüberliegenden Sessel platznahm.

„Es war nur eine Frage der Zeit, bis das passieren musste", erklärte Holly mit ruhiger, sachlicher Stimme. Ohne dass Summer etwas davon mitbekam suchte Holly meinen Blick. Irgendwie wurde ich das Gefühl nicht los, dass sie mir versuchte etwas mitzuteilen. Das Problem war nur, dass ich keinen blassen Schimmer hatte, was das sein sollte.

„Wie meinst du das?", fragte Summer nachdenklich.

„Das, was du erlebt hast, hört sich stark nach einem Flashback an. Zumindest, wenn es stimmt, was ich verstanden habe. Denn so ähnlich hat es mir Dr. Whitefield vor ein paar Tagen erklärt."

Summers Augen weiteten sich.

„Du hast mit Dr. Whitefield über mich gesprochen? Warum?"

„Er ist ein alter Freund von Charlie... und... naja... er erkundigt sich öfter nach dir. Jedenfalls versicherte er mir, dass, obwohl deine Erinnerungen noch nicht zurückgekehrt sind, kein Grund zur Sorge bestehen würde. So etwas bräuchte Zeit." Holly seufzte leise. „Außerdem sagte er, dass es passieren könnte, dass deine Erinnerungen bruchstückweise zurückkehren."

„Also sind diese Flashbacks… bruchstückhafte Erinnerungen?" fragte ich vorsichtig.

„Ein Flashback ist auf gewisse Weise ein psychologisches Phänomen und wird durch irgendwelche Schlüsselreize ausgelöst. Das heißt, dich überkommt, ohne Vorwarnung, eine in der Regel sehr starke Erinnerung aus deiner Vergangenheit… ohne, dass du in der Lage wärst diese zu steuern. Es müssen nicht unbedingt Bilder sein. In einigen Fällen kann sich diese Erinnerung, wenn ich Dr. Whitefield richtig verstanden habe, auch in Form von Gefühlen bemerkbar machen. Außerdem spielt die Intensität des Flashbacks eine entscheidende Rolle, so kann es vorkommen, dass du das, was du durchlebst, nicht als Erinnerung erkennst…"

„Was meinst du mit *Schlüsselreize*?"

„Ein Schlüsselreiz kann alles Mögliche sein."

„Zum Beispiel?"

„Naja… ein Duft. Ein Geräusch. Ein *Gefühl.*"

Ein Gefühl?! Wieso war ich nicht von allein darauf gekommen?! Summer war eine Empathin. Sie war ein Magnet, was Gefühle betraf. Ganz besonders, wenn es dabei um *meine* Gefühle ging. Mir schwirrten unzählige Fragen im Kopf herum, aber solange Summer in der Nähe war, durfte ich keine einzige davon stellen.

„Wie lange dauert so ein Flashback?" Summers Worte brachte die Stimme in meinem Kopf zum Verstummen.

„Soweit ich weiß, dauert es in den meisten Fällen nur ein paar Sekunden. Sicher bin ich mir jedoch nicht. Warum? Wieso fragst du?"

„Sekunden?", fragte ich besorgt. „Bei Summer waren es nicht nur ein paar Sekunden gewesen. Sondern *Minuten.*" Selbst ich hörte die Besorgnis in meiner Stimme.

„Das mag vielleicht ungewöhnlich sein… aber es bedeutet mit Sicherheit nicht, dass Grund zur Sorge besteht. Aber… wenn ihr wollt, dann kann ich Dr. Whitefield anrufen. Jetzt sofort."

„Nein, schon gut", unterbrach Summer ihre Tante. „Du musst ihn deshalb nicht extra anrufen. Allerdings könntest du ja, wenn du ihn

162

das nächste Mal siehst... oder er sich nach mir erkundigt... einfach mal danach fragen."

„Heißt das, dass Summer ihre Erinnerungen zurückbekommt?", fragte ich und sah Holly abwartend an. Ängstlich. Nervös. Aufgewühlt. Vollkommen durcheinander.

„Das... das weiß ich nicht, Phoenix. Selbst wenn ich wollte, diese Frage kann ich dir nicht beantworten. Allerdings... jetzt, wo du hier bist..."

Der Rest des Satzes hing unausgesprochen in der Luft.

Die Schatten meiner Vergangenheit versuchten mich einzuholen. Doch, war ich dazu wirklich bereit? Ich wurde wütend. Auf mich. Auf meine Gedanken. Niemand wusste, welche Gedanken mich in den letzten Jahren verfolgt hatten. Niemandem hatte ich mich anvertraut. Niemand wusste, wie es wirklich in mir ausgesehen hatte. Was ich gefühlt hatte. Und wie sehr ich mir gewünscht hatte, dass mich meine Vergangenheit nie verlassen hätte. Das Schlimmste war gewesen, dass meine Persönlichkeit hinter Gitterstäben festgehalten wurde, und dass ich bis heute keinen Schlüssel gefunden hatte, der in eines der unzähligen Schlösser passte. Eingesperrt. Weggesperrt.

Jetzt, wo es so aussah, als hätte ich endlich einen Schlüssel gefunden, stellte ich mir plötzlich die Frage, ob ich die schlafenden Geister, die Schatten meines Ichs, wirklich befreien wollte. Zurückholen? Je länger ich darüber nachdachte, desto wütender wurde ich. Diese Wut vermischte sich mit einer Angst, die ich mir nicht erklären konnte. Ich sah nichts mehr. Hörte nichts mehr. Fühlte nur noch eine allesverschlingende Finsternis. Hörte *ihre* Rufe. *Ihr* Flehen.

Phoenix legte seine Hand auf meine Schulter. Sah mir tief in die Augen. Und er erkannte, dass ich, in diesem Moment, Lichtjahre entfernt war. Weit weg. Gefangen zwischen Licht und Finsternis. Angst und Hoffnung. Zeit und Raum.

„Summer?", flüsterte er mit rauer Stimme und auseinanderbrechender Seele. „Kämpf dagegen an. Geh nicht. Komm zurück. Zurück zu mir", flehte er leise, ganz dicht an meinem Ohr, so dass nur ich ihn hören konnte. Fühlen konnte. Atmen konnte.

Die Finsternis zersprang. Zersplitterte. Wich ängstlich zurück, als dieses gleißende Licht erwachte. Sein Licht. Phoenix – er rettete mich.

Ich begegnete seinem Blick… und die darin verborgenen Gefühle ließen mich atmen.

164

Zuerst sah es so aus, als würde Phoenix etwas sagen wollen, doch er hüllte sich in Schweigen. Bevor ich die Gelegenheit bekam ihn zu fragen, was da gerade eben passiert war, rief Onkel Charlie von der Küche aus „Beeilt euch. Die Pizza wird kalt."

„Phoenix? Du bleibst doch zum Essen, oder?" fragte Holly im Türrahmen stehend und sah ihn abwartend an.

„Ich...", setzte er an, doch als er meinen Blick bemerkte, mein stummes Flehen zu bleiben, geriet er ins Stocken. Er zögerte. Lautlos formte ich die Wörter *Bitte. Geh nicht.* Noch immer zögerte er. Innerlich stellte ich mich schon darauf ein, dass er sich umdrehen und einfach verschwinden würde... umso erstaunter war ich, als ich ihn sagen hörte „Ich... liebe Pizza."

Nachdem die Pizza restlos aufgegessen war, brachte Holly die Zwillinge nach oben in ihre Betten, während Charlie, Phoenix und ich nach nebenan ins Wohnzimmer gingen. Es dauerte nicht lange, da kehrte Holly zurück. Sie setzte sich zu Charlie auf die Couch, kuschelte sich an ihn und begann durch das Fernsehprogramm zu zappen.

War heute nicht der Geburtstag von Elaina? Nachdenklich runzelte ich die Stirn und hörte mich im gleichen Atemzug fragen: „Sag mal, wollt ihr euch nicht langsam fertig machen?"

„Fertigmachen?", fragte Holly, ohne den Blick vom Fernseher zu lösen. „Wozu? Zum Fernsehgucken?"

„Du weißt schon, der Geburtstag von Elaina", half ich ihr auf die Sprünge. „Sag nicht, du hast es vergessen?!"

„Stimmt", sagte Charlie und sah Holly an. „Summer hat Recht. Der ist heute."

„Der Geburtstag findet heute ohne uns statt", erwiderte Holly gespielt desinteressiert.

„Wie der findet ohne euch statt?" fragte ich.

„Ich habe Elaina vorhin angerufen und ihr gesagt, dass wir für heute Abend leider absagen müssten", antwortete Holly in einem Ton, der das Thema eindeutig für beendet erklären sollte.

„Warum?", fragten Charlie und ich gleichzeitig.

„Die Frage ist jawohl mehr als überflüssig. Findet ihr nicht?" Holly suchte meinen Blick, jetzt hatte ich ihre ungeteilte Aufmerksamkeit.

„Summer, du glaubst doch wohl nicht ernsthaft, dass ich dich, nachdem was vorhin passiert ist, allein zu Hause lasse. Und… im Übrigen… Ach, ist ja auch egal. Das Thema ist hiermit jedenfalls beendet. Wir werden nicht zu diesem Geburtstag gehen. Ende der Diskussion."

Holly hatte sich so auf den Geburtstag gefreut. Es hatte tagelang gedauert, bis sie das, in ihren Augen, passende Geschenk für Elaine gefunden hatte… und jetzt wollte sie nicht dahin? Meinetwegen?

„Holly… bitte. Hör auf dir Sorgen zu machen. Was soll schon Schlimmes passieren? Und außerdem… du hast dich so auf diesen Abend gefreut. Ich will nicht, dass ihr meinetwegen hierbleibt."

Bevor Holly etwas sagen konnte, kam Phoenix mir zur Hilfe. „Geht ruhig. Ich bleib so lange hier."

„Wir bleiben auch nicht lange", antwortete Charlie und grinste mich siegessicher an. Holly warf in einer Geste der Verärgerung die Hände in die Luft, murmelte aber gleichzeitig mit einem Lächeln im Gesicht „Schön, dass ihr drei euch einig seid. Also gut. Ihr habt gewonnen. Eine Stunde… und keine Minute länger."

Wie immer erstickte Charlie ihren Redefluss mit einem Kuss.

Die Haustür fiel ins Schloss. Sofort griff ich nach Phoenix' Hand und zog ihn hinter mir her, die Treppe hoch.

In meinem Zimmer setzte ich mich aufs Bett, während Phoenix es sich im Schaukelstuhl bequem machte.

„Der Moment, als du damals begriffen hast, dass all deine Erinnerungen weg sind… Was hast du da *gefühlt*? Warst du ängstlich? Wütend? Was?" Die Frage kam überraschend. Unerwartet.

Ich schloss die Augen und kehrte zu dem Moment zurück, als dieses winzige, kaum spürbare Gefühl in mir erwachte. So zart, wie der Flügelschlag eines Schmetterlings. *Erleichterung*. Ich wusste nicht, warum mich von allen existierenden Gefühlen, ausgerechnet dieses in der scheinbar dunkelsten Zeit meines Lebens heimgesucht hatte. Bis gerade eben hatte ich dieses zarte Gefühl weggesperrt, es einfach stillschweigend ignoriert. Krampfhaft überlegte ich, was ich sagen sollte. In Wahrheit aber rasten meine Gedanken. Denn zum ersten Mal verspürte ich das brennende Verlangen über das Gefühl *Für immer verloren zu sein* reden zu wollen. Und zwar mit ihm.

Phoenix' Brust hob und senkte sich bei jedem Atemzug. Seine Lippen verzogen sich zu einer harten Linie, während er mir bis in die Seele blickte… in meine tiefsten Abgründe vordrang… und dort nach einer Antwort auf seine Frage suchte.

„Wahrheit oder Lüge?", flüsterte ich tief versunken in seinem Anblick.

„Wahrheit."

Ich wünschte, er hätte *Lüge* gesagt.

„Erleichterung." Ich schloss die Augen, sperrte meine Gefühle weg.

„Erleichterung", wiederholte er mit zittriger Stimme. Kaum hörbar. Seine Schuldgefühle lösten sich auf, verschwanden, während ein trauriges Lächeln seine Lippen umspielte.

Phoenix

Mein Herz, meine Seele… mein ganzer Körper ging in Flammen auf. Ich fühlte, wie der Schmerz durch meine Venen floss und sich das Blut in brodelnde, kochende Lava verwandelte. Ich legte den Kopf in den Nacken, ballte die rechte Hand zur Faust und drückte zu, so lange, bis ich wieder atmen konnte.

Zu hören, dass das erste Gefühl, was Summer wahrgenommen hatte *Erleichterung* gewesen war, war unerträglich. Und doch war es genau das, was ich hören musste. Nur so konnte ich meinen Entschluss rechtfertigen, ohne ihn zu bereuen. Ohne ihn jeden Tag aufs Neue zu hinterfragen.

„Summer… ich. Keine Ahnung, was ich sagen soll." Mein Blick war auf ihr Gesicht gerichtet. Auf ihre winzigen Sommersprossen. Auf ihre rehbraunen Augen. Alles an ihr war perfekt. Ich beugte mich vorsichtig vor, stützte die Ellbogen auf die Knie ab, senkte den Blick, als ich begriff, dass Summer, solange sie nicht wusste, wer sie in Wahrheit war, niemals die Chance bekommen würde, ihr Leben so zu führen, wie sie es sich ein Leben lang erträumt hatte. Ihr Gesicht erzählte eine Geschichte, die sie selbst nicht verstand. Ihre Augenfarbe veränderte sich, wurde lebendig… flüssiges Karamell. Schimmerndes Gold.

Ihre Augen – der Spiegel ihrer Seele…

Das, was Summer ausmachte, war ihre Empathie. Ihre Seele. Ihr viel zu großes Herz. Und ich fragte mich, was passieren würde, wenn die Erinnerungen eines Tages wirklich zu ihr zurückkehren sollten.

„Deine Erinnerungen sind nicht verloren. Irgendwo, tief in dir… warten sie auf dich. Ich weiß es." Ich schloss die Augen. „In all der Zeit, gab es da nie irgendwelche Momente, Situationen… des Wiedererkennens?"

„Nein", gestand sie traurig. „Ich weiß nicht, ob die Person, die ich jetzt bin oder glaube zu sein, auch die Person von vor drei Jahren ist. Ich mein… ich weiß nicht, was ich hasste oder nicht. Was ich mochte oder nicht. Wer ich war oder wer ich überhaupt sein wollte… oder vielleicht hätte sein sollen."

„Es tut mir leid. So verdammt leid." Ich holte tief Luft, konzentrierte mich. Ich durfte mir nicht anmerken lassen, wie sehr mich der Verlust ihrer Erinnerungen quälte. Folterte. Dabei war es meine Schuld gewesen. Ich schloss die Augen, doch alles, was ich sah, war ihr Gesicht. Erinnerungen erwachten. So Lebendig. So Erdrückend. Momente des Glücks. Momente, die es nie mehr wiedergeben durfte.

„Diese Momente, von denen du gerade gesprochen hast... es gibt sie", hauchte sie leise. „In meinem Traum."

Ich erstarrte. Lauschte dem Klang ihrer Stimme.

„Es ist immer derselbe Traum. Jede Nacht werde ich mit Gefühlen konfrontiert, die sich vertraut anfühlen, als wären sie ein Spiegelbild meiner Vergangenheit. Verstehst du? Diese Gefühle, sie existieren wirklich. Sie sind real. Doch... diese Gefühle sind mit einem Schmerz verbunden, der mich innerlich zerreißt. Mein Herz, meine Seele... werden zerschmettert, bis nichts weiter von mir übrig ist als unendlich viele winzige Splitter."

„Wenn das stimmt, dann..." Ich konnte den Satz nicht zu Ende sprechen. Es ging einfach nicht. Stattdessen hörte ich mich fragen „Hast du jemals versucht diesen *Verlust* als eine Chance zu sehen? Als... eine Art Neuanfang?"

„Nein. Nie." Sie zog die Stirn in Falten, dachte nach.

„Alle Fehler. Alle schrecklichen Taten und Erinnerungen wären weg, einfach verschwunden und würden aufhören einen zu quälen. Nicht zu wissen, *wer* man ist... ich kann mir vorstellen, dass es sich für einige wie ein Neuanfang anfühlen würde. Man aktiviert sozusagen die Löschfunktion. Man könnte vielleicht endlich zu der Person werden, die man von Anfang an hätte sein sollen... ohne sich von irgendjemanden... oder irgendetwas manipulieren zu lassen."

„Was, wenn man aber immer wieder zum alten ICH zurückkehrt? Ich mein, die Welt ist voll von Vorurteilen, Korruption und Manipulation... und nur, weil wir vergessen wer wir waren, bedeutet es ja schließlich nicht, dass die Welt *uns und unsere Taten* vergisst."

„Das heißt... du glaubst nicht, dass sich jemand ändern kann?"

„Nein, so meinte ich es nicht. Aber wie soll sich jemand ändern, wenn er nicht einmal weiß, wer er ist oder war? Wie soll man seine Fehler bereuen, wenn man sich nicht einmal an sie erinnern kann? Die

Welt besteht nicht nur aus Marionetten, sondern auch aus den dazugehörigen Strippenziehern, Marionettenspielern. Menschen, die sich einbilden bedeutender zu sein, als alle anderen und die überzeugt sind, dass ihre Meinung, ihre Weltanschauung die einzig Wahre ist… und die jeden, der die Welt anders sieht, foltern und quälen und dass nur, weil sie keine andere Meinung akzeptieren. Die Welt selbst ist nicht grausam, *wir* machen sie grausam, weil wir bis heute nicht verstanden haben, was es bedeutet ein Mensch zu sein, ein fühlendes Geschöpf. Ich glaube, dass man sich ändern kann, wenn man anfängt das Leben als das zu betrachten, was es ist… ein Wunder. Und wenn man die Dunkelheit, die in jedem von uns existiert, lernt zu kontrollieren, anstatt ihr die Kontrolle zu überlassen. Letztendlich ist man nur *so* grausam, wie man beschließt zu sein."

„Die Menschen sind grausam, weil sie grausam sein wollen. Prinzessin, nicht jeder ist bereit sich zu ändern. Nicht jeder verdient eine zweite Chance. Es gibt seelenlose Monster da draußen. Monster, denen es Freude bereitet, wenn sie andere unterdrücken können, wenn sie anderen die eigene Meinung aufzwingen können und die bereit sind ihr Leben zu geben, für einen Kampf, der seit Anbeginn der Zeit besteht. Der Kampf zwischen Gut und Böse. Licht und Dunkelheit. Und…so leid es mir tut… dieser Kampf, wird erst enden, wenn die Menschheit sich ausgerottet hat, gegenseitig vernichtet. Das Leben ist nicht fair… und wird es auch niemals sein. Du hoffst auf ein Wunder. Ein Wunder, das nie passieren wird. Die Menschen sind verloren, weil diese machtbesessenen Marionettenspieler niemals eine andere Meinung als die eigene akzeptieren werden. Unschuldige Menschenleben werden geopfert. Und doch frage ich dich *Wie unschuldig ist jeder einzelne von denen?* Wie viele haben ihre Seele bereitwillig an die Dunkelheit verkauft? Für eine winzige, unbedeutende Kleinigkeit wie Geld? Einen besseren Job? Eine neue Liebe? Für Spaß? Für tote Gegenstände? Für irgendein verfluchtes Abenteuer? Es gibt so viele Monster unter den Menschen. So unendlich viele. Man muss nicht foltern, morden oder quälen, um grausam zu sein. Du willst diese Menschen retten, indem du an deren Empathie appellierst, ohne wahrhaben zu wollen, dass du diesen Traum niemals verwirklichen kannst. Verstehst du? Die Menschen haben ihre Seele bereits vor langer Zeit an den Teufel verkauft... an eine Welt ohne Gefühle. Ohne Empathie."

„Nein!", schrie Summer aufgewühlt und Tränen schossen ihr in die Augen. „Nein! Die Menschen können sich ändern. Wir können uns ändern."

„Summer", sagte ich leise. „Nur, weil du bereit bist, dich zu ändern, bedeutet es nicht, dass die Menschen es auch sind."

„Und nur, weil du dich weigerst den Menschen eine zweite Chance zu geben, bedeutet es nicht, dass ich aufhören muss an das Gute in ihnen zu glauben. Die Menschen brauchen Hoffnung. ICH brauche Hoffnung. Und die lass ich mir von niemanden nehmen. Verstehst du nicht? Wenn jeder so denken würde wie du... dann..." Sie schloss die Augen, drängte ihre Gefühle zurück. „Wären wir wirklich verloren. Und... wenn ich anfangen würde die Dinge ebenfalls so zu sehen, wäre meine Gabe, meine Empathie... *mein* Ende, weil ich mich in jemanden verwandeln würde, vor dem ich Angst hätte."

„Du bist nicht wie diese Menschen. Wie oft muss ich dir das noch sagen?"

„Woher willst du das wissen? Du kennst mich nicht. Verflucht... ich kenn mich ja nicht einmal selbst! Was, wenn die Schmerzen, die ich im Traum durchlebe, ein Spiegelbild dessen sind, was ich war? Was, wenn es eine Zeit gegeben hat, in der ich ebenfalls einer dieser Marionettenspieler war? Nur, weil ich mich nicht daran erinnern kann, bedeutet es nicht, dass es nicht so gewesen sein kann. Was, wenn ich in Wahrheit eines dieser Monster bin, von denen du gerade gesprochen hast? Was, wenn ich versuche *anders* zu sein? Was, wenn ich versuche jemand zu sein, der ich nicht bin?"

Verzweifelt suchte ich nach einer Antwort... und ich war kurz davor ihr die Wahrheit zu sagen, und dass nur, weil ich ihren Schmerz, ihre Selbstzweifel, nicht ertragen konnte. Summer war das Gefühl aller Gefühle. Sie war *unsere* Rettung. Unsere. Nicht die der Menschen. Nur, wie sollte ich ihr das begreiflich machen, ohne mit der Wahrheit rausrücken zu müssen? Sie wollte den Menschen Hoffnung schenken, ohne zu verstehen, dass Hoffnung sich in etwas Grausames verwandeln konnte. Etwas Zerstörerisches. Hoffnung könnte den letzten

Funken Licht der Menschheit unwiderruflich vernichten. Auslöschen. Auspusten, wie die Flamme einer Kerze.

Ich übergab meine Seele der Finsternis, beschwor die Kälte hinauf... nur so konnte ich verhindern, dass ich etwas sagte, was ich hinterher bereuen würde. Ohne auf eine ihrer unzähligen Fragen zu antworten, stand ich auf. Lief zur Tür.

„Wo willst du hin?", flüsterte sie leise. Zerbrechlich.

Ich schwieg.

„Bitte. Wenn ich etwas gesagt habe, dass dich verletzt hat, dann... tut es mir leid. Aber bitte... geh nicht", flehte sie mit zittriger Stimme.

„Ich muss. Glaub mir... es ist besser so."

Ohne mich umzudrehen, öffnete ich die Tür... und verschwand.

~~Die Hoffnung, die Summer in die Menschen investierte, die sie für all diejenigen fühlte und aufbewahrte, die diese längst vergessen hatten, fing an sich in mir widerzuspiegeln. Ich fühlte diese Hoffnung, ohne es verhindern zu können... ohne es zu wollen. So wie heute auf der Gondel, als ich ihr erzählt hatte, dass ihre Gabe die Menschen retten könnte... als ich dem kleinen Mädchen, der Mutter und dem Mann dieselbe Hoffnung versucht hatte zu schenken.~~

172

Summer

Mein Flashback lag jetzt eine Woche zurück. Mein Gespräch mit Phoenix ebenfalls. Seit er mein Zimmer fluchtartig verlassen hatte, ignorierte er mich. Würdigte mich, selbst während des Unterrichts, nicht mal eines Blickes. Er tat so, als würde er mich nicht kennen. Als wäre ich eine Fremde. Nein, schlimmer noch… eine Aussätzige.

Er wollte den Eindruck erwecken, als wäre ich ihm egal. Vielleicht war ich das ja auch. Vielleicht hatte ich mir all das, was ich glaubte gefühlt zu haben, bloß eingebildet. Was ich mir jedoch nicht eingebildet hatte, waren *meine* Gefühle. Ich wünschte, es wäre so, doch das wäre eine glatte Lüge. Sein Desinteresse führte mir vor Augen, dass ich, egal wie sehr ich es auch versuchte, nicht schaffte, ihn aus meinen Gedanken auszusperren. Jedes Mal, wenn er sich in meiner unmittelbaren Nähe befand, reagierte mein Körper. Meine Seele. Es war erschreckend. Beängstigend. Dabei war alles, was ich mir wünschte, dass er mir ebenso egal wäre, wie ich ihm. ~~Lügnerin! Lügnerin! Lügnerin!~~

Simon und ich setzten uns zu unseren Freunden an den Tisch. Hope und Logan waren so in einander versunken, dass sie uns nicht einmal bemerkten. Was ich von Damon nicht behaupten konnte. Sobald ich Platz genommen hatte, lag seine Aufmerksamkeit bei mir, während Simon von Tyler in Beschlag genommen wurde.

„Und? Bist du am Wochenende dabei?", fragte Damon.

„Du meinst dieses Wochenende?"

„Summer!", drohte er mir lächelnd. „Das ist nicht witzig. Ehrlich. Du darfst mich unter keinen Umständen mit diesen beiden Turteltäubchen allein auf diese Party gehen lassen. Das… das würde ich nicht unbeschadet überstehen."

„Hm?", überlegte ich laut, zog die Stirn in Falten und tippte mir an die Schläfe. „Wie würde dieser Schaden denn aussehen?"

„Gefühlsschaden – Irreparabel. Vielleicht mit Verlust der Sehkraft. Keine Ahnung, lässt sich nur schwer voraussagen. Fakt ist, dass sich die Bilder in meine Netzhaut brennen würden."

„Welche Bilder?"

„Von all den knutschenden Pärchen. Ganz zu schweigen von meiner entzückenden kleinen Schwester."

„Seit wann ist der Austausch von Körperflüssigkeiten… gefährlich? Ja, sogar lebensbedrohlich?", mischte sich Tyler ungefragt in unser Gespräch ein.

Ich lächelte.

„Immer dann, wenn es sich nicht um meine Körperflüssigkeiten handelt", antwortete Damon mit einem dreckigen Grinsen im Gesicht.

Mein Blick schweifte durch den Raum und blieb bei Ashley hängen. Damons Ex. Wenn ihr Blick eine Waffe wäre, würde ich jetzt mit einem gezielten Kopfschuss tot auf der Erde liegen. Ich blinzelte, beendete den Blickkontakt.

„Sag mal, wird Ashley auch auf dieser Party sein?", wollte ich von Damon wissen.

„Das fragst du mich? Ernsthaft? Muss ich dich erst wieder daran erinnern, dass ich schon seit einer Ewigkeit nicht mehr mit ihr zusammen bin", brummte Damon sichtlich genervt. Er zuckte mit den Schultern. „Und selbst wenn… wen interessiert es?"

„Summer scheint es zu interessieren", antwortete Tyler.

„Mit dir habe ich nicht geredet", knurrte Damon gespielt genervt, verengte die Augen zu Schlitzen und versuchte nicht zu lachen.

„Wen interessiert´s?" Tyler grinste zuckersüß, als er Damons Worte wiederholte.

„Jungs", sagte ich und sah beide abwechselnd mit tadelndem Blick an, „kriegt euch wieder ein."

„Er hat angefangen", antworteten beide, wie aus der Pistole geschossen.

Ich lachte.

„Nein, jetzt mal ernsthaft. Warum interessiert dich, ob Ashley auch da sein wird?", fragte Damon und suchte bewusst meinen Blick.

„Hast du eigentlich keine Augen im Kopf? Merkst du nicht, wie die Braut Summer jedes Mal anguckt? Also… wenn ihr mich fragt, ist die komplett durchgeknallt. Ehrlich, ich versteh bis heute nicht, was du an der gefunden hast", antwortete Tyler.

„Tja…Kumpel, da wären wir schon zu zweit."

„Nein, das ist es nicht", hörte ich mich sagen. „Ashley ist nicht durchgeknallt. Sie ist einfach nur… verletzt. Das ist alles."

„Und sie gibt dir die Schuld", beendete Tyler meinen Erklärungsversuch.

„Ja… das auch. Aber das ist okay… wenn es ihr hilft."

„Nein", knurrte Damon, „Es ist nicht okay! Ich mein, nicht du hast sie abserviert, sondern ich."

„Schon, aber sie denkt, dass du es wegen mir getan hättest."

„Bullshit."

„Du weißt, dass es das ist, was sie denkt. Und solange sie dich noch liebt, wird sich daran nichts ändern. Also… lass gut sein. Ich muss sie einfach nur weiterhin aussperren. Das krieg ich hin. Das weißt du."

Jeder wusste, dass Ashley mich für die Trennung verantwortlich machte. Überall hatte sie rumerzählt, dass ich ihr Damon ausgespannt hätte. Ihre große Liebe. Was natürlich absoluter Schwachsinn war. Damon und ich waren bloß Freunde. Beste Freunde. Und daran würde sich auch nie etwas ändern. Es würde nie mehr daraus werden können.

„Ohhh… allmählich übertreibt er…" Damons genuschelten Worte jagten mir einen kalten Schauer über den Rücken oder vielmehr die damit verbundenen Gefühle. Es war beängstigend. Erschreckend. Ich zuckte zusammen, beobachtete ihn und versuchte herauszufinden, was der Grund für sein Verhalten war. Der Zorn spiegelte sich mittlerweile in seinem Blick.

„Damon?", flüsterte ich vorsichtig. „Was ist los?"

Keine Antwort. Nur Schweigen.

„Rede mit mir", bat ich. „Warum bist du so… wütend? Ist es wegen Ashley? Ich habe dir doch erklärt, dass…"

„Nein", unterbrach er mich schroff. „Es ist nicht wegen Ashley."

„Weswegen dann? Ich mein… bis gerade eben, war doch noch alles in Ordnung."

„Nichts ist in Ordnung. Nicht mehr. Nicht, seitdem *er* hier aufgetaucht ist."

Hope bemerkte, dass etwas mit Damon nicht stimmte. Ihr Gesichtsausdruck verriet jedoch, dass sie, was den Grund betraf, genauso ahnungslos war wie ich.

„Ich weiß zwar nicht, was in dich gefahren ist, Bruderherz... aber versprich mir, dass du keine Dummheiten machen wirst. Okay? Damon? Hast du gehört?"

Keine Reaktion.

„Damon! Versprich es!", wiederholte Hope, dieses Mal lauter. Es funktionierte. Damon schüttelte den Kopf, blinzelte und sah seiner Schwester in die Augen.

„Ich werde gar nichts versprechen!", knurrte er.

„Sag mal... Spinnst du? Was ist denn in dich gefahren?"

„Was soll das, Hope?"

„Das frag ich dich! Wieso verhältst du dich wie eine tickende Zeitbombe... die jede Sekunde explodieren könnte...?"

„Schwesterherz."

„Lass den Scheiß, sag mir lieber was los ist."

„Du weißt genau was los ist. Tu nicht so, als wüsstest du es nicht."

„Was ist los?" mischte sich Logan in das Gespräch ein.

„Siehst du den Kerl da hinter Summer? Den, mit der schwarzen Lederjacke?"

Logan nickte.

„Er starrt Summer schon die ganze Zeit an."

„Und?", fragte Logan und zog verwundert die Augenbrauen hoch. „Das stört dich... weil???"

„Dieser Kerl... ist gefährlich. Und..."

„Und was?", unterbrach ich Damon wütend. Je abfälliger er über Phoenix redete, denn es war offensichtlich, dass er ihn meinte, dafür hatte ich mich nicht einmal umdrehen müssen, desto wütender wurde ich. „Du kennst ihn nicht! Phoenix ist nicht gefährlich."

Verärgert sah Damon mich an. „Ach... und das weißt du woher? Stimmt... vom Literaturkurs", verhöhnte er mich. „Aber müsstet ihr nicht wenigstens miteinander reden, damit du das beurteilen kannst?"

„Lass ihn einfach in Ruhe. Er hat dir nichts getan."

„Wieso verteidigst du diesen Typen?"

„Ich verteidige hier niemanden. Ich finde nur, dass du übertreibst. Ist es etwa ein Verbrechen *mich* anzugucken?"

„Es geht nicht darum, dass er dich anguckt, sondern um das *wie*", knurrte Damon verletzt, griff sich mit dem Daumen und einem Zeigefinger an den Nasenrücken. Übte leichten Druck aus. Versuchte sich zu beruhigen.

„Deinen Beschützerinstinkt in allen Ehren, Bruderherz… aber ich finde, Summer hat Recht." Hope umarmte ihren Bruder und lehnte ihren Kopf an seine Schulter.

„Summer… ich versuche bloß auf dich aufzupassen."

„Das weiß ich, Damon", erwiderte ich lächelnd und beugte mich zu ihm herüber, um ihm ein Küsschen auf die Wange zu drücken. „Nur wäre es nett, wenn du das nächste Mal nicht so übertreibst. Okay?"

„Schön. Meinetwegen. Ich werde es versuchen. Aber… ich kann nichts versprechen."

Seit ich denken konnte beschützte Damon seine Schwester und mich, egal wovor. Vielleicht war es manchmal unangebracht, aber er sorgte sich nun einmal um diejenigen, die ihm am Herzen lagen. Hin und wieder wurde ich das Gefühl nicht los, dass er das aus einem bestimmten Grund tat. Als hätte er Angst, einen von uns beiden verlieren zu können. Unwiderruflich. Für immer.

Nach einem Moment des Schweigens stand Simon räuspernd auf und verabschiedete sich mit den Worten: „Sorry Leute, aber Mr. Storm wollte mich vor der nächsten Stunde unter vier Augen sprechen."

Simon, er stieß vor knapp zwei Jahren zu uns und er besaß die seltene Gabe immer genau zu wissen, wann es Zeit wurde zu verschwinden. Alle an diesem Tisch redeten gern. Und viel. Simon war anders. Anfangs hielt ich es für Unsicherheit… Schüchternheit. Aber so war er einfach. Ein stiller Beobachter. Tyler hatte von Anfang an eine besondere Verbindung zu ihm gehabt. Von der ersten Sekunde an. Die beiden waren praktisch unzertrennlich… und doch grundverschieden. Während Simon eher innere Monologe mit sich führte, konnte Ty nicht länger als eine Minute still sein. Er redete ununterbrochen. Selbst dann, wenn ihm keiner zuhörte.

Plötzlich wurde alles unscharf. Die Umgebung verschwamm... löste sich auf. Ich atmete tief durch. Ein ungutes, beängstigendes Gefühl legte mich in Ketten. Meine Augenlider zuckten unkontrolliert und es tauchten merkwürdige Blitze an meinem Blickfeldrand auf. Ich blinzelte. Es wurde still. Gespenstisch still. Die Welt bestand nicht länger aus Farben... alles wurde in unterschiedliche Grautöne getaucht...

Weit aufgerissene Augen starrten mich an. Blaue Augen, so blau und so unendlich wie der Horizont. Voller Leben ... und doch leblos. Augen, in denen sich eine Panik spiegelte, die mit Worten nicht zu beschreiben war.

Eiskristalle schwebten durch die Luft. Ich hob die Hand und versuchte diese schimmernden Diamanten mit den Fingerspitzen zu berühren. Die Kälte, die in ihnen gefangen gehalten wurde, färbte meine Haut blau... lila... und ich wusste, dass jede weitere Berührung mit ihnen, mich zersplittern lassen könnte. In diesem Moment fühlte ich mich zerbrechlich. So verdammt zerbrechlich. Verletzlich.

Plötzlich erwachte eine dunkle Traurigkeit, schwebte schwerelos durch die Luft. Jeder Atemzug wurde zur Qual. Noch immer starrten mich diese Augen an. Leise Worte flogen durch die Zeit, fanden mich, fluteten mich. Die Worte bekamen eine Stimme. Eine leise Stimme. **Erinnere dich. Bevor es zu spät ist...** *Eine rote Träne tropfte geräuschlos zu Boden. Eine rote Träne. Rot wie Blut.*

Der Nebel verschluckte das Bild. Gab mich frei. Eine Hand legte sich auf meine Schulter. Bei dieser unerwarteten Berührung zuckte ich erschrocken zusammen.

„Summer?"

Nur langsam drang der Name zu mir durch. Ich sah Hope wie betäubt an. Als wäre ich noch immer nicht hier. Sondern weit weg. An einem unbekannten Ort.

„Alles in Ordnung?" fragte sie verängstigt, als würde sich meine Angst in ihr widerspiegeln. Eine Angst, die ich jedoch nicht verstand. Nicht nachvollziehen konnte.

„Summer... du warst richtig weggetreten. Du... du hast auf nichts mehr reagiert. Was war los?"

„Ich... ich weiß nicht", gestand ich zögerlich, während ich gleichzeitig versuchte das Pochen meines Herzens zu ignorieren.

„Alles wieder in Ordnung?"

„Ich denke schon." Nein. Nichts war in Ordnung. Das Echo dieser Stimme wollte einfach nicht verklingen.

Damon sah mich skeptisch an, beugte sich in meine Richtung und flüsterte mir leise ins Ohr: „Rede mit mir. Bitte. Ich muss wissen, was los war."

Alle am Tisch starrten mich an, warteten auf eine Erklärung. Ich spürte die Besorgnis, die von ihnen ausging. Es war zu intensiv. Die ganze Aufmerksamkeit wurde mir zu viel. Alles wurde mir zu viel. Diese Enge...

„I-ich muss gehen", sagte ich leise und lief im gleichen Atemzug auf den Ausgang zu. Ich musste hier so schnell wie möglich raus.

Draußen atmete ich tief durch. Die frische Luft wirkte beruhigend, vertrieb das Gefühl der Enge. Der Druck im Brustbereich schwächte ab. Ich lief auf die große Eiche in der Nähe des Parkplatzes zu. Mit dem Rücken lehnte ich mich an den dicken Stamm, rutschte langsam, Stück für Stück, zu Boden... zog die Knie an meine Brust.

Was zum Teufel war da gerade in der Mensa passiert? Wessen Augen waren das gewesen? Diese Augen hatten mich unentwegt angestarrt... und seltsamerweise waren sie mir vertraut vorgekommen. Schrecklich vertraut. Das alles ergab keinen Sinn. War das ein weiterer Flashback gewesen? Wenn ja... was versuchte dieser Fetzten mir zu sagen? War es womöglich eine verdrängte Erinnerung an denjenigen, dem diese Augen gehörten? Warum verstand ich die Hinweise dann nicht? Plötzlich hörte ich sie wieder. Diese Stimme. Diese Worte.

Erinnere dich. Bevor es zu spät ist.

Zu spät *wofür*? Woran sollte ich mich denn erinnern? Verflucht. An meine Vergangenheit? Als wenn das so einfach wäre... als wenn ich das nicht schon jeden Tag aufs Neue versuchen würde.

Obwohl meine Gedanken mich gefangen hielten, bemerkte ich, wie Hope sich im Schneidersitz neben mich setzte. Sie war festentschlossen mir Gesellschaft zu leisten. Ihre Nähe beruhigte mich. Trotzdem, reden wollte ich nicht. Hope schien das zu spüren, denn anstatt mich mit irgendwelchen Fragen zu löchern, wie es eigentlich ihre Art war, legte sie mir wortlos den Arm um die Schulter und zog mich schweigend in eine tröstende Umarmung.

179

Nach ein paar Minuten fragte sie vorsichtig: „Geht´s wieder? Ich frag nur, weil der Unterricht gleich beginnt… Denn, wenn nicht, dann…"

„Nein", unterbrach ich Hope mit einem traurigen Lächeln. „Geht schon wieder." Ich atmete tief durch. „Na los, lass uns zum Unterricht gehen." Bevor ich jedoch aufstand stupste ich ihr leicht gegen die Schulter und sagte: „Danke."

„Nicht dafür. Du weißt… ich bin immer für dich da." Sie senkte den Blick. „Wenn du so weit bist, dass du reden willst…"

Hope brauchte den Satz nicht zu Ende zu sprechen, ich wusste, was sie sagen wollte. Kommentarlos drückte ich ihr ein Küsschen auf die Wange. Irgendwie war ich von dieser Nichtunterhaltung müde. Ich lächelte, naja, zumindest versuchte ich es. Hope lächelte zurück. Traurig. Aber sie sagte kein Wort. Sie kannte mich besser als kaum ein anderer, und sie wusste, dass ich ihr hier und jetzt nicht das erzählen würde, was sie wissen wollte. Nämlich, wie es mir wirklich ging. Die Wahrheit.

Für einen winzigen Moment starrte ich hinauf in den Himmel, zu den Wolken, suchte dort nach meinem Stern. Vielleicht konnte ich sein Licht am Tag nicht finden, aber ich wusste, er war da. Irgendwo. Diese Tatsache war unumstritten. Nur, weil man etwas nicht sehen konnte, bedeutete es noch lange nicht, dass es nicht existierte. Erneut holten mich die Worte aus der Erinnerung ein.

Diese Stimme wollte einfach nicht verstummen. Mit einem tiefen Seufzer schloss ich die Augen und fand endlich die Stille, die ich so dringend brauchte.

Mit zittrigen Händen stand ich vor Phoenix' Wohnungstür. Fest entschlossen, ihn auf sein sonderbares Verhalten anzusprechen, ihn endlich zur Rede zu stellen. Mein Puls raste. Ich senkte den Blick, atmete tief durch. Sammelte meine Gedanken, legte mir die Worte im Kopf zurecht.

Plötzlich, ohne dass ich geklopft oder geklingelt hatte, öffnete sich die Tür. Phoenix stand direkt vor mir. Lehnte sich lässig an den Türrahmen. Allein dieser Anblick sorgte dafür, dass sich mein Herzschlag beschleunigte. Dass meine Gefühle und Gedanken kollidierten. Ich versuchte mich dagegen zu wehren, mich zu schützen, doch... es war zu spät.

„Prinzessin." Dieser selbstgefällige Tonfall holte mich jedoch schlagartig auf den Boden der Tatsachen zurück. Phoenix wirkte kühl. Distanziert. Eiskalt. Obwohl meine Alarmglocken schrillten, und trotz aller Widersprüche schaute ich in sein perfektes Gesicht, suchte bewusst seinen Blick. Und... bereute es. Sofort.

Seine Augen leuchteten bedrohlich, dunkel, unheilvoll, waren so finster wie eine Nacht ohne Sterne. Das smaragdgrüne Schimmern war verschwunden. Innerlich zuckte ich zusammen, wand den Blick ab, denn diese Kälte nahm mir die Luft zum Atmen. Doch es dauerte nur einen Wimpernschlag, bis ich erneut seinen Blick suchte. Einen winzigen, grotesken Augenblick hoffte ich, dass die grüne Lebendigkeit zurückkehren würde.

Völlig emotionslos stand er vor mir, und allein diese kühle Missbilligung sorgte dafür, dass ich meine Gefühle, meine absurde Hoffnung ignorierte, ausblendete. Stattdessen hörte ich meinem Verstand zu, der mir laut schreiend zurief, dass ich verschwinden sollte, nein, verschwinden musste. Jetzt. Jetzt Sofort.

„Du…", stammelte ich wutschnaubend. Ich suchte nach Worten, die ich ihm an den Kopf schmeißen konnte. Worte, die ihn genauso verletzen sollten, wie er mich mit seiner Arroganz verletzte. Ich zügelte meine Wut, bändigte sie und beschloss mich nicht weiter von ihm provozieren zu lassen. Ohne ein weiteres Wort zu verlieren, drehte ich mich um und stapfte, begleitet von der immer schwächer werdenden Wut, davon.

Doch mit jedem Schritt, den ich mich von ihm entfernte, steigerte sich diese Wut wieder. Erwachte zu neuem Leben. Es brodelte. Kochte. Lava floss durch meine Venen. Oh – ich war weit mehr als nur wütend. Welcher Teufel hatte mich bloß hierhergeführt? Direkt vor seine Haustür? Immerhin hatte er mir mehr als deutlich zu verstehen gegeben, dass er nicht länger etwas mit mir zu tun haben wollte.

Seit einer Woche hatte er mich wie Luft behandelt. Vollkommen ignoriert. Wieso konnte ich seinen Entschluss, sich von mir fernzuhalten, nicht einfach akzeptieren? War es unbedingt nötig, sich so demütigen zu lassen? Nein. Die Antwort lautete eindeutig *Nein*. Ich kramte in meiner Jackentasche nach dem beschissenen Autoschlüssel. Alles, was ich wollte, war so schnell wie möglich von hier zu verschwinden. Ich wollte gerade die Wagentür öffnen, als mir jemand von hinten an den Arm packte.

„Warte."

Phoenix – ich hatte nicht einmal mitbekommen, dass er mir überhaupt hinterhergelaufen war.

„Warten?", zischte ich wutschnaubend. „Worauf?"

Ich gab ihm erst gar nicht die Möglichkeit etwas darauf zu erwidern. „Warum kannst du mich nicht einfach in Ruhe lassen? Ich mein… ich hab´s begriffen. Okay?! Ich habe endlich kapiert, dass du nichts mit mir zu tun haben willst. Also spar dir deine Erklärungsversuche."

Ich schaute ihm bewusst nicht in die Augen.

„Was ist? Kommst du jetzt mit rein, oder nicht?"

„Wohl eher nicht!"

„Prinzessin…"

„Wozu soll ich mitkommen? Um weiterhin als Blitzableiter für deine schlechte Laune zu dienen?"

„Ich habe keine schlechte Laune."

Ich lachte sarkastisch. „Ohhhh…. Natürlich nicht."

Ich pikste mit dem Finger gegen sein Herz, schaute ihm dabei direkt in die Augen. „DU… Prinz Charming… bist der Inbegriff von schlechter Laune!"

In der Sekunde, in der ich ihn mit der Fingerspitze berührte, verdüsterte sich sein Blick und seine Lippen formten eine harte Linie. Vielleicht mochte er in der Lage sein, seine Gefühle vor mir zu verbergen, indem er mich aussperrte, aber… der Ausdruck in seinen Blick verriet, wie zerrissen er innerlich war. Er schloss die Augen, legte den Kopf in den Nacken und grummelte kaum hörbar „Okay…"

„Okay… was?", schoss ich zickig zurück.

„Okay… es tut mir leid. Ich…", knurrte er durch zusammengebissene Zähne und sah mich mit den traurigsten Augen an, die ich je gesehen hatte. Er litt. Ich wusste nur nicht *wieso*.

„Bist du irgendwie sadistisch veranlagt?"

„Nur, wenn du in der Nähe bist", antwortete er mit leiser, gequälter Stimme.

„Was willst du damit sagen?"

„Nichts. Gar nichts", antwortete er mit einem verlegenen Lächeln.

„Hör sofort auf damit!"

„Womit?", fragte Phoenix mit der Unschuldsmine eines Engels.

„Na… damit *so* zu lächeln", antwortete ich vorwurfsvoll.

„Und… wieso?" Der Ausdruck in seinen Augen veränderte sich, das Leuchten kehrte zurück. Er wusste ganze genau, welche Wirkung er auf mich ausübte. Dieser Mistkerl. Dieser umwerfende Mistkerl. Der Schalk stand ihm plötzlich ins Gesicht geschrieben… und sein charismatisches Lächeln machte alles nur noch schlimmer. Wie sollte ich ihm jetzt noch länger böse sein?

„Ohhh… du weißt ganz genau *wieso*!"

„Ach, weiß ich das…"

„Verdammt, Phoenix… du weißt, dass ich dir, wenn du mich so anguckst, nicht länger böse sein kann."

„Und das ist schlimm… weil?"

„Na… weil ich dir böse sein *will*", erwiderte ich anklagend. „Du kannst mich nicht ständig so behandeln, wie es dir gerade in den Kram passt und dann von mir erwarten, dass ich darüber hinwegsehe, nur

weil du plötzlich meinst, doch wieder mit mir reden zu wollen. So...
so läuft das nicht."

Er machte einen Schritt auf mich zu, so dass er jetzt genau vor mir
stand. Unsere Gesichter, nur wenige Zentimeter voneinander entfernt.
Sein Atem wurde zu meinem Atem. Diese Nähe traf mich völlig unvorbereitet, bis ins Mark. Er legte den Kopf leicht schräg und hauchte
mir leise Worte ins Ohr: „Prinzessin. Du bist die Luft, die ich zum
Atmen brauch."

Verwirrt schüttelte ich den Kopf. Das, was ich glaubte verstanden
zu haben, konnte er unmöglich gesagt haben. Doch, ich würde den
Teufel tun und ihn danach fragen. Ich blinzelte, suchte seinen Blick.
Er nahm mir die Autoschlüssel aus der Hand, verriegelte den Wagen
und verschränkte unsere Finger miteinander. Hand in Hand liefen wir
zurück zu seiner Wohnung.

Gleich hinter der Wohnungstür befand sich ein riesiger Raum, der
einem Loft ziemlich nahekam, allerdings war es nicht ganz so gigan-
tisch. Der Boden war mit anthrazitfarbenen Fliesen ausgelegt, die, je
nach Lichteinfall, glitzerten als hätte jemand Regenbogenstaub über
ihnen ausgekippt. Sämtliche Wände waren mit kleinen, weißgestriche-
nen Klinkersteinen versehen, dessen Farbe jedoch an einigen Stellen
abblätterte. Zwei bodentiefe Fenster erhellten den Raum und ließen
ihn optisch größer wirken. Von der Zimmerdecke bis zum Boden er-
streckten sich mehrere Betonpfeiler, auf denen irgendetwas eingeritzt
war. Ziffern. Buchstaben. In einer mir unbekannten Sprache. Die an-
grenzende Küche war klein, schlicht, und passte perfekt ins Bild. Genau wie die im Boden einbetonierte Theke. Alles war offen und die
Möbel im Industrie-Style harmonierten mit der geheimnisvollen Ele-
ganz. Industrielook traf auf moderne Schlichtheit. Es war... unbeschreiblich.

Mein Blick huschte durch den Raum und blieb schließlich an einem
schwarzen Flügel hängen. Auch, wenn er optisch gesehen nicht ins
Bild passte, passte er dennoch perfekt hierher.

„Wow...", war alles, was mir einfiel.

„Gefällt es dir?"

„Ob es mir gefällt? Es ist... perfekt", antwortete ich noch immer
vollkommen überwältigt.

Ich steuerte das Cognacfarbene Ledersofa an und ließ mich, dort angekommen, in die Kissen plumpsen. Phoenix stand noch immer mitten im Raum und beobachtete mich, verfolgte jede meiner Bewegungen. „Möchtest du etwas trinken?", hörte ich ihn fragen.

„Wenn du hast... ein Wasser. Still, ohne Sprudel."

Kurz darauf stellte er das Glas auf den kleinen Betontisch ab und setzte sich zu mir aufs Sofa. Allerdings bemerkte ich den Sicherheitsabstand zwischen uns. Innerlich stöhnte ich, ließ mir jedoch nichts anmerken. Phoenix drehte sich in meine Richtung, so dass er mir seitlich gegenübersaß.

„Wieso bist du hier?", hauchte er zögerlich, ja... beinahe ängstlich.

„Weil..." Mir fehlten die Worte.

„Weil?"

„Weil ich mit dir reden wollte..."

„Und worüber?"

Die nächsten Worte wurden von meinen Lippen geweht, wie Blätter im Herbst von den Bäumen. Schwebten geräuschlos zu Boden, ohne dass ich es hätte verhindern können. „Heute... in der Mensa..." Ich stockte, unsicher, wusste nicht, was ich sagen sollte, was ich sagen *wollte*. Meine Gedanken explodierten. Zersprangen. Wurden vom Wind davongetragen. Ich blinzelte. Blinzelte. Begegnete seinem Blick, hörte das leise Flüstern seiner Seele. Fühlte, wie mich die Melodie seines Herzens berührte, wärmte, rettete. Vor dem Grauen, das in mir wohnte. Die Buchstaben kehrten zu mir zurück. „Naja, da hatte ich so etwas wie einen weiteren Flashback."

Meine Worte verloren sich, flogen still und leise durch die Luft. Trotzdem hatte Phoenix jedes Wort verstanden. Schweigend und mit weit aufgerissenen Augen sah er mich an.

„Deshalb hast du so überstürzt die Mensa verlassen." Es war eine Feststellung, keine Frage. „Verdammt", murmelte er leise vor sich hin.

„Warum hast du nichts gesagt?"

„Warum?" fragte ich bittersüß. „Woher hätte ich denn bitteschön ahnen sollen, dass es dich interessiert?!"

„Alles, was dich betrifft... interessiert mich."

„Ach ja? Seit wann? Seit gerade eben?" fragte ich bissig.

„Das führt doch zu nichts." Er kniff die Augen zu, atmete tief durch.

„Hör zu, ich… ich will mich nicht streiten. Und… im Grunde will ich auch überhaupt nicht über das, was dort passiert ist, reden. Also, könnten wir vielleicht einfach das Thema wechseln?"

„Was hast du gesehen?"

Ich sagte nichts.

„Summer. Bitte…"

Ich sagte noch immer nichts.

„Schön… meinetwegen. Aber mach wenigstens die Augen auf."

Erst jetzt wurde mir bewusst, dass meine Augen geschlossen waren. Vielleicht in dem verzweifelten Versuch, so die Bilder in meinem Kopf verschwinden lassen zu können. Mit dieser Erinnerung wollte ich mich einfach nicht auseinandersetzen. Diese Erinnerung war *anders*. Tief in mir fühlte ich, dass diese Augen mit einem Schmerz verbunden waren, der meine Seele in Schutt und Asche legen könnte.

„Bitte. Sieh mich an", bat er leise. Verzweifelt.

Zögerlich öffnete ich die Augen und sofort begegnete ich seinem Blick. Erschrocken schnappte ich nach Luft. Es war, als würde mir jemand einen Spiegel vors Gesicht halten. In dem grünen Meer verbarg sich dieselbe, nicht nachvollziehbare Traurigkeit, die mich in diesem Moment durchströmte.

„Ich weiß, dass du nicht darüber reden willst… aber bitte, versuch es wenigstens."

„I-ich… kann nicht."

„Hör zu… es tut mir leid, dass ich dich beim letzten Mal im Stich gelassen habe. Aber ich verspreche dir… es kommt nie wieder vor. NIE.WIEDER. Und, obwohl ich weiß, dass ich kein Recht habe dich darum zu bitten, tu ich es trotzdem. Bitte… rede mit *mir*. Lass mich meinen Fehler wiedergutmachen. Lass mich wenigstens versuchen dir zu helfen. Prinzessin… Erzähl mir von dem Flashback. Sag mir, was du gesehen hast." Er beugte sich vor, umschloss mein Gesicht mit beiden Händen und schaute mir tief in die Augen. Die Sanftheit in seiner Stimme, in seinem Blick, berührte meine Seele. Mein Herz vollführte Luftsprünge. All meine Sorgen, all meine Bedenken, ließ er mit nur diesem einen Blick verschwinden. Donner und Blitz verstummten.

„Merkst du nicht, dass deine Vergangenheit dabei ist dich einzuholen? Du kannst nicht länger davor wegrennen."

Was wollte er damit andeuten? Dass ich versuchte vor meiner Vergangenheit zu fliehen? Dass ich meine Erinnerungen bewusst zurückhielt? Dass ich sie ignorierte? Wofür hielt er das Ganze? Für ein Spiel? Für ein beschissenes Spiel? ~~Nein. Kein Spiel. Flucht. Ich floh... ohne zu wissen wovor.~~ Verflucht, seit ich aus dem Koma erwacht war, versuchte ich nichts anderes als *mich* zu finden. ~~Nein. Ich wollte nicht gefunden werden. Und tief in mir fühlte ich das auch, ich wollte es nur noch nicht wahrhaben.~~

„Was willst du damit andeuten? Dass ich die Erinnerungen bewusst zurückhalte, weil ich die Wahrheit im Grunde gar nicht erfahren will? Weißt du eigentlich, was du da redest? Verdammt, Phoenix. Du... Du hast ja keine Ahnung, wie es sich anfühlt, wenn man seine Persönlichkeit verliert... sich selbst verliert... wenn man alles in Frage stellt... einfach alles. Weißt du, wie oft ich in den Spiegel schau? Nie. Und soll ich dir auch verraten warum? Weil ich Angst habe, dass mich die Augen einer Fremden ansehen... weil ich bis heute nicht herausgefunden habe, wer ich eigentlich bin."

„Erstens... das habe ich so nie gesagt, und das weißt du auch." Seine Miene verfinsterte sich. „Zweitens... du brauchst keinen Spiegel, um herauszufinden, wer du bist. Denn kein Spiegel der Welt ist in der Lage dir dein wahres Gesicht zu zeigen. Außerdem... tief in dir, weißt du wer du bist." Er seufzte und fuhr sich durch die Haare. „Summer... Du hast Recht. Ich habe keine Ahnung wie es in dir aussieht. Aber wie soll ich dich denn verstehen, wenn du nicht einmal versuchst mit mir zu reden?"

„Vielleicht stimmt es doch. Vielleicht hast du Recht, mit dem was du gesagt hast. Vielleicht... will ich gar nicht wissen, was es mit diesen Flashbacks auf sich hat. Was nicht heißen soll, dass ich meine Vergangenheit nicht zurückhaben möchte. Es ist nur so, dass mich ein beklemmendes Gefühl quält. Würgt. Mich kaum Atmen lässt. Denn ich habe eine Scheißangst davor herauszufinden, wer ich wirklich bin. Ich... ich weiß nicht, wie ich das erklären soll. Aber... ich weiß einfach, dass das, was ich verloren habe, in der Lage ist, mich zu zerstören. Ich... kann es fühlen. Verstehst du? Ich fühle es einfach... und

dieses Gefühl macht mir Angst. Dabei hasse ich es Angst zu haben."
Ich schloss die Augen, sammelte mich. „Seit drei Jahren versuche ich
mich zu erinnern… doch nie ist etwas passiert. Nie. Bis…" Ich konnte
ihm nicht sagen, dass ich der festen Überzeugung war, dass er den
Schlüssel zu meiner Vergangenheit in den Händen hielt. Ich konnte
dieses Gefühl nicht erklären. Es war einfach da. „Es sind nicht die
Bilder, die mich nicht mehr loslassen, sondern die damit verbundenen
Gefühle. Das, was ich heute gesehen habe… was ich währenddessen
empfunden habe… es zerreißt mich. Und ja… genau davor versuche
ich zu fliehen."

„Lust auf ne Runde Billard?"

Verwirrt zog ich die Brauen zusammen. „W-wie kannst du jetzt an
Billard denken? Hast du mir überhaupt zugehört?"

„Ja oder Nein?" Er überging meine Frage.

„Ich werde mit Sicherheit nirgendwo hingehen, um jetzt Billard zu
spielen."

„Ich habe nicht vor mit dir von hier zu verschwinden."

Er sprach in Rätseln.

„Ich versteh kein Wort."

„Was ist daran denn nicht zu verstehen?! Ich habe Lust auf ne
Runde Billard. Zusammen mit dir. Und… wenn ich gewinne, tja…
dann erzählst du mir, was du heute in der Mensa gesehen hast."

Daher wehte also der Wind.

„Und was springt für mich dabei raus? Was, wenn ich gewinne?"

„Darüber brauchst du dir keine Sorgen zu machen."

„Ach… und warum, wenn ich fragen darf…"

„Ganz einfach… weil du nicht gewinnen wirst."

„Na, du scheinst dir ja verdammt sicher zu sein", erwiderte ich herausfordernd und hoffte, dass er mir meine Unsicherheit nicht anmerken würde.

Eine ganze Weile sah er mich einfach nur an, ohne einen Ton von
sich zu geben. Schließlich grinste er und sagte: „Okay… schön. Wenn
du gewinnst, dann werde ich dir sagen, was du schon die ganze Zeit
über wissen wolltest."

„Ach. Und das wäre…?!"

„Bevor ich dir das verrate, Prinzessin, musst du mich erst besiegen."

„Abgemacht. Ich mein, was habe ich schon zu verlieren?"

Ich wusste nicht, wie gut Phoenix dieses Spiel beherrschte. Ich wusste nur, dass ich noch nie in meinem Leben Billard gespielt hatte. Ich kannte nicht einmal die Regeln, wobei ich davon ausging, dass es welche gab. Schließlich hatte jedes Spiel seine eigenen Regeln.

Wie kam ich bloß auf die absurde Idee seine Herausforderung anzunehmen? Ich konnte nur verlieren. Ich wusste es, und zwar bevor das Spiel überhaupt begonnen hatte. Aber vielleicht, nur vielleicht… war genau das der Grund, der mich dazu gebracht hatte, mich auf dieses Spielchen einzulassen.

In der ganzen Wohnung gab es genau zwei Türen. Eine, so war ich mir sicher, war die vom Badezimmer… während die andere, vor der wir jetzt standen, die vom Schlafzimmer sein musste. Phoenix nahm mich bei der Hand und drückte die Klinke herunter. Mit allem hätte ich gerechnet, aber nicht damit. Ich konnte nicht glauben, was ich sah. Dieser Raum strahlte eine sanfte Stille aus und für einen winzigen Augenblick vergaß ich, wo ich mich befand… oder wer meine Hand hielt.

Die hier existierende Ruhe überwältigte mich. Alles hier war weiß. Die Wände. Der Fußboden. Selbst die Möbel. So stellte ich mir den Himmel vor. Es fühlte sich an, als würde man auf Wolken schweben. Blinzelnd kehrte ich zurück und stellte mir die Frage, warum er mich in sein „Heiligtum" führte. Doch, bevor ich etwas sagen konnte, entdeckte ich den Billardtisch. Jetzt hatte ich die Antwort auf meine ungestellte Frage.

Während des gesamten Spiels war ich die Ruhe selbst gewesen, und dass, obwohl ich im Normalfall, wenn ich vorgehabt hätte zu gewinnen, mit Sicherheit zwischenzeitlich längst in Panik geraten wäre. Womit ich nicht gerechnet hatte, war, dass mein Kampfgeist blitzartig erwachte, als ich realisierte, dass jeder von uns nur noch eine einzige Kugel zu versenken hatte. Plötzlich wollte ich gewinnen und so entwickelte sich das Ganze zum Schluss hin, doch noch zu einem nervenaufreibenden und spannungsgeladenen Geduldsspiel.

Phoenix wirkte gelassen, als wäre der Gedanke, dass er tatsächlich gegen mich verlieren könnte, ein Ding der Unmöglichkeit. Ich zielte mit dem Queue auf meine letzte farbige Kugel… und stieß zu. In Zeitlupentempo steuerte die weiße Kugel direkt auf die vorm Loch liegende rote Kugel zu, verfehlte diese und prallte stattdessen gegen die Bande. Frustriert stöhnte ich auf.

„Ohhh… das tut mir jetzt aber leid."

„Pfff. Von wegen *es tut dir leid*. Aber freu dich nicht zu früh. Noch hast du nämlich nicht gewonnen", erwiderte ich schnippisch.

Allerdings musste ich mir eingestehen, dass die Voraussetzungen für seinen nächsten Stoß mehr als optimal waren. Gedanklich stellte ich mich bereits auf die unvermeidbare Niederlage ein. Mein Blick war auf den Billardtisch gerichtet. Wie in Trance verfolgte ich das Szenario. Der Queue stieß die weiße Kugel an, hauchte ihr Leben ein und setzte sie in Bewegung. Diese rollte über den Tisch und versenkte, wie nicht anders zu erwarten, seine letzte Kugel… prallte an der Bande ab und steuerte im nächsten Atemzug auf die gegenüberliegende schwarze Kugel zu. Ich blinzelte und im gleichen Moment verschwand die schwarze Kugel mit der Geschwindigkeit einer Rennschnecke im Loch. Während ich fassungslos auf das Loch starrte, hörte ich wie Phoenix seinen über mich errungenen Sieg feierte.

„Na?! Habe ich es nicht gesagt?!"

„Das, mein Lieber… nennt man *Zufall*."

„Zufall?", wiederholte er ungläubig, lachend. „*Das*, Prinzessin, nennt man *Können*."

„Nenn es wie du willst."

„Ich wusste von Anfang an, dass ich gewinne. Du hattest nie den Hauch einer Chance."

„Hatte ich wohl", protestierte ich.

„Prinzessin… weißt du eigentlich, wie schwer es war, so schlecht zu spielen, dass es den Anschein erweckt hatte, dass du tatsächlich gewinnen könntest? Wenn ich von Anfang an *richtig* gespielt hätte, wäre das Spiel bereits in der ersten Runde vorbei gewesen. Aber… es macht einfach keinen Spaß, wenn der Gegner aufgibt, *bevor* das Spiel überhaupt begonnen hat."

„Woher wusstest du, dass…"

Phoenix fiel mir ins Wort. „Man merkt, ob jemand bereit ist zu kämpfen oder aufgibt, ohne es vorher wenigstens versucht zu haben."

Darauf gab ich keine Antwort. Nicht, weil ich keine gehabt hätte, sondern weil wir beide wussten, dass er mit seiner Vermutung richtiglag.

Ohne ein weiteres Wort kehrte ich zurück ins Wohnzimmer. Verwirrt schüttelte ich den Kopf. Auf der einen Seite wollte ich das Erlebte für mich behalten… doch auf der anderen Seite wurde der Wunsch, mich ihm anzuvertrauen, immer stärker. Auch, wenn es keiner von uns aussprach, letztendlich wussten wir beide, dass ich mich ihm so oder so anvertraut hätte, auch ohne dieses dämliche Spiel. Keine Ahnung *warum.* Aber ich fühlte mich ihm näher als jedem anderen. Es war absurd, mit Sicherheit. Und doch war es unumstritten.

Phoenix setzte sich neben mich. Schweigend. Er wartete. Trotz seines Sieges würde er mich nicht drängen. Ich wollte anfangen zu reden, doch in dem Moment, wo ich den Mund öffnete, verhinderte irgendetwas, dass die Worte, die mir auf der Zunge lagen, auch meinen Mund verließen. Allein der Gedanke, jetzt reden zu müssen, obwohl ich wollte, schnürte mir die Kehle zu. Die Erinnerung an den letzten Flashback bohrte sich wie ein Messer in eine noch nicht verheilte Wunde. Eine Wunde, von der ich nicht sagen konnte, wie tief sie ging oder wem dieser Schmerz, den ich durchlebt hatte, zugefügt worden war. Phoenix nahm meine Hand, hielt mich fest und ich ließ mich fallen.

Erneut durchlebte ich die Qualen. Die Trauer. Den nie enden wollenden Schmerz. Phoenix hörte mir die ganze Zeit über aufmerksam zu, ohne mich ein einziges Mal zu unterbrechen. Gerade, als ich überzeugt war, nicht länger darüber sprechen zu können, hauchten leise Worte meinen Gefühlen neues Leben ein. „Es ist nicht das Bild, das mich so quält, das mich nicht loslässt. Es ist diese Traurigkeit. Sie fängt an von mir Besitz zu ergreifen. Eine Traurigkeit, die ich nicht verstehe." Die nächsten Worte waren nicht mehr wie ein sanfter, gefühlvoller Regen, still und leise, kaum spürbar, kaum hörbar, denn mir fehlte die Kraft meine Gefühle laut auszusprechen. „Da ist plötzlich eine Leere in mir, die mit einer unstillbaren Sehnsucht verbunden ist… und… was, wenn diese Sehnsucht nicht gestillt werden kann? Was, wenn diese Leere mich nie wieder loslässt?"

Erst als Phoenix mein Gesicht berührte, es liebevoll, zärtlich, mit seinen Händen umschloss und mir mit dem Daumen die Tränen wegwischte, begriff ich, dass ich aufhören konnte zu versuchen gegen die Tränen anzukämpfen. Ich hatte den Kampf längst verloren.

„Prinzessin", flüsterte er leise, ganz dicht an meinem Ohr. „Du wirst einen Weg finden, um all das hier zu verstehen."

Ich biss mir leicht auf die Unterlippe, schloss die Augen und lehnte mein Gesicht an seine Brust. Ich hörte seinen Herzschlag, fühlte das leise Pochen. Vorsichtig, als hätte er Angst mich zu verschrecken, legte er seinen Arm um meine Taille und zog mich enger an sich. In diesem Moment fühlte ich mich zweifelsohne beschützt. Geborgen. Behütet. Zum ersten Mal fühlte ich mich vollständig, nicht länger zerbrochen. Als wäre *ich* endlich angekommen. Als wäre ich genau dort, wo ich hingehörte. Dieses Gefühl verdrängte die Traurigkeit, die noch vor wenigen Sekunden Besitz von mir ergriffen hatte. Phoenix löschte die Leere in mir aus, genau wie das Gefühl *verloren* zu sein.

„Ich weiß, dass es eine blöde Frage ist… aber… ich muss sie trotzdem stellen. Ist alles in Ordnung mit dir?" Seine Stimme… süß wie Zuckerwatte… und auch genauso zart.

„Ja. Es geht mir gut." Wie gerne hätte ich ihm gesagt, dass er der Grund dafür war. Dass es mir nur deshalb gutging, weil er mir das Gefühl schenkte, nicht länger zerbrechen zu können. Sein Blick… ich ertrank in der Wärme seiner Augen. Lautlos formte ich mit den Lippen das Wort *Danke*. Und, ohne es verhindern zu können, hörte ich mich außerdem sagen: „Du hilfst mir auf eine Art, die ich nicht beschreiben kann." Der Satz schwebte noch in der Luft, war noch nicht ganz ausgesprochen, da verwandelte sich jene Wärme in seinem Blick in eine Eiseskälte. Ich gefror. Phoenix öffnete den Mund, als wollte er etwas sagen, schien es sich dann aber anders überlegt zu haben. Wortlos starrte er mich an, mit einem Ausdruck in den Augen, der mir ein Messer ins Herz rammte. Er wirkte genauso verloren, wie ich mich in diesem Moment fühlte. Irgendetwas stimmte hier nicht. Irgendetwas lief hier gerade vollkommen falsch.

Nach einer gefühlten Ewigkeit presste er die Worte hervor: „Pass auf, *wem* du dich öffnest."

Seine Worte… seine Gefühle… alles an ihm verwirrte mich.

„Wie meinst du das?"

Phoenix seufzte, fuhr sich mit der Hand übers Gesicht. „Vergiss was ich gesagt habe. Und zwar *alles*!", knurrte er in einem Ton, der das Thema beenden sollte. Seine Augen wurden dunkel, eiskalt und ich drohte zu erfrieren. Doch hinter all der Kälte verbarg sich eine verlorene Seele. Er sperrte seine wahren Gefühle in die hintersten, dunkelsten Winkel seines Seins. Brachte die Stimme seiner Seele, mit all ihren geflüsterten, verzweifelten Hilferufen zum Verstummen. Sperrte seine Geheimnisse, zusammen mit seinem Kummer weg. Erstickte seine Sehnsüchte. Und verlor sich in einem so entsetzlich tiefen Schmerz, dass ich mir nichts sehnlicher wünschte, als ihn davon zu befreien. Zu erlösen. Diesen für immer auszulöschen.

„Du glaubst, ich wäre in der Lage dich zu beschützen?", fragte er voller Abscheu in der Stimme. Die Frage stand jedoch im absoluten Widerspruch zum Ausdruck in seinem Blick. Es war, als versuchte er mir zu sagen *hör nicht auf das, was ich sage... denn es ist nicht das, was ich empfinde*. Obwohl mich seine Worte verletzten, ignorierte ich sie. Ich beschloss auf das zu vertrauen, was ich sah. Was ich fühlte.

„Ich weiß es", versicherte ich ihm sanft, aber bestimmend.

„Du verstehst es einfach nicht."

„Was? Was verstehe ich nicht?"

„Ich kann dich nicht beschützen, weil ich derjenige bin, vor dem du beschützt werden solltest."

„Warum tust du das? Warum versuchst du ständig alles kaputt zu machen?"

„Weil ich nun mal so bin." Er wandte den Blick ab und starrte stattdessen durchs Fenster nach draußen in den Regen. „Du solltest gehen."

Brennende Tränen stiegen mir in die Augen, nur, dass es dieses Mal keine Tränen der Trauer waren. Innerlich tobte ich, ärgerte mich, wurde... wütend. So verdammt wütend. Sein Verhalten verletzte mich. Mal wieder. Immer noch... scheiß egal. Die Verbundenheit, die zwischen uns existierte, die ich fühlte, konnte ich mir unmöglich einbilden. Ich vergaß, wie man atmete. Vergaß, wie sich Luft anfühlte. Vergaß... zu viel.

„Nein. Vielleicht *willst* du so sein… aber so bist du nicht", flüsterte ich mit tränenerstickter Stimme und versuchte das Zittern zu verbannen.

Seine Miene blieb hart. Die Kälte verschwand jedoch aus seinen Augen. Phoenix war zerrissen. Ich fühlte es nicht nur, nein… ich konnte es sehen. Ich wusste, dass das, was er gesagt hatte, nicht das war, was er wirklich dachte, was er fühlte. Doch darüber wollte ich mir nicht länger Gedanken machen, nicht, wenn er in der Nähe war. Ich wollte weg. Weg von ihm. Weit weg. Ich brauchte Abstand.

Er wollte, dass ich ging? Nichts lieber als das. Ohne ein weiteres Wort verließ ich die Wohnung, kehrte ihm den Rücken zu. Draußen vermischten sich die Tränen mit den vom Himmel fallenden Regentropfen. Es wäre sinnlos gewesen sie wegzuwischen. Jeder Atemzug schmerzte. Der Druck im Brustbereich schwoll mit jedem Gedanken… mit jedem neu erwachten Gefühl… immer weiter an.

Wusste Phoenix denn nicht, wie es sich anfühlte, wenn man zurückgestoßen wurde? Wie verletzend das war? Die Gefühle, die er unwiderruflich in mir hervorrief, entzogen sich meiner Kontrolle. Mein Kopf schrie *Verschwinde. Für immer.* Doch mein Herz wollte ihn nicht gehen lassen…

Phoenix

Die Tür fiel ins Schloss. Summer war weg. Meinetwegen. Ohne Weiteres hätte ich sie aufhalten können. Ein Wort von mir hätte gereicht und sie wäre geblieben. Doch… ich musste sie gehenlassen, nur so konnte ich sie beschützen. Vor mir. Vor ihren Erinnerungen. Das Schlimmste war gewesen, dass ich sie dafür hatte verletzen müssen. Im Grunde verletzte ich sie ununterbrochen.

Dabei wollte ich insgeheim nichts weiter, als sie in die Arme schließen, mein Gesicht in ihren Haaren vergraben, ihren Duft einatmen und sie jetzt, wo ich sie wiedergefunden hatte, nie wieder loslassen. Ja, ich wollte, dass sie wieder mir gehörte. Verbotene Gefühle rauschten durch meinen Körper. Dabei war es falsch so zu denken. Falsch so zu empfinden. Falsch. Einfach nur… falsch.

All die Gefühle, die ich glaubte gegen die Dunkelheit eingetauscht zu haben, erweckte sie völlig mühelos wieder zum Leben. Und diese Gefühle waren weitaus stärker als mein Verstand.

Doch das war nicht alles. Meine Nähe veränderte, ohne dass ich es verhindern konnte, ihre Gabe. Erinnerungen erwachten…

Ashley, ein Mädchen aus der Oberstufe, wurde mit voller Absicht gegen einen der Metallspinde geschubst. Weitere Mädchen umkreisten sie, schubsten sie hin und her. Und je verzweifelter Ashley versuchte sich unsichtbar zu machen, desto lauter grölten diejenigen, die sich das Spektakel ansahen.

„Hey Bitch, na… wie fühlt es sich an herumgeschubst zu werden?"

Erneut prallte Ashley mit dem Rücken gegen den Spind. Tränen glitzerten bereits in ihren Augen und sie sah sich hilfesuchend in der Menge um. Doch niemand war bereit ihr zu helfen. Im Gegenteil. Alle schienen das Spektakel zu genießen. Handys wurden gezückt und anstatt zu helfen, spielten sich diejenigen mit den Kameras in den Händen auf wie Regisseure. Nur, dass das hier kein Film war. Nichts von dem, was hier gerade passierte, verlief nach Drehbuch. Das hier war die Realität. Grausam. Kalt.

Alle Szenenabläufe zeigten dasselbe. Machtphantasien. Verstörende Provokationen. Einen Hang zur Gewaltbereitschaft. Eine Szene, aus unterschiedlichen

Kamerapositionen. Und alle zeigten den Verzicht des inzwischen scheinbar grausamen Mitleids. Gefühle wurden umprogrammiert. Mitgefühl ersetzte verstörende Faszination. Krankhafte Faszination.

Statt der erhofften Hilfe erhielt Ashley lediglich die Hauptrolle in einem Film, wo es letztendlich darum gehen würde, sich an der psychisch malträtierten Hauptdarstellerin zu erfreuen. Seelische Grausamkeit als perfide Kunst? Nahaufnahmen, in denen das festgehalten wurde, was sich in ihrer Seele abspielte, was sich auf ihrem Gesicht widerspiegelte. Angst. Demütigung. Entsetzen. Furcht. Hoffnungslosigkeit. Eine gewaltverherrlichende Realityshow. Ohne Drehbuch. Ohne Szenenwechsel. Kein Film. Kein Fake. Kein Happyend. Keine Rettung.

Ashley senkte den Kopf, versuchte sich ihren Weg durch die Menge zu bahnen. Vergebens. Hände. Überall Hände. Ein weiteres Mädchen streckte ihre Hände aus, bekam Ashley an den Haaren zu fassen, an ihrem Zopf und zog so fest, dass Ashley rückwärts gegen sie stolperte. „Verschwindet. Lasst mich in Ruhe", flüsterte Ashley… doch niemand schien ihren stummen Schrei hören zu wollen.

Plötzlich bog Summer um die Ecke… und im Bruchteil einer Sekunde nahm sie die Situation wahr. Ohne zu zögern, bahnte sie sich einen Weg durch die Menge, ging direkt auf Ashley zu und stellte sich wie ein Schutzschild vor sie, so dass Ashley vor den Blicken der anderen geschützt war. „Habt ihr nicht gehört?! Ihr sollt sie in Ruhe lassen?"

„Wieso versuchst du dieser Schlampe zu helfen? Ist sie nicht diejenige, die dich überall schlecht macht?"

Summer drehte sich um, so dass sie dem Mädchen, dessen Worte jeder hatte hören können, genau in die Augen gucken konnte. „Ja, Juliette. Das ist dieses Mädchen. Aber gibt es dir deshalb das Recht, sie so zu behandeln?"

„Sie hat es nicht anders verdient."

„Das ist es, was ihr denkt?" fragte Summer und sah sich um. „Wer seid ihr? Richter und Henker?"

Eines der Mädchen fing an zu lachen. Gehässig.

„Das findest du witzig?", fragte Summer schockiert.

„Wieso spielst du dich überhaupt so auf, Summer?! Verschwinde endlich… denn wir sind hier noch nicht fertig."

„Und ob ihr das seid." Summer hatte die Worte kaum ausgesprochen, da wurde es still. Gespenstisch still. Nach und nach senkte jedes Mädchen den Kopf. Demütigung und Einsamkeit schwebten durch die Luft und nahmen jeden hier gefangen. Schweigend löste sich die Menge auf.

„Sie sind weg. Du kannst die Augen wieder aufmachen", sagte Summer vor-
sichtig und berührte Ashley leicht an der Schulter, woraufhin diese erschrocken
zusammenzuckte.

„W-wieso hast du mir geholfen?"

„Na, irgendjemand musste dir doch schließlich helfen."

„Nein, du verstehst es nicht."

„Was? Was versteh ich nicht?"

„Dass ich deine Hilfe nicht will."

„Aber..."

„Nein. Ich lass mich von diesen Giftschlangen lieber eine Klippe herunterschub-
sen, als mir von dir helfen zu lassen."

Bevor Summer die Gelegenheit bekam etwas zu sagen, packte ihr Hope von
hinten an den Arm und zog sie hinter sich her.

„Und der hast du geholfen", zischte Hope leise, verärgert.

„Hope", sagte Summer. „Du weißt, warum sie das gesagt hat."

„Und?"

„Und was? Hätte ich etwa, wie alle anderen die Augen verschließen und einfach
daran vorbei gehen sollen? Oder hätte ich mir einen Platz in der Menge, in der
ersten Reihe, sichern sollen um... was zu tun? Zuzusehen, wie jemand anderes
schikaniert wird? Du weißt, dass ich das nicht kann. Selbst nicht, wenn Ashley
diejenige ist, die sie sich ausgesucht haben. DAS hat niemand verdient."

„Okay... schön. Kapiert. Aber mal was anderes... seit wann bist du in der
Lage die Gefühle einer Fremden auf alle anderen zu projizieren? Versuch nicht
etwas anderes zu behaupten. Ich habe gespürt, was du getan hast. Denn, in dem
Moment, wo diese Meute, wo jede Einzelne von denen gezwungen war, sich mit
Ashleys Gefühlen auseinanderzusetzen, war keine mehr bereit, das, was sie ange-
fangen hatten, auch zu beenden."

„Ich habe, genau wie sonst, lediglich die Gefühle von Ashley, die sich in mir
widergespiegelt haben, freigelassen."

„Nein. Hast du nicht. Und... das weißt du. Summer... Deine Gabe ist dabei
sich zu verändern. Und, wir beide wissen, WER dafür verantwortlich ist. Also
hör auf so zu tun, als wüsstest du es nicht. Ich habe dir gesagt, dass er dich gefunden
hat. Dein Traumprinz."

Ohne ein weiteres Wort darüber zu verlieren, verabschiedete Summer sich und
ging in den Klassenraum. Literaturkurs.

„Hey, Hope", zischte ich wütend. „Was soll der Scheiß?!"

„Was soll WAS?", fragte sie und funkelte mich herausfordernd an.

„Du weißt genau wovon ich rede."

„Dann hast du also zugesehen", grinste sie, wohlwissend, dass sie mit ihrer Vermutung richtiglag. „Dann weißt du, dass ich Recht habe. Ihre Gabe wird durch dich verstärkt."

„Nein. Das... das kann nicht sein."

„Es passiert. Und, wenn du nicht vorhast, ihr die Wahrheit zu sagen, dann frag ich mich, warum du nicht einfach wieder verschwindest." Hope verengte die Augen zu Schlitzen. „Wieso bist du nicht früher hier aufgetaucht? Verdammt, Phoenix... hast du eigentlich eine Vorstellung davon, was sie durchgemacht hat?! Und wage nicht, mich anzulügen. Hast du verstanden! Warum tauchst du jetzt, nach drei Jahren hier auf? Und... was soll der ganze Scheiß überhaupt? Sag ihr endlich, wer du bist. Wer du wirklich bist."

„Ich kann ihr die Wahrheit nicht sagen. Und ich schwöre dir, wenn du oder sonst irgendjemand das tut, dann..." knurrte ich, ohne die Drohung auszusprechen.

„Summer hat ein Recht darauf die Wahrheit zu erfahren. Und... ob es dir gefällt oder nicht... wir wissen beide, dass es nur noch eine Frage der Zeit ist, bis die Erinnerungen, jetzt wo du hier bist, zu ihr zurückkehren."

„Bevor das passiert... verschwinde ich lieber."

„Du willst sie verlassen? Wovor versuchst du wegzulaufen, du elender Scheißkerl? Wenn du jetzt gehst, dann wird es sie zerstören... und es wäre deine Schuld. Deine verfluchte Schuld! Und das weißt du... denn ihre Seele ruft bereits nach dir. Ihre Seele weiß längst wer du bist, Phoenix."

Wortlos kehrte ich ihr den Rücken zu und verschmolz mit den Schatten, die mich bereits freudig erwarteten.

Ich blinzelte und die Erinnerung löste sich in Luft auf.

Hope hatte Recht. Mit allem. Und doch ignorierte ich ihre Worte. Wollte davon nichts hören.

Summers Gesicht tauchte wie von Geisterhand auf, flog durch die Luft, schwebte über meinen Kopf hinweg. Mein Unterbewusstsein zwang mich hinzusehen, dabei wollte ich das vom Schmerz gezeichnete, verwüstete Gesicht, dass mir entgegenstarrte, nicht sehen. Wollte dem Blick, der die, um mich herum errichtete, Betonwand zertrümmerte, ausweichen. Ihre rehbraunen Augen verloren schlagartig ihren

Glanz. Das Leuchten erlosch. Völlig mühelos drang der Schatten dieses Bildes in mein Innerstes vor. Berührte meine Seele. Ich wusste nicht, ob ich dagegen ankämpfen konnte oder nicht.

Dabei hätte ich genau das versuchen sollen, nein, versuchen müssen. Der Schatten zeigte mir die Verbindung, die ich mit aller Macht zu unterdrücken versucht hatte, die ich nicht zulassen wollte, weil ich, egal wie, verhindern musste, dass Summer die in mir existierende Dunkelheit entdeckte.

Eine Dunkelheit, die mir in die Wiege gelegt worden war, die mein Herz höherschlagen ließ und mich doch mit jedem Atemzug folterte. Ein Geburtsrecht, das ich mir nicht ausgesucht hatte, und wogegen ich mich lange Zeit versucht hatte zur Wehr zur setzen.

Ein kaltes Lachen brach zwischen meinen Lippen hervor. Vor dem Verlust ihrer Erinnerungen, vor dem schicksalhaften Tag des Grauens, war Summer diejenige gewesen, die diese Dunkelheit, mit der Kraft ihrer Liebe, hatte bändigen können. Nicht zuletzt deshalb, weil ich selbst vergessen hatte, wer ich war. Wer ich wirklich war. Und doch gehörte diese Zeit der Vergangenheit an.

Kurz nach ihrem Untertauchen hatte ich die Wahrheit erfahren. Eine Wahrheit, die mich dazu gebracht hatte, mein Erbe anzutreten. Mein wahres Erbe. Diese Dunkelheit, in Verbindung mit all meinen Fehlern, verhinderte, dass ich das hier als Leben bezeichnen konnte. Ob ich meinen Entschluss... meine Entscheidung bereute? Ja... mit jedem Atemzug. Und doch war es für mich zu spät... ich hatte meine Seele an den Teufel verkauft.

Summer war die Prophezeite unserer Welt. Die Schicksalsgöttin hatte sie ausgewählt. Damals, in unserer Welt, hatte sie lange Zeit versucht gegen das ihr auferlegte Schicksal anzukämpfen. Sie hatte diese Gabe einen Fluch genannt und, um diesem Fluch zu umgehen, hatte sie lange Zeit versucht jemand zu sein, der sie nicht war. Hier, fernab von all den Erinnerungen, zeigte sie ihr wahres Gesicht. Ihre Seele... ihr Herz... alles spiegelte sich in ihrer Gabe wider. Die Erinnerungen mochten sie vielleicht verlassen haben, das zählte jedoch nicht für die in ihr schlummernden Fähigkeiten. Denn im Gegensatz zu den Bildern ihrer Vergangenheit, war die Gabe dabei sich zu befreien. Weil *ich* hier war. Summer konnte mühelos in jede Seele eintauchen und konnte dort die Gefühle aufspüren, die man versuchte vor der Welt zu verbergen. Sie konnte in die tiefsten Abgründe tauchen, in die höchsten Höhen... und niemand anderes wäre in der Lage sie vor all den Eindrücken, Empfindungen und Emotionen zu retten... außer ich. Ihr Seelenpartner.

Genau deshalb war ich auch als Einziger in der Lage in ihre Seele einzutauchen, um fühlen zu können, was sie fühlte. Auf diese Weise hatte ich vorhin unbeabsichtigt, den in ihr existierenden Schmerz entdeckt. Einen Schmerz, der sich, seit des Flashbacks in ihr ausbreitete. Doch der Flashback hatte ihn lediglich aus den Tiefen ihrer Seele befreit. Denn es war derselbe Schmerz, den ich glaubte vor langer Zeit vernichtet zu haben.

Ich durfte nicht länger bleiben. Es wurde Zeit zu verschwinden. Die Gefahr, die von mir ausging, wuchs mit jedem weiteren Tag, den ich in ihrer Nähe verbrachte. Und doch saß ich hier, auf dem Boden und sehnte mich nach ihrer Wärme.

Ja, ich war egoistisch. Selbstsüchtig. Ich war, trotz aller Gefahren, nicht bereit zu gehen, sie ein weiteres Mal zu verlassen. Erneut rief ich mir ihr Gesicht in Erinnerung. Ihr Lächeln, ihre Grübchen. Sofort vergaß ich meine wahre Natur. Doch in dem Moment, wo ich begriff, was ich getan hatte, erstarb mein Lächeln. Ihre Nähe hatte mich vergessen lassen, welchen Pakt ich eingegangen war.

Die Dunkelheit kehrte zurück.

Erdrückte mich.

Sperrte mich in ein Gefängnis.

In ein viel zu enges Gefängnis.

Das Gefühl steigerte sich mit jedem Atemzug. Mein einziger Gedanke war Flucht... *Ich muss hier raus* und so öffnete ich die Tür, stürmte nach draußen in den Regen. Ich rannte und rannte. Auf der Straße hatte der Regen bereits deutliche Spuren hinterlassen. Pfützen. Jede Menge Pfützen... Auffangstationen für alle einsamen, vom Himmel stürzenden Regentropfen. Nicht so der Rinnstein, der den Bordstein entlangführte. Er glich eher einem reißenden Strom, der nur darauf wartete, die wehrlosen Regentropfen mit sich in den düsteren Abgrund jenseits des Lichts reißen zu können. In den Gully. In ein kaltes, nach *Vergessen* riechendes, Loch. Wo die tiefste Tiefe, und die dunkelste Dunkelheit, dich an einen Ort verschleppte, entführte, der jenseits der Vorstellungskraft existierte. An einen Ort des Grauens. An einen Ort, wovor sich selbst die Schatten fürchteten. An einen Ort, dass das Phantom als sein ZUHAUSE bezeichnete.

Einatmen.

Ausatmen.

Einatmen.

Ausatmen.

Mitten auf der Straße blieb ich stehen. Sah mich um. Versuchte herauszufinden, wo ich mich befand. Ein Auto kam angefahren, bremste ab... und kam schließlich, keinen Meter von mir entfernt, zum Stehen.

Der Fahrer kurbelte das Fenster runter, zeigte mir den Mittelfinger und fuhr fluchend, mit durchdrehenden, quietschenden Reifen weiter. Seine Hinterreifen zerstörten die Auffangstation der Regentropfen. Schlamm und Dreck wurden durch die Luft geschleudert. Einige Spritzer landeten auf meiner Jeans.

Ich lief zurück zum Bürgersteig und lehnte mich mit dem Rücken gegen eine Laterne. Holte tief Luft, drehte mich um und schlug mit voller Wucht gegen den Laternenpfahl. Den einsetzenden Schmerz nahm ich nicht einmal wahr. Ich fühlte nichts. Absolut nichts. Ich strich mir die tropfnassen Haare aus dem Gesicht und setzte meinen Weg fort. *Mein Egoismus bringt uns noch alle in Schwierigkeiten...*

Ich seufzte. Alles wäre einfacher, wenn ich nicht versucht hätte sie zu finden. Dabei hatte ich nie vorgehabt ihr so nah zu kommen, geschweige denn, sie anzusprechen. Und doch konnte ich den Entschluss, es getan zu haben, nicht bereuen. Ich war ein Idiot. Ja. Aber das bedeutete nicht, dass ich es ungeschehen machen würde... oder dass ich, wenn ich die Zeit zurückdrehen könnte, den gleichen Fehler nicht wiederholen würde. Zu wissen, dass ihr wahres Ich mich trotz allem nicht vergessen hatte... mich wiedererkannte... war überwältigend und erfüllte mich mit einer Hoffnung, die ich im Grunde nicht zulassen durfte.

Mein Weg endete genau vor ihrer Haustür. Als ich realisierte, dass ich im Begriff war meinen Entschluss, sie von mir zu stoßen, in Frage zu stellen, hörte ich, bevor ich verschwinden konnte, wie die Tür geöffnet wurde. Dabei hatte ich weder geklopft noch geklingelt. Holly stand im Türrahmen und guckte mich mit einem Blick an, den ich nicht deuten konnte. Mir fehlten die Worte, um mein Auftauchen hier zu rechtfertigen. Ich wusste, dass ich kein Recht hatte, hier zu sein. Doch, anstatt mich umzudrehen und zu verschwinden, stand ich einfach nur da, unfähig mich zu bewegen.

„Ich sollte nicht hier sein", murmelte ich mit gesenktem Blick, denn ich schaffte nicht Holly in die Augen zu sehen, wie ein erbärmlicher Feigling.

„Und doch bist du hier", erwiderte sie mit sanfter Stimme. „Warum kommst du nicht rein und redest mit ihr, Phoenix? Sie braucht dich."

„Genau da liegt das Problem. Ich will nicht, dass sie mich braucht. Ich… ich bin nicht mehr derselbe. Ich…", verzweifelt suchte ich nach den richtigen Worten. „Die Dunkelheit, die in mir existiert, könnte sie zerstören. Ich brauch dir wohl nicht zu erklären, was passiert, wenn sie meiner Dunkelheit verfällt, wenn sie sich für die falsche Seite entscheidet."

„Phoenix, ich werde dir jetzt dasselbe sagen, was ich auch Summer gesagt habe. Ohne die Dunkelheit, könnten die Sterne nicht leuchten. Verstehst du? Es ging nie darum, für welche Seite Summer sich entscheidet. Es geht um weitaus mehr als das. Um so viel mehr. Und… sobald sie sich an dich erinnert, an euch, wird die Liebe, die euch verbindet, sie ohnehin zu dir zurückführen. Ob du willst oder nicht. Du bist nur aus einem einzigen Grund hier, nämlich… weil du die Hoffnung, dass ihr zwei wieder zusammen sein könnt, noch nicht aufgegeben hast. Egal was du tust, egal was du auch versuchen wirst… du kannst sie nicht gehenlassen. Denn, wenn es anders wäre, würdest du jetzt nicht hier im Regen vor mir stehen. Merkst du nicht, wie sehr sich ihr Herz nach dir sehnt? Es sehnt sich so verzweifelt nach dir, dass sie anfängt sich zu erinnern. Die Flashbacks haben erst angefangen, als du in ihr Leben getreten bist. Ihre Seele will sich erinnern, doch ohne deine Hilfe wird es ihr nicht gelingen. Also, geh endlich rauf und rede mit ihr."

Ich nickte und ging wortlos an Holly vorbei… stieg mit gemischten Gefühlen die Treppe hoch. Holly vertraute mir, nein, es war weit mehr als ein einfacher Vertrauensvorschuss. Holly schien davon überzeugt zu sein, dass ich der Schlüssel zu ihren Erinnerungen wäre. Wusste

Holly, was in jener Nacht passiert war? Nein. Unmöglich. Niemand wusste es. Niemand. Noch nicht einmal Tyler… und dass, obwohl ich ihm Summers Leben anvertraut hatte.

Unschlüssig stand ich vor ihrer Zimmertür. Sollte ich klopfen? Sollte ich einfach wieder verschwinden und Summer endlich in Ruhe lassen, sie ihrem Schicksal überlassen? *Du bist ihr Schicksal* knurrte eine wütende Stimme. Eine Stimme, der ich mich weigerte zuzuhören. Die Stimme der Vernunft. Ich schüttelte den Kopf. Der bloße Gedanke sie für immer aufzugeben, war so grausam, dass ich einfach nicht schaffte das Richtige zu tun.

Nach kurzem Zögern klopfte ich leise an ihre Türe. „Summer?"

Keine Reaktion.

„Summer, ich weiß, dass du da drin bist."

Noch immer keine Reaktion.

Nur Stille.

Schweigen.

Ich hätte nicht herkommen dürfen.

Gerade, als ich im Begriff war zu verschwinden, um sie nicht länger zu quälen, schrie sie „Verschwinde endlich!"

Beim Klang ihrer Stimme geriet meine Entschlossenheit erneut ins Wanken. Obwohl ich gehen wollte, gehen sollte, blieb ich wie versteinert vor ihrer Tür stehen, lehnte die Stirn dagegen und hörte ihre leisen Schluchzer.

Sie weinte.

Dieses Geräusch brach mir das Herz und führte mir erneut vor Augen, was für ein Monster ich tatsächlich war.

„Ich… ich muss mit dir reden. Bitte… mach die Tür auf."

„Ich sagte VERSCHWINDE!", schrie Summer durch die geschlossene Tür.

„Summer…"

„Verflucht, Phoenix! Was verstehst du nicht? Ich. Will. Nicht. Mit. Dir. Reden. Bitte… lass mich in Ruhe. Geh. Geh einfach."

Summer

Ich hörte nichts. Es war mucksmäuschenstill. Alles, was durch die uns voneinander trennende Tür zu mir durchdrang, war seine flache Atmung. Phoenix war hier... warum? Die aufsteigenden Gefühle und die neuerwachte Hoffnung verwirrten mich. Ich verstand ihn einfach nicht. Doch mich verstand ich noch weitaus weniger. Warum fühlte ich mich, trotz aller Widersprüche, trotz aller Logik, so zu ihm hingezogen? Ich schüttelte den Kopf, während die Tränen unaufhaltsam weiterflossen. Die Sehnsucht zog mich unter Wasser... immer tiefer und tiefer, bis auf den Grund des Ozeans. Grünfunkelnder Hoffnungsschimmer lächelte mich an, erneuerte meine Seele. Ich tauchte auf. Atmete tief durch, füllte meine Lungen mit Leben.

„Phoenix? Wenn du noch da bist... bitte, geh nicht." Diese Worte befreiten mich von dem Gefühl der Einsamkeit, stießen die dunklen Gedanken eine Klippe herunter. Ich wusste, dass er noch immer vor meiner Tür stand. Mit dem Handrücken wischte ich die letzten Tränen fort, schloss die Augen mit einem tiefen Seufzer und versuchte mich auf den Klang seiner Stimme zu konzentrieren.

„Mach endlich diese verdammte Tür auf. Bitte", flehte er mit einer Verzweiflung in der Stimme, die mich dazu brachte, die Tür zu öffnen. Zögerlich. Ängstlich... vollkommen verwirrt.

Bevor ich wusste, wie mir geschah, war ich schon zwischen der Wand und seinem Körper eingeklemmt. Gefangen. Wehrlos. Seine Lippen streiften mein Ohr, genau wie sein Atem. Sein Herzschlag wurde zu meinem Herzschlag. Diese Nähe...

Die Hände hatte er zu beiden Seiten meines Kopfes an die Wand gestemmt, Halt suchend, während sein Körper sich gegen meinen presste, als würde er mit mir verschmelzen wollen. Ich fühlte jeden seiner Atemzüge. Er schaute mir in die Augen. Die geflüsterten Geheimnisse, die leisen Botschaften seiner Gefühle flogen über uns hinweg, hauchten diesem Augenblick Unsterblichkeit ein. Er holte tief Luft, senkte den Blick. „Eines Tages wirst du wieder mir gehören."

Dieser Satz schwebte geräuschlos durch den Raum. Die Worte, nicht mehr wie eine süße Sehnsucht, gefangen in der Zeit. Ich war der festen Überzeugung, dass es meine Gedanken gewesen waren, die sich befreit hatten. Alles andere würde keinen Sinn ergeben. Denn das, was ich glaubte gehört zu haben, konnte Phoenix unmöglich gesagt haben.

Seine Brust hob und senkte sich so schnell, so so schnell, dass ich außer Stande war, meinen Blick von seinem Gesicht, von seinem Mund, loszureißen. Sein Herzschlag entführte mich. Verzauberte mich. Meine Gedanken verstummten. Seufzend hob Phoenix den Kopf, lehnte seine Stirn gegen meine.

„Ich glaube, jetzt wäre der richtige Moment, um mich aufzuhalten", raunte er mit einer Stimmfarbe, die mein Herz höherschlagen ließ.

„Was, wenn ich dich aber nicht aufhalten will?"

Seine Miene verfinsterte sich.

„Vielleicht wäre es besser, wenn du meine Selbstbeherrschung nicht so dermaßen auf die Probe stellen würdest. Auch, wenn ich jetzt hier bin… es hat sich nichts geändert. Ich bitte dich noch immer, dich von mir fernzuhalten, bevor es zu spät ist."

„Wieso glaubst du, dass ich so viel stärker bin als du?"

Die versteckte Botschaft in seinen Worten war unüberhörbar. Er meinte, was er sagte… und er meinte es auch genau so, wie er es sagte. Er war der festen Überzeugung, dass er gefährlich wäre… und er wusste, dass er zu schwach war, um sich von mir fernzuhalten.

Gefahr und Schwäche waren Verbündete und spielten ein perfides Spiel der Verschwörung. Erneut verlangte er von mir, dass ich ihn zurückwies. Wusste er denn nicht, dass es dafür längst zu spät war?

Gedankenverloren zeichnete er die Kontur meines Schlüsselbeins nach. Ungeahnte Gefühle rauschten durch meinen Körper. Mein Verstand löste sich auf. Ich wollte nicht länger meinem Kopf die Kontrolle überlassen. Alles, was ich wollte, wonach ich mich sehnte, war mich diesen Gefühlen in die ausgestreckten Arme zu werfen, mich in ihre Obhut zu begeben. Alles konnte man kontrollieren. Alles. Bis auf sein Herz. Und mein Herz schlug nun einmal für Phoenix. Ich brauchte ihn wie die Luft zum Atmen. Selbst seine jämmerlichen Versuche, mich von sich wegzustoßen, konnten daran nichts ändern. Mit ihm fühlte ich mich *vollständig*. Ich war nicht länger ein Scherbenhaufen... ein Puzzle, das nicht zusammengesetzt werden konnte. Phoenix war mein Flicken. Mein Klebstoff. Mein fehlendes Puzzleteil.

Ohne Vorwarnung schlang er seine Arme um meine Taille und im nächsten Augenblick lagen wir, engumschlungen, auf dem Bett. Seine Lippen ruhten auf meiner Stirn. Ein gehauchter Kuss. Keiner von uns war in der Lage etwas zu sagen. Die Stille legte sich um unsere Körper, um unsere Herzen, wärmte uns. Es existierte nur noch dieser Moment.

Meine Gefühle waren berauscht vom Glück, hörten seine Seele lachen. Ich wagte nicht zu atmen, hatte Angst, dass ich der Welt den Atem stehlen könnte.

Die Worte „Es ist besser, wenn ich jetzt verschwinde" zerstörten diesen wunderschönen Moment. Unseren Moment.

„Du kannst jetzt noch nicht gehen. Du bist gerade erst gekommen."

„Summer..." Doch mehr als mein Name kam nicht über seine Lippen. Lippen, die noch vor wenigen Sekunden meine Haut berührt hatten, mich um den Verstand gebracht hatten.

„Bitte, lass uns erst noch zusammen etwas gucken. Einen Film. Eine Serie. Egal. Irgendetwas. Danach lass ich dich gehen. Versprochen."

„Ich..." Er seufzte leise. „Das ist keine gute Idee."

Ich sah ihm mit meinen verheulten Augen an, zog einen Schmollmund und hoffte, dass er die Traurigkeit in meinem Blick als solche erkannte.

„Verdammt, Prinzessin", brummte er leise, kaum hörbar.

Keine zwei Minuten später schauten wir uns *The Big Bang Theorie* an. Beide lagen wir im Bett. Zusammen. Und doch jeder für sich. Phoenix hatte seine Mauern inzwischen wieder hochgezogen und versuchte jetzt sogar unauffällig von mir wegzurücken, so, als könnte er meine Nähe nicht länger ertragen. Sein Verhalten machte mich wahnsinnig, trieb mich an den Rand der Verzweiflung.

„Warum tust du das?", fragte ich mit zittriger Stimme. Doch, anstatt mir eine Erklärung für sein sonderbares Verhalten zu liefern, schaute er mich einfach nur fragend an. „Keine Ahnung wovon du redest."

Genervt verdrehte ich die Augen. Bis er sich gerade eben, ohne ersichtlichen Grund, von mir abgewandt hatte, war zwischen uns alles in Ordnung gewesen. Eigentlich sollte mich sein widersprüchliches Verhalten nicht immer wieder aufs Neue so verwirren. Aber, naja, vielleicht könnte ich mit all dem besser umgehen, wenn er mir endlich sagen würde, was *das* war, was zwischen uns passierte... oder vielmehr *nicht* passierte.

„Als wenn du das nicht wüsstest...", seufzte ich frustriert.

„Nein. Ehrlich. Ich habe keinen Schimmer, wovon du redest", beharrte er weiterhin.

Entweder wusste er wirklich nicht, worauf ich anspielte, oder er war ein weitaus besserer Schauspieler, als ich vermutet hatte.

„Was soll dieses ständige Hin und Her? Das ganze Theater? Wofür? Wieso kannst du dich nicht einfach entscheiden?"

Er sah mich verärgert an. „Was willst du jetzt von mir hören, Prinzessin? Was? Verrat es mir!"

„Du weißt, *was* ich hören will", fuhr ich ihn genervt an. Frustriert. Wütend. Verletzt. „Meinst du, ich merke nicht, dass du mich aussperrst?! Verdammt, Phoenix... ich versuche doch bloß, dich zu verstehen. Begreifst du das denn nicht? Oder macht es dir einfach nur Spaß, mich mit deinem widersprüchlichen Verhalten ständig in ein Wechselbad der Gefühle zu stürzen? Ist das alles hier für dich nichts weiter als ein abgefucktes Spiel?"

„Das denkst du also? Dass das hier ein Spiel ist? Ein beschissenes Spiel?", knurrte er verbittert. Zornig. Oh ja, Phoenix war wütend... aber das war ich auch.

„Ich weiß nicht, was es ist. Okay?! Und es geht auch nicht darum, was ich denke. Alles, was ich möchte, ist, dass du mir sagst, was in dir vorgeht." Ich schüttelte traurig den Kopf, zog die Augenbrauen dabei leicht zusammen. „Warum kannst du mir nicht einfach sagen, was mit dir los ist... warum du dich ständig in diesen Eisblock verwandelst? Liegt es an mir? Wenn ja, dann sag mir, was ich falsch mache."

„Es liegt mit Sicherheit nicht an dir."

„Woran dann?"

„Es spielt keine Rolle", erwiderte er schulterzuckend.

„Natürlich spielt es eine Rolle." Ich starrte ihn an... abwartend.

Seine Augen verdunkelten sich. Das grüne Meer, verwandelte sich in einen wütenden Tsunami. Unberechenbar. Vernichtend.

„Ich wollte von Anfang an... ich..." Er fuhr sich mit der Hand übers Gesicht. „Es spielt keine Rolle, was ich wollte... Fakt ist, dass ich nicht mehr weiß, ob ich es immer noch will..."

Diese Antwort, diese nichtssagende Antwort, verwirrte mich. Er sprach in Rätseln, ohne dabei einen einzigen Satz zu Ende zu sprechen. Was hatte er gewollt? Wieso wusste er plötzlich nicht mehr, ob...? Verdammt! Ich versuchte zwischen den Zeilen zu lesen, doch es war zwecklos. Absolut unmöglich.

„Weißt du was?! Was auch immer das für eine Entscheidung ist, zu der du scheinbar nicht in der Lage bist... du wirst sie nicht mehr treffen müssen. Denn... ich werde dir diese Entscheidung abnehmen."

Ohne eine weitere Erklärung stand ich vom Bett auf und lief zur Tür. In dem Moment, wo ich die Finger nach der Türklinke ausstreckte, packte er mir von hinten an den Arm.

„Lass mich los", zischte ich aufgelöst.

„Tu das nicht", bat er mit leiser Stimme.

Wie hypnotisiert starrte ich auf die Türklinke, unfähig die Hand sinken zu lassen.

„Nenn mir einen Grund, Phoenix. Nur *einen*."

„Es gibt keinen." Die Traurigkeit in seiner Stimme hätte jeden Eisberg zum Schmelzen gebracht. Leise fuhr er fort „Und... wenn ich nicht so ein egoistisches Arschloch wäre, würde ich dich gehen lassen. Aber... ich... ich kann nicht. Ich kann es einfach nicht."

„Warum?", flüsterte ich und schloss die Augen.

„Ich wünschte, ich könnte es dir erklären. Doch... ich kann es nicht. Das Einzige, was ich dir als Erklärung anbieten kann, ist... dass ich den Gedanken, dass du aus meinem Leben verschwinden könntest, nicht ertrage."

Dass ich mich umgedreht hatte registrierte ich erst, als ich meinen Finger auf seine Lippe legte... um ihn zum Schweigen zu bringen. Sofort versteifte er sich.

„Ich wünschte, ich könnte verstehen, was in dir vorgeht."

„Wie denn? Wenn ich mich selbst nicht einmal verstehe..."

Während wir zusammen auf dem Bett saßen, mit dem Rücken an das Kopfende gelehnt, sah Phoenix sich in meinem Zimmer um. In diesem stillen Moment wurde mir bewusst, dass in Phoenix eine Dunkelheit existierte, die mich faszinierte. Ich wollte sein Licht sein. Sein Stern in einer sternenlosen Nacht.

„Sag mal", riss er mich aus meinen Gedanken. „Warum sind eigentlich all deine Bücher rot? Ich mein, jedes Cover... jeder Buchrücken erstrahlt in den unterschiedlichsten Rottönen. Einige sehen aus, als wären sie eine Kopie, nur dass sie nicht, wie üblich schwarz-weiß sind. Sondern als wäre die einzige Farbe eben rote Tinte gewesen."

Meine Gedanken rasten. Ich suchte nach einer Erklärung. Bisher war es niemanden aufgefallen. Und wenn doch, tja, dann schien niemand dahinter einen Sinn gesehen zu haben. Eine Absicht. Eine bewusste Entscheidung. Doch jede Entscheidung, die wir trafen, ob bewusst oder unbewusst, hatte eine Bedeutung. Nur, dass diese auf den ersten Blick nicht immer erkennbar war. Einen tieferen Sinn, der sich im Verborgenen versteckte und nur darauf wartete entschlüsselt zu werden. So wie jetzt.

„Rot hat für mich eine ganz besondere Bedeutung. Gerade diese Farbe spiegelt so unendlich viele Emotionen wider, dass es schwer ist ein bestimmtes Gefühl mit ihr zu verbinden. Vielleicht ist sie deshalb im Laufe der Zeit zu einer Art Seelenspiegel für mich geworden. Nur durch die, in ihr verborgene, Kraft und die darin existierende magische Wärme, war ich damals, als ich zum ersten Mal mit meiner Gabe in Berührung gekommen war, in der Lage gewesen meine Gefühle zu verstehen. Das Rot... war wie ein Leuchtfeuer für meine Seele gewesen. Ein Feuer, dessen züngelnde Flamme seitdem unentwegt in mir lodert und mir hilft meine Gabe zu kontrollieren. Außerdem sind all die Buchrücken wie eine vage Erinnerung an einen verblassten Traum. Einen Traum, an den ich mich jedoch nicht erinnern kann."

„Ein Meer, bestehend aus unendlich vielen roten Mohnblumen", flüsterte Phoenix, tief versunken in seinen eigenen Gedanken.

„Ja... wie Mohnblumen", flüsterte ich ehrfürchtig und fühlte eine nicht nachvollziehbare Sehnsucht.

Irgendwie war es… merkwürdig, bizarr. Ich versuchte die Augen zu öffnen, doch es funktionierte nicht. Als befände ich mich außerhalb meines Körpers. Schwerelos. Schwebend. Irgendwo. Gefangen zwischen Traum und Realität. Denn, unabhängig davon, ob ich jetzt träumte oder nicht, war ich mir meiner Umgebung voll und ganz bewusst. Es war mucksmäuschenstill. Ich hörte lediglich meine eigenen Atemzüge. Diese Stille hatte auf gewisse Weise etwas Beängstigendes an sich, doch ich blendete dieses ungute Gefühl aus.

Plötzlich fühlte ich einen leichten Luftzug, der nur von einem geöffneten Fenster verursacht werden konnte. Sofort verkrampften sich meine Muskeln. Ich wusste, ob wach oder nicht, dass das Fenster mit absoluter Sicherheit geschlossen gewesen war, als ich mich ins Bett gelegt hatte.

Erneut versuchte ich die Augen zu öffnen. Ich wollte mich vergewissern, doch… irgendetwas hinderte mich daran nachzugucken.

Gerade, als ich versuchte mich zu beruhigen, fühlte ich, wie sich die Matratze senkte. Wie sich jemand neben mich legte. Im gleichen Atemzug erwachte das Gefühl von Sicherheit und kuschelweiche Wolken legten sich wie eine Decke über meine Seele.

Phoenix? Was wollte er hier? Mitten in der Nacht?

Vielleicht träumte ich ja doch, ohne mir dessen bewusst zu sein. Jedenfalls wagte ich nicht mich zu bewegen. Denn, sollte das hier kein Traum sein, würde ich den Teufel tun und jetzt etwas machen, wodurch er erkennen könnte, dass ich, mehr oder weniger, wach war.

Sein perfekter Körper schmiegte sich an meinen. Verlangen strömte durch meine Venen. Sehnsucht erwachte. Ich war kurz davor ihn näher zu mir hinzuziehen, als ich mich selbst ermahnte und die Gefühle stoppte. Dann passierte etwas Unerwartetes. Etwas, was mich aus der

Bahn warf. Ich fühlte seine Gefühle. Gefühle, die er in der Regel versuchte vor mir zu verbergen, die er unter Verschluss hielt, wegsperrte. Sein unbändiges Verlangen jagte durch meinen Körper, berührte mein Herz, meine Seele.

Es musste sich um einen Traum handeln. Doch, warum küsste er mich dann nicht? Selbst jetzt sehnte ich mich nach seiner Nähe, wollte, dass er mich wachküsste, wie in einem Märchen…

Die Tatsache, dass er seinem Verlangen selbst hier, im Schutz der Dunkelheit, nicht nachgab, bewies mir, dass ich nicht träumte. Die Matratze bewegte sich. Ich hielt den Atem an. Seine Lippen streiften mein Ohr.

„Du bist mein Herz", hauchte er flüsternd, voller Gefühl. Diese Worte… ich war überwältigt, gerührt. Am liebsten hätte ich mich in seine Arme geworfen, ihm gesagt, dass er mein Herz längst in seinen Händen hielt. Freudige Hoffnung flutete mich. Ich wollte lachen, jubeln, meine Gefühle in die Welt hinausschreien, mit der Welt teilen, doch meine Lippen blieben verschlossen. Fest verschlossen.

Phoenix ging davon aus, dass ich schlief, genau aus diesem Grund durfte ich meine Gedanken nicht mit ihm teilen. Durfte all das, was mir auf der Seele brannte, nicht laut aussprechen.

Und so beschloss ich mich weiterhin schlafend zu stellen und einfach nur seine Nähe zu genießen. Denn ich wusste, dass er, noch bevor ich die Augen aufschlagen würde, verschwunden sein würde. Und dieses Risiko wollte ich nicht eingehen.

Hope räusperte sich, riss mich aus der Trance.

„Alles in Ordnung?" Ihre Augen verengten sich zu Schlitzen. Doch, wie so oft, ignorierte ich ihren vorwurfsvollen Blick. Schmunzelte.

„Klar", antwortete ich kurz und knapp. Ich blinzelte und registrierte, dass der Klassenraum bereits so gut wie leer war. Der Unterricht war zu Ende. Dabei hatte ich die Schulglocke nicht einmal läuten gehört. Simon, der zusammen mit Tyler in der Tür auf uns zu warten schien, warf mir einen missbilligenden Blick zu.

Leise seufzend schnappte ich mir den Rucksack und folgte Hope.

Auf dem Weg zur Mensa war die Party bei Dylan mal wieder, oder immer noch, Gesprächsthema Nummer eins. Anstatt mich an dem Gespräch zu beteiligen, blendete ich die Stimmen meiner Freunde aus, genau wie das Stimmengewirr aller anderen Schüler, die sich in meiner unmittelbaren Nähe befanden. Aus dem Augenwinkel erkannte ich, wie Hope… und auch Tyler, mir immer wieder skeptische Blicke zuwarfen.

Ich betrat die Mensa, zusammen mit allen anderen… und doch, fühlte es sich an, als wäre ich allein. Vollkommen allein. Obwohl ich mich in einem überfüllten Raum befand, erwachte ein bisher unbekanntes Gefühl. Es dauerte etwas, bis ich begriff, was es mit diesem Gefühl auf sich hatte. Es fühlte sich an, als würde ich nicht hierhergehören. Dabei war keineswegs die Mensa an sich gemeint. Blinzelnd verdrängte ich das verwirrende Gefühl und in der nächsten Sekunde entdeckte ich Damon. Er saß bereits zusammen mit Logan an unserem Tisch. Als er mich bemerkte, erwachte ein Ausdruck in seinem Blick, den ich nicht deuten konnte. Naja, vielleicht wollte ich es auch bloß nicht.

Damon – es hatte eine Zeit gegeben, wo ich heimlich für ihn geschwärmt hatte. Wo ich jedes Mal, wenn er in meiner Nähe aufgetaucht war, nicht gewusst hatte, was ich hatte sagen sollen. Doch diese Zeit gehörte der Vergangenheit an. Im Laufe der vergangenen Monate hatte sich meine anfängliche Schwärmerei in Freundschaft verwandelt, tiefe Freundschaft.

Ich stellte den Rucksack auf den Boden ab und setzte mich gegenüber von Damon hin. Anstatt mich zu begrüßen, wie er es für gewöhnlich immer tat, ignorierte er mich. Sah durch mich hindurch, als wäre ich Luft. Durchscheinend. Nicht sichtbar.

„Er kann es einfach nicht lassen." Damons Worte erregten nicht nur meine Aufmerksamkeit, sondern auch die seiner Schwester. Hope blickte ihren Bruder mit gerunzelter Stirn skeptisch an. Fragezeichen flogen über unsere Köpfe. Und bevor ich etwas sagen konnte, hörte ich, wie Hope ihren Bruder bereits fragte: „Wer kann was nicht lassen?" Damon hüllte sich in Schweigen, also folgte Hope dem Blick ihres Bruders und zischte wenig später leise: „Was soll das? Ich dachte, das hätten wir geklärt?!"

Ich brauchte mich nicht umzudrehen, um zu wissen, wem dieser vernichtende Blick galt. Phoenix.

Damons Augen wurden dunkel und der Ausdruck der erwachte, jagte mir einen kalten Schauer über den Rücken.

Warum reagierte er bloß so extrem auf Phoenix? Bisher war es ihm doch auch egal gewesen, wenn mich ein Junge angestarrt hatte. Bei keinem anderen hatte er je so reagiert. Seine Gefühle waren wild. Aufbrausend.

Nachdenklich runzelte ich die Stirn und versuchte Damon zu verstehen, seine Gefühle nachzuvollziehen. Noch immer beobachtete er Phoenix. Sein Gesicht war ausdruckslos. Er blinzelte nicht einmal. Wirkte wie eine Eisskulptur. Kalt. Eiskalt.

„WAS läuft da zwischen euch?", knurrte er und seine Augen suchten mich. Fanden mich.

Für den Bruchteil einer Sekunde erstarrte ich. Wut explodierte, beraubte mich aller übrigen Gefühle.

Mein Blick – ebenfalls eiskalt. Herausfordernd. Bedrohlich. Angriffslustig.

„Spinnst du?!" antwortete ich und in der gleichen Sekunde verstummten alle Gespräche an diesem Tisch. Es herrschte Stille. Mit jedem weiteren Atemzug gewann die Stille an Macht, breitete ihre unheilvollen Schwingen über unsere Freunde aus und beraubte sie aller Buchstaben.

Damon starrte mich an, verengte die Augen zu Schlitzen. „SAG ES!"

Anstatt seine Worte zu ignorieren, ließ ich mich von seiner Kälte verschlingen.

„Ich wüsste nicht, was dich das zu interessieren hätte."

„Ich muss es wissen." Er ließ nicht locker.

Und ich schaffte nicht, ihn zu ignorieren. Knurrte: „Einen Scheißdreck musst du!"

Hope zupfte Damon am Arm, raunte ihm etwas leise ins Ohr und sofort verschwand die Kälte in seinem Blick.

„Es tut mir leid, Summer...", ruderte er vorsichtig zurück. „Es ist nicht so, dass ich dir Vorschriften machen will... oder versuche etwas zu verbieten..."

Ich fiel ihm ins Wort.

„Ach? Wie würdest du es dann nennen?"

„Also, ich nenne es *Eifersucht*", mischte sich Simon ungefragt in unser Gespräch ein.

Ohne mich aus den Augen zu lassen, knurrte Damon: „Halt dein dämliches Maul, Simon."

Selbst, wenn Simons Worte unüberlegt waren... unangebracht, wovon ich ausging, war Damons Wut, nicht nachvollziehbar. Es sei denn, hinter dieser scheinbar unbedeutenden Aussage steckte mehr... Stopp! Ich wollte nicht darüber nachdenken. Und doch ließ sich der Gedanke nicht mehr auslöschen. Wie ein Parasit nistete er sich in meinem Kopf ein. Die Antwort, ich kannte sie längst, nur weigerte ich mich diese zu akzeptieren. Ich wollte es nicht wahrhaben. Nicht sehen.

Wenn ich es nämlich täte, würde Damon in meinem Blick die Art von Mitleid entdecken, die mir lange Zeit aus seinen Augen entgegengeblickt hatte. Das Gefühl der Zurückweisung, der unerwiderten Gefühle, wollte ich meinem besten Freund jedoch ersparen. Ihm... und mir.

„Verdammt, Damon. Krieg dich wieder ein. Und überhaupt… seid wann bist du so empfindlich?", fragte Logan. „Es war ein Scherz. Okay?!"

„Sagt wer?" Simons Augen funkelten bösartig. Angriffslustig. Was war mit dem ruhigen, liebenswerten… schweigsamen Simon passiert?

Damon stand auf, stützte sich mit beiden Armen am Tisch ab und lehnte sich ein Stückweit in Simons Richtung. Er umklammerte die Tischplatte so fest, dass seine Fingerknöchel sich weiß färbten. Leise, bedrohlich zischte er: „FICK. DICH. SIMON!"

Damon machte einen Schritt zurück und trat mit voller Wucht gegen den Stuhl, der daraufhin mit einem lauten Knall auf den Boden aufprallte. Das alles passierte so schnell, dass keiner in der Lage war zu reagieren… oder Damon aufzuhalten. Ich suchte die Mensa nach ihm ab, doch ich konnte ihn nirgends entdecken.

„Was zum Teufel sollte das? War das wirklich nötig?" fragte Tyler und schüttelte missbilligend den Kopf. Scheinbar vollkommen desinteressiert zuckte Simon mit den Schultern. Er war sich keiner Schuld bewusst.

„Irgendjemand musste es ihm schließlich sagen. Ist doch nicht meine Schuld, wenn ihm erst jetzt sein Fehler bewusstwird. Jetzt – wo es zu spät ist."

„*DAS* Simon, geht dich nichts an!" antwortete Tyler.

Simon zog die Brauen zusammen und strafte Tyler mit einem herablassenden Blick. Kühl. Distanziert.

„Es geht mich nichts an?", lachte er sarkastisch. Gehässig. „Sagt wer? Du? Es ist eine Sache, wenn er sich *sein* Leben versaut… eine ganz andere, wenn durch seine Entscheidung…"

Hope schnitt ihm das Wort ab. „Seid still. Alle beide. Kein Wort mehr. Kapiert?!" Hopes Blick huschte von Simon zu Tyler. Die unausgesprochene Warnung war angekommen. Beide Jungs verstummten. Augenblicklich.

Phoenix lief an unserem Tisch vorbei und zog sich währenddessen die Kapuze seines Hoodys über den Kopf, so, als würde er versuchen mich auszusperren. Trotzdem, für den Bruchteil einer Sekunde, hatte ich sein Bedauern fühlen können.

Die Gefühle meiner Freunde machten mich traurig. Seltsam traurig. Ich beschloss mich zurückzuziehen. Nur für einen kurzen Moment. Ich musste weg, brauchte Abstand.

„Ich geh mir nur schnell einen Kaffee holen."

Keine Reaktion.

Sie schauten nicht einmal auf, dafür waren sie immer noch viel zu sehr in ihrer Unterhaltung oder vielmehr Nichtunterhaltung vertieft. Ich lief hinüber zum Automaten.

Ich kramte nach Kleingeld, als eine vertraute Stimme hinter mir erklang. „Du solltest die Finger von diesem Teufelszeug lassen. Ehrlich. Das ist schlecht für die Gesundheit."

Tyler trat neben mich und legte mir die Hand auf die Schulter. Er blickte mich besorgt an. Lächelte.

Es war ein gezwungenes Lächeln.

Ein besorgtes Lächeln.

Ein trauriges Lächeln.

„Anstatt dir Gedanken über meine Gesundheit zu machen, solltest du mir lieber erklären, was das da gerade war…"

„Wie meinst du das?"

„Ach… komm schon, Tyler. Du weißt genau, was ich meine. Was war das, zwischen Simon und Damon?"

Ich drückte auf *Milchkaffee*.

„Wieso glaubst du, dass ich mehr wüsste als du? Ehrlich, Summer… ich habe keine Ahnung."

Tyler stand da, die Hände in den Taschen seiner Jeans vergraben und sah mich mit einem aufrichtigen, entwaffnenden Lächeln an.

„Weißt du Ty… auch, wenn ich es nicht will, ich glaube dir."

„Ich… ich verstehe nicht."

„Ich zweifle nicht an deiner Ehrlichkeit… ich hatte nur gehofft, dass du die Antwort auf meine ungestellten Fragen hättest."

„Manchmal stellt man einfach bloß die falschen Fragen…" Tyler lachte leise und blickte zu Boden. Er räusperte sich. „Was ist? Sollen wir zurück zu den anderen? Vielleicht wissen die inzwischen mehr."

„Ähm? Hast du nicht etwas vergessen?"

Fragend sah er mich an. Runzelte die Stirn.

„Trinken?", erinnerte ich ihn schmunzelnd.

„Ich hatte nie vorgehabt mir etwas zu besorgen."

„Aber…"

Tyler ließ mich erst gar nicht zu Wort kommen, sondern antwortete grinsend: „Ich wollte nur sichergehen, dass mit dir alles in Ordnung ist. Naja… vorhin am Tisch… da hast du so verloren ausgesehen. Und… ich habe mir eben Sorgen gemacht."

Summer

Wenn ich glaubte, der gestrige Tag wäre schlimm gewesen, so wurde ich jetzt eines Besseren belehrt.

Alles konnte ich ertragen. Aber *das*? Ich konnte seine Ignoranz ertragen. Ich konnte seine frustrierten Blicke ertragen. Ich konnte sogar die Kälte, die er in mir auslöste, ertragen. Selbst seine ständigen Stimmungsschwankungen. ABER nicht sein Fernbleiben.

Wo war Phoenix? Warum war er heute nicht in der Schule? Ich *musste* ihn sehen, und sei es auch nur aus der Ferne heraus. Ein Blick reichte und ich wusste, dass er wirklich existierte.

Dass die Gefühle wirklich existierten.

Dass *ich* wirklich existierte.

Zumindest irgendwo, tief in mir.

Ein Blick von ihm genügte, und ich fühlte mich lebendig. Vollständig. Jetzt, wo er nicht hier war, fehlte mir diese Sicherheit. Mein Verstand sagte, dass ich mich gefälligst zusammenreißen sollte. Das Problem war, dass mein Herz davon nichts hören wollte.

Dem Unterrichtsgeschehen konnte ich nicht folgen. In keiner einzigen Stunde. Selbst hier in der Mensa suchten meine Augen nach *ihm*. Wie konnte ich ihn nur so dermaßen vermissen?

Ich begriff, dass die Suche aussichtslos war. Er war nicht hier. Ich musste all meine Willenskraft aufbieten, damit das Gefühl der Unvollständigkeit mich nicht erdrückte. Und… irgendwie schaffte ich es.

Anstatt weiterhin Trübsal zu blasen, kehrte meine Aufmerksamkeit zu meinen Freunden zurück. Hope und Logan – die beiden waren wie für einander geschaffen. Perfekt. Harmonie pur. Sie zeigten der Welt, was sie füreinander empfanden. Liebe konnte so einfach sein. Nur nicht für mich. Wobei… konnte ich es wirklich Liebe nennen? War es nicht viel eher eine krankhafte Besessenheit? Abhängigkeit? Selbstaufgabe? Nein. Es war, was es war. Meine Gefühle waren überwältigend.

Befreiend. Sprachen die Sprache der Liebe. Phoenix war mein Anker, mein Zuhause.

Endlich, die Schule war zu Ende. Auf der Fahrt nach Hause überschlugen sich meine Gedanken. Wochenende. Es war Wochenende. Anstatt mich wie jeder normale Teenager darüber zu freuen, verfluchte ich die freien Tage. Freizeit bedeutete Zeit im Überfluss. Zeit, die ich mit Gedanken an Phoenix verschwenden würde. Vielleicht sollte ich doch zu dieser blöden Party gehen. Ablenkung hieß das Zauberwort.

Hope hielt vor unserem Haus. Lächelnd sah sie mich an. „Und, wann soll ich dich abholen?"

„Hmm…", überlegte ich. „So gegen neun?"

„Alles klar. Bis später… und Summer", Hope sah mich mit großen Augen an. „Wehe du bist nicht fertig."

Ich schloss die Haustür auf, begrüßte Holly und die Zwillinge und ging die Treppe hoch in mein Zimmer. Dort schnappte ich mir das Buch *Verstand und Gefühl*, machte es mir auf dem Bett gemütlich und schon nach wenigen Sätzen war ich abgetaucht.

Blut? War das Blut, dass auf die Buchseite tropfte? Nein, unmöglich. Ich traute meinen Augen nicht. Die Buchstaben erwachten zum Leben. Bewegten sich. Tanzten. Schlängelten sich über die Buchseite. Alles wurde durcheinandergewürfelt. Einige Wörter verschwanden, lösten sich in Luft auf. Andere, neue Buchstaben erschienen wie von Geisterhand, purzelten durch die Luft. Buchstaben fanden sich, verbündeten sich. Neue Wörter wurden geboren. Panik und Faszination breiteten ihre Flügel aus, hielten mich fest umschlungen. Wie gebannt starrte ich auf die schwarzen Tintenkleckse, unfähig den Blick abzuwenden. Jeder Buchstabe bekam einen neuen Platz zugewiesen. Nach und nach konnte man ihre Bedeutung erahnen. Sie wirkten nicht länger wahllos durcheinandergewürfelt. Ich zwang mich genauer hinzusehen. Die neuen Wörter… die neuen Sätze… jagten mir einen eiskalten Schauer über den Rücken. Mein ganzer Körper zitterte. Vorsichtig, aus Furcht, die Buchstaben könnten wie Staub zerfallen und vom Wind davongetragen werden, zeichnete ich jede Linie, jede Kurve… jeden Strich mit der Fingerspitze nach. Ich schloss die Augen, wartete darauf, von unzähligen Empfindungen überwältigt zu werden.

Doch… es passierte nichts.

Ich fühlte nichts.

Absolut nichts.

Kein Schmerz.

Keine Trauer.

Nichts.

Nur Stille

Ich blätterte um und presste mir erschrocken die Faust vor den Mund. Es waren keine verschiedenen Sätze. Nein. Es war ein- und derselbe Satz… der sich Zeile um Zeile wiederholte. Seite für Seite. Sämtliche Härchen stellten sich auf. Kalter Schweiß brach aus. Blinzelnd versuchte ich den Satz verschwinden zu lassen. Vergeblich.

Das konnte nicht real sein. Durfte nicht real sein. Nein. Unmöglich. Vollkommen ausgeschlossen. Ich musste in einer Erinnerung feststecken. Eine andere Erklärung gab es nicht. Konnte es nicht geben. Durfte es nicht geben.

Mit jedem Herzschlag zwang mich mein Unterbewusstsein genauer hinzusehen. Dabei hatte sich dieser Satz längst in meine Netzhaut gebrannt… sich in meinen Kopf eingenistet.

„Summer?" hörte ich meine Tante von unten hoch rufen. Noch nie war ich so erleichtert gewesen ihre Stimme zu hören. Die Panik fiel von mir ab, gab mich endlich frei.

Das Buch lag vor mir. Zugeschlagen.

Mit zittrigen Händen berührte ich das Cover. Wollte, nein, musste mich überzeugen, dass es sich um einen Traum gehandelt hatte. Ich hielt den Atem an, schlug das Buch auf, blätterte es durch. Erleichtert schloss ich das Buch, stellte es zurück ins Regal. Für einen kurzen Augenblick schloss ich die Augen, nur um sie im gleichen Atemzug panisch aufzureißen. Die Dunkelheit hinter meinen Lidern hatte mir gezeigt, was ich noch immer nicht begreifen konnte. Den Satz. Gold schimmernd. Strahlend hell.

ERINNERE DICH. STELL DICH DEINEM SCHICKSAL!

Es klopfte.

Erschrocken zuckte ich zusammen. Die Tür ging auf und Holly steckte ihren Kopf durch den leicht geöffneten Spalt, ohne wirklich ins Zimmer zu kommen. Fragend sah sie mich an „Wolltest du nicht mit Hope zu dieser Party?"

„Ja, wollte ich. Wieso?"

„Weil es aussieht, als wenn du bis gerade eben geschlafen hättest. Und... Hope hat gerade angerufen. Sie wollte, dass ich dir ausrichte, dass sie in zehn Minuten losfährt."

„Zehn Minuten?" quiekte ich. „W-wie spät ist es denn? Sie wollte doch erst gegen neun kommen."

„Wir haben fast neun", sagte Holly mit besorgtem Blick. „Summer? Ist alles in Ordnung?"

„Ja. Alles bestens. Ich hatte nur nicht damit gerechnet, dass es schon so spät ist." Ich seufzte leise. „Zehn Minuten? Dann... dann mach ich mich jetzt wohl besser mal fertig."

In den Augen meiner Tante spiegelte sich ihre Skepsis, doch mir blieb keine Zeit, um sie weiterhin davon zu überzeugen, dass es mir gutging. Ich stürmte an meiner Tante vorbei, Richtung Badezimmer. „Wenn Hope gleich klingelt und ich noch nicht fertig sein sollte, dann sag ihr, dass es mir leidtut."

„Beeil dich einfach", antwortete Holly leise lachend.

Fürs Haare waschen fehlte mir die Zeit, also machte ich mir einen unordentlichen Dutt, schlüpfte aus den Klamotten und stellte mich unter die Dusche. Die Wassertropfen perlten von meiner Haut und sammelten sich auf dem Boden zu einer Pfütze. War der Abfluss verstopft? Ich zuckte mit den Schultern, schloss die Augen, atmete tief durch und genoss das warme Wasser.

Wenig später stellte ich den Wasserhahn ab und wollte gerade aus der Dusche steigen, als ich erschrocken nach Luft schnappte. Das Wasser, dass sich dort unten gesammelt hatte war rot. Blutrot. Mein Puls raste. Ohne auf die surreale Flüssigkeit zu achten, griff ich nach dem Handtuch, wickelte mich darin ein und lief hinüber zum Waschbecken. *Nicht umdrehen. Dreh dich nicht um* ermahnte ich mich, während ich mich in Rekordzeit anzog.

Ich eilte die Treppe runter.

Hope wartete bereits in der Küche. Als ich unten ankam, verstummte das Gespräch. Sofort.

„Habt ihr zwei irgendwelche Geheimnisse, die ich nicht erfahren darf? Oder…?"

„Wir haben uns nur gefragt, warum du vorhin im Badezimmer geschrien hast", erklärte Hope.

„Ich habe nicht laut geschrien", protestierte ich.

„Doch. Hast du."

„Summer? Ist wirklich alles in Ordnung?" fragte Holly besorgt. „Du siehst so… blass aus."

„Mir geht's gut. Ehrlich, Holly. Da war bloß eine Spinne im Badezimmer gewesen. Das war alles."

Ihr sorgenvoller Blick steigerte meine innere Unruhe. Ihre Fürsorge war momentan zu viel für mich. Ich wollte in Ruhe gelassen werden. Verflucht! Ich wusste doch selbst nicht, was mit mir los war… was das alles zu bedeuten hatte. Den seltsamen Zwischenfall vorhin in meinem Zimmer hätte ich vielleicht noch damit erklären können, dass ich beim Lesen eingeschlafen war, dass ich lediglich geträumt hatte. Doch, wie sollte ich den Zwischenfall im Badezimmer erklären. Es gab keine. Es konnte sich um keinen Traum gehandelt haben. Nicht dieses Mal. Ich war wach gewesen. Hellwach.

Dylan wohnte am anderen Ende der Stadt. Auch ohne heruntergelassene Scheiben hörten wir die Musik lange bevor wir das Anwesen erreichten. Der Bass dröhnte und die Fensterscheiben am Auto vibrierten. Lachend schüttelte ich den Kopf. Hatte Dylan nicht erzählt, dass die Party dieses Jahr kleiner ausfallen würde? Wegen seiner Eltern? Also, wenn das seine Definition von *klein* war, dann wollte ich lieber nicht wissen, was er unter *groß* verstand. Es waren schon jetzt mehr Leute hier als Schüler an unserer Schule.

Die Haustür stand offen. Kein Wunder, bei dem Durchgangsverkehr. Logan entdeckte uns als Erster. Wobei ich jede Wette einging, dass er die ganze Zeit ununterbrochen auf die Tür gestarrt hatte.

„Wieso hat das so lange gedauert?" fragte Logan und kam uns grinsend entgegen.

Jemand rempelte mich von hinten an. „Sorry", hörte ich eine weibliche Stimme sagen. Als ich mich umdrehte war die Person zu der Stimme aber schon nicht mehr zu sehen.

„Du weißt doch. Das Beste kommt eben immer zum Schluss", erwiderte Hope freudestrahlend und küsste Logan mit einer Hingabe, die mich beschämt zur Seite gucken ließ. Der Kuss nahm kein Ende, also beschloss ich, dass es Zeit wurde zu verschwinden.

Ich betrat das Haus, lief durch den Flur und bog ein paar Mal links ab. Wie sich herausstellte, befand ich mich jetzt in der Küche. Mein Blick schweifte durch den Raum, über verschiedene Gesichter hinweg. Die Anzahl der Personen war überschaubar, und so kam ich ziemlich schnell zu der Erkenntnis, dass sich keiner meiner Freunde unter ihnen befand. Was man dagegen vom Alkohol nicht behaupten konnte. Überall standen volle, und zum Teil schon leere Bierkästen. Oben auf dem Küchentresen befanden sich zwei riesige Schalen, bis zum Rand gefüllt mit Bowle. Wenn ich mich schon mit mir selbst beschäftigen musste, denn ich konnte ja nicht wissen, ob mir in nächster Zeit ein bekanntes Gesicht über den Weg laufen würde, dann konnte ein bisschen Alkohol schließlich nicht schaden. Ich holte mir eine Flasche Bier aus dem Kasten, öffnete den Verschluss und setzte zum ersten Schluck an. Zum Glück war es einer dieser komischen Schnipp-Verschlüsse, oder wie auch immer man diese Dinger nannte, denn andernfalls hätte ich ein klitzekleines Problem gehabt. Ein Flaschenöffner schien nämlich nicht zum Inventar zu gehören, zumindest lag hier nirgendwo einer griffbereit herum.

Mit der Flasche in der Hand setzte ich meine Suche fort. Mein Blick huschte die ganze Zeit hin und her. Doch, waren es wirklich meine Freunde, die ich versuchte in der Menge ausfindig zu machen? Ich kannte die Antwort... und sie gefiel mir nicht. Ganz und gar nicht. Sofort schüttelte ich den Kopf, vertrieb den Gedanken.

Ich setzte die Flasche gerade zum Schluck an meine Lippen an, als mir jemand von hinten die Arme um die Taille legte. Mein Herzschlag setzte aus. Phoenix? Verdammt, ich wollte doch nicht an ihn denken. Ein vertrauter Geruch stieg mir in die Nase und ich drehte den Kopf so, dass ich Damon zur Begrüßung ins Gesicht gucken konnte.

„Na... schöne Unbekannte", flüsterte er schmunzelnd und drehte mich so, dass ich ihm jetzt genau gegenüberstand. Kaum, dass sich unsere Blicke trafen, erschien dieses charmante Lächeln auf seinem Gesicht. Genau diesem Lächeln war es damals zu verdanken gewesen, dass ich angefangen hatte für ihn zu schwärmen. Er schaffte auch jetzt noch mein Herz zu berühren, nur eben auf eine andere Art und Weise. Ich liebte ihn wie einen Bruder und ich spürte eine Verbundenheit, die mit Worten nicht zu erklären war.

„Na... Fremder", antwortete ich lachend, griff nach seiner Hand und marschierte mit ihm Richtung Tanzfläche.

Unzählige Tänze und Drinks später stand ich plötzlich allein da, umgeben von Fremden. Keine Ahnung, wo Damon sich gerade herumtrieb. *Ich glaub, er wollte nur kurz zur Toilette...* Allerdings schien das eine Ewigkeit her zu sein. Was zum Teufel machte ich hier überhaupt? Ich befand mich auf einer Party, auf der ich im Grunde gar nicht sein wollte. Hinzu kam, dass ich viel zu viel getrunken hatte. Und warum? Nur, um eine gewisse Person, nach der ich mich sehnte, aus meinen

Gedanken verbannen zu können. Mir schwirrte der Kopf. Ich hatte eindeutig zu viel getrunken. Selbst schuld, dachte ich zynisch. Immerhin hatte Damon mehr als nur einmal versucht mich vom Trinken abzuhalten. Hätte ich doch bloß auf ihn gehört. Diese Einsicht kam nur leider etwas zu spät. Viel zu spät. Der Boden begann sich zu drehen, naja, vielleicht drehte ich mich auch gerade selbst. War schwer zu sagen. Gerade, als ich beschloss nach draußen zu gehen, um frische Luft zu schnappen, tippte mir jemand von hinten auf die Schulter.

„Ich habe dich überall gesucht. Warum hast du nicht auf mich gewartet?", beschwerte sich Damon und sah mich vorwurfsvoll an.

„Bist du doof? Was glaubst du, was ich die ganze Zeit gemacht habe? Du warst ewig lange weg. Ich dachte, du wolltest nur kurz zur Toilette. Hast du dich auf dem Weg hierher verlaufen?"

„Ewig lange? Ich war fünf Minuten weg, wenn überhaupt. Doch, als ich zurückgekommen bin, warst du bereits wie vom Erdboden verschluckt."

„Pfff… Von wegen ich war verschwunden, ich habe mich nicht einen Millimeter von der Stelle gerührt. Du hast wahrscheinlich bloß vergessen, zu mir zurückzukommen. Damon! Du hast mich vergessen. Gib es wenigstens zu!"

„Ich? Ich vergesse nie etwas. Nie."

„Ach, ist das so?!"

„Willst du etwa was Anderes behaupten?"

„Und wenn es so wäre?"

„Tja… keine Ahnung", nuschelte er und sah mich verdutzt an.

„Sag mal, bist du besoffen?", fragte ich Damon und stupste ihm gegen die Schulter, um zu sehen, ob ich ihn aus dem Gleichgewicht bringen konnte. Ich kicherte. Lachte. Lachte. Stupste ihm erneut gegen die Schulter.

„Autsch. Das… tut weh", jammerte Damon, streichelte seine Schulter und versuchte dabei ein schmerzverzerrtes Gesicht zu machen. Der Ausdruck erinnerte mich an eine Clownsgrimasse, allerdings an die von einem Horrorclown. Fehlte nur noch die passende weiße Schminke.

„Hör gefälligst auf mich anzutatschen."

„Ich tatsch dich überhaupt nicht an", stellte ich grinsend klar.

„Doch, tust du."

Ich stupste ihm erneut gegen die Schulter.

„Da. Schon wieder."

„Ich sag doch, du bist besoffen."

„Was hat dein Tatschen mit meinem Alkoholpegel zu tun?"

Ich zuckte mit den Schultern „Tja, keine Ahnung…" sagte ich dreckig grinsend und benutzte bewusst die gleichen Worte, die er soeben zu mir gesagt hatte. „Vielleicht weißt du ja hierauf die Antwort." Ich zog ihn auf… und es machte Spaß.

Damon machte einen Schritt auf mich zu. „Ich mag vielleicht besoffen sein und nicht auf jede deiner Fragen eine Antwort haben… ABER, ich weiß zumindest, was ich will."

Damons Gefühle verwirrten mich. Überrumpelten mich. Überraschten mich. Versuchte er mich etwa gerade anzubaggern? Das musste am Alkohol liegen. Ganz bestimmt. Damon würde mich nie… Nein. Nicht Damon. Ich schluckte. Machte einen kleinen Schritt zurück, weg von ihm. Ich brauchte meine Sicherheitszone. Ohne etwas darauf zu erwidern drehte ich mich um, ließ ihn stehen. Es wurde Zeit von hier zu verschwinden. Ich brauchte dringend frische Luft. Verdammt dringend. Damon stoppte meinen Fluchtversuch, indem er mich am Arm festhielt. „Geh nicht. Es tut mir leid."

Die Worte, die mir auf der Zunge lagen, schluckte ich runter. Der Ausdruck in seinen Augen ließ mich verstummen, denn ich sah etwas, was ich nicht sehen wollte.

„Damon. Es gibt nichts, wofür du dich entschuldigen müsstest. Okay? Ich… ich wollte nur kurz verschwinden, um zur Toilette zu gehen", murmelte ich leise, jedoch so, dass er mich trotz des Lärms verstehen konnte.

„Sicher?", hakte er unsicher nach. Vorsichtig.

„Sicher", sagte ich lächelnd. Traurig lächelnd. Ich konnte nur hoffen, dass Damon mir mein schlechtes Gewissen nicht ansah. Ich drehte mich um und ließ Damon zurück, wohl wissend, dass ich ihn soeben belogen hatte. Meinen besten Freund.

Phoenix! Das war alles seine Schuld. Wenn er Hopes Einladung zu dieser dämlichen Party hier angenommen hätte, dann hätte ich meine Zeit mit Sicherheit mit ihm verbracht, anstatt mit Damon. Dann…

dann würde mich mein bester Freund nicht so angucken, wie er mich gerade eben angeguckt hatte. ~~Doch, würde er. Damon sah mich schon länger so an. Nur hatte ich es bis gerade eben versucht zu verdrängen.~~ Der Hoffnungsschimmer, gerade eben in Damons Augen… war zu viel für mich. Er machte sich Hoffnung, wo keine war.

Ich schluckte die Schuldgefühle herunter. Es war eindeutig die Schuld von Phoenix. Er hatte all das hier zu verantworten. Er war schuld, dass ich meinen besten Freund verletzte. Ihm wehtat. Ihm das Herz brach. Wutschnaubend bahnte ich mir einen Weg durch die tanzende Menge. Warum musste ich mich bloß so sehr zu Phoenix hingezogen fühlen?! Mit Damon wäre es mit Sicherheit wesentlich einfacher. Weniger kompliziert. ~~Weniger verletzend. Weniger gefühlvoll. Weniger wundervoll. Einfach nur WENIGER von allem.~~

Endlich.

Frische Luft.

Stille.

Plötzlich kam mir eine Idee. Eine ziemlich blöde Idee… aber durch den Alkohol konnte ich nicht mehr klar denken. Ich zog das Handy aus der Hosentasche, starrte es an…hielt es mit beiden Händen fest umklammert. Meine Finger bewegten sich von ganz allein, scrollten durch die Kontaktliste, bis *sein* Name im Display erschien. Ich wusste, ich würde es bereuen. Später. Aber dank meines benebelten Zustands war mir das jetzt gerade, in diesem Moment, so was von egal. Der Gedanke wurde verdrängt. Ausgelöscht. Ganz einfach.

Freizeichen ertönte. Und mit jedem weiteren Freizeichen klopfte mein Herz ein bisschen mehr. Schneller. Aufgeregter.

„Summer?", hörte ich eine sexy verschlafene Stimme meinen Namen murmeln. Oh Shit. Was hatte ich getan? Sofort schmolz ich dahin. Wie Schnee im Frühling. Verdammt, so wollte ich nicht empfinden. Nicht jetzt. Nicht hier. Genau dieser Reaktion war es jedoch zu verdanken, dass schlagartig die Wut zurückkehrte. Ich hörte seine Atemzüge. Meine Atemzüge. Und fühlte die immer größer werdende Wut. Ich blendete Phoenix aus, um ihn endlich, wie geplant, mit all meinen Vorwürfen konfrontieren zu können. Ich wollte ihn beschimpfen. Beleidigen.

„Ich… ich wollte dir nur kurz sagen… dass du, dass… du…", nuschelte ich, ohne zu wissen, was ich überhaupt sagen wollte. Mein Kopf war leer. Alles drehte sich.

„Dass ich *was*?"

„H-halt die Klappe. Ich… ich war noch nicht fertig."

„Fertig?", fragte er amüsiert. „Fertig womit?"

„Ohhh… du… du Arsch!", keifte ich ins Handy. „Du bist an allem schuld. Hast du gehört? An ALLEM. Jawohl. Nur du! Niemand sonst. U-und versuch nicht es abzustreiten. Kapiert?!" Seine Antwort wartete ich erst gar nicht ab, sondern redete einfach weiter, ohne Luft zu holen. „Es ist nämlich *alles* deine Schuld." So, dem hatte ich es gezeigt. Ich grinste wie ein Honigkuchenpferd.

Es wurde still in der Leitung.

Verdächtig still.

Beängstigend still.

Ich wurde nervös.

Ich wollte wegrennen.

Ich wollte…

Keine Ahnung.

„Summer? Bist du noch dran?" Seine Stimme mochte freundlich klingen, ja, beinahe zärtlich, trotzdem fühlte ich seine Anspannung. Oh – wie ich meine Gabe in diesem Moment hasste, denn nur ihr war es zu verdanken, dass Phoenix mich, obwohl er nicht einmal in meiner Nähe war, einschüchtern konnte. Ich schloss die Augen, schluckte. Hielt die Luft an. Versuchte mich unsichtbar zu machen.

„Summer?!"

Ich konnte die Stille nicht durchbrechen. Ich bekam keinen Ton heraus. Da ich nicht mit Sicherheit sagen konnte, weshalb mir die Stimme versagte, schob ich es dem verfluchten Alkohol in die Schuhe. Immerhin hatte er mich erst in diese verzwickte Situation gebracht. Nüchtern wäre ich niemals auf die Idee gekommen, Phoenix mitten in der Nacht anzurufen, geschweige denn ihn zu beleidigen. Erneut hörte ich ihn sprechen.

„Wenn du jetzt nichts sagst, dann steig ich in mein verfluchtes Auto und komm zu dir. Hörst du? Hast du mich verstanden? Summer? Summer?! Verdammt... Bleib wo du bist. Ich bin unterwegs. Hast du verstanden? Rühr. Dich. Nicht... von der Stelle."

Ganz langsam drangen seine Worte zu mir durch. Rissen mich aus der Starre. Er wollte kommen? Nein! Nein! Nein! Ich wollte nicht, dass er kommt. Er durfte mich nicht so sehen. Ich konnte nicht mit ihm sprechen. Nie wieder. Nicht, nachdem ich mich gerade bis auf die Knochen blamiert hatte. Was hatte ich mir bloß dabei gedacht?

„Nein!", schrie ich endlich ins Handy. Doch es war zu spät. Ich hatte zu lange gezögert. Phoenix hatte längst aufgelegt. Die Leitung war tot. Still. Ich musste verschwinden. Schnell. So schnell wie möglich. Warum bewegten sich meine Beine denn nicht? Unsichtbare Fußfesseln verhinderten meine Flucht. Mein Herzschlag beschleunigte sich. Mein Puls raste... und meine Seele ging in Flammen auf. Es war zu spät. Phoenix, er war hier. Ich konnte ihn zwar nicht sehen, aber ich fühlte seine Gegenwart... seine Gefühle... seine Seele. Meine Nervosität steigerte sich. Ich biss mir leicht auf die Unterlippe, holte tief Luft und drehte mich in die entgegengesetzte Richtung.

Dann... erblickte ich ihn. Phoenix stand, im Schatten verborgen, keine fünf Meter von mir entfernt. Mit vor der Brust verschränkten Armen und beobachtete mich. Sein Anblick verschlug mir die Sprache. Wie ein in Stein gemeißelter dunkler Engel stand er da. Anmutig. Geheimnisvoll. Finster. Umzingelt von Schatten. Etwas bewegte sich. Ich blinzelte, traute meinen Augen nicht. Federn, schwarze Federn, auf denen sich das Mondlicht widerspiegelte, ragten zu beiden Seiten an seinen Schulterblättern hervor. Waren das hinter seinem Rücken etwa Schwingen? Engelsschwingen? Diese Halluzination schob ich ebenfalls dem Alkohol in die Schuhe. Ich schloss die Augen, atmete tief durch.

Ein Atemzug.

Noch ein Atemzug.

Vorsichtig öffnete ich ein Auge. Die Schwingen waren verschwunden. Nachdenklich runzelte ich die Stirn und merkte, wie mich diese Tatsache erschütterte. Warum? Wieso fühlte ich plötzlich eine nicht nachvollziehbare Enttäuschung? Bedauern? Vielleicht, weil es bedeutete, dass es doch am Alkohol gelegen hatte. Phoenix wirkte irgendwie, keine Ahnung… irgendwie konnte ich seinen Ausdruck gerade nicht richtig deuten. Bevor ich mir weitere Gedanken darüber machen konnte, bombardierte er mich schon mit mehreren Fragen.

„Kannst du mir mal verraten, wo du hinwolltest? Hatte ich dir nicht gesagt, dass du dich nicht vom Fleck rühren sollst? Was genau hast du daran nicht verstanden? Hm?"

Sein Auftreten hinterließ ein seltsames Gefühl, ich wusste nur noch nicht, wie ich dieses Gefühl einordnen sollte.

„Was glaubst du eigentlich, wer du bist?" Oh ja, ich war angepisst. Verdammt angepisst. „Warum sollte ich ausgerechnet das tun, was DU von mir verlangst?!" zischte ich angriffslustig. Ich mochte zwar immer noch betrunken sein, aber das bedeutete noch lange nicht, dass ich mich wie ein Kleinkind bevormunden lassen musste. Und ganz bestimmt nicht von Prinz Charming.

Phoenix kam langsam, wie ein Raubtier auf Beutezug, auf mich zugelaufen. Nicht eine Sekunde lang ließ er mich aus den Augen. Mit jedem Schritt, den er sich mir näherte, verringerte er den Sicherheitsabstand zwischen uns. Einen Abstand, den ich zweifelsohne brauchte, um die weggesperrten Emotionen unter Kontrolle halten zu können.

„Lass das", murmelte ich tief versunken in seinem Blick und schüttelte mit dem Kopf. Schwach. Verzweifelt. „Nicht. Komm nicht näher."

Das Lachen, das seine Lippen umspielte, wirkte bedrückt. Gequält. Zutiefst traurig.

Er machte einen weiteren Schritt in meine Richtung.

Ich schüttelte erneut mit dem Kopf.

Dann noch einen Schritt.

Mein Herz begann zu rasen.

Ich wusste nicht, ob ich noch mit dem Kopf schüttelte oder nicht.

Er stand direkt vor mir.

Ich schaute ihm in die Augen… und erstarrte. In seinem Blick loderte dieselbe Sehnsucht. Dasselbe Feuer.

Wir standen ganz still, sahen uns einfach nur an.

„Summer", hauchte Phoenix meinen Namen und, obwohl ich auf-hören *musste*, ihn so anzustarren, schaffte ich einfach nicht den Blick-kontakt zu beenden. Ich hielt die Luft an.

Fühlte er es auch? Diese Anziehung? Dieses Verlangen? Diese Sehnsucht? Diese *Einsamkeit?* Je länger er mir in die Augen sah, desto mehr drohten die aufsteigenden Gefühle in mir zu explodieren. Meine Selbstbeherrschung war dabei sich in Luft aufzulösen. Jede Faser mei-nes Körpers, meiner Seele schrie nach ihm. In diesem Augenblick wollte ich nur eins. IHN.

„Prinzessin, ich…", flüsterte er, verstummte aber sofort wieder, als wenn ihn eine unsichtbare Macht daran hindern würde, dass auszu-sprechen, was er dachte, was er fühlte. Was er wirklich fühlte. Er presste die Lippen zusammen, legte den Kopf in den Nacken und schloss seufzend die Augen. „Ich… ich kann nicht."

Seine Worte verwandelten sich in flüssigen Brennstoff. Leicht ent-zündlich. Explosiv. Hochgefährlich. Und… das Gefühl der Enttäu-schung war das dazugehörige Streichholz. Ein brennendes Streichholz.

Ich spürte, wie ich in Flammen aufging.

Mein einziger Gedanke war Flucht. Ich wollte weg. Ich *musste* weg. Jetzt. Jetzt sofort. Ich drehte mich um, doch er streckte seine Hand nach mir aus. Hielt mich fest.

„Wo willst du hin?"

„Das geht dich nichts an. Und jetzt", fauchte ich und funkelte ihn zornig an. „Lass mich gefälligst los." Meine Wut – sie war zurück.

Er reagierte nicht.

„Bist du taub?! Ich sagte *lass mich los*. Verschwinde. Lass mich end-lich in Ruhe."

„Ich werde nirgendwo hingehen. Nicht ohne dich", antwortete er ruhig. Vollkommen gelassen. Wie konnte er nur so ruhig bleiben, wäh-rend in mir ein Tornado wütete? Anstatt mich loszulassen, zog er mich zurück in seine Arme. Nein. Diese Nähe… Mein Rücken lehnte an seiner Brust und ich fühlte seinen Herzschlag. Seinen viel zu schnellen Herzschlag. Nach außen hin mochte er vielleicht ruhig wirken, aber sein Herz und das leichte Zittern seines Körpers sprachen eine Spra-che, die ich verstand. Meine Sprache.

Der Wind wehte durch meine Haare. Leicht. Sanft. Doch… für den Bruchteil einer Sekunde fühlte es sich an, als würde Phoenix meinen Duft einatmen, als wäre es nicht der Wind, der mir durchs Haar wehte, sondern sein Atem. Ich schloss die Augen und genoss den Zauber des Moments. Seine Nähe. Seine Wärme.

„Ich… ich werde dich jetzt nach Hause bringen."

Der Moment – vorbei.

Der Zauber – erloschen.

Wieso musste er solche Augenblicke zwischen uns immer wieder zerstören? Es knisterte. Eindeutig. Oder bildete ich mir *seine* Gefühle und diese Verbundenheit nur ein, weil ich der Wahrheit nicht ins Gesicht sehen wollte?

Ich sperrte meine Gefühle weg, fing an rumzuzicken.

„Spinnst du?! Jetzt pass mal gut auf. Ich bin sehr wohl in der Lage zu entscheiden *wann* und vor allen Dingen *wie* und *mit wem* ich nach Hause fahre. Ist das jetzt endlich bei dir angekommen?!"

Für einen winzigen Moment lächelte er, ehe seine Entschlossenheit zurückkehrte. „Hör zu, Prinzessin. Heute werde ich derjenige sein, der dich nach Hause bringt. Und zwar genau *jetzt*. Allerdings liegt die Entscheidung, ob du es auf die harte oder die sanfte Tour haben möchtest, bei dir. Das… und nur das, ist das Einzige, worüber du entscheiden darfst." Er hatte den letzten Satz noch nicht zu Ende gesprochen, da griff er schon nach meiner Hand und zog mich, wie ein kleines trotziges Kind, hinter sich her.

Leichter Nieselregen setzte ein. Ich legte den Kopf in den Nacken und fühlte den feinen Regen auf meiner Haut. Wie Morgentau. Doch, schon nach wenigen Schritten wurden daraus dicke Regentropfen. Durch die einsetzende nasse Kälte, die sich in meinen Klamotten festsetzte, fing ich an leicht mit den Zähnen zu klappern.

An seinem Auto angekommen, ließ er meine Hand los. Phoenix lief um das Auto herum und stieg auf der Fahrerseite ein. Das Beifahrerfenster fuhr herunter und er lehnte sich auf seinem Sitz, soweit es möglich war, in meine Richtung und funkelte mich zornig an. „Worauf wartest du? Steig endlich ein."

Ich antwortete nicht.

Obwohl ich mittlerweile vor lauter Kälte am ganzen Körper zitterte, weigerte ich mich in dieses verdammte Auto zu steigen. Seine herablassende, bestimmende Art ging mir gehörig gegen den Strich. Demonstrativ verschränkte ich die Arme vor der Brust. Nicht nur um meinen Standpunkt zu vertreten, sondern auch, um mich zu wärmen.

„Vergiss es! Ich habe es mir anders überlegt. Ich lauf lieber."

„Es regnet", wies er mich auf das Offensichtliche hin.

„Ach, ehrlich?", fragte ich voller Sarkasmus. „Ist mir noch gar nicht aufgefallen."

„Außerdem ist es dunkel."

„Mir egal."

„Mir aber nicht."

„Dein Problem. Nicht meins", konterte ich schnippisch, mit den Zähnen klappernd.

„Wenn du nicht sofort in das verfluchte Auto hier steigst", knurrte er gefährlich leise, „dann könnte *mein* Problem verdammt schnell zu *deinem* Problem werden."

„Versuchst du mir gerade zu drohen?" fragte ich ungläubig. „Ernsthaft?! Sag mal... tickst du noch ganz richtig?"

„Na, was denkst du?"

„Ohhh... glaub mir, du willst nicht wissen, *was* ich gerade denke." Er schüttelte den Kopf, schloss die Augen.

„Hör auf mit dem Scheiß! Entweder steigst du jetzt freiwillig ein..."

„Oder *was*?", unterbrach ich ihn, sah Phoenix herausfordernd an.

„DAS, meine Prinzessin... möchtest du nun wirklich nicht herausfinden."

„Und ob ich das will. Und... hör gefälligst auf mich ständig *meine Prinzessin* zu nennen. Ich bin keine PRINZESSIN. Und, selbst wenn ich eine wäre... dann mit Sicherheit nicht DEINE."

Irgendetwas veränderte sich an seinem Blick. Plötzlich wirkte dieser geheimnisvoll. Merkwürdig verworren. Hinzu kam dieses ironische, hinterlistige Lächeln. Ich wurde... nervös.

„Wie du willst", knurrte er mit tiefer Stimme. „Du hast es nicht anders gewollt."

Ich schluckte. Ohne mich aus den Augen zu lassen, öffnete Phoenix die Wagentür, stieg aus und kam gefährlich langsam auf mich zugelaufen. Ich konnte mich nicht bewegen, also blieb mir nichts anderes übrig, als ihn ebenfalls zu beobachten, seine Reaktion abzuwarten. Sein undurchschaubarer Gesichtsausdruck steigerte meine Nervosität.

Unmittelbar vor mir blieb er stehen, beugte sich zu mir und hauchte mir kaum hörbar ins Ohr: „Was ist, Prinzessin? Verschlägt dir meine Nähe etwa die Sprache?"

Seine Augen ruhten auf meinem Gesicht. Der Ausdruck in seinem Blick verschlug mir tatsächlich die Sprache. Die Gefühle, die er versuchte vor mir zu verbergen, waren zu stark. Zu tief.

Ich blinzelte. Blinzelte. Ertrank in einem smaragdgrünen, schimmernden, tosenden Meer. Die Wellen schlugen über mir zusammen, rissen mich hinfort.

Langsam nickte ich mit dem Kopf, als stumme Antwort auf seine Frage. Blinzelte. Und versuchte aus dem Meer aufzutauchen. Mein Herzschlag setzte aus. Instinktiv versuchte ich ihm zu entkommen... zu fliehen.

Im gleichen Atemzug stützte er sich mit beiden Händen auf Höhe meines Kopfes am Auto ab und beugte sich zu mir. Sein Gesicht, nur wenige Millimeter von meinem entfernt. Sein Blick ruhte auf meinem Mund. Meine Knie drohten unter mir nachzugeben. Er war zu nah. Viel zu nah.

Keine Ahnung wie... aber ich schaffte meinen Körper soweit unter Kontrolle zu bringen, dass ich stehenblieb.

Sein Blick wanderte über mein Gesicht. Noch immer brachte ich keinen Ton heraus. Warum konnte er nicht endlich auf Abstand gehen? Diese Nähe war zu intensiv. Zu berauschend.

Er lächelte. Ein Lächeln, dass es mir unmöglich machte, den Blick von seinem Mund zu lösen. Ich wollte, nein, ich sollte etwas anderes betrachten, bewundern, aber... verflucht, ich war wie hypnotisiert, unfähig meine Augen endlich... endlich... davon zu überzeugen, dass es höchste Zeit wurde, dass ich aufhören musste ihn so anzustarren. Anstatt ins Auto zu steigen, beugte er sich weiter zu mir herunter. Ich hörte auf zu atmen. Vergaß, dass ich überhaupt Luft holen sollte. Luft holen musste.

Sein Mund näherte sich meinem Ohr. Die Welt war dabei zu versinken. Die Zeit blieb stehen. Mein Herz tobte. Und meine Seele verlor den Verstand.

„Summer? Würdest du bitte… ins Auto steigen?", hauchte er mir leise ins Ohr, während ich die in ihm weggesperrte Verzweiflung laut schreien hörte. „Ich weiß nicht, wie lange ich mich noch beherrschen kann. Bitte. Ich will…" Er beendete den Satz, ohne ihn wirklich auszusprechen. Langsam richtete er sich auf, schaffte Abstand zwischen uns, doch sein Blick ruhte unentwegt auf meinem Gesicht.

„Was passiert hier gerade?", hauchte ich, nachdem ich meine Stimme endlich wiedergefunden hatte. Als Antwort auf meine Frage schloss Phoenix die Augen. Seufzte gequält. Regentropfen perlten von seinem Gesicht und im gleichen Moment übernahmen meine Gefühle die Kontrolle. Meine Hand legte sich von ganz allein, wie selbstverständlich, auf seine Wange, wo ich ihm sanft die Tropfen von der Lippe wischte. Er schlug die Augen auf, suchte meinen Blick. Ich öffnete den Mund, wollte gerade etwas sagen, als er mir den Finger auf die Lippe legte… mich so zum Schweigen brachte. Diese winzige Berührung löste einen Feuersturm in mir aus. Die Wärme, die mich flutete, kam mir seltsam vertraut vor. Und sein Geruch – wie eine vage Erinnerung. Es war eine Mischung aus Pfefferminz, Mohnblumen… und Lebendigkeit. Es war perfekt. Phoenix war perfekt.

„Hör zu, Prinzessin", knurrte er sanft. „Wir sollten jetzt wirklich besser fahren." Er legte die Stirn in Falten. „Der Regen… er wird immer stärker… und…" Er suchte nach den richtigen Worten, nur gab es leider keine. Nicht in diesem Augenblick.

„Du zitterst ja schon vor Kälte…", stellte er leise fest.

Nicht die Kälte ließ mich zittern, aber diesen Gedanken behielt ich für mich. *Er wird mich nicht küssen* schoss es mir durch den Kopf. Er wollte mich nicht. Die einsetzende Enttäuschung war wie ein Schlag ins Gesicht. Wie eine Ohrfeige. Mein Selbstwertgefühl drohte in sich zusammenzubrechen. Ich fühlte mich zurückgewiesen. Nicht gewollt. Gedemütigt.

Ständig trampelte er auf meinen Gefühlen herum – ob gewollt oder ungewollt. Die schmerzhafte Demütigung war unerträglich. Ich musste weg von ihm. Also schob ich mich unter seinen Armen hindurch und rannte los.

„Summer… Verdammt!", fluchte er lautstark. Es war nur eine Frage der Zeit, bis er mich einholen würde. Um das zu verhindern, versuchte ich schneller zu rennen. Doch je schneller ich lief, desto schneller drehte sich das Karussell. Der Alkohol zeigte erneut seine Wirkung. Mir wurde schlecht. Kotzübel.

Plötzlich packte er mir von hinten an den Arm und warf mich ohne Vorwarnung über seine Schulter.

„Spinnst du?", beschwerte ich mich, allerdings ohne Erfolg. Phoenix lief seelenruhig weiter, Richtung Auto. Bei jedem Schritt, bei jeder kleinsten Bewegung, Erschütterung, rebellierte mein Magen immer heftiger. Die Welt drehte sich. Schnell. Schneller. Immer schneller.

In stiller Verzweiflung schloss ich die Augen, versuchte die Karussellfahrt zu beenden, doch die einsetzende Dunkelheit machte alles noch schlimmer. Noch unerträglicher. „Lass mich runter", jammerte ich. „Sofort."

„Wozu? Damit du versuchen kannst wegzurennen? Vergiss es."

„Du bist so ein…" Ich suchte nach dem richtigen Wort. „Blödmann."

„Wenn du es sagst…" erwiderte er gelangweilt, machte aber weiterhin nicht die Anstalten mich, wie befohlen, abzusetzen.

„Mmmpff. Im Ernst. Lass. Mich. Runter. Sonst…"

„Sonst *was*?, fiel er mir lachend ins Wort.

„Sonst kotz ich dich voll. Deine Entscheidung. Ohhh, es wird immer schlimmer. Es dreht sich schon alles. Bitte…", jammerte ich verzweifelt. „Phoenix. Bitte… ich… ich will dich nicht vollkotzen, aber… wenn du mich jetzt nicht…"

Bevor ich den Satz beenden konnte, setzte Phoenix mich vorsichtig ab. Im gleichen Moment stürzte ich zum nächsten Strauch, beugte mich darüber und entleerte meinen Magen, der sich immer wieder aufs Neue zusammenzog. Ich stöhnte. Phoenix streichelte mir beruhigend über den Rücken, während er mit seiner anderen Hand mein Haar festhielt, damit es mir nicht ins Gesicht fallen konnte. Ich musste einen erbärmlichen Anblick abgeben, doch ihm schien das egal zu sein. Er redete leise auf mich ein, versuchte mich zu beruhigen. „Gleich geht´s dir wieder besser. Versprochen." Seine Führsorge rührte mich und seine Nähe half mir dieses Horrorszenario zu überstehen.

Eine gefühlte Ewigkeit später hörte mein Magen endlich auf mich zu quälen. Ich wischte mir die Tränen vom Gesicht, atmete tief durch und bevor ich die Gelegenheit bekam, zurück zum Auto laufen zu können, lag ich auch schon in Phoenix' starken Armen.

Am Auto angekommen, öffnete er, mit mir auf dem Arm, die Beifahrertür und setzte mich ohne ruckartige Bewegungen auf den Sitz. Dann beugte er sich über meinen Körper und schnallte mich an. Geräuschlos schloss er die Tür und stieg auf der Fahrerseite ein. Ich lehnte den Kopf gegen die kühle Fensterscheibe, während Phoenix den Motor startete und losfuhr.

Phoenix

Vorsichtig legte ich Summer auf das Bett. Ihr winziger, zerbrechlich wirkender Körper, bewegte sich und rollte sich zu einer Kugel zusammen. Ihr Gesichtsausdruck verriet, dass sie dort, wo sie jetzt war, nicht sein wollte. Seufzend strich ich ihr die losen Haarsträhnen aus ihrem wunderschönen Gesicht. Oh, wie ich *meine Prinzessin* vermisste. Sie mochte vielleicht in diesem Augenblick direkt vor mir liegen, doch in Wahrheit war Summer unerreichbar für mich.

Ein gequälter Ausdruck huschte über ihr Gesicht. Ich wünschte, ich könnte ihr die Erinnerungen zurückgeben. Meine Miene verfinsterte sich, als mich eine Welle des Zweifels ergriff. Nein! Das… das durfte ich nicht zulassen. Summer mochte es vielleicht vergessen haben oder verdrängen, aber das zählte nicht für mich.

Ich wusste, dass es ihre eigene Entscheidung gewesen war, die sie hierhergeführt hatte. Hierher. In eine unbekannte Welt. Eine fremde Welt. In eine Welt ohne Erinnerungen. Sie selbst hatte alle Erinnerungen auslöschen wollen. Sich auslöschen wollen. Weil jeder Gedanke, jedes Gefühl mit einem Schmerz verbunden gewesen war, der gedroht hatte, sie zu vernichten. Unwiderruflich.

Ich mochte egoistisch sein. Ich mochte auch durchaus ein manipulatives Monster sein. Aber trotz allem, war ich nicht bereit sie diesem Schmerz ein weiteres Mal auszuliefern. Selbst, wenn es bedeutete, dass sie die Wahrheit nie erfahren würde. Weder über mich. Noch über uns.

Die Hoffnung, die ich trotz aller Widersprüche, angefangen hatte zuzulassen, zerplatzte wie eine Seifenblase. Wie ein Traum. Wie *mein* Traum. Die Hoffnung, dass ich einen Weg finden würde, um wieder mit ihr zusammen sein zu können. Dass ich Summer nicht für immer verloren hatte. Aber diese Hoffnung war, wie sich gerade eben herausstellte, nichts weiter als eine Illusion. Eine Lüge.

Die Dunkelheit in mir versuchte sich mit ihren giftigen Tentakeln zu befreien. Meine Hand kribbelte und ich fühlte, wie sie versuchte durch meine Haut zu brechen. Ich drängte sie zurück. Sperrte sie ein. Noch war ich nicht bereit mich ihr hinzugeben. Noch nicht.

Es wurde Zeit zu verschwinden. Schweren Herzens drehte ich mich um und ging auf die Tür zu, allerdings nicht ohne mich ein letztes Mal nach ihr umzudrehen. Meine Finger umschlossen die Klinke, für den Bruchteil einer Sekunde zögerte ich. In dem Moment, wo ich sie runterdrücken wollte, hörte ich Summer leise meinen Namen wispern. Gegen meinen Willen drehte ich mich um, sah die Verletzlichkeit in ihrem Gesicht. Ich sollte verschwinden. Endlich gehen. Und doch schaffte ich es nicht. Ich konnte die Verwundbarkeit, die von ihr ausging, nicht ignorieren.

„Ich bin hier", flüsterte ich mit rauer Stimme. Obwohl ihre Augen noch immer geschlossen waren, wusste ich, dass sie nicht länger schlief.

„Geh nicht. Bitte. Ich kann jetzt nicht allein sein", flehte sie mit zitternder Stimme. Meine Entschlossenheit geriet ins Wanken. Verflucht!

„Was?", fragte ich ungläubig und betete, dass ich mich verhört hatte. Dabei wünschte ich mir insgeheim genau das, worum sie mich soeben gebeten hatte.

„Bleib. Bitte, lass mich nicht allein."

Gequält schloss ich die Augen, atmete tief durch. Noch während ich mit mir kämpfte, ergriff mich eine sonderbare Stille. Seufzend ließ ich die Türklinke los. In ihrer Gegenwart fiel es mir immer schwerer entschlossen zu bleiben. Standhaft. Meine Füße bewegten sich von ganz allein. Vor ihrem Bett blieb ich stehen. Betrachtete sie im schwachen Mondlicht, das durchs Fenster fiel und rief mir den Moment in Erinnerung, als ich ihr das erste Mal in die Augen gesehen hatte. Ihre Augen hatten heller gestrahlt als die Sonne, und dieser winzige Augenblick hatte ausgereicht, um sie als diejenige zu erkennen, die sie war. Meine Seelenpartnerin. Mein Licht.

Doch Summers Hass, die grenzenlose Wut auf ihren Vater, hatte sie damals für das Wesentliche blind gemacht. Damals hatte sie nicht nur versucht sich selbst zu verleugnen, sondern auch ihre Gabe. Nur durch mich, durch die tiefe Verbundenheit unserer Seelen, war Summer schließlich in der Lage gewesen, sich ihrem Schicksal zu stellen.

Die Liebe hatte sie gerettet.

Unsere Liebe.

Und doch war diese Liebe nicht stark genug gewesen.

Ich war nicht stark genug gewesen.

Ihre Gabe hatte sich in einen Fluch verwandelt.

Einen tödlichen Fluch.

Ich sperrte die Erinnerungen weg. Erinnerungen, die nie mehr zurückkehren durften. Doch selbst jetzt schaffte sie mich Dinge sehen zu lassen, vor denen ich versuchte meine Augen zu verschließen. Die ich nicht an mich heranlassen wollte. Gefühle. Träume. Hoffnungen. Wünsche. Jede Sekunde, jede Minute... jeder Moment mit ihr ließ mich vergessen *wer* ich war. Wer ich wirklich war. Das grauenhafte, zerstörerische Chaos, das unentwegt in mir wütete, schaffte sie völlig mühelos zum Verstummen zu bringen. Ihre Nähe löste, sowohl damals wie heute, eine innere Ruhe in mir aus. Sie war mein Hafen. Mein sicherer Hafen. Mein Zuhause. Und... sie war meine Schatztruhe.

Es verging kein Augenblick, in der sie meinen kostbaren Schatz nicht wachsen ließ. Es kamen immer mehr unvergessliche, wunderschöne Momente hinzu. Erinnerungen. Diese Truhe besaß einen unsagbaren Wert. Unbezahlbar. Der Inhalt der Truhe bestand aus unendlich vielen winzigen Augenblicken. Und jeden einzelnen davon hatte ich zusammen mit ihr erlebt. Ich lächelte und sperrte auch diese Erinnerungen schweren Herzens weg. Ich durfte nicht zulassen, dass sie mich veränderte. ~~Dabei hatte sie mich längst verändert.~~ Ich durfte die Gefühle nicht zulassen. Doch, je mehr ich versuchte die Gefühle zu ignorieren, desto intensiver glühten sie unter der Oberfläche und ich spürte, dass sie sich, je verzweifelter ich versuchte sie zu verleugnen, sich unaufhörlich einen Weg an die Oberfläche suchten. Ich schüttelte den Kopf, blendete alles aus.

Ich lief zum Schaukelstuhl, griff nach der Wolldecke und kehrte zu ihr zurück. Vorsichtig breitete ich die Decke über ihren Körper aus, ehe ich zu ihr ins Bett kroch. Ich legte den Arm um sie, zog sie sanft an meine Brust. Ich vergrub mein Gesicht in ihrem Haar und atmete ihren einst so vertrauten Geruch ein. Ein Duft, der einen träumen ließ. Atmen ließ. Lächeln ließ. Hoffen und lieben ließ. Summer roch nach Frühling, Sommer, Herbst und Winter. Nach Blumen und Licht. Nach

240

Sonne und Wolken. Nach Donner und Blitz, Regen und Sonnenschein. Schnee und Eis. Nach einem Meer Mohnblumen und einem Schwarm Schmetterlinge. Nach Wunder und LEBEN.

Ihre Füße schoben sich zwischen meine Beine. Diese vertraute Position zauberte mir ein Lächeln ins Gesicht.

Ich küsste sie auf den Hinterkopf. „Träum süß, Prinzessin. Ich pass auf, dass dir heute Nacht nichts passiert."

Summer

Mit ausgebreiteten Schwingen flog ich über ein leuchtendrotes Meer. Einem Meer, bestehend aus unendlich vielen Mohnblumen. Doch, ich war nicht allein. Unzählige Schmetterlinge begleiteten mich, deren Flügel in den unterschiedlichsten Farben leuchteten. Alle Einzigartig. Und so wunderschön.

Jede Farbe stand für ein Gefühl.

Jede Farbabstufung für die Intensität.

Jede Farbmischung für eine Gefühlskombination.

Es waren so viele Farben.

So unsagbar viele Gefühle und Emotionen.

Vollkommen unterschiedlich... und doch gehörten **wir** *alle zusammen.*

Der Nachtschatten erwachte, streckte seine klebrigen Fangarme aus und innerhalb eines Flügelschlags vergiftete er unsere Gefühle. Nahm uns die Luft zum Atmen. Dunkle Wolken zogen auf, und plötzlich flohen wir alle zusammen vor einem unsichtbaren Feind.

Einem Schatten.

Einem gesichtslosen Phantom.

Die kranke, bestialische, grauenhafte Dunkelheit legte sich über die Schmetterlinge, über jeden einzelnen, beraubte sie ihrer Freiheit, ihrer Gefühle, ihres Lichts. Er zerstörte sie alle.

Ich rang um Fassung, wollte den Schmetterlingen zur Rettung eilen, doch ich war wie gelähmt. Konnte mich nicht bewegen. Konnte nicht einmal atmen. Die Qual in ihren Herzen umklammerte mich, verkrüppelte mich, zerstörte mich. Keuchend schloss ich die Augen, versuchte die Bilder zu vergessen. Wollte nicht sehen, was als nächstes passierte.

„Verschwinde!" schrie ich in die dunkle Nacht hinein. Die Unendlichkeit verschluckte meinen Schrei. Verschluckte mich. Verzweifelt rang ich um Fassung, sah mich um und entdeckte, in weiter Ferne, ein Licht. Winzig klein. Doch es war da, ein Hoffnungsschimmer in tiefster Schwärze. Das Leuchten einer Seele. Ich hatte mich geirrt. Die Dunkelheit hatte nicht alle Schmetterlinge zerstört.

Einer hatte entkommen können. Ein Einziger. Und, zusammen mit dem Gefühl der Hoffnung, schwirrte dieser Schmetterling wie ein Irrlicht in der Nacht umher. Suchend. Dieser Moment war magisch.

Dieses scheinbar winzige Kerlchen bewahrte mit seinem Leuchten die Hoffnung. Doch nicht nur seine. In ihm ruhte die Hoffnung aller. Dieser Schmetterling war zum Leuchten geboren. Sein Licht schenkte allen verlorenen Seelen in dieser Nacht Hoffnung. Er schenkte MIR Hoffnung.

Diese unbekannte Bedrohung, dieses unsichtbare Phantom, spürte den in mir erwachten Hoffnungsschimmer und schleuderte seine nebelartigen Rauchschwaden, wie brennende, in Säure getränkte Giftpfeile, direkt in mein Herz.

Hunderte.

Tausende.

Es wurden immer mehr.

Das Feuer versenkte meine Seele, die Flammen loderten… in mir… auf mir… überall. Ich schrie. Und schrie. Rang keuchend nach Luft. Würgte. Japste. Dieser Schmerz war so entsetzlich. So grauenvoll. Ich konnte nicht mehr aufhören zu schreien…

Phoenix

Plötzlich riss mich ein Schrei aus dem ruhelosen Schlaf. Dieser Schrei stellte ALLES, was ich bis dahin gehört hatte, in den Schatten. Diese Seelenqual, dieses Grauen… Nie zuvor hatte ich einen solchen, alleszerreißenden, Schmerzensschrei gehört.

Nie.

Niemals.

Niemals zuvor.

Und das, trotz der unzähligen Schreie, die ich im Laufe meines Daseins hatte hören müssen, hatte ertragen müssen. Schreie, die mich bis ans Ende meiner Tage verfolgen würden.

Summer schlug mit den Armen wild um sich. Ihre Augen waren geschlossen. Der Alptraum hielt sie noch immer gefangen. Sie schaffte nicht zu fliehen. Schaffte nicht aufzuwachen. Schaffte nicht zu entkommen.

Ihre Atmung beschleunigte sich. Ihr gesamter Körper zitterte, bebte, und Schweißperlen bildeten sich auf ihrem Gesicht. Ich nahm sie in die Arme, hielt sie fest umklammert und redete beruhigend auf sie ein. Hoffte, dass meine Stimme einen Weg in ihre Träume finden würde.

„Schhht. Ich bin hier. Hörst du, Summer? Ich bin hier. Ich pass auf, dass dir nichts passiert."

Die ganze Zeit über berührte ich sie. Streichelte ihr Gesicht. Ihre Wangen. Ihren Mund. Doch, egal was ich versuchte, egal was ich sagte, ich schaffte nicht sie zu beruhigen, sie aufzuwecken.

Diese Hilflosigkeit überforderte mich. Versenkte mich. Ließ mich stumm schreiend in der Unendlichkeit zurück. Ich wusste nicht, wie ich ihr die Angst nehmen sollte. Wie ich sie retten sollte. Retten, ohne sie gleichzeitig zu zerstören. Immer wieder schüttelte ich sie leicht. Verdammt. Irgendwie musste es mir gelingen sie aus dieser Hölle zu befreien. Dann plötzlich, als ich schon nicht mehr damit rechnete, öffnete Summer blinzelnd ihre Augen. Endlich. Sie war zurück. Sie war hier, bei mir. Sie wirkte desorientiert, aber sie war wach. Das war alles, was zählte.

Ich schaute ihr ins Gesicht. In die Augen. Selbst jetzt konnte ich noch diesen entsetzlichen Schmerz in ihrem Blick erkennen. Als hätte er einen Weg aus ihren Alpträumen herausgeschafft. Hierher. In die reale Welt. Fernab von den Gitterstäben ihres Unterbewusstseins.

Fassungslos starrte Summer mich an. Verwirrt. Vollkommen durcheinander. Sie öffnete den Mund, versuchte etwas zu sagen, brachte aber keinen Ton heraus.

Ich zählte die Sekunden.

Zählte die Herzschläge.

Eins.

Zwei.

Drei...

Ihre Atmung wurde ruhiger, ihr Körper hörte endlich auf zu zittern.

„Phoenix?", murmelte sie unsicher und schaute mich an, als wäre ich eine Illusion. Eine Halluzination.

„Ich bin hier, Prinzessin", sagte ich leise und legte ihr meine Hand auf die Wange. Sofort schmiegte sich ihr Gesicht dagegen.

„Lass mich nicht allein", wimmerte sie verängstigt.

„Ich lass dich nicht allein. Nie wieder."

„Versprochen?" fragte sie zögerlich, ängstlich... als könnte ich es mir jeden Moment anders überlegen.

„Versprochen!", versicherte ich ihr, ohne mir über die Konsequenzen meines Versprechens Gedanken zu machen.

Alles, was ich in diesem Moment wollte, war... sie zu beschützen. Etwas, was ich schon die ganze Zeit über hätte tun sollen. Verflucht. Ich war ihr Seelenpartner. Ihr Beschützer. Ich. Nicht Tyler. Nicht Hope. Nicht Damon.

Niemand durfte ihr solche Schmerzen zufügen. Niemand durfte sie verletzen. Niemand. Absolut NIEMAND.

Die Erinnerungen schienen zu ihr zurückkehren zu wollen. Zumindest deutete vieles darauf hin. Scheinbar war ich nicht länger in der Lage es aufzuhalten, zu verhindern.

Wie zum Teufel hatte das passieren können? Eigentlich sollte es unmöglich sein. Nein. Es müsste unmöglich sein. Und doch versuchten die Erinnerungen, sowohl ihre wie auch meine Mauern zu durchbrechen. Mauern, die nicht länger aus Stahl bestanden. Sondern aus

Glas. Und Glas war zerbrechlich. Der kleinste Riss… und die Mauern würden in sich zusammenfallen. Zersplittern.

Summer suchte mein Gesicht. Meinen Blick. Einen Wimpernschlag später setzte mein Verstand aus. Was würde ich nur dafür geben, wenn ich sie jede Nacht im Arm halten könnte, dürfte.

Ich schüttelte den Kopf. Verbot mir diesen Gedanken. Versuchte ihn mit aller Macht zu unterdrücken. Nicht zuzulassen.

Ich musste vorsichtiger sein.

Wachsamer.

Verdammt.

Es stand einfach zu viel auf dem Spiel.

Ein Spiel, nach dessen Spielregeln ich jedoch nicht länger zu spielen bereit war…

Panisch erwachte ich aus dem Schlaf, zum zweiten Mal in dieser Nacht. Irgendetwas war jedoch anders als sonst. Im ersten Moment begriff ich nicht was es war, konnte dieses Geräusch nicht zuordnen, konnte dieses Kribbeln nicht nachvollziehen, konnte die Wärme in meinem Herzen nicht erklären, bis ich schließlich seine flüsternden Herzschläge an meiner Wange fühlte.

Vorsichtig öffnete ich die Augen. Phoenix. Er war hier. Bei mir.

Ich lag in seinen Armen und mein Kopf ruhte an seiner Brust. Er hielt mich so fest, als würde er mich selbst jetzt im Schlaf, beschützen wollen. Ich atmete seinen Duft ein und schloss mit einem zufriedenen Seufzer die Augen, begab mich in die Obhut seiner Gefühle.

Eine gehauchte Berührung. Zärtlich streichelte er mir übers Gesicht. Die Stimme seines Herzens, ich konnte sie hören. Wie ein zarter Windhauch und doch nicht greifbar. Der tosende Sturm verschluckte das leise Gefühl, während das Echo in mich hineinkroch, wie ein Flüstern im Wind. Schutzsuchend.

Obwohl meine Augen längst wieder geschlossen waren, war ich hellwach. In seiner Nähe an Schlaf zu denken war schier unmöglich. Ich wollte jede Sekunde genießen. Keinen seiner Herzschläge verpassen. Keinen seiner Atemzüge.

Ich kuschelte mich enger an ihn. Vorsichtig öffnete ich die Augen. Phoenix schlief. Friedlich. Ich beobachtete ihn und während ich meine Augen nicht von seinem Gesicht abwenden konnte, durchflutete mich ein Gefühl tiefer Verbundenheit. Ein Gefühl, als würden unsere Seelen miteinander verschmelzen. Je länger ich ihn ansah, desto stärker wurde das Verlangen ihn zu berühren. Zu küssen.

Ich versuchte gar nicht erst dagegen anzukämpfen. Ganz langsam, ohne ruckartige Bewegungen, näherte ich mich seinem Gesicht, seinem Mund. Diese Lippen…

Ich hauchte ihm einen leichten, schüchternen Kuss auf den Mund, hoffte ihn nicht versehentlich zu wecken. Seine Mundwinkel verzogen sich zu einem leichten Lächeln. Im ersten Moment befürchtete ich, dass ich ihn geweckt haben könnte. Doch Phoenix schlief. Tief und fest. Er wachte nicht auf, sondern murmelte im Schlaf leise meinen Namen.

Erneut beugte ich mich über ihn, stahl ihm einen seiner Atemzüge.

Glitzernde Eiskristalle schwebten durch die Luft, gefüllt mit der Wärme unendlich vieler Sonnenstrahlen. Sie leuchteten, funkelten, wie winzige Regenbogensplitter. Dieses Farbenspiel erfüllte mich, berauschte mich, und ich hörte das freudige Lachen meiner Gefühle. Mein Herz atmete, tanzte, genau wie meine Seele.

Ich suchte Phoenix' Hand, verschränkte unsere Finger und legte mir diese wie ein Kissen, in das ich mich bettete, unter mein Gesicht. Schmiegte mich hinein, und schlief lächelnd ein.

Summer

„**P**hoenix?", murmelte ich mit der Stimme einer Fremden. Meine Augenlider fühlten sich so schwer an, dass es eine Weile dauerte, bis ich in der Lage war sie zu öffnen.

Die Sonnenstrahlen, die sich einen Weg durch die Wolkendecke bahnten, fielen durchs Fenster und erhellten das Zimmer. Verschlafen rieb ich mir übers Gesicht. Ein scharfes Einatmen und die Müdigkeit fiel schlagartig von mir ab. Floh vor dem Hinterhalt der unzähligen, aus ihrem Tiefschlaf gerissenen Stecknadeln. Mein Kopf hatte sich über Nacht in eine Herberge für alle verlorengegangenen Nadeln der Welt verwandelt. Nadeln. Nadeln… Mein Kopf war ausgebucht, wegen Überfüllung geschlossen. Bei jedem Atemzug, bei jedem Gedanken, stachen sie zu. Beschwerten sich. Beklagten sich.

Die Erinnerungen an letzte Nacht kehrten bruchstückweise zurück. Phoenix?

Eine unbedachte ruckartige Bewegung und jede in meinem Kopf existierende Stecknadel stach zu. Erbarmungslos. Rücksichtslos. Ich ignorierte den Schmerz, blendete ihn aus. Ich musste mich bewegen. Musste mich einfach vergewissern, ob Phoenix noch hier war… oder ob die letzte Nacht nicht mehr gewesen war als ein Traum.

Doch ich verlor den Kampf. Die Nadeln siegten. Verpassten mir einen Dämpfer. Leise stöhnend sank ich zurück ins Kopfkissen und krächzte kaum hörbar: „Ohhh… verdammt."

Erst jetzt merkte ich, wie trocken mein Hals war. Wie kratzig er sich anfühlte. Ich musste dringend etwas trinken. Wasser. Wie eine durch Sonnenstrahlen verwelkte Blume sehnte ich mich verzweifelt nach Flüssigkeit. Verfluchter Nachdurst. Verfluchter Alkohol.

Eine winzige Bewegung. Kaum fühlbar. Doch das Senken der Matratze wurde nicht von mir verursacht.

„Summer? Alles in Ordnung?" Phoenix beugte sich über mich. Betrachtete mich besorgt.

Die Farbe seiner Augen, das Leuchten in seinem Blick, offenbarte mir die Tiefe seiner Gefühle. Diese Augen hatten zu viel gesehen. Zu viel gefühlt. Wussten mehr, als sie bereit waren zu sagen.

Die Gefühle von letzter Nacht kehrten zurück. Am liebsten würde ich mich jetzt in seine Arme werfen und ihn bitten mich festzuhalten. Mich nie wieder loszulassen. Nie wieder. Diesem Verlangen nicht nachzugeben, fiel mir schwer, so unsagbar schwer. Aber... ich schaffte es. Irgendwie. Die Worte blieben mir im Hals stecken.

Das Lächeln, das auf seinem Gesicht erschien, wirkte gequält. Er versuchte den Blick abzuwenden, doch er schaffte es genauso wenig wie ich. Gefühle verharrten in der Luft, schwebten über unsere Köpfe hinweg, ließen mich zusammenzucken. Mein Herz raste, wollte aus meiner Brust springen. Fliehen. Vor dem Schmerz in seinem Blick fliehen. Zittrig schnappte ich nach Luft, rutschte nach hinten, ans Kopfende. Mein Rücken suchte Halt. Genau wie ich.

Phoenix räusperte sich, holte tief Luft. „Ich... ich sollte jetzt besser gehen."

Mein Herz verwandelte sich in Schnee. Seine Worte waren wie Sonnenstrahlen. Beraubten mich meiner Kraft. Versuchten mich auszulöschen. Der Schnee begann zu tauen. Zu Schmelzen. Und ich verwandelte mich erneut in einen Regentropfen.

Die Hitze versenkte meine Stimmbänder und all meine Buchstaben gingen in Flammen auf, zerfielen zu Staub und Asche. Mir fehlten die Worte. Ich wusste nicht, was ich sagen sollte. Dabei wäre es so einfach. Ich müsste nur den Mut finden und meinen Gedanken Leben einhauchen. Ich wollte nicht, dass er ging. Wollte es einfach nicht. Und doch schwieg ich. Sagte keinen Ton. Gab keinen Laut von mir.

„Summer?"

Als Antwort beugte ich mich ihm entgegen und hauchte ihm einen unschuldigen Kuss auf die Wange und flüsterte, ohne meine Lippen von seinem Gesicht zu lösen „Danke. Für alles, was du letzte Nacht für mich getan hast."

Wortlos umarmte er mich, zog mich an seine Brust. Er vergrub sein Gesicht in meinem Haar.

Noch während ich mir wünschte die Zeit anhalten zu können, löste er sich von mir. Ging auf Abstand. Zögerlich drehte er sich von mir weg, setzte sich an die Bettkante. Und stand wenig später auf.

Um nicht sehen zu müssen, wie er das Zimmer verließ, wie er mich verließ, schaute ich sehnsüchtig durchs Fenster nach draußen in die Wolken.

Hörte leise Schritte.

Hörte das Flüstern der Stille.

Dann…

Fiel die Tür ins Schloss.

Stille.

Mir wurde kalt, eiskalt.

Ein Gefühl von Einsamkeit ergriff von mir Besitz, verwirrte mich.

Ich rollte mich zu einer Kugel zusammen.

Versuchte die Kälte von mir fernzuhalten, sie auszusperren.

Ich schloss die Augen und suchte Trost und Wärme im Schlaf…

Erst als mich der Klingelton meines Handys weckte, öffnete ich zum zweiten Mal an diesem Morgen die Augen. Doch es war längst später Mittag. Phoenix' Verschwinden lag also bereits mehrere Stunden zurück.

Erneut klingelte das Handy. Ich war mir ziemlich sicher, dass es sich bei diesem Anrufer nicht um Phoenix handeln konnte, obwohl ich es mir insgeheim wünschte. Demnach kam nur eine Person in Frage, die mich jetzt schon eine gefühlte Ewigkeit versuchte zu erreichen. Nur eine Person konnte so hartnäckig sein. Wobei man es durchaus auch als nervig bezeichnen könnte. Ja, Hope war oft nervig. Liebenswert, aber nervig. Oh, Gott... genau dafür liebte ich sie. Ich wusste, dass sie nicht eher ruhen würde, bis sie ihr Ziel erreicht hatte. Dieses Gespräch war unausweichlich. Falls ich nicht ans Handy gehen würde, wäre es mit Sicherheit nur noch eine Frage der Zeit, bis Hope hier in meinem Zimmer auftauchen würde. Das musste ich verhindern. Genau aus diesem Grund nahm ich das Gespräch an.

„Das wurde auch verdammt nochmal höchste Zeit! Wieso hat das so lange gedauert? Hast du überhaupt eine Vorstellung davon, welche Sorgen ich mir gemacht habe?!", schrie Hope aufgewühlt ins Handy, so laut, dass ich mir das Teil vom Ohr weghielt, um keinen Hörsturz zu bekommen. Erst als sie sich einigermaßen beruhigt zu haben schien und nicht mehr ganz so laut ins Handy brüllte, unterbrach ich sie.

„Hope", sagte ich genervt und belustigt zugleich.

Weiter kam ich nicht. Hope hasste es, wenn jemand sie mitten im Satz unterbrach. Einen Fehler, den ich soeben begangen hatte. Böser Fehler. Ganz böser Fehler.

„Summer!", ermahnte sie mich in einem Ton, der keine Widerworte zuließ. Doch, da sie mir zum Glück nicht gegenübersaß, ignorierte ich ihre unausgesprochene Warnung.

„Mir geht´s gut", seufzte ich theatralisch. „Kein Grund, die Welt in Panik zu versetzen."

„Das ist nicht witzig. Ich mein es ernst. Todernst. Kapiert?! Du bist gestern, ohne mir etwas zu sagen, klammheimlich mit deinem Traumprinzen verschwunden. Was zum Teufel hast du dir bloß dabei gedacht? Dir hätte weiß Gott was passieren können. Jemand hätte dich kidnappen können. Oder Schlimmeres…"

„Schon gut. Schon gut. Jetzt beruhig dich mal wieder. Du bist ja schlimmer als ne Glucke", lachte ich. „Findest du nicht, dass du etwas übertreibst?! Warum sollte mich jemand kidnappen wollen? Und außerdem… glaubst du, ich hatte das Ganze geplant? Ich wusste selbst nicht, was ich vorhatte, nachdem ich beschlossen hatte von dort zu verschwinden. Ich mein… Phoenix ist praktisch aus dem Nichts aufgetaucht. Plötzlich stand er genau vor mir und… Woher weißt du überhaupt, mit wem ich verschwunden bin? Woher weißt du, dass es Phoenix war, der mich nach Hause gebracht hat? Hope?!"

„Du kannst echt von Glück sagen, dass ich dich so verdammt lieb hab. Ansonsten … Ach egal, lassen wir das. Woher ich das weiß? Jedenfalls nicht von dir."

„Ach, ehrlich? Jetzt sag schon… Woher?"

„Sagen wir einfach, ein kleines liebes Vögelchen, dass nicht wollte, dass ich die Nacht damit verbringe, blind vor Sorge in der Dunkelheit nach meiner besten Freundin zu suchen, hat mir eine kurze Nachricht gezwitschert."

„Ohhh, ein Vögelchen. Verstehe. Hört das Vögelchen, von dem hier die Rede ist, zufällig auf den Namen Phoenix?"

„Schon möglich", summte Hope ins Handy. „Übrigens… ein hübscher Name, für ein so hübsches Vögelchen. Findest du nicht auch?"

„Was willst du jetzt von mir hören? Dass es mir leidtut? Dass ich dieses Vögelchen hätte sein müssen? Ja, okay… du hast Recht. Ich… keine Ahnung. Es tut mir leid. Ich… ich habe einfach nicht darüber nachgedacht, dass du dir Sorgen machen könntest."

„Tja, das passiert eben, wenn der Traumprinz vor einem steht."

„Was?", fragte ich verdutzt und verdrehte die Augen.

„Man hört einfach auf zu denken…"

„Es hat nicht an Phoenix gelegen", protestierte ich schwach. Viel zu schwach. „Okay", gestand ich schließlich zögerlich. „Aber, nur um das klarzustellen… es hat nicht *nur* an Phoenix gelegen. Mir ging es gestern echt total…"

„Beschissen", beendete Hope meinen angefangenen Satz. „Ich weiß. Ich mach dir ja auch keinen Vorwurf."

„Ach? Tust du nicht? Es fühlt sich nämlich nach *Vorwurf* an."

„Naja…Wie genau definierst du denn das Wort Vorwurf?" Anstatt mir die Möglichkeit zu geben, darauf etwas zu erwidern, beantwortete sie ihre an mich gestellte Frage einfach selbst. „Ich mache dir keinen Vorwurf. Ehrlich. Ich… ich wollte nur wissen, ob es dir heute immer noch so dreckig geht."

„Ich trinke nie wieder Alkohol. Nie wieder", jammerte ich.

„So schlimm?", erkundigte sich Hope leise lachend.

„Nein. Noch viel schlimmer!" Allein bei der Erwähnung des Wortes *Alkohol* fing mein Magen erneut an zu rebellieren. Und, obwohl mir der Schädel brummte, musste ich über meine eigene Bemerkung lachen.

„Hast du heute schon was vor?"

Ich runzelte die Stirn. „Abgesehen davon mich hier im Bett zu verstecken? Nö. Eigentlich nicht. Warum? Was hast du vor? Du fragst doch nicht ohne Grund…"

„Damon hat für heute einen DVD-Abend geplant. Und wir haben uns gefragt, ob…"

„Ob ich fit genug bin…?", beendete ich für sie lachend den Satz.

„Keine Ahnung. Ich denke schon. Wann soll es denn losgehen?"

„So gegen sieben. Aber… wenn du Lust hast, kannst du ruhig schon früher kommen. Dann können wir vorher noch in Ruhe quatschen."

„Quatschen?", wiederholte ich lachend. „Tun wir das nicht gerade?"

„Tu nicht so, Summer. Du weißt genau, was damit gemeint war."

„Wer kommt denn sonst noch?", wechselte ich das Thema.

„Hm, eigentlich die Üblichen. Du weißt schon… Logan, Tyler, ach ja… und Simon", zählte Hope auf. „Aber, wenn du möchtest… dann, naja, dann kannst du Phoenix ja noch fragen."

„Phoenix? Warum sollte ich das wollen?", fragte ich entrüstet.

„Ach... war nur so ein Gedanke."

„Du sollst nicht immer so viel denken", erwiderte ich schnippisch. Kaum waren die Worte raus, bereute ich sie auch schon. Wobei, eigentlich bereute ich vielmehr meine zickige Art.

„Tut mir leid, Süße. Ich wollte nicht so kratzbürstig sein. Es ist nur so dass, naja, es ist..." Ich suchte nach dem richtigen Wort. „Kompliziert."

„Du musst es mir nicht erklären, wenn du nicht willst."

„So ist es ja überhaupt nicht. Ich würde es dir gerne erklären, wenn ich könnte. Ich weiß einfach nicht, wie ich das zwischen ihm und mir beschreiben soll. Und... abgesehen davon, weiß ich noch nicht einmal, ob es überhaupt *etwas* zwischen uns gibt, das ich dir erklären könnte. Verstehst du, was ich damit meine?"

„Ich verstehe dich sogar verdammt gut."

Summer

Stöhnend warf ich mich zurück ins Kopfkissen und vergrub das Gesicht in dem neben mir liegenden Kuschelkissen. Ein Fehler. Sofort stieg mir sein Geruch in die Nase. Was wiederum zur Folge hatte, dass ich mir jede kleinste Kleinigkeit ins Gedächtnis rief. Die Farbe seiner Augen. Das Leuchten in seinem Blick. Die pechschwarzen Wimpern. Wimpern, die in der Sonne glitzerten, wie goldene Spinnweben. Die Grübchen, wenn er versuchte sich das Lachen zu verkneifen. Und erst dieses Lächeln – unbeschreiblich.

Es gab so viele unterschiedliche Arten, wie er lächelte. Gestern Abend war es ein Lächeln gewesen, dass mit Worten nicht zu beschreiben war. Schüchtern. Verlegen. Verträumt.

Es war ein Lächeln gewesen, dass sich jedes verliebte Mädchen erhoffte.

Eins, dass dich in Lichtgeschwindigkeit in den 7. Himmel beförderte.

Eins, dass dich auf Wolken schweben ließ.

Eins, dass dir das Gefühl schenkte etwas Besonderes zu sein.

Eins, dass dich bis in deine Träume hinein verfolgte... und dich nie wieder losließ.

Ich versuchte die immer lauter werdenden Gedanken in meinem Kopf zum Verstummen zu bringen. Mehr oder weniger erfolgreich. Mein Kopf verwandelte sich in eine Baustelle mit unzähligen Presslufthammern. Das war das erste und letzte Mal, dass ich mich so sinnlos betrunken hatte. Nie wieder. Nie... nie wieder.

Wenn du gestern nicht so viel getrunken hättest, dann hätte Phoenix nicht die Nacht bei dir verbracht erinnerte mich die Stimme in meinem Kopf. Und wenn schon... Was hatte es mir im Endeffekt gebracht? Abgesehen von dem Gefühl, als wäre ich von einem Panzer überrollt worden?

Genau! Nichts weiter als noch größeren Herzschmerz!

Wo war er denn jetzt? Mein ach so toller Held in schimmernder Rüstung…?
Richtig!
Weg.
Verschwunden.
Untergetaucht.
Wie immer.
Und ich lag wie ein Häufchen Elend in meinem Bett.
Eingesperrt in einem Turm, hoch oben über den Wolken. Jetzt war ich eine wahrhaftige Prinzessin. Eine, die vergeblich darauf wartete, gerettet zu werden.
Doch damit war jetzt Schluss.
Endgültig.

Unter der Dusche ließ ich das kalte Wasser über mich ergehen. Die Kälte war gar nicht mal so schlimm. Im Gegenteil. Es bewirkte wahre Wunder. Ich fühlte mich wie neu geboren. Als könnte ich Bäume ausreißen. Naja, kleine Bäumchen… aber immerhin.

Nachdem ich fertig angezogen war und mir die Haare zu einem unordentlichen Knoten hochgesteckt hatte, machte ich mich auf den Weg nach unten in die Küche.

Ich holte mir ein Glas aus dem Schrank und schüttete mir den zuvor aus dem Kühlschrank geholten Orangensaft ein. In einem Zug leerte ich das Glas. Die Kopfschmerzen waren zwar so gut wie verschwunden, doch ich beschloss vorsichtshalber eine Schmerztablette zu nehmen. Obwohl ich gerade ein ganzes Glas Orangensaft getrunken hatte, verspürte ich nach wie vor diesen entsetzlichen Nachdurst. Ich füllte mein Glas mit Leitungswasser, lehnte mich an die Spüle und begann die Flüssigkeit in winzigen Schlückchen zu trinken. Das leere Glas stellte ich in die Spülmaschine.

Kurze Zeit später hörte ich, wie die Haustür aufgeschlossen wurde. Holly, Charlie und die Zwillinge kamen zu mir in die Küche und stellten die Einkäufe auf den Tisch.

„Oh. Du bist ja wach", stellte Holly sichtlich erstaunt fest. Lachend verstaute sie die Cornflakes im Küchenschrank.

„Naja. Mehr oder weniger", erwiderte ich leise und half Holly beim Auspacken.

„Wie spät bist du eigentlich nach Hause gekommen?", fragte sie, während sie gleichzeitig das Obst in die Schale legte. „Ich habe dich gar nicht gehört."

„Nicht?" Meine Verwunderung war nicht zu überhören. Merkwürdig. Normalerweise hatte Holly einen so leichten Schlaf, dass sie selbst eine fallengelassene Stecknadel hörte. Ich zuckte mit den Schultern. Tja, ehrlich gesagt, war ich dankbar und erleichtert, dass sie mich in diesem erbärmlichen Zustand nicht zu Gesicht bekommen hatte.

„Nein. Ich habe nichts gehört. Absolut nichts. Ist schon irgendwie komisch. Ich mein, ich kann mich nicht erinnern, wann ich das letzte Mal so tief und fest geschlafen habe…" überlegte sie laut und zog die Stirn in Falten. „Ach. Egal…"

„Kein Wunder. Ich kann mich nämlich auch nicht daran erinnern, dass du, seitdem ich hier wohne, überhaupt mal eine Nacht durchgeschlafen hast. An deiner Stelle wäre ich schon längst im Stehen eingeschlafen. Holly, du bist keine Maschine. Auch du brauchst deinen Schlaf."

„Ich habe keine Zeit zum Schlafen", lachte sie. „Du weißt doch… Mutter zu sein bedeutet einen 24-Stunden-Tag. Man kann nicht einfach abschalten, oder auf Pause drücken."

„Tja, ich bin wohl nicht ganz unschuldig an deinem Schlafmangel", gab ich schuldbewusst zu und senkte den Blick.

„Schatz", sagte Holly und schloss mich in ihre Arme. „So war das nicht gemeint. Ich hoffe, dass weißt du. Dich trifft keine Schuld. Nicht die Geringste."

„Wenn diese Träume nicht wären…"

„Summer", unterbrach sie mich liebevoll. „Irgendwann werden diese Träume aufhören. Doch, so lange das nicht passiert, werde ich für dich da sein. Genau wie für Luc und Laney. Ich werde immer auf euch aufpassen. Verstehst du? Eine Mutter wird nie aufhören sich Sorgen zu machen. Nie. Und jetzt Schluss damit. Ich will nicht, dass du dich schuldig fühlst. Für mich ist es kein Opfer. Ich mach es gerne. So weiß ich wenigstens, dass ich gebraucht werde."

„Weißt du eigentlich, wie lieb ich dich hab?" Es war erstaunlich, wie sehr mich ihre, und meine eigenen Worte berührten. Ich bekam ganz feuchte Augen. So unauffällig wie möglich wischte ich die salzige Flüssigkeit mit dem Zeigefinger weg. Zu spät. Holly hatte die schimmernden Tränchen längst bemerkt. Sie nahm mich in die Arme und streichelte sanft über meinen Rücken. „Ich hab dich auch lieb, mein Schatz."

Onkel Charlie kehrte zurück in die Küche. Sah uns mit seinen bernsteinfarbenen Augen an. Es war eine einzigartige Mischung aus Honig und Cognac. In seinem Blick spiegelten sich Wärme. Liebe. Und Stolz. Er musste das Gespräch zwischen Holly und mir mitbekommen haben. Zumindest den letzten Teil. Anders ließ sich seine Reaktion nicht erklären.

„Was habe ich doch für ein Glück mit zwei so bezaubernden Frauen unter einem Dach leben zu dürfen."

Holly machte einen Schritt auf Charlie zu und drückte ihm ein Küsschen auf den Mund.

„Womit habe ich das denn verdient?", fragte er grinsend und schaute Holly verliebt in die Augen.

„Das, Darling… war dafür, dass du bist, wie du bist."

So viel Gefühlsdusseligkeit war meinem Onkel dann doch etwas zu viel. Es war ihm unangenehm so ein Kompliment zu bekommen, auch wenn er es auf der anderen Seite sichtlich genoss. Er lächelte verlegen und fuhr sich mit der Hand durch sein graumeliertes Haar.

„Ähm, ja. Wegen des Spieleabends… Was haltet ihr von der Idee, wenn wir stattdessen eine kleine Barbecue-Party im Garten veranstalten", wechselte Charlie das Thema.

„Da fragst du noch?" Ich fand die Idee großartig.

„Mich hast du schon bei dem Wort Barbecue überzeugt", sagte Holly lächelnd. Voller Begeisterung.

„Prima. Dann wäre das ja geklärt", freute sich Charlie. „Sagst du Hope und den anderen Bescheid? Ach ja, bevor ich es vergesse… sag Hope bitte, dass sie ihren neuen Freund, wie hieß er doch gleich? Logan… stimmt. Naja, jedenfalls kann sie ihn gerne mitbringen. Jetzt, wo die zwei zusammen sind, gehört er ja praktisch zur Familie dazu. Und es wird höchste Zeit, dass ich diesen Logan persönlich kennenlerne", lachte er und zwinkerte mir zu. Grinsend verdrehte ich die Augen, woraufhin Charlie mit den Schultern zuckte und leise lachte.

„Ich wollte eh gleich zu Hope. DVD-Abend. Wenn ich dran denke…" Ich schaute Charlie mit großen Augen an. „Dann werde ich Hope und den anderen direkt Bescheid sagen."

„Schön", sagten Holly und Charlie gleichzeitig und fingen an wie verliebte Teenager zu kichern.

„Sag mal, wann wolltest du denn los?", erkundigte sich Holly und schaute auf die Küchenuhr. Ich folgte ihrem Blick. „Mist", murmelte ich. „Ich müsste längst unterwegs sein."

„Die werden schon nicht ohne dich anfangen. Schließlich kennen sie es ja nicht anders", zog Charlie mich auf und machte sich über meine Unpünktlichkeit lustig. Wie ein Blitz schoss ich zur Tür, schnappte mir im Flur die Autoschlüssel von der Kommode und rief ihnen beim Öffnen der Haustür noch ein „Bis später" zu.

Summer

Wie durch ein Wunder schaffte ich es pünktlich zur vereinbarten Zeit bei Hope vorm Haus zu parken. Ich klingelte. Als Hope die Tür öffnete sah sie abwechselnd mich und ihre Armbanduhr ungläubig an.

„Deine Uhr ist nicht kaputt", versicherte ich ihr mit einem schelmischen Grinsen und drückte ihr zur Begrüßung ein Küsschen auf die Wange. Ich ging an ihr vorbei ins Haus.

„Dann muss deine wohl kaputt sein", rief sie mir lachend hinterher und schloss die Tür. „Jetzt warte doch mal."

Ich blieb stehen und schaute über die Schulter hinweg in ihre Richtung. Kopfschüttelnd stand Hope im Flur, die Arme in die Hüften gestemmt. „Bist du es wirklich? Summer? Meine Summer? Was ist gestern Abend mit dir passiert?"

„Du bist echt unmöglich. Ich wollte dich zur Abwechslung einfach mal überraschen."

„Die Überraschung ist dir gelungen", versicherte sie schmunzelnd und lief an mir vorbei. „Jetzt komm, die anderen warten schon."

„Die anderen? Sind die etwa schon alle hier? Das heißt, dann bin ich ja doch wieder die Letzte." Ich zog einen Flunsch. „Wozu dann der ganze Stress? Hm?"

„Immerhin bist du pünktlich. Das ist doch schon mal ein Anfang."

„Gewöhn dich lieber nicht dran", konterte ich gespielt beleidigt.

Damon! Schoss es mir blitzartig durch den Kopf. In wenigen Sekunden würde ich ihm gegenüberstehen... und dann... WAS? Warum hatte ich nicht früher darüber nachgedacht? *Weil wegen Phoenix kein Platz mehr für andere Gedanken ist* verhöhnte mich die Stimme in meinem Kopf. Phoenix füllte jeden Millimeter meines Gehirns. Zu jeder Zeit. Ununterbrochen. Verdammt. Verdammt. Verdammt...

Jammern half jetzt auch nichts mehr. Es war zu spät. Ich war bereits hier, nur wenige Schritte von Damon entfernt.

Warum hatte ich mich gestern nur so betrinken müssen? Ich hätte wissen müssen, dass bei Damon der Beschützerinstinkt durchkommen würde. Fuck! Wen versuchte ich hier eigentlich zu belügen?! Es ging nicht darum, dass er versucht hatte auf mich aufzupassen, sondern um seine Gefühle. Wenn ich ihm nur nicht so in die Augen geguckt hätte... wenn ich doch bloß nicht das gefunden hätte, was ich nicht hatte finden wollen. Sein Blick hatte mir seine wahren Gefühle offenbart. Gefühle, die weit über eine Freundschaft hinausgingen. Das Leuchten seiner Augen. Dieses Funkeln...

Ich musste gucken, wie ich das wieder geradebog, ohne Damon dabei zu verletzten. *Als wenn das möglich wäre...* Die Stimme in meinem Kopf war noch schwerer zu ertragen als die Schuldgefühle.

Hope bemerkte mein Zögern. „Was ist?", fragte sie mit besorgtem Blick und versuchte aus meinem Gesichtsausdruck schlau zu werden.

„Damon", flüsterte ich.

„Was soll mit ihm sein?"

„Hat er irgendetwas zu dir gesagt? Wegen gestern Abend? Ist er sauer auf mich?"

„Wieso sollte Damon sauer auf dich sein?"

„Naja... weil ich doch gestern einfach verschwunden bin. Dabei hatte ich ihm gesagt, dass ich nur kurz zur Toilette müsste..." Ich senkte den Blick. „Verstehst du? Ich habe Damon gestern belogen."

„Darüber machst du dir Sorgen? Summer... selbst wenn Damon sauer wäre, was er nicht ist, dann wäre es eh nur ne Sache von paar Sekunden. Du weißt, dass er dir nicht böse sein kann. Konnte er noch nie. Also, hör auf dir darüber Gedanken zu machen. Er wird dir schon nicht den Kopf abreißen. Und wenn doch, tja, dann bin immer noch ich da, um ihn wieder anzunähen."

„Hope", ermahnte ich sie mit schuldbewusstem Blick. „Das ist nicht unbedingt das, was ich hören wollte."

„Falls du dir Gedanken machst, dass er dich gestern den ganzen Abend lang gesucht haben könnte... dann kann ich dich beruhigen. Hat er nicht. Ich habe ihm nämlich gesagt, dass Phoenix dich nach Hause gebracht hat, weil es dir nicht gutging. So. Zufrieden?"

„Du hast *was*? Hope! Warum hast du es ihm erzählt?"

„Warum denn nicht? Was ist so schlimm daran? Hätte er sich lieber Sorgen um dich machen sollen? So wusste er wenigstens, dass dir nichts Schlimmes passiert ist."

„Du verstehst das nicht", murmelte ich völlig in Gedanken versunken.

„*Was* verstehe ich nicht?", fragte Hope vorsichtig und sah mir mit einem Blick, den ich nicht deuten konnte, direkt in die Augen.

Ich wollte ihr ja davon erzählen. Ehrlich. Aber, verdammt... das war gar nicht so einfach. Es ging nicht.

Damon war ihr Bruder. Ihr Zwillingsbruder. Wie sollte ich meiner besten Freundin erzählen, dass ich dabei war ihrem Bruder das Herz zu brechen?

„Nichts. Schon gut. Ich... ich geh nochmal kurz zur Toilette. Ihr könnt ja schon mal ohne mich anfangen."

Ja, ich war ein Feigling. Und ja, ich versuchte Zeit zu schinden. Was es mir brachte? Nichts. Trotzdem schloss ich hinter mir die Badezimmertür ab, um mich zu verstecken.

Nach etwa fünf Minuten traute ich mich wieder heraus. Ich atmete ein letztes Mal tief durch und betrat lächelnd das Wohnzimmer. Sämtliche Augenpaare starrten mich an. Meine Handflächen begannen zu schwitzen. Noch immer starrten mich alle an. Ungläubig. Verwundert. Skeptisch zog ich die Brauen zusammen. „Ein Wort... nur ein Wort über meine Pünktlichkeit und ich versichere euch... ich dreh mich um und verschwinde wieder. Und ich komme, wenn überhaupt, frühestens beim Abspann zurück." Ich versuchte grimmig zu gucken, scheiterte aber kläglich.

„Versprochen?" fragte Tyler und grinste mich herausfordernd an.

War ja klar, dass er als Erster seinen Senf dazu abgeben musste. Alles andere hätte mich auch schwer gewundert. Ich setzte mich zu Tyler aufs Sofa und boxte ihm kommentarlos gegen den Oberarm.

„Aua!", jammerte er und fasste sich mit gespielt schmerzverzerrtem Gesichtsausdruck an die Stelle, wo ich ihn soeben berührt hatte. „Wofür war das denn?"

Ich zog die Schultern hoch. „Keine Ahnung. Vielleicht ist das meine neue Art *Hallo* zu sagen."

„Du hast dich ganz schön verändert… seit gestern. Erst deine neu entdeckte Pünktlichkeit. Und jetzt stellt sich heraus, dass du in Wahrheit gar nicht das liebe nette Mädchen von nebenan bist. Sondern eine…"

„Ich warne dich, Tyler", schnitt ich ihm lachend das Wort ab.

Lachend knuffte er mir in die Taille, woraufhin ich ihm die Zunge herausstreckte.

„Komm zu mir… auf die dunkle Seite", hauchte Ty rauchig.

„Wer bist du?"

„Ich bin´s. Dein Vater", sagte er mit dunkler, verstellter Stimme und versuchte die Geräusche eines Lichtschwertes nachzuahmen.

„Oh man, Tyler… bei dir kommt echt jede Hilfe zu spät."

„Du willst mich also nicht retten?"

„Nein. Sorry… du hast gewählt und dich für die dunkle Seite entschieden. Ich bleib lieber hier, im Licht. Und… ehrlich… hier ist einfach nicht genug Platz für uns beide."

„Das liegt daran, dass du dich so breit machst", konterte er mit einem dreckigen Grinsen und streckte seinen Astralkörper zu allen Seiten hin aus.

„Was macht übrigens dein Kater?", fragte er belustigt.

„Ein Kätzchen wäre mir lieber", antwortete ich schlagfertig. „Genau wie ein größeres Sofa. Jetzt mach dich gefälligst nicht so breit."

„Ich bin so breit. Das ist alles geballte Muskelmasse."

Aus dem Augenwinkel bemerkte ich, wie Damon mich beobachtete. Das Herz schlug mir bis zum Hals. Vorsichtig linste ich in seine Richtung und versuchte seinen Gesichtsausdruck zu deuten. Vergeblich. Um das erkennen zu können, müsste ich genauer hinsehen. Und dazu war ich nicht bereit. Zumindest nicht in diesem Moment. Tyler lenkte mich ab. Er redete ohne Punkt und Komma. Genau aus diesem Grund hatte ich mich neben ihn gesetzt. Durch seinen Humor schaffte er jedes Mal mich auf andere Gedanken zu bringen.

„Jemand Lust auf Pizza?", fragte Hope in die Runde. Eifrig notierte sie sich jede einzelne Bestellung. Um in Ruhe telefonieren zu können, verschwand sie schließlich in der Küche. Keine halbe Stunde später klingelte es an der Haustür.

Mit mehreren Pizzakartons auf dem Arm betrat Hope das Wohnzimmer. Man konnte gar nicht so schnell gucken, wie der Stapel schrumpfte.

„Hey. Es ist genug für alle da. Ihr seid ja schlimmer als Hyänen", beschwerte sich Hope lachend. Danach wurde getauscht, bis jeder die richtige Pizza in den Händen hielt. Dem DVD-Abend stand somit nichts mehr im Wege.

Der Film war noch nicht ganz angefangen, es lief gerade mal der Vorspann, da sprang Hope auch schon leise kichernd auf und verschwand Richtung Küche. Ich konnte nicht einmal sagen, um welchen Film es sich gerade handelte. Bei der zur Auswahl stehenden Titel hatte ich nämlich nicht zugehört.

„Bier oder Cola?", hörten wir Hope von der Küche aus zu uns hinüber brüllen.

„Cola", antworten wir alle gleichzeitig, wie aus der Pistole geschossen und fingen im gleichen Atemzug an zu lachen. Scheinbar war ich nicht die Einzige, die nach der gestrigen Party erstmal genug vom Alkohol hatte. Ich schmunzelte. Logan stand auf und verschwand ebenfalls Richtung Küche, um seiner Freundin beim Tragen der Getränke behilflich zu sein. Kurz darauf kamen beide mit einem verräterischen Grinsen im Gesicht zurück ins Wohnzimmer und stellten die Cola, samt Gläser, auf den Tisch.

„Bedient euch."

Tyler, der schnell genug geschaltet und auf Pause gedrückt hatte, fragte mit vollem Mund „Was ist? Seid ihr endlich soweit?"

„Ja", kam es von allen Seiten.

„Können wir dann endlich anfangen?"

„Wir warten nur noch auf dich", sagte Simon.

„Auf mich?", fragte Tyler ungläubig.

„Ja. Auf dich. Du hast schließlich die Fernbedienung in der Hand", gab Simon lachend zurück.

Völlig vollgefuttert klappte ich die leere Pizzaschachtel zu, nachdem Ty mir freundlicherweise bei der Hälfte der Pizza behilflich war, und machte es mir so richtig gemütlich. Ich lehnte meinen Kopf an Tylers Schulter. Aus dem Augenwinkel bemerkte ich, wie Tyler sich bemühte die immer kleiner werdenden Augen krampfhaft offen zu halten. Immer wieder nickte er für den Bruchteil einer Sekunde weg. Das sah so komisch aus, dass ich nicht anders konnte... ich lachte lautstark los. In der nächsten Sekunde richteten sich sämtliche Augenpaare auf mich, alle mit einem riesigen Fragezeichen. Keiner konnte verstehen, warum ich lachte. Denn der Film, den wir gerade guckten, war alles andere als lustig.

„Was ist so komisch?", gähnte Tyler und setzte sich gerade hin.

„Ach... nichts", antwortete ich lachend. Ich schaffte einfach nicht mit dem Lachen aufzuhören.

„Wieso hörst du dann nicht auf zu lachen?"

„Das willst du mit Sicherheit nicht wissen, Tyler."

„Doch. JETZT will ich es wissen."

„Nun sag schon. Wir wollen auch lachen", kam es von Logan und Damon, während Hope und Simon zustimmend nickten.

„Okay... aber es wird dir mit Sicherheit nicht gefallen", sagte ich und sah Tyler dabei direkt in die Augen. „Also schön. Du hast mich gerade an jemanden erinnert", begann ich, fing aber sofort wieder an zu lachen.

„Und an *wen*, wenn ich fragen darf?" Tyler zog skeptisch die Brauen hoch.

„An Ed...", prustete ich los.

„Hä? Wer ist Ed?", fragte Simon, während Tyler längst wusste, wen ich meinte.

„An diese dumme... sabbernde Hyäne?" In diesem Augenblick hatte Tyler sogar denselben Gesichtsausdruck wie Ed aus dem Film *Der König der Löwen*.

„Ja... wobei in deinem Fall reicht die Beschreibung *sabbernde* Hyäne."

Tyler stimmte in mein Lachen ein, während unsere Freunde noch immer nicht wussten, worüber wir beide gerade diskutierten.

„Ich sabbere nicht", beschwerte sich Tyler gespielt entrüstet.

„Doch. Tust du. Da... ist der Beweis." Ich deutete mit dem Finger auf seinen Mund.

Tyler wischte sich den imaginären Sabber vom Mundwinkel.

„Seid ihr beide immer noch besoffen?", fragte Simon und schaute uns abwechselnd an.

Tyler verschluckte sich an seiner Cola und spuckte den Rest, den er im Mund hatte, Simon vor Lachen ins Gesicht. Damon konnte sich das Lachen nicht länger verkneifen, genau wie Hope. Der Film war vergessen. Die nächste Stunde verbrachten wir mit den witzigsten Vergleichen irgendwelcher Filmfiguren. Es gab keine Gnade. Je peinlicher der Vergleich, desto besser. Vor lauter Lachen stiegen mir Tränen in die Augen. Wann hatte ich das letzte Mal so herzhaft gelacht? Es kam mir wie eine Ewigkeit vor.

Es lief gerade der Abspann als Tyler und Simon aufstanden, ihre Arme in die Luft streckten und sich gähnend verabschiedeten. Für mich wurde es ebenfalls Zeit zu verschwinden. Ich war müde und war bereits zwischendurch beim Film ein paar Mal weggenickt. Hätte Tyler mich nicht immer wieder heimlich geweckt, hätte ich von der Handlung nichts mitbekommen und würde jetzt wahrscheinlich sabbernd auf dem Sofa liegen. Schnarchend. Ich streckte ebenfalls meine müden Glieder. Abgesehen davon wollte ich mich verdrücken, bevor Damon doch noch auf die Idee kommen würde, mich zur Rede zu stellen.

Kurz vor Ende des Films hatte ich einen Blick in seine Richtung riskiert. Zuerst hatte es so ausgesehen, als wenn er etwas sagen wollte… doch im letzten Moment hatte er es sich anscheinend anders überlegt und mich stattdessen zaghaft angelächelt. Ich hatte sogar geschafft zurückzulächeln.

Hope begleitete mich zur Tür. Ich umschloss gerade die Klinke, als mir einfiel, dass ich meinen Freunden noch gar nicht wegen der Barbecue-Party Bescheid gesagt hatte.

„Ach ja, hätte ich fast vergessen. Charlie plant für nächste Woche eine Barbecue-Party bei uns im Garten. Du weißt schon, anstelle des üblichen Spieleabends. Außerdem soll ich nicht vergessen, dir zu sagen, dass du Logan mitbringen sollst. Charlie würde nämlich gerne das…" Ich setzte das Wort *neue* mit den Fingern in Anführungszeichen in die Luft. „Familienmitglied kennenlernen."

„Klar. Hört sich super an. Selbe Uhrzeit?"

„Äh. Keine Ahnung. Ne Uhrzeit hatte er nicht genannt. Aber ich denke schon."

Hope öffnete den Mund, so als wollte sie etwas sagen, schloss ihn aber direkt wieder.

„Was?", sprudelte es aus mir heraus, bevor ich es verhindern konnte.

„Naja…", druckste sie verlegen herum. „Ich habe mich nur gerade gefragt, ob…" Hope brach den Satz ab, ohne ihn auszusprechen.

„Du hast dich *was* gefragt? Jetzt sag schon. Mach es nicht so spannend."

„Naja… ob Phoenix auch kommen wird. Zu der Barbecue-Party… Nächste Woche."

„Wieso sollte ich Phoenix einladen?", fragte ich erstaunt. Der Gedanke, dass er kommen würde, war so absurd, dass ich nicht eine Sekunde lang darüber nachgedacht hatte. Bis jetzt. Ich blickte Hope entgeistert an, unfähig dem noch etwas hinzuzufügen.

„Schade", murmelte sie leise, enttäuscht. „Ich dachte nur… nach gestern Abend…"

„Hope", unterbrach ich sie prompt, und zwar bevor sie die Möglichkeit hatte den angefangenen Satz zu Ende zu sprechen. „Da war *nichts*. Er hat mich nach Hause gebracht… und das, nachdem ich ihm quasi direkt vor die Füße gekotzt hatte."

„Du hast *was*?", prustete Hope lautstark los.

„Nicht so laut", zischte ich. „Muss ja nicht jeder mitbekommen. Ist auch so schon peinlich genug."

„Versteh ich gar nicht…"

„Spar dir deinen Sarkasmus. Für heute bin ich bestraft genug."

„Meinetwegen", willigte sie schmunzelnd ein. „Aber nur, wenn du mir alles haarklein erzählst. Und mit alles, meine ich alles…" Da war sie wieder, ihre angeborene Neugier. Es grenzte ohnehin an ein Wunder, dass sie überhaupt geschafft hatte, sich so lange zurückzuhalten.

Ich lachte. „Vergiss es."

„Summer! Ich warte", erwiderte sie mit gespielter Ungeduld, verschränkte die Arme vor der Brust und wippte mit dem rechten Fuß auf und ab.

„Hör zu, Süße. Da gibt es nichts. Ich habe dir bereits alles erzählt. Ich hab ihm vor die Füße gekotzt, er hat mich nach Hause gefahren…und ist wieder verschwunden. Ende der Geschichte. So. Zufrieden? Ist deine Neugier jetzt gestillt?"

Hope wusste, dass ich ihr nicht die Wahrheit erzählte. Ich spürte ihr Misstrauen, außerdem erkannte ich es an ihrem Blick und daran, wie sie die Nase rümpfte.

„So leicht kommst du mir nicht davon. Ich weiß, dass da mehr war, als du zugeben willst. Ich sehe es in deinem Blick", sagte Hope mit zusammengekniffenen Augen und guckte mich abschätzend an.

„Du spinnst doch. Ich muss jetzt los. Schlaf gut, Süße." Ich umarmte sie zum Abschied. Auf dem Weg zum Auto gähnte ich. Mehrmals. Es wurde höchste Zeit fürs Bett.

Gerade als ich den Wagen starten wollte, klopfte es an der Fensterscheibe. Erschrocken zuckte ich zusammen. Damon. Ich kurbelte die Scheibe herunter und sah ihn abwartend an. Mist. Wenn Hope mich nicht so lange aufgehalten hätte, wäre ich schon längst verschwunden. Den ganzen Abend hatte ich geschafft dieser Konfrontation aus dem Weg zu gehen. Und ausgerechnet jetzt, auf dem Weg nach Hause, wo ich bereits in meinem Auto saß, musste es passieren. Jetzt musste ich mich stellen, mir wurde keine andere Wahl gelassen.

„Was ist das zwischen dir und diesem Phoenix?" Seine Stimme klang kontrolliert. Ruhig. Doch ich kannte Damon. Trotz seiner gespielten Gleichgültigkeit spürte ich seinen Zorn. Er war wütend… und verletzt. Eine gefährlich explosive Mischung.

„Damon. Tu das nicht. Bitte. Lass es", flüsterte ich mit zittriger Stimme und senkte den Blick.

„Ich muss es wissen!"

Ich seufzte. Natürlich wollte er es wissen. Doch ich konnte ihm keine Antwort geben. Zum einen, weil ich selbst keine Ahnung hatte, was das zwischen uns war und zum anderen, weil ich Damon nicht unnötig verletzen wollte.

„Nichts. Ehrlich", log ich ihm ins Gesicht. „Da ist nichts." Ich wusste, dass es zwecklos war zu versuchen, ihm diese Lüge aufzutischen. Damon wusste, dass ich log. Und ich wusste, dass er es wusste.

Trotzdem war ich nicht bereit ihm die Wahrheit zu sagen... wie auch immer diese aussehen mochte.

„Tu das nicht. Lüg mich nicht an. Glaubst du ich sehe nicht, wie ihr euch anguckt? Verdammt, Summer! JEDER kann es sehen."

„Dann seht ihr alle mehr als ich!", zischte ich wütend. Wütend, weil er mich beim Lügen erwischt hatte. Beschämt senkte ich den Blick, ich konnte ihm unmöglich länger in die Augen gucken.

„Bist du sicher, dass du ihn willst?", donnerte er mir wutentbrannt entgegen.

„Hör auf, Damon", bat ich leise. Ich wollte nicht mit ihm streiten.

„Womit? Mit der Wahrheit?" Er ließ nicht locker. Er konnte es einfach nicht lassen.

„Welche Wahrheit denn? Ich habe mit keiner Silbe erwähnt, dass ich ihn will."

„Das war auch nicht nötig. Ich weiß es! Ich weiß es schon die ganze Zeit. Du willst ihn, diesen Bastard. Du traust dich nur nicht, es laut auszusprechen."

Das wütende Funkeln in seinen Augen erschreckte mich. Seine Augenfarbe veränderte sich. Das Bernstein, das warme flüssige Karamell wurde von der aufsteigenden Finsternis verschluckt, genau wie die goldenen Sprenkel, die seine Augen immer so strahlen ließen.

„Du weißt gar nichts!", zischte ich zornig. Meine Hände umklammerten das Lenkrad. Suchten Halt. Denn, obwohl ich saß, fühlte es sich an, als würde mich jemand eine Klippe herunterschubsen. In ein tosendes Meer. In Meterhohe Wellen. Ich bekam keine Luft mehr. So wütend war ich. Ich hasste meine Gabe. Meinen Fluch. Ich fühlte wie sich seine Wut mit meiner vermischte. Ich brauchte Luft. Sauerstoff. Meine Lungen schmerzten. Genau wie mein Herz.

„Oh, doch. Ich weiß mehr, als du dir vorstellen kannst", knurrte er leise. Anklagend. „Aber du hast keine Ahnung WEM du dein Herz geschenkt hast. Er ist nicht der, für den du ihn hältst. Er ist der Sohn des Teufels... und als solcher wird er dich mit in die Hölle nehmen. Dabei hast du so viel mehr verdient. So viel mehr, Summer", sagte Damon schwer atmend und starrte mich an. „Wach endlich auf."

„Ich bin längst wach, Damon."

„Wenn er dich zerstört hat, dann werde selbst ich dich nicht mehr retten können."

„Ich muss nicht gerettet werden. Weder von dir. Noch von sonst irgendjemanden."

„Summer", sagte er leise. So verdammt leise. Damon versuchte seine Wut zu unterdrücken. Sie zu bändigen. Sie in einen Käfig zu sperren. Plötzlich änderte sich der Ausdruck in seinem Blick. Jetzt lag eine Mischung aus Schmerz und Traurigkeit in seinen Augen.

„Phoenix ist gefährlich. Warum willst du das denn nicht begreifen?" Er wartete meine Antwort nicht ab. Kaum hatte er seine Worte ausgesprochen, fuhr er herum. Stürmte davon. Ließ mich einfach stehen.

Anstatt ihn aufzuhalten, schaute ich schweigend dabei zu, wie er mit den Schatten verschmolz. Am liebsten hätte ich ihm hinterhergeschrien, dass er mich mal kreuzweise konnte. Dass er keine Ahnung hatte, nicht die Geringste. Dass er nichts über Phoenix wusste. Absolut nichts. All das lag mir auf der Zunge, doch ich schluckte es runter. Sperrte es in mir ein. Kein Wort verließ meine Lippen. Kein Laut.

Ich rang um Beherrschung, erinnerte mich daran, dass die Wut, die ich gespürt hatte, Damons Wut, dass sie in Wahrheit Phoenix gegolten hatte. Nicht mir. Trotzdem. Seine Worte und die Art, wie er mich angesehen hatte, waren wie ein Messerstich in den Rücken gewesen. Unvorhergesehen. Hinterrücks. Berechnend. Es schmerzte… und das Atmen fiel mir zunehmend schwerer. Und schwerer.

Ich schloss die Augen.

Atmete tief durch.

Ein Atemzug.

Noch ein Atemzug.

Der Schmerz schwächte ab.

Der Zorn zog sich zurück.

Ich startete den Motor, ließ Damon und meine Gefühle zurück.

Ich bog gerade in unsere Straße ein, da vibrierte mein Handy. Ich hatte ganz vergessen, dass ich es während des Films auf lautlos gestellt hatte. Im Display erschien ein Name. *Damon*. Ich zögerte. Nahm das Gespräch nicht an. Keine Ahnung wieso… Vielleicht weil ich keine Lust hatte, mich ein weiteres Mal mit ihm zu streiten.

Ich hasste es, wütend auf Damon zu sein.

Ich hasste es, mich mit ihm zu streiten.

Und ich hasste mich, weil ich ihn verletzt hatte. Mehr als er mich mit seinen Worten.

Mein Herz zog sich zusammen. Unterschiedliche Gefühle überrannten mich. Zerrten an mir. Rissen mich zu Boden. Wut. Enttäuschung. Furcht. Schuld. Reue. Abscheu. Es wurden immer mehr. Aber keines blieb lange genug, damit ich mich mit ihnen auseinandersetzen konnte. Ständig wechselten sie, als wären sie sich unschlüssig. Uneinig.

Das Vibrieren hörte auf. Es wurde still. Zögerlich streckte ich die Hand nach dem Handy aus, umklammerte es mit den Fingern und drückte es gegen meine Brust. Wieso hatte Damon mich versucht anzurufen? Vor wenigen Minuten hatte er mir noch unmissverständlich zu verstehen gegeben, dass er… Ja, dass er *was*? Ich stöhnte frustriert. Es war die Eifersucht, die aus ihm gesprochen hatte. Konnte ich ihm das wirklich zum Vorwurf machen? Nein. Die Antwort auf meine Frage lautete *Nein*.

Es piepte in der Leitung.

„Summer", sagte er meinen Namen. Erleichtert. „Es tut mir leid. Ich weiß nicht, was da vorhin in mich gefahren ist. Ich… ich hatte kein Recht so mit dir zu reden. I-ich…" Er stockte. Es wurde still in der Leitung.

„Mir tut es leid, Damon. Ich… ich will mich nicht mit dir streiten." Ich wartete auf eine Antwort. Eine Reaktion. Darauf, dass er etwas erwiderte. Mir zustimmte. Die Sekunden verstrichen. Eine Sekunde. Zwei Sekunden... Zehn Sekunden.

„Ich..." Damon zögerte. Er suchte nach den richtigen Worten. „Ich hab´s also nicht verbockt?" Seine Stimme zitterte. Ich spürte seine Anspannung. Seine unbegründete Angst mich verlieren zu können.

„Natürlich nicht!", versicherte ich ihm.

Damon rutschte ein leises, erleichtertes Lachen heraus. Dieser Klang wärmte mein Herz und brachte die Eiswand zwischen uns zum Schmelzen.

„W-was, wenn ich es nochmal verbocke? Wenn ich es wieder... und wieder verbocke?" Ich spürte all seine Gefühle. Die Angst, dass er mich eines Tages doch verlieren könnte. Seine Befürchtungen, dass er seinen eigenen Gefühlen zum Opfer fallen würde. Die unbegründete Wut auf Phoenix. Nein, es war längst keine Wut mehr – es war Hass. Purer Hass. Und ich spürte eine nie zuvor gekannte Traurigkeit. Eine Traurigkeit, die er mit aller Macht, mit aller Kraft, wegsperrte. Ich spürte seinen Kummer.

Als ich mir sein trauriges Gesicht vorstellte, seinen verlorenen Blick... begann ich leise zu schluchzen. Tränen tropften mir vom Gesicht. Doch hier in der Dunkelheit, wo mich niemand sehen konnte, wischte ich sie nicht weg.

„Weinst du etwa?", hörte ich Damon mit erstickter Stimme fragen.

„Nein." Ich holte tief Luft. Sammelte mich. „Damon, egal was du in Zukunft sagen oder tun wirst... du wirst es niemals verbocken. Du bist mein Fels in der Brandung. Ich brauche dich... und ich könnte es nicht ertragen, wenn ich dich verlieren würde. Du bist für mich so viel mehr als nur mein bester Freund. Du bist Beschützer, Freund und Bruder in einer Person. Du bist einer meiner liebsten Menschen. Du bist FAMILIE."

Natürlich waren das nicht unbedingt die Worte, die Damon hatte hören wollen. Aber ich musste verhindern, dass er meine Gefühle falsch interpretierte. Er durfte sich keine Hoffnung machen, wo keine existierte. Ich würde nie *mehr* für ihn empfinden können. Mein Herz hatte längst gewählt. Und es war nicht Damon, auf den die Wahl gefallen war.

„Freunde", wiederholte er leise. Die Traurigkeit, die sich in diesem winzigen Wort versteckte, war nicht zu überhören.

Aber… es war besser so.

Für ihn.

Für mich.

Für unsere Freundschaft.

Er räusperte sich. „Ich soll dich übrigens von Hope aus fragen, ob du Lust hast morgen mit ins Kino zu gehen. Also… hast du Lust?"

Ich lachte. „Was läuft denn?", fragte ich erleichtert über den plötzlichen Themenwechsel.

„Sekunde…", vertröstete er mich. Im nächsten Moment hörte ich ihn lautstark brüllen „Summer will wissen, wie der Film heißt." Pause. Dann hörte ich Hopes Stimme. „Das heißt *möchte*. Nicht *will*", belehrte sie ihren Bruder. Wahrscheinlich rollte Damon gerade genervt mit den Augen. Das tat er jedes Mal, wenn Hope mit ihm redete, als wäre er ein Kleinkind, dem man Manieren beibringen müsste. Ich kicherte leise und lauschte. „Ja, ja… meinetwegen. Also? Was ist jetzt? Wie heißt denn jetzt der blöde Film?"

Es rauschte in der Leitung. Dann hörte ich die Stimme meiner besten Freundin. „Ach, gib schon her. Lass mich mit Summer reden. Du hast ja schließlich gesagt, was du sagen wolltest."

Im nächsten Moment trällerte Hope fröhlich ins Handy: „Hey, Summer."

„Hey, Hope." Vor lauter Lachen bekam ich kein weiteres Wort heraus.

„Ein ganzes halbes Jahr. Vergiss nicht, du hattest es versprochen. Du hast gesagt, wenn der Film ins Kino kommt, dann gehen wir zwei da rein. Nur, dass wir jetzt Taschentuchspender in Form von männlicher Begleitung mitnehmen. Sprich Logan für mich. Und Damon für dich. Bitte, lass mich nicht hängen. Ich will diesen Film sehen. Unbedingt. Und zwar zusammen mit Logan. Nur wird er nicht ohne männliche Unterstützung mitkommen. Und wenn du nicht mitgehst, wird Damon auch nicht mitgehen."

„Versteh ich gar nicht…"

Im Hintergrund hörte ich, wie Damon seine Schwester korrigierte. „Das heißt… ich *möchte* diesen Film unbedingt sehen. Nicht *will*…"

274

„Ach sei still. Du siehst doch, dass ich am Telefonieren bin", belehrte sie Damon, konnte sich das Lachen aber nicht verkneifen.

„Also… wann sollen wir dich morgen abholen?" Sie wartete meine Antwort erst gar nicht ab, sondern redete einfach weiter. „Prima. Also gegen fünf."

„Hope! Ich habe doch noch gar nicht zugesagt."

„Wirst du aber", erwiderte sie triumphierend. „Und willst du auch wissen, woher ich das weiß?"

„Ich kann es kaum erwarten."

„Weil du weder deinen besten Freund zu Hause Trübsal blasen lassen würdest noch könntest du deiner besten Freundin das Herz brechen. Sieh es mal so, wenn du mitkommst, dann kannst du zwei Fliegen mit einer Klappe schlagen."

„Findest du nicht, dass du etwas übertreibst?"

„Hm… Nöööööö. Eigentlich nicht."

„Okay. Schön… Du hast gewonnen. Schon wieder. Also… wann wollt ihr mich morgen abholen? Um fünf?" Ich öffnete die Wagentür und stieg aus.

„Halb fünf", korrigierte Hope mich. „So bist du wenigstens pünktlich um fünf abholbereit."

„Ha. Ha. Ha. Wie witzig. Ich lach mich tot."

„Noch nicht. Erst musst du den Film zusammen mit mir gucken."

„Ich werde jetzt auflegen, Hope."

„Wirst du nicht", antwortete sie lachend und im nächsten Moment wurde es still in der Leitung. Das Gespräch war beendet. Hope hatte aufgelegt.

Nicht zu fassen, dass sie mich mal wieder so um den Finger gewickelt hatte. Irgendwie schaffte sie es jedes Mal. Schmunzelnd schüttelte ich mit dem Kopf und schloss die Haustür auf.

Leise, um die anderen nicht zu wecken, schlich ich auf Zehenspitzen die Treppe hoch. In meinem Zimmer streifte ich die Schuhe von meinen Füßen und ließ mich, ohne mich auszuziehen, erschöpft ins Bett plumpsen.

Ich saß gerade mit einer Tasse Kaffee am Küchentisch, als ein ungutes Bauchgefühl erwachte. *Der Kinobesuch.* Irgendwie fühlte es sich plötzlich falsch an. Verkehrt. Hope, Logan, Damon und ich. Es war wie ein klassisches Doppeldate. Stöhnend warf ich den Kopf in den Nacken. Ich hatte Damon zwar gestern zu verstehen gegeben, dass wir nie mehr sein würden als beste Freunde, doch das bedeutete ja noch lange nicht, dass er diese Ansicht plötzlich teilte. Warum hatte ich da nicht gestern Abend drüber nachgedacht? Bevor ich mich von Hope hatte überreden lassen? Gefühle ließen sich nun einmal nicht kontrollieren. Und schon gar nicht wie auf Knopfdruck abschalten.

Ich wollte mir nicht länger darüber den Kopf zerbrechen, also rief ich Hope an.

„Jetzt sag nicht, dass du es dir anders überlegt hast. Damon verlässt sich auf dich", ertönte auch schon ihre Stimme an meinem Ohr.

„Ich wünsche dir auch einen wunderschönen guten Morgen. Wie es mir geht? Hervorragend, es ging mir nie besser. Danke der Nachfrage", antwortete ich in einer übertrieben freundlichen Stimmfarbe.

„Hey, Summer", lachte Hope leise.

„Hey, Hope", begrüßte ich sie und versuchte dabei nicht zu lachen. „Nein. Keine Sorge. Ich rufe nicht an, um abzusagen. Eher das Gegenteil. Was, wenn wir Tyler und Simon fragen, ob sie auch mitkommen wollen…"

Für einen kurzen Moment wurde es still in der Leitung. Verdächtig still.

„Hm… Wie konnte ich die Jungs bloß vergessen?"

„Rufst du die beiden an? Oder soll ich?", fragte ich erleichtert.

„Neee, lass mal. Ich mach das schon. Sieh du lieber zu, dass du pünktlich fertig bist."

„Ich denk, das krieg ich hin", antwortete ich und streckte ihr, auch wenn sie es nicht sehen konnte, die Zunge raus.

Kaum, dass das Telefonat beendet war, stand ich vom Stuhl auf und lief zur Haustür. Ich musste hier raus. Meine Gedanken ordnen. Meine Gefühle analysieren. Verstehen. Begreifen. Die Erkenntnis, wie grausam ich mich Damon gegenüber verhielt, hatte mich kalt erwischt. Es war wie ein Schlag ins Gesicht gewesen. Auf den Kopf. Wie ein Blitzschlag aus heiterem Himmel. Obwohl ich gestern herausgefunden hatte, wie tief seine Gefühle mittlerweile für mich gingen, war ich nicht bereit ihm aus dem Weg zu gehen. Auf Abstand zu gehen. Ihn Atmen zu lassen. Meine Nähe schmerzte ihn. Ich hatte diesen Schmerz gespürt... ich hatte ihn verdammt nochmal gespürt... Auch wenn ich die Intensität noch nicht begreifen konnte.

Und was tat ich? Ich versuchte das, was ich herausgefunden hatte, zu ignorieren, wollte es nicht wahrhaben, weil ich den Gedanken ihn verlieren zu können, nicht ertrug.

Damon, meinen Fels in der Brandung. Meinen Seelentröster.

Ich holte tief Luft. Wünschte mir einen Zauberstab herbei... damit ich mir wünschen könnte, ich wäre nicht so egoistisch. Damit ich mir wünschen könnte, ich würde mich nicht so schuldig fühlen. Ich wünschte, ich würde meine Wünsche nicht für meinen Egoismus missbrauchen. Egoismus war ein manipulatives Gefühl. Ein Lügner. Ein Betrüger. Doch diese Erkenntnis sperrte ich, ebenso wie alles andere, in die hinterste Ecke meines Seins.

Schon von Weitem erblickte ich die Bäume. Meterhohe Bäume… in den unterschiedlichsten Grüntönen. Jetzt war es nicht mehr weit, die Stille… sie war zum Greifen nah. Ich lauschte dem Flüstern der Blätter, dem Rascheln der Baumkronen und dem Zwitschern der Vögel. Dieser Teil des Waldes wirkte seltsam verloren. Auch, wenn ich die Melodien der Tiere, die hier zu Hause waren, jedes Mal hatte hören können, so hatte ich bisher noch nie ein Tier zu Gesicht bekommen. Weder einen Vogel noch einen Hasen. Weder einen Fuchs noch ein Eichhörnchen. Nie zuvor hatte sich ein Tier aus seinem sicheren Versteck gewagt.

Bis jetzt.

Voller Faszination bewunderte ich den putzigen Waschbären. Wie er sich neben die Mohnblume setzte, als wollte er ihr Gesellschaft leisten, damit sie sich nicht so verloren fühlte. Wobei… irgendwie wurde ich das Gefühl nicht los, dass nicht ich ihn beobachtete, sondern er mich.

Sein schwarz-weißes Fell übte eine sonderbare Faszination auf mich aus. Nicht das Muster oder der Farbverlauf, sondern die Kraft, die sich in den Farben versteckte.

Schwarz stand gewöhnlich für Dunkelheit. Trauer. Tod. Doch dieses Schwarz schimmerte im Licht der Sonnenstrahlen wie Obsidian. Und Obsidian hatte, wenn ich in der Schule richtig aufgepasst hatte, eine besondere Wirkung auf die Psyche. Dieser Edelstein wurde schließlich nicht umsonst der tiefste Spiegel der Seele genannt. Ihm wurde nachgesagt, dass er die Fähigkeit besaß Verborgenes im Unterbewusstsein zu befreien, ans Licht zu holen. Nachdenklich runzelte ich die Stirn, wurde dann aber von dem intensiven, strahlenden Weiß abgelenkt. Der Weißanteil in seinem Fell erinnerte mich in diesem Moment an Wolken. Weiße Engelsschwingen… an den Himmel selbst. Die helle Unendlichkeit.

Licht und Finsternis spiegelten sich in diesem kleinen Waschbären. Keine Ahnung wieso, aber Lebewesen, die mich faszinierten, denen musste ich einfach einen Namen geben. Der kleine Kerl setzte sich auf seine Hinterbeine, streckte seine Vorderpfoten in die Luft, legte den Kopf leicht schief und sah mich an. Abwartend, als wüsste er, dass ich auf der Suche nach einem passenden Namen für ihn war. Ich wusste nicht, ob es sich bei diesem putzigen Tier um ein Weibchen oder ein Männchen handelte, doch mir fiel nur ein Name ein, der das in ihm verborgene Wunder beschreiben konnte. Nisha.

In Indien bedeutete dieser Name – Wundervollbringende Schönheit der Nacht.

Und ich fand, dass dieser Name perfekt passte. Ich wünschte, jeder könnte die Schönheit, das verborgene Geheimnis der Dunkelheit erkennen, sehen, mit dem Herzen fühlen. Ich wünschte, dass jeder, der sich die Fellfarben genauer ansah, sofort die Angst vor der Dunkelheit verlieren würde. Dieser Gedanke zauberte mir ein Lächeln ins Gesicht. Plötzlich nahm ich die Gefühle des kleinen Waschbären wahr. Selbstvertrauen. Es war das erste Mal, dass ich die Gefühle eines Tieres empfangen konnte. Jetzt, in genau diesem Augenblick, liebte ich meine Gabe. Mehr als jemals zuvor.

Ich schloss die Augen und ließ die in mir erwachten Gefühle frei. Als ich die Augen unmittelbar danach öffnete, fiel mein Blick auf eine schimmernde Rauchwolke, die still und leise durch die Luft schwebte. Ein glitzernder Nebel. Nein. Unmöglich.

Voller Faszination bewunderte ich die sichtbaren Gefühle, die durch die Luft flogen und in den unterschiedlichsten Farben leuchteten.

Der kleine Waschbär stand plötzlich direkt vor mir, guckte zu mir hinauf. Schaute mir in die Augen. Und ich spürte eine sonderbare Mischung aus Stolz und Zufriedenheit. Bevor ich diese Gefühle jedoch wirklich begreifen konnte, drehte er sich um und verschwand aus meinem Sichtfeld. Ich schüttelte den Kopf und setzte meinen Weg fort.

Als mich wenige Schritte später das hohe Farn im Gesicht kitzelte, wusste ich, dass es nicht mehr weit war.

Ich atmete ein.

Und aus.

Ein.

Und wieder aus.

Dann endlich entdeckte ich ihn. Meinen See. Meinen Ort der Stille. Kurz vorm Ufer legte ich mich ins hohe Gras, während mein Blick zu den Wolken wanderte. In den Himmel. Ich träumte mit offenen Augen und lauschte dem Pfeifen des Windes, dem Zirpen der Grillen, dem Zwitschern der Vögel... bis es leise wurde. Verdächtig leise. Alle Geräusche verstummten.

Plötzlich hörte ich eine vollkommen neue Melodie. Eine neue Komposition. Je länger ich den Klängen zuhörte, lauschte, desto schneller schlug mein Herz. Die Flamme der Erkenntnis, des Wiedererkennens loderte auf. Diese Melodie war die Erinnerung an meinen allerersten Flashback.

Tief im Inneren meines Herzens begriff ich, dass die Empfindungen, die ich nicht bereit war freizulassen, mit einem Schmerz verbunden waren, der alles Bisherige in den Schatten stellen würde. Doch ich war außerstande diese Gefühle abzustellen.

Ich stand auf, wollte fliehen, als mein Blick an der Wasseroberfläche hängenblieb. Das Wasser zog mich magisch an, als würde es mich rufen. Zögerlich lief ich auf den See zu. Unmittelbar vorm Wasser blieb ich stehen und ging in die Hocke. Der See wirkte plötzlich ruhig. Viel zu ruhig. Als würde jedes Leben, dass in ihm existierte, zusammen mit seiner Seele in den Tiefen darauf warten, geweckt zu werden. Und zwar von mir. Dieses Gefühl konnte ich weder beschreiben noch verstehen. Es war einfach da.

Ich entdeckte einen kleinen flachen Stein, nahm ihn in die Hand und warf. Er hüpfte... federte sich ab und jedes Mal, wenn er sich vom Wasser abstieß, hinterließ er kleine Kreise, wie winzige Fußabdrücke. Aber es fühlte sich an, als würde der Stein vor dem, was sich unter der Oberfläche befand, fliehen. Nicht damit in Berührung kommen wollen.

Irgendwie spiegelte sich in dem Wasser noch immer eine sonderbare Ruhe wider. Der Stein hatte mir nicht das gezeigt, was ich erhofft hatte zu finden. Vielleicht musste ich den See selbst berühren. Mit meiner Fingerspitze. Vielleicht würde das eine ganz andere Reaktion hervorrufen.

Ich streckte die Hand aus. Doch, kurz bevor ich das kühle Nass berühren konnte, erstarrte ich. Hielt in der Bewegung inne. Als wäre ich zu Eis erstarrt. Irgendetwas stoppte mich. Wieso schaffte ich nicht das Wasser zu berühren? Zu durchbrechen? Ich kannte die Antwort, noch bevor ich die Frage zu Ende gestellt hatte.

Angst.

Die Angst lähmte mich.

Doch, wovor fürchtete ich mich? Meine Hand ruhte nur wenige Millimeter über der Wasseroberfläche und mit jedem Herzschlag gewann die Angst an Macht. Kroch in jede Pore. In jede Zelle. In jeden Knochen meines Körpers. Legte sich wie ein Schraubstock um meinen Hals, drückte zu. Ich konnte nicht mehr atmen. Warum bekam ich keine Luft mehr? Verdammt... ich musste ATMEN.

Ruckartig zog ich die Hand zurück und sofort füllten sich meine Lungen mit Sauerstoff. Die Angst löste sich in Luft auf. Luft, die ich jetzt einatmete. Noch während ich versuchte das Ganze zu begreifen, hörte ich hinter mir Schritte. Aber anstatt mich umzudrehen, starrte ich wie hypnotisiert auf den See. Geborgenheit flutete mich. Ich brauchte mich nicht umzudrehen, um zu wissen, wer sich von hinten an mich anschlich. Phoenix. Sofort stahl sich ein Lächeln in mein Gesicht. Mein Puls stolperte. Das Wissen, dass ich gleich in das Gesicht gucken würde, um das sich meine kleine Welt drehte, versetzte mich in eine unbeschreibliche Hochstimmung. Winzige Funken flogen durch die Luft. Schimmerten im Sonnenlicht. Es waren winzige Splitter meines Glücksgefühls. Erschrocken drehte ich mich um, versuchte herauszufinden, ob Phoenix diese Funken bemerkt hatte.

„Summer?" Er wirkte sichtlich überrascht.

Erleichtert, dass er meine Gefühle nicht hatte sehen können, atmete ich die angehaltene Luft wieder aus.

„Was machst du hier?"

„Dasselbe könnte ich dich fragen", antwortete ich lächelnd.

Er schwieg. Starrte jetzt, genau wie ich, auf den See. Auf die Seerosen.

„Weißt du, wie man diese Seerose hier nennt?" Seine Frage irritierte mich.

„Nein. Keine Ahnung."

„In China nennt man sie *schlafende Lotusblume.*" Er lächelte traurig.

„Sie blüht in der Dunkelheit, erwacht in der Nacht aus ihrem Schlaf und blüht bis zum nächsten Mittag, ehe sie ihre wunderschönen Blüten wieder schließt. Nacht für Nacht. Deshalb haben sie noch einen anderen Namen."

Eine Blume, die im Schutz der Dunkelheit blühte. Zum Leben erwachte.

„Dornröschen auf dem Wasser", antwortete ich mit der Stimme einer Fremden und schlug mir im gleichen Atemzug die Hand vor den Mund. Die Worte sprudelten wie selbstverständlich aus mir heraus, dabei wusste ich nicht einmal, wie ich auf diesen Namen gekommen war.

„Ich dachte, du wüsstest nicht wie man sie nennt."

„Das… das wusste ich auch nicht. Es war geraten", log ich. Denn, ohne es erklären zu können, wusste ich, dass ich diesen Namen irgendwo, irgendwann schon mal, gehört hatte.

Eine blasse Erinnerung.

Eine schlafende Erinnerung.

Eine verlorene Erinnerung.

Eine Erinnerung, die länger als drei Jahre zurücklag.

„Wusstest du, dass es in diesem Teil des Waldes Waschbären gibt?", hörte ich mich fragen, ohne zu wissen, warum ich es ihm überhaupt erzählte.

„In diesem Wald gibt es keine Tiere."

„Doch. Gibt es wohl."

„Nein. Die Tiere, die hier einst zu Hause waren, haben diesen Wald schon vor langer Zeit verlassen."

„Dann… dann sind sie eben zurückgekommen. Ich weiß doch, was ich gesehen habe. Und es war definitiv ein Waschbär gewesen. Ein putziger kleiner Waschbär, namens Nisha."

Er holte tief Luft. Dann drehte er sich in meine Richtung, sah mir in die Augen. „Nisha?", wiederholte er mit hochgezogenen Brauen und einem Ausdruck, der mir unweigerlich ein Lächeln ins Gesicht zauberte. „Wieso musst du eigentlich jedem Tier einen Namen geben? Und warum ausgerechnet Nisha?"

„Moment. Woher weißt du, dass ich Tieren einen Namen gebe?" Dass ich genauso oft Blumen oder Gegenständen... selbst Momenten einen Namen gab, verschwieg ich lieber.

„War... geraten", druckste er herum, ohne mir dabei in die Augen sehen zu können. „Denn irgendwie, keine Ahnung, irgendwie glaube ich, dass es nicht das erste Mal gewesen ist. Und... naja... ich würde gerne wissen, warum du es tust."

„Ich gebe ihnen nicht einfach *irgendeinen* Namen, sondern lasse mich von meinen Gefühlen leiten. Inspirieren. Jeder Name hat eine besondere Bedeutung, weil ich diese Namen mit Gefühlen in Verbindung bringe, die sie bei mir ausgelöst haben. Und deshalb suche ich auch immer wieder nach neuen Namen. Namen aus aller Welt. In allen möglichen Sprachen. Jedes Tier erhält seinen eigenen Namen. Kein Tier heißt wie ein anderes. Sie sind alle unterschiedlich. Alle einzigartig", versuchte ich meine Namensgebung zu erklären.

„Und was bedeutet Nisha?"

„Nisha kommt aus dem indischen. Und bedeutet so viel wie *Wundervollbringende Schönheit der Nacht.*"

„Verrätst du mir auch, warum du ausgerechnet diesen Namen für einen Waschbären ausgesucht hast?" Phoenix sah mich eindringlich an. Aufmerksam.

„Weil ich in dem Moment, wo ich ihn gesehen hab... anfing die Dunkelheit mit anderen Augen zu sehen. Das Fell von Nisha war zwar, wie bei jedem anderen Waschbären auch, schwarz und weiß... und doch war es anders. Einzigartig. Ich kann es dir nicht erklären, doch, wenn du willst, dann kann ich es dich fühlen lassen. Diese einzigartige Verbindung zwischen Licht und Finsternis."

Er nickte und, ohne mir Gedanken darüber zu machen ob es richtig war, ihm meine neuentdeckte Fähigkeit zu offenbaren, schloss ich die Augen. Verlieh meinen Gefühlen Flügel, ließ sie, genau wie vorhin, einfach frei.

Eine schimmernde Rauchwolke flog auf Phoenix zu. In dem Moment, wo er seine Finger nach ihr ausstreckte und sie berührte, zersplitterte sie in unendlich viele funkelnde Lichter. Ein Lichterregen, der durch die Luft schwebte… und so konnte Phoenix all diese wundervollen Gefühle, meine Gefühle, einatmen.

Die Zeit blieb stehen.

Die Welt blieb stehen.

Meine Welt.

Ich atmete nicht.

Phoenix atmete nicht.

Ich schwieg.

Phoenix schwieg.

Ich wartete auf seine Reaktion, darauf, was er als nächstes tun würde. Was er sagen würde. Was er fühlen würde.

Doch er blieb still.

Dann… blinzelte ich.

Und ich sah, wie Phoenix Augen glitzerten. Er lächelte. Grinste. Lachte. Er lachte unbeschwert. Frei. Er lachte, bis er nicht mehr atmen konnte, bis er nur noch einen leisen Seufzer von sich gab. Doch er hörte nicht auf zu lächeln.

„Weißt du, was man den Waschbären nachsagt?"

Ich schüttelte den Kopf.

„Sie stellen sozusagen eine Verbindung zu den existierenden Gegensätzen dar. Denn… es gibt immer zwei Seiten einer Medaille. Und seine Fellfarben spiegeln diese Verbindung wider. Schwarz steht, mehr oder weniger, für die Dunkelheit, für das Nichtsichtbare. Während Weiß für das Licht steht. Für alles Sichtbare. Aus diesem Grund glaubt man, dass ein Waschbär die Fähigkeit des Klarfühlens besitzt. Wenn du sagst, dass du einen gesehen hast… hier, wo es eigentlich keine mehr geben dürfte, dann… naja… dann hat er versucht dir etwas zu sagen."

Ich sah ihn abwartend an. Sagte nichts. Denn, was hätte ich auch sagen sollen?

Phoenix' Blick war, als er anfing zu sprechen, auf die Seerosen gerichtet, nicht auf mich.

„Wenn ein Waschbär deinen Weg kreuzt, dann versucht er dir zu zeigen, wie man Vertrauen fassen kann, ohne zu sehen."

Sofort dachte ich an das Schwarz seines Fells… an die Dunkelheit, die sich darin verbarg und ich begriff ein weiters Mal an diesem Tag, dass man selbst in der dunkelsten Dunkelheit sehen konnte. Dafür brauchte man kein Licht, sondern das eigene Vertrauen. Man musste lernen seinen Gefühlen zu vertrauen. Sich selbst zu vertrauen.

„Wie man Glauben kann, ohne zu wissen. Denn… man muss nicht immer alles sehen, um es verstehen zu können", beendete Phoenix seine Gedanken. Gedanken, die er mit mir teilte.

Ich war wortlos vor Erstaunen. Ließ mich von Phoenix verzaubern. Ließ mich von ihm in eine unbekannte Welt entführen. Und mit jedem Herzschlag… mit jedem Atemzug… verliebte ich mich ein wenig mehr in ihn.

Plötzlich, ohne ersichtlichen Grund, wurden seine Augen dunkel. Und alles, was ich jetzt noch von ihm empfangen konnte, war eine unkontrollierbare, alles vernichtende Wut. Ich verstand nicht, was passiert war. Ich betrachtete ihn mit einer seltsamen Mischung aus Faszination, Angst und bedingungsloser Hingabe. Verwirrt schüttelte ich den Kopf, machte einen Schritt zurück, weg von ihm.

Er vergrub seine Hände in den Hosentaschen.

„Phoenix? Was ist los?" Die Frage war raus, bevor ich meine Gedanken stoppen konnte.

„Was soll denn los sein?" Seine Stimme… eisig.

„Wieso bist du plötzlich so?"

„Ach, wie bin ich denn?"

„So… kalt."

„Weil ich nun einmal so bin."

„Nein, bist du nicht", widersprach ich leise.

Dann explodierte der Zorn in mir, lodernd, heiß, ließ mich in Flammen aufgehen. Meine Haut fing Feuer, dann meine Knochen… meine Seele.

„Wieso versuchst du ständig jemand zu sein, der du nicht bist? Verdammt… ich sehe DICH. So, wie du wirklich bist", schrie ich ihm zornig, mit zitternder Stimme ins Gesicht. „Ich weiß, warum du dich so verhältst. Ich weiß es… Ich fühle es. Jedes Mal. Jedes beschissene

Mal. Kurz bevor du glaubst, ich könnte deine wahren Gefühle aufspüren... Gefühle, die du versuchst vor der Welt zu verbergen... vor dir selbst zu verbergen, sperrst du mich aus. Verwandelst dich in diesen düsteren Racheengel. Ich... ich verstehe nur nicht, was so schlimm daran ist."

Er schwieg.

Ich hörte auf zu fühlen.

„Weißt du, was ich denke? Ich denke, dass du nicht nur Angst vor deinen Gefühlen hast, sondern auch vor meinen. Ganz besonders vor meinen."

„Ich habe keine Angst vor deinen Gefühlen."

„Oh, doch... und ich werde es dir auch beweisen."

„Ach ja? Und wie?"

„Küss mich", forderte ich ihn auf.

„Ich soll... was?"

„Wenn du keine Angst vor meinen Gefühlen hast, dann küss mich. Hier und jetzt. Beweis mir, dass ich mich irre. Beweis mir, dass all die Gefühle, die in mir existieren, dich kalt lassen. Dass ich dich kalt lasse. Beweis es mir."

Woher ich den Mut nahm, meine Gedanken, oder vielmehr meine Sehnsucht, meine geheimsten Wünsche, in Worte umzuwandeln, wusste ich selbst nicht so genau. „Du weißt, was ich für dich empfinde... und wenn dir wirklich alles so egal ist, wie du behauptest, dann küss mich... beende dieses beschissene Spiel mit dem Feuer."

„Dieses beschissene Spiel?!" wiederholte er ungläubig, zutiefst verletzt. Wütend. Zerrissen. Er legte seine Hände an mein Gesicht. Sein Blick fesselte mich. Die Leidenschaft, die in diesem Augenblick in seinem Blick gefangen gehalten wurde, raubte mir die Luft. Ich schluckte.

„Bist du sicher, dass es das ist, was du willst?", fragte er atemlos. Dieses Spiel mit dem Feuer ließ ihn längst nicht so kalt, wie er mir versuchte vorzuheucheln.

„Ja, verflucht. Genau das ist es, was ich will", hauchte ich mit zittriger Stimme, hielt seinem Blick Stand.

„Was, wenn ich nicht mehr aufhören kann? Was, wenn ich dich danach nicht mehr gehen lassen kann?"

„Mir egal..."

Er kniff die Augen zusammen, als hätte er Schmerzen.

„Ich… ich kann nicht."

„Warum?" Selbst ich hörte die Enttäuschung in dieser einfachen Frage heraus. Und plötzlich fühlte es sich so an, als hätte sich meine Seele in Glas verwandelt. Ich fühlte mich verletzlich. Zerbrechlich.

„Weil in mir eine Dunkelheit existiert, die dich zerstören würde…"

„Aber… du hast vorhin selbst gesagt, dass die Dunkelheit nicht für Zerstörung steht. Wieso glaubst du also, dass du mich zerstören könntest. Wieso?"

„Es waren deine Worte gewesen, nicht meine. Ich habe nie behauptet, dass die Dunkelheit etwas Gutes wäre. Man fürchtet sich nicht umsonst vor ihr."

„Aber… was ist mit dem, was du vorhin gesagt hast? Was du über die Bedeutung des Waschbären erzählt hast?"

„Summer, es war eine Geschichte. Ein Mythos. Nichts von dem, was ich dir erzählt habe, entspricht der Wahrheit. Ich habe gelogen. Okay? Es war eine Lüge. Alles." Phoenix hielt kurz inne, fuhr dann fort. „Du hast die Regeln in diesem Spiel nicht verstanden. Weißt du, was dein Fehler ist? Du denkst mit dem Herzen und klammerst dich voller Verzweiflung an deine Gefühle. An eine nicht existierende Hoffnung." Er schüttelte den Kopf, schloss die Augen.

„DAS hier ist kein Spiel! Ist es nie gewesen!", knurrte ich zutiefst enttäuscht.

Ein erschreckender boshafter Ausdruck blitzte für den Bruchteil einer Sekunde in seinem Blick auf. Ein sarkastisches Grinsen umspielte seine Lippen. „Sagt *Wer*? Du?! Woher willst du wissen, dass es für mich kein Spiel ist?"

Autsch. Seine Worte schnitten tiefer als ein Messer es jemals hätte tun können. Die Kälte in seiner Stimme. In seinem Blick. All das traf mich genau dort, wo es am meisten schmerzte. Mitten ins Herz.

„Was?", säuselte er in verführerischem Ton. „Keine Lust mehr zu spielen?" Das Wort *spielen* presste er verärgert durch zusammengebissene Zähne hervor.

„So… so war es nicht gemeint gewesen. Und das weißt du auch", erwiderte ich gekränkt und senkte beschämt den Blick. Ich schaffte nicht länger ihm in die Augen zu gucken. Phoenix wurde gerade von jener Finsternis verschluckt, vor der er mich versucht hatte zu warnen. Verängstigt taumelte ich einen Schritt zurück. Weg von ihm. Weg von diesen zerstörerischen Gefühlen. Er wandte sich ab von mir, wollte gehen... doch ich konnte ihn nicht gehen lassen, nicht, ohne ihm diese eine Frage noch zu stellen.

„Was hat dich zu dem gemacht, der du jetzt bist?"

Die Worte – nicht mehr wie ein zarter Windhauch. Leise. Sanft. Wie versteinert blieb er stehen, drehte sich mit dem Oberkörper in meine Richtung, suchte meinen Blick. Er wirkte gequält, als hätten sich meine Worte auf dem Weg zu ihm in rasiermesserscharfe Klingen verwandelt, die alle gleichzeitig tiefe Schnitte auf seiner Seele hinterlassen hatten. Nicht sichtbare Wunden. Der Schmerz, der in seinen Augen aufflackerte, ließ meine gläserne Seele zersplittern.

Ich wünschte, ich könnte ihn in die Arme schließen. Ich wünschte, ich könnte das Eis, das sein Herz umschloss, verschwinden lassen. Doch es existierte kein Zauberstab, der mir diese Wünsche erfüllen konnte. Und etwas in seinem Blick gab mir zu verstehen, dass ich die letzte Person war, die ihn in diesem Augenblick berühren durfte. Seine Miene – ausdruckslos. Wie in Stein gemeißelt. Kalter Beton. Gefühllos. Leblos. Mir stockte der Atem.

„Du", flüsterte er leise. „Du... warst es."

Nein. Das... das konnte er unmöglich gesagt haben. Jedes Wort brannte wie Salzsäure, verätzte meine Haut, meine Knochen... mein Herz. Einfach Alles. Was hatte ich ihm denn getan? Sein Vorwurf entsprach nicht der Wahrheit. Nicht im Entferntesten. Es war eine Lüge. Und trotzdem brannten diese Worte wie Höllenwasser. Tränen krochen aus ihrem Versteck. Versuchten sich zu befreien.

Tränen der Wut.

Tränen der Enttäuschung.

Tränen...

Einfach nur Tränen.

Aber ich schwor mir keine einzige davon zu vergießen.

Nicht jetzt. Nicht vor ihm.

„Summer?" Seine Stimme zitterte. Doch, anstatt weiterzusprechen, den Satz zu beenden, den er im Begriff gewesen war auszusprechen, drehte er sich einfach um und verschwand. Ich starrte ihm so lange hinterher, bis ich ihn nicht mehr sehen konnte. Kraftlos sank ich in die Kniee und vergrub mein Gesicht in den Händen. Schmeckte salzige Tränen. Den immer stärker werdenden Schmerz, einen Schmerz, den er mir zugefügt hatte, versuchte ich mit aller Macht zu unterdrücken. Auszusperren. Nicht an mich heranzulassen. Nur, wusste ich nicht *wie*.

Ich war zu diesem See gekommen, um Gefühle und Gedanken auszublenden, die mich einfach nicht zur Ruhe kommen ließen. Ein Wirbelsturm der unterschiedlichsten Gefühle braute sich jetzt stattdessen in mir zusammen. Ein Tornado.

Ohne, dass er es vielleicht gewollt hatte, hatte Phoenix meinen Rückzugsort in Etwas verwandelt, wo sich mehr Schmerz verbarg, als ich bereit war zu ertragen. Als ich das begriff, setzte mein Verstand aus. Innerlich erstarrte ich. In meinem Kopf flogen Buchstaben umher, setzten sich zu Wörtern zusammen. Bildeten Fragen. Fragen, die ich nicht stellen wollte. Die ich nicht hören wollte. Und doch wurden sie lauter… und lauter…

WARUM verhielt er sich so widersprüchlich?

WARUM stieß er mich immer wieder von sich?

WARUM konnte ich ihn nicht endlich gehen lassen?

WARUM suchte ich stattdessen immer wieder seine Nähe?

WARUM suchte ER immer wieder meine Nähe?

WARUM konnte ich ohne ihn nicht richtig atmen?

WARUM fühlte ich mich ohne ihn verloren?

WARUM konnte ich ihm nicht sagen, dass ich ihn liebte?

WARUM schaffte ich nicht diese Worte auszusprechen?

WARUM verwandelte ich mich gerade in einen Regentropfen?

WARUM?

Es wurden immer mehr Fragen. Wie lästige Fliegen schwirrten sie in meinem Kopf umher. Ich konnte es nicht begreifen. Nicht verstehen. Nichts von alledem.

Ich musste hier weg.

Weg von diesen Gefühlen.

Weg von diesen Gedanken.

Weg von diesen Fragen.

Weg.

Einfach nur weg.

Summer

Hope saß, als ich zu Hause ankam, in ihrem Auto und wartete bereits auf mich. Ich sagte nur schnell Holly Bescheid, dass ich jetzt weg wäre und stieg kurz darauf zu Hope ins Auto. Ich griff nach dem Gurt und schnallte mich an, als ich mich im gleichen Moment fragen hörte, ob wir die Jungs noch abholen müssten. Sie schüttelte den Kopf. Meinte, dass Damon die drei abholen würde, und dass wir uns dann alle vorm Kino treffen würden. Ich war erleichtert. Mehr als erleichtert. Jetzt, da ich wusste, dass Tyler und Simon mit von der Partie waren, fühlte es sich plötzlich nicht mehr wie ein klassisches Doppeldate an. Endlich konnte ich aufhören mir diesbezüglich Sorgen zu machen.

„Wo warst du vorhin eigentlich?"

Ich drehte den Kopf und guckte Hope überrascht an. Vielleicht sollte ihre Frage beiläufig klingen, aber ich wurde das Gefühl nicht los, dass hinter dieser Frage mehr steckte.

„Keine Antwort? Oder willst du es mir nur nicht verraten?"

Ihr neckender Ton entging mir nicht. Ich zuckte mit den Schultern und schaute, während ich ihre Frage beantwortete, durch die Windschutzscheibe nach draußen auf die Straße. Autos, die uns entgegenkamen. Bäume, die an uns vorbeihuschten.

„Wenn du wissen willst, ob ich bei IHM war, warum fragst du dann nicht einfach?" Ich wollte seinen Namen nicht aussprechen. Nicht, weil ich nicht konnte. Ich wollte es nur ganz einfach nicht. Schön, vielleicht war das kindisch. Vielleicht war es auch idiotisch. Aber… es war mir sowas von egal.

„Um also auf deine ungestellte Frage zurückzukommen. Tut mir leid, nein, ich war nicht bei ihm." Meine Antwort entsprach zwar nicht unbedingt der Wahrheit, aber eine richtige Lüge war sie schließlich auch nicht. War ja nicht meine Schuld, dass er plötzlich an meinem

See aufgetaucht ist. Wenn überhaupt, dann war er bei mir gewesen…
nicht ich bei ihm.

Die Jungs warteten bereits vorm Kinoeingang. Damon entdeckte
uns als Erster und lächelte uns bereits aus mehreren Metern Entfernung zu. Logan und Tyler folgten seinem Blick. Simon dagegen war
so sehr mit seinem Handy beschäftigt, dass er uns, im Gegensatz zu
allen anderen erst bemerkte, als wir quasi direkt vor seiner Nase auf-
tauchten.

„Wird das jetzt zur Gewohnheit?" fragte Tyler grinsend, zog die
Stirn in Falten und ließ seinen Blick zwischen seiner Armbanduhr und
mir hin und her huschen. Auffällig. Jetzt wussten alle, was es mit dieser
Frage auf sich hatte.

„Tut mir leid, war keine Absicht", antwortete ich mit einer extra
Portion Sarkasmus. Simon und Logan gaben irgendwelche blöden
Kommentare von sich. Doch ich ignorierte die beiden einfach. Normalerweise störten mich solche Sprüche nicht. Warum auch? Meistens
nahm ich mich ja selbst aufs Korn. Oder ich lieferte meinen Freunden
die perfekte Vorlage für einen dummen Spruch, bezüglich meiner eigenen Auffassung von Pünktlichkeit. Nur war heute eben keiner dieser
Tage. Heute wollte ich keine dummen Sprüche hören. Wortlos drehte
ich mich um und lief zur Kasse.

Tyler folgte mir. „Hab ich was Falsches gesagt?", erkundigte er sich
vorsichtig, als er direkt neben mir stand.

„Lass stecken, Ty. Ist ja nicht so, als wenn ich nicht wüsste, wie es
gemeint war", antwortete ich schnippisch.

„Ooookay. Was ist los? Irgendetwas stimmt nicht mit dir. Du bist…
ich will dir jetzt wirklich nicht zu nahetreten, aber irgendwie bist du
heute…", druckste Tyler herum, ohne zu sagen, was er wirklich
dachte.

„Ach. Wie bin ich denn?" fragte ich und verschränkte in einer Ab-
wehrhaltung die Arme vor der Brust, als würde ich mich selbst beschützen wollen.

Die Kassiererin schenkte mir ein Lächeln. Ich war an der Reihe und
griff mit der rechten Hand in die Hosentasche, kramte nach dem Geld,
was gar nicht so einfach war, bei dieser engen Jeans. Tyler nutzte meine
Unachtsamkeit indem er sich einfach vordrängelte und kaufte, bevor

ich mich über seine Dreistigkeit beschweren konnte, zwei Karten und drückte mir eine davon kommentarlos in die Hand. Irritiert sah ich auf das Stück Papier, das ich in den Fingern hielt.

„Du musst nicht für mich bezahlen. Meine bissigen Kommentare waren kostenlos. Du schuldest mir also nichts."

„Hättest du mir das nicht zwei Minuten früher sagen können? Wenn ich gewusst hätte, dass es mich nichts kostet… dann…" Er sah mich schockiert an. „Glaubst du, ich kann deine Karte zurückgeben und bekomm mein Geld dafür zurück?" Tyler brachte mich gegen meinen Willen zum Lachen.

„Viel besser", murmelte er zufrieden und legte mir den Arm um die Schulter.

„Tut mir leid, Ty. Ehrlich. Ich… ich weiß auch nicht, was zurzeit mit mir los ist. Irgendwie… naja… keine Ahnung", stöhnte ich unglücklich. Unzufrieden.

„Ich weiß nicht, wovon du redest", lachte er.

„Ach Tyler", seufzte ich. Aus dem Augenwinkel heraus erkannte ich, wie Damon, der noch immer bei den anderen in der Schlange stand, immer wieder in unsere Richtung schaute.

„Er wird es verkraften."

„Hm? Wer? Von wem redest du?"

„Glaubst du, ich hätte keine Augen im Kopf? Komm schon, Summer. Ich habe Augen wie ein Luchs."

Ich lachte. „Das heißt *Ich habe Augen wie ein Adler.* Nicht wie ein Luchs."

„Vielleicht hast du ja Augen wie ein Adler. Ich habe jedenfalls Augen wie ein Luchs."

„Du bist echt bescheuert", neckte ich ihn.

„Und du versuchst abzulenken."

„Ist das so offensichtlich?"

„Nur für die, die es sehen wollen. Und… naja… und für mich." Tyler sah mich an. „Trotzdem, nimm es dir nicht so zu Herzen", flüsterte er mit leiser, fester Stimme.

„Das sagst du so leicht", murmelte ich gedankenverloren und lehnte meinen Kopf gegen seine Brust. „Ich will nicht, dass er sich in mich verliebt. Ich will meinen besten Freund nicht verlieren, nur, weil ich seine Gefühle nicht erwidern kann. Mein Leben ist in letzter Zeit auch so schon kompliziert genug."

„Lass ihm einfach etwas Zeit. Er fängt gerade erst an zu verstehen, was er doch für ein Idiot gewesen ist."

„Wie meinst du das?"

Für den Bruchteil einer Sekunde sah er mir tief in die Augen, mit einer Ernsthaftigkeit, die ich nicht begreifen konnte, dann wanderte sein Blick zu Damon. Tyler war viel aufmerksamer als die meisten ahnten. Gerade eben stellte er es wieder unter Beweis.

„Ich denke, du weißt, was ich damit meine. Auch, wenn du es die ganze Zeit über nicht wahrhaben wolltest... hast du es trotzdem gefühlt." Er seufzte. „Damon ist nicht erst seit gestern in dich verliebt." Tyler sah mich mit hochgezogenen Augenbrauen an, als würde er warten, ob ich seiner Aussage noch etwas hinzufügen wolle. Doch ich schwieg. Sagte kein Wort.

„Jetzt guck nicht so traurig. Klar, tut es weh. Und klar ist es schwer für ihn. Aber ist es das für dich etwa nicht? Summer, du weißt besser als jede andere, was es mit den Gefühlen auf sich hat. Und genau deshalb lass dir gesagt sein, schütz dich. Hör auf dich schuldig zu fühlen. Okay? Es ist nicht deine Schuld. Nichts von alledem, was passiert... oder passieren wird. Damon, er wird darüber hinwegkommen. Und... wenn es soweit ist, wenn er seine Gefühle versteht... dann versichere ich dir, wirst du es als Erste merken."

„Gerade, weil ich das wusste, weil ich seine Gefühle die ganze Zeit über ignoriert hatte, weil ich es nicht wahrhaben wollte... macht mich das nicht zu einer Heuchlerin?"

Als ich Tyler in die Augen schaute, sah er mich mit der gewohnten Wärme in seinem Blick an und versuchte mich wortlos aufzumuntern, mir meine Schuldgefühle zu nehmen. Er lächelte. Und sagte: „Willst du weiterhin Trübsal blasen und dir Gedanken über Dinge machen, auf die du ohnehin keinen Einfluss hast? Die du nicht ändern kannst? Du wolltest, dass Simon und ich mitkommen. Und... ich bin nicht blöd, ich weiß, warum du Hope gebeten hast uns mitzunehmen. Also bitte. Lass mich jetzt, wo ich schon mal hier bin, wenigstens das machen, was ich am besten kann. Lass mich deine Augen zum Leuchten bringen. Lache! Sei verdammt nochmal glücklich, du stinkender Trauerkloß."

Ich stupste ihm mit dem Ellenbogen leicht in die Seite. „Ich bin kein Trauerkloß. Und erst recht kein stinkender!" beschwerte ich mich und lächelte. Naja, zumindest versuchte ich es.

„Na also. Ist vielleicht nicht unbedingt das Lächeln, was ich sehen wollte. Aber hey… es ist ein Anfang. Und jetzt komm. Lass uns zu den anderen gehen. Oder willst du Hope noch länger warten lassen? Siehst du?" Er neigte sich zu mir runter, damit wir auf einer Augenhöhe waren, dann zeigte er mit dem Finger auf Hope. „Siehst du das? Sie scharrt schon mit den Hufen. Also, beweg endlich deinen hübschen Hintern." Als ich die kichernde Ungeduld meiner Freundin spürte, konnte ich nicht anders… ich musste lachen.

„Wurde auch langsam Zeit", tadelte Hope uns, während ihr Blick strafend von mir zu Tyler huschte. Damons Blick entging mir nicht. Trotz der gestrigen Aussprache wirkte er verunsichert. Kein Wunder, dachte ich. Ich blöde Kuh hatte ihm bis gerade eben auch keine Beachtung geschenkt. Ich lächelte ihn an. Es war ein ehrliches Lächeln. Welches er umgehend erwiderte.

„Na los, bringen wir es hinter uns", sagte ich und zwinkerte Damon verschwörerisch zu, während wir in den Kinosaal liefen.

„Ich kann es kaum erwarten", antwortete er und verdrehte die Augen. Er sah mich an, fragte: „Hast du eigentlich genug Taschentücher eingepackt? Hope meinte, dass am Ende des Films kein Auge trocken bleiben würde."

„Taschentücher? Shit… ich wollte noch dran gedacht haben…"

Mit den Worten „Kein Wort zu meiner Schwester", reichte er mir ein Paket Taschentücher. „Ich werde Hope einfach sagen, dass ich vergessen hätte welche einzustecken."

„Danke", antwortete ich ehrlich erleichtert. Da war sie wieder. Seine fürsorgliche Art. Die, die ich so an ihm mochte. Er dachte immer für mich mit, selbst wenn es sich, wie in diesem Fall, nur um Taschentücher handelte. Er wusste, dass ich, was Filme betraf, ziemlich nah am Wasser gebaut war. Nicht nur, weil er über meine Gabe Bescheid wusste, sondern weil ich ihn unzählige Male dazu genötigt hatte, sich zusammen mit mir irgendwelche Schnulzen anzugucken. Und jedes

Mal, kurz bevor ich in Tränen ausgebrochen war, hatte er mir wortlos ein Taschentuch gereicht, mich in die Arme genommen und mir bei jedem Schluchzer über den Rücken gestreichelt.

Würde er mich heute auch tröstend in die Arme nehmen? Die eigentliche Frage war jedoch eine ganz andere. Wollte ich überhaupt von ihm getröstet werden? Wenn ich wollte, dass sich zwischen unserer Freundschaft nichts änderte, dann müsste ich jetzt mit JA antworten. Aber… würde ich dadurch nicht das Risiko eingehen, dass er das Ganze missverstehen könnte? Würden dadurch nicht die Grenzen, die wir, oder vielmehr ich, gestern gezogen hatten, erneut verwischen? Innerlich stöhnte ich frustriert.

„Hör auf", flüsterte Tyler mir im richtigen Moment leise ins Ohr. Er saß links von mir, während Damon auf der anderen Seite saß. Also rechts von mir.

Als das Licht ausging blendete ich alles um mich herum aus, lehnte mich zurück. Schon bei der ersten Szene war ich gefesselt vom Film.

Wie nicht anders zu erwarten gewesen war, bekam ich bereits ab der Hälfte des Films ganz glasige Augen… und zum Schluss, tja, da heulte ich mit meiner besten Freundin um die Wette.

Logan, der Hope während des gesamten Films im Arm gehalten hatte, flüsterte ihr tröstende Worte ins Ohr. Und Damon tat, was er immer getan hatte. Er legte seinen Arm um mich, reichte mir ein Taschentuch und tröstete mich. Wortlos. Schweigend. Ohne Hintergedanken. Mit dem Handrücken wischte ich mir die Tränen vom Gesicht, doch jedes Mal kamen neue, dickere Tränen, die mir über die Wangen kullerten.

Dank meiner Gabe durchlebte ich jedes Gefühl auf eine Art, die es mir unmöglich machte, mit dem Weinen aufzuhören. Vielleicht fiel es mir bei diesem Film besonders schwer, weil ich wusste, dass dieser Film, diese Geschichte, dieser Schicksalsschlag, irgendwo auf dieser Welt, für irgendjemanden nicht einfach bloß ein Film war. Sondern schreckliche, grausame Realität. Allein die Vorstellung, dass man jemanden, den man liebte, gehenlassen musste, riss meine Seele entzwei. Jemanden auf seinen letzten Weg zu begleiten, war eine Sache, jemanden beim Sterben die Hand zu halten, eine vollkommen andere. Ich schüttelte die einsetzende Kälte ab, versuchte nicht länger darüber nachzudenken. Die Liebe, so sagte man, siegte immer. Nur, dass der Sieg sich manchmal wie eine Niederlage anfühlen konnte, verschwieg man.

„Was für eine Heulorgie. Ich bin jetzt schon ganz nass. Wasser von allen Seiten", sagte Simon trocken, vollkommen emotionslos. Schweigend verließen Hope und ich den Kinosaal.

„Es hätte nicht mehr viel gefehlt, dann hätten Hope und Summer den Saal geflutet. Aber... mal gut, dass ich Seepferdchen habe."

„Ach, halt endlich die Klappe, Simon", schluchzte Hope und wischte sich mit dem Handrücken die letzten Tränen vom Gesicht. „Wer bei dem Film nicht heult, der besitzt kein Herz."

Simon schüttete sich den letzten Schluck Wasser aus seiner Flasche in die Handinnenfläche, tippte den Finger hinein und zauberte sich so ein paar künstliche Tränen in die Augen.

„Siehst du? Auch ich habe ein Herz."

„Du hast kein Herz, sondern nen Knall", lachte Hope und rollte mit den Augen.

„Ist bei Simon quasi ein- und dasselbe", sagte Tyler und klopfte Simon freundschaftlich auf die Schulter.

„Was ist? Gehen wir noch irgendwo was Trinken?", fragte Logan in die Runde, während Hope sich enger an ihn kuschelte. Logan legte sein Kinn auf ihren Hinterkopf und sah jeden einzelnen von uns abwartend an.

„Sorry, Leute", antwortete Simon. „Ich bin raus."

„Summer? Tyler? Was ist mit euch?"

Ich nickte. Genau wie Tyler und Damon.

„Wie wär´s mit dem Pub hier vorne an der Ecke?", schlug Hope vor.

Die Entscheidung war gefallen. Einstimmig. Es gab ohnehin keine anderen Vorschläge.

Damit Simon nicht nach Hause laufen musste, beschlossen die Jungs „Stöckchen" zu ziehen. Wer den Kürzeren zog, verlor... und musste Taxifahrer spielen.

Zuerst war Tyler an der Reihe. Dann Logan. Und zum Schluss Damon. Für einen winzigen Moment herrschte Stille. Anspannung flog durch die Luft. Alle starrten gebannt auf ihr sogenanntes Stöckchen. Was in diesem Fall ein, in drei Stücke geschnittener, Strohhalm war.

„So, Jungs, dann lasst mal sehen, wer von euch den Kürzeren hat", forderte Hope die Jungs mit ernster Stimme auf.

Sie hatte den Satz noch nicht ganz zu Ende gesprochen, da fing ich auch schon an, lautstark loszulachen. Ich lachte. Und lachte. Ich konnte nicht mehr aufhören. Selbst dann nicht, als ich vor lauter Lachen kaum noch Luft bekam. Hope sah mich mit hochgezogenen Brauen stirnrunzelnd an. Ihr fragender Gesichtsausdruck war unbezahlbar. Hope schien die Doppeldeutigkeit des Satzes nicht verstanden zu haben. Ja, meine beste Freundin hatte keinen Schimmer. Nicht den Geringsten. Im Gegensatz zu Damon, ihrem Zwillingsbruder.

Er versuchte Hope auf die Sprünge zu helfen. „Das hätte ich jetzt wirklich nicht von dir erwartet. Nicht von meiner kleinen unschuldigen Schwester. Du bist ja schlimmer als die Jungs in der Dusche, nach dem Sportunterricht. Außerdem müsstest du wissen, dass ich…"

„STOPP!", unterbrach Hope ihren Bruder. „Wehe du sprichst diesen Satz zu Ende. Untersteh dich. Okay?!" Endlich hatte es auch bei Hope *klick* gemacht. „Ich will dieses Wort nicht aus deinem Mund hören. Wenn du das tust, ich schwöre dir, werde ich das Bild, das dann in meinem Kopf entsteht, nie wieder, verstehst du… nie wieder… loswerden. Kopfkino der übelsten Sorte."

„Meiner ist viel länger als deiner", erwiderte Tyler triumphierend und zeigte mit dem Finger auf Damon. „Wie im wahren Leben", fuhr er mit einem dreckigen Grinsen im Gesicht fort, während er mir gleichzeitig zuzwinkerte.

„Tyler!", warnte ich ihn lachend und nach Luft schnappend. „Hast du Hope gerade nicht zugehört? Ich habe genauso wenig Lust auf dieses Dingsbums in meinem Kopf." Ich drehte mich in Hopes Richtung und fragte hinter vorgehaltener Hand: „Wie hast du es doch gleich genannt?"

„Kopfkino", flüsterte sie mir verschwörerisch zu.

Mein Blick huschte zurück zu Tyler. Vorwurfsvoll. Glücklich. „Kopfkino. Kapiert?"

Tyler wollte gerade antworten, als Logan das Wort ergriff. „Tja, Kumpel." Sein Blick wanderte zu Damon. „Meiner ist auch viel länger.

Das nennt man wohl Pech gehabt", lachte er sarkastisch. „Aber hey, mach dir nichts draus...die Mädels sagen doch immer *auf die Größe kommt es gar nicht an.*"

„Ich werde dich an deine Worte erinnern. Das nächste Mal, nach dem Sport, beim Duschen..." stichelte Damon zurück und zeigte Logan den Mittelfinger, ehe er sich zu Tyler drehte, nur, um ihm ebenfalls den Mittelfinger zu zeigen.

„Soll ich euch vielleicht vorher noch ein Millimetermaß besorgen?", fragte ich todernst, ohne eine Miene zu verziehen.

„Du... Biest", sagten Damon und Logan gleichzeitig.

„Oh... habe ich euch etwa in eurer Männlichkeit verletzt?" Ich streckte beiden mit einem anzüglichen Grinsen die Zunge heraus. Männer...?! Ohne Worte.

„Ähm... ich unterbreche eure Unterhaltung nur ungern", meldete sich Hope zu Wort. „Aber ich glaub, Damon", sie sah ihren Bruder an, „dein Fahrgast ist dabei zu verschwinden."

„Shit", murmelte er und rannte bereits los, Richtung Ausgang. Hinter Simon her. Jetzt, wo die beiden weg waren, wurde es auch für uns Zeit von hier zu verschwinden.

Summer

Als wir den Pub betraten, fühlte es sich an, wie eine Zeitreise. Nicht nur die Räumlichkeiten strahlten eine urige Gemütlichkeit aus, sondern das gesamte Inventar. Kein Tisch sah aus wie der andere… sämtliche Tischplatten waren mit Aufklebern, Prints oder irgendwelchen Schnitzereien verziert. Zum Teil aber auch mit Autogrammen, wobei ich nicht erkennen konnte, ob diese von irgendwelchen Promis oder von den Gästen selbst stammten. Jedenfalls war jeder Tisch ein Unikat. Ausrangierte Holzfässer, in denen einst Whisky reifte, dienten als Hocker. Im Thekenbereich bestand die Dekoration aus unzähligen Whiskyflaschen. Von schottischen Sorten wie Single Malt, Single Cask über irische Sorten wie Irish Pot Still, Irish Single Malt bis hin zu amerikanischen Sorten wie Bourbon, Rye, Straight… Tennesse und vielen anderen Whiskyflaschen, von denen ich noch nie etwas gehört hatte, war alles dabei. An den restlichen Wänden hingen Ansichtskarten, Blechschilder und Plakate, so dass von der Wand selbst nichts mehr zu sehen war. Ein liebenswertes Chaos.

Tyler entdeckte als Erster den scheinbar letzten freien Tisch und steuerte zielstrebig darauf zu. Wir anderen folgten ihm einfach. Während Hope die Jungs in ein Gespräch verwickelte, sah ich mir alles ganz genau an und ließ mich verzaubern. Ließ den Charme und den Charakter dieses Pubs auf mich wirken.

Irgendwann fing ich an die Menschen zu beobachten… und mir zu den einzelnen Gesichtern Geschichten auszudenken, bis eine Kellnerin an mir vorbeilief, deren Melancholie auf mich übersprang. Es fühlte sich an, wie eine Prise Weltschmerz, vermischt mit einem sanften, bittersüßen Luftkuss. Meine Gedanken befreiten sich, flogen durch die Wolken der Kreativität und ich spürte die traurige Leichtigkeit des Seins, wie eine Ansammlung von feinen, glitzernden Wassertröpfchen, die mit Lichtstrahlen gefüllt waren. Mit freudiger Lebendigkeit. Dieser flauschige Mantel, bestehend aus Musiknoten, schwebte tanzend durch den Raum.

Ich konnte die Zwischentöne des Lebens nicht nur hören, sondern sehen. Mein Blick wanderte von einem Gesicht zum anderen.

So viele unterschiedliche Menschen.

So viele unterschiedliche Nationalitäten.

So viele unterschiedliche Weltanschauungen

… und doch hatten sie eines gemeinsam. In der Melodie ihrer Seelen lag eine Schönheit, die mein Herz berührte. Eine Schönheit, die man sehen, aber nicht begreifen konnte. Die man fühlen, aber nicht einsperren konnte. Ich lächelte. Lächelte. Lächelte.

Erneut fiel mein Blick auf die Kellnerin… und ich begriff, dass sie nicht nur jedem Gast ein Lächeln schenkte, sondern der ganzen Welt. Ganz gleich, ob die Welt zurücklächelte oder nicht. Ihre Leichtigkeit, ihre Unbeschwertheit würde nie aufhören den Menschen ein Lächeln ins Gesicht zaubern zu wollen, und sei es auch nur für einen winzigen Moment. Keine Ahnung wie, aber plötzlich vibrierte die Luft. Ein Windhauch… ein schimmernder Nebel… erwachte zum Leben. Dank des schummrigen Lichts nahm kein einziger Gast den glitzernden Dunst, der über ihren Köpfen schwebte, wahr. Vorsichtig pustete ich. Funkelnde Regentropfen, so fein wie Feenstaub, rieselten still und leise auf die Gäste… auf die Kellnerin. Sie alle sollten die Schönheit des Augenblicks mit der Kellnerin teilen.

Plötzlich vibrierte das Handy in meiner hinteren Hosentasche. Ich zog es heraus und hätte es am liebsten sofort wieder zurückgesteckt. Auf dem Display stand sein Name. Phoenix. Zuerst wollte ich seine Nachricht nicht lesen. Dann wollte ich sie löschen. Aus Prinzip. Doch letztendlich siegte, wie so oft, die Neugier.

Wo bist du?

Ich merkte wie die Wut aus ihrem Schlaf erwachte.

Als Antwort tippten meine Finger:

Warum? Gibt es in der Hölle etwa keinen anderen, den du mit deinem Charme bezirzen kannst?

Es dauerte keine zwei Sekunden, da folgte seine Antwort.

Eine Antwort, die mir nicht gefiel. Ganz und gar nicht.

NOCHMAL... WO. BIST. DU?

Prompt folgte meine Antwort:

Was hast du an meiner Frage nicht verstanden? Such dir jemand anderen zum SPIELEN!

Hoffentlich verstand er die kleine bissige Anspielung.

Nichts.

Es folgte nichts.

Keine Antwort.

Keine Reaktion.

Eine Minute verging.

Zwei Minuten...

Zehn.

Noch immer starrte ich auf mein Handy. Wartete. Hoffte. Vergaß zu atmen.

Jemand trat mir unterm Tisch gegen das Schienbein. Tyler. Ohne den Kopf zu bewegen oder das Handy aus der Hand zu legen, linste ich in seine Richtung. Funkelte ihn giftig an.

„Aua", beschwerte ich mich leise. „Wofür war das denn?"

Als Antwort auf meine Frage deutete er mit einem leichten Kopfnicken in Hopes Richtung. Unauffällig folgte ich seinem Blick... und entdeckte Damon.

„Ernsthaft? Dafür hast du mich getreten?"

„Ach der Tritt? Der war nicht wegen Damon."

„Warum hast du mich dann getreten?"

„Damit du endlich aufhörst wie eine Besessene auf das Handy zu starren. Denn, ganz ehrlich... er wird sich nicht mehr melden."

„Woher?" Ich riss erschrocken die Augen auf. Sah Tyler an. Panisch. Schloss die Augen und seufzte.

„Ich habe es an deinem Blick gesehen. Jedes Mal, wenn du an ihn denkst... oder auch nur seinen Namen hörst, fangen deine Augen an zu leuchten. Aber... ich sehe auch, dass er gleichzeitig für die Traurigkeit in deinem Blick verantwortlich ist. Ehrlich. Ich... ich weiß nicht, was zwischen euch läuft, aber sollte er dir wehtun, dann..." Tyler sprach seine Drohung nicht aus. Brauchte er auch nicht, denn die Botschaft war angekommen. Er hatte Recht. Natürlich hatte er Recht...

nur konnte ich es nicht zugeben. Was hätte ich Tyler sagen sollen? Dass es zu spät war? Dass er mir längst wehgetan hatte? Dass ich mich bemühte Phoenix zu ignorieren, es aber nicht schaffte? Dass ich ihn nicht lieben dürfte, weil er mir all diese schrecklichen Dinge an den Kopf geknallt hatte? Worte. Furchtbare Worte.

Ich versuchte zu lächeln... und scheiterte.

Ich versuchte Tyler etwas zu sagen. Etwas Tiefgründiges. Etwas Unvorhergesehenes. Irgendetwas. Aber all die Worte, die vorhin noch in meinem Kopf waren, hatten mich verlassen, waren still und leise auf den Boden getropft.

Tyler sah mich an. Schaute tief in mich hinein... und ohne etwas zu sagen, wusste ich, dass er all die unausgesprochenen Fragen gehört hatte. Tyler wusste, wie unsagbar schwer es mir fiel zuzugeben, dass das, was ich für Phoenix empfand, etwas war, das man mit Worten nicht erklären konnte. Meine Gefühle waren wie ein Schwarm bunter Schmetterlinge. Wie ein rotes Blumenmeer. Wie rosarote Zuckerwatte. Wie Luftballons, die mit schimmernder Schwerelosigkeit gefüllt waren. Wie ein Regenbogen im Sturm. Wie Donner und Blitz bei strahlendem Sonnenschein. Wie eine mit glitzerndem Sternenstaub und Nordlichtern befüllte Wunderlampe. Wie eine aus kosmischer Energie bestehende Milchstraße. Wie ein schwarzes Loch, erschaffen durch die Unendlichkeit selbst.

Damon setzte sich neben mich und stieß mich mit den Worten „Wie? Ihr habt euch noch nichts zu Trinken bestellt?" von meiner weißen Puderzuckerwolke, zerrte mich und meine Gedanken zurück in die kalte Realität. Stirnrunzelnd sah Damon erst mich an, dann Tyler und schließlich die beiden Turteltäubchen. Hope und Logan. Grinsend und kopfschüttelnd hob er den Arm, winkte der Kellnerin zu.

Die Jungs lachten. Erzählten sich Geschichten. Und während Hope ihnen zuhörte, drifteten meine Gedanken ab, verließen meinen Kopf, flogen hinauf zu den Sternen. Und all die Fragen, die ich nicht bereit war zu stellen, flüsterte der Wind dem dort oben existierenden schwarzen Loch leise ins Ohr. Fragen über die Hoffnungen und Sehnsüchte der Menschen. Über die tiefsten Abgründe der menschlichen Psyche. Über zerstörte Träume, geraubte Gefühle und über eine Welt, die jenseits von Gut und Böse existierte. Ich schüttelte den Kopf. Und, während ich die Gedanken stoppte, blieb ein dumpfer Schmerz in mir zurück. Die Menschen hier, in diesem Pub, lachten, tanzten.

Doch, waren sie deshalb glücklich?

Autsch. Jemand kniff mir in die Seite, in die rechte Seite, und das nicht gerade zärtlich. Ich drehte mich zu Damon. „Du auch? Warum müsst ihr mir eigentlich ständig wehtun?"

„Soll ich pusten?", witzelte Tyler.

Als Antwort auf seine Frage boxte ich ihm gegen den Oberarm. Lachend. „So. Jetzt sind wir quitt."

Damon hielt abwehrend die Hände in die Luft, schützend vor seinen Oberkörper, als würde er mit einem Angriff von mir rechnen.

„Keine Sorge, dich werde ich nicht schlagen. Zumindest nicht jetzt." Ich lächelte zuckersüß.

„Was ist?" Damon sah mich fragend an, „soll ich dich jetzt nach Hause bringen? Oder willst du noch hierbleiben? Bei den liebeskranken Turteltäubchen…"

Hope lehnte sich über den Tisch und boxte Damon mit voller Wucht gegen den Oberarm.

„Im Gegensatz zu Summer habe ich keine Probleme damit dich zu schlagen."

Damon rieb sich den Arm und zog ein gespielt schmerzverzerrtes Gesicht. Er sah mich hilfesuchend an. „Hast du das gesehen? Sie hat mich geschlagen. Einfach so. Ohne Grund."

Hope streckte ihrem Bruder die Zunge heraus. „Ich brauche keinen Grund, um meinen kleinen Bruder zu schlagen."

„Kleiner Bruder? Du vergisst, dass ICH der Ältere von uns beiden bin."

Ja. Damon war älter. Ganze zwei Minuten.

„Deshalb ja auch *kleiner* Bruder. Und nicht jüngerer Bruder."

Summer

Tyler öffnete die Beifahrertür, klappte den Sitz nach vorne und kletterte nach hinten auf den Rücksitz. Während ich nach dem Gurt griff, um mich anzuschnallen, stieg Damon auf der Fahrerseite ein und steckte, während er sich suchend im Auto umsah, den Schlüssel ins Zündschloss.

„Wo ist…?" murmelte er leise, gedankenverloren und setzte seine Suche fort.

„Suchst du etwas Bestimmtes?", fragte ich und sah mich ebenfalls im Auto um, ohne zu wissen, wonach ich hier überhaupt suchte.

„Ähm… ja. Meine CD. Ty, guck doch mal bitte hinten nach, ob du sie dort irgendwo findest."

„Wenn du mir verrätst nach welcher genau ich suchen soll…"

„Origins. Das Album von Imagine Dragons."

„Hast du schon im Handschuhfach nachgesehen?", wollte Damon von mir wissen und sah mich fragend an.

„Ähh… Nö", stammelte ich leise.

„Lass mich mal gucken", sagte er mehr zu sich selbst als zu mir.

Und bevor ich wusste, wie mir geschah, lehnte er sich in meine Richtung, öffnete das Handschuhfach und fing an darin zu wühlen. Entweder war die besagte CD nicht dabei, oder er bekam sie einfach nicht mit den Fingern zu packen. Keine Ahnung. Ich wollte gerade fragen, ob ich ihm irgendwie behilflich sein könnte, als mich der Ausdruck in seinem Blick gefangen nahm. Die Frage, die ich ihm hatte stellen wollen, verpuffte. Plötzlich war mein Kopf leer, verwandelte sich in eine kaputte Sanduhr. Meine Gedanken… meine vielen Sandkörner… einfach weg. Regungslos saß ich in meinem gepolsterten Sitz, unfähig mich zu bewegen. Erstarrt. Eingefroren wie eine Eisskulptur.

Damon schnallte sich ab, beugte sich noch weiter in meine Richtung und griff ins scheinbar leere Handschuhfach. Die ganze Zeit über ruhte sein Blick auf meinem Gesicht. Die Zeit wurde von dem über meinem Kopf schwirrenden schwarzen Loch verschluckt. Und ich wünschte, es würde mich ebenfalls verschlucken. Mich retten.

Sein Gesicht... nur wenige Zentimeter von meinem entfernt. Ich spürte bereits seinen warmen Atem auf meiner Haut. Hielt die Luft an. Versuchte die Augen zu schließen. Verlor meine Sprache. Meine Worte. Einfach alles. Sein Blick veränderte sich. Für den Bruchteil einer Sekunde tauchte dort derselbe Ausdruck auf, den ich hin und wieder bei Phoenix entdeckte, zuletzt heute am See.

PHOENIX schoss es mir blitzartig durch den Kopf. Obwohl er nur in meinen Gedanken herumspukte, erwachte schlagartig das absurde Gefühl, dass ich ihn betrügen würde. Hintergehen. Ersetzen. Als wäre Phoenix austauschbar.

Je länger ich dieser Situation hier ausgesetzt war, desto merkwürdiger wurde diese Empfindung. Die Luft, der ganze Sauerstoff, schien aus dem Inneren des Autos fliehen zu wollen. Mit jedem Herzschlag fiel mir das Atmen schwerer. Schmerzte. Dieser Augenblick schien nicht enden zu wollen.

Schlagartig wurde alles noch komplizierter, die Grenzen zerfielen... lösten sich auf. Damon war mir eindeutig zu nah. Viel zu nah. Unauffällig rückte ich ein Stück nach hinten, drückte mich tiefer in den Sitz. Abstand. Ich brauchte Abstand. Was jedoch in Anbetracht der Tatsache, dass wir uns hier in einem immer kleiner werdenden Auto befanden, ein Ding der Unmöglichkeit zu sein schien. Die wenige Luft, die nicht hatte fliehen können, fing an zu knistern. Die hier existierende Spannung beraubte mich all meiner Fähigkeiten. Ich betete, dass Damon nicht versuchen würde mich zu küssen. Ich zerfiel. Er durfte diese unsichtbare Grenze nicht überschreiten. Er durfte es einfach nicht.

Doch, sollte er noch näherkommen, sollte er diesen Versuch wirklich wagen, würde ich ihn zurückstoßen. Gedanklich legte ich mir schon mal die Worte zurecht, die ich ihm dann sagen würde. Wohl wissend, dass jedes Wort, jedes einzelne davon, sich in eine Waffe verwandeln würde. Wo jeder Schuss ein Treffer wäre. Ein Treffer, mitten in seine Seele. Innerlich war ich zerrissen. Die Schuldgefühle explodierten, zerfetzten mich und vergifteten die Gefühle, die in diesem Auto eingesperrt waren.

Meine Gefühle.

Damons Gefühle.

Ja, sogar Tylers Gefühle.

„Bist du sicher, dass sie hier im Auto ist?", fragte Tyler, genau zur richtigen Zeit. Ich blinzelte, blinzelte.

Damon senkte den Blick, wandte sich von mir ab. Trotzdem hatte ich die in ihm eingesperrte Traurigkeit sehen können. Spüren können. Unweigerlich stellte ich mir die Frage, ob dieses Gefühl durch meinen inneren Kampf hervorgerufen worden war. Diese Traurigkeit, die Tiefe, irgendwie wurde ich das Gefühl nicht los, dass etwas anderes dafür verantwortlich war. Jemand anderes. Doch hier und jetzt war einfach nicht der passende Moment, um Damon darauf anzusprechen, also schwieg ich. Wie so oft.

„Ich habe nämlich, während du vorne beschäftigt warst, überall hier hinten nachgesehen." Tylers Worte, die Art, wie er sie aussprach, verwirrten mich. Irgendwie war es eine sonderbare Mischung aus Vorwurf, Drohung und Mitleid. Verständnis. Alles auf einmal.

„Hmm... vielleicht habe ich *sie* ja doch verloren", sagte Damon erfüllt von einer trügerischen Stille, zuckte die Schultern und schnallte sich an.

Ich wagte kaum zu atmen, geschweige denn einen Mucks von mir zu geben. Ich wünschte ich wäre unsichtbar, würde mich einfach in Luft auflösen. Denn mit *sie* meinte Damon nicht die CD.

Damon startete das Auto, fuhr los. Ich starrte durch die Windschutzscheibe nach draußen. Sah verschwommene Häuser. Verschwommene Menschen... Verschwommen, weil der Tränenschleier mir die Sicht erschwerte. Ich schloss die Augen, drehte den Kopf zur Seite, so dass niemand meine vom Gesicht kullernden Tränen sehen konnte.

Auch, wenn im Grunde genommen nichts zwischen uns passiert war, hatte sich trotzdem etwas verändert. Eine Veränderung, die ich nicht begreifen konnte. Nicht begreifen wollte. Es war, als hätte jemand eine unsichtbare Mauer zwischen uns hochgezogen.

Das Schweigen, dass sich hier ausbreitete, veränderte alles.

Vergiftete alles.

Erdrückte alles.

Alles fühlte sich plötzlich *falsch* an.

Verboten.

Ein kleiner unbedachter Moment und nichts war mehr so, wie es sein sollte. Die ganze Fahrt über sagte Damon kein Wort. Schwieg.

Aus dem Augenwinkel heraus erkannte ich, dass er das Lenkrad so fest mit seinen Händen umklammerte, als hätte er Angst, dass eine Strömung ihn fortreißen könnte. Dass er ertrinken könnte.

Am liebsten hätte ich ihn gefragt, ob…?

Doch es existierten keine Buchstaben.

Keine Vokale.

Keine Konsonanten.

Keine Synonyme.

Keine Satzzeichen.

Es existierte – nichts.

Absolut nichts.

Egal welche Frage ich gestellt hätte, es wäre definitiv die Falsche gewesen.

Jemand rüttelte mich an der Schulter. Dann hörte ich die Worte „Aufstehen, du Schlafmütze. Wir sind da." Gähnend streckte ich die Arme und Beine aus, spürte aber sofort von allen Seiten einen Widerstand. Ich rieb mir die Augen. Öffnete sie langsam. Im ersten Moment wusste ich nicht, wo ich mich befand. Oder wie spät es überhaupt war. Dann erkannte ich Damons Gesicht. Schlagartig kehrten die Erinnerungen zurück. Die weggesperrten Gefühle und Gedanken. Verdammt. Wie lange hatte ich geschlafen? Hatte Damon mich etwa heimlich beobachtet? Unzählige solcher Fragen schwirrten mir im Kopf herum. Ich musste raus. Raus aus diesem Auto. Auf so engen Raum, zusammen mit Damon, fiel es mir unsagbar schwer einen vernünftigen Gedanken zu fassen.

Abstand.

Ich brauchte Abstand.

Raum.

Raum für mich.

Meine Finger suchten den Griff, fanden etwas Kühles, umschlossen es. Ich wollte fliehen, doch die Tür ließ sich nicht öffnen. Sie klemmte. Warum verdammt nochmal ging diese Tür nicht auf? Jetzt erst bemerkte ich Damon. Er lehnte über mir und seine Hand lag auf dem Griff. Damon, er verhinderte meine Flucht. Sperrte mich ein. Hielt mich hier gefangen.

„Warte, Summer", sagte er mit schwacher Stimme. Ich hob den Blick, sah ihm in die Augen, doch ich war unfähig einen Ton von mir zu geben. Sofort senkte ich den Kopf, den Blick. Die Traurigkeit in seinen Augen war einfach zu schwer für mich. Unerträglich.

„Habe ich zu lange gewartet? Komm ich wirklich zu spät?" Die Worte, seine Worte, leise… kaum hörbar. „Oder besteht noch der Hauch einer Chance, dass wir…? Summer, hast du wirklich aufgehört mich zu lieben?" Seine Frage, in Verbindung mit seinen Gefühlen, rissen mich entzwei. Ich schwieg. Nicht, weil mir die Worte fehlten, sondern weil es einfach zu weh getan hätte, wenn auch nur ein einziges Wort meine Lippen verlassen hätte. Ich schrie. Innerlich. Zerfiel. Zersplitterte.

Meine Gedanken würden ihn nur noch mehr verletzen, also sperrte ich sie weg. Ungehört. Still und leise. Flehentlich schaute er mir ins Gesicht. Stumm gab er mir zu verstehen, dass ich etwas sagen sollte, dass ihn mein Schweigen mehr verletzte, als Worte es könnten. Doch, wie sollte ich ihm begreiflich machen, dass mein Herz einem anderen gehörte? Wie, ohne ihn dabei zu verletzen? Verzweifelt suchte ich nach den richtigen Worten, wohlwissend, dass diese nicht existierten. Es gab keine.

Nicht jetzt.

Nicht hier.

Nicht für ihn.

„Damon, bitte", flehte ich leise, flüsternd. „Tu das nicht."

„Sag es. Bitte. Ich… ich muss es wissen."

„Verstehst du nicht? Ich will dir nicht weh tun, dich nicht noch mehr verletzen."

„Dann sag es!"

Ich schluckte. Mein Herz stolperte über die Worte, die meine Lippen verließen. „Ich liebe dich, Damon. Aber eben nicht auf die Art, die du dir erhoffst. Ich liebe dich wie einen Bruder. Wie einen Freund. Wie MEINEN besten Freund. Ich weiß, dass du das nicht hören wolltest, aber…"

„Küss mich!", unterbrach er mich.

Das hatte er nicht gesagt. *Das* konnte er unmöglich gesagt haben. *DAS* durfte er einfach nicht gesagt haben. Ungläubig guckte ich ihn an. Fassungslos. Verwirrt. Verängstigt.

„Was?... Wo-zu?", stotterte ich. „Damon… ich… ich." Verzweifelt suchte ich nach Worten, irgendwelchen Worten, um den angefangenen Satz zu beenden. Worte, die all dies hier endlich beenden würden. Diesen Alptraum. Diesen wahrgewordenen Alptraum.

„Ich… ich kann nicht."

„Wegen *ihm*?", knurrte er verabscheuungswürdig und mit vor Wut bebender Stimme. Er schaffte nicht einmal seinen Namen auszusprechen. Wobei das auch gar nicht nötig war. Wir wussten beide, wer gemeint war. Ich wollte gerade etwas Bissiges darauf erwidern, als er mich mit einem Kuss zum Schweigen brachte.

WAS TUST DU DA, DAMON?! schrie ich in Gedanken, so laut, dass er es hören müsste. Doch Damon hörte mich nicht. Hörte mein Flehen nicht.

Als ich mich von dem Schock, dass er *mich*, gegen *meinen* Willen, küsste, erholt hatte, versuchte ich ihn mit beiden Armen wegzudrücken. Ich spürte seinen Herzschlag unter meinen Fingerspitzen, doch je heftiger ich ihn wegzustoßen versuchte, desto mehr Widerstand spürte ich. Damon hörte nicht auf, gab mich nicht frei. Ich erstarrte. Fühlte mich in die Enge getrieben.

Eingesperrt.

Eingesperrt.

Ein lautes Krachen befreite mich. Jemand schlug mit voller Wucht gegen die Fensterscheibe. Und plötzlich flog die Autotür auf. Alles, was ich jetzt noch mitbekam, war wie Phoenix wutentbrannt auf Damon losging. Ihn von mir wegzog. Aus dem Wagen riss.

Jedes Gefühl, dass in diesem Moment freigelassen wurde, schrie… schrie so entsetzlich laut, dass ich mir die Ohren zuhalten musste. Ich sah, wie Phoenix auf Damon einschlug, ihn verprügelte. Jeder Schlag war so laut, dass ich, obwohl ich mir noch immer die Ohren zuhielt, innerlich zusammenzuckte. Dieses furchteinflößende Geräusch, das entstand als seine Faust Damons Gesicht traf. Immer und immer wieder. Wie im Wahn. Wie im Rausch. Außer Kontrolle.

Betäubt, völlig gefühllos, kletterte ich aus dem Auto. Diese Bilder… diese aggressiven Gefühle… nahmen mir die Luft zum Atmen. Ich sah mich verzweifelt um, hilfesuchend. Aber es war niemand zu sehen. Ich wusste, dass niemand kommen würde, um die beiden voneinander zu trennen, um den Kampf zu beenden. Entgegen aller Logik stürzte ich auf die beiden zu. Ich wusste, dass ich kräftemäßig unterlegen war, dass ich nicht den Hauch einer Chance hatte, aber ich konnte nicht länger zusehen. Schweigend. Still. Und vergebens auf Hilfe hoffen. Die einzig existierende Hilfe war ICH.

Unmittelbar vor ihnen blieb ich stehen und tat das Einzige, wozu mein Unterbewusstsein noch fähig war. Ich schrie... und ließ gleichzeitig meine Verzweiflung frei, hauchte diesem Gefühl Leben ein.

Sofort hörten die beiden auf sich zu prügeln, suchten stattdessen meinen Blick.

„Ihr beide... ihr seid solche Arschlöcher!", zischte ich wütend und sah beide abwechselnd an. Mehr sagte ich nicht. Mehr war auch überhaupt nicht notwendig. *Außerdem* war ich noch immer viel zu aufgewühlt, viel zu durcheinander, um dem noch etwas hinzuzufügen. Schnaubend drehte ich mich um, kehrte ihnen den Rücken zu.

Ein Atemzug.

Zwei Atemzüge.

Drei...

Vier...

Plötzlich legte sich von hinten eine Hand auf meine Schulter. Ich fühlte den Druck der Finger und ich wusste zu wem diese Hand gehörte, noch bevor ich seine Gefühle wahrnahm. Sofort stellte ich mir die Frage *Wollte ich überhaupt aufgehalten werden?*

„Steig in den Pick-Up. Sofort!", forderte Phoenix mich in einem Ton auf, der eindeutig keinen Widerspruch duldete. Langsam drehte ich mich um, bis ich ihm genau ins Gesicht gucken konnte. Er versuchte erst gar nicht seine Wut vor mir zu verbergen. Mich, wie sonst immer, auszusperren.

„Ich soll *was*?! Zu dir ins Auto steigen?! Du... du hast sie wohl nicht mehr alle! Mit dir werde ich nirgendwo hingehen!" Die Worte sprudelten unkontrolliert aus meinem Mund. Diesen Adrenalinrausch verdankte ich meiner Wut... und seiner.

Phoenix' Augenfarbe veränderte sich. Das Leuchten erlosch. Wurde durch etwas Dunkles, Unheilvolles... etwas Bedrohliches ersetzt. Adrenalin hin oder her, diese Veränderung jagte mir unweigerlich einen kalten Schauer über den Rücken. Kommentarlos packte er mir an den Oberarm, umklammerte diesen... und zog mich hinter sich her. Wie eine Puppe. Wie eine verdammte Puppe.

Ich wehrte mich, stemmte die Füße in den Boden. Doch all meine Versuche waren vergebens. Also gab ich auf, lief stattdessen wutschnaubend neben ihm her, bis zu seinem Auto.

„STEIG. EIN!"

„Nein! Nicht bevor du mir sagst, warum du wie ein Irrer auf Damon losgegangen bist. Was zum Teufel sollte das?"

Plötzlich stand er direkt vor mir. Bedrohlich. Drückte mich unsanft auf den Beifahrersitz und knurrte zornig: „Wehe du wagst es auszusteigen." Die Kälte, seine Kälte, war erschreckend. Beängstigend. „Nicht, bevor ich es dir erlaube!"

Ich keuchte leise auf. Obwohl ich wusste, dass er mir niemals weh tun würde, zumindest nicht körperlich, bekam ich es mit der Angst zu tun. Er beugte sich zu mir runter und flüsterte mir leise ins Ohr: „Vergiss nicht, was ich dir gesagt habe." Dann knallte er die Autotür zu.

Ich kauerte mich auf den Sitz zusammen, zog die Kniee an die Brust und lehnte die Stirn gegen die Fensterscheibe. Die aufsteigenden Tränen unterdrückte ich, schluckte sie runter, sperrte sie weg.

Tränen der Wut.

Tränen der Enttäuschung.

Tränen der Verzweiflung.

Phoenix hatte sich gerade eben, vor meinen Augen, in jenes Monster verwandelt, dass er die ganze Zeit über behauptet hatte, zu sein. Und Monster waren nun einmal grausam. Eiskalt. Denn alles, was in ihnen existierte, war Wut und Schmerz.

Natürlich wusste ich, dass die grausame Schwere nicht mir galt, sondern Damon. Doch… als ich dieser Wut jetzt hilflos ausgesetzt war, erkannte ich die Gefahr. Denn diese ganze unterdrückte Wut hatte sich längst in etwas Zerstörerisches verwandelt. Etwas, dass mir zeigte, wieviel Dunkelheit tatsächlich in ihm existierte. Für Damon empfand er ein Gefühl, dass mich keuchend nach Luft schnappen ließ… HASS. Grenzenlosen Hass.

Um den immer lauter werdenden Sturm in meinem Kopf zum Verstummen zu bringen, presste ich beide Hände gegen die Schläfen, übte leichten Gegendruck aus, schloss die Augen und holte tief Luft. Füllte meine Lungen mit Sauerstoff.

Erst als ich mich einigermaßen beruhigt hatte, öffnete Phoenix die Fahrertür… und stieg ein. Als hätte er absichtlich so lange gewartet. Als wüsste er, dass seine Gefühle angefangen hatten mich in Ketten zu legen.

Obwohl er direkt neben mir saß, fühlte es sich so an, als wenn er Lichtjahre von mir entfernt wäre. Irgendwo gefangen… in der Unendlichkeit des Universums.

Er umklammerte mit beiden Händen das Lenkrad, als könnte das schwarze Loch ihn jederzeit holen, ihn verschlingen, ihn für immer verschwinden lassen. Phoenix starrte stur geradeaus durch die Windschutzscheibe. Hielt den Atem an, schloss dann die Augen.

„Phoenix", flüsterte ich leise seinen Namen. Ich hielt diese finstere, bedrohliche Stille keine Sekunde länger aus.

Keine Reaktion.

Sekundenlang…

Dann endlich bewegte er den Kopf, suchte meinen Blick. Doch, bevor ich darin ertrinken konnte, brach er den Blickkontakt auch schon wieder ab, ohne etwas gesagt zu haben. Mit einem gequälten Gesichtsausdruck schloss er seufzend die Augen. Sein Schweigen sagte mehr als Worte.

„Wenn du nicht reden willst, dann hör mir wenigstens zu." Ich hatte den Satz noch nicht ganz zu Ende gesprochen, da holten mich die Erinnerungen ein. Nur, dass ich das, was vorhin bei Damon im Auto passiert war, nicht durch meine Augen sah, sondern aus einer vollkommen anderen Perspektive. Es waren nicht meine Erinnerungen. Sondern die von Phoenix.

Oh. Mein. Gott.

Jetzt begriff ich, warum er sich in diesen wunderschönen dunklen Dämon verwandelt hatte. Für ihn musste es so ausgesehen haben, als wenn mir seine Gefühle egal wären, als wenn ich uns, ihn und mich, längst aufgegeben hätte, als wenn ich den einfachsten Weg gewählt und ihn einfach ersetzt hätte. Ausgetauscht. Vergessen.

„Du glaubst doch wohl nicht wirklich, dass ich…", murmelte ich so leise, dass ich nicht wusste, ob ich überhaupt etwas gesagt hatte. „Es war nicht so, wie du denkst", versuchte ich ihm mit gesenktem Blick zu erklären. Ich schaffte nicht ihn dabei anzusehen. Ich wollte seine Verachtung nicht auch noch sehen müssen. Sie fühlen zu müssen, war schon schwer genug. Schnaubend drehte er sich in meine Richtung, hob mein Kinn an. Er wollte, dass ich ihm in die Augen guckte. Phoenix versuchte erst gar nicht seinen Schmerz vor mir zu verbergen. Sein Blick war erfüllt davon, zusammen mit einer Kälte, die mir den Atem raubte. Dieser Blick durchbohrte mich. Traf mich mitten ins Herz.

„Es ist nicht so, wie ich denke?!", wiederholte er verbittert meine soeben gesagten Worte. Worte, die für ihn völlig bedeutungslos waren. Nichts weiter, als ein jämmerlicher Versuch mich herauszuwinden. Die Wahrheit zu leugnen. Die Tatsachen zu verdrehen. In diesem Augenblick fühlte ich seine Wut, seine Verachtung und… eine unendliche Traurigkeit.

„Was glaubst du denn, *was* ich denke?!" Er strahlte eine Ruhe aus, die im absoluten Widerspruch zu seinen sturmumtosten Augen stand. Tränen schossen mir in die Augen. Abrupt drehte ich den Kopf weg. Wenn er meine Tränen jetzt sehen würde, würde er dann nicht denken, dass er mit seinen unausgesprochenen Anschuldigungen Recht hatte? Dass er zu Recht wütend war? Phoenix würde diese Tränen als ein Schuldeingeständnis betrachten. Doch das waren sie nicht. Verflucht, nicht ich hatte Damon geküsst, sondern er mich. Ich war doch bloß viel zu geschockt gewesen, um ihm in der Sekunde wo seine Lippen, die meinen berührt hatten, wegzustoßen. Mein Kopf sank gegen die Fensterscheibe. Ich schluckte, schloss die Augen und sperrte all meine Gedanken weg.

Phoenix startete den Motor und fuhr mit quietschenden Reifen los. Keine Ahnung wohin. Es spielte ohnehin keine Rolle.

Wie sollte ich ihm glaubhaft versichern, dass das, was er mit seinen eigenen Augen gesehen hatte, nicht das war, was er glaubte gesehen zu haben. Meine eigenen Fragen ergaben keinen Sinn. Wie sollte ich dann…? Die Menschen neigten nun einmal dazu, nur dass zu glauben, was sie sahen… anstatt sich auf ihre Gefühle zu verlassen… auf das Nichtsichtbare. Dafür gab es die unterschiedlichsten Gründe. Nur, welchen Grund hatte Phoenix?

Ich schielte immer wieder in seine Richtung, schaffte aber nicht etwas zu sagen. Die ganze Fahrt über ignorierte er mich. Behandelte mich wie Luft. Diese Ignoranz war schlimmer, als wenn er mich angeschrien oder beleidigt oder mir Vorwürfe gemacht hätte.

Es war dunkel als wir zurückkehrten. Stockdunkel. Selbst der Mond hatte sich zum Schlafen hinter den Wolken versteckt. Phoenix fuhr die Auffahrt hoch, hielt an und bat mich auszusteigen. Der Motor lief noch, also hatte er nicht vor mitzukommen. Ich bekam es mit der Angst zu tun, denn ich konnte ihn unmöglich gehenlassen. Nicht, ohne ihm die Wahrheit gesagt zu haben. Noch hatte er mir nicht die Chance gegeben, diese ganze Geschichte zu erklären. Aufzuklären. Klarzustellen.

„Du willst nicht mit reinkommen?"

Ohne mich anzusehen knurrte er: „Wozu?"

„Damit ich es dir endlich erklären kann. Lass es mich wenigstens versuchen zu..."

„Da gibt es nichts mehr zu erklären", unterbrach er mich, „verdammt... Prinzessin. Ich habe Augen im Kopf. Okay?! Ich..."

„Du hast gesehen, was du sehen wolltest", fiel ich ihm ins Wort.

„Nein. Ich habe gesehen, was du getan hast. Was ihr getan habt! Ich habe es verflucht nochmal mit meinen eigenen Augen gesehen!"

„Bitte", flehte ich verzweifelt und suchte bewusst seinen Blick.

Keine Reaktion.

Er würdigte mich nicht einmal eines Blickes.

Nach kurzem Zögern öffnete ich die Tür und stieg aus. Obwohl ich am liebsten zur Haustür gerannt wäre, um so schnell wie möglich hinter der Tür verschwinden zu können, riss ich mich zusammen. Lief langsam und würdevoll. Ich steckte den Schlüssel gerade ins Schloss als ich hörte, wie hinter mir eine Tür zugeschmissen wurde. Eine Autotür. Langsam drehte ich mich um. Da stand er. Direkt hinter mir. Beide Hände in den Hosentaschen seiner schwarzen Jeans vergraben.

„Hast du vor mich noch länger so anzustarren? Ich dachte, du wolltest reden?! Worauf wartest du? Schließ endlich die verdammte Tür auf. Es wird kalt hier draußen."

„Ein Eisblock, der friert", murmelte ich leise. Doch scheinbar nicht leise genug. Phoenix funkelte mich verächtlich an und knurrte: „Wie war das?"

Ich schluckte die nächste spitze Bemerkung runter, denn ich hatte nicht vor, mich mit ihm zu streiten. Im Gegenteil. Ich schuldete ihm eine Erklärung. Also schenkte ich ihm ein zaghaftes Lächeln, schloss die Tür auf.

Holly und Charlie saßen zusammen im Wohnzimmer und guckten sich irgendeinen Film an. Ich linste nur kurz um die Ecke und sagte ihnen, dass Phoenix noch kurz mit auf mein Zimmer kommen würde. Wie selbstverständlich, ohne mir dessen wirklich bewusst zu sein, nahm ich seine Hand, verschränkte unsere Finger und zog ihn hinter mir die Treppe hoch. Erst als wir in meinem Zimmer ankamen ließen wir uns los. Gegenseitig. Ich setzte mich aufs Bett. Phoenix sich auf den Schaukelstuhl.

„Weißt du, was ich nicht verstehe?" Ich wartete seine Antwort erst gar nicht ab, sondern redete einfach weiter. „Ich mein, wie passt das zusammen? Wie kannst du behaupten, dass ich dir egal bin, wenn dir gleichzeitig nicht egal ist, was ich tue?" Ich schüttelte den Kopf, sah ihm in die Augen. „Du bist eifersüchtig", begriff ich und sprach diesen Gedanken auch laut aus.

„Das ist deine Erklärung? Ernsthaft? Dafür bin ich hier? Um mir irgendwelche Vorwürfe anhören zu müssen?" Er schaute aus dem Fenster. „Hier geht es nicht um mich! Sondern um DICH! Entweder sagst du mir jetzt was du sagen wolltest… oder ich verschwinde."

„Wenn du gehen willst, bitte… dann geh. Ich werde dich nicht aufhalten. Ich werde dich nicht zwingen mir zuzuhören."

„Du weißt ganz genau, wie ich auf Damon reagiere", knurrte er durch zusammengebissene Zähne, presste seinen Kiefer so fest zusammen, dass seine Wangenknochen hervortraten. „Musstest du dich ausgerechnet *ihm* an den Hals werfen?"

„Bist du jetzt total übergeschnappt?! Was soll der Scheiß? Und überhaupt… wie kommst du darauf, dass *ich* mich ihm an den Hals geworfen hätte. Verdammt, das habe ich NICHT!"

Seine Miene verfinsterte sich.

„Du wagst es mir ins Gesicht zu lügen?!" Er war außer sich vor Wut. Phoenix kniff die Augen zusammen, holte tief Luft und sprach schließlich weiter, allerdings nicht mehr ganz so bedrohlich. „Du willst mir also erzählen, dass das, was ich gesehen habe, nicht passiert ist?! WAS? Was habe ich dann gesehen? Hm? Erklär es mir! Erklär mir einfach, was du an meiner Stelle denken würdest, wenn du gesehen hättest, dass meine Lippen eine Fremde berührt hätten. Geküsst hätten. Oder willst du etwa weiterhin behaupten, dass es diesen Kuss nicht gegeben hat?!"

„Du… du hast den Kuss gesehen?", flüsterte ich so leise, dass ich mich selbst kaum verstand. Wieso war ich plötzlich so überrascht? Ich wusste schließlich, dass er es gesehen hatte. Nicht nur, weil er derjenige gewesen war, der den Kuss beendet hatte, sondern auch, weil ich das Bild von Damon und mir in seinen Erinnerungen hatte sehen können, ohne zu wissen, ohne im Entferntesten verstehen zu können, wie mir das gelungen war. Denn so etwas dürfte nicht möglich sein.

„Das… das war kein Kuss. Ich mein… irgendwie schon… aber nicht so, wie du jetzt denkst", stammelte ich hilflos vor mich hin. Sofort flammte eine Mischung aus Schmerz und unterdrückte, in Finsternis gehüllte, kalte Stille in seinen Augen auf. Ich fühlte die leise Gefahr, die sich in der wutverbergenden Stille verbarg und sich danach sehnte, den grausamen Druck endlich mit der Welt teilen zu können. Er lachte. Frustriert. Grausam. Herzlos.

„Verdammt, Phoenix. Ich schwöre, *so*… ist es nicht gewesen! Okay… für dich mag es vielleicht so ausgesehen haben, aber so war es einfach nicht. Du willst wissen, was passiert ist?! Damon… er ist mein bester Freund. Nicht mehr und nicht weniger. Zumindest was mich betrifft. Vorhin im Auto… naja, ich habe ihm versucht begreiflich zu machen, dass ich nie mehr für ihn empfinden werde als Freundschaft, dass sich meine Gefühle ihm gegenüber nicht ändern werden. Weder heute, noch morgen… noch sonst irgendwann. Irgendwie… Keine Ahnung. Plötzlich wollte er, dass ich ihn küsse. Und, obwohl ich *nein* gesagt hatte… naja… ich weiß auch nicht… jedenfalls hat Damon *mich* geküsst. Nicht ich ihn. Es war genau umgekehrt. Verstehst du? Ich glaube, dass Damon mich auf diese Art davon überzeugen wollte, dass ich in Wahrheit ihn lieben würde und nicht…" Im letzten Moment biss ich mir auf die Zunge und verhinderte so, dass ich das Wort *dich* aussprechen konnte. Dabei war es unmöglich Liebe, was ich für Phoenix empfand. Es konnte keine Liebe sein. ~~Es war weitaus mehr als Liebe. Liebe war, was es war.~~

„Er hat WAS?", brummte er wutschnaubend und erstarrte. Er schloss seine dunklen Augen. „Er hat dich gegen deinen Willen geküsst." Das war keine Frage, sondern eine Feststellung. „Dafür wird er bezahlen. Ich werde ihm alle Knochen brechen. Jeden einzelnen in seinem Körper."

„Nein", antwortete ich erschrocken, mit bebenden Lippen. „Wirst du nicht. Du wirst nichts dergleichen tun. Verstanden?! Es geht dich nämlich nichts an. Weder Damon. Noch ich. Weißt du, Phoenix… ich versteh es einfach nicht. Ich verstehe dich nicht. Selbst, wenn ich mit Damon zusammenkommen würde, dürfte es dich nicht interessieren… und doch tut es das. Warum? Ich mein, WIR…du und ich… wir sind nicht zusammen, nie gewesen… und trotzdem werde ich das Gefühl nicht los, dass du…" Ich zögerte. Überlegte. Suchte nach den richtigen Worten. „Verdammt. Ich weiß nicht, wie ich das erklären soll. Du bist eifersüchtig… auf meinen besten Freund. Den du, im Übrigen, nicht einmal kennst. Und ich stell mir ganz einfach die Frage Warum? Warum verhältst du dich, als wenn *wir* beide mehr wären als nur Freunde? Wobei ich ehrlich gestanden nicht einmal weiß, ob wir das überhaupt sind. Freunde…"

Ich wusste nicht, ob Phoenix auch nur eine einzige Frage von mir beantworten würde. Zuerst wollte ich ihm diese ganzen Fragen nicht stellen, meine Gedanken auf ihn loslassen. Aber als er gedroht hatte Damon zu verletzen, hatte ich mich einfach nicht länger zurückhalten können.

Ja, er hatte Damon und mich bei einem Kuss erwischt.

Ja, er hatte voreilige Schlüsse gezogen.

Ja, er war wütend.

Ja, er versteckte seine wahren Gefühle.

318

Aber… verdammt nochmal… Phoenix war nicht der Einzige, der wütend und verletzt war. Ich war es auch. Also, mit welchem Recht versuchte er mir ein schlechtes Gewissen zu machen? Er verhielt sich so, als *wenn* ich ihn betrogen hätte. Doch, wie konnte man jemanden betrügen, mit dem man nicht einmal zusammen war?! Wie konnte man jemanden betrügen, der einen nicht einmal wollte, sondern immer wieder von sich wegstieß? All das passte nicht zusammen. Ergab keinen Sinn. Nicht für mich. Auch wenn ich meine Gefühle nie wirklich ausgesprochen hatte… verdammt… er wusste ganz genau, was ich für ihn empfand. Er wusste WEM mein Herz gehörte. Für WEN es schlug. Und? Hatte es Phoenix jemals davon abgehalten mich zu verletzen? Nein! Verflucht. Er hatte so viele Chancen gehabt. So viele Gelegenheiten, um mir seine Gefühle zu gestehen. Keine einzige davon hatte er genutzt. Im Gegenteil. Immer dann, wenn ich kurz davor gewesen war, die Tiefe seiner Gefühle begreifen zu können, hatte er sich zurückgezogen. Mich weggestoßen. Ausgesperrt.

Und er würde auch in Zukunft keine Chance nutzen. Niemals. Warum sollte er auch auf einmal zugeben, dass das, was zwischen uns war, mehr war als Freundschaft?! Viel mehr. So viel mehr, dass es uns beide zerriss.

„Freunde", flüsterte er leise, als könnte er bei dem Versuch dieses Wort lauter auszusprechen, zerbrechen. „Wir beide… wir waren nie *nur* Freunde." Er stand vom Schaukelstuhl auf, stellte sich vors Fenster und starrte hinaus in das dunkle Unbekannte. Eisige Stille senkte sich über uns, ließ uns vor Kälte erstarren.

„Freunde", knurrte er schließlich. Verächtlich. Spöttisch. „Damon… ist er auch so ein Freund?"

„Was zur Hölle stimmt nicht mit dir?", fragte ich zutiefst gekränkt.

Phoenix schaute mich düster an. „Mit mir?" fragte er sarkastisch. Verletzt. „Du willst, dass wir *Freunde* sind." Er spuckte das Wort angewidert aus, als wäre es eine giftige Kobra, die jederzeit zubeißen könnte. „Wozu?!" Er starrte mich an. Herausfordernd. „Damit du eine Entschuldigung hast, wenn du mich küsst, obwohl du es eigentlich gar nicht wolltest?!"

„Wieso?" Ich schüttelte traurig den Kopf. „Wieso tust du das? Wieso kannst du nicht aufhören?"

319

„Weil…", Phoenix stoppte seine Gedanken, hörte auf zu reden und schloss die Augen. Ich ließ ihm Zeit. „Weil ich es nicht ertrage…", fuhr er leise fort, ohne den Satz zu beenden.

„Was? Was erträgst du nicht?"

„Die Art, wie er dich ansieht. So, als würdest du ihm gehören. Ich ertrag es einfach nicht. Das Gefühl, dass dann von mir Besitz ergreift, zerreißt mich und ich verwandle mich in jemanden, der ich nicht sein will. Zumindest nicht, wenn du in meiner Nähe bist."

In meinen dunklen Engel, mit den schwarzschimmernden Schwingen.

„Und jedes Mal wird es schlimmer. Jedes Mal habe ich Angst die Kontrolle zu verlieren. Mich in dieser Dunkelheit zu verlieren… und dadurch das Risiko einzugehen… dich verletzen zu können. Alles zu zerstören. Doch…" Er seufzte. „Wenn ich daran denke, dass dich jemand anderes… jemand anderes als…" Phoenix stockte, hörte auf zu reden. Presste die Lippen zusammen. Er bekam das Wort *ich* einfach nicht über seine Lippen. Er schaffte nicht dieses kleine weltverändernde Wort auszusprechen. Denn, wenn er es täte… würde es alles verändern. Alles.

„Berühren könnte", fuhr er schließlich schwer atmend fort. „Das würde ich nicht überleben. Ich weiß, ich habe kein Recht so zu denken. So zu empfinden. Aber… verflucht… ich kann es nicht ändern. Ich wünschte, ich könnte… aber ich kann es nicht."

Nicht nur mein Herz drohte zu zersplittern, sondern auch meine Seele.

„Warum kannst du nicht endlich zugeben, *was* du für mich empfindest?", flüsterte ich mit tränenerstickter Stimme. „Wieso versuchst du uns weiterhin zu belügen? Dich… und mich. Denn, ganz ehrlich… Phoenix, du kannst es leugnen so viel du willst. Immer und immer wieder… aber es ändert nichts an der Tatsache, dass ich es fühlen kann. Verdammt. Wofür dieses Theater? Ich… ich versteh es nicht. Warum? Warum, verflucht nochmal." Mit jedem Wort wurde ich lauter, weil der Schmerz, der sich in jedem einzelnen Wort verbarg, wuchs und wuchs. Ich verwandelte mich in einen Regentropfen, der von den Wolken fiel und auf die Erde zuraste. Ohne Fallschirm. Ohne Rettungsleine. Und schließlich auf den harten Beton aufprallte.

Ich schloss die Augen. Gedämpfte, kaum hörbare Geräusche. Unaufhörlich kamen sie näher. Schritte. Leise Schritte. Mein Herz zog sich zusammen. Mein Puls stolperte, begann zu rasen. Dann… Stille. Langsam schlug ich die Augen auf, blinzelnd. Da stand er. Direkt vor mir. Sein Blick, als könnte er die Farben meiner Liebe sehen, die ich empfand. Als könnte er all die bunten, schillernden, schimmernden Farben sehen, die er mich sehen ließ, sobald er in meiner Nähe auftauchte. Phoenix' dunkles Haar, wie gerne würde ich jetzt meine Hände darin vergraben. Jede Strähne zwischen meinen Fingern gleiten lassen. Ihn näher zu mir heranziehen.

Ich blinzelte. Sammelte mich. Versuchte die aufsteigenden Gefühle wieder einzusperren. Wegzusperren. Ich durfte sie nicht freilassen. Und in diesem Augenblick stellte ich mir die Frage, ob ich sie jemals würde freilassen dürfen. Ich bremste mich. Mich und meine Gefühle.

„Ich wünschte", begann er leise. So verdammt leise. „Ich könnte. Aber ich kann es einfach nicht."

Ich begegnete seinem Blick. Ertrank. Nur ertrank ich dieses Mal in einem Meer aus Schmerz. Für einen winzigen Moment vergaß ich, dass er mich nicht wollte. Doch dieser Moment endete. Jetzt. Eine ungeahnte Woge der Wut ergriff von mir Besitz und schleuderte alle übriggebliebenen Gefühle gegen die Wand.

„Verschwinde!" Meine Stimme überschlug sich, es kostete mich enorm viel Kraft nicht zu schreien, und doch spiegelte sich in diesem einen Wort all mein Schmerz, all meine Wut wider. Mein Körper bebte. Ich stieß ihn von mir weg. Ertrug seine Nähe nicht länger. Eine Nähe, die es gab und doch nie geben würde. Weder jetzt. Noch sonst irgendwann. Er wollte diese Nähe nicht. Aus welchen Gründen auch immer. Es spielte keine Rolle mehr. Dieses Hin und Her. Ich wurde zornig. Aufbrausend. Wollte um mich schlagen, wollte, dass das grausame Chaos in meinem Inneren endlich verstummte, mich endlich freigab und aufhörte mich meiner Kraft zu berauben. Diese Wut war anstrengend, so verdammt anstrengend.

„Du kannst nicht?!", wiederholte ich leise. Zornig. Verletzt. „Weißt du, was ich nicht kann?!" Ich schaute ihn herausfordernd an und wusste, dass die nächsten Worte nicht nur mir wehtun würden. „Ich kann nicht länger so tun, als wären wir Freunde. Du hattest Recht. Wir beide… wir waren nie Freunde. Und wir werden auch niemals Freunde sein. Wir haben die Grenzen der Freundschaft längst überschritten, und zwar von der ersten Sekunde an. Verstehst du? Ich kann die Gefühle nicht länger ignorieren. Ich kann nicht länger so tun, als würden sie nicht existieren. Und ich will es auch überhaupt nicht. Du willst dich weiterhin belügen?! Schön. Meinetwegen. Aber mich zerreißt es. Ich geh kaputt. Verstehst du? Ich bin dabei zu zerbrechen. Doch ich will das nicht. Und deshalb lässt du mir keine andere Wahl. Du willst mich nicht?! Dann such ich mir eben jemanden, der mich will. Der keine Angst vor seinen Gefühlen hat."

Die Welt blieb stehen.

Ich hörte auf zu atmen.

Hörte auf zu fühlen.

Hörte auf zu denken.

Nur mein beschissenes Herz wollte nicht aufhören zu schlagen.

Für ihn.

Für Phoenix.

Für jemanden, der mich nicht wollte.

„Summer, bitte… Tu das nicht." In dem Moment, wo ich ihn meinen Namen flüstern hörte, fühlte ich das Echo seines Kummers. In meinem Blut. In meinen Venen. In meinen Knochen. In jeder Zelle meines Körpers. Hörte sein Herz schreien, fluchen, kämpfen. Doch mir blieb nichts anderes übrig, als diesen bitteren Schmerz auszublenden.

„Was? Was soll ich nicht tun? Verdammt. Du zwingst mich doch dazu!" Die Tränen, ich konnte sie nicht länger einsperren. Sie flohen, hielten es in meinem Inneren nicht mehr aus. Mit dem Handrücken wischte ich mir übers Gesicht. Schniefte. Holte Luft. Allein der Gedanke, dass jemand anderes als Phoenix solche Gefühle in mir hervorrufen könnte, war absurd. Undenkbar. Unvorstellbar. Schier unmöglich. Es wäre so, als würde die Erde aufhören sich um die Sonne zu drehen. Als würde sich die Konstellation der Planeten verändern. Egal, was ich sagen würde, egal, was ich versuchen würde, meine Gefühle würden nie aufhören zu leuchten. Für ihn zu leuchten. Doch all das durfte er nicht erfahren. Nicht in diesem Augenblick.

„Wenn ich jemand anderem eine Chance geben würde… vielleicht könnte ich dich dann vergessen. Denn… weißt du, Phoenix, das ist genau das, was ich will…" ~~Lüge. Lüge. Alles war eine Lüge. Bitte, glaub mir nicht. Bitte, du darfst mir nicht glauben.~~ „Ich *will* dich vergessen. Ich will diesen Schmerz nicht länger ertragen müssen. Und es ist mir scheißegal, was ich dafür tun muss!"

„Das würdest du nicht tun. Nicht du."

„Oh, da täuscht du dich. Und zwar gewaltig. Ich würde nicht nur… ich WERDE es tun."

„Du wärst gar nicht dazu fähig, mit den Gefühlen anderer zu spielen, sie zu manipulieren und für deine Zwecke zu missbrauchen. Nicht einmal dann, wenn du wüsstest, dass du dadurch deinen eigenen Schmerz bekämpfen könntest. Selbst dann nicht. So bist du nicht. Und so wirst du auch niemals sein."

Ich schluckte die aufsteigenden Tränen runter, ignorierte die schiere Verzweiflung.

„Du irrst dich. Und wie du dich irrst. Vielleicht bin ich früher nicht so gewesen. Aber das war bevor du in mein Leben getreten bist, bevor du mich verändert hast. Denn jetzt…" Mein Herzschlag setzte aus. „Du hast keine Ahnung *wozu* ich bereit bin, nur um dich endlich vergessen zu können."

Scheinbar war ich überzeugender, als ich gedacht hätte. Phoenix' Blick verdunkelte sich und plötzlich stand er vor mir. So nah. So verdammt nah. Keine Ahnung, wer von uns beiden mehr zitterte. Er… vor Wut. Oder ich, weil ich versuchte meine Gefühle unter Kontrolle zu bringen.

„Den Teufel wirst du tun!", knurrte er bedrohlich und griff sich mit der Hand in den Nacken, schloss die Augen. Einen Herzschlag später beendete er seinen angefangenen Satz: „Wenn ich dich nicht haben darf, dann…" Weiter kam er nicht, denn ich fiel ihm ins Wort.

„Dann WAS? Dann darf mich auch kein anderer haben?! Ist es das, was du sagen wolltest? Oh, bitte. Wenn du mich hättest haben wollen, dann würden wir jetzt nicht diese sinnlose Diskussion hier führen. Außerdem… ICH bin kein Gegenstand. ICH entscheide, mit wem ich zusammen sein will, und mit wem nicht. Ich…" Von meinen eigenen

Gefühlen überwältigt schaffte ich nicht, ihn weiterhin zu belügen. Ich senkte den Blick.

„Wovor hast du nur solche Angst?", fragte ich sanft, gefühlvoll. Vergessen war all die Wut. Die Verzweiflung.

Nach einem Moment des Schweigens nahm er mein Gesicht in seine Hände. Und sah mich mit einem Blick an, der mir zeigte, wie sehr ich ihn verletzt hatte. Mein Herz weinte. Ihn so zu sehen... war unerträglich. Es tat weh, einfach nur so verdammt weh.

Obwohl er denselben Schmerz fühlte, wie ich, war er nicht bereit nachzugeben. Die Kontrolle abzugeben. Nicht einmal, um seinen eigenen Schmerz verschwinden zu lassen, ganz egal, wie sehr es ihn quälte. Er schüttelte den Kopf. Die Ader auf seiner Stirn pochte. Zuerst glaubte ich genau zu wissen, was in diesem Moment in seinem Kopf vorging. Was er dachte. Was er fühlte. Aber, als ich in sein Gesicht blickte, war ich verwirrt. Verwirrter denn je.

„Angst? Du denkst ich habe Angst? Wovor?! Vor meinen Gefühlen? Das hier hat nichts, aber auch rein gar nichts mit meinen Gefühlen für dich zu tun. Es ist was vollkommen anderes."

„Aber ich fühle doch, dass du Angst hast. Warum leugnest du es, obwohl du weißt, dass ich es fühlen kann...?!"

„Weil es nicht die Angst vor meinen Gefühlen ist, die du fühlst."

„Wovor hast du dann Angst?"

„Du willst wissen, wovor ich solche Angst habe, dass ich es nicht einmal schaff, diese Angst vor dir zu verbergen?!"

Ich nickte. Stumm.

„Davor, dich verlieren zu können. Für immer verlieren zu können. Noch einmal würde ich es nicht überleben... und ich würde es auch überhaupt nicht wollen." Den letzten Satz sagte er so leise, dass ich nicht wusste, ob er die Worte wirklich ausgesprochen hatte. Nein. Ich musste mich verhört haben. Oder er hatte sich bloß falsch ausgedrückt. Die Worte durcheinandergebracht. Alles andere würde nämlich keinen Sinn ergeben. Wie könnte er mich *noch einmal* verlieren? Das würde ja bedeuten – Nein! Ausgeschlossen. Wenn es so wäre, hätte er mir längst etwas gesagt.

„Wieso solltest du mich verlieren?"

„Wieso willst du das wissen? Wieso interessiert dich meine Angst?" fragte er leise. Räusperte sich. Wich meinem Blick aus.

„Phoenix... *Wieso?*"

„Prinzessin", er sah mich an. Sah mir tief in die Augen und flüsterte leise, kaum hörbar: „Wahrheit? Oder Lüge?"

Ich ließ ein paar Atemzüge verstreichen, bevor ich antwortete „Wahrheit."

Der Ausdruck in seinen Augen veränderte sich und ich mich gleich mit. Plötzlich gab es in diesem Raum zu wenig Luft. Ich konnte nicht mehr atmen. Seine Gefühle fluteten mich. Rissen mich fort. Sein Blick drang so tief in meine Seele, dass ich begriff, das alles, was er in mir hervorrief ungeheuer intensiv war. Viel zu intensiv. Seine Gefühle. Sein Verhalten. Seine Worte. Seine Dunkelheit.

„Sobald du begreifen würdest, wer ich bin... wer ich wirklich bin, würdest du mich verlassen, wenn es bis dahin nicht längst zu spät für dich wäre. Denn, auch wenn du es jetzt noch nicht wahrhaben willst, aber ich bin, was ich bin. Ein Monster. Doch ich bin nicht *irgendein* Monster, sondern der Sohn des Teufels. Eine grausame, bösartige Kreatur. Herzlos. Manipulativ. Es liegt in meiner Natur Leben zu zerstören. Und... ich habe ganz einfach Angst, dass der Tag kommt, an dem ich dein Leben zerstöre. Unwiderruflich. Denn, er wird kommen. Ich weiß es. Ich weiß es, besser als jeder andere. Normalerweise habe ich keine Skrupel mir das zu nehmen, was ich will. Doch bei dir... da kann ich einfach nicht egoistisch sein. Ich bin einfach nicht bereit, dich zu opfern."

Panik. Ich bekam Panik.

„Dann beschütz mich."

„Genau das versuche ich ja. Aber ich kann dich nur beschützen, indem ich mich von dir fernhalte. Wie soll ich dich denn sonst vor mir beschützen? Vor meiner Dunkelheit?" Er schloss die Augen. „Warum musst du es mir nur so verdammt schwer machen? Warum willst du nicht, dass ich dich beschütze?!" Er flehte mich regelrecht an. Wie sollte ich mich jetzt verhalten? Jetzt, wo ich all das wusste? Gegen alles hätte ich ankämpfen können. Aber hiergegen? Wie sollte ich argumentieren? Wie sollte ich ihn überzeugen? Wie?! Egal was ich sagen würde, es würde nichts bringen. Phoenix war der festen Überzeugung, dass er gefährlich wäre. Dass er mich über kurz oder lang zerstören würde. Er stellte meine Sicherheit über seine Bedürfnisse. Über seine Gefühle. Verzweifelt dachte ich über eine Lösung nach. Suchte einen Ausweg. Doch alles was ich fand war meine eigene Angst. Angst ihn verlieren zu können. Ich atmete schwer. Mein Puls raste. Gefühle fluteten meinen Geist, meinen Verstand. Überschwemmten meinen Körper. Mein Herz. Meine Seele. So lange, bis ich schließlich aufgab. Ich hörte ganz einfach auf.

Hörte auf zu suchen.

Hörte auf zu hoffen.

Hörte auf nach den Sternen zu greifen.

„Phoenix", sagte ich mit tränenerstickter Stimme. „Bitte… geh. Geh einfach."

Ich schloss die Augen und biss mir auf die Lippe. Auf diese Weise versuchte ich den Schmerz, der gleich über mich hereinbrechen würde, auszusperren, doch er kam nicht. Ich fühlte nichts. Absolut nichts.

Keinen Schmerz.

Keine Angst.

Keine Panik.

Nicht das kleinste Aufflackern eines Gefühls.

In mir war es still.

Vollkommen still.

Phoenix. Er stand bereits an der Tür, die Klinke fest umklammert. Lautlos formte er mit den Lippen die Worte „Es tut mir leid…" Dann öffnete er die Tür.

Das Letzte was ich hörte, war das leise Klacken, als die Tür hinter ihm ins Schloss fiel.

Jetzt war ich allein.

Einsam.

Einsamer als jemals zuvor.

Ich schloss die Augen.

Es wurde dunkel.

Ich floh in das Land der Träume.

Sterne. Überall leuchteten die Sterne.

Das kleine Mädchen und ich lagen Hand in Hand auf der Blumenwiese. Wir sahen hinauf in den Nachthimmel. Ungeduldig. Wartend. Nicht mehr lange und die Zeit der Wunder würde auf uns niederrieseln, uns zum Leuchten bringen. In dieser besonderen Nacht leuchteten wir nämlich zusammen mit den Sternen, denn auch unser Licht war zum Leuchten bestimmt.

Da! Die erste Sternschnuppe. Sie war so wunderschön. So schnell. So einzigartig. Sie raste durch Zeit und Raum. Und, obwohl sie in Lichtgeschwindigkeit durchs Universum flog, schenkte sie uns in dieser Sekunde einen klitzekleinen Moment, der uns ins Staunen versetzte. Jede Sternschnuppe besaß die Macht, die Welt für einen kurzen Augenblick stillstehen zu lassen, die Zeit anzuhalten. Jede Sternschnuppe erzählte seine eigene Geschichte... und wir konnten es kaum erwarten den vielen Abenteuern zuzuhören. Es waren kosmische Gute-Nacht-Geschichten. Je länger der Schweif, desto mehr Zeit wurde einem geschenkt. Normalerweise schickte man seine geheimsten Wünsche und Träume, bei jeder Sternschnuppe, die man fand, hinauf zu den Sternen, damit sie irgendwann, wenn die Zeit gekommen wäre, zu uns zurückkehren konnten.

„Was hast du dir dieses Mal gewünscht?"

„Das, was ich mir immer wünsche. Das wir nie aufhören werden zu leuchten", flüsterte ich, weil ich den Zauber des Augenblicks nicht zerstören wollte.

Da! Die Nächste.

„Und, was hast du dir gewünscht?", fragte ich das Mädchen mit den eisblauen, türkisschimmernden Augen. Denn jedes Mal, wenn sie lächelte, begannen ihre Augen nicht nur zu leuchten, nein, sie veränderten die Farben.

„Das, was ich mir immer wünsche." Sie lächelte, suchte meinen Blick. „Dass wir nie vergessen wer wir sind."

Ich dachte an die Schicksalsgöttin. Daran, dass jeder seinen Platz in der Zeit hatte. Dass jeder dazu bestimmt war zu leuchten. Und dass sich in all den Lichtern dort oben am Himmelszelt unendlich viele Gefühle widerspiegelten. Unsere Gefühle.

Mama sagte immer, dass die Sterne Wächter waren. Und, dass man Erinnerungen die plötzlich anfingen wehzutun, dass man sie in Nächten wie dieser hinauf nach oben schicken könnte, anstelle eines Wunsches. Man dürfte die Sterne bitten, auf die Erinnerung oder besser gesagt, auf die damit verbundenen Gefühle, aufzupassen. Zu bewahren. So lange, bis man gelernt hatte, die Erinnerung als solche nicht mehr als etwas Trauriges anzusehen, sondern als etwas, was dir niemand mehr nehmen könnte. Was bis in alle Ewigkeit existieren würde.

„Glaubst du, dass sich unsere Wünsche erfüllen?", wollte das kleine Mädchen plötzlich wissen.

„Ja!", lachte ich. „Das haben sie doch bereits. Jeder, der hier lebt, der hier zu Hause ist... leuchtet genauso schön, wie all die Sterne dort oben. Selbst die Tiere und Blumen leuchten. Wir dürfen nur nie aufhören nach dem Unerreichbaren zu greifen. Unsere Sehnsüchte, unsere Wünsche... es liegt an uns, ob sie sich dort oben in der Unendlichkeit verirren, oder ob sie Wirklichkeit werden können."

„Summer?"

„Hm?"

„Weißt du, ich wünschte, ich könnte die Welt so sehen wie du."

Ich runzelte nachdenklich die Stirn.

„Aber... das tust du doch bereits", widersprach ich und suchte ihren Blick.

„Nein. Nicht so wie du. Du bist anders."

„Wie meinst du das?"

„Erst durch dich haben wir hier alle angefangen zu leuchten."

„Nein!", widersprach ich erneut. „Ihr habt vorher schon geleuchtet. Ich... ich konnte es sehen. Und ich konnte es fühlen."

„Genau das meine ich. Du siehst das, was uns verborgen bleibt. Du siehst die Gefühle, selbst die, die man versucht vor der Welt zu verbergen. Und... jedes Mal, wenn du spürst, dass jemand traurig ist, dann pustest du dem Wind deine Gefühle entgegen und bittest ihn, diese mit der Welt zu teilen. Mit uns zu teilen. Glaub mir, ohne dich, hätten viele von uns längst aufgehört zu leuchten."

Mir fehlten die Worte, also schwieg ich.

Sie lächelte mich an. Oh... ihr Lächeln war einfach nur wunderschön. Herzergreifend. Und erfüllte mich mit Freude. Mit Liebe. Mit Hoffnung.

„Weißt du, was ich an deinen Gefühlen so mag?"

„Ich wette, du wirst es mir gleich verraten", lachte ich.

„Dein komischer Nebel, er glitzert immer so schön. So wie Feenstaub. Nur viel schöner."

328

Ich wusste nicht, was ich sagen sollte. Also strahlte ich sie einfach nur an.

Jedes Mal, wenn man das Wort **Feenstaub** *laut aussprach, erschien eine Libelle mit einer winzigen Fee auf dem Rücken, nur um herauszufinden, warum man ihre Magie erwähnt hatte. Sie waren ein sehr vorsichtiges Volk, allerdings auch ein sehr neugieriges. Ich schmunzelte. Denn diese besagte Wächterfee flog bereits auf uns zu.*

„Ups", das Mädchen hielt sich grinsend die Hand vor den Mund. „Das hatte ich ja ganz vergessen. Ich Dummerchen."

„Du bist ganz schön clever. Du wusstest ganz genau, was passieren würde, sobald du das Wort ausgesprochen hättest. Du wusstest, es wäre nur noch eine Frage der Zeit, bis eine von ihnen hier auftauchen würde."

„Ich versteh einfach nicht, warum sie sich die ganze Zeit über verstecken."

„Sie sind eben sehr vorsichtig. Ich weiß, wie sehr du sie bewunderst... und wie traurig du bist, dass sie sich so selten zeigen."

„Du vergisst, dass ich sie jetzt nur sehen kann, weil du in der Nähe bist. Ohne dich, könnte ich das Wort so oft sagen wie ich wollte... Selbst, wenn sie zu Hunderten kommen würden, könnte ich dennoch nicht eine Einzige davon sehen. Weil sie sich immer unsichtbar machen. Immer. Sie verstecken sich vor der Welt. Nur, wenn du in der Nähe bist zeigen sie sich."

Ich zwinkerte der kleinen Fee zu und pustete ihr meine Bewunderung entgegen. Und meinen Dank. Die in ihnen schlummernde Magie brachte ihre Einzigartigkeit zum Ausdruck. Deshalb besaß jede Fee auch ihre ganz eigene Magie. Und doch hatten sie alle eine Gemeinsamkeit. Jede einzelne war in der Lage einem das Herz zu öffnen. Ihre Magie verlieh den in uns schlummernden Wünschen und Träumen Flügel. Die Fee kletterte von ihrer Libelle und schwebte jetzt neben dieser türkisschimmernden Schönheit. Ich wusste, dass sie das nur tat, um dem kleinen Mädchen neben mir eine Freude zu machen. Denn, wenn eine Fee vor deinen Augen in der Luft schwebte, mit ihren winzigen Flügelchen flatterte, dann war dieser Tanz an Schönheit und Freude nicht zu übertreffen. Es gab nichts Vergleichbares. In diesem Moment strahlten sowohl die Augen des Mädchens als auch die der kleinen Fee. Dieser Tanz symbolisierte Herzenswärme und schenkte der Welt einen atemberaubenden Moment, voller Lebensfreude. Die Libelle leuchtete in den unterschiedlichsten Türkistönen... und ich spürte ihre Treue zu dem Volk der Feen. Libellen flogen stets still und leise durch die Luft... und vermittelten so, auf ihre eigene Art und Weise, die Leichtigkeit des Sehens... des Verborgenen. Denn nur wer lernt, mit geschlossenen Augen zu sehen, wird die Kraft des Atmens und die damit verbundene Kreativität entdecken. Diese beiden bezaubernden Wesen waren durch ein unsichtbares Band miteinander verbunden. Diese beiden waren Seelenpartner. Zwei völlig unterschiedliche Wesen... und doch waren sie EINS. Gehörten unwiderruflich zusammen. Und beide schenkten mir ihr uneingeschränktes Vertrauen. Das Vertrauen in mich, in meine Gefühle. Ich bewahrte, seit ich denken konnte, das Geheimnis der Feen.

Ich lächelte. Das goldschimmernde Licht der Feen bestand aus purer Magie. Eine Magie, die seit Anbeginn der Zeit bestand... und die es galt zu bewahren. Zu beschützen. Ohne das Licht der Feen, wäre diese Welt ein Ort ohne Wünsche und Träume.

Ich fühlte die Gefahr, lange bevor ich sie sehen konnte. Ich wusste, es war nur noch eine Frage der Zeit, bis der Nebel, bis die Dunkelheit uns verschlucken würde.

„Schnell... ihr müsst von hier verschwinden! Ich fühle... wie es näherkommt. Das Grauen. Die Kälte. Los. Flieht!", warnte ich die anderen.

Sofort flogen sie zu den Sternen. Zum Licht.

Der Nebel... er kam näher... und näher. Ich blinzelte. Traute meinen Augen nicht. Der Nebel, er veränderte seine Form. Ich blinzelte erneut... und plötzlich war es kein Nebel mehr, der auf mich zugerast kam. Sondern Raben. Pechschwarze Raben. Und... es wurden immer mehr. Mittlerweile waren es so viele, dass man selbst die Sterne nicht mehr sehen konnte.

Die Flügelschläge stahlen das Licht der Nacht. Die schwarzschimmernden Federn verschluckten die Sterne. Jeden Einzelnen.

Es wurde dunkel.

Stockdunkel.

Ich drehte mich um und floh... vor einer aus Raben bestehenden Dunkelheit...

Summer

Mein eigener Schrei befreite mich aus dem Gefängnis des Traums. Panisch riss ich die Augen auf, schaute mich um. Verängstigt. Nein, nicht bloß verängstigt, sondern erfüllt von Angst. Mein Blick huschte hin und her, ohne etwas erkennen zu können. Hier, in diesem Zimmer, existierte nichts Bedrohliches. Nichts Grauenhaftes. Nichts, was meine immer größer werdende Angst rechtfertigen würde. Also schloss ich die Augen, atmete tief durch und nach einigen Atemzügen merkte ich, wie die Angst leiser wurde. Leiser... und leiser.

Es war zwar immer dasselbe und doch würde ich mich nie daran gewöhnen können. Niemals. Diesen Teil von mir wollte ich schlicht und ergreifend einfach nicht akzeptieren. Mein Herzschlag normalisierte sich. Der Wecker klingelte. Und im gleichen Atemzug erwachte die Angst zu neuen Leben. Vor lauter Panik hielt ich die Luft an, weil ich der festen Überzeugung war, dass mich das kleinste Geräusch, selbst, wenn es nur ein winziger Atemzug wäre, verraten würde. Ich fühlte mich verfolgt. Beobachtet. Als wäre mir jemand dicht auf den Fersen. Jemand, den ich fühlen, aber nicht sehen konnte. Es war... ich konnte es nicht erklären. Dieses Gefühl war einfach da. Ließ sich nicht ignorieren. Nicht ausblenden.

Genau aus diesem Grund beschloss ich, dass es Zeit wurde aufzustehen. Gähnend schleppte ich mich ins Badezimmer. Beim Zähneputzen vermied ich den Blick in den Spiegel, wie immer. Doch... irgendwie. Keine Ahnung. Irgendwie übte der Spiegel heute eine nicht nachvollziehbare Anziehung auf mich aus. Wie ein Magnet. Ich versuchte erst gar nicht dagegen anzukämpfen und schaute in das Gesicht, dass der Spiegel mir zeigte. Starrte auf mein Spiegelbild. Und plötzlich fühlte ich, dass ich etwas verloren hatte. Etwas, das ich in dem mir entgegenblickenden Gesicht zu finden versuchte. Ich wusste, dass ich suchte... ich wusste nur nicht, wonach.

331

Nach einer gefühlten Ewigkeit gab ich die Suche auf. Ich konnte nichts sehen. Nichts. Bis auf die ängstlichen Augen die mir entgegenstarrten. Ich spritzte mir kaltes Wasser ins Gesicht, trank ein paar Schlucke aus meiner hohlen Hand und spuckte den letzten Schluck zurück ins Waschbecken.

Auf dem Flur war nichts zu hören. Es war vollkommen ruhig. Also schlich ich leise die Treppe runter. Ich hatte die Küche noch nicht betreten, da hörte ich schon das fröhliche Summen meiner Tante. Lächelnd umarmte ich sie zur Begrüßung und fragte leise: „Musst du morgens eigentlich immer so gut gelaunt sein?"

Als Antwort erhielt ich ein strahlendes Lächeln, während Holly mir im nächsten Moment eine Tasse Kaffee reichte.

Ich setzte mich an den Tisch. Schaute meiner Tante dabei zu, wie sie das Essen für die Zwillinge zubereitete.

„Entschuldige. Ich hab ganz vergessen zu fragen, ob du auch etwas frühstücken willst. Es gibt Obstsalat. Oder…wenn du willst, dann könnte ich dir noch Rührei anbieten."

Bei der bloßen Erwähnung von Essen drehte sich mir der Magen um. Jetzt würde ich definitiv keinen Bissen herunterbekommen, also beschloss ich das Frühstück heute ausfallen zu lassen. „Danke. Aber… im Moment reicht mir der Kaffee."

„Hast du Hope und Damon eigentlich schon Bescheid gesagt? Du weißt schon, wegen der Barbecue-Party."

Ich nickte und trank einen Schluck Kaffee.

„Und Phoenix? Weiß er auch schon Bescheid?"

Bei der Erwähnung seines Namens verschluckte ich mich. Ich hustete, während Holly mir leicht auf den Rücken klopfte. „Geht´s wieder?"

„Ja", krächzte ich nickend und schaute in die Tasse, als würde ich einen Krümel darin suchen. Mir war sehr wohl bewusst, dass Holly mich beobachtete und sich fragte, ob mit mir alles in Ordnung war. Ich spürte ihren Blick. Und… ich spürte ihre Gefühle. Sie machte sich Sorgen. Ich wusste nur nicht worüber.

„Und?", hörte ich sie vorsichtig fragen. „Hast du ihn jetzt gefragt, ob er kommen möchte oder nicht?"

„Nein. Noch nicht."

„Willst du ihn denn überhaupt fragen?", fragte sie sanft und in einem sonderbar merkwürdigen Ton. Verdammt. Warum musste Holly immer so aufmerksam sein?

„Ich... ich weiß nicht. Keine Ahnung. Vielleicht." Mehr als diese schwammige, nichtssagende Antwort fiel mir momentan einfach nicht ein.

Ich trank den Kaffee leer, stellte die Tasse in die Spülmaschine und verabschiedete mich von meiner Tante. Eigentlich hatte ich noch genug Zeit, aber ich wollte weiteren Fragen über Phoenix aus dem Weg gehen.

Im Auto schaltete ich das Radio an. Es wurde gerade der Song DE-MONS von Imagine Dragons gespielt, meiner absoluten Lieblingsband. Ich liebte diese Band, hatte mir alle Alben gekauft. Nicht nur, weil mir die Musik gefiel, sondern auch, wegen ihrer Texte. Wobei... eigentlich gerade wegen ihrer Songtexte. Ich drehte die Lautstärke so hoch, dass ich quasi mitsingen musste. Ich hatte gar keine andere Wahl. Ich fühlte die Melodie, das Pulsieren der Noten. Zufall, dass sie gerade diesen Song spielten? Wobei... gab es überhaupt so etwas wie Zufall? Wie Schicksal?

Jedes Wort schlich sich in mein Herz. Und zeigte mir das, was ich nicht sehen wollte. Ließ mich fühlen, was ich nicht zu fühlen bereit war. Doch, anstatt das Radio einfach auszumachen, hörte ich mir das Lied an. Sang mit. Wort für Wort. Zeile für Zeile. Strophe für Strophe.

Wenig später fuhr ich auf den Parkplatz. Um diese Zeit standen hier, bis auf wenige Ausnahmen, noch keine Autos. Obwohl ich parken konnte, wo ich wollte, fuhr ich, wie immer, auf meinen üblichen Parkplatz. Nach ganz hinten. In der Nähe des riesigen Baumes. Im Frühling, wenn die Blüten aus dem Winterschlaf erwachten, war dieser Baum ein Traum, ein wahrgewordener, lebendiger Traum. Im Sommer spendete seine Blütenpracht Schatten und wenn der Wind durch die Blätter wehte, sah es so aus, als wenn die Schatten zum Leben erwachen würden. Sie tanzten, bewegten sich zu einer stillen Melodie. Im Herbst leuchtete er in den unterschiedlichsten Rottönen. Die Blätter veränderten ihre Farben, zeigten ihre verborgene Schönheit. Ließen den tristen Alltag bunter erscheinen. Doch am schönsten war der Baum im Winter, wenn der Schnee sich in den Ästen verfing, wenn der Frost Eiszapfen hervorzauberte, und das weiße Glitzern ihn strahlen ließen. Majestätisch. Königlich.

Ich schaltete den Motor aus. Anstatt jedoch auszusteigen, lehnte ich mich zurück und guckte durch die Windschutzscheibe nach draußen. Beobachtete meine Mitschüler. Nach und nach füllte sich der Parkplatz. Immer mehr Schüler trudelten ein.

Es war bereits kurz vor acht. Ich griff nach meinem Rucksack und wollte gerade die Tür öffnen, als ich ihn entdeckte. Phoenix. Sofort fiel mir der Songtext wieder ein. Und zum ersten Mal sah ich in Phoenix nicht nur einen Engel, sondern auch den in ihm schlummernden Dämon. Doch... jener düstere Teil, vor dem Phoenix mich versuchte zu beschützen, existierte er nicht in jedem von uns?

Er schaute in meine Richtung. Mein Herz zersprang und Schmetterlinge flatterten durch meinen Körper, als sich unsere Blicke begegneten. In seinen Augen flackerte etwas auf. Kurz. Zu kurz, um es begreifen zu können. Ich versuchte mir krampfhaft in Erinnerung zu rufen, warum es besser für mich wäre, wenn ich endlich aufhören würde ihn so anzustarren. Doch, es gab keine Gründe. Egal was er dachte, egal, was er vermutete... er war Lichtjahre von der Wahrheit entfernt. Eine Wahrheit, verborgen in tiefster Nacht. Seine Dunkelheit war mein Licht. Seine Liebe meine Rettung. Etwas, dass die Dunkelheit in Licht verwandelte, dass einen wütenden Sturm zum Schweigen brachte, dass die verborgene Schönheit der Welt hervorzauberte und sichtbar machte, dass einem das Gefühl von Lebendigkeit schenkte, dass einen atmen ließ... Etwas so Wundervolles konnte unmöglich gefährlich sein.

Erst, als er den Blick senkte und mich freigab, schaffte ich endlich die Autotür zu öffnen und auszusteigen. Enttäuscht über die Tatsache, dass er mich jetzt erneut wie Luft behandelte, eigentlich wie immer in der Schule, senkte ich den Blick und lief Richtung Schulgebäude. Mein Nacken fing an zu kribbeln. *Feigling* dachte ich. Jetzt, wo ich ihm den Rücken zugekehrt hatte, da schaffte er mich wieder zu beobachten. Ich fühlte jeden seiner Blicke. Jeden. Und, obwohl ich mich am liebsten umgedreht und mich in seine Arme geworfen hätte, lief ich hoch erhobenen Hauptes weiter. Ließ mir nichts anmerken. Ließ mich nicht einschüchtern. Nicht verwirren. Irgendwie schaffte ich sogar ihn aus-zublenden. Ich war ein kleines bisschen stolz auf mich. Stolz, weil ich tatsächlich schaffte ihm sowohl die kalte Schulter zu zeigen als auch seine Gefühle an mir abperlen zu lassen. Zumindest dieses eine Mal schaffte ich meine masochistische Seite, die in letzter Zeit viel zu oft zum Vorschein gekommen war, eigentlich ständig, zu unterdrücken.

Von Weitem entdeckte ich Hope, Damon und Tyler. In dem Mo-ment, wo Damon in meine Richtung schaute und seine Augen anfin-gen zu leuchten, fühlte ich *seine* Wut. *Seine* Verzweiflung. *Seine* Angst. Aber nicht wie erwartet die von Damon, sondern die von Phoenix. Ich runzelte die Stirn, sperrte die Gefühle weg. *Seine* Gefühle.

Lief weiter auf meine Freunde zu, lächelnd. Ich mochte vielleicht in der Lage sein die in der Luft umherschwirrenden Gefühle aller hier auszublenden, doch trotzdem konnte ich, je näher ich kam, sehen wie das Leuchten in Damons Augen von einer unendlichen Traurigkeit er-setzt wurde. Ich wusste, dass ich der Grund dafür war. Doch, bevor ich mir weitere Gedanken darüber machen konnte, kam Hope mit aus-gebreiteten Armen auf mich zugestürmt und drückte mich so fest, dass ich nicht anders konnte als lachend nach Luft zu schnappen.

„Luft. Ich bekomm keine Luft. Du erdrückst mich."

„Es tut ihm leid. Soooooo leid. Ehrlich. So unendlich leid", flüsterte sie mir leise ins Ohr. Ich erstarrte. Hope wusste also Bescheid. Irgend-wie verwirrte mich ihr Verhalten. Wieso war sie nicht wütend auf mich? Oder enttäuscht?

„Und? Sag doch was", flüsterte Hope.

„Scht", zischte ich und schaute mich unauffällig nach Damon um. Ich wollte verhindern, dass er etwas von dem, was ich gleich sagen würde, mitbekam. Naja, eigentlich wollte ich gar nicht über gestern Abend reden, aber ich wusste, dass meine beste Freundin jeder meiner Versuche das Thema zu beenden, schlicht und ergreifend ignorieren würde, und zwar so lange, bis ich ihr endlich eine Antwort gegeben hätte.

„Du darfst ihm nicht böse sein, Summer. Es bricht mir das Herz euch beide so zu sehen."

Ich schmunzelte. „Können wir vielleicht später darüber reden? Wenn dein Bruder nicht in der Nähe ist?", flüsterte ich leise.

Hope stemmte die Hände in die Hüften und sah mich mit einem herausfordernden Blick an, allerdings fiel es ihr schwer, sich das Lachen dabei zu verkneifen. „Du verzeihst ihm."

Es war weder eine Frage noch eine Aufforderung. Nein. Es war eine Feststellung.

Ich zog die Mundwinkel zu einem halbherzigen Lächeln hoch. „Hope. Du kennst mich. Ich konnte Damon noch nie böse sein. Aber mal ganz davon abgesehen. Wieso sollte ich sauer sein? Wenn, dann müsste er jawohl sauer auf mich sein."

„Ach, Summer." Hope drückte mich und gab mir ein Küsschen auf die Wange. „Ihr zwei seid euch so verdammt ähnlich. Aber… lass uns später darüber reden. Okay?"

Ich nickte zustimmend.

„Hast du heute Mittag schon was vor?"

„Ich denke… jetzt schon", antwortete ich.

„Perfekt", erwiderte sie mit einem verschwörerischen Grinsen im Gesicht.

Heute würde ich Hope endlich alles erzählen können. Alles. Angefangen bei den Flashbacks… bis hin zu diesem seltsamen Traum gestern Abend. Irgendwie fand ich die Tatsache, dass sich die Dunkelheit in etwas so Lebendiges wie Raben hatte verwandeln können, seltsam. Geradezu beängstigend. Naja, und dann würde ich ihr natürlich alles über Damon erzählen müssen. Und über Phoenix, meinen dunklen Dämon. Ich lächelte. Allein der Gedanke an ihn versetzte mich in eine Euphorie, die mich dazu brachte, Hope in die Arme zu schließen und sie fest an mich zu drücken. Glücklich. Ja, ich war glücklich. Zumindest in diesem einen Augenblick.

Irgendein Vertretungslehrer für Mr. Black verteilte gerade irgendwelche Zettel im Klassenraum. *Ich war doch im richtigen Klassenraum, oder?* schoss es mir blitzartig durch den Kopf. Hm. Ich zuckte mit den Schultern. Eigentlich spielte es keine Rolle. Ich hatte ohnehin nichts mitbekommen und ich wusste, dass sich das auch nicht so schnell ändern würde. Nicht heute. Ständig musste ich an gestern Abend denken. Ich stellte mir einfach die Frage, wie ich die *Sache* mit Damon regeln sollte. Könnte. Wollte. Keine Ahnung. Es war verwirrend. Alles.

Erneut erwachten meine Schuldgefühle. Wieso hatte ich ihm gestern Abend nicht die Gelegenheit gegeben sich wegen des Kusses zu entschuldigen? *Weil du nur Augen für Phoenix hattest* belehrte mich die Stimme in meinem Kopf. Eine Stimme, die ich umgehend zum Schweigen brachte. Wieso hatte ich mich nicht davon überzeugt, dass Damon nichts passiert war, nachdem Phoenix ihn aus dem Auto gezerrt und auf ihn eingeprügelt hatte?

Verdammt, ich hätte nachsehen müssen, ob Phoenix ihn verletzt hatte. Ernsthaft verletzt. Doch das hatte ich nicht getan. Ich hatte noch nicht einmal einen einzigen Gedanken an Damon verschwendet. An meinen besten Freund. Warum?

Weil du nur Augen für Phoenix hattest. Diese Stimme machte mich wahnsinnig. Und doch konnte ich nicht leugnen, dass sie Recht hatte. Was war ich bloß für ein Mensch? Wieso flehte mich Hope an ihrem Bruder zu verzeihen, anstatt mich auf meine Fehler hinzuweisen? Gerade, weil sie seine Schwester war, hätte sie mir Vorwürfe machen sollen! Genau das hätte sie tun sollen. Tun müssen. Verdammt, es wäre ihre Pflicht gewesen, als Schwester, noch dazu als Zwillingsschwester. Oder nicht?

Warum fühlte es sich bloß so an, als würde sie versuchen Rücksicht zu nehmen? Auf mich und meine Gefühle? Und… warum hatte ich

die Traurigkeit, die ich in Damons Augen hatte sehen können, angefangen bei Hope zu spüren. Es war dieselbe Traurigkeit. Dieselbe.
Denn, jede Traurigkeit war anders, genau wie jeder Mensch. Lag es
daran, dass sie Zwillinge waren? Irgendwie beschlich mich das Gefühl,
dass es nichts mit ihren Zwillingsgenen zu tun hatte. Es konnte nicht
an dem unsichtbaren Band liegen, dass die beiden miteinander verband. Dieser Gedanke verwandelte sich mit jedem weiteren Herzschlag in eine, wenn auch nicht nachvollziehbare, Gewissheit.

Plötzlich fühlte ich, dass da etwas war, dass man versuchte vor mir
zu verheimlichen. Eine Gewissheit, die ich jedoch im gleichen Atemzug ausblendete. Ignorierte. Verdammt. Ich hatte im Moment selbst
genug Geheimnisse.

Genau aus diesem Grund wurde es Zeit, dass ich Hope endlich in
alles einweihte. Ich wollte nicht länger irgendwelche Sachen vor ihr
verbergen. Ich wollte nicht länger irgendwelche Geheimnisse haben.
Nicht vor meiner besten Freundin. Und, so lange ich mir nicht endlich
alles von der Seele geredet hatte, brauchte ich einfach keine weiteren
Geheimnisse.

Jedes Mal, wenn ich auf die Uhr blickte, kam es mir so vor, als hätte jemand die Zeit angehalten. Eingefroren. Sekunden. Minuten. Verschluckt. Einfach verschluckt. Die Zeit stand still. Selbst die Zeiger der riesigen Uhr im Klassenraum, die genau über der Tür hing, wie eine Bahnhofsuhr, bewegten sich nicht. Nicht einen Millimeter. Noch nicht einmal der Sekundenzeiger.

Dann endlich… das erlösende Geräusch.

Das Klingeln der Schulglocke – wie Musik in den Ohren. Keine Ahnung wie, aber ich hatte es geschafft.

Zusammen mit Hope lief ich zum Parkplatz. Während ich noch in dem Rucksack nach dem Autoschlüssel wühlte, verabschiedete sich Hope. Sie ließ sich, wie so oft in letzter Zeit, von Logan nach Hause fahren.

Na endlich. Da bist du ja. Mit einem erleichterten Seufzer schloss ich die Autotür auf, schmiss den Rucksack auf den Rücksitz und wollte gerade den Motor starten, als ein Klopfen an der Beifahrerscheibe mich zusammenzucken ließ. Im nächsten Moment öffnete sich auch schon die Tür. Damon. Er sah mich an. Herzzerreißend. Stumm bat er mich um Erlaubnis einsteigen zu dürfen. Ich nickte. Jetzt war es ohnehin zu spät. Ich konnte dem Gespräch nicht länger aus dem Weg gehen.

So, wie es aussah, hatte Damon nur auf den richtigen Moment gewartet. Er wollte allein mit mir sprechen. Und jetzt waren wir es. Allein.

Ich umklammerte das Lenkrad mit beiden Händen, als könnte es mir Halt geben. Mich vor einem Sturz bewahren. Und, genau wie Damon, schaute ich stur geradeaus durch die Windschutzscheibe. Keiner von uns schaffte dem anderen in die Augen zu sehen. Zumindest nicht in dieser Sekunde.

Damon räusperte sich leise. Dann fing er an zu reden.

Leise. Zögerlich.

„Ich weiß nicht so genau, wie ich anfangen soll. Wo ich anfangen soll." Er seufzte. Blinzelte. Atmete tief durch und drehte sich in meine Richtung. Jetzt suchte er ganz bewusst meinen Blick. Er wartete. Langsam drehte ich den Kopf, ohne die Hände vom Lenkrad zu nehmen. Erst als sich unsere Blicke trafen, begegneten, fanden, sprach er weiter.

„Dafür, dass ich dich gestern geküsst habe… dafür gibt es keine Entschuldigung. Es war falsch. Nicht nur, weil du es nicht wolltest, sondern…" Er stockte, hörte auf zu reden. „Naja, es war eben falsch", fuhr er leise fort. „Ich weiß, dass ich mich wie ein Arsch verhalten habe… und ich könnte sogar verstehen, wenn du dich in Zukunft von mir fernhalten willst. Aber… bitte. Tu das nicht. Okay? Bitte. Hör nicht auf mit mir zu reden. Du kannst mich von mir aus anschreien. Mich anbrüllen. Mich meinetwegen auch schlagen, aber bitte… bitte… schließ mich nicht aus deinem Leben aus."

Ich hörte Damon aufmerksam zu, ohne ihn zu unterbrechen. Mir fehlten einfach die Worte. Er versuchte die ganze Schuld auf sich zu laden. Dabei war ich mindestens genauso schuldig. Wenn ich ihm von dem Moment an, wo ich begriffen hatte, dass sich seine Gefühle angefangen hatten zu verändern, wo er angefangen hatte sich in mich zu verlieben… wenn ich ihm da direkt und unmissverständlich die Grenzen einer Freundschaft aufgezeigt hätte, wäre all das mit Sicherheit nie passiert. Dann hätte er mich gestern nicht gegen meinen Willen geküsst. Dann müssten wir jetzt nicht dieses Gespräch hier führen. Hätte. Hätte. Hätte… Hatte ich aber nicht. Und warum hatte ich nichts getan? Nichts unternommen?

Weil ich es nicht hatte sehen wollen. Weil ich Damon nicht hatte verletzten wollen. Und, weil ich meinen besten Freund nicht hatte verlieren wollen. Ich hatte mich geweigert der Wahrheit ins Gesicht zu sehen. Und deshalb war ich mindestens genauso schuldig. Denn nur durch mein Schweigen, mein Nichtwahrhabenwollen, hatte er angefangen sich Hoffnung zu machen. Hoffnung, die ihn dazu gebracht hatte, mich zu küssen. Hoffnung, die uns beide letztendlich hierhergeführt hatte. Unerwiderte Liebe tat weh. Schmerzte. Das wusste ich nur allzu gut.

Endlich kehrten die Buchstaben zu mir zurück.

„Damon. Tu das nicht!", bat ich leise.

„Was? Was soll ich nicht tun?", fragte er verwirrt.

„Dir allein die Schuld geben zu wollen."

Er unterbrach mich, ließ mich meinen Satz nicht zu Ende sprechen.

„Aber… Es ist meine Schuld."

„Nein. Es ist nicht nur deine Schuld. Wenn ich von Anfang an ehrlicher zu dir gewesen wäre, dann…"

Schon wieder unterbrach er mich.

„Dann *was*?" Er sah mich mit traurigen Augen an. „Glaubst du wirklich ich hätte es nicht gewusst? Nicht gespürt? Summer. Ich wusste, dass du die Art von Gefühlen, die ich für dich angefangen hatte zu entwickeln, nicht erwidert hast. Zumindest nicht so, wie ich es mir gewünscht hätte. Ich mein, vielleicht… Nein. Selbst, wenn sich deine Gefühle irgendwann angefangen hätten zu verändern, wenn du meine Gefühle vielleicht hättest erwidern können… es hätte trotzdem nie gereicht. Nie. Vielleicht, wenn es ihn nicht geben würde. Aber so? All das hatte ich gewusst, und es war mir trotzdem egal gewesen. Weil ich es nicht wahrhaben wollte. Du siehst … es war sehr wohl meine Schuld. Meine. Nicht deine. Also hör auf dich für etwas schuldig fühlen zu wollen, dass du ohnehin nicht hättest ändern können. Denn, ganz egal was du mir auch gesagt hättest, ich hätte dich so oder so versucht zu küssen."

Ich schwieg. Wusste nicht, was ich sagen sollte.

„Tust du mir einen Gefallen?"

„Damon… ich…"

Doch, anstatt mich ausreden zu lassen, sprach er einfach weiter. „Könnten wir vielleicht so tun, als hätte es den Kuss nie gegeben? Als wäre der gestrige Abend nie passiert?"

„Damon. Du weißt wieviel du mir bedeutest. Und du weißt, dass ich alles tun würde, worum du mich bittest." Ich lächelte traurig. „Naja, fast alles." Ich blinzelte die aufsteigenden Tränen weg. „Aber… bist du sicher, dass du das wirklich möchtest. Ich mein… Bist du sicher, dass du das kannst?"

„Ich komm schon klar, ehrlich."

Ich sah ihn fragend an. Skeptisch.

„Ich will deine Freundschaft nicht verlieren. Dich nicht verlieren. Und deshalb… ist mir alles andere egal. *Ich* muss damit klarkommen. Ich. Nicht du. Und… ich weiß, dass ich das kann, solange du mir versprichst, dass du mich nicht aus deinem Leben ausschließen wirst."

„Damon." Meine Stimme zitterte. Mein Herz weinte. „Ich werde dir wehtun. Über kurz oder lang werde ich dir wehtun. Doch… das will ich nicht. Ich will es einfach nicht. Aber… es würde sich nicht vermeiden lassen."

„Scht…", machte er halbherzig und brachte mich zum Schweigen. „Lass das. Okay? Ich habe dir gerade gesagt, dass du aufhören sollst dich schuldig zu fühlen. Dass du aufhören sollst dir solche Gedanken zu machen. Hör auf… Nur, hör bitte nie damit auf, mich in deinem Leben haben zu wollen."

Ich lachte traurig. „Tut mir leid. Aber wie soll ich aufhören Angst zu haben? Angst davor, dich ein weiteres Mal verletzen zu können? Auf deinen Gefühlen herumtrampeln zu können? Denn… weißt du, Damon… jedes andere Mädchen, dass es wagen würde dich so zu verletzen, würde es mit mir zu tun bekommen. Du siehst also, wo das Problem liegt?! ICH bin dieses Mädchen. Ich. Ich, deine beste Freundin. Ich sollte dich beschützen, nicht dir wehtun. Die Traurigkeit, die ich von dir empfange… Damon… Es bricht mir das Herz. Denn ich bin für dieses Gefühl verantwortlich."

„Nein. Nein, das bist du nicht." Irgendetwas an der Art, wie er es sagte, verwirrte mich. So, als wenn wirklich jemand anderes für diese Traurigkeit verantwortlich wäre. Bevor ich mir länger darüber Gedanken machen konnte, streckte er die Arme nach mir aus, umschloss mit beiden Händen mein Gesicht und sah mir tief in die Augen. Es war keine intime Berührung. Sondern eine tröstende. In diesem Augenblick spendete mir mein bester Freund Trost.

„Gefühle lassen sich nicht erzwingen. Wenn deine Freundschaft also alles ist, was ich bekommen kann, dann reicht mir das."

Zwar hätte ich mir gewünscht, er hätte sich anders entschieden, seinetwegen, nicht meinetwegen, aber ich hatte auch nicht vor, ihm seinen Entschluss auszureden. Ich brauchte meinen besten Freund. Damon gehörte für mich zu meinem Leben dazu. Genau wie Hope. Genau wie Tyler. Genau wie… PHOENIX.

Ich wollte ihn nicht verlieren.

Ich durfte ihn nicht verlieren.

War ich deshalb egoistisch?

Ja!

Aber war Damon das nicht auch?

Ich räusperte mich. Leise. Suchte seinen Blick.

„Du weißt, dass ich dich brauche. Selbst wenn ich wollte, ich könnte dich gar nicht aus meinem Leben ausschließen. Dazu bin ich, wie ich gerade festgestellt habe, einfach nicht bereit. Denn, ganz offensichtlich, bin ich ein egoistisches Miststück."

Er lachte. „Trifft sich gut. Denn ich bin ein egoistischer Drecksack."

„Allerdings gibt es eine winzige Forderung… eine Art Bedingung."

Mit hochgezogenen Brauen sah er mich lächelnd an. Ich spürte seine Erleichterung… und das allein reichte, um mich selbst glücklich zu machen.

„Und die wäre…?"

„Du darfst mich nie wieder küssen."

„Nie wieder… ist eine verdammt lange Zeit", seufzte er mit einem verschmitzten Lächeln.

„Damon." Ich boxte ihm gegen die Schulter und lachte.

„Also schön, einverstanden. Bevor ich mich schlagen lass."

„Der Schlag war nicht für jetzt. Der war noch von gestern… als du mir im Pub in die Seite gekniffen hast. Der andere Schlag, der für heute… tja… der kommt noch. Versprochen."

„Jetzt, wo das geklärt wäre, da hätte ich eine klitzekleine Bitte…"

„Damon?" Ich sprach seinen Namen wie eine Frage aus.

„Da Hope und Logan ohne mich nach Hause gefahren sind… und ich nicht unbedingt scharf darauf bin den ganzen weiten langen Weg…"

„Schon gut", unterbrach ich ihn lachend. „Schon kapiert. Allerdings gibt es auch hier eine Bedingung."

„Du entwickelst dich allmählich zur knallharten Geschäftsfrau. Ohne Forderungen scheint hier nichts mehr zu laufen."

„Akzeptier. Oder lass es. Was in diesem Fall übersetzt bedeutet *dann lauf doch*."

343

„Ich soll akzeptieren, ohne vorher zu wissen, worauf ich mich überhaupt einlasse?! Das ist nicht fair."

„Also schön. Hier meine Bedingung. Solltest du unterwegs anfangen dich über meinen Fahrstil zu beschweren, wie du es sonst für gewöhnlich gerne tust, dann schwöre ich, werde ich anhalten und dich rausschmeißen."

„Auch, wenn es regnet?"

„Selbst, wenn es anfangen sollte zu hageln. Also?"

„Habe ich denn eine Wahl?" Er grinste mich an.

„Mann, ich betone es nochmal, MANN… hat immer eine Wahl."

„Ha. Ha. Ha", antwortete er sarkastisch. „Wie witzig."

Dann sah er mich an. Mit einem dreckigen Grinsen im Gesicht hob er die Hand an, küsste seinen Zeige- und Mittelfinger und legte sich diese anschließend als Zeichen seines Schwures auf sein Herz und sagte, vor Sarkasmus triefend: „Hiermit schwöre ich feierlich kein Wort über den Fahrstil dieser bezaubernden Fahrerin zu verlieren. Selbst kein Wort des Lobes." Er räusperte sich. „Besonders kein Wort des Lobes."

„Du bist echt so was von bescheuert."

Er hob abwehrend die Hände und antwortete, ohne eine Miene zu verziehen. „Ich hab´s geschworen."

„Ja. Ja. Versuch dich lieber an den Schwur zu halten, wenn ich den Motor starte. Was ich übrigens genau… warte, gleich habe ich es…." Der verdammte Schlüssel wollte sich nicht drehen lassen. Mit dem Handballen schlug ich, natürlich nur leicht, gegen das Lenkrad. Und sofort sprang er an, schnurrte wie ein Kätzchen. „JETZT… machen werde", beendete ich meinen angefangenen Satz. Aus dem Augenwinkel erkannte ich, wie Damon sich die Faust vor den Mund presste.

Ich verengte die Augen zu Schlitzen und funkelte ihn an.

„WAS?", fragte er mit der Unschuldsmiene eines Kleinkindes. „Ich habe nichts gesagt."

Schmunzelnd legte ich den Rückwärtsgang ein und wollte gerade losfahren, als ich bemerkte, dass Damon anfing an meinem Radio rumzufummeln. Ich räusperte mich.

„Ähm. Kannst du mir mal verraten, was du da machst?" Keine Antwort. Er schüttelte lediglich seufzend den Kopf und widmete sich wieder dem Radio.

„Damon?!"

„Nicht jetzt. Warte. Gleich hab ich`s", murmelte er völlig in Gedanken versunken. Dann nickte er zufrieden, schnallte sich an und lehnte sich, die Arme überm Kopf verschränkt, zurück in den Sitz.

„Hattest du was gesagt?" Sein selbstzufriedenes Grinsen wurde immer breiter. Immer dreckiger.

„Hast du etwa gerade meinen Sender verstellt?"

Er nickte. „Jep."

„Und wieso, wenn ich fragen darf?!"

„Nur, um deinem Gedächtnis auf die Sprünge zu helfen… Die Bedingung lautete *Beschwer dich nicht über meinen Fahrstil*. Woran ich mich bis jetzt übrigens gehalten habe."

„Ja", unterbrach ich ihn schmunzelnd. „Weil ich bis jetzt auch noch nicht losgefahren bin."

„Oh. Okay. Aber, dass das Radio tabu ist, *das* hast du mit keinem Sterbenswörtchen erwähnt. Das war nicht Teil der Bedingung."

Ich fuhr los, sah auf die Straße und brummelte vor mich hin. „Okay, du Klugscheißer. Das nächste Mal, wenn du in mein Auto steigst und mich fragst, ob ich dich nach Hause fahre, dann erinnere mich bitte daran, dass ich vor der Fahrt meinen Vorrat an Klebeband und Kabelbinder im Handschuhfach überprüfe", erwiderte ich mit einem hinterhältigen Grinsen.

„Kabelbinder? Klebeband?" Er sah mich gespielt schockiert an. „Gibt es sonst noch irgendwelche dunklen Seiten in dir, die du mir bisher verschwiegen hast? Ich frag nur, weil wenn ja… dann würde ich jetzt lieber aussteigen… und laufen."

„Tja, jetzt ist es aber zu spät. Und im Übrigen… meine dunkle Seite möchtest du mit Sicherheit nicht kennenlernen. Also… schön die Finger bei dir behalten. Am besten du bewegst dich überhaupt nicht mehr."

„Darf ich wenigstens Atmen?"

„Nur, wenn du leise atmest. Sonst nicht."

Irgendwie wurde sein Lächeln immer breiter. Und breiter. Er presste die Lippen fest zusammen und schloss die Augen, versuchte sich verzweifelt das Lachen zu verkneifen. Er hob die Hand, machte eine Faust und presste sie sich vor den Mund.

„Ich sagte… Nicht bewegen."

Ich hatte die Worte noch nicht ganz ausgesprochen, da fingen wir beide auch schon an loszulachen. Wir lachten und lachten. Immer, wenn ich kurz davor war mich zusammenreißen zu können, reichte ein Blick von Damon und es ging von vorne los.

Es hörte erst auf, als ich mit laufendem Motor vor seinem Haus hielt. Damon schnallte sich ab und wollte gerade aussteigen, als ich ihn mit einem lautstarken Räuspern daran hinderte.

„Nicht so schnell." Ich zeigte mit dem Finger auf das Radio. „Wärst du bitte so freundlich?", fragte ich mit zuckersüßer Stimme, was den Sarkasmus nur noch mehr hervorhob.

Kopfschüttelnd fing er an *meinen* Sender zu suchen. Hoffte ich zumindest. Völlig in Gedanken versunken, murmelte Damon irgendwelche Wörter. Unverständliche Sätze. Und sie alle hörten sich verdächtig nach *kein Musikgeschmack* an.

„So. Geschafft." Er strahlte mich an. Allerdings war es eher ein verdächtiges Strahlen.

„Was hast du angestellt?", fragte ich deshalb, mit hochgezogenen Brauen.

„Nichts. Ehrlich. Ich habe deinen Sender, so wie du wolltest, eingestellt und hier abgespeichert." Er deutete mit dem Finger auf die Ziffer Eins. „Und…"

„Und was?", fragte ich und zog das letzte Wort in die Länge.

„Und meinen Sender, eigentlich der wesentlich bessere, wenn du mich fragst, aber naja, okay… jedenfalls ist mein Sender hier abgespeichert."

Ich sah ihn fassungslos an. Freudig fassungslos.

„Du musst schon gucken, wo ich hinzeige."

„Ich brauch nicht hinzugucken, um zu wissen, dass *dein* Sender direkt auf Platz zwei kommt. Direkt *hinter* meinem. Und eben, weil das so ist, wäre die Frage… wer von uns beiden denn jetzt den besseren Musikgeschmack hat, jawohl eindeutig geklärt. Immerhin hast du die

Platzierung bestimmt. Nicht ich. Doch… bevor du auf die absurde Idee kommen solltest, erneut an meinem Radio rumfummeln zu können, würde ich dich gerne bitten auszusteigen. Jetzt. Sofort."

Mit einem Grinsen im Gesicht schüttelte er den Kopf, öffnete die Autotür und sagte schließlich: „Danke. Für… naja, du weißt schon wofür."

Zu Hause ging ich, nachdem ich Holly und den Rest meiner Familie begrüßt hatte, hoch in mein Zimmer und legte endlich die Wäsche, die seit einer gefühlten Ewigkeit fertig gebügelt im Korb lag, in den Schrank. Was ich bei der Aufgabe nicht bedacht hatte war, dass meine Hände zwar Etwas zu tun hatten… aber nicht mein Kopf. Meine Gedanken gerieten außer Kontrolle. Die unterschiedlichsten Fragen schwirrten mir durch den Kopf, so, dass ich einfach nicht wusste, mit welcher ich mich als Erstes auseinandersetzen sollte. Jedes Mal, wenn ich anfing über Phoenix nachdenken zu wollen, lösten die Erinnerungen an den letzten Traum diese Gedanken ab. Und doch gewann der Gedanke an Phoenix immer wieder die Oberhand. All der Herzschmerz. All die Sehnsucht. All die wundervollen Gefühle. Ich hätte es leugnen können so viel und so oft ich wollte, aber es hätte nichts gebracht. Denn all das fühlte sich richtig an. Einfach nur so verdammt richtig.

Es klingelte unten an der Haustür. Hope. Na endlich. Zwar wusste ich nicht, wie sich das Gespräch gleich entwickeln würde, aber meine Selbstgespräche waren erst einmal beendet.

Zaghaft klopfte es an der Zimmertür, ehe sich diese im nächsten Moment auch schon öffnete. Hope linste grinsend durch den Türspalt. Als sie mich auf dem Bett sitzen sah kam sie ins Zimmer und setzte sich, genau wie Phoenix immer, in den Schaukelstuhl.

„Danke."

„Wofür?", fragte ich.

„Dafür, dass du Damon verziehen hast." Sie grinste wie ein Honigkuchenpferd. „Ach, Summer?" Sie ließ meinen Namen wie eine Frage klingen.

„Hm?"

„Naja, ich wollte mich im Übrigen auch bei dir entschuldigen."

Verwundert sah ich Hope an. Sagte aber kein Wort.

„Tut mir leid, dass ich dich in letzter Zeit so vernachlässigt habe."

„Man merkt echt, dass ihr Zwillinge seid", lachte ich. „Aber, um dich zu beruhigen… du brauchst dich nicht zu entschuldigen. Wofür auch? Dafür, dass du glücklich bist? Mensch, Hope… wenn du glücklich bist, dann bin ich es auch. Und, außerdem… wir sehen uns doch. Und zwar jeden Tag."

„Ja, in der Schule. Aber das ist nicht dasselbe. Dort können wir nicht wirklich reden. Du weißt schon, über all die Dinge, über die wir sonst immer geredet haben."

„Du meinst über Logan…"

Lachend warf sie mir eines der hinter ihr auf dem Fenstersims liegenden Kissen ins Gesicht.

„Jetzt wo du schon mal hier bist… Ich muss dir unbedingt etwas erzählen", brachte ich wenig später leise hervor.

Ich dachte kurz nach und legte mir die ersten Worte sorgfältig im Kopf zurecht. Hope stützte die Ellbogen auf ihre Kniee, legte das Kinn auf die Handinnenflächen und sah mich abwartend an.

Mein Blick ging an Hope vorbei. Ich schaute durchs Fenster, ohne etwas Bestimmtes ins Auge zu fassen. Leise seufzend begann ich von den Flashbacks zu erzählen. Und zwar alles. Außerdem erzählte ich ihr, dass Phoenix beim Allerersten dabei gewesen war und anschließend darauf bestanden hatte mich nach Hause zu *tragen*.

Die ganze Zeit über hörte sie mir aufmerksam zu, ohne mich zu unterbrechen. Bis auf das eine Mal, wo sie wissen wollte, ob das in der Mensa auch ein Flashback gewesen war. Dann erzählte ich ihr, dass sich mein Alptraum angefangen hatte zu verändern. Nicht nur, dass ich nach dem Einschlafen Bilder sehen konnte, sondern auch, dass ich mich selbst nach dem Aufwachen noch schaffte daran zu erinnern.

„Die Bilder sind so voller Farben. Bunt. Glitzernd. Doch, weißt du, was das Schönste an diesen Träumen ist? Meine Gabe. Während des Traums kann ich alles fühlen. Einfach alles."

Hope sah mich lächelnd an. „Das ist wunderbar. Ehrlich. Ich… ich freu mich für dich. Wer weiß, jetzt wo du wieder angefangen hast träumen zu können, vielleicht verschwindet die Dunkelheit ja bald komplett aus deinen Träumen."

„Die Dunkelheit", murmelte ich völlig in Gedanken versunken. „Ich weiß nicht, ob sie sich vertreiben lassen will. Sie fängt an sich zu verändern. Vielleicht... Keine Ahnung."

„Wie meinst du das *sie fängt an sich zu verändern?*"

„Beim letzten Mal, als es anfing dunkel zu werden und der Nebel gerade alles verschlucken wollte... da tauchte aus der Nebelwand plötzlich ein Rabe auf. Und... irgendwie... keine Ahnung", druckste ich rum. Suchte nach den richtigen Worten. Nach einer Erklärung für etwas, dass ich nicht erklären konnte. Nicht begreifen konnte. „Der Nebel hat angefangen zu vibrieren, sich zu verwandeln... denn plötzlich tauchten aus der Schleierwolke immer mehr Raben auf. Für einen winzigen Moment hatte es so ausgesehen, als wenn die Dunkelheit anfangen würde zu tanzen. Als wäre sie etwas Schönes. Etwas, wovor man sich nicht fürchten müsste. Hope, verstehst du... die Raben waren wie der Donnervogel Phönix, nur dass sie nicht aus der Asche auferstanden sind, sondern aus der Dunkelheit. Der ganze Himmel war voll von schwarzschimmernden Raben. Und... alle sind sie auf mich zugeflogen. Alle."

Plötzlich sah Hope mich ganz merkwürdig an.

„Hattest du Angst vor den Raben? Oder vor der Veränderung?"

Darüber hatte ich bisher nie nachgedacht. Wozu auch?

„Keine Ahnung. Macht es denn einen Unterschied? Angst ist Angst."

„Es macht sogar einen verdammt großen Unterschied. Angst ist ein Gefühl... eins, dass uns warnen will. Eigentlich ein Urinstinkt. Aber, nur weil man sich vor etwas fürchtet, bedeutet es nicht, dass etwas Schlimmes passieren *muss*. Oft neigen die Menschen dazu Angst zu haben, vor Dingen, die sie nicht sehen, nicht verstehen. Deshalb fürchten sich viele vor der Dunkelheit, vor dem *nicht sehen können*. Dabei wird sie einfach nur viel zu oft missverstanden. Vielleicht versucht die Dunkelheit, indem sie dir die Sehkraft raubt, dich zu beschützen. Vor Bildern, die du nicht sehen sollst, nicht sehen *willst*. Oft versucht sie einen zu beschützen, indem sie einen schwarzen Schleier über dich legt und dich in ihre Arme schließt, dich versucht auf ihre Art zu trösten... und nur diejenigen, die lernen ihren Gefühlen zu vertrauen... lernen gleichzeitig in der Dunkelheit sehen zu können."

Hopes Worte verblüfften mich. Denn plötzlich, ohne zu wissen warum, fing ich an die Dunkelheit in meinem Traum nicht länger als eine Bedrohung anzusehen. Sondern als etwas, dass mir in all der Zeit beschützend zur Seite gestanden hat. Als hätte sie mit ihrer schwarzen Decke lediglich versucht die Bilder von mir fernzuhalten, deren Grausamkeit ich nicht in der Lage wäre zu begreifen. Und, obwohl sie mir die Fähigkeit des Sehens hatte rauben können, war sie trotz alledem nie in der Lage gewesen, die Gefühle, die mit den Bildern unwiderruflich verbunden waren, ebenfalls von mir fernzuhalten. Denn ich hatte, dank meiner Gabe, schon vor langer Zeit gelernt mich auf meine Gefühle zu verlassen, anstatt auf das, was ich in der Lage war sehen zu können. Die Dunkelheit in meinen Träumen... ich fing an ihre Sprache zu verstehen.

„Und was hat das jetzt mit den Raben zu tun?" fragte ich, weil ich den Zusammenhang nicht erkennen konnte.

„Wusstest du, dass Raben einst als Göttertiere angesehen wurden? Der nordische Gott Odin zum Beispiel oder besser bekannt als der Rabengott, wurde stets von zwei Raben begleitet. Sie waren seine Beobachter. Seine Botschafter. Hugin, der die Gedanken nicht nur hören, sondern auch sehen konnte. Und Munin, der die Erinnerungen sehen konnte, auch die, die man vergessen hatte. Und die, die man mit aller Macht versuchte zu verdrängen."

Ich schüttelte den Kopf, hörte weiterhin aufmerksam zu.

„Im Laufe der Zeit gerieten sie jedoch in Verruf. Das uralte Wissen wurde durch Aberglauben und Vorurteilen ersetzt. Deshalb verbinden die Menschen heute vor allem eins mit diesen wunderschönen Geschöpfen... Unglück und Tod. Dabei ist das, wenn du mich fragst, absoluter Bullshit. Denn in Wahrheit zeigt dir der Rabe, dass Magie in dir steckt. Starke Magie. Durch sein Erscheinen will er dich darauf aufmerksam machen, dass du stärker bist, als du denkst. In jedem von uns stecken irgendwelche Kräfte. Kräfte, die nur darauf warten entdeckt zu werden. Doch, wenn du diese Kräfte bisher nicht hast finden können, dann versucht dir der Rabe mit seinem Erscheinen zu sagen, dass es womöglich daran liegen könnte, dass du die Vergangenheit nicht loslassen kannst... oder nicht loslassen *willst*." Hope seufzte, sah mich mit traurigen Augen an. „Und deshalb kannst du die Gegenwart, das, was um dich herum passiert, nicht sehen."

„Willst du damit sagen, dass ich meine Erinnerungen bewusst zurückhalte?! Dass die Dunkelheit in meinen Träumen quasi stellvertretend für die verlorenen Erinnerungen steht… und die Raben nur deshalb aus ihr entsprungen sind, weil sie mich versuchen darauf hinzuweisen? Als eine Art *Bote meines Unterbewusstseins?* Ist es das, was du mir versuchst zu sagen? Denn, wenn ja, dann tut es mir leid dir sagen zu müssen, dass du dich irrst. Ich halte weder meine Erinnerungen bewusst zurück, noch bin ich in der Lage sie durch irgendwelche… was weiß ich für Kräfte… zurückholen zu können."

„Ich habe nichts dergleichen behauptet. Wenn es das ist, was du verstanden hast, dann… tut es mir leid. Alles, was ich damit sagen wollte war, dass du vielleicht anfangen solltest die Kräfte der Dunkelheit für dich zu gewinnen. Dass du aufhören solltest vor der schwarzen Leere Angst zu haben. Denn oft liegt im Verborgenen *der Schlüssel* versteckt, den du brauchst, um zu dir selbst zurückfinden zu können. Denn… der Rabe zählt auch als Beschützer aller geheimen Dinge. Vielleicht ist der Rabe so etwas wie *dein Schlüssel.*"

Irgendwie wurde ich das Gefühl nicht los, dass Hope mehr wusste, als sie zugeben wollte… als wüsste sie, wer ich in Wahrheit war. Doch, bevor ich mir darüber weitere Gedanken machen konnte, wechselte sie geschickt das Thema. Als hätte sie etwas bemerkt.

„Du und Phoenix… Was ist das zwischen euch?"

„Wenn ich das nur wüsste", seufzte ich leise und mein Blick verlor sich in den Wolken. Das, was ich meinte in ihren Augen gesehen zu haben, nämlich irgendwelche Geheimnisse, die es galt zu bewahren, waren, sobald ich *seinen* Namen hörte, wie auf Knopfdruck verschwunden. Ausgelöscht. Einfach weg.

„Summer?"

„Hm?"

Hope lachte. „Und du willst mir erzählen, dass du nicht wüsstest, was das zwischen euch ist?! Komm schon. Ehrlich? Du träumst ja schon mit offenen Augen."

„Tu ich gar nicht", protestierte ich.

„Nein, natürlich nicht", erwiderte sie sarkastisch. „Du willst also wirklich behaupten, dass du, anstatt von ihm zu träumen, *mir* zugehört hättest", fragte sie mit hochgezogenen Augenbrauen und sah mich herausfordernd an.

Wem versuchte ich hier eigentlich etwas vorzumachen?

„Ach, Hope", jammerte ich. „Ich weiß nicht, was mit mir los ist. Ständig muss ich an ihn denken. Dabei will ich das überhaupt nicht. Ich mein…", seufzte ich wehmütig.

Hope guckte mich verständnisvoll an, dann umspielte ein kleines Lächeln ihren Mund. „Kann es sein, dass du es nur nicht wahrhaben willst?"

„Was will ich nicht wahrhaben?"

„Dass du bis über beide Ohren in Phoenix verliebt bist."

„Bin ich gar nicht", protestierte ich leise, so verdammt leise.

„Oh, Süße… du bist mehr als nur verliebt."

„Ich *will* das aber nicht. Ich *will* Phoenix nicht lieben. Ich will es einfach nicht", antwortete ich und ließ mich rückwärts aufs Bett fallen, um die Decke anstarren zu können.

„Und warum nicht, wenn ich fragen darf?", hakte sie interessiert nach.

„Weil, naja… weil", druckste ich herum. „Ich will es einfach nicht. Okay? Ich mein, nie weiß ich, was gerade in ihm vorgeht, weil er mich ständig aussperrt. Und… er ist irgendwie düster. Womit ich nicht sagen will, dass ich Angst vor ihm hätte. Denn… das habe ich komischerweise nicht. Jedes Mal, wenn er in meiner Nähe auftaucht, erwacht ein Gefühl, dass keinen Sinn ergibt."

„Ein Gefühl?" fragte Hope interessiert.

„Ja. Das… das Gefühl beschütz zu werden." Ich träumte, sah sein Gesicht und plötzlich erwachte ein weiteres Gefühl. Das Gefühl zu Hause zu sein. Als wenn Phoenix mein Zuhause wäre… und es schon immer gewesen ist. Ich schüttelte den Kopf, räusperte mich verlegen.

„Ach, vergiss was ich gesagt habe. Du willst wissen, warum ich ihn nicht lieben will?! Ganz einfach, weil er launisch ist… unberechenbar… charismatisch… einfühlsam… sexy."

Erschrocken presste ich mir die Hand auf den Mund. Den letzten Gedanken hatte ich nicht wirklich laut ausgesprochen… oder?! Verdammt. Hope konnte sich das Lachen nicht länger verkneifen. Jetzt hatte ich meine Antwort. Mein Mundwerk war mal wieder schneller gewesen, als mein Kopf hatte schalten können.

„Süße", lachte sie, „er ist sogar verdammt sexy."

„Lass den Scheiß! D-das ist mir einfach so rausgerutscht. Es hat nichts zu bedeuten. Überhaupt nichts. Verstanden?", widersprach ich, allerdings ohne Erfolg. Hope glaubte mir genauso wenig, wie ich mir selbst.

„Summer, jetzt hör mir mal gut zu. Du bist nicht nur verliebt… du liebst ihn. Und es bringt absolut nichts, wenn du versuchst es zu leugnen. Es wird nicht funktionieren. Also lass es. Weißt du, was ich sehe? Einzeln seid ihr wie Licht und Finsternis… doch zusammen seid ihr ein wunderschöner leuchtender Schatten… ihr verschmelzt, werdet eins. Ihr beide, ihr bringt euch gegenseitig zum Strahlen. Und nicht nur das… eure Lichter, wenn sie miteinander verschmelzen, leuchten heller als alle Lichter dieser Welt."

„Pfff. Vielleicht solltest du mal zum Optiker gehen. Du brauchst dringend ne Brille. Hier leuchtet nämlich überhaupt nichts. Niemand. Ich nicht. Und Phoenix – oh, der am allerwenigsten. Phoenix… er sieht MICH nicht. Nicht so, wie ich ihn sehe. Hmmm. Okay. Vielleicht hast du Recht. Vielleicht liebe ich ihn… ABER es ändert nichts an der Tatsache, dass er mich nicht will. Phoenix will mich einfach nicht."
Die ersten Tränen kullerten mir bereits übers Gesicht. Sofort wischte ich sie mit dem Handrücken weg. Ich wollte die Tränen nicht zulassen, seinetwegen hatte ich bereits genug vergossen.

„Blödsinn", unterbrach mich Hope, voller Mitgefühl. „Wie kommst du darauf? Glaubst du etwa ich wäre die Einzige, die es sehen kann? Was glaubst du wohl, warum Damon so eifersüchtig auf Phoenix ist? Hmm? Phoenix WILL DICH. Nur dich. Das war schon immer so… und daran wird sich auch nie etwas ändern."

„Moment, wie meinst du das… *das war schon immer so?*"

Irgendwie wurde ich das Gefühl nicht los, dass es sich bei dieser Äußerung nicht um ein bloßes Versehen handelte, sondern um etwas,

was ihr unbeabsichtigt rausgerutscht war. Etwas, was sie mir nicht hatte verraten wollen. Ein Geheimnis. Ein nicht sichtbares Puzzleteil.

„Was ich damit meine? Das wirst du gleich erfahren. Also… unterbrich mich gefälligst nicht." Sie lächelte. „Wo war ich doch gleich? Ach, ja… Hat er etwa behauptet, dass er dich nicht will? Wenn ja, dann lügt er. Der Blödmann schafft ja noch nicht einmal sich von dir fernzuhalten. Er wollte dich, und zwar von dem Moment an, als er dir das erste Mal in die Augen gesehen hat. Genauso, wie du ihn von dem Augenblick an wolltest. Ihn. Niemand anderen. Ein Blick…und die Liebe hatte euch gefunden. Oder willst du behaupten, als du ihm beim Joggen in die Arme gestolpert bist, dass es nicht so gewesen ist? Du hast vorhin selbst erzählt, dass du von der ersten Sekunde an etwas Magisches gefühlt hast."

Okay, vielleicht fing ich an irgendwelche Geheimnisse sehen zu wollen, die in Wahrheit nicht existierten, nur weil ich versuchte vor einer Wahrheit zu fliehen, vor der ich nicht fliehen konnte. Ja, ich liebte Phoenix. Und diese Liebe ging weit über das Unvorstellbare hinaus.

„Was soll ich denn jetzt machen? Was? Ihn zwingen?", schluchzte ich wütend. „Er will mich nicht, zumindest nicht so sehr, wie ich ihn. Er glaubt, nein, er ist überzeugt davon, dass in ihm eine Dunkelheit existiert, die mich über kurz oder lang zerstören würde. Er will nicht mit mir zusammen sein, weil er denkt, dass er mich nur so beschützen kann. Vor *sich* beschützen kann. Ich hab ihn doch schon darauf angesprochen. Aber… er weicht nicht von seinem Standpunkt ab. Es gibt nichts, was ich nicht schon probiert hätte. Es bringt nichts. Er will einfach nicht."

„Überzeug ihn."

„Ach?! Und wie bitteschön? Hast du mir gerade nicht zugehört?! Ich sagte doch, ich habe bereits alles versucht."

„Sag ihm endlich, dass du ihn liebst. Du musst es aussprechen. Laut aussprechen. Nur so schaffst du seine Mauern zu durchbrechen."

„Bist du verrückt geworden?! D-das… nein. Das kann ich nicht."

„Warum? Du hast doch gerade zugegeben, dass du ihn liebst. Warum kannst du es mir sagen, aber ihm nicht."

„Wenn ich *ihm* sagen würde *was* ich für ihn empfinde, wenn ich es wirklich aussprechen würde… und er mich dann doch nur wieder zurückweist… DAS, liebe Hope… das würde mich innerlich zerreißen. Es tut schon so weh genug. Ich will mir einfach den Schmerz ersparen. So lange ich diese Worte ihm gegenüber nicht laut ausspreche, so lange kann ich wenigstens so tun, als wenn er mein Herz nicht längst in seinen Händen halten würde. Weißt du, ich habe so oft versucht mich von ihm fernzuhalten, nicht an ihn zu denken…doch… ich schaff es einfach nicht. Er gibt mir das Gefühl vollständig zu sein. In seiner Nähe fühle ich mich nicht länger verloren. Er füllt die Leere in mir. Jeder meiner Atemzüge gilt ihm. Und… wenn er nicht in meiner Nähe ist, dann fühlt es sich so an, als würde ich nicht mehr richtig atmen können. Er… Ach, vergiss es! Könnten wir bitte über etwas Anderes reden. Irgendetwas. Ganz egal was…"

Ich spürte den Wind zwischen meinen Schwingen. In jeder einzelnen Feder. Lächelnd flog das kleine Mädchen mit mir zusammen der Freiheit entgegen.

Bäume, überall meterhohe Bäume. So viele unterschiedliche Grüntöne. Atlantikgrün. Efeugrün. Eichengrün. Juwelengrün. Kleegrün. Sommergrün. Smaragdgrün... Moosbedeckte Wurzeln, Farn in den schönsten Farben. Ich berührte die Baumkronen, sah unter mir die feuerroten Mohnblumen am Wegesrand blühen. Sah die Rehe mit ihren Kitzen auf der Blumenwiese. Sah die Eichhörnchen, wie sie Fangen spielten und von Ast zu Ast flogen, als hätten sie Flügel, genau wie ich.

Ein Schwarm Schmetterlinge begleitete uns, darunter die unterschiedlichsten Arten. Schillerfalter, deren Flügel je nach Lichtbrechungseffekt in einem kräftigen Blau schillerten. Perlmuttfalter, dessen große weißen Flecken auf der Unterseite seiner braunen Flügel an Perlmutt erinnerten. Bläulinge... so viele unterschiedliche Bläulinge, von hellblau über dunkelschimmernd blau... bis hin zu dunkelleuchtend Violett. Ich sah die vielen flauschigen Hummeln, die Dachsfamilien, die Hasen... die Füchse.

Jedes Mal, wenn ich durch den Wald flog kamen sie aus ihren Verstecken, aus ihren Höhlen und Nestern... nur um mir zu zeigen, dass es ihnen gutging. Dass sie glücklich waren. Zufrieden.

Ein Schwarm türkisblauer Libellen tauchte neben mir auf. Feendrachen. So unendlich viele. Und auf jedem Rücken saß eine Fee. Ich flog tiefer in den Wald... zu den dort verborgenen Wasserfällen. Ich hörte das Rauschen des Wassers. Fühlte die Kraft jedes einzelnen Wassertropfens...

Plötzlich wurde es dunkel und ich wusste, dass mein Traum anfing sich zu verändern. Ich wusste, dass ich träumte. Und ich wusste, was gleich passieren würde.

„Flieg weg, so weit wie du kannst", bat ich das kleine Mädchen und sah ihr hinterher. Erst, als ich spürte, dass sie in Sicherheit war, setzte ich zur Landung an, hielt Ausschau nach dem Nebel. Dann entdeckte ich Rauchschwaden... doch innerhalb eines Atemzuges löste dieser sich auf, verwandelte sich in einen Schwarm Raben. Dunkle, schwarzglänzende Raben.

Ich floh nicht. Und ich hatte auch nicht vor zu fliehen. Stille senkte sich über mich. Die Dunkelheit erwachte und zum ersten Mal fühlte ich, dass sie versuchte mich zu beschützen. Ich legte den Kopf in den Nacken, schloss, mit einem Lächeln auf den Lippen, die Augen. Einen Herzschlag später waren sie da, die Raben. Sie flogen um mich herum. Über mir hinweg. Und jedes Mal, wenn mich eine ihrer Federn im Gesicht berührte, kitzelte, spürte ich ihre Freude, ihre Leichtigkeit, ihren Blick fürs Wesentliche… und ihr Vertrauen. Erst als ich nichts mehr hören konnte, nichts mehr fühlen konnte, öffnete ich die Augen.

Plötzlich stand ich nicht länger auf dem Waldweg, sondern rannte um mein Leben.

Rasiermesserscharfe Dornen, spitze Äste, Brombeerranken, Kiefern… zerrten an mir. Rissen mir die Haut auf. Blut tropfte zu Boden. Das Geräusch immer näherkommender Schritte ließ mich innerlich erstarren. Ich biss die Zähne zusammen und presste meine Hand auf die Wunde, die am stärksten blutete. Rannte weiter, während das Blut auf den Boden tropfte. Ich wartete auf den einsetzenden Schmerz, doch die Welle des Schmerzes erreichte mich nicht. Mein Körper bestand aus purem Adrenalin. Ich fühlte NICHTS. Immer tiefer rannte ich der Dunkelheit des Waldes entgegen, Schutz suchend.

Blätter raschelten. Der Wind wehte plötzlich so stark, dass die Blätter sich von den Ästen trennten, in einem Sinkflug zu Boden fielen, nur um dort meine blutigen Fußabdrücke zu verdecken.

Tränen brannten mir in den Augen und im gleichen Atemzug erwachte ein allesvernichtender Schmerz, welcher jedoch nicht von den unzähligen Schnittwunden herrührte. Er ging tiefer. So viel tiefer. Mein Herz weinte. Meine Seele schrie. Der Tränenschleier erschwerte mir die Sicht, behinderte mich. Alles verschwamm, wurde unscharf. Mit dem Handrücken wischte ich die Tränen fort.

Steine, Kiefernnadeln und getrocknetes Geäst, alles bohrte sich in meine blutigen Fußsohlen. Der Geruch von Blut lag in der Luft, doch es war nicht mein Blut, dass ich roch. Ich stoppte meine Gedanken und rannte stattdessen tiefer in den Wald, versuchte mich, vor wem auch immer, zu verstecken. Vereinzelt fielen Lichtstrahlen durch die Baumkronen und wiesen mir immer dann, wenn ich glaubte mich verlaufen zu haben, den Weg, so dass ich wusste in welche Richtung ich rennen musste. Fliehen musste. Mein Kopf, meine Beine, meine Füße, mein gesamter Körper schmerzte. Blut rann aus meinen aufgeschürften Händen. Tränen, vermischt mit Schweiß, perlten von meinem Gesicht. Doch all die Schmerzen waren NICHTS im Vergleich zu dem Schmerz, der mich innerlich zerriss.

Dann hörte ich Schritte. Direkt hinter mir. Ohne mich umzudrehen, schlug ich einen linken Haken, änderte die Richtung.

*Eine leichte Brise wehte mir unerwartet sanft ins Gesicht, flüsterte leise meinen Namen. Diese Stimme! Wie angewurzelt blieb ich stehen. Mein Blick huschte hin und her, suchte nach der Stimme. Erneut hörte ich meinen Namen. Diese Stimme... **Phoenix** schrie mein Herz. Die einsetzende Qual riss mich zu Boden. Nein. Unmöglich. Eine unheimliche Stille verschluckte mich. Panisch rief ich nach ihm. Rief seinen Namen. Phoenix. Phoenix... Phoenix.*

Ich rannte los, ohne zu wissen wohin... alles, woran ich denken konnte, war ihn zu finden. Ununterbrochen schrie ich der Dunkelheit seinen Namen entgegen. Der Gedanke an ihn trieb mich immer weiter voran. Meine Brust schmerzte und ich bekam kaum noch Luft, doch ich ignorierte das Flehen meines Körpers nach einer Pause. Ich musste ihn finden.

Endlich hörte ich wieder seine Stimme. Hörte, wie er meinen Namen rief. Doch mit jedem Schritt, mit jedem Atemzug... mit jedem Herzschlag wurde die Stimme leiser. Und leiser. Ich fühlte seine Verzweiflung. Seine Hoffnungslosigkeit. Seinen Schmerz. Hörte, wie seine Seele um Hilfe schrie. Meine Lungen brannten und ich schnappte verzweifelt nach Luft, doch ich blieb nicht stehen, hörte nicht auf zu suchen.

Dann... ein Schrei. Schlimmer, als alles, was ich bisher gehört hatte. Dieser Schrei ließ mir das Blut in den Adern gefrieren. In der gleichen Sekunde hörte meine Seele auf zu leuchten und mein Herz hörte auf zu schlagen.

Die Welt stand still.

Die Zeit stand still.

Ich stand still.

Ich war... zu spät.

In dem Moment, wo mein Kopf das begriff, wurde mir das Herz bei lebendigem Leib herausgerissen. Die einsetzende Qual war unerträglich. Vernichtend. Zerstörte mich. Diese Seelenqual – ich wusste, dass mich dieser Schmerz, nie wieder verlassen würde. Nichts und Niemand würde ihn mir nehmen können. Ich wusste, dass ich leiden würde, und zwar bis in alle Ewigkeit.

Die Ewigkeit – sie verwandelte sich in diesem Augenblick in einen Fluch. In einen beschissenen Fluch. In einen Fluch, den selbst die Unendlichkeit nie würde brechen können.

Bis zu dem Moment, wo ich aus dem Schatten der Bäume heraus auf eine Lichtung trat, hatte ich nicht einmal mitbekommen, dass ich mich überhaupt bewegt hatte.

Das Leben – es hatte mir ALLES genommen. Es hatte mir IHN genommen. Phoenix. Mein Licht in der Dunkelheit. Mein ganzer Körper zitterte. Ich stolperte über einen am Boden liegenden Ast, fiel auf die Knie. Schluchzend vergrub ich mein Gesicht in den Händen. Ich schrie. Und schrie. Und… ich wollte nie wieder aufhören zu schreien. Nie, nie wieder.

Ein Regentropfen landete auf meinem tränennassen Gesicht. Mein Blick huschte durch die mich umgebene Dunkelheit und ich entdeckte einen kleinen See. Still. Düster. Schwarz. Seelenlos. Ich hörte ihn rufen. Hörte, wie er meinen Namen rief. Obwohl ich fühlte, dass sich eine unheimliche Macht in seinen Tiefen versteckte, robbte ich auf ihn zu, anstatt vor ihm zu fliehen. Plötzlich sehnte sich alles in mir nach dieser düsteren Leere. Vergessen. Ich wollte einfach nur vergessen. Den Schmerz. Ihn. Mich. Einfach alles.

Am Boden liegend streckte ich mit der letzten mir verbliebenen Kraft meine Hand aus. Berührte das Wasser mit meinen Fingerspitzen. Im gleichen Atemzug durchbrach etwas Grauenhaftes die Oberfläche, verschluckte mich, zog mich in seine tiefsten Abgründe. Eiszapfen erwachten. Kälte umschloss mein Herz. Das Wasser explodierte und verschluckte mich. Wasser. Überall Wasser. Ich versuchte nach Luft zu schnappen, zu atmen. Anstatt meine Lungen mit Sauerstoff zu füllen, füllte sich mein Mund mit Wasser. Ich schluckte, hustete. Wild strampelnd versuchte ich die Oberfläche zu erreichen. Diese zu durchbrechen. Ich bekam keine Luft. Ich konnte nicht mehr atmen. Irgendetwas zog mich nach unten, immer tiefer und tiefer. Meine Lungen brannten. Ich schrie, und schluckte doch nur Wasser.

Immer mehr Wasser drang in meinen Mund, füllte mich, bis kein Platz mehr war. Mein Kopf begriff, dass ich nichts mehr tun konnte. Nichts. Außer aufgeben.

Die Dunkelheit erwachte, schloss mich in ihre Arme. Beschützte mich. Wärmte mich.

Schwarz, alles wurde schwarz.

Phoenix! Mit weit aufgerissenen Augen und nach Luft ringend saß ich kerzengerade im Bett. Trockenes Schluchzen, stumme Schreie, drangen aus meiner Kehle und ich zitterte am ganzen Körper. Das einzige Geräusch, das zu mir durchdrang, war mein eigener Herzschlag. Ich vergrub das Gesicht in den Händen, versuchte mich zu beruhigen. Irgendwie. Was??? Ich... Dieser Traum. Noch nie war mir ein Traum so real erschienen. Ich fühlte noch immer die Leere, die Trostlosigkeit, die pure Verzweiflung, die mich während des Traums in Ketten gelegt hatte. Mein Herz, es schrie noch immer. Schmerzte noch immer. Die in meinem Zimmer erwachte Stille nahm mir die Luft zum Atmen. Ich fühlte mich verloren. Verlassen. Vergessen.

Es gab nur eine Person, die in der Lage war, mich aus dieser Hölle zu befreien. Ich nahm das Handy vom Nachttisch und schickte Phoenix eine Nachricht **Ich brauche dich. Bitte. Verjag die bösen Geister.** Wie hypnotisiert starrte ich auf das Display des Handys und wartete. Mit jeder Sekunde, die verging, und in der keine Antwort kam, steigerte sich meine Nervosität.

Keine Reaktion.

Es passierte nichts.

Es blieb still.

Bitte, dachte ich verzweifelt, *bitte... ließ meine Nachricht.*

Leise, kaum hörbare Fußschritte rissen mich aus meinen Gedanken. Noch bevor die Tür sich öffnete verschwand die innere Unruhe. Ich wurde ruhig. Phoenix. Plötzlich stand er direkt neben meinem Bett, nur wenige Zentimeter von meinem Gesicht entfernt. Er suchte meinen Blick. In seinen Augen spiegelte sich tiefes Entsetzen, als wüsste er, was ich gesehen hatte. Was ich währenddessen gefühlt hatte. Sanft packte er mich an den Schultern und drückte mich zurück ins Kissen. Seine Miene war unergründlich.

„Danke", flüsterte ich kaum hörbar.

Ich fühlte, wie sich die Matratze unter mir leicht bewegte. Im nächsten Moment umschlossen mich starke Arme. Bis jetzt hatte er noch kein Wort gesagt. Vielleicht, weil er fühlte, dass ich nicht reden wollte. Ich wollte vergessen. Einfach nur vergessen. Ich schloss die Augen, kuschelte mich an Phoenix und schlief kurze Zeit später wieder ein.

Schweißgebadet wachte ich auf. Mein Blick lag wie versteinert auf den leeren Platz neben mir. Phoenix – er war weg. Verschwunden. Mein Körper begann zu zittern. Panik erwachte. Ich versuchte meine Lungen mit Sauerstoff zu versorgen, doch das Gefühl zu ersticken blieb.

Das, was ich soeben geträumt hatte, war die Hölle auf Erden gewesen. Dieser Traum hatte mir auf grauenhafte Art meine größte Angst vor Augen geführt. Phoenix verlieren zu können. Für immer verlieren zu können.

Tränen kullerten mir übers Gesicht und die Erinnerungen aus dem Traum holten mich ein. Egal, was ich versuchte, ich konnte das Bild von Phoenix nicht ausradieren, nicht löschen... nicht loswerden. Als hätte es sich in mein Unterbewusstsein gebrannt.

Phoenix, wie er mich mit leeren, toten Augen angestarrt hatte. Völlig bewegungslos hatte er vor mir gelegen, während ich mit den Fäusten auf ihn eingeschlagen hatte. Immer und immer wieder. Mit jeder Träne, die auf seinen leblosen Körper getropft war, hatte ich spüren können, wie sich mein Blut in lebendiges Eiswasser verwandelt hatte.

Zum ersten Mal hatte ich etwas gespürt, anstatt zu fühlen... denn fühlen wäre zu intensiv gewesen, zu tief. Im Traum hatte ich meine Gabe, meine Welt, die im Grunde immer nur aus Gefühlen bestanden hatte, ignoriert, hatte sie ausgesperrt...ehe ich gespürt hatte, wie mein Herz gefror, sich in lebendiges Eis verwandelt hatte und wie mich jegliche Wärme verlassen hatte. Phoenix, er hatte alles mitgenommen. Er hatte MICH mitgenommen. Ich war nicht mehr gewesen als eine leere Hülle – gefüllt mit eisiger Kälte. Gefühllos. Emotionslos. Ich hatte spüren können, wie ich mich in jemanden verwandelt hatte, vor dem ich selbst Angst hatte, aber ich war dennoch nicht in der Lage gewesen es zu verhindern.

Ich zitterte, vor Kälte. Innerer Kälte. Eiszapfen erwachten und versuchten durch meine Haut zu brechen. Ich kniff die Augen fest zusammen, atmete durch die Nase. Das Zittern ließ zwar nach, aber die Kälte blieb.

Ein Blitz erhellte das Zimmer. Fasziniert betrachtete ich die Schatten, die versuchten durch den Türschlitz zu verschwinden... sie tänzelten... bewegten sich. Auf erschreckende Weise wirkten sie lebendig. So verdammt lebendig. Ich sehnte den nächsten Blitz herbei. Doch es passierte nichts. Es blieb dunkel. Dunkel und still. Mein Blick blieb am Wecker hängen. Es war erst vier Uhr morgens. Eigentlich zu früh zum Aufstehen. Doch die Furcht vor dem grauenhaften Traum kroch durch meinen Körper und vertrieb die Müdigkeit.

Summer

Unschlüssig machte ich einen weiteren Schritt auf die Haustür zu, die Arme fest um mich geschlungen, wie eine Art Schutzschild. Was zum Teufel machte ich hier? Bevor die Stimme in meinem Kopf in der Lage war mich zu verhöhnen, zu verspotten, brachte ich sie zum Schweigen. Ich schloss die Augen, atmete tief durch und klopfte zaghaft an die Tür. Gleichzeitig hoffte ich, dass er dieses Klopfen, wenn man es überhaupt so nennen konnte, nicht gehört hatte... oder aber, dass er es einfach ignorieren würde. Gedanklich zählte ich.

Eins.

Zwei.

Drei.

Keine Reaktion.

Erleichtert, und gleichzeitig bitter enttäuscht, stieß ich die angehaltene Luft aus, drehte mich um, und war gerade im Begriff zu verschwinden, als ich jemanden lautstark fluchen hörte. Bevor ich reagieren konnte, wurde die Tür auch schon geöffnet und ich stand ihm gegenüber.

Phoenix.

Unbeholfen strauchelte ich einen kleinen Schritt zurück, vergrößerte den Abstand, wenn auch nur minimal.

Er lehnte, nur mit einer Boxershorts bekleidet, im Türrahmen, fuhr sich mit der Hand durch sein wuscheliges Haar, rieb sich übers Gesicht, während seine Augen unentwegt auf meinem Gesicht ruhten, als würde er sich meinen Gesichtsausdruck für die Ewigkeit einprägen wollen. Ich senkte den Blick, wagte nicht zu sprechen, weil ich befürchtete, dass die Worte zitternd von meinen Lippen purzeln würden, dass er begreifen würde, welche Wirkung allein sein Blick in diesem Moment auf mich ausübte. Mein Herz war überwältigt. Verblüfft. Verzaubert. Füllte sich mit einer bittersüßen Hoffnung.

„Summer?" Mein Name klang wie eine Frage. „Warum liegst du nicht in deinem Bett und schläfst?!"

„I-ich hatte noch einen Alptraum", druckste ich verlegen herum, noch immer vollkommen gefesselt von dem Leuchten in seinen Augen. „Und als ich aufgewacht bin, da war ich allein. Du... warst weg." Ich senkte den Blick, Richtung Boden.

„Was zum Teufel soll das?", knurrte er verärgert, anklagend... traurig. „Verdammt, Prinzessin. Du kannst nicht jedes Mal zu mir kommen, wenn du..."

„Warum nicht?", unterbrach ich ihn protestierend.

„Weil es nicht geht. Das vorhin, das war eine Ausnahme gewesen. Und dabei sollten wir es auch belassen. Ach, Scheiße. Ich hätte gar nicht erst kommen dürfen..."

„Ich dachte...", mir versagte die Stimme. „Ach, vergiss es. Tu so, als wäre ich nie hier gewesen! Oder noch besser, tu so, als würde es mich nicht geben, als hätte es mich auch nie gegeben", erwiderte ich mit leiser, brüchiger Stimme. Die aufsteigenden Tränen schluckte ich runter. Ich war enttäuscht. Verletzt. Sauer. Wütend. Alles gleichzeitig.

Wie konnte ich nur glauben, dass er mir ein weiteres Mal helfen würde die bösen Geister verschwinden zu lassen?! Ich suchte nach Argumenten, aber meine Stimme war taub, meine Lippen zugenäht, also drehte ich mich um, beschloss zu verschwinden.

Phoenix griff mir von hinten an den Arm, hielt mich fest.

„Kaffee?", fragte er mitfühlend.

Sofort stellte ich mir die Frage, was seine Einstellung geändert hatte. Warum bot er mir jetzt einen Kaffee an, anstatt mich gehen zu lassen? Ich verstand ihn nicht, wie so oft. Damit er nicht sehen konnte, wie durcheinander er mich brachte, schloss ich seufzend die Augen. Ich war kurz davor nachzugeben, sein Angebot mit dem Kaffee anzunehmen, als ich mich sagen hörte: „Steck dir deinen Kaffee sonst wohin! Du wolltest, dass ich gehe... also geh ich."

Ich hielt die Luft an, denn plötzlich stand er genau vor mir.

„Du hast Recht. Du hättest nie herkommen sollen. Das wäre sicherer gewesen. Aber... verdammt... Ich kann dich einfach nicht gehen lassen. Nicht mehr." Der Wind flüsterte mir seine Worte ins Ohr, genau wie seine darin verborgenen Gefühle. „Es ist zu spät." Die letzten

Worte waren so leise, dass weder ich noch der Wind wussten, ob wir wirklich etwas gehört hatten.

Zu spät? Wusste er denn nicht, dass es von Anfang an zu spät gewesen ist? Meine Gefühle stolperten, rissen mich zu Boden. Eine Träne brach aus, floh… kullerte stumm und leise über meine Wange. Unauffällig versuchte ich sie wieder einzufangen, wegzuwischen, denn ich wollte nicht, dass Phoenix sah, wie ich weinte. Wie ich seinetwegen weinte. Doch nicht ich fing die Träne auf, sondern er. Ich hob den Kopf und unsere Blicke trafen sich, fanden sich. Ich sah nur noch ihn. Mein Brustkorb hob und senkte sich im gleichen Rhythmus wie seiner. Er kämpfte mit sich, versuchte sein Verlangen vor mir zu verbergen, zu unterdrücken… nicht zuzulassen. Wie jedes Mal. Ich begriff, dass ich nie mehr bekommen würde als diese winzigen Augenblicke, in denen er mir den Atem raubte.

„Also? Worauf wartest du? Ich beiß schon nicht." Der Schalk stand ihm ins Gesicht geschrieben. Der plötzliche Stimmungswechsel überraschte mich. Verwirrte mich. Brachte mich aus dem inneren Gleichgewicht. Meine Gedanken verhedderten sich und ich rang verzweifelt nach Worten.

„Schade", murmelte ich schließlich, und hätte mir im gleichen Atemzug am liebsten die Zunge abgebissen. Verlegen kaute ich auf meiner Unterlippe herum, malträtierte sie, während ich auf meine Schuhe starrte.

„Du solltest öfter rot werden. Die Farbe steht dir."

„Hör auf, dich über mich lustig zu machen", fauchte ich schwach. Leise. So verdammt leise.

„Ich würde mich nie über dich lustig machen", erwiderte er mit einer Ernsthaftigkeit, die mich hellhörig werden ließ. Gegen meinen Willen löste ich den Blick von den Schuhen und versuchte ihm unauffällig in die Augen zu gucken. Das, was ich entdeckte, steigerte meine Nervosität. Glücksgefühle fluteten mich und ich konnte mir ein schüchternes, verlegenes, Lächeln nicht verkneifen. Meine Wangen glühten. Die Wärme jagte durch meinen ganzen Körper. Mir wurde heiß. So entsetzlich heiß. Ohne etwas zu sagen, lief ich an Phoenix vorbei – Richtung Badezimmer. Ich brauchte eine Abkühlung. Und zwar sofort.

Ich drehte den Wasserhahn auf und spritzte mir eiskaltes Wasser ins Gesicht. Mehrmals. Der Blick in den Spiegel zeigte mir das, was ich nicht sehen wollte. Meine Augen glühten nicht nur, sie brannten. Mir wurde klar, dass dieses Feuer nicht mit Wasser bekämpft werden konnte. Schwer atmend drehte ich mich auf dem Absatz um und floh vor meinem Spiegelbild, begleitet von den Flammen des sich ausbreitenden Feuersturms.

Ich versuchte die Gefühle wegzusperren. Feuer mit Kälte zu bekämpfen. Warum schaffte ich meine Gefühle nicht genauso gut zu kontrollieren, wie Phoenix?

Ich lehnte mit dem Rücken gegen die bereits geschlossene Badezimmertür, atmete tief durch. Hörte plötzlich leise Atemzüge. Fremde Atemzüge. Phoenix, er stand in der Küche und hielt lächelnd zwei Tassen Kaffee hoch. Noch immer nackt, bis auf die Boxershorts.

Keine Ahnung, warum ich nicht aufhören konnte ihn anzustarren. Ich wollte den Blick abwenden, ehrlich, aber ich schaffte es einfach nicht. Ich sah seine schimmernde Dunkelheit und fühlte mich zu ihm hingezogen. Seine Seele, das was er versuchte vor der Welt zu verstecken, war wunderschön. Dunkel, aber nicht gefährlich. Dunkel, und doch leuchtend. Alles an ihm faszinierte mich. Schon immer. Von der ersten Sekunde an. Ich wollte die Gefühle verstehen, die Lebendigkeit verstehen, die Sehnsucht verstehen, einfach alles, was er in diesem Augenblick in mir auslöste. ~~Phoenix. Er war perfekt unperfekt. Und genau das strahlte er aus. Eine Perfektion, die es gab und doch nie geben würde.~~ Warum gab es keine Wände in dieser Wohnung?!

Ich blinzelte. Blinzelte. Nahm ihm die Tasse aus der Hand und lief ins Wohnzimmer, wo ich mich seufzend auf die Couch plumpsen ließ.

Suchend schaute Phoenix sich um. Drehte sich… und ich erstarrte. Gefühle, nie gekannte Gefühle, würgten mich, stahlen mir meine Atemzüge. Alle Atemzüge.

Sein gesamter Rücken – ein Tal voller entsetzlicher Qualen.

Narben.

Narben.

Narben.

Verheilt und doch so lebendig… als würde der leise, ungehörte Schmerz noch immer durch seine Venen strömen und als würden dessen Hilfeschreie verhindern, dass die Wunden sich schließen konnten, heilen konnten. Ein Spiegelbild unvergessenen Leids, voller stummer Schreie in der Dunkelheit.

Entsetzen, Wut und Hass erwachten. Unbändiger Hass auf denjenigen, der ihm das angetan hatte. Und sie alle folterten mich.

Als könnte er die allesvernichtenden Gedanken, die mir in diesem Moment durch den Kopf schossen, sehen, wie Buchstaben auf einem Stück Papier, hörte ich ihn leise meinen Namen sagen.

„Summer?"

Ich erstarrte.

„Summer", sagte er erneut, diesmal lauter.

Ich hob den Kopf, starrte ihn schweigend an.

Sein Blick ruhte auf mir. Seine Augen fanden mich, retteten mich… halfen mir nicht im tosenden Meer unterzugehen.

Wer hat dir das angetan, wollte ich fragen… doch meine Worte blieben ungehört, denn das Gefühl diesem Jemanden denselben Schmerz zuzufügen, erwachte erneut.

Während meine dunklen, verstörenden Gefühle mir ein weiteres Mal den Atem raubten, sah Phoenix mich an… und lächelte.

„Was?", fragte ich flüsternd und merkte wie das Licht zu mir zurückkehrte.

„Nichts", antwortete er, ohne den Blickkontakt zu beenden.

Ich lächelte.

„Dann hör auf mich so anzustarren."

Mit einem schelmischen Grinsen im Gesicht trank er einen Schluck von seinem Kaffee, ehe er die Tasse auf den Tisch stellte.

„Wieso? Hast du etwa Angst?"

„Ja, genau", lachte ich, schnappte mir ein Kissen und schmiss es mit ordentlich Schwung in seine Richtung.

„Das war ein Fehler." Er strafte mich mit einem bösen Blick. Naja, zumindest versuchte er böse zu gucken.

„Sorry… aber das mit dem *Ich-bin-ja-so-gefährlich* Blick solltest du unbedingt nochmal vorm Spiegel üben… und zwar, bevor…"

„Wozu?", unterbrach er mich. „ICH weiß, dass ich gefährlich bin."

Meine Mundwinkel zuckten. „Ernsthaft?"

„Ernsthaft!", bestätigte er, ohne eine Miene zu verziehen.

„Oh, ja... und *wie* gefährlich du bist. Ich zittere schon vor Angst", zog ich ihn auf.

Ein hinterlistiges Grinsen schlich sich in sein Gesicht. Die Art von Grinsen, die nichts Gutes versprach.

„Ohhh... Und wie du zittern wirst."

Bevor ich wusste, wie mir geschah, stürzte er sich bereits auf mich, drückte mich mit seinem Gewicht auf die Couch und fing an mich zu kitzeln. Nach Luft ringend flehte ich ihn an aufzuhören. Doch, vor lauter Lachen verstand selbst ich mein eigenes Flehen nicht. Und Phoenix wirkte ohnehin nicht so, als wenn er das Wort Gnade überhaupt kennen würde.

„Sag es!"

„Was?", japste ich lachend und schnappte nach Luft.

„Dass du Angst hast."

„Ich soll lügen?"

„Sag es!", forderte er mich erneut auf.

„Niemals. Vergiss es."

Verzweifelt versuchte ich mich zu befreien und schrie, während ich versuchte nach ihm zu treten. Lachend. Nach Luft schnappend. Lachend.

„Sag es", befahl er unerbittlich und versuchte sich das Lachen zu verkneifen.

„Lieber sterbe ich vor Lachen", nuschelte ich nach Luft ringend.

Sein Blick ruhte auf meinem Gesicht. Auf meinem Mund. Erst jetzt wurde mir so richtig bewusst, dass Phoenix auf mir lag. Ich fühlte die Hitze seiner Haut, seiner nackten Haut. Sein Gesicht nur wenige Zentimeter von meinem entfernt. Im Bruchteil einer Sekunde stolperte mein Herz. Stolperte. Stolperte. Stolperte. Immer und immer wieder. Seine Nähe berauschte mich, erfüllte mich mit Lebendigkeit. Dort, wo mich sein Atem kitzelte, fing meine Haut an zu kribbeln. Mein Puls raste. Mein Blut kochte. Plötzlich ergriff ein so überwältigendes Verlangen von mir Besitz, dass es körperlich schmerzte. Denn ich wollte mehr. So viel mehr.

Ich sah die grünen Wellen ängstlich zurückweichen. Anstatt in seinem Blick zu ertrinken, musste ich mitansehen, wie sich der Ausdruck in seinen Augen veränderte. Er wirkte distanziert, wich vor mir zurück als hätte er sich verbrannt. Phoenix setzte sich ans andere Ende der Couch. Haltsuchend tastete ich mit den Händen nach der Rückenlehne, setzte mich aufrecht hin, ohne den Blickkontakt zu beenden. Er verfolgte jede meiner Bewegungen, ließ mich seinerseits nicht aus den Augen.

Den abrupten Stimmungswechsel könnte man jetzt auf so viele unterschiedliche Arten interpretieren, da es sich hier aber um Phoenix handelte, wäre es reine Zeitverschwendung. Er war unberechenbar. Launisch. Und seine Stimmungen wechselten ständig, ohne erkennbaren Grund. So wie jetzt. ~~Ich kannte den Grund für dieses Wechselbad der Gefühle. Ich wusste, warum er mich aussperrte.~~

Schmerzhaft wurde mir wieder einmal bewusst, dass das mit Phoenix nie übers Flirten, wenn man es überhaupt so nennen durfte, hinausgehen würde. Denn, jedes Mal, wenn ich es vor Verlangen kaum noch aushielt und mir wünschte, er würde mich… uns… endlich mit einem Kuss erlösen, zog er sich zurück. Stieß mich weg. Sperrte seine Gefühle vor mir weg. Sperrte mich aus. Woraufhin die Schmetterlinge sich in winzige, gefährlich kalte Eiszapfen verwandelten und nichts weiter in mir existierte als dieser dumpfe Schmerz.

„Du solltest gehen."

„Warum?!", schrie ich aufgebracht, gekränkt, gedemütigt, während ich gleichzeitig von der Couch aufstand. „Warum konntest du mich vorhin nicht gehenlassen? Warum? Nur, um mir am Ende doch wieder das beschissene Herz herausreißen zu können? Weißt du was?! Du kannst es haben. Ich will es nämlich nicht mehr!"

Plötzlich, ohne dass er sich bewegt hatte, stand er mit ausgebreiteten schwarzschimmernden Schwingen vor mir. Dieser Anblick beraubte mich all meiner Buchstaben. Dunkle Schwingen, die in mir ein vertrautes Gefühl auslösten. Ein Gefühl von Sicherheit. Schutz. Geborgenheit. ZUHAUSE.

Ich blinzelte, doch die Schwingen ragten noch immer ausgebreitet zu beiden Seiten, zwischen seinen Schulterblättern hervor, als wollten sie mich in ihre Arme schließen. Mich trösten. Wie war das möglich?

Ich wollte ihm mein Herz schenken… aber meinen Verstand? Normalerweise, wenn Phoenix mir als Engel erschien, und ich diese wunderschönen, weichen Schwingen voller Faszination betrachtete, bewunderte, und dann blinzelte… waren sie verschwunden.

Er hob mich hoch und drückte mich mit dem Rücken gegen die Wand. Gegen eine unsichtbare Wand? Waren das seine Schwingen? Ich war verwirrt. Verwirrter denn je.

„Hör auf. Hör endlich auf!", knurrte er leise, bedrohlich, ängstlich, verwirrt.

„W-womit?", stotterte ich.

„Mich so sehr zu wollen", flüsterte er mit gequälter Stimme, den Mund ganz dicht an meinem Ohr.

Kann ich nicht, wollte ich ihm sagen. Will ich nicht, wollte ich ihm sagen.

Sein Herz stolperte… ich konnte es fühlen, so nah waren wir uns.

„Bitte, ich…" er schluckte die Worte, seine Gedanken, seine Gefühle, runter. Phoenix strich mein Haar zurück. Sanft. Zärtlich. Streichelte mit dem Handrücken meine Wange hinab, ließ meine Haut in Flammen aufgehen, dann legte er seine Stirn gegen meine und schloss die Augen.

Er hörte auf zu atmen.

Ich hörte auf zu atmen.

Es wird niemals aufhören weh zu tun. Dieser Gedanke ließ mich zurückweichen. Ich befreite mich aus seinem Griff, stieß ihn von mir weg. Ohne ein Wort kehrte ich ihm den Rücken zu, wollte verschwinden. Endlich verschwinden. Auf dem Weg zur Haustür hoffte ich, entgegen aller Vernunft, dass er mich, wie sonst auch immer, aufhalten würde. Dass er mich nicht durch diese Tür gehen lassen würde. In dem Augenblick, wo ich die Türklinke mit der Hand umschloss und die Kälte des Griffs sich um mein Herz legte, zerplatzte diese Hoffnung wie eine Seifenblase. Meine Hoffnungen erfüllten sich nicht. Meine Gefühle blieben unerwidert. Meine Gedanken ungehört.

Schweren Herzens drückte ich die Klinke runter, öffnete die Tür und einen Herzschlag später hörte ich wie sie leise hinter mir ins Schloss fiel. Ich stand ganz still, legte den Kopf in den Nacken und versuchte zu atmen, als plötzlich die Tür aufgerissen wurde.

„Geh nicht." Seine Stimme…

Warum zum Teufel lief ich nicht los?

Warum sehnte ich mich weiterhin nach seiner Nähe?

Warum raubte mir der Gedanke ihn verlieren zu können den Atem?

Warum fühlte ich mich ohne ihn einsam? Verloren? Vergessen?

Warum?

Ich sollte mir all diese Fragen nicht stellen müssen. Ich sollte verschwinden, endlich ins Auto steigen und nach Hause fahren. ~~Ich war zu Hause. Phoenix… er war mein Zuhause. Mein Atem. Jedes meiner Gefühle. Jedes einzelne.~~ Ich sollte mich nicht ständig demütigen lassen. Und doch blieb ich stehen, bewegte mich keinen Millimeter. Die Verzweiflung in seiner Stimme löste all diese Bedenken in Rauch auf, legte sie in Schutt und Asche, und die masochistische Seite in mir drohte sich erneut durchzusetzen.

Ich wollte ihn anschreien, ihn fragen, was in seinem Kopf vorging, brachte aber in dem Moment, wo ich in seine Augen guckte, keinen Ton heraus.

„Ich weiß, ich habe kein Recht dich darum zu bitten, vor allem nicht, nachdem ich wollte, dass du gehst…aber bitte", er seufzte leise, „verlass mich nicht. Egal was ich sage, es ist nicht das, was…" Er verstummte, schaffte nicht die letzten Worte über die Lippen zu bekommen. Ängstlich sah er mich an, so, als wenn ich ihn wirklich verlassen könnte. *Als wenn ich dazu in der Lage wäre…*

Das schiefe Lächeln, das ich so sehr liebte, das ich aber viel zu selten zu sehen bekam, schlich sich in sein Gesicht.

Genau dieses Lächeln war dafür verantwortlich, dass mein Herz den Verstand verlor.

Immer.

Und immer wieder.

Phoenix

Prinzipien?! Regeln?! Alles war vergessen. Bedeutungslos. Erneut versuchte ich meinem selbsterrichteten Gefängnis zu entfliehen, versuchte aus der Hölle auszubrechen.

„Was machst du nur mit mir?", murmelte ich leise und schaute Summer in die Augen, unfähig den Blick abzuwenden.

Ja, ich war ein Gefangener.

Auf so viele unterschiedliche Arten, dass ich allmählich den Überblick verlor.

Sie suchte in meinen Augen nach Antworten.

Antworten, die ich ihr nicht geben konnte.

Antworten, die ich ihr nicht geben wollte.

Antworten, die ich ihr nicht geben durfte.

Anstatt mich von ihr fernzuhalten, um sie nicht immer wieder aufs Neue zu quälen, schaffte ich ja noch nicht einmal sie gehen zu lassen.

Summer machte einen Schritt auf mich zu. Langsam kam sie näher... und näher. Blieb direkt vor mir stehen. Sie war zu nah. Gefährlich nah. Und doch nicht nah genug.

Ich hielt den Atem an und versuchte auf die Dunkelheit in mir zurückzugreifen. Zu spät. In dem Augenblick, wo mich ihr Atem kitzelte und ich ihre Wärme auf meiner Haut fühlen konnte, fühlte ich mich lebendig. So verdammt lebendig.

Ihre Augen glühten vor Verlangen. Summer wollte mich auf jede denkbare Art und Weise, doch was weitaus gefährlicher war, ich wollte sie genauso. Meine Seele ging in Flammen auf, mein Blut brodelte, meine Knochen brannten, so sehr schmerzte es, sie nicht berühren zu dürfen. Nicht küssen zu dürfen.

Die Sehnsucht trieb ein gefährliches Spiel. Dame schlug König. Und ich war unwiderruflich verloren. Es erwachten so viele fremde Gefühle. Neue Empfindungen. Längst vergessene Emotionen. Und doch war ich nicht bereit sie zuzulassen. Entschieden drängte ich sie mit aller Macht zurück. Sperrte sie ein, wie eine wilde Bestie, die nicht gezähmt werden *durfte*. Dabei waren es längst zu viele Gefühle, die ihre Krallen in mein Herz schlugen. Viel zu viele. Ein Schrei tobte in mir, doch meine Lippen blieben verschlossen. Ich musste den Schrei einsperren, andernfalls hätte er Summer meine Gefühle offenbart. Meine wahren Gefühle.

Also versuchte ich weiterhin die Wahrheit vor ihr zu verstecken, indem ich das Monster in mir ignorierte, ausblendete, nur um es am Ende doch von seinen Fesseln zu befreien. Es freizulassen. Ich war ein Egoist. Und Egoisten nahmen sich was sie wollten, ohne Rücksicht auf Verluste. Nicht nur ihre Erinnerungen waren in der Lage sie zu zerstören, sondern auch die in mir existierende Dunkelheit. Eine schwarze grauenhafte Leere, der ich mich bereitwillig in die ausgestreckten Arme geworfen hatte, und zwar in dem Augenblick, wo ich Summer, zusammen mit Tyler und den anderen, aus unserer Welt verjagt hatte, weil ich geglaubt hatte, sie nur so beschützen zu können. Vor dem gesichtslosen Monster. Dem Phantom. Dem personifizierten Bösen. Dämonen wie mir war es nicht gestattet unsere Welt zu verlassen, nicht ohne einen Preis. Also war ich einen Pakt eingegangen. Mit dem Teufel. Nur, um Summer ein letztes Mal sehen zu dürfen. Doch der bloße Gedanke, dass sie mir in die tiefsten Abgründe meiner Psyche folgen könnte, in der verzweifelten Annahme mich retten zu können, zeigte mir, was für ein Monster ich wirklich war.

„Ich versuche nur, dich zu beschützen", sagte ich, ohne mir selbst glauben zu können.

Summer zuckte zusammen, als sie die Bedeutung meiner Worte verstand, als hätte ich sie geschlagen.

„Ich will aber nicht beschützt werden. Der Preis… ist mir einfach zu hoch", flüsterte sie und in der Sekunde fühlte ich, dank unserer Seelenverbindung, das Echo ihres Schmerzes in jeder Zelle meines Körpers.

„Für dich vielleicht. Aber nicht für mich. Ein *wir* darf es nicht geben. Niemals."

Worte – machtvoller als jede Waffe der Welt.

Worte – sie verletzten dort, wo es am meisten schmerzte, wo es niemand sehen konnte.

Worte – sie hinterließen Wunden auf der Seele. Narben. Wie Linien auf einer Landkarte.

Worte – sie konnten Seelen zersplittern, so dass kein Klebstoff dieser Welt diese jemals würde verschwinden lassen können.

Unsere Seelen bestanden aus Glas.

Licht und Dunkelheit verfingen sich in ihr.

Liebe und Schmerz verbündeten sich.

Verwischten.

Wurden eins.

Ein Schatten.

Durchscheinend.

Nicht sichtbar.

Zerbrechlich.

Der Schmerz, der in Summers Augen aufflackerte, war wie ein Blick in den Spiegel. Ihre Augen zeigten mir die Gegenwart. Meine Gegenwart. Zeigten mir eine Nacht ohne Morgen. Zeigten mir das Monster, das tief in mir schlummerte. Das Monster, das nur darauf wartete, sich das nehmen zu können, wonach es sich am meisten sehnte. Rücksichtslos. Berechnend. Eiskalt… ohne Skrupel.

Plötzlich waren ihre Augen leer. Ohne ein weiteres Wort drehte sie sich um. Verschwand.

Ich sah ihr hinterher.

Sah, wie sie sich immer weiter von mir entfernte. *Bring dich in Sicherheit. Ich bin nicht gut für dich… und ich werde es auch niemals sein.*

Ich wollte ihr folgen, sie aufhalten… doch ich war versteinert. Unfähig mich zu bewegen. Verzweifelt versuchte ich zu begreifen, was ich getan hatte. Was ich wirklich getan hatte. Nicht nur, dass ich sie quälte… ich brachte ihr Leben in Gefahr. Jeder Augenblick mit mir, war wie russisches Roulette.

Verdammt, ich hatte mir geschworen, sie zu beschützen. Mit meinem Leben.

Ich versuchte das Richtige zu tun… und machte dennoch alles falsch. Komplizierter.

Ich versuchte sie vor einem Schmerz zu bewahren, der in der Lage war die Summer, wie ich sie liebte, zu zerstören.

Leider war das Richtige nicht das, was ich wollte, was ich wirklich wollte. Ich hatte versucht meiner eigenen Lüge zu glauben und doch konnte ich die Wahrheit nicht länger leugnen. Nicht vor mir.

374

Ich wollte Summer.

Meine Prinzessin.

Mein Licht in der Dunkelheit.

Meine Seelenpartnerin.

„Es tut mir leid. So so leid. Ich wünschte, ich könnte dir sagen, dass ich dich liebe… dass ich nie aufgehört habe dich zu lieben", flüsterte ich, kaum hörbar.

Der Wind verschluckte die Worte, jedes einzelne.

Aber Summer hätte die Worte ohnehin nicht mehr hören können, sie war längst weg. Kraftlos sank ich in die Knie. Starrte ins Leere…

Ich kämpfte gegen die aufsteigenden Tränen an. Obwohl er mich nicht mehr sehen konnte, weigerte ich mich auch nur eine einzige Träne wegen diesem Idioten zu vergießen. Ich biss die Zähne zusammen, schluckte die Wut runter. Schluckte den Schmerz der Zurückweisung runter. *Ich werde nicht heulen! Ich werde nicht anfangen zu heulen!* Noch während ich mir diese Sätze versuchte einzuprägen, traf mich die Erinnerung an seine Augen völlig unvorbereitet. Blicke sagten mehr als Worte. Und, obwohl er mir gesagt hatte, dass es ein WIR niemals geben würde, fühlte ich, dass seine eigenen Worte ihn genauso verletzt hatten wie mich.

Die ersten verräterischen Tränen kullerten bereits über mein Gesicht, tropften verängstigt auf den kalten Asphalt. Mit dem Handrücken fing ich sie auf. Alle. Jede Träne. Erst dann öffnete ich die Autotür und startete kurz darauf den Motor. Zusätzlich schaltete ich das Radio an und drehte die Lautstärke so hoch, dass ich meine eigenen Gedanken nicht mehr hören konnte.

Ich fuhr die Auffahrt hoch und sah Tante Holly hinterm Küchenfenster stehen. Leise schloss ich die Haustür auf, schlich mich, müde von dem Gefühlschaos, die Treppe hoch. Ging ins Badezimmer. Mir war kalt. Entsetzlich kalt. Ich brauchte eine heiße Dusche. Wasser, dass mich wärmte, dass meine Seele von der eisigen Kälte befreite.

Ich zog mich aus, ließ meine Klamotten auf den Boden fallen, während ich gleichzeitig eine Mauer, eine dicke Betonmauer, um meine Gedanken zog. Das heiße Wasser schmerzte auf meiner eiskalten Haut, doch dieser Schmerz lenkte mich ab. Hielt mich von meinen Gedanken fern, von meinen Gefühlen. Ich schloss die Augen und badete meine kalte Seele in dem heißen Wasserstrahl.

Als ich aus der Dusche stieg, drang der Dampf hinaus und breitete sich schlagartig im ganzen Raum aus. Der Spiegel war vollständig beschlagen. Nebelschleier. Dunstwolken. Auf meine ohnehin nasse Haut bildete sich ein feuchter Film, der die Wasserperlen einfing, umschloss. Sein Gesicht, seine Augen... füllten meinen Kopf, fluteten meine Gedanken. Ich warf die nassen Haare nach vorne, wickelte sie in ein Handtuch ehe ich mich von Kopf bis Fuß abtrocknete.

Als ich die Küche betrat, hörte ich Holly „Guten Morgen" sagen. Ich sah ihr in die Augen und sofort verschwand ihr fröhliches Lächeln. Holly machte sich Sorgen. Ich ignorierte ihre Gefühle und steuerte den Küchentisch an, wo bereits eine Tasse Kaffee auf mich wartete. Holly beobachtete mich, woraufhin ich ein falsches Lächeln aufsetzte.

Ohne es zu wollen, hörte ich mich sagen: „Warum sollte ich zulassen, dass er mir das Herz bricht? Hm?"

„Ach... Schätzchen."

„Nein. Ich mein es ernst. Warum?"

Holly sah mich an, ohne etwas zu sagen.

„Ich will das nicht. Ich will ihn nicht." Mein Blick verlor sich in den Wolken. Ich blinzelte, kehrte zurück, ohne es zu wollen. „Ab sofort ist er mir egal. Ich mein... ich kann eh nichts daran ändern, ich kann ihn ja schlecht zwingen... und ich will es auch überhaupt nicht. Nicht mehr. Ich will, dass er mich in Ruhe lässt. Verdammt, Holly... ich will doch bloß, dass es aufhört wehzutun."

„Etwas zu leugnen ist nicht die beste Methode, um..."

„Ich leugne überhaupt nichts", unterbrach ich meine Tante. „Ich... ich will es nur einfach nicht mehr."

Holly guckte mich mit traurigen Augen an. „Was willst du nicht mehr?", fragte sie voller Mitgefühl.

Mir schnürte sich die Kehle zu und ich versuchte den Kloß in meinem Hals runterzuschlucken. „Phoenix", antwortete ich leise. „Ich will ihn nicht mehr."

Jetzt kam meine Tante auf mich zu, legte mir die Hand auf die Schulter und sah mir direkt in die Augen. „Sag das nicht. Denn du weißt, dass es nicht das ist, was du möchtest."

„Es spielt keine Rolle, was ich möchte. Denn er... er möchte mich nicht. Er will mich einfach nicht."

„Das ist nicht wahr. Und das weißt du auch. Phoenix, er will dich… genauso wie du ihn willst."

„Verteidigst du ihn etwa gerade?", fragte ich leicht gereizt. Verärgert. Enttäuscht. Wütend. Verletzt.

„Nein", lachte Holly. „Denn es ist nicht Phoenix, um den ich mich sorge."

„Ach, Holly", seufzte ich entschuldigend. „So meinte ich es auch überhaupt nicht. Ich… Keine Ahnung, weiß auch nicht." Ich nippte an dem Kaffee. „Ich kann mit den Gefühlen nicht umgehen."

„Wie meinst du das?"

„Wenn er in meiner Nähe ist, dann fühle ich zu viel. Viel zu viel. Und ich weiß nicht, wie ich all die Gefühle stoppen kann."

„Du allein entscheidest, wieviel Macht sie über dich haben. Aber anstatt sie stoppen zu wollen… vielleicht solltest du anfangen ihnen zuzuhören. Nur, wenn du sie verstehst, wirst du sie kontrollieren können. Summer, Schätzchen, die Gefühle, sowohl deine eigenen als auch die der anderen, sind ein Teil von dir. Du bist ein Magnet. Und die Gefühle, egal welcher Art, fühlen sich von deinem Licht angezogen…"

„Ich wünschte trotzdem, sie würden einfach verschwinden. Mich endlich in Ruhe lassen."

„Vielleicht wünscht du dir einfach nur das Falsche", belehrte mich Holly lächelnd.

Summer

„**M**emma, spielen. Bitte", bettelte Laney und hüpfte ungeduldig vor mir herum. „Bitte. Bitte. Bitte." Nachdem ich ihr erst vor ein paar Tagen erklärt hatte, dass man, wenn man etwas haben möchte, *bitte* sagen sollte, verwendete sie es ununterbrochen. Egal bei welcher Gelegenheit. So, wie jetzt.

Normalerweise funktionierte ihre Masche. Vor allem, wenn sie dabei ihre himmelblauen Kulleraugen einsetzte. Der Ausdruck in ihrem Blick war herzerwärmend. Brachte Eisberge zum Schmelzen

Wie gesagt – normalerweise. Heute war ich so in meinen Gedanken gefangen, dass Laney nicht schaffte mich um den kleinen Finger zu wickeln. Ich war genervt, wollte meine Ruhe. Brauchte meine Ruhe.

„Memma", fuhr sie in einem weinerlich klingenden Tonfall fort. Ununterbrochen.

Ich musste ihr endlich unmissverständlich klarmachen, dass ihre Masche heute zwecklos war, dass sie dieses Mal nicht bekommen würde, was sie wollte. Und ich musste es ihr so erklären, dass sie es auch verstand, ohne in Tränen auszubrechen. Außerdem musste ich ihr begreiflich machen, dass es reine Zeitverschwendung war, mich alle paar Minuten zum Spielen aufzufordern.

Gegen meinen Willen schmunzelte ich. Eins musste ich diesem Knirps nämlich lassen, wenn sie etwas wollte, wirklich wollte, dann setzte sie alles dran es auch zu bekommen. Denn ich hatte ihr erklärt, dass sie sich ihre Wünsche und Träume von niemanden stehlen lassen dürfte. Dass sie an ihrer Meinung, ihrem Glauben festhalten müsse, egal was andere davon hielten. Dass sie sich in dem, was sie tat, nie entmutigen lassen dürfte. Tja, im Moment schien es ihr Wunsch zu sein, mit mir spielen zu wollen. Ich lächelte.

„Laney", sagte ich leicht genervt. „Ich habe gerade keine Lust zum Spielen. Okay?!"

Ich lag draußen im Garten in der Hängematte und genoss die kühle Brise, die mir der Wind ins Gesicht wehte. Abgesehen davon, dass ich keine Lust zum Spielen hatte, hatte ich noch nicht einmal Lust mich überhaupt zu bewegen. Ich wollte einfach *nichts* machen. Nicht reden. Nicht denken. Am besten nicht einmal etwas fühlen. Doch die Gedanken fuhren Achterbahn, genau wie die Gefühle.

Als ich den Kopf zur Seite drehte und in die traurigen Kulleraugen von Laney schaute, meldete sich mein schlechtes Gewissen. Ich seufzte schuldbewusst. Die kleine Maus konnte schließlich nichts dafür, dass ich so durcheinander war. Sie war drei. Sie konnte es nicht verstehen. Selbst, wenn ich versuchen würde es ihr zu erklären, würde sie es nicht begreifen... wie auch, wenn ich es selbst nicht begreifen konnte.

„Was hältst du davon, wenn wir hier in der Hängematte zusammen kuscheln? Hm?" Ihre Augen strahlten. Vor lauter Freude klatschte sie lachend in ihre Händchen. Und so schlossen wir einen Kompromiss. Wir spielten zwar nicht, aber wir verbrachten zusammen Zeit. Kinder brauchten keine teuren Spielsachen, keine teuren Klamotten, keinen Luxus. Kinder brauchten Aufmerksamkeit.

Zeit war nicht ersetzbar.

Zeit war nicht käuflich.

Zeit war nicht aufzuhalten.

Zeit kam nicht zurück. Konnte nicht gestoppt werden.

Jeder kannte die Zeit, konnte die Ziffern einer Uhr lesen, doch kaum einer begriff, wie spät es wirklich war.

Zeit hatte einen kostbaren, unbezahlbaren Wert.

Doch, wer ihren Wert nicht schätzte, nicht verstand, nicht begreifen konnte oder wollte, würde ihn auch niemals erstattet bekommen. Zeit konnte man nicht zurückholen, nicht festhalten. Doch, wer die Zeit nutzte, bekam unvergessliche Momente geschenkt. Bilder. Erinnerungen. Unbezahlbare Schätze, wertvoller als alle Diamanten und Reichtümer dieser Welt.

„Na, komm her, du kleiner süßer Quälgeist, ich heb dich hoch", sagte ich schmunzelnd. Das Grinsen schlich sich von ganz allein in mein Gesicht, als sich ihre Freude in mir spiegelte. Ihre kindliche Freude. Laney machte es sich auf meinem Bauch gemütlich. Ich schlang meine Arme um ihren kleinen zierlichen Körper und drückte sie an mich, hielt sie fest. Sie vergrub ihren Kopf in meiner Halsbeuge und kicherte zufrieden. Leise summte ich die Melodie ihres Lieblingsliedes und streichelte mit einer Hand immer wieder liebevoll über ihr lockiges Haar.

Als ich irgendwann aufhörte zu summen sah ich, dass die kleine Maus eingeschlafen war. Ich beobachtete sie, schaute in ihr friedlich schlummerndes Gesicht und wurde von einem Glücksgefühl überrollt, dass mich von innen wärmte. Am liebsten hätte ich sie noch fester in meine Arme geschlossen, nur, um ihr zu zeigen, wie sehr ich sie liebte. Stattdessen hauchte ich ihr ein Küsschen auf die Stirn. Dieser winzige Moment reichte, um mich erkennen zu lassen, dass ich glücklich sein konnte, wenn ich bereit war das Glück zuzulassen. Es konnte so einfach sein. Ich schloss die Augen und genoss die, wenn auch wenigen, Sonnenstrahlen, die hin und wieder einen Weg durch die Wolkendecke zu mir aufs Gesicht schafften.

Ein merkwürdiges Geräusch durchdrang meinen Dämmerzustand. Blitzartig öffnete ich die Augen. Mein Blick huschte, begleitet von dem Gefühl der Angst, hin und her. Im ersten Moment war ich mir nicht sicher, ob ich wirklich wach war oder ob ich bloß träumte, dass ich wach wäre. Es war ein verwirrendes Gefühl.

Noch immer suchten meine Augen die Umgebung ab. Dann erstarrte ich. Die Terrassentür stand weit offen und ich erkannte vage den Umriss einer Gestalt. Die Abendsonne blendete, erschwerte mir die Sicht. Ich schirmte die Augen mit einer Hand ab, um besser sehen zu können. Doch ich konnte noch immer kein Gesicht erkennen.

Ein Gefühl erwachte. Plötzlich, ohne zu wissen warum, spürte ich, dass von dieser im Schatten verborgenen Gestalt, eine Bedrohung ausging. Instinktiv umklammerte ich Laney, zog sie enger an meinen Körper, drehte mich leicht zur Seite und versuchte sie hinter meinem Körper zu verstecken. Ich musste sie beschützen – vor was auch immer.

Die in Dunkelheit gehüllte Gestalt machte einen Schritt nach vorne, raus aus den Schatten… hinein ins Licht. Im Bruchteil einer Sekunde überfiel mich eine Panik, wie ich sie so noch nie erlebt hatte. Mein Puls raste… überschlug sich. Und mein Herz schlug so laut, dass ich es in meinem Brustkorb nicht nur fühlen, sondern auch sehen konnte. Es versuchte zu fliehen, wollte weg, genau wie meine Gedanken. Ich wollte schreien, doch kein Laut kam über meine Lippen. Ich war stumm.

Die Gestalt, oder was auch immer es sein mochte, starrte mich an.

Ich guckte der Gestalt ins Gesicht, versuchte etwas zu erkennen. Nein. Unmöglich. Dort, wo ein Gesicht hätte sein müssen, war NICHTS. Das Monster – gesichtslos.

Und dieses *nichts* war furchteinflößender als jedes noch so entstellte Gesicht. Es war grauenhaft. Beängstigend. Verstörend. Ich wusste nicht wer oder was mir gegenüberstand, doch ich war unfähig den Blick abzuwenden... ich war wie hypnotisiert.

Ein stummer Schrei versuchte sich nach draußen zu kämpfen, als ich erkannte, was diese Kreatur in seinen Armen hielt. Entsetzt presste ich mir die Hand vor den Mund, sperrte meine Gefühle ein. Mir gefror das Blut in den Adern. Eiszapfen zertrümmerten meine Knochen.

In seinen Armen lag eine blutende, entsetzlich zugerichtete Frau. Blut. Überall war Blut. So entsetzlich viel Blut. Jeder Tropfen, der zu Boden fiel, erzeugte ein so grauenhaftes Geräusch, dass ich mir am liebsten die Ohren zugehalten hätte. Es schmerzte. Der Körper hing schlaff herab, die Arme und Beine unnatürlich verdreht. Dieser Anblick war zu viel. Ich versuchte den Blick abzuwenden, meine Augen zu schließen, aber es passierte nichts. Es war, als hätte ich die Kontrolle über meinen Körper verloren. Der Wind wehte der Frau die Haare aus dem Gesicht. Mein Unterbewusstsein zwang mich hinzusehen. Genau hinzusehen. Nein. Das konnte nicht sein. Unmöglich.

Ich weigerte mich zu glauben, was ich sah und doch fühlte es sich an, als müsse ich sterben. Das Gesicht... als ich in diese ausdruckslosen, leeren Augen starrte, schmeckte ich die salzigen Tränen auf meiner Lippe. Im gleichen Atemzug explodierte eine solche Qual, dass ich den Schrei nicht länger zurückhalten konnte.

Ich schrie und schrie. Ich schrie mir die Seele und den Schmerz aus dem Leib, hörte nicht mehr auf. Die Kreatur lachte herzlos, sadistisch und übertönte meinen Schrei.

Laney! Ihr durfte nichts passieren. Sie musste hier weg. SOFORT!

Durch meinen Schrei hatte ich sie aus ihrem Schlaf gerissen. Mit weitaufgerissenen Augen sah sie mich ängstlich an. Sie zitterte. Ohne diese Kreatur aus den Augen zu lassen, hob ich die kleine Maus hoch und setzte sie auf den Boden ab. Ich nahm ihr Gesicht in beide Hände, schaute ihr für einen winzigen Moment in die Augen und flüsterte leise, aber bestimmend: „Lauf! Dreh dich nicht um. Egal, was passiert. Versprich mir das." Ich küsste Laney auf die Stirn. Ohne meine Anweisung zu hinterfragen, rannte sie los.

Diese Kreatur schenkte Laney keinerlei Beachtung. Seine Aufmerksamkeit galt mir. Mir allein. Ich kletterte aus der Hängematte. Die Kälte, die sich schlagartig in meinem Inneren ausbreitete, war beängstigend, auf unerklärliche Weise jedoch vertraut, als wäre sie ein Teil von mir. Mir blieb keine Zeit, um darüber länger nachzudenken. Ein herablassendes, grausames... eiskaltes Lachen ertönte. Mein Verstand setzte aus. Erneut fiel mein Blick auf das Gesicht der Frau. Es war irgendwie zwanghaft. Ich musste einfach in diese Augen schauen, ob ich wollte oder nicht.

Die leeren Augen, die mir entgegenstarrten, kamen mir vertraut vor. Von irgendwoher kannte ich diese Augen.

Nein! Das konnte nicht sein. Das durfte nicht sein. Nein. Nein.

Der Schock traf mich völlig unvorbereitet und zog mir den Boden unter den Füßen weg. Die Augen. Das Gesicht. Es war, als würde mir jemand einen Spiegel entgegenhalten. Denn es waren meine Augen. Mein Gesicht.

Wie? Wie war das möglich?

„Du bist die Nächste..." Starr vor Schreck sah ich dieses Monster einfach nur an, unfähig mich zu bewegen. Ich fühlte mich in die Enge getrieben, ohne Hoffnung auf eine Fluchtmöglichkeit.

Ein Schrei ertönte, durchbrach die entsetzliche Stille.

Es war mein Schrei.

Kraftlos sank ich zu Boden.

Ging in die Kniee.

Schloss die Augen.

Und überließ mich meinem Schicksal...

Plötzlich umschlossen mich Arme. Starke Arme. Mein Ende, es war gekommen. Mir fehlte die Kraft mich zu wehren. Der Anblick meines toten Körpers war zu viel für mich gewesen. Wieso sollte ich kämpfen, wenn das Schicksal ohnehin beschlossen hatte, dass mein Leben vorbei sein sollte? Das Schicksal hatte es mir soeben auf grauenhafte Art demonstriert. Wie sonst war es zu erklären, dass ich meinem Tod in die Augen geschaut hatte? Denn es waren zweifelsohne meine Augen gewesen.

Augen – dessen Seelenspiegel zerbrochen war.

Augen – kalt, dunkel.

Die Flamme des Lebens, meines Lebens – erloschen. Für immer.

„Scht… beruhig dich, Prinzessin. Ich bin hier. Ich lass nicht zu, dass dir etwas passiert. Versprochen. Scht… Du musst dich beruhigen, bitte." Die Stimme eines Engels.

Wie war das möglich? Wieso hörte ich die Stimme von Phoenix? War er wirklich ein Engel? Hatte ich deshalb immer wieder seine schwarzen Schwingen sehen können?

Ich begriff nicht, was hier gerade passierte, was hier vor sich ging. Vor Angst zitternd öffnete ich die Augen. Sofort fiel mein Blick auf Laney. Gott sei Dank, ihr war nichts passiert. Erleichtert schloss ich die kleine Maus in meine Arme, weinte Tränen der Erleichterung, des Glücks.

„Memma", heulte Laney. Ich rückte ein Stückchen von ihr ab, hielt sie an beiden Schultern fest, wollte mich überzeugen, dass es ihr wirklich gutging. Als ich sah, dass ihr Tränen übers Gesicht liefen, brach mein Herz.

„Dir ist nichts passiert", flüsterte ich lautlos.

Um Gottes Willen… Wo… Wo war er?! Panisch huschte mein Blick hin und her. Suchend. Doch ich konnte ihn nirgends entdecken.

„W-wo? Wo ist er? Wir… wir müssen ihn finden. Ihn aufhalten… Oh, mein Gott. Das Blut. Das viele Blut", stotterte ich völlig verwirrt und wischte mir die Tränen vom Gesicht, um besser sehen zu können. Der Tränenschleier erschwerte mir die Sicht, dabei musste ich wachsam sein, aufpassen.

„Beruhig dich, Summer. Hier ist niemand. Du bist in Sicherheit", versuchte mich meine Tante zu beruhigen.

„A-aber…"

„Prinzessin", hauchte Phoenix. Mein Engel. Er war wirklich hier, zusammen mit meiner Tante.

Er fasste mich an den Schultern, sah mir tief in die Augen, während Holly mir versuchte zu erklären, was hier passiert war.

„Als Laney in die Küche gerannt kam, sagte sie nur deinen Namen. Ich bin sofort raus, um nachzusehen. Und dort lagst du, zusammengekauert auf dem Boden und du hast geschrien. Summer, du hast geschrien… und egal, was ich versucht habe, du hast nicht aufgehört zu schreien. Ich… ich wusste nicht, was ich tun sollte, um dir zu helfen… Zum Glück ist Phoenix hier aufgetaucht… denn, erst als er dich in die Arme geschlossen hat, hast du aufgehört zu schreien. Summer, Süße. Was war los? Wovor hattest du solche Angst? Was… was hast du gesehen?"

Ich zog die Stirn in Falten, schüttelte ungläubig den Kopf.

„Das viele Blut…", murmelte ich mit tränenerstickter Stimme und zeigte mit dem Finger in Richtung Terrasse, dorthin, wo die Kreatur gestanden hatte.

„Dort ist kein Blut, Liebes."

„A-aber. Nein, das kann nicht sein. Dort muss Blut sein. Ich… ich habe es doch gesehen. Mit meinen eigenen Augen. Ich weiß, was ich gesehen habe. Er stand dort. Genau dort." Erneut zeigte ich mit dem Finger in Richtung Terrasse. „An der Tür… zusammen mit…" Meine Stimme versagte. Ich schaffte nicht das, was ich gesehen hatte, auszusprechen.

„Wen hast du gesehen?", fragte Phoenix und wischte mir liebevoll die Tränen von den Wangenknochen. Meine Emotionen kochten über. Meine Gedanken erloschen. Meine Gefühle verwandelten sich in Eiszapfen. Ich schluckte und wusste nicht, wie oder ob ich das, was ich gesehen hatte, in Worte fassen sollte.

Ich schloss die Augen. Sofort erwachten die Bilder aus meiner Erinnerung. Würgten mich. Beraubten mich meiner Atemzüge. Diese Augen – *meine* Augen.

„Ein gesichtsloses Monster… zusammen mit…"

„Zusammen mit? Mit wem?", fragten Phoenix und Holly gleichzeitig.

„Mit… *mir*", schluchzte ich leise. „Ich weiß, es klingt verrückt. Aber… es war mein lebloser blutverschmierter Körper gewesen, den diese Kreatur in den Armen gehalten hatte. Versteht ihr?! Das Mädchen, das tote Mädchen… das war ich. Ich. Ich…" Schluchzend vergrub ich das Gesicht an Phoenix' Brust, ich schaffte nicht weiter zu sprechen. Er legte den Arm um mich, hielt mich fest. Fing mich auf. Tröstete mich.

Eine gefühlte Ewigkeit später versiegte das Schluchzen. Die letzten Tränen wischte ich mir mit den Fingerspitzen weg, holte tief Luft.

„Kommt, lasst uns reingehen. Es wird allmählich dunkel."

„W-wo ist Laney?", fragte ich und sah mich bereits suchend nach ihr um.

„Laney ist drinnen, bei Charlie. Ihr geht es gut. Die Frage ist nur, ob es dir auch gutgeht?", antwortete Holly und sah mich mit einem Blick an, der mir erneut Tränen in die Augen trieb. Ich spürte ihr Mitgefühl. Ihre Sorge. Ihre Angst…

Doch ich spürte noch etwas anderes. Ein Geheimnis. Und dieses Geheimnis, was auch immer es sein mochte, es löste bei meiner Tante und bei Phoenix ein sonderbares, beklemmendes Gefühl aus. Ich schüttelte den Kopf, vertrieb dieses komische Gefühl aus meinen Gedanken.

Phoenix half mir aufzustehen und zusammen liefen wir ins Haus. Mein Blick blieb wachsam. Immer wieder drehte ich den Kopf, suchte mit den Augen die Umgebung ab. Die Logik setzte aus, deshalb suchte mein Verstand noch immer nach der Kreatur, die mich so in Panik versetzt hatte. Ich wusste, was ich gesehen hatte. Und… es hatte sich *anders* angefühlt. Real. So verdammt real.

Während Holly die Zwillinge ins Bett brachte, warteten Phoenix und ich, zusammen mit Onkel Charlie in der Küche auf ihre Rückkehr. Die Zeit schien stillzustehen. Holly kam und kam nicht zurück. Es kam mir wie eine Ewigkeit vor. Aber vielleicht hing das auch damit zusammen, dass Charlie, seit wir die Küche betreten hatten, noch kein einziges Wort mit mir gesprochen hatte. Ich wusste nicht, ob er wütend war… oder einfach nur enttäuscht von mir. Diese Ungewissheit machte mich wahnsinnig. Diese Stille war unerträglich. Charlie saß genau gegenüber von Phoenix und mir am Tisch. Und er schaute in meine Richtung, doch er schaute durch mich hindurch, als wäre ich Luft. Unsichtbar.

Seine Augen – ausdruckslos.

Seine Gefühle – nicht greifbar.

Wenn er wütend war, was ich nachvollziehen könnte, warum konnte er es dann nicht endlich sagen?! Warum schrie er mich nicht einfach an? Immerhin hatte ich Laney eine Heidenangst eingejagt. Ich hatte die kleine Maus noch nie so verängstigt gesehen. Ich wurde das Bild nicht los, wie sie sich weinend an Hollys Beine geklammert hatte. Schutzsuchend. Schutz – vor mir. Allein dieser Gedanke brach mir das Herz. Ich liebte Laney. Ich schluckte, schloss die Augen.

„Onkel Charlie... ich." Weiter kam ich nicht, denn in diesem Moment öffnete sich die Küchentür und Holly kam herein.

Sofort galt Charlies Aufmerksamkeit meiner Tante. „Und?", fragte er aufgeregt und sah Holly mit einem Blick an, der mir einen Stich ins Herz versetzte.

„Alles in Ordnung. Die beiden schlafen", antwortete Holly ruhig, sanft. Ein Lächeln lag auf ihren Lippen, trotzdem konnte sie die Sorge, die sie plagte, nicht verbergen. Weder vor mir noch vor Charlie, oder Phoenix.

„Bist du sicher, dass es ihnen gutgeht? Dass es Laney gutgeht?"

„Charlie. Laney geht es gut. Ehrlich. Sie denkt, dass Summer sich wehgetan hätte und dass sie deshalb so laut geschrien hat. Sie weiß nicht, was passiert ist."

„Sicher?", hakte Charlie vorsichtig nach.

„Ganz sicher", bestätigte Holly, „und jetzt hör auf dich verrückt zu machen. Okay?"

Phoenix nahm unterm Tisch meine Hand in seine, hielt mich fest. Bis jetzt hatte er noch kein Wort gesagt. Doch das brauchte er auch überhaupt nicht. Es reichte, wenn er in meiner Nähe war. So wie jetzt.

„Wie geht`s dir, Liebling? Alles in Ordnung?" Hollys Mitgefühl war zu viel für mich.

„Oh, Holly. Es tut mir leid. So so leid. Ehrlich. Ich wollte Laney keine Angst einjagen. Bitte. Charlie... bitte, du darfst mir nicht böse sein", schluchzte ich leise, wimmernd.

Anstatt zu antworten, irgendetwas zu sagen, stand Charlie wortlos vom Stuhl auf. *Ich würde auch nicht mit mir reden wollen.* Ich war überzeugt, dass er meine Nähe nicht länger ertragen konnte, dass er sich nicht länger mit mir im selben Raum aufhalten wollte und deshalb im Begriff war die Küche zu verlassen. Ich hielt den Blick gesenkt. Obwohl ich seine Reaktion verstand, tat es weh. Doch, anstatt zu verschwinden, stand er plötzlich vor mir, ging in die Hocke und legte mir eine Hand aufs Knie.

„Summer, Darling. Wie kommst du bloß auf den absurden Gedanken, dass ich böse auf dich sein könnte? Ich liebe dich, wie meine eigene Tochter."

„Du hast dir solche Sorgen um Laney gemacht, da… naja, da dachte ich, dass du mir die Schuld dafür gibst. Ich mein… im Endeffekt ist es ja auch meine Schuld. Wenn ich nicht so geschrien hätte, dann…"

„Stimmt", unterbrach mich Charlie. „Ich habe mir Sorgen gemacht. Aber nicht nur um Laney, sondern auch um dich. Und… ich tu es immer noch. Verstehst du? Dich trifft keine Schuld, nicht die Geringste. Ich ertrag den Gedanken nicht, dass ich nicht hier gewesen bin, um euch beide zu beschützen. Du und Laney… ihr seid doch meine kleinen Mädchen. Es ist meine Aufgabe euch vor den Monstern dieser Welt zu beschützen."

Sein Gesicht verlor jeden Ausdruck. In diesem Augenblick sah er genauso verloren aus, wie er sich fühlte. Ich schlang die Arme um seinen Hals und ließ den Tränen freien Lauf.

„Charlie. Ich habe Angst. Schreckliche Angst. Ich weiß nicht, was mit mir passiert. Aber ich will nicht, dass du dir Vorwürfe machst. Ich weiß, dass du für mich da bist, wenn ich Hilfe brauche. Nur… in diesem Fall, weiß ich ehrlich gesagt nicht, ob du oder sonst irgendjemand mir helfen kann."

Holly stellte jedem von uns ein Glas Wasser auf den Tisch, zog einen Stuhl zurück und setzte sich. „Summer, bitte… beruhig dich. Atme tief durch… und wenn du so weit bist, dann versuch uns zu erzählen, was genau du gesehen hast."

Ich merkte, wie Phoenix sich neben mir verstcifte.

Ich griff nach dem Wasserglas, nippte daran und stellte es zurück auf den Tisch. Dann suchte ich Phoenix' Hand. Erst als ich seine Wärme fühlte, begann ich zu erzählen.

Nichts ließ ich aus. Weder das Erlebte noch die damit verbundenen Emotionen und Gedanken. Jedes Wort verwirrte mich. Keine Ahnung warum, aber plötzlich kehrte die Panik zurück. Dieses Gefühl war keine Einbildung. Die Panik war echt. Sie kroch an mir hoch, vergiftete mich. Dieses Gefühl füllte den Raum. Füllte mich.

Keiner sagte ein Wort.

Stille.

Gespenstische Stille.

Ich war mir sicher, dass sie mir kein Wort glaubten oder vielmehr, dass sie mich für verrückt hielten. Alles sprach gegen mich. Es war, als hätte ich mir alles bloß eingebildet. Das Schlimmste war, dass ich nach wie vor überzeugt war, dass ich weder halluziniert noch geträumt hatte. Ich war wach gewesen. Hellwach. Ansprechbar. Verdammt, ich hatte sogar mit Laney gesprochen, sie versucht in Sicherheit zu bringen… das bedeutete, dass ich mir meiner Umgebung vollkommen bewusst gewesen war. Es konnte also kein Traum gewesen sein. Oder?

Je länger ich darüber nachdachte, desto unsicherer wurde ich. Vielleicht wurde ich verrückt. Allen Anschein nach fing ich an Dinge zu sehen und für real zu erklären, die nicht existierten, die keiner außer mir sehen konnte. War nicht allein die Tatsache mit dem Blut Beweis genug? Dort, wo ich das Blut gesehen haben wollte, war nichts, was meine Behauptung hätte belegen können. Kein Blut. Kein einziger Tropfen. Kein roter Fleck. Absolut nichts.

„Ihr glaubt mir nicht, stimmt´s?" Die Frage musste raus.

„Es ist nicht so, dass wir dir nicht glauben", setzte Holly vorsichtig an, wurde jedoch von Charlie unterbrochen. „Es ist vielmehr so, dass wir glauben, dass das, was du gesehen hast, eine Art Flashback war. Allerdings ein besonders intensiver. Einer, bei dem man nicht weiß, dass man in einer Erinnerung feststeckt. Einer, bei dem man überzeugt ist, dass die Situation genau in diesem Moment stattfindet."

Ich schüttelte den Kopf.

„Wenn das stimmt, wie kann es dann sein, dass ich *mich* gesehen habe? Das… das ergibt keinen Sinn. Wie kann mein Tod eine Erinnerung sein, wenn ich überhaupt nicht tot bin?!"

Gefühle erwachten, schrien, flüsterten, beklagten sich, versuchten, während sie durch die Luft wirbelten, meinen Verstand zu analysieren. Es wurden immer mehr. Ich hörte alle. Fühlte alle. Jedes einzelne Gefühl.

Furcht.

Angst.

Verrat.

Schuld.

Reue.

Wut.

Verbitterung.

Schmerz.

Trauer.

Aufregung.

Hilflosigkeit.

All diese Gefühle waren miteinander verbunden, verwischten, so dass ich nicht nachvollziehen konnte, wer von ihnen was empfand. Plötzlich tauschten die drei untereinander Blicke aus. Blicke, die ich nicht zuordnen konnte. Nicht nachvollziehen konnte. Nicht begreifen konnte.

Erneut erwachte in mir die Befürchtung, dass die drei etwas versuchten vor mir zu verbergen. Ein Geheimnis, das nicht gelüftet werden durfte. Nicht jetzt. Nicht von mir.

„Vielleicht wollte dich dein Unterbewusstsein daran erinnern, dass du in der Vergangenheit eine Situation erlebt hast, wo du solche Angst hattest, dass du überzeugt warst sterben zu müssen", erklärte Phoenix mit zittriger Stimme, ohne mich angucken zu können.

„Vielleicht gibt es aber auch eine ganz andere Erklärung dafür", sagte Holly. „Wir wissen nicht, was heute passiert ist."

„Summer...", diesmal suchte Phoenix meinen Blick. „Ich glaube nicht, dass da wirklich jemand war", log er. Die Lüge, ich konnte sie wispern hören, konnte sie sogar fühlen.

„Ich mein", fuhr er leise fort, ängstlich, wütend, aufgebracht und doch versuchte er all diese Gefühle auszusperren, zu unterdrücken, „nichts deutet darauf hin, dass da jemand gewesen ist. Es gibt kein Blut. Weder auf der Terrasse noch auf dem Gras... Und, wie konnte er so schnell verschwinden? Unbemerkt? Das ergibt keinen Sinn."

Es war, als würde die Luft anfangen zu vibrieren...denn die Gefühle, die hier gefangen gehalten wurden, versuchten auszubrechen.

„Ich… ich weiß nicht, was ich glauben soll. Alles wirkte so real, so verdammt real. I-ich konnte das Blut riechen. Ich konnte es sogar auf der Zunge schmecken. Dieses metallische, eisenhaltige Aroma. Und doch sagt ihr, dass es keine sichtbaren Beweise gibt. Beweise, die ich jedoch mit meinen eigenen Augen gesehen habe. Niemand von euch hat das gesichtslose Monster gesehen. Nicht einmal Laney, obwohl sie mit mir zusammen draußen war. Was, wenn ihr Recht habt? Was, wenn nichts von alledem real war? Was, wenn ich mir all das nur ausgedacht habe? Was, wenn ich verrückt werde?"

„Niemand glaubt, dass du verrückt wirst. Niemand! Und du darfst diesen Unsinn auch nicht glauben. Verstanden?!", protestierte Charlie einfühlsam.

„Es ist viel eher so, dass die Erinnerungen, die nach und nach auf dich einstürzen, dich ganz einfach überfordern, weil du die Zusammenhänge weder erkennst noch verstehst. Du setzt dich viel zu sehr unter Druck. Lass dir Zeit. Und was viel wichtiger ist, du darfst nicht immer versuchen die Erinnerungen, die Bilder… das, was du siehst… für dich zu behalten. Wie sollen wir dir helfen, wenn du uns nicht erzählst, was du gesehen hast? Summer. Charlie und ich… wir machen uns Sorgen."

Was ich ihnen nicht erzählte war, dass Phoenix all diese Dinge wusste. Ihm hatte ich alles erzählt. Alles anvertraut. Jedes Bild. Jedes Gefühl. Jeden Gedanken. Es gab nichts, was ich ihm nicht gesagt hatte. Doch das konnte ich Holly und Charlie unmöglich sagen. Nicht, weil ich ihnen nicht vertraute, sondern weil ich die beiden nicht damit belasten wollte, sie machten sich ohnehin schon viel zu viele Sorgen um mich.

Erneut erwachte das Gefühl, dass jeder hier im Raum mehr wusste, als er mir gegenüber zugeben wollte. Ich beobachtete Holly.

Charlie.

Und Phoenix.

Ich versuchte mir nichts anmerken zu lassen, versuchte entspannt auszusehen. Ich lauschte der Stille. Konzentrierte mich auf ihre Gefühle. Ich wollte verstehen lernen, die Zusammenhänge endlich erkennen.

„Kann es sein, dass es etwas gibt, was ihr mir nicht sagen wollt?"
Ich hatte nicht einmal gewusst, dass ich die Frage hatte stellen wollen.
Holly zuckte leicht zusammen, als hätte sie einen kleinen Stromschlag
bekommen. Charlie wirkte für den Bruchteil einer Sekunde geschockt.
Und Phoenix hüllte sich in Dunkelheit, sperrte mich komplett aus.
Und sofort stellte ich mir die Frage *Warum? Was versuchte er vor mir zu
verbergen?*

Erneut tauschten sie untereinander Blicke aus. Vielleicht glaubten
sie, dass ich es nicht bemerken würde, doch ich konnte es sehen… ich
konnte sogar die Gefühle, die sich in Hollys und Charlies Blick widerspiegelten, spüren.

„Wie kommst du darauf?", fragte Charlie.

„Wieso sollten wir dich belügen?", flüsterte Holly traurig.

„Ich sage nicht, dass ihr mich belügt. Es ist nur so, dass ich es spüren kann. Ich spüre, dass ihr mir etwas verheimlicht, dass ihr mir nicht
die Wahrheit sagt. Also, was ist es? Was verschweigt ihr mir? Bitte…
Wenn ihr etwas wisst, irgendetwas, dann müsst ihr es mir sagen. Ich
habe ein Recht auf die Wahrheit. Auf *meine* Wahrheit."

Tante Holly streckte die Hand nach mir aus. Ohne es verhindern
zu können, wich ich zurück, und ich spürte, wie meine Reaktion sie
verletzte, trotzdem versuchte sie sich nichts anmerken zu lassen.

Das Letzte was ich wollte, war einen von beiden zu verletzen, vor
den Kopf zu stoßen, ihnen irgendwelche Vorwürfe machen.

Aber im Moment war ich einfach viel zu aufgewühlt. Vollkommen
durcheinander. Wusste nicht, was ich glauben sollte, was ich fühlen
sollte.

Realität und Erinnerungen verschwammen, und es fiel mir unsagbar schwer diese beiden Dinge auseinanderzuhalten, voneinander zu
trennen. Alles wirkte unecht. Und gleichzeitig real.

Meine Gedanken überschlugen sich. Irgendetwas Schlimmes
musste mir in der Vergangenheit widerfahren sein. Etwas, was so
schlimm gewesen ist, dass es mir meine Erinnerungen gestohlen hatte.
Mein ICH.

Holly und Charlie wussten mehr, als sie mir gegenüber zugeben
wollten. Und es gab nur eine logische Erklärung für ihr Verhalten. Sie
versuchten mich zu beschützen. Die Frage war nur *Wovor?* Konnte

man jemanden vor den Schatten seiner eigenen Vergangenheit beschützen?

„Du musst uns einfach vertrauen, Liebling. Wir würden niemals etwas tun, was dir schaden könnte." Hollys Augen wurden glasig. Füllten sich mit Tränen.

„Das weiß ich, Tante Holly", versicherte ich und schaute beiden abwechselnd ins Gesicht. „Das... das sollte auch kein Vorwurf sein. Ehrlich nicht. Ihr seid meine Familie und ich vertraue euch. Es ist nur so, dass ich im Moment... keine Ahnung. Es tut mir leid. Vielleicht wäre es besser, wenn ich jetzt schlafen geh. Der Tag heute war... anstrengend. Verwirrend."

Als Zeichen meiner Müdigkeit gähnte ich.

Meine Tante wollte gerade aufstehen, als ich Phoenix sagen hörte:

„Schon gut, Holly... ich werde Summer nach oben begleiten."

Summer

Jetzt, wo Phoenix weg war, fühlte ich mich seltsam verloren. Ich zog die Wolldecke enger um mich, sperrte die Kälte aus, denn ich war nicht bereit, mich diesen Gefühlen länger hinzugeben. Ein leises Klopfen lenkte meine Aufmerksamkeit auf die weiße Zimmertür. Erneut klopfte es. Leise. Zaghaft. Mit einem Lächeln im Gesicht stand ich vom Fenstersims auf und öffnete die Tür.

Laneys strahlende Kinderaugen wärmten augenblicklich mein Herz. Ich nahm sie auf den Arm. Drückte sie liebevoll an mich. Ihre kleinen Ärmchen legten sich von ganz allein um meinen Nacken.

„Memma?", fragte sie.

„Ja, mein Schatz?"

„Bist du immer noch traurig?"

Laney war für ihr Alter erstaunlich empfänglich was die Gefühle anderer anging. Sie war wie ein kleiner Satellit. Ich schluckte den Kloß im Hals runter, drückte ihr ein Küsschen auf die Wange und antwortete: „Nein, wie könnte ich traurig sein, wenn ich einen so bezaubernden Engel in den Armen halte? Nein, ich bin glücklich, jetzt wo du da bist."

Ich setzte sie vorsichtig auf den Boden ab, nahm ihre Hand und zusammen machten wir uns auf den Weg nach unten. Die Küche war leer. Also sahen wir im Wohnzimmer nach. Holly und Charlie saßen eng aneinander gekuschelt auf der Couch und schauten sich zusammen ihre Lieblingsserie an. The Big Bang Theorie. Als Holly uns beide im Türrahmen entdeckte, fragte sie lächelnd: „Laney, mein Schatz, solltest du nicht in deinem Bett liegen und schlafen?"

Laney sah erst mich an, dann ihre Mutter. „Memma war traurig."

„Verstehe", erwiderte Holly. „Ist Summer denn jetzt immer noch traurig?"

Laney sah mich noch einmal an. Dann schüttelte sie den Kopf.
„Nein."

„Soll ich dich dann jetzt wieder ins Bett bringen? Luc vermisst dich bestimmt schon."

„Luc schläft", antwortete Laney und fing an zu kichern.

„Und du solltest auch allmählich wieder zurück ins Bett", sagte Holly lächelnd und stand von der Couch auf.

Während Holly sich um Laney kümmerte lief ich hinüber zur Couch, um Onkel Charlie Gesellschaft zu leisten. Er zappte gerade durch die Kanäle, als er bei den Nachrichten hängenblieb. Bilder. So viele grausame Bilder flackerten auf, zogen an mir vorbei... rissen mich fort. So viele Gefühle. Und so entsetzlich viele Emotionen.

Krieg.

Bombenanschläge.

Giftgasanschläge.

Zerstörung.

Verwüstung.

Kinder verloren ihre Eltern.

Eltern verloren ihre Kinder.

Leben ausgelöscht.

Leben zerstört.

Leben missbraucht.

Folter.

Mord.

Unterdrückung.

Versklavung.

Hunger.

Tod.

Es war, als würden alle Nachrichten der Welt auf mich einstürzen, mich unter sich begraben.

Bilder.

Gefühle.

Bilder.

Gefühle.

Gefühle.

Gefühle.

Das, worüber die Medien gerade berichteten, war an Grausamkeit nicht zu überbieten. Durch einen anonymen Hinweis konnten gestern Abend bei einem Abgeordneten verdächtiges Videomaterial sichergestellt werden. Aufnahmen – auf denen Kinder, unschuldige Kinder, zu sehen waren. Misshandelt. Missbraucht. Wo Monster ihren Schmerz filmten, für die Ewigkeit festhielten.

Die Hölle auf Erden – diese Kinder hatten sie erlebt… erlebten sie noch immer, jeden Tag aufs Neue. Die bloße Vorstellung war unvorstellbar, überstieg jegliche Vorstellungskraft.

Die Seele – gefoltert, gequält, missbraucht, vergewaltigt. Ich bekam kaum noch Luft. Mein Inneres stülpte sich nach Außen. Kaltes Grauen packte mich, quälte mich… und doch würde ich niemals die Tragweite und das Ausmaß des Schmerzes nachvollziehen können, den diese Kinder hatten über sich ergehen lassen müssen. Ein Schmerz, der sie ein Leben lang verfolgen würde. Von einer Sekunde auf die andere wurden diesen Kindern die Seele geraubt, man zerstörte ihre unbeschwerte Art auf die Sicht für das Wesentliche. Die Welt, die sie gekannt hatten, hörte auf zu existieren. Die Monster, vor denen sie sich gefürchtet hatten, die sich nachts heimlich in ihre Träume geschlichen hatten… und die sich in ihren Kleiderschränken versteckt hatten… waren zum Leben erwacht. Ich schluckte die Tränen runter. Versuchte den Schmerz auszusperren. In was für einer kranken perfiden Welt lebte ich? Wieso war niemand in der Lage diese Monster aufzuhalten? Jeden Tag wurden wir überwacht… ausspioniert… und obwohl jeder wusste, dass wir alle Protagonisten in einer Truman-Show, wie einst Jim Carrey, waren, versuchte man uns weiterhin eine Lüge als Wahrheit zu verkaufen. Kinderseelen schienen unbedeutend zu sein, nicht wichtig. Austauschbar. Im Gegensatz zu der nationalen Sicherheit.

Welchen Stellenwert hatte ein Leben noch? Ein einzelnes Leben? Eine unschuldige Kinderseele? Scheinbar keinen besonders Großen…

Hatte Phoenix womöglich Recht? War der Mensch wirklich nicht in der Lage sich zu ändern? Denn, anstatt diese Überwachung sinnvoll einzusetzen, um auf diesem Weg die Opfer zu beschützen, ihren Schmerz nicht weiter ungesühnt zu lassen, sie vor weiteren Übergriffen zu bewahren, sie gar zu retten, servierte man sie den Hyänen wie auf einem Silbertablett.

Ich wischte mir die Tränen von den Wangen und bat Onkel Charlie den Kanal zu wechseln.

„Summer? Alles in Ordnung?", fragte er verwirrt und suchte meinen Blick.

Holly stand im Türrahmen und beobachtete mich, wartete, genau wie Charlie auf eine Antwort.

„Nein. Nichts ist in Ordnung. War es nie… und wird es auch niemals sein."

„Summer, was redest du denn da?"

„Das, was diesen Kindern angetan wurde… ist nur die Spitze *eines* Eisberges. Es gibt Millionen solcher Eisberge. Und jeder einzelne davon ist in der Lage uns in die dunkelsten Abgründe der menschlichen Psyche zu reißen. Wo wir von den eisigen Fluten, eines von Schmerz getränkten Meeres, auf den Grund des Ozeans katapultiert werden, wo Pech und Schwefel durch unsere Lungen strömen werden, während wir ungehört um Gnade betteln. Um eine Gnade, die all den unschuldigen Opfern einst nie gewährt wurde. Um eine Gnade, die uns unbedeutend erschien, die wir belächelt hatten. Eine Gnade, die uns ebenso versagt bleiben wird. Nicht nur, weil niemand unseren stummen Schrei nach Erlösung hören kann, sondern weil die dort unten, in den Tiefen, existierende Dunkelheit, unsere Seelen bereits vor langer Zeit begonnen hat zu verschlingen. Es gibt kein Entkommen. Das Ende der Empathie bedeutet das Ende dessen, was wir als Leben bezeichnen. Rettung? Es wird keine Rettung geben. Nichts und Niemand wird die Dunkelheit mehr aufhalten können. Jahrhunderte lang hatte sie Zeit sich zu nähern, Kraft zu schöpfen und mit jedem weiteren Tag der Lüge, mit jedem weiteren Tag des Verrats, mit jedem weiteren Tag des Schweigens, mit jedem weiteren Tag wo Seelen zerstört anstatt gerettet zu werden, gewinnt sie an Stärke. Wir selbst haben das Tor zu Hölle geöffnet. Das Ende… es naht. Die Rettung kommt zu spät." Obwohl die Worte aus meinem Mund kamen, war es, als hätte jemand Fremdes die Kontrolle über mich erlangt. Das, was ich hörte, waren weder meine eigenen Gedanken noch meine Stimme.

Hollys Hände ruhten auf meinen Schultern, während sie mich schüttelte. Verzweifelt versuchte sie mich aus der Hölle, in der ich gefangen gehalten wurde, zu befreien.

Licht... ich sah kein Licht mehr. Nur Dunkelheit. Ich fühlte nichts... außer Schmerz.

Einen über Jahrhunderte angesammelten Schmerz.

Seelenqualen.

Ich hörte Hilfeschreie.

So viele.

So verdammt viele.

Sie kamen aus allen Richtungen.

Meine Seele war dabei zu ertrinken.

Ich konnte nicht mehr atmen.

Warum wollte mir denn niemand helfen?

Ich konnte verdammt nochmal nicht mehr atmen.

Phoenix

Holly rief mich voller Panik an. Sie sagte, ich müsste sofort kommen… ich dürfte keine Zeit verlieren. Summer wäre in Gefahr und nur ich wäre in der Lage sie zu retten… sie von dort, wo sie gefangen gehalten wurde, zurückzuholen. Dabei hätte sie mich überhaupt nicht anrufen brauchen. Ich stand längst bei ihnen vorm Haus, denn ich hatte gefühlt, dass etwas nicht stimmte.

Wie ein Wahnsinniger hämmerte ich gegen die Tür und war bereits kurz davor sie einzutreten, als Charlie diese endlich öffnete. Sofort stürmte ich ins Wohnzimmer.

Summer saß, am ganzen Körper zitternd, auf der Couch… mit so entsetzlich leeren Augen, dass ich mir unweigerlich die Frage stellte, wer zum Teufel dafür verantwortlich war.

„Summer", flüsterte ich leise und kniete mich vor sie, nahm ihr Gesicht in meine Hände. Tränen traten in ihre Augen. Ich lehnte meine Stirn gegen ihre, und im gleichen Atemzug begann sie zu schluchzen. Hemmungslos… als würde sie für all diejenigen Tränen vergießen, die dazu nicht mehr in der Lage waren. Obwohl sie mich ansah, war sie Lichtjahre von mir entfernt. Unerreichbar.

„Summer, wo auch immer du jetzt gerade bist… ich kann dich nur retten, wenn du dich retten lassen willst", flüsterte ich leise und wischte ihr die Tränen von der Wange.

Meine Gedanken rasten und ich war kurz davor durchzudrehen. Warum kehrte sie nicht zu mir zurück? Warum wollte sie verflucht nochmal nicht gerettet werden? Ich schloss sie in die Arme, drückte sie an mein Herz und hielt sie einfach nur fest. Mit jeder weiteren vergossenen Träne hoffte ich, dass sie zu mir zurückkehrte.

„Prinzessin", hauchte ich mit zittriger Stimme. „Bitte… komm zu mir zurück." Plötzlich krallte sie ihre Finger in meinen Pullover und ich wusste, noch bevor sie den Kopf hob, dass ihr Kampf vorüber war.

In dem Moment, wo sich ihre Gefühle anfingen in mir widerzuspiegeln, war ich nicht länger in der Lage die Tränen, gegen die ich die ganze Zeit über angekämpft hatte, zurückzuhalten.

Ihr Schmerz wurde zu meinem Schmerz. Ich versuchte zu sprechen, ihr zu sagen, dass alles gutwerden würde, aber es gelang mir nicht, denn auf der Suche nach den passenden Worten verhedderten sich meine Gedanken. Immer und immer wieder.

„Phoenix", sagte sie leise, „Du hattest Recht. Mit allem."

Ich sah ihr in die Augen und fragte: „Womit hatte ich Recht?"

„Damit, dass wir nicht gerettet werden können. Wir werden uns nicht ändern, weil wir nicht sehen wollen, was passiert. Es ist zu spät. Verstehst du? Es ist zu spät."

„Wieso sagst du sowas? Was ist mit deiner Hoffnung? Wieso glaubst du plötzlich nicht mehr, dass die Menschen in der Lage wären sich zu ändern?"

„Weil die Hoffnung in dieser Welt genauso verloren ist wie die Empathie."

„Du weißt, dass es nicht stimmt... und dass es nicht das ist, was du wirklich denkst. Ich weiß, dass dich die Hoffnung nicht verlassen hat. Denn... die Summer, die ich kenne, wird nie aufhören an das Gute in den Menschen zu glauben."

„Manchmal kommt jede Hoffnung zu spät", sagte sie, vollkommen emotionslos. Was war bloß mit ihr passiert? Ihre Hoffnung? Ihr Glaube? Ihre Zuversicht?

„Hör auf so zu reden."

„Warum? Du hast selbst gesagt, dass die Menschen sich nicht ändern werden."

„Ja, schon... Aber... Was, wenn ich mich irre? Was, dann?" Ich seufzte und rieb mir den Nacken. „Prinzessin... manche Menschen sind es wert, dass man sich für sie einsetzt, an sie glaubt... und ihnen hilft, wenn sie selbst dazu nicht mehr in der Lage sind. Erinnerst du dich an das kleine Mädchen? Sie hatte dieselbe Hoffnung wie du. Denselben unerschütterlichen Glauben an eine bessere Welt. Verstehst du? Du hast eine Gabe... nutze sie. Bring die Menschen dazu wieder zu fühlen."

Als Antwort gähnte sie und sagte: „Ich bin müde. Einfach nur müde."

Sie war erschöpft... ausgelaugt. Ich trug Summer stumm die Treppe hoch, bis in ihr Zimmer, wo ich sie vorsichtig auf ihr Bett legte, sie zudeckte und solange wartete bis sie eingeschlafen war.

Ich kam gerade die Treppe runter, als ich Holly fragen hörte: „Hast du noch kurz Zeit? Wir sollten reden."

Ich nickte, folgte ihr wortlos in die Küche und schloss hinter mir die Tür.

„Was war das gerade eben?", fragte ich, während Holly mir ein Glas Wasser auf den Tisch stellte. In ihrem Gesicht zeichneten sich Entsetzen und Sorge ab.

„Ich... ich weiß es nicht, Phoenix. Sie war bei Charlie im Wohnzimmer und sie haben sich zusammen die Nachrichten angesehen, als..." Holly wischte sich die Tränen weg, schaffte aber nicht ihren angefangenen Satz zu beenden. Wobei das auch überhaupt nicht nötig war.

„Phoenix, du musst ihr die Wahrheit sagen. Sag ihr, wer du bist."

„Was würde es ändern, Holly? Glaubst du, dadurch würden die Erinnerungen wie durch Zauberhand zu ihr zurückkehren?!"

„Versuch es wenigstens."

„Ich kann ihr nicht sagen, wer ich bin. Ich... kann es einfach nicht."

„Warum?", schrie Holly leise, und presste sich im nächsten Augenblick die Faust vor den Mund.

„Wenn ich ihr jetzt sage, wer ich bin... und ihre Erinnerungen, wie durch ein Wunder, doch zurückkehren sollten, wird sie einem Schmerz ausgesetzt sein, der sie zerstört... der nichts im Vergleich zu dem ist, was sie bisher gefühlt hat. Summer ist noch nicht soweit, um sich diesem Schmerz zu stellen. Und, so lange das so ist, werde weder ich noch sonst irgendjemand, ihr sagen, wer sie ist."

„Du kannst sie nicht ewig vor diesem Schmerz bewahren."

„Oh, doch. Das kann ich. Ich versichere dir... ich kann!"

„Verstehst du nicht was passiert? Siehst du es denn nicht? Sie will sich erinnern. Was glaubst du, was das heute im Garten für eine Erinnerung war?!"

„Genau aus diesem Grund werden wir ihr nichts sagen."

„Phoenix. Die Erinnerungen… du kannst sie nicht aufhalten. Genauso wenig, wie du ihre Gabe aufhalten kannst. Summer ist eine Empathin. Und gerade eben, hat sich ihre Gabe in einen beschissenen Fluch verwandelt. In einen FLUCH!"

„Meinst du, das wüsste ich nicht?!"

„Lass mich bitte ausreden. Natürlich weiß ich, dass du weißt, was es bedeutet… du als ihr Seelenpartner bist immerhin als Einziger in der Lage, ihre Gefühlswelt betreten zu können. Und doch konntest du sie vorhin nicht aus ihrer Hölle befreien. Ihre Gabe… sie wird nicht nur durch dich verstärkt, sie fängt an sich zu verändern. Summer zieht so viele Gefühle an, dass sie selbst nicht mehr weiß, wessen Gefühle gerade auf sie einstürzen. Sie ist ein Magnet, ein verdammter Magnet, den man nicht ausschalten kann. Doch, keine Ahnung warum, aber durch das, was sie heute gesehen hat… durch diese Erinnerung… hat sich diese Gabe in einen Fluch verwandelt. Willst du wissen, was ich vermute, warum sie vorhin in dieser Hölle gefangen gehalten wurde? Weil sie die Gefühle all dieser Opfer hatte spüren können… und dass, ohne ihnen zu begegnen… ohne jemals mit ihnen in Berührung gekommen zu sein. Verstehst du was das bedeutet? Was es bedeuten kann?!"

Ich schwieg.

Nicht, weil ich die Antwort nicht kannte, sondern weil ich sie nicht hören wollte, nicht wahrhaben wollte.

„Wenn du ihr nicht bald sagst, wer du bist… wirst selbst du sie irgendwann nicht mehr retten können. Die Prophezeiung besagt, dass du sie nur retten kannst, wenn sie gerettet werden will. Wenn sie aber ständig nur diesen Schmerzen, dieser Kälte, dieser Hoffnungslosigkeit ausgesetzt sein wird, wird sie sich nicht mehr retten lassen wollen. Ohne Hoffnung – wird Summer weder die Menschen noch unsere Welt retten können."

Ich schwieg. Noch immer.

Das Schicksal der Menschen war mir egal, interessierte mich nicht. Der Mensch selbst, existierte für mich nicht einmal. Nicht nur, dass sie sterblich waren… sie waren, was mich betraf, austauschbar. Im Grunde waren sie alle gleich. *Nein, sind sie nicht…* Sofort blendete ich die Stimme in meinem Kopf aus, ignorierte die Worte.

Verdammt, ich fing an mich zu verändern. Summer fing an mich zu verändern. Je länger ich mich unter den Menschen aufhielt, bei ihnen lebte… desto schwerer fiel es mir die Augen vor der Wahrheit zu verschließen. Dabei wollte ich nicht sehen, dass es tatsächlich Menschen gab, die anders waren. Einfühlsam. Mitfühlend. Die sich für andere einsetzten. Die versuchten diese Welt zu einem besseren Ort zu machen. Ich schüttelte den Kopf, blendete diese absurden, widersprüchlichen, gefährlichen Gedanken aus. Ich durfte meine Meinung nicht ändern. Wollte sie nicht ändern. Es stand zu viel auf dem Spiel.

Die Menschen, trotz der unumstrittenen, existierenden Ausnahmen, würden sich nicht ändern. Sie waren machthungrige Monster. Und sie würden es auch bleiben. Jeder von ihnen. Je mehr Macht sie erlangten, desto grausamer wurden sie. Rücksichtsloser. Skrupelloser. Manipulativer. Denn, anstatt die erlangte Macht sinnvoll einzusetzen, um anderen zu helfen, um unschuldige Leben zu beschützen, zu retten, vor den Grausamkeiten dieser Welt zu bewahren, wurden sie gieriger und gieriger, gefühlstaub, gefühlsblind, gefühlsstumm, denn alles, was sie interessierte, war die Verwirklichung ihrer eigenen Ziele, und um diese zu erreichen, gingen sie über Leichen. Menschenleben waren unbedeutend, höchstens Mittel zum Zweck.

Anstatt aus begangenen Fehlern zu lernen, wurden diese wiederholt, weil der Mensch seit jeher der festen Überzeugung war, dass die eigene Meinung die einzig Wahre wäre. Man hielt sich stets für etwas Besseres.

Während die Machthaber in Reichtum ertranken, schauten sie grinsend dabei zu, wie die Menschen sich gegenseitig umbrachten,

für Wasser,

für Essen,

für ein kleines Stückchen Sicherheit.

Die Empathie, das Mitgefühl, hatte für sie aufgehört zu existieren, war in ihren Augen nichts weiter als eine Seuche. Eine Seuche, die es galt systematisch zu zerstören, auszurotten.

Genau aus diesem Grund verkauften immer mehr bereitwillig, ohne mit der Wimper zu zucken, ohne sich über die Konsequenzen ihres Handelns Gedanken zu machen, ihre Seele an den Teufel.

Macht.

Reichtum.
Schwarzes Gold.
In Hülle und Fülle.
Im Tausch gegen die Empathie.
Aus diesem Grund durfte Summer die Menschen nicht retten.
Keinen einzigen von ihnen.

Summer

Seit dem Flashback oder was auch immer es gewesen sein mochte, war ich heute das erste Mal wieder im Garten. Die Party war im vollen Gang. Charlie stand am Grill, zusammen mit Holly. Wie ein frischverliebter Teenager sah sie meinem Onkel beim Wenden der Burger zu. Bewunderung und Glück flogen durch die Luft und ich atmete diesen herrlich süßen Duft ein, wandelte diesen in eine schimmernde Wolke um. Voller Freude beobachtete ich, wie die Wolke ungesehen über die Köpfe meiner Familie und Freunde schwebte und ihnen den schimmernden Gefühlsrauch entgegenpustete... wie eine leichte Windböe.

Selbst aus dieser Entfernung konnte ich sehen, wie viel Liebe in Hollys Blick steckte, ich brauchte es nicht einmal zu spüren.

Ein kühler Windzug wehte mir ins Gesicht und sofort schloss ich die Augen, versuchte die grausamen Bilder aus meiner Erinnerung nicht erneut heraufzubeschwören. Nicht hier. Nicht jetzt.

Noch immer wusste ich nicht, was es mit diesen ganzen Flashbacks auf sich hatte. Nichts hatte sich verändert. Naja, abgesehen von meiner Gabe. Doch selbst diese Veränderung hatte mich meiner Vergangenheit nicht näherbringen können. Die Hinweise, die verschlüsselten Botschaften... Nichts von alledem verstand ich. Enttäuschung erwachte. Leise seufzend drehte ich mich zu Hope und Damon, um ihrem Gespräch zu lauschen. Meine Gedanken verdrängte ich – vorerst.

Geborgenheit, Sicherheit und das berauschende Gefühl bedingungsloser Liebe schlossen mich in eine liebevolle, wärmende Umarmung. Ich brauchte Phoenix nicht zu sehen, um zu wissen, dass er hier war. Von der Unterhaltung mit Hope bekam ich nichts mehr mit, denn meine komplette Aufmerksamkeit lag jetzt woanders. Unauffällig suchte ich mit den Augen den Garten nach Phoenix ab, konnte ihn aber nirgends entdecken. *Wo bist du?*

Damons Blick veränderte sich. Er verengte die Augen zu Schlitzen. Verachtung und Zorn spiegelten sich darin, ließen seinen Blick kalt und bedrohlich wirken. Ich schluckte. Damon hatte ihn gefunden, vor mir. Das war nicht gut. Gar nicht gut. Hope, die neben mir stand, stieß mir leicht in die Seite. Auf ihrem Gesicht erschien ein zaghaftes Lächeln. Wie konnte sie jetzt bloß lächeln? Merkte sie nicht, wie ihr Bruder Phoenix mit seinem Blick erdolchte?

„Er ist hinter dir", formte Hope stumm mit den Lippen. Sofort drehte ich mich um. Suchend.

Fast hätte ich ihn übersehen. Er stand keine fünf Meter von mir entfernt im Schatten der Bäume und verschmolz regelrecht mit der Dunkelheit. Seine schwarzen Schwingen schimmerten und raubten mir den Atem. Jede Faser meines Körpers, meiner Seele, sehnte sich nach seiner Nähe. Seinem Licht. Seiner Wärme. Seiner wunderschönen leuchtenden Dunkelheit.

„Das geht zu weit", flüsterte Damon zornig. „Du hast diesen Bastard eingeladen?! Obwohl du wusstest, dass ich hier sein würde?!" Damon ließ Phoenix nicht aus den Augen, während er mit mir redete. Ich spürte seinen Hass. Seine Wut. Seinen Zorn. Seine Verzweiflung. Seine... Angst?

„Das würdest du mir zutrauen? Damon?", antwortete ich enttäuscht, gekränkt, verletzt. Ohne mich eines Blickes zu würdigen nickte er, als Antwort auf meine Frage und zischte: „Sieht so aus."

Hilfesuchend sah ich Hope an. Ich wusste nicht, was ich tun sollte. Wusste nicht, was ich sagen sollte. Wusste nicht, was ich denken oder fühlen sollte. Die Situation überforderte mich. Alles wirkte plötzlich bedrohlich. Jeder Blick, egal ob von Damon oder von Phoenix. Jeder Atemzug. Einfach alles.

Hopes Blick dagegen war unergründlich.

„Ich glaube es wäre besser, wenn wir die beiden allein lassen. Es wird Zeit, dass sie *das* endlich klären."

Ungläubig starrte ich meine beste Freundin an.

„Bist du übergeschnappt?! Ich gehe nirgendwo hin!" appellierte ich an ihren Verstand, „glaubst du ernsthaft, dass ich die beiden allein lasse? Wozu? Damit ich nicht dabei zusehen muss, wie sie sich gegenseitig in Stücke reißen?"

Hope sah mich schweigend an. Ihr Blick sagte ganz eindeutig *Lass uns von hier verschwinden.*

Ich schüttelte den Kopf. „Nein!"

„Summer", sagte Hope sanft, „beruhig dich."

„Mich beruhigen?", quietschte ich.

„Vertrau mir. Die beiden wollen nur reden." Ich spürte ihre Zuversicht, ihre feste Überzeugung. Trotzdem…

„Ja, klar", erwiderte ich sarkastisch. „Wer weiß, vielleicht werden die beiden ja noch beste Freunde." Ich seufzte. „Hope, dir vertraue ich… und ich spüre, dass du glaubst, was du sagst… Aber es ändert nichts an der Tatsache, dass ich denen nicht vertraue. Allerdings fang ich allmählich an, an deinem Urteilsvermögen zu zweifeln. Hast du denn keine Angst?" Ich sah sie mit großen Augen an und konnte einfach nicht begreifen, dass sie in dieser Situation so gelassen bleiben konnte. Immerhin ging es hier um ihren Bruder.

„Süße, wenn ich wirklich Angst hätte, dann würdest du es spüren… oder?", wies sie mich scheinbar nebenbei auf das Offensichtliche hin.

„Damon wird ihm nichts tun. Er musste es mir nämlich versprechen, bevor wir hergekommen sind."

„D-das überzeugt mich noch nicht."

„Abgesehen von seinem Versprechen… weiß Damon, dass er im Endeffekt nur dich dadurch verletzen würde. Mein Bruder ist nicht dumm. Und auch wenn er es nicht wahrhaben will, er weiß, *was* du für Phoenix empfindest, *was* er dir bedeutet. Er weiß es, okay?! Dasselbe gilt übrigens für Phoenix. Auch er weiß, was du für meinen Bruder empfindest. Glaub mir… keiner von beiden wird sich wagen den ersten Schlag zu riskieren, weil sie wissen, dass sie dir dadurch wehtun würden. Und da keiner von beiden bereit ist dich aufzugeben, ist auch keiner von ihnen bereit dieses Risiko einzugehen."

Ich seufzte unzufrieden. Überzeugt war ich nicht. „Ich weiß nicht", druckste ich herum, „was, wenn du dich irrst? Was dann? Ich mein, beim letzten Mal hat dieses Wissen sie auch nicht davon abgehalten…"

„Beim letzten Mal, falls ich dich wirklich daran erinnern muss, hat mein lieber Bruder dich ja auch geküsst. Was denkst du denn, warum bei Phoenix die Sicherungen durchgebrannt sind?! Er war eifersüchtig. Und ehrlich gesagt kann ich Phoenix sogar verstehen. Wenn Logan sehen würde, wie mich ein anderer Kerl küsst… Ohhh, ich will gar nicht drüber nachdenken, was dann passieren würde. Verstehst du?"

„Du und Logan… ihr seid auch zusammen. Phoenix und ich nicht. Er hatte also überhaupt keinen Grund auf Damon loszugehen… und doch hat er es getan."

„Süße. Nur, weil ihr nicht offiziell zusammen seid, ändert es nichts an den Gefühlen. Weder an deinen. Noch an seinen. Eifersucht lässt sich eben manchmal nicht kontrollieren. Außerdem ist es diesem Gefühl vollkommen egal, ob man zusammen ist oder nicht."

„Ich… ich weiß nicht", murmelte ich leise.

Seufzend legte Hope ihre Hand auf meine Schulter und flüsterte mir leise ins Ohr: „Vertrau ihnen."

Meine Augen suchten Phoenix. Suchten seinen Blick. Seine Aufmerksamkeit. Im gleichen Atemzug brach er das Blickduell mit Damon ab und schaute mir stattdessen tief in die Augen. Ein Lächeln umspielte seinen perfekten Mund. Mein Herz lachte. Tanzte. Überschlug sich. Dieser Blick löste innerhalb eines Herzschlages all meine Bedenken in Luft auf. Ich vertraute Phoenix. Und Damon.

Ich suchte Damons Blick, wollte ihm sagen, wortlos zu verstehen geben, dass ich ihm genauso vertraute wie Phoenix. In Gedanken formte ich eine kleine Wolke und pustete Damon diese, wie glitzernden Feenstaub, ins Gesicht. Sofort wurde sein Blick sanfter und ich spürte seine Erleichterung.

Lächelnd kehrte ich ihnen den Rücken zu. Hope strahlte, griff nach meiner Hand und zog mich hinter sich her.

Phoenix

„**H**ör auf Summer so anzugucken, als wenn sie dir gehören würde", knurrte ich, schloss die Augen und biss die Zähne zusammen, um mich daran zu hindern auf Damon loszugehen. Ich musste meine Wut unterdrücken. Durfte diesem Gefühl jetzt nicht die Kontrolle überlassen.

„Versuchst du mir gerade zu drohen?!", verspottete mich Damon und sah mich provokativ an. „Du?", lachte er, „ausgerechnet du?!" Er schüttelte den Kopf, seufzte. „Warum bist du zurückgekommen? Was willst du? Was willst du wirklich?"

„Ich musste sie sehen", antwortete ich, ohne zu wissen, warum. Immerhin ging es ihn nichts an.

„Auf einmal? Nach drei Jahren? Wieso bist du nicht früher hier aufgetaucht? Wieso warst du nicht hier, um ihr zu helfen? Verflucht! Wo bist du gewesen?! Wieso jetzt? Jetzt, wo sie dich nicht mehr braucht. Jetzt, wo sie mich hat!", knurrte er vorwurfsvoll und sah mich anklagend an.

Ich schwieg, konnte nichts sagen. Sofort nahm mich der Schmerz der letzten Jahre gefangen. Gedanken und Gefühle tauchten in mir auf, die ich mit aller Macht versuchte zurückzudrängen.

Plötzlich erwachte ein zerstörerisches Gefühl, tief in mir, und drängte alle anderen in den Hintergrund, übernahm die Kontrolle, ergriff von mir Besitz. Eifersucht. Hass.

„Wie war das?! Jetzt, wo sie dich hat?!" Mit jedem Wort steigerte sich dieses Gefühl. Meine Augen verdunkelten sich, genau wie alles andere in mir. Meine Seele war mittlerweile so schwarz wie die Nacht.

„Sie hat dir nie gehört! NIE! Und sie wird dir auch nie gehören." Meine Stimme zitterte vor Zorn. Glühender Zorn. „Wenn du weiterhin versuchst dich zwischen Summer und mich zu stellen, dann schwöre ich dir, wirst du es bereuen. Ich werde dir sämtliche Knochen in deinem Körper brechen. Jeden Einzelnen."

„Das Einzige, was ich bereuen würde, wäre... wenn ich es nicht versuchen würde! Na los, komm. Worauf wartest du? Bring es hinter dich! Denn eins verspreche ich dir, ich werde nichts unversucht lassen, um Summer für mich zu gewinnen. Nichts. Hast du verstanden?! *Du* hast sie verlassen. *Du!* Nicht ich! Um mich von Summer fernhalten zu können, müsstest du mich schon umbringen."

„Ohhhh… mit dem größten Vergnügen." Ich rieb mir den Nacken und beobachtete Damon. Er versuchte entspannt zu wirken, doch in seinem Blick loderte die Flamme des Schmerzes. Eine Flamme, die er selbst nach all den Jahren nicht hatte löschen können. Die Glut. Die feuerrote Glut quälte ihn. Ich schüttelte den Kopf.

„Damon, hör auf dich zu belügen. Wir beide wissen, dass es nicht Summer ist, die du siehst, wenn du ihr in die Augen guckst. Also, hör auf ihr wehzutun. Was glaubst du wird passieren, wenn Summer die Wahrheit erfährt? Die, die du versuchst vor ihr zu verbergen? Die, die du vor ihr verheimlichst?! Willst du Summer auch noch verlieren?"

„Halt dein verficktes Maul, Phoenix!", brüllte er mir entgegen und versuchte seinen Schmerz zu verbergen. Er litt. „Wenn ich Summer nicht so lieben würde, dann würde ich sie dir *wegnehmen*. Nur, damit du weißt, wie sich dieser Schmerz anfühlt! Du glaubst, du wüsstest, was Leid und Schmerzen sind? Einen Scheißdreck weißt du!"

„Warum versuchst du dann mit Summers Hilfe die Leere in dir zu füllen? Eine Leere, die niemals gefüllt werden kann?! Nur, weil Summer aussieht wie sie, bedeutet es nicht, dass sie ihren Platz einnehmen kann."

Ich wusste, dass ich den Bogen überspannte und mich auf dünnem Eis bewegte. Aber ich wollte ihn verletzen. Ihn dort treffen, wo es am meisten schmerzte.

„Nimm das zurück!", zischte Damon mit eiskalter, zittriger Stimme.

„Und wenn nicht? Was dann?!", verhöhnte ich ihn. „Glaubst du allen Ernstes ich hätte Angst vor dir?" Ich lachte. Kalt. Gehässig. „Weißt du, was der Unterschied zwischen uns beiden ist, Damon?! *Ich* halte meine Versprechen. Immer! Und die Konsequenzen meines Handelns sind mir scheißegal. Was habe ich schon großartig zu verlieren?! Summer wird sich niemals an mich erinnern können, dafür habe ich bereits vor langer Zeit gesorgt. Also hast du nichts, womit du mir drohen kannst. Nichts, was du mir wegnehmen könntest. Nichts."

„Sicher? Wenn das, was du sagst, wirklich stimmen sollte… warum bist du dann noch hier? Warum lässt du Summer dann nicht endlich in Ruhe und verschwindest aus ihrem Leben? Sie mag vielleicht nicht wissen *wer* du bist, weil sie dich vergessen hat, aber das zählt nicht für dich! Ich weiß, wie sehr du Summer geliebt hast. Und daran hat sich bis heute nichts geändert. Du liebst sie. Du willst es vielleicht nicht, aber du liebst sie. Mehr als alles andere. Meinst du eigentlich ich bin blöd und sehe die Wahrheit nicht? Ganz egal, was du versuchst... du schaffst es nicht dich von ihr fernzuhalten. Du schaffst es einfach nicht, sie ein weiteres Mal zu verlassen. Wenn du sie doch so sehr liebst, dann verstehe ich nicht, warum du überhaupt wolltest, dass sie dich vergisst...?"

„Manchmal muss man das, was man liebt, gehenlassen", antwortete ich.

„Summer... wäre aber nie gegangen..."

„Jetzt hast du deine Antwort!"

Schmunzelnd huschten unsere Blicke zwischen Logan und Simon hin und her. Immer und immer wieder. Solange, bis einer von beiden uns bemerkte. Simon wirkte sichtlich überrascht „Summer? Hope? Steht ihr schon lange hier?"

„Hm, Hope, was meinst du? Fünf Minuten? Zehn?"

Erschrocken sahen Simon und Logan sich an.

„Minuten?" Meine Freundin schüttelte gespielt empört den Kopf. „Es waren Stunden. Ewig lange Stunden ohne jegliche Beachtung."

Tja, jetzt hatten die beiden uns durchschaut.

„Mein Engel… wie kann ich das bloß wiedergutmachen?" Er kniete sich vor Hope, nahm ihre Hand in seine und schaute ihr tief in die Augen. Oh. Mein. Gott. Logan war ein genauso miserabler Schauspieler wie Hope. Schmunzelnd schüttelte ich den Kopf und verdrehte theatralisch die Augen.

„Sag, mein Engel… wie? Ich werde Alles tun. Alles", fuhr Logan mit seiner Darbietung fort. Hope lächelte.

„Für den Anfang wäre ein Kuss nicht schlecht."

Logan erhob sich, legte seinem *Engel* die Arme um ihre Taille, zog sie an sich und sah ihr tief in die Augen. „Für den Anfang?" Ein anzügliches, dreckiges Grinsen umspielte seine Lippen.

Lachend, als Zeichen meines Protests, schüttelte ich den Kopf. „Oooookay… Stopp!", warnte ich die beiden Turteltäubchen, griff nach Simons Arm und zog ihn hinter mir her. „Nichts wie weg hier", lachte ich.

Nach ein paar Schritten blieb Simon stehen. „Sag mal, habe ich vorhin richtig gesehen? Phoenix?" Vielleicht sollte es beiläufig klingen, doch der verärgerte Unterton in seiner Stimme war nicht zu überhören. Sofort wurde ich hellhörig und suchte seinen Blick. Da ich nicht wusste, was ich sagen sollte, zog ich lächelnd die Schultern hoch und nickte leicht mit dem Kopf.

„Was?", knurrte er empört. Verärgert. Anklagend. „Wie konntest du *ihn* einladen? Was, wenn Damon und er sich über den Weg laufen?"

„Damon… er weiß es bereits", unterbrach ich Simon und sah betreten zu Boden.

„Wie jetzt?! Er weiß es und ist nicht ausgerastet?" Simon sah sich suchend um. „Wo… wo ist Damon jetzt?" Ungläubig funkelte er mich an und zog skeptisch die Augenbrauen zusammen.

„Naja… die beiden reden gerade miteinander", gestand ich kleinlaut. Eingeschüchtert. Verwirrt. Irgendetwas an Simons Gefühlen verwirrte mich, ich konnte nur nicht sagen *was*.

„Reden?! Damon und Phoenix?!" Jedes Wort triefte vor Sarkasmus.

Ein kühler Windzug streifte mein erhitztes Gesicht. Die äußerliche Abkühlung kam mir gelegen, denn ich merkte, wie es in mir anfing zu brodeln. Simons Ton und das, was er ausstrahlte, machte mich wütend.

„Und?!" erwiderte ich schroff. „Was ist so schlimm daran?!"

„Also, wenn du mich fragst…", setzte er mit eisiger Stimme an, woraufhin ich ihn sofort unterbrach.

„Es fragt dich aber niemand!" Nach dieser bissigen Bemerkung schien er kapiert zu haben, dass sich meine Stimmung verdüsterte. Er überlegte. Scheinbar wusste er nicht, was er sagen sollte. Vorsichtig ruderte er zurück, versuchte mich zu besänftigen.

„Summer", sagte er leise, zögerte… als wüsste er nicht, ob er das, was er mir sagen wollte, auch wirklich aussprechen sollte. Er sah mich einfach nur an. Ich wartete. Zum einen, um mich selbst zu beruhigen und zum anderen, um ihm die Möglichkeit zu geben, sich Gedanken über das zu machen, was er mir mitzuteilen versuchte. Ich spürte seine Skepsis. Sein Zögern. Seine innere Unruhe. Seine Warmherzigkeit.

„Summer, auch auf die Gefahr hin, dass du es nicht hören willst… Phoenix…" Simons Blick verdunkelte sich und seine Augen wechselten die Farbe, wie damals in der Schule wurden sie *grün*, „er ist, naja… er ist gefährlich."

„Stimmt! Ich will es nicht hören! Ich… ich kapier es einfach nicht. Warum versucht ihr Phoenix schlecht zu machen? Du… und Damon.

413

Woher wollt ihr wissen, dass er gefährlich ist? Hm?! Ihr kennt ihn doch überhaupt nicht", verteidigte ich Phoenix.

„Woher willst du wissen, ob…", sofort hörte Simon auf zu reden, als hätte er bereits zu viel gesagt oder etwas verraten.

Nachdenklich runzelte ich die Stirn, zog es aber vor zu Schweigen. Meine Gedanken für mich zu behalten. Meinen Verdacht. Meine Vermutung.

Ein ungutes Gefühl erwachte. *Geheimnis.* Es war dasselbe Gefühl wie bei Holly und Charlie. Dasselbe wie bei Hope. Ich fühlte, dass sie versuchten etwas vor mir zu verbergen. Ich sah Simon an. Jedes weitere Wort wählte er mit äußerster Sorgfalt.

„Wer ist denn letztens auf Damon losgegangen und hat ihm die Nase blutig geschlagen? Phoenix!? Oder etwa nicht? Auf deinen, falls ich dich daran erinnern muss, besten Freund." Jedes seiner Worte verwandelte sich in einen Messerstich. Es schmerzte. Die Wahrheit schmerzte immer.

„Halt die Klappe!", zischte ich leise, bedrohlich… angriffslustig. Von meiner eigenen Reaktion überrascht kniff ich die Augen zu Schlitzen zusammen.

„Warum? Weil du die Wahrheit nicht hören willst?!", knurrte er.

Ich fühlte mich zerrissen, befand mich in einem Gefühlskonflikt. Natürlich hatte Simon mit dem was er sagte Recht und ich wusste, dass er gerade nur versuchte seinen, *unseren,* Freund zu verteidigen. Aber auf der anderen Seite kam ich einfach nicht dagegen an, dass jemand, selbst wenn es sich bei diesem Jemand um einen meiner Freunde handelte, so abfällig über Phoenix redete. Vielleicht konnte ich diese Wut nicht nachvollziehen, aber es änderte nichts an der Tatsache, dass ich wütend wurde. Ich hatte versucht diese Wut zu unterdrücken, sie zu ignorieren, aber es funktionierte nicht. Je mehr ich dagegen ankämpfte, desto wütender wurde ich. Auf Simon. Auf mich.

Ja, Damon war mein bester Freund. Er bedeutete mir verdammt viel, mehr als Worte ausdrücken konnten und allein aus diesem Grund hätte Simon ihn vor mir nicht verteidigen müssen. Und doch… hielt ich weiterhin zu Phoenix. Verteidigte ihn, statt meines besten Freundes. Einen, im Grunde genommen, völlig Fremden. Was wusste ich denn großartig über Phoenix? Nichts. Und doch *alles.*

414

„Was soll das? Warum tust du das?"

„Summer", sagte er leise, mit vor Wut unterdrückter zitternder Stimme. Er atmete tief durch. Sammelte sich. „Wir versuchen doch nur dich zu beschützen."

Autsch! Seine Besorgnis ließ mich mein aufbrausendes Verhalten augenblicklich bereuen. Wie konnte ich das übersehen? Dass Phoenix etwas Dunkles, etwas Bedrohliches umgab, konnte ich schließlich nicht abstreiten. Selbst, wenn ich zwischenzeitlich eine andere Seite an ihm entdeckt hatte, meinen Freunden gegenüber verhielt er sich noch immer wie jemand, von dem man sich besser fernhielt. Freunde passten aufeinander auf... und nichts anderes versuchte Simon gerade. Nachdenklich schürzte ich die Lippen.

„Simon. Ich... ich weiß nicht, was ich sagen soll. Ich bin dir dankbar, ehrlich... aber ich will nicht beschützt werden. Nicht, wenn es bedeutet, dass ich mich zwischen meinen Freunden und Phoenix entscheiden muss."

„Das verlangt doch auch niemand."

„Ach nein? Und warum fühlt es sich dann genau so an? Was sollen dann die ständigen Anfeindungen Phoenix gegenüber? Ihr verletzt damit nicht ihn, sondern mich. Verstehst du? Ich will ihn nicht verteidigen müssen. Ich... ich will, dass ihr mir vertraut. Auch, wenn ihr ihn nicht kennt... *ich kenne ihn.* Und so lange ich Phoenix nicht für gefährlich halte, bitte ich dich mir zu vertrauen. Und ich bitte dich meine Entscheidung, nämlich mich nicht von ihm fernzuhalten, zu respektieren."

„Du hast Recht. Ich kenne ihn nicht. Nicht *so* wie du", antwortete er ruhig, vollkommen ruhig. Allerdings wurde ich das Gefühl nicht los, dass es eine unterschwellige Anspielung auf irgendetwas war, von dem ich jedoch keinen blassen Schimmer hatte, was er mir damit versuchen wollte zu sagen. Der Ausdruck in seinen Augen veränderte sich und ich spürte die Kälte, die von ihm ausging. Mich überkam das starke Bedürfnis ihn erneut in seine Schranken zu weisen. Es ging hier um mein Leben. Meine Entscheidungen.

„Es ist nur so, dass du im Moment nicht sehen *willst*, wie gefährlich er ist. Deine Gefühle für ihn machen dich für das Wesentliche blind."

„Du irrst dich. Und zwar gewaltig! Ich kann sehr wohl einschätzen, ob jemand gefährlich ist... oder nicht. Vielleicht sogar besser als jeder andere von euch. Meine Empathie ist hier nicht das Problem."

„Du streitest es noch nicht einmal ab", warf er mir vor. Abfällig, als könnte er den Gedanken nicht ertragen, dabei wusste ich nicht einmal welchen Gedanken.

Ich schüttelte den Kopf. „Was? Was streite ich nicht ab?"

„Dass du längst wieder Gefühle für ihn entwickelt hast." Es war keine Frage, sondern eine Feststellung. Doch das war es nicht, was mich stutzig machte.

„Wie meinst du das... *wieder*?!"

„Ich weiß nicht, was du meinst", log er mir ins Gesicht.

„Ach, bitte... Tu nicht so. Du weißt genau, was ich damit meine! Du hast gerade gesagt, dass ich *wieder* für ihn Gefühle entwickelt habe. Was meinst du damit? Was willst du damit andeuten?"

„Gar nichts. Du musst dich verhört haben." Er log schon wieder. Ich wusste es. Spürte es.

„Ich bin nicht blöd, Simon. Ich weiß, was ich gehört habe!"

Simon zog verärgert die Augenbrauen zusammen und funkelte mich zornig an. „Wieso misst du einem einzigen Wort so viel Bedeutung zu, während du den Rest meiner Worte ignorierst?! Meinst du vielleicht *ich wäre blöd*? Meinst du etwa, ich wüsste nicht, was du gerade versuchst? Zum letzten Mal. Es hatte nichts zu bedeuten, ich hatte mich versprochen... falsch ausgedrückt. Okay?! Du dagegen..." Er machte einen Schritt auf mich zu. „Du bestreitest nicht einmal, dass ich Recht habe."

„Nur, weil ich es nicht bestreite, bedeutet es nicht, dass ich es zugebe!"

Er lachte traurig und schüttelte den Kopf. „Das ist auch nicht nötig. Ein Blick in deine Augen reicht."

Ich spürte seine Enttäuschung. Seine Wut. Seine Angst. Und diese sonderbare Mischung verwirrte mich. Und ohne es verhindern zu können, spürte ich, wie seine Wut anfing sich in mir widerzuspiegeln. Verdammt, auch ich wurde wütend. Denn meine Gefühle gingen Simon nichts an. Meine Gedanken gingen Simon nichts an.

„Meine Gefühle gehen dich nichts an. Kapiert?! Weder dich noch sonst irgendjemanden. Es ist *mein* Leben. Meins! Nicht deins!"

„Du bist aber zu wichtig…", flüsterte er leise, kaum hörbar.

„Hm? Wie war das? Was hast du da gerade gesagt?" Ich war *zu wichtig*? Weswegen?

„Ich sagte… du bist mir zu wichtig, als dass ich dabei zusehen könnte, wie du in dein Unglück stürzt. Ich will nicht, dass dich *jemand* verletzt."

Ich wusste, *wen* er damit meinte.

„Oh, Simon", sagte ich leise, gerührt. „Bitte, ich will mich nicht mit dir streiten. Ich weiß, du meinst es nur gut, aber…bitte… lass mich meine eigenen Entscheidungen treffen."

Lange Zeit sagte er kein Wort. Er dachte nach. Dann, endlich hörte ich ihn sagen „In Ordnung."

Simon gab sich geschlagen, doch ein Blick in seine Augen zeigte mir, dass er nicht meinte, was er sagte.

„Danke", erwiderte ich, ungeachtet dessen was ich spürte. Ich wollte mich nicht länger mit ihm streiten. Und er wollte es genauso wenig, sonst hätte er wohl kaum eingelenkt.

Schweigend trotteten wir zurück zu Hope und Logan. Ty hatte sich in unserer Abwesenheit zu ihnen gesellt. Als er uns kommen sah, warf er mir einen fragenden und Simon einen vorwurfsvollen Blick zu, ohne jedoch etwas zu sagen. Zu keinem von uns.

Alles, was Simon mir vorgeworfen hatte, was er zu mir gesagt hatte, ging mir einfach nicht mehr aus dem Kopf. *Du bist zu wichtig.* Was hatte er damit gemeint? Wirklich gemeint. Denn, seine Antwort, auch wenn sie der Wahrheit entsprochen hatte, denn ich spürte, dass er sich Sorgen machte, waren diese Worte nicht die Antwort auf die eigentliche Frage gewesen. Dann seine Feststellung …*dass du längst wieder Gefühle für ihn entwickelt hast…* Er hatte zwar versucht das Ganze abzustreiten und behauptet, dass ich mich lediglich verhört hätte… Doch ich wusste, was ich gehört hatte. Abgesehen davon hatte ich gespürt, dass er gelogen hatte. Wieso hatte er mir versucht eine Lüge als Wahrheit zu verkaufen? Welches Geheimnis versuchte er vor mir zu verbergen? Oder interpretierte ich zu viel in seine Bemerkungen? Ich schüttelte den Kopf. Ordnete die Gedanken und sperrte sie weg.

Die einzige Frage, der einzige Gedanke, der mich beschäftigte, der mich nicht verlassen wollte, den ich nicht verdrängen konnte, lautete *Wo steckten Phoenix und Damon?*

Mein Herz verwandelte sich in einen Presslufthammer.

Zertrümmerte meine Zuversicht.

Hämmerte.

Hämmerte.

Ließ meine Gefühle tanzend in der Luft vibrieren.

Und egal was ich versuchte, mein Herz schlug wild, wollte sich nicht kontrollieren lassen.

Wollte nicht aufhören zu stolpern.

Hope sah mich an, beugte sich zu mir und flüsterte mir leise ins Ohr: „Hör auf dir Sorgen zu machen. Vertrau ihnen."

Ich seufzte. Schwieg.

Natürlich wusste ich, dass Hope Recht hatte. Immerhin liebte sie ihren Bruder und würde niemals zulassen, dass ihm etwas passierte. Er war ihre Familie. Er war ihre einzige Familie. Die beiden waren auf magische Weise miteinander verbunden. Unerklärlich. Unsichtbare Antennen, die sofort Alarm schlugen, wenn einer von ihnen sich in einer brenzligen Situation befand. Allein aus diesem Grund sollte ich ihrem Urteilsvermögen vertrauen.

Ich musste mich beschäftigen, bewegen. Konnte nicht still rumstehen und einfach nur *warten*.

„Ich geh mir ne Cola holen. Will sonst noch einer etwas?", fragte ich in die Runde, ohne jemand Bestimmtes dabei anzugucken.

„Warte", meldete sich Tyler zu Wort, „ich komm mit."

„Ty", lächelte ich, „du musst mir nicht helfen. Ich schaff das schon, ehrlich."

„Das weiß ich", grinste er und legte mir den Arm um die Schulter. „Aber… so lange ich in der Nähe bin, werde ich nicht zulassen, dass eine Frau, was dich also miteinbeschließt, etwas trägt, während ich mit leeren Händen danebenstehe. Ich bitte dich. Wie sieht das denn aus?!" Doch ich kam erst gar nicht dazu ihm seine Frage zu beantworten, dass übernahm er, wie so oft, selbst. „Richtig. Es lässt *mich* schwach wirken. Und welcher Kerl will schon als Schwächling abgestempelt werden?!"

„Von deinen Gedankengängen bekommt man Kopfschmerzen. Du bist… bekloppt, einfach nur bekloppt", sagte Logan schmunzelnd und schüttelte den Kopf.

„Aber genau dafür lieben wir dich." Hope drückte ihm ein Küsschen auf die Wange. „So, und jetzt spiel den Helden für Summer."

Auf dem Weg zur Garage redete Ty ununterbrochen von den Zwillingen. Wie ein Wasserfall. Sprudelnd vor Glück. Tyler war ganz vernarrt in Kinder und er liebte es, wenn sie ihn auf ihre Abenteuer mitnahmen, ihm Zutritt zu ihrer Welt gewährten. Denn ihre Welt bestand aus unzähligen bunten Farben. Leuchtend hell. Glitzernd. Während die Welt der Erwachsenen meistens nur schwarz-weiß war. Ganz einfach, weil sie die Farben, die Schönheit, die vielen Wunder nicht mehr sehen konnten.

Tyler wurde oft als Träumer bezeichnet, für jemanden, der nichts ernstnahm, der fernab von der Realität lebte. Ich dagegen liebte ihn für genau diese Eigenschaft. Ich beneidete ihn für seine Sicht auf die Dinge des Lebens. Für seine Lebenseinstellung.

„Ich kenne kaum jemanden, der so gut mit Kindern umgehen kann, wie du. Das, was du besitzt, nennt man eine Gabe. Laney und Luc, die beiden vergöttern dich. Du bringst ihre Augen zum Strahlen. Sobald sie dich sehen, fangen sie an zu leuchten."

„Nicht ich bringe sie zum Leuchten, sondern sie mich. Kinder sind wahre Wunder. Superhelden. Zumindest für mich. Denn sie zeigen mir worauf es im Leben ankommt und es gibt nichts Schöneres, als die Welt durch Kinderaugen zu sehen. Weißt du, ich möchte einfach nicht eines Tages aufwachen und mich fragen müssen, was das Leben lebenswert macht. Wo *ich* geblieben bin… Ich möchte nicht verbittert und zynisch werden und andere verletzen, nur weil ich verlernt habe zu lachen, glücklich zu sein. Letztendlich zählt nicht, was du hast oder wer du bist, sondern wer du sein möchtest. Und ich… ich möchte einfach nur glücklich sein. Den Moment genießen können. Das Leben als Wunder sehen können. Denn es gibt viel zu viele Menschen, die all diese Dinge verlernt haben. Vergessen. Jeden Tag passieren so viele schreckliche Dinge auf der Welt, dass ich mich manchmal frage…" Er hörte auf zu reden, schaute hoch in den Himmel, hinauf zu den Wolken.

„Was fragst du dich manchmal?", wollte ich wissen.

„Ich frage mich, was passieren würde, wenn all diese Menschen sich für einen Tag wieder in Kinder verwandeln könnten? Ob sie dann vielleicht begreifen würden, was sie angerichtet hätten? Ob sie es so vielleicht verstehen würden? Nicht Kinder sind grausam, sondern die Erwachsenen. Aber… lass uns das Thema wechseln. Allein daran zu denken und zu wissen, dass man manche Monster nicht aufhalten kann, macht mich traurig… und müde." Er seufzte. „Sag mal, Summer… was glaubst du würde passieren, wenn man das Böse auslöschen könnte?"

Eine Frage, die ich mir schon oft gestellt hatte. Viel zu oft.

„Das Böse… was genau ist *das Böse*? Weißt du, ich habe viel darüber nachgedacht und versucht es herauszufinden. Aber letztendlich gibt es keine genaue Definition davon. Und etwas versuchen auszulöschen, was man nicht versteht, nicht begreift, nicht erklären kann… ist unmöglich. Allerdings bin ich der festen Überzeugung, dass man dem Bösen, das allgegenwärtig ist und was unumstritten existiert, ganz gleich, welchen Namen man ihm gibt, Einhalt gebieten kann. Einsperren. Wie auch immer du es nennen willst."

Tyler sah mich fragend an.

Wartete auf meine Antwort.

Wartete auf meine nächsten Worte.

Wartete auf meine Gedanken.

„Das Böse ist ein Produkt aus Gleichgültigkeit. Gedankenlosigkeit. Unterdrückung. Zerstörung. Macht. Unsere Empathie ist das einzig existierende Heilmittel… allerdings ist es auch ein in Vergessenheit geratenes Heilmittel. Wir Menschen, die Art, wie wir leben, wie wir miteinander umgehen, ist, wenn du so willst, wie ein Spiegel. Wie ein magischer Zeitspiegel, der zerstört wurde. Das Spiegelglas ist zerbrochen, zersplittert und es fehlen Scherben. So viele Scherben der Empathie. Nur, wenn man diese Scherben findet, sie zurückholt, wird man den Spiegel reparieren können. Die sichtbaren Narben würden uns zwar weiterhin an unsere Fehler erinnern, doch dafür sind Narben da. Um an all die schrecklichen Taten zu erinnern, die nicht in Vergessenheit geraten dürfen. Wenn die Menschen anfangen würden sich in andere hineinzuversetzen, wenn sie fühlen könnten was in ihnen vorgeht, wenn sie wirklich fühlen könnten, was der Gegenüber empfindet... glaub mir, dann wäre kein Einziger bereit dem anderen Schmerzen zuzufügen, weder körperliches noch seelisches Leid. Ich mein, in jedem von uns steckt eine dunkle Seite, doch wer lernt sie zu kontrollieren, wer versteht, was es bedeutet ein Mensch zu sein, der würde seine Aggressionen kontrollieren lernen. Nicht, weil er muss, sondern weil er selbst es möchte. Auch ich bin manchmal wütend. Auch ich habe manchmal das Gefühl vor lauter Zorn die Kontrolle zu verlieren, doch ganz egal, wieviel Wut auch in mir existiert, ich wäre trotz alledem niemals in der Lage sie auf jemand anderen zu projizieren, meine Aggressionen an jemand anderen auszulassen. Wir sind die einzige Spezies, die sich in ihrer eigenen Aggression verlieren kann. Das Repertoire ist in seiner Brutalität unerschöpflich. Grausam. Sadistisch. Barbarisch. Herzlos. Kein anderes Geschöpf fügt seinen eigenen Artgenossen derartiges Leid zu. Weder aus Rache noch um seine eigenen Triebe zu befriedigen. Weder um andere zu unterdrücken noch aus krankhafter, perfider Lust. Einzig und allein die Empathie ist in der Lage dich vor dir selbst zu retten. Zu beschützen. Zu verhindern, dass du dich in jenes Monster verwandelst, wovor du dich selbst fürchtest. Denn Monster vergessen worauf es im Leben ankommt. Monster sind egozentrisch und haben jegliche Gefühle in sich ausgelöscht, vernichtet. Kindern erzählen wir immer, dass sie alles schaffen können, alles erreichen können, wenn sie nur lernen an sich selbst zu glauben. Wir sagen ihnen, dass sie sich nicht entmutigen lassen dürfen, dass sie nie aufgeben dürfen... und eben, weil die Kinder uns vertrauen, uns – den Erwachsenen, lernen sie Selbstvertrauen. Wenn sie fallen, stehen sie wieder auf... ganz egal, wie oft sie auf dem Boden landen, stürzen.

Doch irgendwann, wahrscheinlich über Nacht, wird bei vielen ein Knopf gedrückt, ein unsichtbarer kleiner Schalter, und die Erwachsenen vergessen ALLES. Das kindliche Selbstvertrauen? Weg. Verschwunden. Die Empathie, die Fähigkeit sich in andere hineinzuversetzen, das Mitgefühl... als hätte all das nie existiert."

„Heißt das, dass du glaubst, dass die Menschen nicht in der Lage sind sich zu ändern?" Tyler sah mich erschrocken an.

„Nein", lächelte ich traurig. „Nein, ich werde nie aufhören an das Gute in den Menschen zu glauben, denn es wird immer Menschen geben, die denselben Traum träumen wie ich. Wie du."

Tyler öffnete den Kühlschrank, den Charlie extra für heute Abend in der Garage aufgestellt hatte und sah mich fragend an. „Was brauchen wir?"

„Hm", murmelte ich nachdenklich, „lass mich kurz überlegen." Ich runzelte die Stirn. „Cola Zero, Wasser mit und ohne Sprudel... und eine Flasche alkoholfreies Bier für Onkel Charlie."

„Gibt es hier irgendwo einen Korb?", fragte Tyler und sah sich bereits suchend in der Garage um.

„Warte, hier", antwortete ich und drückte ihm im gleichen Atemzug den Korb, der oben auf dem Kühlschrank gestanden hatte, in die Hand.

„Okay. Sonst noch was?", überlegte ich laut, während Tyler die Flaschen in den Korb stellte.

„Gläser wären nicht schlecht."

„Okay. Geh du doch schon mal zurück zu den anderen. Ich flitze schnell in die Küche und hol ein paar Gläser. Ach ja, wärst du so lieb und würdest Charlie das Bier bringen? Wenn mich nicht alles täuscht, dann müsste er noch immer am Grill stehen. Daaaankeee", sagte ich überschwänglich und lief an ihm vorbei Richtung Terrasse.

Im Haus war es still. Mucksmäuschen still. Mich würde nicht wundern, wenn Holly bei dem Versuch die Zwillinge ins Bett zu bringen, mal wieder selbst mit eingeschlafen wäre. Wäre schließlich nicht das erste Mal. Schmunzelnd schüttelte ich den Kopf und schlich so geräuschlos wie möglich in die Küche.

Gerade als ich die Gläser aus dem Schrank holen wollte, erweckte ein Geräusch am Küchenfenster meine Aufmerksamkeit. Es schien von draußen zu kommen. Ich bewegte mich nicht. Lauschte.

Es waren Stimmen zu hören. Jedoch konnte ich aus dieser Entfernung nicht verstehen, worum es bei dem Gespräch ging. Dafür stand ich einfach zu weit weg. Allerdings musste ich kein Genie sein, um zu wissen, wessen Stimmen ich hörte.

Ich ließ den Griff der Schranktür los, schlich zum Fenster und stellte mich in leicht geduckter Haltung so hin, dass die beiden mich von draußen nicht sehen konnten. Je konzentrierter ich versuchte die einzelnen Wortfetzen zu verstehen, desto weniger verstand ich. Und das, was ich verstand, ergab keinen Sinn.

Mich beschlich das Gefühl, dass die beiden absichtlich so leise redeten, als wüssten sie, dass jemand sie belauschte. Natürlich war das absurd. Es war lediglich mein schlechtes Gewissen, das in diesem Augenblick erwachte. Ich beschloss, dass die Aktion nicht nur falsch, sondern zudem auch noch überflüssig war, da ich ohnehin nichts verstehen konnte. Verärgert drehte ich mich um, blieb aber im gleichen Atemzug wie angewurzelt stehen, erstarrte mitten in der Bewegung. Ich hörte die beiden reden. Klar und deutlich, als würde ich direkt neben ihnen stehen. Ich schloss die Augen und lauschte.

„Summer braucht mich", knurrte Phoenix leise… bedrohlich.

„Dich?", lachte Damon sarkastisch. „Muss ich dich erst daran erinnern, dass…"

„Pass auf, was du sagst", unterbrach Phoenix ihn drohend. Der Hass in seiner Stimme verwandelte die Welt in eine Eisskulptur. Die Luft war so eisig, dass ich anfing zu frieren. Ich zitterte am ganzen Körper. Ohne den beiden in die Augen gucken zu müssen, wusste ich, was in diesem Moment in ihren Köpfen vorging, was sie dachten, was sie fühlten.

„DU… zerstörst sie! Ist es das, was du willst?!", knurrte Damon leise. Phoenix sollte verschwinden? Mein Herz kollabierte. Hörte auf zu schlagen. Ich hörte auf zu fühlen. Zu atmen. Alles blieb stehen. Selbst die Zeit. Das Einzige, was unaufhörlich weiterraste, waren die Gedanken. Angst erwachte. Der bloße Gedanke, dass Damon ihn dazu bringen könnte, sich von mir fernzuhalten, machte mich wütend,

423

so verdammt wütend. Gleichzeitig schwoll der Knoten in meiner Brust immer weiter an, nahm mir die Luft zum Atmen. Der Gedanke brachte mich um den Verstand, prügelte auf mich ein. Das... das durfte nicht passieren. Das durfte ich nicht zulassen. Anstatt nach draußen zu stürmen, um Damon zum Schweigen zu bringen, blieb ich wie erstarrt stehen. Unfähig mich zu bewegen. Unfähig zu reagieren. Ich atmete zittrig ein, schloss die Augen.

„Warum verschwindest du nicht endlich?! Worauf wartest du? Bist du wirklich so egoistisch?" Damons Worte ließen mir das Blut in den Adern gefrieren. Eiszapfen durchbohrten den Schutzpanzer meiner Seele, meine Haut.

„Ich soll verschwinden?!" Phoenix lachte. Kalt. Gefährlich. „Warum? Glaubst du ernsthaft, dass du sie so für dich gewinnst? Indem du mich loswirst? Summer gehört zu mir. Das hat sie schon immer. Und *du* wirst daran nichts ändern!" Er klang eiskalt, berechnend.

„Wenn du nicht verschwindest, dann..." Damon machte sich nicht einmal die Mühe seine Drohung zu Ende zu sprechen.

„Versuchst du mir gerade zu drohen?", fragte Phoenix auf herablassende Art und lachte sarkastisch. Herzlos. Grausam.

Ich hob meinen Kopf und sah wie Phoenix einen Schritt auf Damon zu machte. Ein bedrohlich wirkendes Lächeln erschien in seinem perfekten Gesicht.

„Verschwinde! Und komm am besten *nie wieder*", wiederholte Damon, ohne sich von Phoenix einschüchtern zu lassen. Im Gegenteil, jetzt war er derjenige, der einen Schritt auf ihn zu machte.

Von dem weiteren Gesprächsverlauf bekam ich nichts mehr mit. Ich erwachte aus meiner Trance und stürmte so schnell ich konnte nach draußen. Ich wollte und konnte mir das nicht länger anhören. Meine Enttäuschung über Damons Worte verwandelten sich innerhalb eines Herzschlags in tiefe Verzweiflung. Er mischte sich ungefragt in mein Leben ein und versuchte die Person von mir fernzuhalten, die mich atmen ließ.

Ich riss die Haustür auf. Phoenix drehte seinen Kopf und sofort traf mich sein Blick. In seinen Augen lag so viel Gefühl, dass ich im ersten Moment den Schmerz, der sich ebenfalls darin spiegelte, übersah. Doch dieser war so gewaltig, dass ich die Befürchtung hatte, er könnte sich wirklich von mir fernhalten. Die Angst rauschte durch meinen Körper... verwandelte sich in Panik. Mein Herz stolperte. Hämmerte. Schlug wild. Wilder. Mein Puls raste. Das Blut in meinen Venen schrie um Hilfe. Mir wurde schlecht. Luft... ich bekam kaum noch Luft. Er durfte mich nicht verlassen. Ich brauchte ihn. Er war alles was zählte. Ich hörte auf zu atmen, hielt unbewusst die Luft an. Es war kein Platz zum Denken, meine Angst drohte mich zu überwältigen. Meine Stimme zitterte, als ich mich leise flüstern hörte: „Du darfst mich nicht verlassen. Bitte... geh nicht."

Phoenix legte seine Arme um meine Taille, zog mich an seine Brust. Sein Atem streichelte mein Gesicht. Ein wehmütiger Ausdruck trat in seine Augen und ein trauriges Lächeln umspielte seine Lippen. Zärtlich umschloss er mein Gesicht mit beiden Händen. Sah mich an. Sah mir tief in die Augen. Ich schaffte nicht ihm länger ins Gesicht zu gucken. Der Ausdruck in seinem Blick, seine Gefühle... all das war zu viel für mich.

„Prinzessin... mach die Augen auf", bat er leise. Doch ich konnte nicht. Ich fürchtete mich vor seinen Worten. Seinem Blick. Seinen Gefühlen.

Ich schüttelte den Kopf. Stumm.

„Bitte. Sieh mich an."

„Nein. Ich... ich kann nicht. Ich will dir nicht in die Augen sehen, wenn du mir sagst, dass du mich verlässt. D-das kann ich einfach nicht."

„Prinzessin", flüsterte er leise. Zärtlich. „Wie kommst du darauf, dass ich dich verlassen könnte?"

„Ich... ich habe euch belauscht, von der Küche aus. Ich habe gehört, wie Damon gesagt hat, dass du verschwinden sollst."

„Was Damon sagt, interessiert mich nicht!"

„I-ich habe es in deinem Blick gesehen. Ich konnte es fühlen... Du... Verdammt, wenn du gehen willst, dann geh. Aber du kannst nicht verlangen, dass ich dir dabei in die Augen sehe. Verschwinde einfach. Geh..." Meine Stimme zitterte.

„Summer... ich gehe nirgendwo hin. Ich werde dich nicht verlassen. Es sei denn, du bittest mich darum. Aber solange das nicht passiert, wird mich NICHTS und NIEMAND von dir fernhalten können.

Hast du gehört? Solange du mich brauchst, werde ich in deiner Nähe bleiben." Er seufzte, schloss die Augen. „Mir fehlt die Kraft dich erneut zu verlassen." Die Worte… leise… wie stumme Gedanken.

Keine Ahnung, ob ich mir die letzten Worte eingebildet hatte oder nicht, letztendlich versuchte ich die daraufhin einsetzenden Gedanken und Fragen zu verdrängen. Ich war auch so schon verwirrt genug. Viel wichtiger war, dass er mir gerade eben versichert hatte, mich nicht zu verlassen. Ganz gleich, was auch passieren würde. Denn ich wusste, mit absoluter Gewissheit, dass ich ihn niemals bitten würde zu gehen. Niemals. Eher würde die Hölle zufrieren, sollte es denn eine geben.

„Versprochen?" Vorsichtig öffnete ich die Augen. Als sich unsere Blicke begegneten sah ich, nein, ich fühlte, wie seine Gefühle die Mauer durchbrachen. Sie zerstörten. Jene Mauer, die er immer wieder aufs Neue um sich herum errichtete und die er versucht hatte immer höher zu ziehen.

„Ich…" Seine Stimme versagte. Er räusperte sich, leise. „Ich werde nicht verschwinden, es sei denn…"

Ich legte meinen Finger auf seine Lippen. „Scht… Nicht", unterbrach ich ihn. Hinter mir ertönte ein Räuspern. Damon! Erst jetzt fiel mir wieder ein, dass wir zwei nicht allein waren. Es war schwer den Blick von Phoenix abzuwenden, aber ich musste… nur so konnte ich Damon das sagen, was ich dachte. Was ich fühlte.

Damon stand nur wenige Meter von mir entfernt. Beide Hände ballte er zu Fäusten, während sein Blick mich fesselte. Ich spürte seine Qualen. Einen Seelenschmerz, der dafür sorgte, dass meine Wut verpuffte, sich in Luft auflöste.

„Damon…" Der Kloss in meinem Hals wurde größer und größer. „Bitte… du hast es mir versprochen. Freunde… Bitte…", erinnerte ich ihn leise.

Er schüttelte traurig den Kopf. Die Ader auf seiner Stirn pochte, ein deutliches Zeichen dafür, dass er nicht nur verletzt war, sondern zudem auch noch wütend.

„Freunde", wiederholte er emotionslos.

Was hatte ich erwartet?! Meine Gefühle für Phoenix verletzten ihn. Immer. Ununterbrochen. Ich fühlte mich innerlich zerrissen.

Damons Gefühle... ich konnte sie alle spüren. Alle. Angst. Zorn. Enttäuschung. Und... er fühlte sich verraten. Von mir. Von seiner besten Freundin.

Ich schluckte.

Schwieg.

Mir fehlten die Worte.

Es gab keine Worte.

Kein einziges.

Damon machte einen Schritt zurück.

Weg von mir.

Ich spürte, wie er sich immer weiter von mir zurückzog.

Sich entfernte.

Mich aussperrte.

„Tu das nicht, bitte", flüsterte ich leise, mit tränenerstickter Stimme.

Er blieb stehen, blickte mir in die Augen. „Ich habe versprochen, auf dich aufzupassen. Dich zu beschützen... und... ich werde mein Versprechen halten."

„Warum glaubt eigentlich jeder mich beschützen zu müssen? Wovor? Vor dem Leben? Verdammt... Warum darf ich nicht eigene Erfahrungen sammeln? Fehler machen? Vielleicht sogar falsche Entscheidungen treffen?"

„Weil ich dir den Schmerz ersparen möchte. ER wird dich verletzen. Und du..." Damon presste die Lippen zusammen, als würde ihm das, was er sagen wollte, Schmerzen bereiten.

„Damon. Du kannst mich vor dieser Art Schmerz nicht bewahren. DAS ist das Leben. Man kann nicht davor weglaufen oder sich verstecken... und man kann auch niemanden davor beschützen. Und was Phoenix betrifft..." Ich wusste, dass er hinter mir stand und mir zuhörte, doch es war mir egal. Sollte er ruhig hören, was ich dachte.

„Vielleicht besitzt er die Fähigkeit mich zu verletzen, dass bedeutet aber nicht, dass er es auch zweifelsohne tun wird. Genau das meine ich, Damon. Ich muss es herausfinden. Ich *will* es herausfinden."

Phoenix zuckte bei meinen Worten zusammen. „Wenn er mich verletzen sollte, dann ist es mein Schmerz. Meine Schuld. Nicht deine oder die von Simon. Verstehst du? Ich will dich, nur weil ich Phoenix brauche, nicht verlieren müssen. Denn, ob du es glaubst oder nicht... ich brauch dich. Ich werde meinen besten Freund immer brauchen."

Damon – sein Blick war in die Ferne gerichtet. Er sah mich nicht.

„Du machst einen Fehler", zischte er durch zusammengebissene Zähne.

„Pass auf, was du sagst", drohte Phoenix leise.

Damon funkelte ihn zornig an. Er dachte nach. Überlegte. Kurz darauf drehte er sich um. Er ging. Auch, wenn ich nicht wollte, dass Damon ging, so hielt ich ihn dennoch nicht auf. Ihn bitten zu bleiben, hätte ihn nur noch mehr verletzt. Er brauchte Abstand.

Schweren Herzens ließ ich ihn gehen, unterdrückte das Verlangen ihm nachzurennen. Es dauerte ein paar Minuten, um mich zu beruhigen, um das Gefühlschaos in meinem Herzen unter Kontrolle zu bringen. Phoenix, der mich die ganze Zeit über im Arm gehalten hatte, sagte kein Wort. Er ließ mir Zeit.

Als ich mich schließlich wieder im Griff hatte, drehte ich mich um, suchte sein Gesicht. Seine Augen. „Kommst du mit? Zu den anderen, meine ich..." Noch war ich nicht bereit ihn gehen zu lassen.

„Ich... ich weiß nicht", druckste er herum. „Ich glaube, das ist keine so gute Idee."

„Ich möchte aber nicht, dass du jetzt gehst."

„Summer..."

„Bitte", flüsterte ich, immer noch in seinem Blick versunken. Ich brauchte seine Nähe jetzt mehr denn je. Er ließ mich vergessen, dass ich gerade eben meinen besten Freund auf eine Art und Weise verletzt hatte, die ich mir selbst nicht verzeihen konnte. So lange Phoenix bei mir war, umgab mich ein Gefühl von Sicherheit. Eine Sicherheit, die ich brauchte, um nicht in Tränen auszubrechen.

Er zögerte.

Schließlich gab er sich geschlagen. „Also schön. Meinetwegen."

Bevor wir zurück in den Garten gingen, holten wir noch schnell die Gläser aus der Küche. Schon von Weitem sah ich, wie Onkel Charlie mich verschwörerisch angrinste und auf uns zugelaufen kam.

„Phoenix", begrüßte Charlie ihn mit einem Lächeln und klopfte ihm dabei auf die Schulter. „Ich habe mich schon die ganze Zeit gefragt, wo du steckst. Hatte schon die Befürchtung, dass Summer vergessen hätte, dir Bescheid zu sagen."

Ich senkte den Blick.

„Ich hatte noch etwas zu erledigen", antwortete Phoenix.

„Tja. Hauptsache du hast es geschafft. Nicht wahr, Summer?"

„Charlie!", warnte ich ihn leise. Schmunzelnd.

„Was?" Charlie sah mich irritiert an. „Willst du behaupten, dass es nicht so ist?"

„Wolltest du nicht gerade ins Haus?" Ich gab meinem Onkel durch die Blume zu verstehen, dass es besser wäre, wenn er jetzt nichts mehr sagen würde. Er schien meine unausgesprochene Bitte zu verstehen. Er sah mich an. Zwinkerte.

„Stimmt. Ich war gerade auf der Suche nach Holly. Ihr habt sie nicht zufällig gesehen… oder?"

„Gesehen nicht. Aber mich würde nicht wundern, wenn sie zusammen mit Luc und Laney eingeschlafen ist. Wäre schließlich nicht das erste Mal", antwortete ich schmunzelnd.

„Stimmt", lachte Charlie, „ich geh sie mal wecken. Wenn ich zurückkomm", er drehte sich so, dass er Phoenix ins Gesicht gucken konnte, „möchte ich gerne mehr über den Jungen erfahren, der meiner Summer den Kopf verdreht hat."

Scheinbar hatte er meine stumme Aufforderung doch nicht verstanden. „Charlie." Ich verdrehte die Augen und zog Phoenix hinter mir her. Bloß weg hier, bevor es noch peinlicher werden würde.

„Muss ich Angst haben?", fragte Phoenix belustigt.

„Vor Charlie?" Ich schüttelte lachend den Kopf. „Wohl kaum. Trotzdem… wer weiß, was er alles über dich erfahren möchte. Das ist sooooo peinlich", jammerte ich leise, ohne ihn dabei angucken zu können.

„Peinlich? Wieso? Er versucht nur dich zu beschützen. Wenn ich an seiner Stelle wäre, dann würde kein Kerl, und erst recht nicht so jemand wie ich, auch nur ansatzweise in deine Nähe kommen. Allein der Versuch…"

„Mal gut, dass du *nicht* mein Onkel bist", unterbrach ich ihn lachend. „Vermutlich würde ich dann als einsame Jungfer sterben."

„Vermutlich." Seine Augen blitzten verärgert auf. Doch ich ignorierte diesen Blick und tat so, als hätte ich die Veränderung nicht bemerkt.

„Ach, sieh an. Auch schon da?", fragte Tyler und grinste mich an. Der Schalk stand ihm deutlich ins Gesicht geschrieben. „Musstest du die Gläser erst noch spülen? Oder warum hat das so lange gedauert? Ich wollte schon ne Vermisstenanzeige aufgeben…" Dann huschte sein Blick von mir zu Phoenix. „Oh, verstehe", sagte er grinsend und zwinkerte mir verschwörerisch zu. Er drehte sich zu Phoenix. „Mit dir hatte ich ehrlich gesagt überhaupt nicht gerechnet", sagte Tyler grinsend und klopfte ihm zur Begrüßung auf die Schulter. Freundschaftlich. Brüderlich. Als würden sie sich seit Ewigkeiten kennen.

„Wäre besser, wenn er direkt wieder verschwinden würde", murmelte Simon leise, doch nicht leise genug. Es war offensichtlich, dass er wollte, dass Phoenix es hörte. Mit angespannten Kiefernmuskeln schluckte ich meine aufsteigende Empörung über diese bissige Bemerkung runter und zwang mich ruhig zu bleiben. Vergeblich.

„Es steht dir jederzeit frei zu gehen." Mein Ton war schärfer als beabsichtigt, zeigte jedoch Wirkung. Sofort stellte Simon sein überhebliches Grinsen ein. Vorerst. Allerdings hielt es ihn nicht davon ab, eine abfällige Bemerkung hinterherzuschieben. „Hm. Sobald Damon hier auftaucht, wird sich das *Problem* von ganz allein lösen."

Ich wünschte Simon würde an seinem gehässigen Ton ersticken. Warum führte er sich so auf? Phoenix hatte ihm persönlich nichts getan… und die Sache zwischen Damon, Phoenix und mir ging ihn nichts an. Abgesehen davon dachte ich, dass wir das vorhin geklärt hätten. Die Art und Weise wie er sich Phoenix gegenüber verhielt, war unangebracht. Das Bedürfnis ihn in seine Schranken zu weisen, wuchs mit jeder Sekunde.

„Ignoriert ihn einfach. Mach ich auch", hörte ich Tyler leise sagen. „Er hat, wenn ihr mich fragt, einfach zu viel getrunken. Er weiß nicht, was er redet."

Simons Blick huschte von Phoenix zu Tyler. „Ach, du glaubst also, dass ich das nur sage, weil ich ein oder zwei Bierchen getrunken habe?!

430

Ich bin nicht besoffen, falls es das ist, was du glaubst. Okay?! Ich mag ihn nur einfach nicht. Das ist alles. Abgesehen davon… Auf wessen Seite stehst du eigentlich?", fragte Simon aufgebracht und funkelte Tyler anklagend an, während sich seine Hände zu Fäusten ballten.

„Ganz ruhig", mischte sich Logan ein. „Wenn du ein Problem hast…"!

Sofort schnitt Simon ihm das Wort ab. „ER ist das Problem!"

„Ich verschwinde", knurrte Phoenix leise, bedrohlich… und drehte sich um. In der gleichen Sekunde griff ich nach seiner Hand, hielt ihn fest, verschränkte unsere Finger und verhinderte somit sein Verschwinden.

„Wieso versuchst du ihn aufzuhalten? Wenn er gehen will, dann lass ihn", stichelte Simon gnadenlos weiter. Meine anfängliche Wut verwandelte sich schlagartig in Zorn. Glühenden Zorn. Meine komplette Aufmerksamkeit lag jetzt auf Simon, alles andere blendete ich aus. Ich wollte gerade etwas sagen, als Hope sich einmischte. „Vielleicht wäre es besser, wenn du stattdessen verschwinden würdest."

Simon sah Hope ungläubig an. „ER macht Ärger… und ich soll gehen?!" Seine Empörung über ihre Aussage war nicht zu überhören.

„Im Moment sehe ich nur einen der Ärger macht. Und das ist *nicht* Phoenix", konterte Hope ruhig. Ich bewunderte ihre Gelassenheit, während ich an mir eine Seite kennenlernte, die ich nicht kennenlernen wollte. Ich schluckte, schloss die Augen.

„Weiß Damon eigentlich, dass du diesen Abschaum verteidigst?!" Simon konnte es nicht lassen. Mittlerweile schien ihm vollkommen egal zu sein, wen er mit seiner Art provozierte.

„Nur, weil mein Bruder Phoenix nicht sonderlich mag, bedeutet das nicht, dass ich seine Meinung teilen muss. Wir sind zwar Zwillinge, aber ich habe immer noch eine eigene Meinung! Die beiden hatten eine Auseinandersetzung… na und?! Du weißt doch noch nicht einmal, worum es bei diesem Streit ging. Ich liebe meinen Bruder, aber auch Damon macht Fehler!"

Ungläubig schüttelte Simon den Kopf und lachte. Kalt. Emotionslos. „Tja, dann habe ich mich wohl in dir getäuscht, herzallerliebste Hope. Geschwisterliebe wird, wie sich gerade herausstellt, überbewertet. Zwillingsband?! Das ich nicht lache. Du fällst deinem eigenen Bruder in den Rücken. Du bist kein Deut besser als dieser…" Er machte sich nicht einmal die Mühe den Satz zu Ende zu sprechen. Sein abfälliger Blick reichte vollkommen aus. Phoenix versteifte sich, wirkte angespannt und in der nächsten Sekunde fühlte ich die in ihm erwachte Wut, fühlte, wie diese anfing sich in mir zu spiegeln, doch anstatt mich dagegen zu wehren, ließ ich es geschehen.

„Ich warne dich!", drohte Logan und schob Hope hinter sich, versuchte sie vor Simons zornigen Blick zu schützen. „Pass auf, wie du mit meiner Freundin redest. Hör endlich auf jeden dumm von der Seite anzupöbeln, der nicht deiner Meinung ist. Okay?! Und ich glaube, es wäre besser, wenn du gehst. JETZT!"

„Ich spiel dann mal den Taxifahrer, bevor es hier gleich noch eskaliert", meinte Tyler und sah mich entschuldigend an, so, als wenn es seine Schuld wäre. „Summer… Simon, er meint es nicht so. Ich hoffe, das weißt du. Der Alkohol bringt gerade eine Seite an ihn zum Vorschein, die keiner von euch kannte. Du musst wissen, er verträgt nicht viel, genau genommen… überhaupt nichts. Wenn ich besser aufgepasst hätte…"

„Du bist doch nicht sein Babysitter", schnitt ich Tyler das Wort ab. „Er ist alt genug. Wenn er weiß, dass er nichts verträgt… warum trinkt er dann etwas? Warum keine Cola?"

„Tja.. Warum?" Er zuckte mit den Schultern. „Wenn du ihn morgen fragst, wird er dir wahrscheinlich genauso wenig eine Antwort darauf geben können, wie ich jetzt. Hin und wieder macht man eben Dinge, die einem hinterher, wenn es zu spät ist, leidtun. Manchmal wiederholt man diesen Fehler, ohne daraus gelernt zu haben."

Tyler guckte mich an. Lächelte. Dann legte er Phoenix den Arm um die Schulter und flüsterte ihm leise ins Ohr: „Vergiss was gewesen ist. Es war nicht deine Schuld… ist es nie gewesen."

Die Worte waren nicht für meine Ohren bestimmt gewesen, trotzdem hatte ich jedes Wort verstanden. Klar und deutlich. Ich verstand jedoch nicht, warum ich diesem Satz so viel Bedeutung beimaß. Irgendetwas daran machte mich stutzig. Ein Teil meines Gehirns sagte mir einfach, dass hinter dieser scheinbar bedeutungslosen Aussage mehr steckte. Die Frage war nur… *was?*

Phoenix

Ich wollte nicht, dass einer der hier Anwesenden etwas von der Unterhaltung zwischen Tyler und mir mitbekam. Ganz besonders Summer nicht. Anhand ihres Gesichtsausdrucks erkannte ich, dass sie bereits mehr gehört hatte, als sie sollte, auch wenn ich mir sicher war, dass sie mit dem, was sie gehört hatte, nichts anfangen konnte. Trotzdem. Ich wollte kein Risiko eingehen. Wollte sie nicht noch mehr verwirren.

Und da Tyler die gleiche Fähigkeit besaß wie ich, führten wir die angefangene Unterhaltung in Gedanken weiter.

„Natürlich war es meine Schuld. Wessen Schuld soll es denn sonst gewesen sein?!"

„Phoenix... die ganzen Schuldzuweisungen helfen niemanden. Und am Allerwenigsten Summer. Anstatt hier in Selbstmitleid zu versinken, solltest du ihr endlich die Wahrheit sagen. Merkst du nicht, dass ihr Herz sich längst an dich erinnert? Dich wiedererkennt? Verdammt..."

Sofort erfüllten mich Schuld und Erleichterung. Zwei Gefühle, die sich gegenseitig bekämpften, und das seit dem Augenblick, als ich in ihrem Blick die Liebe entdeckt hatte, die ich glaubte für immer verloren zu haben.

„Merkst du nicht, dass du sie quälst? Dass du euch beide quälst?" fragte Tyler leise. Seufzte. Obwohl ich wusste, dass er diese Worte nicht gesagt hatte, um mich zu verletzen wurde ich wütend und zischte *„Glaubst du das wüsste ich nicht?!"*

Tyler sah mich ungläubig an und fragte voller Mitgefühl: *„Warum sagst du ihr dann nicht endlich was du für sie empfindest? Was du wirklich für sie empfindest."*

„Das... das kann ich nicht," gab ich ungehalten zurück. Sofort erfüllte mich Zorn. Grenzenloser Zorn. Nur richtete sich dieser nicht gegen Tyler, sondern einzig und allein gegen mich. Gegen das, was ich getan hatte. In Momenten wie diesen, fiel es mir wahnsinnig schwer den Selbsthass zu ignorieren, dagegen anzukämpfen.

„Warum? Was ist so schwer daran?", fragte er.

„Du würdest es nicht verstehen..."

„*Dann erklär es mir!*"

„*Ich sagte bereits… Du. Würdest. Es. Nicht. Verstehen!*"

„*Oh… wenn du dich da mal nicht irrst!*"

Entsetzt riss ich die Augen auf. Blinzelte. „*Was willst du damit andeuten?*" Nein, er konnte unmöglich den wahren Grund wissen. Niemand wusste es. Niemand.

„*Nur, weil du IHN nicht aufhalten konntest, bedeutet es nicht, dass du deine Gefühle vor ihr verstecken musst. ER ist nicht hier. ER kann ihr nichts tun!*"

Tyler dachte also, dass ich mich schuldig fühlen würde, weil ich das Phantom bisher nicht hatte stoppen können. Erleichtert stieß ich die angehaltene Luft aus. Schwieg, sagte kein Wort.

„*Aber… das ist nicht der einzige Grund. Stimmt's?! Als du mich damals gebeten hast auf Summer aufzupassen, da… verdammt, irgendwie werde ich das Gefühl nicht los, dass du das nicht gesagt hast, damit ich sie vor dem Phantom beschütze… sondern… vor DIR.*" Etwas blitzte in seinen Augen auf. Begreifen. Entsetzen. Er schüttelte den Kopf. „*Vergiss es! Warum sollte ich Summer vor dir beschützen? Das… das ergibt keinen Sinn. Ich sehe, dass du sie liebst… mehr als alles andere… und ich weiß, dass du niemals etwas tun würdest, was ihr schadet… Nein! Das… das werde ich nicht tun. Hast du verstanden?! ICH werde mich nicht zwischen euch stellen. Ich werde nicht derjenige sein, der sich* **eurem Schicksal** *in den Weg stellt. Vergiss es!!*"

„*Wenn du sie vor dem Phantom beschützen willst, dann musst du sie auch vor mir beschützen. Ich… ich kann es dir nicht erklären. Ich… Tyler, bitte. Ich schaff es nicht, mich von ihr fernzuhalten, und sie schafft es auch nicht. Es war ein Fehler hierher zu kommen. Ich hätte mich ihr nie nähern dürfen. Wenn… wenn ich gewusst hätte, dass ich so schwach bin, dann wäre ich nie dieses Risiko eingegangen. Nie.*"

Ich verstummte. Ich hatte ohnehin schon viel zu viel verraten. Mein Herz – ich hatte es weggeschlossen, hatte Summer damals den Schlüssel mitgegeben. Denn ohne sie hatte ich nichts mehr fühlen wollen. Sie war mein Gefühl gewesen. Sie war jedes einzelne Gefühl gewesen. Und genau aus diesem Grund hatte ich mich der in mir existierenden Dunkelheit verschrieben, der Zerstörung. Ich war einen Pakt eingegangen. Nur, wenn ich aufhören würde zu fühlen, wäre ich in der Lage sie vor dem Phantom zu beschützen. Ich hatte das Band zerstören müssen. Unwiderruflich. Nachdem was June mir kurz vor Summers Verschwinden erzählt hatte, war das der einzige Weg gewesen.

„Ich… ich bin nicht mehr derselbe. Ich… habe mich verändert."

„Wir sind alle nicht mehr dieselben. Doch, auch wenn du glaubst, dass du dich verändert hättest, deine Gefühle… sind immer noch dieselben. Deine Liebe… ungebrochen. Du liebst sie und daran wird sich nie etwas ändern."

„Du verstehst es immer noch nicht. Ich darf sie nicht lieben. ICH darf es einfach nicht!"

„Verdammt, Phoenix… ich weiß zwar nicht, warum du glaubst, sie nicht lieben zu dürfen… aber ich versichere dir, dass DEINE Liebe das Einzige ist, was Summer retten kann."

Meine Liebe sollte ihre Rettung sein?! Meine Liebe, wenn ich sie zuließe, wäre ihr Untergang. Verdammt… es war alles perfekt gewesen. Summer war in Sicherheit gewesen. Die ersten zwei Jahre schien mein Plan auch funktioniert zu haben, bis… von heute auf morgen… die Sehnsucht mich verschlungen hatte. Von diesem Moment an hatte Summer mein Denken bestimmt. Meine Gefühle. Mein Leben. Mich.

Summer war immer und überall gewesen. Und ich hatte gemerkt, dass das Band, nie wirklich zerrissen war. Meine Seele hatte unentwegt nach ihr gerufen… und auch, wenn ich diese Rufe anfangs hatte ignorieren können, so war der Schrei im Laufe der Zeit immer lauter geworden. Immer unerträglicher. Und ich hatte gewusst, dass ich einen Weg finden musste, um dieses Band zu zerstören… andernfalls wäre es nur noch eine Frage der Zeit, bis das Phantom Summer mit Hilfe meiner Liebe finden würde.

Mein Plan war perfekt, zumindest war ich davon überzeugt gewesen… bis zu dem Moment, wo ich ihr gegenübergestanden hatte. Sie gesehen hatte. Meine Prinzessin. Mein Licht in tiefster Finsternis. Sie hatte heller gestrahlt als jeder Stern am Himmelszelt. Als alle Sterne zusammen. Ihre Seele war wie ein Leuchtfeuer in der Nacht gewesen… und hatte mühelos den Zugang zu meiner Seele gefunden. Der Augenblick, in dem sie in mich hineingestolpert war, hatte alles verändert. Einfach ALLES.

Trotzdem änderte es nichts an der Tatsache, dass es falsch war. Ein viel zu hohes Risiko. Erneut zeigte sich das Monster in mir. Mein Egoismus… ich wusste, in welche Gefahr ich sie brachte, trotzdem schaffte ich einfach nicht, mich von ihr fernzuhalten. Ihre Liebe veränderte mich. Ihre Liebe veränderte ALLES.

Und jetzt erwartete ich von Tyler, dass er sich zwischen uns stellte, dass er mich von ihr fernhielt. Nur, weil ich dazu nicht in der Lage war. Und dass, obwohl ich wusste, dass mich nichts und niemand mehr von ihr fernhalten konnte. Selbst nicht mein eigener Bruder. Ich seufzte.

„Phoenix. Egal was du sagst… oder denkst… oder glaubst zu wissen… nichts von alledem ist in der Lage meine Meinung zu ändern. Denn ich bin, sowohl damals wie heute, davon überzeugt, dass eure Liebe, die ist, die in der Prophezeiung beschrieben wird. Und eine solche Liebe…"

„Weißt du was?!", schnitt ich ihm das Wort ab. *„Ich scheiß auf deine Hilfe! Vergiss worum ich dich gebeten habe! Vergiss es einfach!"*

In dem Moment drehte sich Summer in meine Richtung, sah mich an. Ihr Blick verriet, dass sie meine Gefühle, die ich versuchte vor ihr zu verbergen, fühlen konnte. Sie fühlte aber auch meine aufsteigende Wut, nur konnte sie diese nicht nachvollziehen. Nicht zuordnen. Nachdenklich runzelte ich die Stirn. Sofort tauchte der vertraute Ausdruck von Besorgnis in ihrem wunderschönen Gesicht auf.

„Phoenix…" murmelte Tyler, doch ich schnitt ihm erneut das Wort ab. Ich wollte mich nicht länger mit ihm streiten. Nicht, so lange Summer sich in der Nähe aufhielt. Sie beobachtete mich ohnehin schon viel zu aufmerksam.

„Es reicht. Lass uns ein anderes Mal weiterreden. Und jetzt verschwinde gefälligst aus meinem Kopf! Sieh lieber zu, dass du diesen Abschaum von hier wegbringst… am besten bevor ich mich vergesse…"

„Du kannst nicht ewig vor deinen Gefühlen weglaufen. Es zerstört dich, genauso wie es sie zerstört. Du wolltest, dass ich auf Summer aufpasse… sie beschütze… und genau das werde ich tun."

Ich wusste nicht, was ich tun sollte. Wusste nicht, was ich denken sollte. Ein Blick in seine Augen reichte, um mich in eine unbekannte Welt zu entführen.

Seine Welt.

Eine Welt voller faszinierender Gefühle.

Eine Welt voller Wunder.

Eine Welt, wo die Dunkelheit mich atmen ließ, anstatt mir den Atem zu stehlen.

Meine Gedanken wirbelten durcheinander und mein Herz raste, machte Luftsprünge… wollte die Flügel ausbreiten und losfliegen, als Phoenix sich vor meinen Augen in *meinen* dunklen Engel verwandelte. Die samtig schwarzschimmernden Schwingen verzauberten mich. Ließen mich lächeln. Ließen mich träumen. Blinzelnd sah ich mich um, schaute jedem meiner Freunde ins Gesicht, in die Augen und versuchte herauszufinden, ob ich die Einzige war, die diese gigantischen Flügel sehen konnte.

Und – ja, ich schien die Einzige zu sein. Ich starrte ihn an, zu verblüfft, um zu sprechen… zu fasziniert, um diesen Augenblick jetzt enden lassen zu wollen.

Phoenix sah mich an, tauchte ein in die Tiefe meiner Seele, während ich versuchte mich nicht zu rühren, mich nicht zu bewegen. Ich fühlte wie seine Seele mich berührte. Eine Berührung, so zart… so sanft, so unsagbar sanft, dass ich vergaß zu atmen, vergaß meine Lungen mit Sauerstoff zu versorgen. Verbotene Gefühle und Gedanken rauschten stattdessen durch meinen Körper, dessen Strömungen mich unter Wasser zogen… in einen Strudel. Das Verlangen seine Lippen zu berühren, ihn zu küssen, ihn endlich küssen zu dürfen, steigerte sich ins Unermessliche.

Phoenix.

Er war alles, was ich wollte.

Er war alles, was ich brauchte.

Er war jedes Gefühl.

Er war jeder Atemzug.

Er war jeder Herzschlag.

Er.

Immer nur ER.

Phoenix.

Plötzlich veränderte sich der Ausdruck in seinem Blick und er wirkte verloren. Seine Augen hörten auf zu Leuchten. Hörten auf zu Strahlen. Das Grün… verlor seine Lebendigkeit. Ich wollte ihn fragen, was los war, was passiert war, doch er legte mir seinen Zeigefinger auf die Lippen, brachte mich zum Schweigen. Er schüttelte den Kopf. Leicht, kaum sichtbar. Lautlos formte er die Wörter *nicht jetzt*. Ich nickte. Verstand seine unausgesprochene Bitte.

Für weitere Gedanken blieb keine Zeit. Holly und Charlie standen vor uns. Sahen uns an. Mich und meine Freunde.

„So, die Zwillinge schlafen endlich", verkündete Holly gutgelaunt. „Jetzt kann der Abend losgehen."

Schmunzelnd warf ich meiner Tante einen Seitenblick zu.

Charlie schnappte sich die Jungs, während Holly sich bei Hope und mir unterhakte und zielstrebig *unseren* Platz in der Nähe des Kirschbaums ansteuerte. Es war fast so, als hätten die Liegestühle, die dort seit letzter Woche unangerührt standen, nur auf uns gewartet. Unzählige Abende hatten wir schon zu dritt hier draußen damit verbracht, einfach schweigend im Himmel nach Sternschnuppen Ausschau zu halten. Diese Momente, diese stillen Momente, waren jedes Mal etwas Besonderes für mich gewesen.

„Damon und Phoenix… die beiden *mögen* sich nicht besonders…", hörte ich Holly leise murmeln. Es war keine Frage, sondern eine Feststellung.

Ich schwieg.

Plötzlich leuchtete die Dunkelheit, die Schatten erwachten und begannen zu tanzen. Die Lichterkette, die Onkel Charlie damals, kurz nach meinem Einzug, unterm Dach der Veranda angebracht hatte, erhellte die Nacht. Damals hatte Charlie einfach gespürt, dass ich mich

438

vor der Dunkelheit fürchtete, ohne, dass ich etwas hatte sagen müssen. Und… er hatte gewusst, dass ich den Sternenhimmel liebte, dass dieser mir das Gefühl von Sicherheit vermittelte. Genau aus diesem Grund funkelten die vielen Lichter wie winzige Sterne. Für diese liebevolle Geste war ich ihm unendlich dankbar gewesen… und war es immer noch. Sofort wurde mir warm ums Herz. Dieses Gefühl zauberte mir ein Lächeln ins Gesicht.

„Ach, Summer. Mach dir keine Sorgen. Die Jungs kriegen sich schon wieder ein." Das Thema schien meine Tante nicht loszulassen. Doch auch dieses Mal zog ich es vor, meine Gedanken für mich zu behalten.

„Sag mal, Holly… wann findet eigentlich euer jährliches Campingwochenende statt?" Ich suchte Hopes Blick und formte lautlos das Worte *Danke*. Holly sprang sofort auf den Themenwechsel an.

„Jetzt am Wochenende", antwortete sie hellauf begeistert. „Die Zwillinge können es kaum erwarten. Jedes Mal, wenn Luc und Laney mich fragen, wann es denn endlich losgeht, fangen ihre kleinen Kulleraugen an zu strahlen."

„Und du, Summer? Fährst du dieses Mal mit?", wollte Hope von mir wissen. Dabei wusste sie ganz genau, dass ich mit dem Thema *Camping* seit dem letzten Jahr auf Kriegsfuß stand. Obwohl die Frage allein aus diesem Grund schon total überflüssig war, befriedigte ich dennoch ihre gespielte Neugier mit den Worten: „Sollte ich mich bis zum Wochenende dazu entschließen mein Leben beenden zu wollen… dann *vielleicht*."

„Ach komm… so schlimm war es jetzt auch wieder nicht gewesen", sagte Holly leise lachend.

„Wer ist denn hier mit dem Gesicht im Dreck gelandet? Du oder ich?" fragte ich gespielt beleidigt.

Bei dem Versuch nachts, ohne Taschenlampe, aus dem Zelt zu klettern, nur um schnell Pipi machen zu gehen, war ich über irgendetwas gestolpert, dass mich so aus dem Gleichgewicht gebracht hatte, dass ich mit einem lauten Schrei und mit dem Gesicht voran im Dreck gelandet war. Zum Glück war es nur Dreck gewesen. Trotzdem hatte mein Schrei alle aus dem Schlaf gerissen… Während Holly mit der Taschenlampe in meine Richtung geleuchtet hatte, hatte Charlie nichts

Besseres zu tun gehabt, als nach seinem Handy zu greifen und diesen peinlichen Zwischenfall mit der Kamera festzuhalten. Naja, eigentlich war es ein echt witziger Schnappschuss. Außerdem hatte man dank des Fotos auch zwei leuchtende Punkte in der Dunkelheit erkennen können. Augen. Ein Waschbär. Ein Dachs. Keine Ahnung, denn außer diesen leuchtenden Punkten konnte man auf dem Foto, das im Übrigen ebenfalls die Wand meines Zimmers schmückte, nichts erkennen.

„Der kleine Waschbär hatte sich mit Sicherheit genauso erschrocken wie du…", sagte Hope und versuchte sich das Lachen zu verkneifen.

„Pfff… Allerdings hatte er keine Schlammpackung im Gesicht gehabt."

„Das… kannst du nicht wissen, es war immerhin dunkel. Und außerdem, Schlamm ist gut für die Haut. Es soll Leute geben, die dafür richtig viel Kohle bezahlen."

„Du bist ja soooo witzig, Hope." Auf meinem Gesicht lag ein ironisches Grinsen, welches meine Freundin jedoch nicht sehen konnte, da ihr Blick auf der Suche nach Sternschnuppen in den Nachthimmel gerichtet war.

Kurze Zeit später stießen Charlie, Logan und Phoenix zu uns. Während Logan sich zu Hope auf die Liege legte und die Arme um sie schlang, stand Phoenix einfach nur wortlos vor mir. Sah mich an. Schweigend. Stumm. Ich wünschte, ich könnte verstehen, was in seinem Kopf vorging. Welche Gedanken ihn in diesem Augenblick quälten.

Sein Blick hingegen bedurfte keiner Worte. Ich wusste, was er fühlte. Denn ich fühlte, was er fühlte. Nur verstehen konnte ich es nicht.

Seufzend drehte sich Phoenix in Hollys Richtung, schaute ihr ins Gesicht und sagte: „Es ist spät… Ich wollte allerdings nicht verschwinden, ohne mich vorher verabschiedet zu haben…"

„Ich freu mich, dass du gekommen bist, Phoenix. Allein, weil ich weiß, wieviel es Summer bedeutet."

„Holly", unterbrach ich meine Tante und stand dabei umständlich von der Liege auf, griff nach Phoenix Hand und zog ihn leise grummelnd von den anderen weg. Nur gut, dass er nicht sehen konnte, wie mir die Hitze in die Wangen schoss. „Holly... sie mag dich..."

„Dann ist sie eine von wenigen...", brummte er leise.

Schweigend liefen wir nebeneinander her. Selbst im Haus war es mucksmäuschenstill. Phoenix umschloss gerade die Türklinke der Haustür, als Hope hinter uns auftauchte.

„Wir haben beschlossen, dass es auch für uns Zeit wird zu verschwinden. Wenn du willst, dann können wir dich mitnehmen, Phoenix..."

„Meinetwegen..."

Hope umarmte mich. Dann Logan. Und Phoenix verschwand durch die Tür nach draußen. Ohne ein Wort. Ohne einen letzten Blick.

Ich starrte ihm hinterher. Meine Gefühle verwandelten sich in ein Flüstern. Wurden leiser. Und Leiser. Sein Verhalten verletzte mich, meine Gedanken wurden ausgeknockt, ließen mich benebelt im Nichts zurück. Doch ich ließ mir nichts anmerken. Lächelte meinen flüsternden Schmerz einfach weg.

Als die Haustür endlich ins Schloss fiel, lief ich die Treppe hoch. Kaum hatte ich die Tür zu meinem Zimmer geöffnet, wehte mir ein eisiger Windzug entgegen. Um mich vor der Kälte zu schützen, schlang ich die Arme um meinen Oberkörper und ging hinüber zum Fenster, um es zu schließen. Ich erstarrte. Hope und Phoenix standen unten in der Auffahrt, vertieft in einer Diskussion. Logan saß vermutlich schon im Auto und wartete auf die beiden. Irgendwie beschlich mich das ungute Gefühl, dass die beiden so schnell nicht ins Auto steigen würden. Ich lauschte. Hörte zu. Und... ich verstand jedes Wort. Klar und deutlich. Nur, dass ich mal wieder nichts damit anfangen konnte. Es ergab keinen Sinn. Nichts von alledem. Nicht für mich.

„Was soll das?", fuhr Hope Phoenix wütend an. „Warum tust du das? Warum wehrst du dich so dagegen?!"

„Was... was, wenn dein Bruder Recht hat...?" Der Schmerz in seiner Stimme traf mich vollkommen unvorbereitet.

„Seit wann interessiert dich was Damon sagt?! Verdammt, Phoenix! Mal abgesehen davon, dass er eifersüchtig ist, versucht er dich mit dieser Taktik nur zu verunsichern. Und, indem du anfängst zu zweifeln, hat er erreicht, was er wollte. Ist es das, was du willst?!"

„Das ist es nicht", antwortete Phoenix. „Ich sehe doch, dass ich sie zerstöre. Je länger ich mich in ihrer Nähe aufhalte, desto schlimmer wird es. Oder willst du etwa behaupten, dass du es noch nicht bemerkt hättest?!"

„Worauf willst du hinaus?"

„Wann haben die Flashbacks angefangen? Wann?", fragte er mit kalter Stimme und legte den Kopf in den Nacken.

„Was ist verkehrt daran? Sie *will* sich erinnern. Sie *muss* sich erinnern... und, wenn du der Schlüssel dazu bist, dann hilf ihr gefälligst."

„Du... du verstehst es nicht", knurrte er und schloss gequält die Augen.

„Was? Was verstehe ich nicht?" Hope klang verärgert, richtig verärgert. So hatte ich sie bisher noch nie reden hören. Mit niemandem. Mit jedem Wort wuchs meine Verwirrung. Was sollten die Bruchstücke meiner Vergangenheit mit Phoenix zu tun haben? Das... das ergab keinen Sinn.

„*Ich* bringe sie dazu, sich an Dinge zu erinnern, die die Macht besitzen, sie für immer zu zerstören. Verstehst du?! Wenn sie sich erinnert, wenn all diese Erinnerungen wirklich zu ihr zurückkehren... dann ist es meine Schuld. Meine verfluchte Schuld. Und mit dieser Schuld würde ich nicht leben können. Nicht leben *wollen*."

Seine Hoffnungslosigkeit legte sich wie ein durchsichtiger Schleier um mich. Sein Schmerz ließ mich schlucken. Der Kloß wollte jedoch nicht verschwinden. Hope legte ihm die Hand auf die Schulter, sah ihm ins Gesicht, in die Augen. „Du weißt, dass sie sich erinnern *muss*."

„Nein! Nicht, wenn es sie zerstört."

„Sie kann nicht ewig vor ihrer Vergangenheit wegrennen, du weißt, dass sie das ohnehin schon viel zu lange versucht. Es wird Zeit. Sie *muss* sich ihre Erinnerungen zurückholen. Doch... was glaubst du wird passieren, wenn die Schatten ihrer Vergangenheit sie einholen und du bist weg? Spurlos verschwunden? Kapierst du es denn immer noch nicht?! Sie braucht dich! Jetzt! Hier! Also… hör gefälligst auf sie ständig von dir wegzustoßen!"

„Du weißt nicht, was du da von mir verlangst?!", donnerte er Hope wutschnaubend entgegen.

„Nein! Weiß ich nicht! Und ich will es auch überhaupt nicht wissen! Denn ich sollte dich verflucht nochmal erst gar nicht darum bitten müssen. Du solltest es selbst wollen. Gerade du! Doch… stattdessen weigerst du dich ihr zu helfen! Glaubst du, dadurch machst du es ihr einfacher?!"

„Es war ein Fehler! Alles war ein Fehler", seufzte er leise. „Ich hätte mich ihr nie nähern dürfen. Wenn ich könnte, würde ich die Zeit zurückdrehen… ich wäre in der Hölle geblieben, anstatt zu ihr zurückzukehren. Dort gehöre ich hin. In die Hölle. Aber nicht hierher. Nicht zu ihr."

Wie konnte er bloß so etwas sagen? Geschweige denn denken? Ich hasste es, wenn ich die Kontrolle zu verlieren drohte, über mich, über meine Gedanken, über meine Gefühle. Ich wich zurück. Weg vom Fenster. Weg von seinen Gefühlen. Ich brauchte Sauerstoff. Luft. Meine Lungen brannten. Ich schüttelte den Kopf, kehrte zum Fenster zurück. Musste hören, was er sagte. Fühlen, was er fühlte.

„Wärst du nicht", sagte Hope sanft. Mitfühlend. „Selbst, wenn du die Zeit zurückdrehen könntest, wenn du sie manipulieren könntest… würdest du zu ihr zurückkehren. Immer und immer wieder. Denn du brauchst sie wie die Luft zum Atmen. Du kannst dich nicht von ihr fernhalten, genauso wenig, wie sie es kann. Der Unterschied ist nur, dass sie es, im Gegensatz zu dir, nicht versteht. Anstatt hier in Selbsthass zu ertrinken, solltest du endlich anfangen ihr zu helfen. Hilf ihr, sich ihren Dämonen zu stellen."

„Wenn ich überzeugt wäre, ihr helfen zu können, hätte ich es längst getan. Aber… ich kann es nicht. Ich konnte es damals schon nicht. Und daran hat sich bis heute nichts geändert."

„Schwachsinn! Du bist der Einzige, der ihr helfen kann. Der Einzige, der in der Lage ist, sie zu retten. Hast du denn wirklich alles vergessen? Die Prophezeiung besagt…"

„Die Prophezeiung…", lachte Phoenix kalt. Emotionslos. „Die Prophezeiung ist eine Lüge. Sie hat uns alle getäuscht. Mich. Dich.

Einfach jeden. Nichts von alledem ist wahr. Nichts. Du denkst, ich könnte sie retten?! Ohhh... ich bin nicht ihre Rettung, sondern ihr Untergang!"

Tränen der Enttäuschung brannten in meinen Augen.

Tränen der Wut.

Tränen.

So viele Tränen.

Mit einem lauten Knall schloss ich das Fenster.

Sperrte seine Gefühle aus.

Sperrte seine Lügen aus.

Sperrte seine vernichtenden Wörter aus.

Sperrte mich ein.

Versuchte *mich* so zu schützen.

Mir wurde kalt. Entsetzlich kalt. Als ich begann zu zittern, beschloss ich duschen zu gehen. Vielleicht könnte das heiße Wasser die eisige Kälte, die mein Herz drohte zu zerquetschen, verschwinden lassen.

Ich schloss die Badezimmertür zu, zog mich aus, warf meine Klamotten auf den Boden.

Nachdem ich meine Haare gleich zweimal gewaschen hatte, genau wie den Rest meines Körpers, stieg ich aus der Dusche. Sofort wickelte ich mich in ein großes Handtuch. Der Spiegel war beschlagen, doch anstatt ihn wie sonst zu ignorieren, ging ich auf ihn zu. Zögerlich streckte ich die Hand nach dem Glas aus, wischte eine winzige Fläche frei. Und... erstarrte. Ein ängstliches Gesicht blickte mir entgegen. Augen, gefüllt mit Traurigkeit. Plötzlich wich ich zurück. Die Traurigkeit verwandelte sich in eine unheimliche Leere.... dann in einen grausamen Schmerz. Der Spiegel zeigte mir das, was ich nicht sehen wollte. Warum tat es nur so verdammt weh?

Ich musste so schnell wie möglich verschwinden, zurück in mein Zimmer gehen, fliehen, vor dem, was der Spiegel mir zeigte.

Ich wollte schlafen. Vergessen. Einfach nur vergessen.

Als ich die Zimmertür öffnete, hätte ich vor lauter Schreck fast mein Handtuch fallen lassen. Mit einer Hand hielt ich es fest, die andere presste ich mir auf den Mund, um den Impuls zu schreien, zu verhindern, zu unterdrücken. Ich schluckte, traute meinen Augen nicht.

Phoenix saß auf meinem Bett, sah mich an. Nein, starrte mich an. Der Ausdruck, der in seinen Augen aufflackerte, war alles andere als unschuldig. Eine ungeahnte Hitze erwachte, während ich auf die Linien seines Mundes starrte. Auf Lippen, die mir den Verstand raubten. Mein Herz. Meine Seele. Meinen Körper. Einfach alles.

Die Kälte – verschwunden.

Stattdessen war ich berauscht. Von Gefühlen. Von seinen. Von meinen. Dass ich Luft holen musste, atmen musste, vergaß ich. Wie so oft. Eigentlich... wie immer. Ich sah nur das Leuchten in seinen Augen. Eine Reflexion seiner Gefühle. Denn, um mich lebendig zu fühlen, brauchte ich keinen Sauerstoff, sondern ihn. Phoenix.

Ich blinzelte.

Holte Luft.

Blinzelte.

Holte Luft.

Dann lief ich, ohne Phoenix weiterhin Beachtung zu schenken, auf meine Kommode zu, wühlte darin nach Socken. Wortlos beobachtete er mich. Ich fühlte seinen Blick. Natürlich wusste ich, warum er hier war. Aber ich würde den Teufel tun und ihn auf das, was ich gehört hatte, ansprechen. Er wollte reden? Schön. Sollte er doch anfangen. Ich hatte mich nämlich gerade eben dazu entschlossen, so zu tun, als hätte ich nichts gehört, als hätte ich die beiden nicht heimlich belauscht. Ich zog es vor zu Schweigen, obwohl mir unzählige Fragen auf der Zunge brannten. Allerdings wusste ich nicht, ob ich die Antworten darauf auch wirklich hören wollte. Nichts ergab einen Sinn. Trotzdem, oder gerade deswegen, weigerte ich mich die Wahrheit zu erfahren.

Die Luft war kalt. Ich zitterte, bekam Gänsehaut. Kein Wunder, immerhin trug ich nichts weiter als ein feuchtes Handtuch und dicke Socken an meinem Körper. Also schlüpfte ich unter die Bettdecke, zog mir diese bis unters Kinn. Noch immer beobachtete Phoenix mich. Er saß keinen Meter von mir entfernt. Am Ende des Bettes. Je länger er mich *so* anstarrte, desto mehr wuchs die Sehnsucht, schwoll an, flutete mich.

Ich sehnte mich so verzweifelt nach seiner Nähe, dass es anfing wehzutun. Es schmerzte. Nicht körperlich, sondern seelisch. Ich senkte den Blick, brauchte Abstand.

Ihn aus meinem Kopf verbannen zu können, war schier unmöglich. In diesem Augenblick wurde mir bewusst, so richtig bewusst, dass das niemals funktionieren würde. Nur wusste ich nicht *wieso*. Er manipulierte mich. Oder manipulierte ich mich im Endeffekt nur selbst?

Phoenix – er war meine Schwäche. Meine größte Schwäche. Meine einzige Schwäche.

Nein!

Nicht Schwäche.

Stärke.

Stärke.

Stärke.

Lebendigkeit.

Ich wollte nicht einfach bloß Teil seiner Welt werden… ich wollte mehr. So viel mehr. Ich wollte seine Welt, *unsere* Welt, endlich kennenlernen. Denn Phoenix war längst, ohne dass ich es hatte verhindern können, ~~ohne es hatte verhindern zu wollen~~, zum Mittelpunkt meines Lebens geworden.

Alles drehte sich um ihn.

Jeder Gedanke galt ihm

Jedes Gefühl.

Jeder Herzschlag.

Jeder Atemzug.

Einfach alles.

Nie zuvor wusste ich wie sich Gefühle anfühlen konnten.

Nie zuvor hatte ich meinen Gefühlen Leben einhauchen können.

Nie zuvor war ich in der Lage gewesen meine Gefühle mit der Welt zu teilen, nicht auf diese Art und Weise.

Tiefe Gefühle.

So leuchtend.

So hell.

So strahlend schön.

Nie zuvor.

Niemals.

Niemals.

Niemals zuvor.

Phoenix Worte rissen mich aus meinen Gedanken.

Fragend sah ich ihn an, hoffte, dass er seine Worte wiederholen würde. Worte, die ich nicht verstanden hatte, nicht gehört hatte. ~~Nicht hatte hören wollen.~~

„Ich hatte nie vorgehabt mich dir zu nähern…", wiederholte er leise, ohne mir dabei in die Augen gucken zu können. Ich zeigte keine Reaktion. Tat so, als hätte ich die Bedeutung dessen nicht verstanden. Er seufzte.

„Heute Abend… es war ein Fehler hierher zu kommen… und doch schaff ich es einfach nicht…" Weiter sprach er nicht.

Jetzt, wo sich seine Gefühle in mir widerspiegelten, konnte ich nicht länger so tun, als hätte ich ihm nicht zugehört.

„Was redest du denn da?" Meine Stimme zitterte. „Du kannst dir gar nicht vorstellen, wie glücklich ich gewesen bin, als ich wusste, dass du da bist…"

„Glücklich…", wiederholte er im kalten Ton und stand vom Bett auf. Lief hinüber zum Fenster. Und starrte hinaus in die Nacht. „Ich wusste, dass es Ärger geben würde... Ich wusste es. Und bin trotzdem gekommen." Er lachte verbittert auf. „Selbst nach dem Ärger bin ich geblieben, anstatt zu verschwinden… anstatt dich und deine Freunde in Ruhe zu lassen. Und wozu? Wofür das Ganze?" Er seufzte, griff sich mit der Hand in den Nacken. In diesem Moment fühlte ich wie verloren er war. Wie einsam. Wie verletzt. Wie sehr er sich selbst hasste.

„Du bist geblieben, weil ich wollte, dass du bleibst." Ich schluckte.

„Meinst du, ich hätte nicht gewusst, dass es Ärger geben würde?! Verdammt… Ich wusste es! Doch es war mir egal. Und es ist mir auch jetzt noch egal."

„Es sollte dir aber nicht egal sein…", flüsterte er.

„Tyler hatte Recht. Meine Freunde müssen, wenn sie wirklich meine Freunde sind, endlich akzeptieren, dass wir…"

„Dass wir *was*?!", fiel er mir ins Wort. Für einen kurzen Augenblick drehte er sich in meine Richtung, sah mir in die Augen, nur, um mir dann erneut den Rücken zuzukehren. Er wollte mir nicht in die Augen

sehen. Er konnte es nicht. Denn er wusste, dass er mich zwar gefühlsmäßig aussperren konnte, aber dass ihn seine Augen trotzdem verraten
würden. Dabei hatte ich längst seine Zerrissenheit sehen können. Ein
Gefühl, dass mir zeigte, dass seine Worte nichts weiter als ein erbärmlicher Versuch waren, mich davon zu überzeugen, dass es besser wäre,
wenn er endlich aus meinem Leben verschwinden würde. Ein Gefühl,
dass mir aber auch gleichzeitig sagte, dass er den Gedanken genauso
wenig ertragen konnte wie ich.

„Ich dachte…", setzte ich an, verstummte aber sofort wieder.

Wir drehten uns im Kreis. Immer. Und immer wieder. Phoenix und
ich, wir waren wie zwei verdammte Magneten, wie Licht und Dunkelheit… und wir zogen uns mit einer solchen Anziehungskraft an, die es
uns beiden unmöglich machte, sich voneinander fernzuhalten. Doch
im entscheidenden Moment, kurz bevor wir *verschmelzen* konnten, wich
er zurück. Immer. Ausnahmslos.

„Das… das hatten wir doch schon", seufzte er gequält.

„Aber…", versuchte ich zu argumentieren, doch all meine Gedanken, all meine Worte verstummten, verwandelten sich in einen verzweifelten Hilferuf, der von der schwarzen Stille des Begreifens in meinem Kopf verschluckt wurde. Es gab nichts, was ich nicht schon
unzählige Male gesagt hatte. Ich wusste, dass nichts was ich sagen
würde, ganz egal *was*, ihn dazu bringen könnte, die um ihn herum errichtete Mauer niederzureißen.

„Nur, weil ich nicht schaffe dich zu verlassen… nur, weil ich das
nicht kann… bedeutet es nicht, dass wir beide zusammen sein können.
Nicht so… Nicht so, wie wir es uns wünschen…" Die letzten Worte
waren nicht mehr wie ein stummes Flüstern des Windes gewesen. So
leise, so verdammt leise, dass ich im ersten Moment nicht glauben
konnte, was ich gehört hatte. Aber er hatte es gesagt. Er hatte *wie wir
es uns wünschen* gesagt. Vielleicht mochte es ihm unbewusst heraus-
gerutscht sein, doch… passierte so etwas nicht nur dann, wenn man sich
in Gedanken das eingestand, was man, aus welchen Gründen auch immer, nicht zugeben wollte?

Ein Funken Hoffnung. Vielleicht…

„Warum versuchst du dich mit aller Macht dagegen zu wehren? Warum willst du es nicht zulassen? Ich… ich sehe es nicht nur in deinen

Augen… Phoenix… ich fühl es. *Alles*, was du fühlst, spiegelt sich in mir wider. Ich fühle, was du für mich empfindest… und doch…" Es war ein jämmerlicher Versuch. Ich war jämmerlich. Ich rannte einem Schatten hinterher. Dabei wusste jeder vernünftige Mensch, dass sich ein Schatten nicht einfangen ließ. Niemals. Es war unvernünftig. Absolut unvernünftig.

Doch, seit wann hatte Liebe etwas mit Vernunft zu tun?!

Liebe war mit dem Verstand nicht zu begreifen.

Liebe war ein Gefühl.

Aber nicht nur irgendein Gefühl.

Liebe war das Gefühl aller Gefühle.

„Weil es keine Rolle spielt…"

Ich wollte ihn anschreien, ihn schlagen, alles auf einmal. Plötzlich fühlte ich mich kraftlos. Mit geschlossenen Augen ließ ich mich rückwärts in die Kissen fallen, während ich krampfhaft die Bettdecke mit beiden Händen umklammerte. Genau diese Antwort hatte ich nicht hören wollen. Es tat weh. Warum hatte ich auch fragen müssen? Was verflucht nochmal hatte ich mir bloß dabei gedacht? Ich hatte die Antwort gekannt. Ich hatte sie jedes Mal gekannt. Denn es war immer dieselbe. Wie oft wollte ich diesen Satz noch zu hören bekommen? Ein Strudel der unterschiedlichsten Gefühle zog mich unter Wasser. Ich wollte ihm so viel an den Kopf werfen, doch kein Laut verließ meine Lippen.

Manchmal war Schweigen die einzige Möglichkeit einem zu zeigen, wie verletzend Worte sein konnten, wie tief sie schnitten.

Auch Phoenix schwieg.

Auch er litt.

Aber es änderte nichts.

Nicht das Geringste.

Keiner von uns wollte etwas sagen.

Vielleicht, weil es in diesem Augenblick nichts gab, was wir hätten sagen können. Deshalb überraschte es mich nicht, als er kurze Zeit später wortlos verschwand.

449

Summer

„**W**o steckt eigentlich Simon?"

Mit dieser Frage setzte sich Logan zu Hope und mir an den Tisch. Die Mensa kam mir heute besonders überfüllt vor. Was vermutlich daran lag, dass die Schüler, die sich normalerweise während der Pause draußen im Freien aufhielten, sich heute wegen des Dauerregens lieber für die trockene Mensa entschieden hatten.

„Keine Ahnung. Seit dem Vorfall bei euch im Garten habe ich ihn nicht mehr gesehen", antwortete Hope und sah mich dabei fragend an. So, als wenn ich mehr wüsste.

„Was? Ich weiß genauso viel wie du", erwiderte ich schulterzuckend. Allein die Erinnerung an seine kalten, emotionslosen Augen, jagte mir einen eisigen Schauer über den Rücken. Sofort sperrte ich die Bilder weg. Ich durfte mich jetzt, so kurz vor der Physikklausur, nicht ablenken lassen.

„Könnten wir vielleicht nach Physik darüber diskutieren?", fragte ich.

Tyler, der sich in der Zwischenzeit zu uns gesellt hatte, wirkte bei der Erwähnung des Wortes Physik sichtlich nervös.

„Shit", murmelte er leise.

„Hast du etwa vergessen zu lernen?", fragte Hope und sah Tyler mit einem tadelnden Blick an.

„Ich vergesse *nie* etwas, Süße." Er klang so selbstsicher, als wenn Physik für ihn die einfachste Sache der Welt wäre.

„Das sehe ich", erwiderte Logan schnippisch, gespielt eifersüchtig. „Hope ist MEINE Süße. Nicht deine."

„Sei kein Arsch. Ich dachte was deins ist, ist auch meins…", erwiderte Tyler entsetzt. In Sekundenschnelle veränderte sich Logans Gesichtsausdruck. Auch er musste sich, genau wie Tyler, das Lachen verkneifen.

„Weißt du Ty... sei froh, dass ich dich... *irgendwie*... mag. Du Arschgesicht. Abgesehen von dir, würde keiner mit dieser Nummer ungeschoren davonkommen." Logan klopfte Tyler lachend auf die Schulter, ehe er ihn im gleichen Atemzug in den Schwitzkasten nahm.

Ich blendete die beiden aus, versuchte mich auf die Formeln zu konzentrieren.

„Das bringt jetzt auch nichts mehr. Also, hör auf dich bekloppt zu machen", belehrte mich Tyler, während er sich lachend aus Logans Griff befreite.

Ich sah ihn skeptisch an. „Als wenn ich das nicht selbst wüsste..."

„Warum machst du es dann?" Ty zog fragend die Augenbrauen hoch.

„Keine Ahnung", seufzte ich und vergrub mein Gesicht in den Händen.

„Siehst du?! Das hast du jetzt davon..."

Wortlos stimmte ich ihm zu. Tausend Formeln schwirrten mir im Kopf umher, ohne dass ich eine Einzige davon zuordnen konnte.

Damon saß, als ich zusammen mit Hope, Logan und Tyler den Klassenraum betrat, bereits auf seinem Platz. Seit seinem Verschwinden hatten wir kein Wort mehr miteinander gesprochen. Obwohl es höllisch schmerzte, akzeptierte ich seinen Entschluss. Immerhin konnte ich verstehen, dass er mir nur aus dem Weg zu gehen versuchte, um sich selbst zu schützen. Und eben, weil ich das wusste, vermied ich ihm in die Augen zu sehen, also senkte ich, während ich an ihm vorbeilief, den Blick.

Hope schien meine innere Zerrissenheit zu spüren, denn sie flüsterte mir leise ins Ohr: „Lass ihm einfach etwas Zeit."

„So, dann holt mal eure Stifte raus." Mr. Clearwaters Worte rissen mich aus meiner Versunkenheit. „Sobald ihr fertig seid, kommt ihr zu mir nach vorne, legt die Klausur hier auf den Tisch... und werdet, ohne einen Mucks von euch zu geben, durch diese Tür verschwinden." Er zeigte mit dem Finger auf die Klassentür. Ich schüttelte schmunzelnd den Kopf.

So, geschafft. Ich las mir meine Antworten noch einmal durch, dann packte ich leise meine Sachen zusammen und stand auf. Als ich den Mittelgang hindurchlief konnte ich nicht verhindern Damon aus dem Augenwinkel heraus für den Bruchteil einer Sekunde anzugucken. Irritiert und erschrocken zog ich die Augenbrauen zusammen. Hatte ich richtig gesehen? Ich riskierte einen erneuten Blick. Sein Klausurzettel… leer. Unausgefüllt. Keine einzige Lösung stand dort geschrieben.

Ich legte gerade die Klausur auf das Lehrerpult, als der Klassenraum vor meinen Augen begann zu verschwimmen. Alles wurde unscharf.

Blut. Überall Blut. Egal wohin ich sah, alles war… Rot. Rot. Rot. Mein ganzer Körper fing unkontrolliert an zu zittern. Je mehr ich mich dagegen wehrte und versuchte das Zittern zu unterdrücken, desto schlimmer wurde es.

Mir wurde kalt.

Eiswasser floss durch meine Adern und mein Herz verwandelte sich in einen riesigen Eiszapfen. Mein Blick huschte suchend hin und her, bis er an meinen Händen hängenblieb.

Meine Finger waren rot.

Blutverschmiert.

Aber es war nicht mein Blut, das an MEINEN Händen klebte. Mein Puls begann zu rasen. Mein Herz japste, versuchte zu fliehen. Panik brach durch meine Haut, würgte mich. Ich bekam keine Luft. Konnte nicht mehr atmen. Ich versuchte den Blick von meinen Händen zu lösen. Aber es passierte nichts. Meine Augen blinzelten Tränen weg.

Ich keuchte.

Keuchte.

Keuchte.

Schnappte nach Luft, wie ein Fisch auf dem Trockenen.

Stille senkte sich über mich. Zerquetschte mich.

Dann… ein Flüstern. Leise. Kaum hörbar.

Worte. Gebrochen.

Ich konzentrierte mich, sperrte die grausamen Gefühle für einen winzigen Moment weg.

„Summer. Erinnere DICH!"

Je länger ich die Gefühle aussperrte, desto mehr Geräusche nahm ich um mich
herum wahr.
Ich versuchte zuzuhören. Zu lauschen. Zu verstehen.
Schritte.
Stimmen.
So viele Stimmen.
Fremde Stimmen.
Unbekannte Stimmen.
Und alle versuchten mir etwas zu sagen. Etwas, das ich jedoch nicht verstehen
konnte. Sie sprachen zu wild durcheinander. Zu aufgeregt. Zu hektisch. Zu pa-
nisch.
Ein einziges Stimmengewirr.
Was versuchten sie mir zu sagen? Was?

„Summer?" Mr. Clearwaters Stimme holte mich ins Hier und Jetzt zurück. Ich blinzelte. Lächelnd legte ich die Klausur vor ihm auf den
Tisch, drehte mich um und verließ den Klassenraum.

Geräuschlos schloss ich die Tür hinter mir. Lief los, setzte einen
Fuß vor den anderen. Zuerst langsam, dann immer schneller... bis ich
schließlich rannte. Ich musste hier raus. So schnell wie möglich. Luft.
Ich brauchte dringend frische Luft.

Für einen winzigen Moment kehrten die Erinnerungen an den
Flashback zurück. Schlagartig erwachte eine nicht nachvollziehbare
Einsamkeit. Dieses Gefühl traf mich vollkommen unvorbereitet. Mit
voller Wucht. Die Intensität war überwältigend. Erschreckend. Plötzlich bekam ich keine Luft mehr. Es fühlte sich an, als würde ich ersticken. Hände, kalte Hände, legten sich um meinen Hals, drückten zu.
Doch es war niemand hier. Keuchend rang ich nach Luft, sank in die
Kniee. Mir fehlte die Kraft wegzulaufen. Ich wusste ja nicht einmal,
wovor ich hätte weglaufen sollen. Vor mir selbst? Vor meinen Erinnerungen? *Das versuchst du schon die ganze Zeit* belehrte mich die Stimme in
meinem Kopf.

„Summer?! Komm... ich bring dich hier raus."

Sobald ich Damons vertraute Stimme hörte, verschwand das Gefühl zu ersticken. Die Hände, die ich noch vor wenigen Sekunden auf

meiner Haut gespürt hatte, die sich um meinen Hals gelegt hatten, waren weg. Als wären sie nie dort gewesen. Was vermutlich auch der Wahrheit entsprach. Denn, wenn mich wirklich jemand versucht hätte zu erwürgen, würde Damon mich jetzt nicht mit diesem besorgniserregenden Blick anstarren. Trotzdem griff ich mir instinktiv an den Hals. Erleichterung durchströmte mich, als ich schließlich realisierte, dass mir nichts passieren würde. Jetzt, wo Damon bei mir war, war ich in Sicherheit. Ich schnappte nach Luft und versuchte aufzustehen. Doch Damon war schneller. Bevor ich wusste, was überhaupt geschah, lag ich schon in seinen Armen. Im ersten Moment wollte ich protestieren, aber stattdessen lehnte ich den Kopf gegen seine Brust, ließ mich ohne Gegenwehr nach draußen tragen.

Kaum spürte ich den kühlen Wind auf der Haut holte ich tief Luft. Die Kälte, die sich daraufhin in meinen Lungen ausbreitete, löschte die Flamme des Feuersturms, der nach wie vor in mir gewütet hatte. Das Atmen fiel mir schwer. Doch, je mehr Luft in meine Lungen strömte, desto erträglicher wurde es… bis das Gefühl in Flammen zu stehen endgültig verschwand.

Damon trug mich bis zum großen Baum. In die Nähe des Parkplatzes. Vorsichtig setzte er mich, mit dem Rücken gegen den Stamm lehnend, auf den Boden ab. Erst als er sicher war, dass ich genügend Halt hatte, setzte er sich mir gegenüber in den Schneidersitz hin.

„Summer. Was war los?", fragte er mit ruhiger Stimme. Sein Blick verriet jedoch, dass er sich Sorgen machte. Große Sorgen.

„Ich… keine Ahnung. Ich… ich weiß nicht, was da gerade passiert ist", stammelte ich hilflos. Ich wünschte, ich könnte ihm sagen, was ich gesehen hatte. Aber ich wollte nicht. Konnte nicht. Nicht jetzt.

„Die Klausur…", lenkte ich von seiner eigentlichen Frage ab. „Was ist mit deiner Klausur? Das Blatt… es war leer…"

„Die Klausur interessiert mich nicht", erwiderte er in einem Ton, der keine weiteren Fragen zuließ.

Doch ich wollte nicht lockerlassen. Denn ich wollte nicht über *mich* sprechen. Also murmelte ich: „Nicht, sag das nicht."

Damon ging erst gar nicht auf meine Antwort ein, er ignorierte meine Aussage. Seine Augen suchten meinen Blick. Er versuchte darin die Antworten zu finden, die ich nicht bereit war laut auszusprechen.

„Hör zu, ich weiß, dass du vorhin etwas Schlimmes gesehen hast. Und ich weiß auch, dass du nicht darüber reden willst", sagte er fürsorglich und ließ mich, während er mit mir sprach, nicht eine Sekunde aus den Augen. „Und, wenn du jetzt nicht darüber reden willst, dann ist das in Ordnung. Okay? Doch vergiss nicht... ich bin für dich da. Immer."

„Damon... d-das weiß ich. Aber, wie kann ich deine Hilfe annehmen, wenn ich weiß, dass ich dich dadurch verletze?! Das kann ich nicht. Das... das will ich einfach nicht."

Er schloss die Augen. Seufzte. Umklammerte mit Daumen und Zeigefinger seine Nasenflügel, übte leichten Druck aus.

„Es ist nicht deine Nähe..." Er hörte auf zu reden, so, als würde er nach Worten suchen. Nach Buchstaben.

„Ich wünschte, ich könnte es dir erklären... aber... ich kann nicht. Noch nicht." Erneut stoppte er seine Gedanken. Er sah mir in die Augen „Du erinnerst mich an jemanden...", fuhr er leise fort, „und du weckst Gefühle in mir, die ich mir geschworen hatte, nie mehr zuzulassen. Weißt du, Summer... im Grunde sind wir gar nicht so verschieden. Wir beide, wir begehen denselben Fehler, nur auf unterschiedliche Arten. Lange Zeit habe ich versucht an Jemanden festzuhalten, der gar nicht mehr existierte... ich wollte es nicht wahrhaben, weil ich nicht bereit war diese Person gehenzulassen. Du dagegen versuchst mit aller Macht etwas zu verdrängen, was sich nicht verdrängen lässt. Deine Erinnerungen wollen raus. Dein Unterbewusstsein weigert sich zwar und versucht dagegen anzukämpfen, aber glaube mir, es wird nicht ewig funktionieren. Man kann nicht vor seinen Gefühlen weglaufen. Ich weiß, wovon ich rede..."

Ich sah Damon verblüfft an. Damon – er hatte jemanden verloren. Jemanden, den er geliebt hatte, den er nicht hatte gehenlassen wollen. Zum ersten Mal verstand ich seine Gefühle. Seinen Schmerz. Verworrene Fragen schlangen sich um meinen Hals und obwohl ich wissen wollte, wer für diesen Schmerz verantwortlich war, wer sein Herz gebrochen hatte, schwieg ich. Nicht, weil es mich nicht interessierte, sondern, weil ich wollte, dass er es mir aus freien Stücken erzählte... und zwar dann, wenn er so weit war.

Damon guckte mich an, sprach leise weiter: „Hör auf dich schuldig zu fühlen. Nichts von dem, was passiert ist, ist deine Schuld. Und... nichts von dem, was passiert ist, hättest du ändern oder verhindern können..." Er senkte den Blick, starrte auf seine Hände. „Es war ihre Entscheidung, nicht deine..." Die Worte waren so leise, so verdammt leise.

„Ich... versteh nicht. Wessen Entscheidung? Von wem redest du?"

Er antwortete nicht. Er konnte nicht. Damon war in seinen eigenen Gedanken gefangen. Er war irgendwo... nur nicht hier bei mir.

Ich holte tief Luft, beobachtete ihn, konnte den Blick nicht von ihm abwenden... und ohne es verhindern zu können, tauchte ich in seine Gefühle ein. Ich spürte die Tiefe seiner Liebe, einer Liebe, die ihm genommen wurde, dann, ohne Vorwarnung spürte ich eine schmerzhafte Sehnsucht. Einen alleszerreißenden Schmerz. Tiefe Traurigkeit... und ein Meer aus Schuldgefühlen. Und immer wieder diese Sehnsucht. Ich wollte weinen, schreien, wegrennen. Doch stattdessen stolperte ich über ein ersticktes Schluchzen, meine Seele stand in Flammen... und gerade, als ich versuchte Damon von diesem grauenhaften Schmerz zu befreien, indem ich all diese Gefühle zu meinen Gefühlen machen wollte, öffnete er die Augen, sprang auf, kehrte mir den Rücken zu.

„Nicht... Du darfst mir diesen Schmerz nicht nehmen."

„Ich... ich wollte dir nur helfen...", versuchte ich mich zu rechtfertigen.

Er drehte sich um, sah mich an. „Dieser Schmerz ist alles, was mir von ihr geblieben ist. Du darfst ihn mir nicht nehmen."

„Aber... ich sehe doch, dass..."

„Nein, du siehst nur, was ich dich sehen lassen will. Dieser Schmerz ist ein Teil von mir... und er wird es auch für immer sein. Glaub mir, ich habe gelernt mit ihm zu leben. Anfangs habe ich diese Erinnerungen weggesperrt, wollte nicht an das erinnert werden, was mir genommen wurde. Doch... ich wollte *sie* nicht vergessen. Also habe ich aufgehört dagegen anzukämpfen und es stattdessen versucht zu akzeptieren. Jetzt... jetzt bin ich glücklich... naja, zumindest bin ich es die meiste Zeit. Irgendwann hören solche Erinnerungen nämlich auf wehzutun, aber dafür muss man sich dem Schmerz stellen, ihn akzeptieren."

Ich sah ihn an. Mitfühlend. Nachdenklich. Er kam auf mich zu, schloss mich in seine Arme, legte sein Kinn auf meinen Kopf und fragte: „Was ist? Soll ich dich nach Hause fahren?"

Zuerst wollte ich ablehnen und ihm sagen, dass ich mich wieder im Griff hatte. Dass ich in der Lage wäre mich selbst hinters Steuer zu setzen. Dass es mir gutging. Diese Gedanken blieben jedoch unausgesprochen. Denn die Angst vor einem erneuten Flashback erwachte und ich nahm sein Angebot dankend an. Ich nickte und wühlte in der Tasche bereits nach dem Schlüssel. Als ich diesen endlich zu packen bekam, zog ich ihn heraus und legte Damon den Autoschlüssel in die Hand.

Während der Autofahrt dachte ich nach. Über alles Mögliche. Über alles… und nichts. Und ich fragte mich, was Damon in mir sah? Was er jetzt in mir sah? Versuchte er mich zu beschützen, weil er *sie* nicht hatte beschützen können? Als ich ihn vor drei Jahren kennengelernt hatte, war er die erste Zeit, im Gegensatz zu seiner Schwester, auf Abstand gegangen. In seinen Augen hatte sich eine Traurigkeit widergespiegelt, die mir schmerzhaft vertraut gewesen war, die ich aber nicht hatte zuordnen können. Dann, irgendwann, hatte sich sein Blick verändert. Genau wie seine Gefühle. Er hatte mich nicht länger versucht auszusperren. Hatte aufgehört mich aus der Ferne heraus zu beobachten. War auf mich zugekommen, hatte sich lächelnd vorgestellt, obwohl ich natürlich längst gewusst hatte, dass er der Zwillingsbruder meiner Freundin Hope war. Meiner besten Freundin. Er hatte angefangen mir zu vertrauen. Und mit der Zeit war Damon zu einem festen Bestandteil in meinem Leben geworden.

Zu jemandem, dem ich bedingungslos vertraute.

Zu jemanden, bei dem ich mich sicher fühlte.

Zu jemanden, der mein Schweigen verstand.

Zu jemanden, der mir nie Fragen gestellt hatte, dessen Antworten er bereits kannte.

Ich sah ihn an. Nachdenklich. So viele Fragen beschäftigten mich. Doch ich stellte keine Einzige und ich würde auch in Zukunft keine stellen. Ich wusste, er würde es mir erzählen.

Irgendwie.

Irgendwo.

Irgendwann.

Doch nicht jetzt.

Nicht hier.

Damon parkte den Wagen in unserer Auffahrt, stellte den Motor ab. Er lächelte ein bisschen, dann guckte er mich an. Sein Blick war sanft. Freundschaftlich. Mitfühlend.

Ich blinzelte, lehnte mich zurück und hörte mich fragen: „Soll ich dich nicht nach Hause bringen?"

Er lachte.

„Ich hatte angeboten *dich* nach Hause zu fahren."

„Ja, schon. Aber…"

Damon fiel mir ins Wort. „Das kleine Stückchen kann ich laufen, wäre schließlich nicht das erste Mal. Du weißt doch, Bewegung schadet nicht."

Ich gab mich geschlagen.

Damon wartete, bis ich die Haustür aufschloss und ihm dankend zuwinkte. In der Tür stehend sah ich ihm so lange hinterher, bis er aus meinem Blickfeld verschwand.

Doch, anstatt ins Haus zu gehen, zog ich die Tür wieder zu. Niemand war zu Hause. Niemand wartete auf mich.

Was ich jetzt brauchte war Ruhe. Und *diese* würde ich nicht hier finden.

Summer

Mein See. Mein Ort der Ruhe. Der Stille. Lächelnd legte ich mich in die Nähe des Ufers ins hohe Gras und schloss für einen winzigen Augenblick die Augen. Ich erlaubte mir die Wirklichkeit auszusperren. Nur für ein Weilchen. Ich atmete. Holte tief Luft. Pustete dem Wind meine Gefühle entgegen.

Und schließlich öffnete ich die Augen, kehrte zurück und sah wie meine schimmernden nebelartigen Wolken hinauf in den Himmel flogen, hinauf zu der Sonne, hinauf zur Unendlichkeit, wo sie zerplatzten und leise auf die Erde rieselten, wie bunte Regentropfen. Sonnenstrahlen spiegelten sich auf der Wasseroberfläche des Sees, deren Reflektionen ein Farbenspiel zum Leben erweckte, das mich unweigerlich in seinen Bann zog. Fasziniert beobachtete ich, wie immer wieder neue Farbkonstellationen entstanden. Je nach Lichteinfall leuchtete die Wasseroberfläche in allen Farben des Regenbogens.

Schmetterlinge flogen über mein Gesicht hinweg. So viele bunte Schmetterlinge. Ich war überwältigt von dem Zauber des Moments. Von der Kraft der Schönheit, den diese Insekten ausstrahlten. Ich genoss diesen Augenblick. Versuchte ihn festzuhalten. Ich wollte so verzweifelt diese innere Zerrissenheit loswerden, dass ich das Wesentliche aus den Augen verlor. Doch letztendlich führten mich meine Gedanken immer wieder zurück zu den Dingen, die ich nicht wahrhaben wollte, mit denen ich mich nicht auseinandersetzen wollte, die ich trotz dieses Wissens nach wie vor zu verdrängen versuchte.

Wie hypnotisiert starrte ich auf die Seerosen, dann auf die Wasseroberfläche und ich fragte mich, wie tief dieser See wohl sein mochte. Was lag in seinen Tiefen verborgen? Ganz unten, auf dem Grund des Sees? War das Wasser dort unten genauso finster wie die tiefsten Abgründe seiner Seele, seiner dort versteckten Erinnerungen? Hatte er Geheimnisse, die er nicht preisgeben wollte? Welche er mit aller Macht versuchte zu verbergen? Wenn ja, welche Geheimnisse galt es zu bewahren?

Ich holte tief Luft, legte mich zurück ins Gras.

Ich begriff, dass die Fragen sich nicht auf den See bezogen, sondern auf mich. Zum ersten Mal wagte ich mir die Fragen zu stellen, und sei es nur in Gedanken, vor denen ich mich die ganze Zeit gefürchtet hatte. Fragen, auf die ich die Antwort kannte.

Und obwohl ich fühlte, dass die Antworten auf all meine Fragen tief in mir verborgen schlummerten und nur auf den Moment warteten, wo ich endlich bereit wäre ihnen zuzuhören, wirklich zuzuhören, ignorierte ich dieses Gefühl. Wie immer. Nur, dass ich dieses Gefühl zum ersten Mal bewusst wahrnahm.

Allerdings begriff ich auch, dass sich nichts erzwingen ließ, dass ich zum jetzigen Zeitpunkt einfach noch nicht so weit war. Ja, ich war machtlos gegen meine Gefühle und Gedanken.

Also beschloss ich, dass es Zeit wurde nach Hause zu gehen.

Ich befand mich gerade auf dem Waldweg, als eine kaum wahrnehmbare Bewegung, direkt vor mir, meine Aufmerksamkeit erregte. Unbewusst wurde ich langsamer. Suchte die Umgebung unauffällig nach etwas Ungewöhnlichem ab.

Mein Blick blieb an den am Waldweg stehenden Bäumen hängen. Einige hatten so dicke Stämme, dass man sich mühelos dahinter verstecken konnte. Ich blinzelte. Mein Herzschlag beschleunigte sich. Mein Puls raste.

Was war das für ein sonderbares Geräusch gewesen?

Ich rieb mir die Augen in der stillen Hoffnung, so die Umgebung besser wahrzunehmen und so den Auslöser für meine Angst ausfindig machen zu können. Doch ich konnte nichts sehen. Nichts. Gerade, als ich meinen Weg fortsetzen wollte, fühlte ich mich beobachtet. Jemand war hier. Äste knackten. Schritte. Schritte. Schritte.

Meine Angst schleuderte mich in die Luft, warf mich zu Boden. Ich erstarrte.

Ein kleines orangebraunes Fellbündel kam auf mich zugelaufen. Geschlichen. Ein Eichhörnchen. Erleichtert blinzelte ich, beobachtete wie es immer näherkam. Direkt vor mir blieb es stehen, sah zu mir hinauf.

Die Hoffnung, dass das Eichhörnchen der Auslöser für das sonderbare Gefühl sein konnte, verschwand. Denn die Blicke, die ich nach wie vor spürte, waren von ganz anderer Natur. Grausam. Kalt.

Und... ich spürte sie im Rücken.

Das kleine Kerlchen starrte mich an, berührte meine Seele und er versprühte Gefühle, die sich wie pure Energie anfühlten. Ich blendete die Angst aus, widmete mich stattdessen dem kleinen Kerlchen. Langsam, um ihn nicht zu erschrecken, ging ich in die Hocke, streckte meine Hand aus, ohne ihn zu berühren. Ich hielt einfach nur still. Ganz still. Wartete.

Ohne zu zögern, kletterte er auf meine Hand. Er vertraute mir und dieses Gefühl überwältigte mich, machte mich... glücklich. Einfach nur glücklich. Und genau aus diesem Grund schenkte ich ihm den Namen Thabo. Es war ein einzigartiger, glücksversprechender afrikanischer Name und bedeutete *Das Glück*.

Plötzlich hörte ich eine leise Stimme in meinem Kopf „*Dreh dich um!*" Als ich nicht reagierte, wurde die Stimme lauter. Und lauter. Bis sie schließlich so laut war, dass ich überzeugt war, dass mein Kopf gleich explodieren würde. Ich folgte Thabos Blick. Langsam. Ohne hektische Bewegungen drehte ich meinen Kopf, schaute über die Schulter nach hinten, versuchte herauszufinden, was die Aufmerksamkeit des kleinen Kerls auf sich zog. Sein winziger Körper zitterte. Vielleicht zitterte aber auch bloß meine Hand. Keine Ahnung. Ich konnte jedoch nichts erkennen.

Erneut hörte ich die Stimme in meinem Kopf „*Sieh genauer hin.*" Es war Thabos Stimme. Er versuchte mich zu warnen. Warum konnte ich ihn hören? Seine Warnung verstehen? Anstatt mir darüber jedoch Gedanken zu machen, tat ich, was Thabo von mir verlangte. Ich sah genauer hin.

Ein dunkler rauchartiger Schatten löste sich von einem Baumstamm, bewegte sich geräuschlos auf mich zu. Nein, er schwebte. Es schwebte. Dieser Schatten flog durch die Luft. Ich blinzelte und erkannte, dass eine dunkle Silhouette, eine dunkle Gestalt, keine zwei Meter von mir entfernt neben dem Baumstamm stand. Es war dieselbe Stelle, wo der Schatten zum Leben erwacht war, sich in etwas Schwereloses verwandelt hatte. In etwas Seelenloses. Etwas Gefühlloses.

Nein. Der Schatten selbst war nicht lebendig, er spiegelte lediglich die Gefühle der Gestalt wider, die mich noch immer beobachtete. Dieser Blick…. Diese abscheulichen Gefühle… das war es, was ich gespürt hatte. Und Thabo schien die Gefahr ebenfalls gespürt zu haben. Vielleicht hatte er deswegen meinen Weg gekreuzt. Um mich zu warnen.

Die Gestalt bewegte sich. Erschrocken stolperte ich einen Schritt vorwärts. Im gleichen Atemzug wurde es still. Ich hörte nichts mehr. Weder das Rascheln der Blätter noch die Melodie des Windes. Alles verstummte. Die Zeit stand still. Der Moment gefror.

Die Gestalt trat aus dem Schutz der Bäume, der Schatten, hervor. Zeigte sich.

Diese Augen ließen mir das Blut in den Adern gefrieren. Der seelenlose Blick war so entsetzlich, dass es dafür keine Worte gab. Der Mund verzog sich zu einer hässlichen Fratze und er leckte sich genüsslich über seine blutverschmierten Lippen. Blut. Mir wurde schlecht, übel.

Ich schloss die Augen, wollte nicht sehen, was ich sah. Die Angst fesselte mich. Millionen Eisenketten züngelten sich an mir empor, verhinderten dass mein Fluchtinstinkt erwachen konnte, während diese seelenlose Gestalt immer näherkam.

Dann spürte ich einen heftigen, stechenden Schmerz in meiner rechten Hand. Ich blinzelte. Thabo biss mir in die Hand. Erst als ich aus meiner Trance erwachte, hörte er auf mich zu beißen. Für den Bruchteil einer Sekunde starrte er mich an. *„Lauf! Lauf so schnell du kannst!"* Mit diesen Worten sprang er von meiner Hand und rannte in den Wald, um dort mit der Dunkelheit zu verschmelzen.

Ohne nachzudenken rannte ich los. Ich rannte. Und rannte. Ohne mich umzudrehen. Der Gedanke, dass mich jederzeit Hände packen könnten, ließ mich immer weiterlaufen. Ich wusste, dass ich dieses Tempo nicht ewig würde durchhalten können. Ich rang bereits jetzt nach Atem, bekam kaum noch Luft, trotzdem blieb ich nicht stehen.

Erst das Geräusch meiner Schritte auf dem Asphalt der Straße durchbrach die Stille, die mich begleitet hatte. Ich verringerte das Tempo. Wurde langsamer. Das Licht der Straßenlaternen vermittelte mir das Gefühl in Sicherheit zu sein. Nach Luft ringend stoppte ich die Flucht, stemmte beide Hände auf den Oberschenkeln ab und versuchte meine Atmung zu normalisieren. Langsam zählte ich bis zehn, nahm all meinen Mut zusammen und drehte mich um. Niemand war hinter mir. Erleichtert atmete ich die angehaltene Luft aus. Weder konnte ich diese Gestalt sehen noch verspürte ich länger das Gefühl beobachtet zu werden.

Mit einem tiefen Seufzer schloss ich für den Bruchteil einer Sekunde die Augen, dann machte ich mich auf den Heimweg, wobei ich darauf achtete, dass ich mich immer im Licht der Straßenlaternen bewegte.

Ich schloss die Haustür auf und stellte fest, dass noch immer niemand von meiner Familie zurück war. Es war dunkel. Mucksmäuschenstill.

Meine Finger umschlossen das Treppengeländer. Ich hob den rechten Fuß, stieg auf die unterste Treppenstufe. Ich wollte hoch. In mein Zimmer. Ich wollte schlafen, einfach nur schlafen. Die Monster in meinem Traum waren wenigstens unsichtbar und das war mir momentan lieber, als in irgendwelche entstellten Gesichter gucken zu müssen und nicht zu wissen, ob es sich dabei um Erinnerungen aus meiner Vergangenheit handelten oder ob ich anfing Dinge zu sehen, die nicht existierten.

Halluzinationen.

Hirngespinste.

Bei dem Gedanken, dass ich den Albtraum der Realität vorzog, wurde mir kalt. Entsetzlich kalt.

Was sagte das über mich aus? Ich senkte den Blick. Starrte auf die Treppenstufe. Ein leises, kaltes Lachen ertönte, verwandelte sich in etwas Hysterisches. Erschrocken zuckte ich zusammen, blickte mich suchend um. Es war jedoch niemand zu sehen. Erneut ertönte das sarkastische Lachen… nein… es war vielmehr ein unheimliches Kichern. Dann begriff ich, dass es *mein* Lachen war.

Ohne es begreifen zu können, hatte ich mir meine Frage längst selbst beantwortet. Denn ich rannte, seit ich denken konnte, vor meiner Vergangenheit davon.

Warum sollte ich jetzt also damit aufhören?

Nur, weil ich es begriffen hatte?

Nur, weil die Geister mich jetzt versuchten einzuholen?

Wo sie mir quasi ständig auflauerten?

Ich rannte die Treppe hoch.

Floh in mein Zimmer und knallte die Tür hinter mir zu.

Frustriert ließ ich mich aufs Bett fallen.

Der Gedanke, dass ich mich selbst belog, mir etwas vormachte, wurde zur Gewissheit. Eine Gewissheit, die ich nicht akzeptieren wollte.

Nicht konnte.

Nicht wollte.

Nicht konnte.

Summer

Mit vor der Brust verschränkten Armen und zusammengekniffenen Augen stand Hope auf dem Parkplatz, genauer gesagt, in meiner Parklücke. Sie machte einen Schritt zurück, so dass ich den Wagen parken konnte.

„Entschuldige, dass ich dich habe warten lassen. Kommt nicht wieder vor. Versprochen", begrüßte ich sie grinsend.

„Versprich nichts, was du ohnehin nicht halten kannst", sagte sie gespielt genervt und verdrehte die Augen. Ich kannte ihr Spielchen und spielte mit. Wie jedes Mal. Im Endeffekt wusste Hope wie ich tickte, dementsprechend wusste sie also auch, dass meine Uhren ihren ganz eigenen Rhythmus besaßen und, dass diese Zeiger langsamer tickten.

Zur Besänftigung drückte ich ihr ein Küsschen auf die Wange. Lächelte sie an.

„Das ist auch das Mindeste." Laut seufzend schüttelte Hope den Kopf. „Du bist und bleibst unverbesserlich", belehrte sie mich lachend.

„Ach, komm. Gib es zu… Genau *das* magst du doch an mir."

„Ohhhh, ja. Auf jeden Fall. Ich liebe es auf dich zu warten", antwortete sie sarkastisch. Grinsend.

„Siehst du. Und, weil ich dich nicht enttäuschen will, komm ich jedes Mal zu spät. Ich weiß doch, wie sehr du es liebst auf mich zu warten. Wobei… wenn mich nicht alles täuscht, dann bin ich heute *ausnahmsweise* einmal nicht zu spät. Sorry, kommt nicht wieder vor."

„Du glaubst echt, was du erzählst… oder?!", lachte Hope.

„Tu ich das nicht immer?", fragte ich augenzwinkernd.

„Du bist…"

„Die beste Freundin der Welt", beendete ich ihren angefangenen Satz. „Ich weiß." Lachend machten wir uns auf den Weg zum Unterricht. Schon wieder Physik. Allein bei dem Gedanken an das Wort Physik, verdrehte ich die Augen.

Kaum betrat Mr. Clearwaters den Klassenraum, rief er auch schon meinen Namen. Und zwar so, dass es jeder hören konnte.

„Summer, würdest du bitte nach vorne kommen?"

Wortlos stand ich auf und lief nach vorne zum Lehrerpult. Blieb direkt vor seinem Schreibtisch stehen. Sah ihn abwartend an.

„Würdest du mir mal bitte verraten, wieso du, anstatt die Formeln aufzuschreiben, so wie es in der Aufgabe stand… eine Art Aufsatz daraus gemacht hast. Noch dazu völlig am Thema vorbei?!"

„Entschuldigen Sie, aber ich denke nicht, dass der Aufsatz, der im Übrigen ein Zitat oder vielmehr eine Predigt von Dr. Bob Moorehead aus dem Jahr 1995 ist, das Thema verfehlt hat."

„So… das denkst du also. Ja?! Tja, dann lass uns doch einfach mal herausfinden, was die Klasse davon hält."

Er reichte mir die gestrige Klausur mit den Worten: „Fang an zu lesen…"

Also… las ich…

(Zitat Anfang)

„Das Paradox unserer Zeit

Wir haben hohe Gebäude, aber eine niedrige Toleranz.

Breite Autobahnen, aber enge Ansichten.

Wir verbrauchen mehr, aber haben weniger.

Machen mehr Einkäufe, aber haben weniger Freude.

Wir haben größere Häuser, aber kleinere Familien.

Mehr Bequemlichkeit, aber weniger ZEIT.

Mehr Ausbildung, aber weniger Vernunft.

Mehr Kenntnisse, aber weniger Hausverstand.

Mehr Experten, aber auch mehr Probleme.

Mehr Medizin, aber weniger Gesundheit.

Wir rauchen zu stark, wir trinken zu viel, wir geben verantwortungslos viel aus, wir lachen zu wenig, fahren zu schnell, regen uns zu schnell auf, gehen zu spät schlafen, stehen zu müde auf, wir lesen zu wenig, sehen zu viel fern, beten zu selten.

Wir haben unseren Besitz vervielfacht, aber unsere Werte reduziert.

Wir sprechen zu viel, lieben zu selten UND hassen zu oft.

Wir wissen, wie man seinen Lebensunterhalt verdient, aber nicht mehr, wie man lebt.

Wir haben dem Leben Jahre hinzugefügt, aber nicht den Jahren LEBEN.

Wir kommen zum Mond, aber nicht mehr an die Tür des Nachbarn.

Wir haben den Weltraum erobert, aber nicht den Raum in uns.

Wir machen größere Dinge, aber keine Besseren.

Wir haben die Luft gereinigt, aber unsere Seelen verschmutzt.

Wir können Atome spalten, aber nicht unsere Vorurteile.

Wir schreiben mehr, aber wissen weniger.

Wir planen mehr, aber erreichen weniger.

Wir haben gelernt schnell zu sein, aber wir können nicht warten.

Wir machen neue Computer, die mehr Informationen speichern und eine Unmenge Kopien prodozieren, aber wir verkehren weniger miteinander.

Es ist die ZEIT des schnellen Essens und der schlechten Verdauung, aber der großen Männer und der kleinkarierten Seelen, der leichten Profite und der schwierigen Beziehungen.

Es ist die Zeit des größeren Familieneinkommens und der Scheidungen, der schöneren Häuser und des zerstörten Zuhause. Es ist die Zeit der schnellen Reisen, der Wegwerfwindeln und der Wegwerfmoral, der Beziehungen für eine Nacht und des Übergewichts. Es ist die Zeit, in der es wichtiger ist, etwas im Schaufenster zu haben, statt im Laden, wo moderne Technik einen Text wie diesen in Windeseile in die ganze Welt tragen kann, und wo sie die Wahl haben: das Leben ändern – oder diesen Text und seine Botschaft wieder zu vergessen.

Es ist die ZEIT der Pillen, die alles können: sie erregen uns, sie beruhigen uns, sie töten uns.

Denkt daran, mehr ZEIT denen zu schenken, die ihr liebt, weil sie nicht immer mit euch sein werden.

Sagt ein gutes Wort denen, die euch jetzt voll Begeisterung von unten her anschauen, weil diese kleinen Geschöpfe bald erwachsen werden und nicht mehr bei euch sein werden.

Schenkt den Menschen neben euch eine innige Umarmung, denn sie ist der einzige Schatz, der von eurem Herzen kommt und euch nichts kostet.

Sagt dem geliebten Menschen ICH LIEBE DICH und meint es auch so.

Ein Kuss und eine Umarmung, die von Herzen kommen, können alles Böse wiedergutmachen.

Geht Hand in Hand und schätzt die Augenblicke, wo ihr zusammen seid, denn eines Tages wird dieser Mensch nicht mehr neben euch sein.

Findet ZEIT euch zu lieben.

Findet ZEIT miteinander zu sprechen.

Findet ZEIT, alles was ihr zu sagen habt miteinander zu teilen.

DENN das Leben wird nicht gemessen an der Anzahl der Atemzüge, sondern an den Augenblicken, die uns den Atem rauben.

Verfasser: Dr. Bob Moorehead"
(Zitat Ende)

Dann las ich meinen Teil der Antwort vor:

„Die Zeit selbst ist wertvoller als alle Schätze, als alle Reichtümer, dieser Welt… doch, anstatt den eigentlichen Wert zu erkennen, zu begreifen, zu verstehen, versuchen wir ihn anhand von irgendwelchen Formeln zu entschlüsseln.

Wir verschwenden die wenige Zeit, die wir haben, die uns geschenkt wurde.

Und wofür?

Wir denken, wo wir fühlen sollten.

Wir suchen nach gesellschaftlicher Anerkennung.

Wozu?

Warum treffen wir nicht eigene Entscheidungen, investieren die Zeit, die wir bei der Suche nach irgendwelchen Anerkennungen verschwenden würden, in uns selbst? In diejenigen, die wir lieben? In die Familie? In Freunde?

Zeit.

Zeit.

Zeit.

Sie lässt sich nicht aufhalten und doch versuchen wir es.

Sie kommt nicht zu einem zurück und doch versuchen wir es.

Wir versuchen zu viel.

Und verstehen NICHTS.

Zeit ist GEFÜHL.

Wenn wir anfangen würden die Zeit sinnvoll zu nutzen, indem wir anfangen zu leben, anstatt bloß zu existieren, zu lieben, anstatt zu hassen, zu fühlen, anstatt innerlich zu erfrieren, wenn wir uns die verlorengegangene Empathie zurückholen könnten, dann hätten wir die FORMEL der Zeit verstanden.

Zeit ist kostbar.

Zeit ist unersetzlich.

Zeit ist nicht berechenbar.

Zeit ist nicht aufhaltbar.

Zeit ist nicht sichtbar.

Zeit ist Zeit.

Zeit bedeutet LEBEN.

Und Leben bedeutet Empathie."

Ich schloss die Augen und beendete meinen Aufsatz mit der einzigen Formel, die die Welt scheinbar kannte, zu kennen glaubte, ohne den wahren Wert erkannt zu haben. Denn dieser lässt sich nicht berechnen. Ganz egal wie sehr der Mensch es auch versuchen würde.

„Der erste Teil oder vielmehr die ersten beiden Teile versuchten die Zeit mit Hilfe von Gefühlen zu erklären, wobei der nächste Teil, nämlich der Versuch eines denkenden Menschen, mit der Frage nach der

Zeit abschließt. Demnach ist die Zeit nichts weiter als eine physikalische Größe, die die Abfolge von Ereignissen beschreibt. Mit Hilfe irgendwelcher physikalischen Prinzipien der Thermodynamik kann diese unumkehrbare Richtung, in der die zuvor genannten Ereignisse beschrieben werden, als eine Zunahme der Entropie bestimmt werden. Die Zeit beschreibt in gewisser Weise die unaufhaltsame Gegenwart, beginnend bei der Vergangenheit bis hin zur ungewissen Zukunft. Doch es gibt noch weitere Erklärungsversuche. Die wohl bekannteste ist die Relativitätstheorie. Diese befasst sich mit der Struktur von Raum und Zeit sowie dem Wesen der Gravitation. Zeit ist nicht gleich Zeit, das Verhalten von Zeit und Raum kommt scheinbar immer auf die Sichtweise des Beobachters an. Jedenfalls besteht der physikalische Meilenstein, der seinerzeit von Albert Einstein aufgestellt wurde, aus zwei maßgeblichen Theorien. Und doch lässt sich die Zeit, aus meiner Sicht, nicht berechnen."

Der Aufsatz war zu Ende.

Im Klassenraum herrschte Stille.

Und zum ersten Mal spürte ich, wie jeder einzelne in diesem Raum über meine Worte nachdachte. Versuchte sie zu verstehen. Wirklich zu verstehen. Doch keiner versuchte es mit dem Verstand zu begreifen, nein, sie alle versuchten es zu fühlen.

Ich sah Mr. Clearwaters an. Er nahm mir die Klausur aus der Hand. Schrieb einen Satz ans Ende des Aufsatzes und gab mir meine Klausur zurück. Ohne ein Wort. Nur lächelnd. Und während ich seine Bewunderung spürte, kehrte ich auf meinen Platz zurück.

Ich legte den Aufsatz vor mir auf den Tisch und konnte nicht glauben, was ich sah, was ich las.

Deine Worte mögen vielleicht, aus physikalischer Sicht, das Thema verfehlt haben... doch aus menschlicher Sicht, auf Gefühlsebene, hast du, hoffentlich nicht nur mir, die Augen geöffnet. Wenn man verlernt worauf es ankommt, dann schadet es nicht, wenn man anfängt seinen Schülern zuzuhören. Richtig zuzuhören. Auch ein Lehrer kann dazulernen. Die Note mag unwichtig sein, doch möchte ich dir sagen, dass du die Klausur mit Auszeichnung bestanden hast.

Mr. Clearwaters

P.S. Ich danke dir und bete, dass du die Hoffnung, die du in dir trägst, noch
mit vielen vielen Menschen auf der ganzen Welt teilen kannst und ich hoffe, dass
sie dir genauso zuhören werden, wie wir gerade eben.

Hope sah mich, mit glänzenden, feuchten Augen an. Doch sie sagte kein Wort. Ich spürte auch so, was sie mir sagen wollte.

Nachdem Physik, übrigens die schönste Physikstunde, die ich je erlebt hatte, vorbei war, machte ich mich auf den Weg zur nächsten Stunde.

Phoenix. In dem Moment, wo ich den Klassenraum betrat, fühlte ich seine Gegenwart. Fühlte, was er fühlte. Und sofort sperrte ich ihn aus. Für heute hatte ich mir fest vorgenommen ihn zu ignorieren. Ihm die kalte Schulter zu zeigen. Heute wollte ich zur Abwechslung mal diejenige sein, die die Spielregeln bestimmte.

Wortlos setzte ich mich neben ihn. Es dauerte keine Minute, da beging ich den Fehler und drehte den Kopf. Sofort begegneten sich unsere Blicke. Meine Entschlossenheit geriet ins Wanken, nein, schlimmer noch... sie verpuffte. Löste sich in Luft auf. Ich wollte den Blick senken, ehrlich. Aber... es ging nicht. Stattdessen starrte ich ihn an. Schweigend. Fasziniert.

Der Schalk blitzte in seinen Augen auf. Verärgert über seine Reaktion funkelte ich ihn giftig an, was ihn jedoch nur noch mehr zu amüsieren schien.

Während ich mit meiner Selbstbeherrschung kämpfte und versuchte seinen Blick zu ignorieren, lief Mrs. Brown durch die Klasse und verteilte Aufgabenblätter, auf denen wir, wenn ich es richtig mitbekommen hatte, die richtig formulierten Fragen zu den bereits vorhandenen Antworten notieren sollten. Völlig in Gedanken versunken kaute ich auf dem Bleistift herum. Mein Kopf war leer. Wie ausradiert.

Kein einziges Wort konnte ich auf dieses dämliche Stück Papier kritzeln. Jedes Mal, wenn ich glaubte eine gut klingende Frage gefunden zu haben, war diese verschwunden, ehe ich in der Lage war sie schriftlich festzuhalten.

Ein leises Lachen.

Zuerst glaubte ich mich verhört zu haben, doch dann hörte ich es erneut. Ungläubig blickte ich von meinem leeren Zettel hoch, um herauszufinden was Phoenix, denn es war eindeutig sein herzerwärmendes Lachen, so amüsierte. Unsere Blicke trafen sich. Sofort wurde sein Lächeln, wenn überhaupt möglich, noch breiter. Noch umwerfender.

„Du riskierst lieber eine schlechte Note, als mich um Hilfe zu bitten?", fragte er.

„Wer sagt, dass ich *deine* Hilfe brauche?!", antwortete ich zynisch.

Meine bissige Bemerkung schien ihn keineswegs zu überraschen. Er amüsierte sich. Auf meine Kosten.

„Hmm", überlegte er laut, „wie wäre es mit der Tatsache, dass du noch nichts geschrieben hast. Dein Zettel ist leer", erwiderte er triumphierend und sah mich mit einem herausfordernden Lächeln an.

„Ach, der leere Zettel interessiert dich also?! Hierbei bietest du mir deine Hilfe an?! Ernsthaft?! Warum? Eine schlechte Note bekomm ich auch ohne deine Unterstützung… denn, wie war das doch gleich?", überlegte ich und funkelte ihn wütend an, als ich mir die Worte in Erinnerung rief, die er Hope vor wenigen Tagen an den Kopf geworfen hatte. „Ich bin nicht ihre Rettung. Sondern ihr Untergang…", wiederholte ich seine Worte. Und dass, obwohl ich mir fest vorgenommen hatte, dieses sonderbare Gespräch zu vergessen.

Phoenix schaute mich verblüfft an, dann schockiert. Verärgert. Wütend. Aber er sagte kein Wort. Nicht ein einziges Wort kam aus seinem Mund.

Er presste die Lippen fest aufeinander. Sein gesamter Körper spannte sich an. Er blinzelte, dann suchte er meinen Blick, meine Augen. Geflüsterte Gefühle. Geflüsterte Botschaften. Und ich begriff, dass ihm die Wahrheit bezüglich seiner Gedanken, über das, was er vor mir verheimlichte, niemals über seine Lippen bekommen würde.

„Rede mit mir", bat ich leise.

Er schüttelte den Kopf.

„Bitte. Ich… ich muss wissen, worum es bei dem Gespräch ging."

„Warum fragst du nicht deine beste Freundin? Hope?!"

„Weil ich es von dir hören muss. Verstehst du?! Ich *will* es von dir erfahren!"

„Was? Was willst du von mir erfahren?", zischte er schweratmend.

„Die Wahrheit."

„Welche Wahrheit?", antwortete er.

„Über dich. Über mich…. Über *uns*. Was verstehst du, was ich nicht verstehe?! Was hatte Hope damit gemeint?"

„Wenn du wissen willst, was Hope damit meinte, dann musst du sie fragen. Nicht mich.", knurrte er leise.

„Warum willst du nicht mit mir reden?", fragte ich mit erstickter Stimme und schüttelte den Kopf.

„Weil es nichts zu bereden gibt!", sagte er scharf.

„Oh, doch. Und es gibt sogar eine ganze Menge zu bereden. Wieso werde ich das Gefühl nicht los, dass du mir etwas verheimlichst? Verdammt. Ich kann nicht länger so tun, als wüsste ich nicht, dass du mir etwas verschweigst… Etwas, das meine Vergangenheit betrifft. Ich… ich weiß nur nicht *was*! Und… ich habe es satt. Ich will es wissen. Ich muss es wissen." Ich hatte versucht dieses Gefühl zu ignorieren, immer und immer wieder… doch jetzt konnte ich es nicht länger ausblenden. Ich brauchte Antworten. ~~Ich wollte die Antworten nicht hören.~~

„Prinzessin", sagte er leise. „Du täuscht dich. Deine Gefühle täuschen dich."

„Nein! Du bist der Einzige, der mich versucht zu täuschen. Du lügst. Ich weiß, dass du lügst!"

„Hör zu… als ich zu Hope sagte, dass ich dein Untergang wäre… meinte ich damit nur, dass ich nicht möchte, dass du dich meinetwegen an deine Vergangenheit erinnerst… und das nicht etwa, weil ich diese, wie du denkst, kennen würde… sondern, weil ich gespürt habe, dass diese Erinnerungen dir schaden. Ich… ich versuche nur dich zu beschützen. Manchmal ist es eben besser die Vergangenheit ruhen zu lassen."

Ich lehnte mich zurück, um ihm besser ins Gesicht schauen zu können.

„Was, wenn ich mich aber erinnern will?", fragte ich mit zittriger Stimme.

„Willst du das wirklich?", stellte er mir die Gegenfrage und sein Blick war sanft, als er mir dabei in die Augen schaute. Seine Worte zerstörten den Schutzpanzer meiner Seele. Von allen existierenden Fragen dieser Welt, stellte er mir ausgerechnet die Frage, die ich mir bisher nie zu wagen gestellt hatte. Ganz einfach, weil ich mir verboten hatte, danach zu fragen. Ich überlegte. Suchte nach einer Erklärung. ~~Suchte nach einer Ausrede.~~

„Ich… ich weiß nicht, was ich will…", gestand ich zögerlich, senkte den Blick.

Bevor Phoenix darauf etwas erwidern konnte, rief Mrs. Brown uns beide zur Ruhe. Ich versuchte meine Aufmerksamkeit auf den noch immer leeren Zettel vor mir zu legen. Allerdings ließen sich meine Gedanken nur schwer im Zaum halten.

Als es endlich klingelte, schnappte ich mir meinen Rucksack und verließ blitzartig den Klassenraum. Ich wollte dieses Gespräch unter keinen Umständen fortsetzen. Nicht jetzt. Nicht hier. Plötzlich umklammerte jemand mein Handgelenk, stoppte meine Flucht. Durch den unerwarteten Ruck geriet ich ins Stolpern… und landete in seinen Armen.

„Lass. Mich. Los!", knurrte ich angriffslustig, während mich die Wut durchströmte.

Eine Wut, die sich mit jedem Atemzug steigerte, sich mit all den Unwahrheiten… und dem ständigen Nichtwahrhabenwollen vermischte und die mich zwang, mir all die Fragen zu stellen, die ich mir nicht stellen wollte.

Eine Wut, die mich all das Leid fühlen ließ, dass ich versucht hatte von mir fernzuhalten.

Eine Wut, die zerstören wollte.

Eine Wut, die mich zerschmetterte.

„Warum versuchst du mich aufzuhalten?", fragte ich leise und ohne es verhindern zu können, suchte ich seinen Blick. „Bitte. Lass mich gehen…"

Seine Finger berührten meine Wange, strichen eine Haarsträhne hinter mein Ohr.

Ich dachte, sein Blick könnte mich retten. So, wie sonst immer.

Doch es waren nicht länger seine Augen, die mich ansahen.

Es waren nicht seine Augen, die mich folterten.

Es war zwar sein Gesicht. Phoenix´ Gesicht.

Aber es waren nicht seine Augen.

Diese Augen *hier* waren irgendwie… leer.

Ich wusste, dass es keinen Sinn ergab, doch meinem Unterbewusstsein schien es egal zu sein.

Diese Augen gehörten jemanden, den ich aus unerklärlichen Gründen nicht nur zutiefst verabscheute, sondern hasste. Aus tiefster Seele. Ich erstarrte. Begriff dieses Gefühl nicht. Konnte es nicht verstehen. Wollte es nicht verstehen.

Jemand zündete eine Granate in meinem Inneren und der einsetzende Schmerz beraubte mich all meiner Sinne. Mein Herz schlug immer schneller. Viel zu schnell. Bedrohlich. Raste. Stolperte. Versuchte auszubrechen. Meine Gefühle legten mich in Ketten. Folterten mich. Meine Gedanken verwandelten sich in einen wütenden Sturm.

Dann... ganz plötzlich... verschwamm meine Umgebung. Alles verwischte. Wurde unscharf. Alles wurde in unterschiedliche Grautöne getränkt. Alles veränderte sich. Alles. Bis auf *diese* Augen. Diese seelenlosen Augen.

Ich wusste, dass ich in einer Art Erinnerung feststeckte.

Eine Erinnerung, vor der ich jedoch nicht fliehen konnte.

Eine Erinnerung, die sich so real anfühlte, dass ich das Grauen, das mich gefangen hielt, dass sich in diesen Augen widerspiegelte, spüren konnte. Und zwar auf eine Art, die mich zutiefst erschreckte. Mein erster Gedanke war zu fliehen. Mich umzudrehen und einfach bloß vor diesen Augen zu flüchten. Vor Augen, die mich in eine nie enden wollende Finsternis stürzen wollten. Doch mein Fluchtinstinkt wurde ausgelöscht. Überschattet von dem Wunsch nach Rache. Alles, was ich in diesem Augenblick empfand war Hass. Grenzenloser Hass. Der Sog wurde immer stärker. Immer unerträglicher. Etwas Böses war dabei meine Seele zu vergiften. Ich spürte bereits, wie es durch meine Adern floss. Es war beängstigend. Erschreckend. ~~Faszinierend. Berauschend.~~ Plötzlich sah ich mich, durch *diese* Augen. Ich spürte *seine* Kälte. *Seine* Grausamkeiten. *Seine* schwarze Seele. Die Seele eines Monsters. Und ich spürte, wie verabscheuungswürdig ich mich selbst ansah. Wie *er* mich ansah. Wie *er* versuchte mich mit seiner Kälte zu infizieren. Es war erschreckend. Und zugleich faszinierend. Beängstigend. Und doch... faszinierend.

Ich blinzelte und die Wut kehrte zurück. Ich kehrte zurück.

Und alles, was ich in diesem Augenblick wollte, alles, woran ich denken konnte, war demjenigen, dessen Augen mich versucht hatten in ein Monster zu verwandeln, wehzutun. Nein. Ich wollte ihm nicht nur wehtun... ich wollte ihn zerstören. Auslöschen. Vernichten.

Die Worte „ICH HASSE DICH!" befreiten mich, katapultierten mich ins Hier und Jetzt zurück.

Phoenix berührte mein Kinn, hob es an.

Als ich begriff, als ich wirklich begriff, zu wem ich diese grausamen Worte gesagt hatte, presste ich mir entsetzt und erschrocken die Hand vor den Mund. Zu spät. Die Worte – ich konnte sie nicht ungeschehen machen, nicht ausradieren, nicht zurücknehmen. Phoenix hatte sie längst gehört. Die Worte galten zwar nicht ihm, doch das konnte er nicht wissen. Woher auch? Und ich wusste nicht, wie ich es erklären sollte.

Ich war geschockt. Einfach geschockt. Ich flehte mich an, nicht in Tränen auszubrechen. Nicht hier. Nicht vor ihm. Ich versuchte zu begreifen, was soeben passiert war. Doch der Schmerz, der in seinem Blick auftauchte, machte es mir unmöglich. Fassungslos starrte ich ihn an, unfähig einen Ton von mir zu geben. Mir fehlte die Kraft ihm noch länger in die Augen zu gucken. Ich senkte den Blick... und Phoenix drehte sich wortlos um. Verschwand. Ließ mich allein.

Mit einem stummen Schluchzer sank ich in die Kniee. So viele Emotionen tobten in mir. So verdammt viele. Letztendlich gewann die Wut. Ich wurde wütend.

Wütend auf diese beschissene Erinnerung.

Wütend auf mich.

Wütend auf Alles und Jeden.

Wütend auf die ganze Welt.

Wütend.

Einfach nur...Wütend.

Wie konnte ich demjenigen, dem nicht nur meine Seele, sondern auch mein Herz gehörte, so verletzende Worte an den Kopf werfen? Der Zorn, der grenzenlose Hass, der mich gefangen gehalten hatte, war noch immer spürbar. Das Echo dieses Gefühls wollte nicht verklingen. Nicht verstummen. Mich nicht verlassen. Mich nicht freigeben. Es fühlte sich an, als würde ich am Rande einer Klippe stehen, unschlüssig ob ich einen Schritt vor oder zurück machen sollte. Ich schüttelte den Kopf, verdrängte die dunklen Gefühle.

Das Wissen, dass ich zu solch einem Gefühl überhaupt fähig war, erschreckte mich. Unweigerlich stellte ich mir die Frage, wen ich so sehr hasste, dass ich bereit gewesen wäre, mich in diesem Hass zu verlieren? Was verbarg sich in den Abgründen meiner Seele? Was für Erinnerungen lagen dort verborgen?

Schwarze, pechschwarze Tränen tropften stumm auf den Boden.

Tränen, so schwarz wie die Nacht.

Tränen, so schwarz wie meine Seele.

Ich war entsetzt über die tiefen Abgründe der in mir schlummernden Dunkelheit.

Summer

Das Lachen der Zwillinge erfüllte mich. Befreite mich. Dieses Lachen war sanft. Unbekümmert. Frei von Sorgen. Erst dieses herzerwärmende Geräusch holte mich zurück. Ich war zu Hause. Umgeben von Menschen, die ich liebte. Die mich liebten. Allerdings wusste ich nicht, wie ich hierhergekommen war. Ehrlich gesagt, wusste ich nicht einmal, was überhaupt nach diesem sonderbaren Flashback passiert war. Es existierte eine gähnende Leere. Ein schwarzes Loch.

Luc strahlte übers ganze Gesicht. Voller Stolz präsentierte er mir seinen selbstgepackten Rucksack fürs Campingwochenende. Genau wie Laney.

Ich streckte die Arme aus, zog beide an mich und hätte sie am liebsten nie nie nie wieder losgelassen. Die beiden waren meine Sonne. Ihr Lachen machte mich glücklich und jedes Mal erfüllte mich eine atemberaubende Wärme. Wenn sie in meiner Nähe waren, war es einfach glücklich zu sein. Ich liebte Luc und Laney. Mehr als Worte ausdrücken konnten.

Heute Morgen hatte es mir noch nichts ausgemacht, das Wochenende auf mich allein gestellt zu sein. Doch jetzt, wo ich in ihre lachenden Gesichter schaute, änderte sich meine Meinung. Obwohl ich meine Familie brauchte, gerade jetzt, war ich dennoch nicht bereit über meinen Schatten zu springen und mitzufahren.

Wenn Holly merken würde, welche Gedanken mir gerade durch den Kopf schossen, würde sie darauf bestehen, dass ich mitfahre… oder aber sie würde das Wochenende absagen, es einfach verschieben.

Und da ich weder das eine noch das andere Szenario heraufbeschwören wollte, musste ich mein schauspielerisches Talent zum Besten geben. Ich lächelte und verstaute zusammen mit Charlie das Gepäck im Kofferraum. Erst als alle Koffer einen Platz gefunden hatte, schlang Holly die Arme um mich. Dann Charlie. Und zum Schluss Luc und Laney.

„Viel Spaß. Und passt gut auf Holly und Charlie auf", sagte ich und drückte jedem von ihnen ein Küsschen auf die Stirn.

Ich schaute ihnen so lange hinterher, bis sie um die Ecke bogen, bis ich sie nicht länger sehen konnte, erst dann kehrte ich zurück ins Haus. Erschöpft legte ich mich auf die Couch.

Summer

Schlaftrunken rieb ich die Augen. Shit! Ich war tatsächlich auf dem Sofa eingeschlafen, dabei hatte ich mich nur kurz ausruhen wollen. Inzwischen war es draußen dunkel. Hier im Zimmer sogar stockdunkel. Keine Ahnung, wie spät es war. Aber vermutlich mitten in der Nacht. Obwohl ich die Dunkelheit, dank der Raben aus meinen Träumen, bisher nicht mehr als bedrohlich oder beängstigend empfunden hatte, erwachte in dieser Sekunde die Angst in mir zu neuem Leben. Die Tatsache, dass niemand hier war, dass ich tatsächlich allein war, verstärkte dieses ungute Gefühl.

Plötzlich hörte ich von überall her Geräusche. Die merkwürdigsten Laute. Sie kamen aus allen Richtungen. Unheimliche Geräusche. Geräusche, die keinen Sinn ergaben.

Ein Knirschen, als würde jemand durch frisch gefallenen Schnee stapfen. Ein Sausen, als versuchte Metall die Luft zu teilen. Erstickte, nach Luft ringende Geräusche, als würde jemand verzweifelt versuchen nach Luft zu schnappen, während sein Kopf immer und immer wieder unter Wasser gedrückt wird. Lautes Geplätscher, als würde jemand in den eisigen Fluten eines Meeres um sein Überleben kämpfen. Hände, die verzweifelt Halt suchten, während unzählige Wellen ihn immer wieder unter Wasser rissen. Zersplittertes, durchbrochenes Eis. Schritte. Leise Schritte.

Halt! Stopp! Ich wollte das nicht länger hören. Vor lauter Panik drückte ich mir beide Hände auf die Ohren. Summte eine Melodie. Wiegte mich beruhigend vor und zurück. *Das ist alles nicht echt* versuchte ich mir einzureden. Ununterbrochen. *Alles nicht echt. Nur ein Traum. Ein verfluchter Alptraum.*

Eine gefühlte Ewigkeit später zwang ich mich die Augen zu öffnen und nahm vorsichtig die Hände von den Ohren. Holte tief Luft. Blinzelte. Blinzelte. Blinzelte.

Meine Sinne waren geschärft, doch die Angst lähmte mich noch immer. Wie versteinert hockte ich zusammengekauert auf dem Boden vor der Couch, bewegte mich keinen Millimeter. Wagte kaum zu atmen. Mein Herz tobte, schrie verzweifelt um Hilfe.

In dem Augenblick, wo der Mond durchs Fenster schien und das Wohnzimmer in ein schwaches Licht tauchte, erwachten die Schatten zum Leben. Furchteinflößende Schatten. Schattenmonster, die ihre nebelartigen qualmenden Fangarme nach mir ausstreckten, die nach mir griffen. Die unentwegt meinen Namen riefen.

„Verschwindet!", schrie ich panisch, als meine Stimme zu mir zurückkehrte. Mein Puls raste und ich zitterte am ganzen Körper. Ein Windzug streichelte mein Gesicht, meine Wangen.

Kalte Nachtluft fegte durchs Zimmer, was bedeutete, dass irgendwo ein Fenster offenstehen musste. Ich hörte leise Schritte. Schritte. Schritte.

Schlagartig löste sich meine Erstarrung. Ohne großartig darüber nachzudenken rannte ich los. Da die Schritte aus Richtung der Haustür zu kommen schienen, stürmte ich die Treppe hoch, wie in einem schlechten Horrorfilm. Wie oft hatte ich, wenn ich mir solche Filme angesehen hatte, mich über die Leute aufgeregt, die, anstatt nach draußen auf die Straße zu fliehen, hoch in ihr Zimmer gerannt waren, um sich verstecken zu wollen. Dorthin, wo es keine Fluchtmöglichkeiten mehr gab. Dämlich. Einfach nur dämlich.

Ich hörte auf mir Gedanken über meinen Geisteszustand zu machen oder meine Logik zu analysieren. Es war ohnehin zu spät. Ich rannte den Flur entlang zu meinem Zimmer. Ein seltsames Flüstern durchbrach die Stille. Blitzartig riss ich die Tür auf und stemmte mich mit meinem Körper, mit aller Kraft, gegen die hinter mir geschlossene Tür, drehte den Schlüssel herum, schloss ab. Sperrte mich ein. Sperrte die Monster aus.

Fuck! Ich saß in der Falle. Ich versuchte einen klaren Gedanken zu fassen, mich zu beruhigen. Nicht durchzudrehen. Ohne die Tür aus den Augen zu lassen, schlich ich geräuschlos zu meinem Bett und tastete blind nach meinem Handy. Es musste hier irgendwo liegen. Heute Morgen hatte ich es zum Aufladen in die Steckdose gesteckt. Ich war mir sicher, dass es hier irgendwo sein musste. Immer wieder griff ich ins Leere. Wagte aber auch nicht das Licht einzuschalten. Die Furcht entdeckt zu werden war einfach zu groß. Wo war dieses verdammte Scheißteil bloß?! Warum konnte ich es nicht finden? Ich schaffte einfach nicht, den Blick von der Tür zu lösen.

Gerade, als ich drohte in Panik zu verfallen, umschlossen meine Finger das Ladekabel. Mein Handy, endlich. Erleichtert atmete ich auf, zog das Kabel aus dem Handy und schaltete es ein. Warum dauerte es denn so lange? Es kam mir wie eine Ewigkeit vor, bis ich endlich den PIN eingeben konnte. Angespannt lauschte ich auf jedes kleinste Geräusch. Allerdings schien die Angst gerade die leisen Geräusche zu verstärken, so dass sie ohrenbetäubend laut widerhallten.

Erneut hörte ich Dinge, die keinen Sinn ergaben. Es fiel mir momentan wahnsinnig schwer zwischen echten und durch die Angst hervorgerufene Geräusche zu unterscheiden. Ich tippte auf dem Display herum, ehe ich mir das Handy ans Ohr presste.

Freizeichen.

„Summer?" Gerade als ich auflegen wollte, ertönte eine verschlafene männliche Stimme. Phoenix? Ich schüttelte den Kopf. Konnte mir jetzt nicht erlauben, mir Gedanken darüber zu machen, warum ich ausgerechnet ihn angerufen hatte. Es blieb keine Zeit. Jede Sekunde zählte.

„Summer?", hörte ich ihn erneut fragen, dieses Mal mit besorgter Stimme.

„Phoenix", flüsterte ich leise und hoffte, dass er mich verstehen konnte, denn ich traute mich nicht lauter zu sprechen.

„Wo bist du? Geht´s dir gut? Ich... ich versteh dich kaum."

„Bitte. Du musst kommen... bitte", schluchzte ich. „I-ich glaub, es ist jemand im Haus. Ich... ich bin allein. Phoenix... ich habe Angst."

„Scheiße!", fluchte er und befahl mir mit fester Stimme „Leg nicht auf! Ich bin sofort da. Okay? Verhalt dich so ruhig wie möglich. Verstehst du? Du darfst nichts sagen, keinen Ton... aber du darfst dieses Gespräch auch nicht beenden. Du darfst nicht auflegen, egal was passiert LEG NICHT AUF. Nicht, bis ich da bin."

Ich nickte. Stumm. Schweigend.

Ängstlich kroch ich hinter mein Bett, kauerte mich dort zusammen, zog die Beine an die Brust. Versuchte mich zu verstecken, ohne den

Blick von der Tür abzuwenden. Noch immer starrte ich diese verdammte Tür an, während ich mir gleichzeitig das Handy ans Ohr drückte.

Die ganze Zeit über hörte ich seine Stimme. Phoenix versuchte mich zu beruhigen, mir meine Angst zu nehmen. Ich biss die Zähne zusammen, versuchte das Zittern zu unterdrücken. Und, obwohl seine Stimme die Angst schwächte, wollte mein Herz nicht aufhören so schnell zu schlagen. Wie verrückt zu hämmern. Zu Pochen.

Ich wollte ihm sagen, dass er der Grund für mein tobendes Herz war. Wollte ihm sagen, dass er der Grund für meinen Gefühlstsunami war. Doch ich hatte ihm versprechen müssen, keinen Ton von mir zu geben. Er wollte nicht, dass ich in irgendeiner Art und Weise die Aufmerksamkeit auf mich lenkte und Gefahr lief entdeckt zu werden. Allerdings bezweifelte ich, dass... wer auch immer sich in diesem Haus aufhielt, nicht längst wusste, wo er mich finden würde. Ich verdrängte diesen Gedanken. Sperrte ihn weg.

Ich horchte. Horchte. Horchte.

Unentwegt wünschte ich mir, dass das alles hier nur ein schrecklicher Alptraum wäre. Nicht echt. Nicht real. Eine Halluzination. Aber ich wusste es besser. Ich befand mich inmitten eines wahrgewordenen Alptraums. Meines Alptraums. Nur, dass die Raben mich dieses Mal nicht beschützen konnten. Die Dunkelheit konnte mich nicht vor dem Grauen, das dort draußen vor der Tür umherschlich, bewahren... konnte mich nicht verstecken.

Plötzlich hörte ich mehrere Geräusche gleichzeitig. Türen knallten. Glas zersplitterte. Schreie. Entsetzliche Schreie. War das ein Schuss? Phoenix! OH. MEIN. GOTT. Phoenix. Phoenix. Phoenix. Vor lauter Schreck fiel mir das Handy aus der Hand. Fiel zu Boden. Als es auf den Boden aufschlug entstand ein ohrenbetäubender Knall. Spätestens jetzt wussten sie, wo ich mich befand. Wo ich mich versteckte. Ein gefährliches Knurren ertönte. Ein beängstigendes Knurren. Schreie. Noch immer hörte ich Schreie. Ununterbrochen diese entsetzlichen Schreie.

Keine Worte. Kein Fluchen. Keine Beschimpfungen. Nur diese Schreie.

Dann ein merkwürdiges Schleifen und Kratzen. Schläge. Und immer wieder diese Schreie.

Ich kauerte mich zusammen, hielt mir die Ohren zu. Ich wollte die Schreie nicht länger hören. Nicht länger ertragen. Doch, sie wollten nicht verstummen, egal wie fest ich mir die Hände auf die Ohren presste.

Das Licht im Flur ging an. Ich blieb wo ich war, bewegte mich nicht. Atmete nicht. Es gab kein Entkommen. Ich saß in der Falle. Durch den Schlitz unter der Tür schien Licht. Wie hypnotisiert starrte ich auf den Spalt.

Wartete.

Wartete.

Wartete auf den Schatten, der mich holen würde.

Wartete auf den Schatten, der mein Ende bedeuten würde.

Schritte, sie kamen näher und näher. Ich schluckte. Tränen liefen mir übers Gesicht und ich betete, dass es schnell vorbei sein würde. Obwohl ich mein Ende kommen sah, verspürte ich ein befreiendes Gefühl. Ich wusste einfach, dass die Angst gleich verschwinden würde. Die Schreie würden endlich verstummen, ich müsste sie nicht länger hören, die Qualen nicht länger ertragen.

Die Klinke wurde heruntergedrückt. Langsam öffnete sich die Tür. Aber… ich… ich hatte doch abgeschlossen. Oder etwa nicht? Egal. Es spielte keine Rolle mehr. Der Schatten betrat das Zimmer.

Die Zeit blieb stehen. Ich verwandelte mich in ein stummes Flehen. Ein verängstigtes Flüstern. Mein Herz hörte auf zu schlagen. Meine Seele weinte, sehnte sich nach Erlösung. Und ich schloss die Augen.

„Summer!" Als ich diese engelsgleiche Stimme hörte, war ich für einen winzigen Moment überzeugt im Himmel zu sein, tot zu sein. Erst als ich die Wärme einer Umarmung fühlte, kehrte mein Bewusstsein zurück. Ich konnte zwar noch immer nicht atmen, doch ich lebte.

Phoenix. Er hatte sein Versprechen gehalten. Er war hier, bei mir. Er hatte mich gerettet. Beschützte mich. Half mir, nicht auseinanderzubrechen.

Ich fand meine Stimme wieder und stellte die Frage, die mir die ganze Zeit über die Luft zum Atmen genommen hatte. „B-bist du verletzt?"

„Du fragst mich, ob ich verletzt bin?!", wiederholte er meine soeben an ihn gerichtete Frage. Ungläubig sah er mich an. „Wie kommst du darauf?"

„Ich… ich dachte, ich sehe dich nie wieder. Diese Schreie. Diese fürchterlichen Schreie. Ich hatte noch nie solche Angst. Die Angst, dass dir etwas passiert sein könnte… meinetwegen… ich… Bist du sicher, dass du nicht verletzt bist?", schluchzte ich und weinte stumme, trockene Tränen.

Vorsichtig hob er mein Kinn an. So sanft. So zärtlich. Als hätte er Angst mich verletzen zu können. Der Ausdruck in seinen Augen erschreckte mich.

„Summer", hauchte er meinen Namen, verstummte aber wieder, als wüsste er nicht, wie er mir möglichst behutsam das beibringen sollte, was er mir versuchen wollte zu erklären.

Ich fühlte mich plötzlich zerbrochen und mir fehlte die Kraft ihm noch länger in die Augen zu gucken.

„Es war niemand hier. Niemand… außer dir. Verstehst du, was ich dir versuche zu sagen?"

Ich schüttelte den Kopf.

„Aber…", wollte ich ihm widersprechen, doch er legte mir einen Finger auf die Lippen, brachte mich zum Schweigen.

„Als ich hier angekommen bin, habe ich Schreie gehört. Schreckliche Schreie. Ich dachte…", Phoenix zögerte, stockte, räusperte sich und fuhr schließlich fort, „der Gedanke, dich womöglich für immer verlieren zu können… ich… ich bin durchgedreht." Er schluckte, schloss gequält die Augen. „Ich habe das Fenster unten im Wohnzimmer eingeschlagen und bin den Schreien gefolgt. Deinen Schreien. Ich konnte deine Angst fühlen. Deine immer größer werdende Angst. Ich bin so schnell wie möglich nach oben gerannt. Alles, woran ich denken konnte, war zu dir zu kommen. Dich, vor was auch immer, zu retten… dich zu beschützen. Als ich die Tür aufriss, rechnete ich mit dem Schlimmsten. Mit Bildern, die ich…" Er schüttelte den Kopf, fuhr leise fort: „Doch, außer dir war niemand in diesem Zimmer. Du warst allein. Ich hab versucht dich zu beruhigen, aber… du wolltest nicht aufhören zu schreien. Also habe ich dich einfach nur festgehalten, so lange, bis du zu mir zurückgekehrt bist."

Ich schüttelte den Kopf. Konnte nicht glauben, was er sagte. Wollte es nicht glauben. Nein. Nein. Nein. Ein kalter Schauer lief mir über den Rücken. Unmöglich. Das, was gerade eben passiert war, das konnte ich mir nicht eingebildet haben. Es konnte keine Erinnerung gewesen sein. Diese Schreie. Und die damit verbundenen Gefühle…

Verflucht, das, was ich gespürt hatte, waren nicht nur meine Gefühle gewesen. Das, das konnte ich mir nicht eingebildet haben. Selbst jetzt konnte ich das Echo dieser Schreie noch hören. Schreie, die einfach nicht verstummen wollten. Und es waren definitiv nicht meine eigenen gewesen. Oder? War es vielleicht doch möglich, dass ich mich selbst gehört hatte? War ich dabei den Verstand zu verlieren? Erst das gesichtslose Monster im Garten, dann die sonderbare Begegnung gestern im Wald… jetzt hier, bei mir zu Hause. Ich weigerte mich diese Schlussfolgerung in Betracht zu ziehen. Aber, wie sonst war all das zu erklären? Allein die Tatsache, dass Phoenix keine weiteren Schreie gehört hatte, war das nicht allein schon Beweis genug?

Ich wollte lachen.

Ich wollte weinen.

Ich wollte schreien.

Ich wollte vergessen.

Ich wollte lachen.

Das, was Phoenix gesagt hatte, konnte nicht der Wahrheit entsprechen. Durfte nicht der Wahrheit entsprechen.

Es war absurd.

Unmöglich.

Vollkommen unmöglich.

Und doch konnte ich nicht leugnen, dass ich versuchte ihm zu glauben.

„I-ich… ich habe jemanden schreien gehört…"

„Ja", erwiderte er sanft, mitfühlend… beruhigend. „Du hast dich gehört. Es waren deine Schreie gewesen. Es… es tut mir leid, so so leid."

„Nein. Nein… das… das kann nicht sein. Nein… nein", flüsterte ich kopfschüttelnd.

Meine Gedanken wurden undeutlich. Plötzlich konnte ich mich nicht länger konzentrieren, auf nichts und niemanden. Nicht einmal auf mich selbst. Etwas Schwarzes tauchte am Rande meines Blinkwinkels auf. Ich blinzelte. Blinzelte. Blinzelte. Das Schwarze, was auch immer es sein mochte, ließ mich nicht los… es schlang seine Arme um mich und zog mich mit sich in die Tiefe.

Phoenix

„**P**rinzessin. Mach die Augen auf", forderte ich sie leise auf. Immer und immer wieder. Ununterbrochen. Ich beugte mich über ihren leblosen Körper, zog sie auf meinen Schoß. Drückte sie an mich, hielt sie fest. Streichelte über ihr braunschimmerndes Haar.

Ihre Nähe war überwältigend. Ihr so nah sein zu können, zu dürfen, fühlte sich an wie Magie. Pure Magie. Ich lehnte mich vor, bewunderte ihr wunderschönes Gesicht. Zählte die winzigen Sommersprossen und flüsterte leise ihren Namen.

Der ganze psychische Stress, die nicht verheilten Wunden auf ihrer Seele, die ständigen Alpträume, die immer häufiger auftretenden Flashbacks und die unstillbare Sehnsucht nach mir (oh, wie ich mich dafür verabscheute) waren zu viel für sie gewesen. Zu viel. Viel zu viel. Ihre Seele war in die Bewusstlosigkeit geflohen, suchte nach einer Möglichkeit das Erlebte zu verarbeiten. Zu verschnaufen. Sich zu erholen.

Meine Finger strichen über ihre Wangenknochen, ihren Mund... ihren Nasenrücken. Ich holte tief Luft, schloss die Augen. Für einen winzigen Augenblick gab ich mich der Illusion hin, dass ich sie nie hatte gehen lassen, dass wir nie getrennt gewesen wären. Doch, als ich blinzelte, war dieser Moment auch schon wieder vorbei.

Ich hatte ihre Verzweiflung gefühlt. Ihr Misstrauen in sich selbst. Sie war, kurz bevor sie bewusstlos wurde, davon überzeugt gewesen, dass sie anfing zu halluzinieren, dass sie sich all die schrecklichen Dinge nur eingebildet hatte. Nicht zuletzt, weil ich es so hatte aussehen lassen. Ich hatte gewusst, dass sie mir glauben würde, jedes Wort.

Dabei war alles, was ich gesagt hatte, eine Lüge gewesen. Ein lächerlicher Versuch das Geschehene ungeschehen machen zu wollen. Summer hatte sich weder die Schreie eingebildet noch fing sie an den Verstand zu verlieren. Alles war real gewesen. Alles. Und doch hatte ich sie belügen müssen. Ich hatte ihr unmöglich die Wahrheit sagen können. Denn diese würde sie schlicht und ergreifend überfordern. Sie könnte damit nicht umgehen. Nicht zum jetzigen Zeitpunkt. Nicht, ohne ihre Erinnerungen. Nicht, ohne ihre Vergangenheit.

Sie würde nicht verstehen, dass es Schatten gab, die *ihm* gehorchten, die jeden *seiner* Befehle befolgten und dass nur, weil *er* ihnen etwas in Aussicht stellte, etwas versprach, was *er* ohnehin niemals halten würde. *Er* versprach sie zu befreien, indem *er* ihren Seelen die Fähigkeit zu fühlen zurückgeben würde. Die Schatten waren im Grunde Spiegelbilder aller von *ihm* geraubten Gefühle. Gefühle, die *er* jedoch mit seiner Dunkelheit infiziert hatte. Verlorene Gefühle. Verirrte Gefühle. Gefolterte Gefühle.

Die Schatten, die ich zurück in unsere Welt geschickt hatte, die ich ausgelöscht hatte, die ich hatte auslöschen müssen, waren auf der Suche gewesen. Nach ihr. Nach der Prophezeiten. Nach meiner Prinzessin. Doch es gab einen Schatten, den ich nicht hatte bezwingen können. Ein Schatten, der hatte fliehen können. *Sein eigener* Schatten.

Allein die Erinnerung an ihren kalten, hasserfüllten Blick heute früh in der Schule, war wie ein Stich mitten ins Herz. Für den Bruchteil einer Sekunde war eine fremde Dunkelheit über sie hergefallen, *seine* Dunkelheit... die, des Phantoms. Eine Dunkelheit, die sie nicht verstanden hatte, die sie nicht hatte begreifen können, die sie nicht hätte kontrollieren können. Zumindest nicht ohne ihre Fähigkeiten. Fähigkeiten, die tief in ihr schlummerten. Die, genau wie all die Erinnerungen an ihr Leben, unter einer dicken Betonmauer begraben lagen. Unter Meterhohem Schnee. Gefangen in einer Seele, die nicht ihr gehörte.

Während sie von *ihm* gefangen gehalten worden war, hatte ich all ihre Gefühle fühlen können. Ihre... und *seine*. Er hatte seinen Schmerz, seinen Hass... seine unkontrollierbare Wut auf sie projiziert, so, dass Summer davon überzeugt gewesen war, dass es ihre eigenen Gefühle gewesen wären, die sie durchlebt hatte. Ihr Körper war kalt gewesen. Eiskalt. Nein, kälter als Eis.

Es hätte nicht mehr viel gefehlt... und *er* hätte sie zerstört. Ohne, dass sie in der Lage gewesen wäre, sich zu verteidigen. Ohne, dass ICH in der Lage gewesen wäre, sie retten zu können. Summer war ihm schutzlos ausgeliefert gewesen.

Dabei hatte *er* mir sein Wort gegeben, dass *er* sie hier, in der Welt der Menschen, ohne ihre Erinnerungen, nicht angreifen würde. *Er* hatte mir sein Wort gegeben, dass *er* sich Summer erst würde holen kommen, wenn sie in der Lage wäre sich zu verteidigen... und *er* hatte mir sein Wort gegeben, dass es erst passieren würde, wenn sie zurück-kehren würde. Wenn ich sie zurückbringen würde. Zurück in unsere Welt. Dorthin, wo sie hingehörte. Aber nicht hier. Verflucht nochmal… nicht HIER!

Doch, wenn *er* den Pakt brechen konnte, konnte ich es auch.

Ich würde Summer beschützen, egal wie, egal zu welchem Preis.

Doch, dass *er* es tatsächlich gewagt hatte, ihr hier aufzulauern, in ihrem eigenen Zuhause, war ein Fehler, den *er* mit seinem Leben bezahlen würde. Obwohl ich Summer in meinen Armen hielt, unverletzt, konnte ich immer noch nicht begreifen, dass ich kurz davor gewesen war sie zu verlieren. Für immer verlieren zu können. Der Gedanke war so grauenhaft, dass ich nicht länger darüber nachdenken wollte. Nicht konnte. Nicht durfte.

Summer bewegte sich. Ihre Lider flatterten. Es war nur noch eine Frage der Zeit, bis sie ihr Bewusstsein zurückerlangen würde. Ich zählte die Sekunden. Dann… endlich schlug sie die Augen auf. Sah mich an. Und es schien, als würde sie mich das erste Mal sehen.

Ich beugte mich vor. Meine Stirn berührte ihre. „Wie geht es dir?", flüsterte ich leise und hätte sie am liebsten geküsst. Endlich geküsst.

Sie blinzelte. Zitterte. Setzte sich langsam auf und schaute sich in ihrem Zimmer um. Ihr Blick wirkte seltsam leer. Verloren. Als sie erneut anfing zu zittern, zog ich den Pullover aus, legte ihr diesen um die Schultern. Allerdings war ich mir sicher, dass der Pulli sie nicht würde wärmen können. Denn Summer zitterte nicht vor Kälte.

„Phoenix…", flüsterte sie mit brüchiger Stimme, suchte meinen Blick. „Glaubst du ich werde verrückt?" Schuldgefühle überrollten mich. Wut explodierte und das Feuer der Schuld verschluckte mich. Versengte mich. Ich stand in Flammen. Brannte. Millionen Flammen züngelten sich durch meinen Körper, legten alles in Schutt und Asche.

Ich suchte Summers Blick. Musste mich auf sie konzentrieren. Auf ihre Liebe. Auf ihre bedingungslose Liebe. Mein Herz schlug so schnell, dass ich es nicht mehr fühlen konnte.

Oh, wie gerne würde ich ihr jetzt meine Liebe gestehen, ihr sagen, dass sie mein Atem war. Jeder meiner Atemzüge. Summer war ALLES. Mein Anfang und Mein Ende. Und ihre Liebe rettete mich. Ihr Licht drängte die Finsternis zurück.

„Nein, ich glaube nicht, dass du verrückt wirst. Ich glaube vielmehr, dass du in einem ziemlich heftigen Flashback festgesteckt hast. Und… naja… je intensiver diese Flashbacks werden, desto schwieriger scheint es dir zu fallen zwischen Traum und Wirklichkeit zu unterscheiden, zwischen Vergangenheit und Gegenwart."

Summer schien über diese Antwort nachzudenken. Ihr Blick wirkte konzentriert… doch dann kehrte die Leere darin zurück. Sie hüllte sich in Schweigen. Sagte kein Wort.

„Es ist so wie beim letzten Mal… unten im Garten. Da warst du auch überzeugt gewesen, dass dieses Monster real wäre… doch außer dir hatte es niemand sehen können. Selbst Laney hatte es nicht sehen können."

Sie schüttelte den Kopf. „Nein. Das Heute, das war *anders*. Es war nicht so wie im Garten. Es war vielmehr so, wie gestern im Wald. Ich kann es nicht erklären. Es ist eine Art *Gefühl*. Ein Gefühl, dass sich nicht beschreiben lässt… aber ich *weiß*, dass es anders war. Ich weiß es einfach."

„Was war gestern im Wald?" Kaum waren die Worte raus, presste ich mir die zur Faust geballte Hand vor den Mund. Schluckte. Sammelte mich. Verdrängte die aufsteigenden Gefühle. Summer guckte mich an und ich vergaß, wie man atmete.

„Ich war am See… und…"

„Verdammt, Prinzessin", knurrte ich verärgert. „Ich hatte dir doch gesagt, dass es gefährlich ist und dass du nicht allein dort hingehen sollst."

Summer senkte den Blick und sprach leise weiter, als wenn ich nichts gesagt hätte.

„Auf dem Rückweg erwachte plötzlich dieses sonderbare Gefühl. Oder vielmehr eine Gewissheit. Ich wusste, dass ich beobachtet wurde… ich wusste, dass der Blick einer Kreatur gehörte, die abgrundtief böse war… und obwohl ich wusste, dass das Grauen hinter mir auf der Lauer lag und sich anschlich, war ich wie gelähmt gewesen, unfähig mich zu bewegen. Ich wollte mich umdrehen, nachsehen, herausfinden, wer oder was mich verfolgte… aber ich… ich konnte nicht. Stattdessen stand ich einfach da. Wartete."

Ich hielt die Luft an. Fühlte mich überfordert. Hilflos. So verdammt hilflos.

Summer suchte meinen Blick und als sie weitererzählte fingen ihre Augen an zu leuchten. Wie eine Supernova. Eine Explosion, bei der sich die Leuchtkraft all ihrer Gefühle bündelten und für kurze Zeit millionenfach heller leuchtete, wie eine ganze Galaxie. In diesem Augenblick fühlte ich ihren unerschütterlichen Glauben an das Gute. Ihre Hoffnung. Ihre Zuversicht.

Ich hielt die Luft an und bewunderte ihre Schönheit. Ihre innere Schönheit. Und hörte ihr aufmerksam zu.

„Bis ein kleines Eichhörnchen meinen Weg kreuzte. Es tauchte wie aus dem Nichts heraus plötzlich auf und blieb direkt vor mir stehen. Das war der Moment, wo ich aus der Trance erwacht bin. Denn die Gefühle, die er versprühte, waren wie ein Adrenalinkick. Pure Energie. Pure Glücksgefühle. Alles, einfach alles Wunderbare. Und… als der kleine Kerl bei mir auf der Hand saß, bemerkte ich, dass irgendetwas hinter mir seine Aufmerksamkeit erregt hatte. Also folgte ich seinem Blick… und da... da sah ich es. Diese Kreatur. Und ich konnte erkennen, wie sich seine Gefühle in einen dunklen Schatten verwandelten… und wie dieser auf mich zugeschwebt kam… und als ich daraufhin erneut erstarrte, biss mir das Eichhörnchen in die Hand. So lange, bis ich schließlich wieder zurückkehrte… und… ich weiß, es klingt verrückt, aber… es hat mit mir gesprochen. Ich konnte den kleinen Kerl in meinen Gedanken hören. Er schrie… sagte mir, dass ich fliehen soll. Dann sprang er von meiner Hand und verschwand… und ich bin gerannt. Einfach nur gerannt. Ohne mich umzudrehen. Ohne stehenzubleiben. Ich… ich bin einfach nur gerannt."

„Warum… hast du mich nicht angerufen? Warum hast du es mir nicht erzählt?"

„Weil ich nicht darüber reden wollte. Weil ich vergessen wollte. Weil ich etwas begriffen hatte, dass ich nicht begreifen *konnte*. Nicht begreifen *wollte*", antwortete sie leise. Aufgewühlt.

„Was?" Ich musste ihr einfach diese Frage stellen. Musste ihre Antwort hören. „Was hast du begriffen?"

„Dass ich… dass…" Sie schloss die Augen. „Ich konnte mich nur deshalb nie an meine Vergangenheit erinnern, weil ich mich in Wahrheit dagegen gewehrt hatte, weil ich mich nicht erinnern *wollte*. Verstehst du?! Die ganze Zeit über hatte ich mir etwas vorgemacht, war einem Schatten hinterhergerannt. Weil ich instinktiv gespürt hatte, dass ich das, was der Schatten verkörperte, nämlich meine Vergangenheit, in Wahrheit gar nicht einholen wollte. Ich wollte es nicht erfahren. Ich wollte es verflucht nochmal nicht wissen. Und… obwohl ich das inzwischen weiß, weigert sich mein Unterbewusstsein trotz alledem mir zu helfen. Anstatt all die Erinnerungen endlich freizulassen, spielt es mit mir. Es spielt mit meinen Ängsten… und ich… ich kann nichts dagegen tun, weil ich es nicht verstehe. Ich verstehe diese Ängste nicht, genauso wenig wie ich die Leere in mir verstehe, genauso wenig wie ich diesen qualvollen Verlust in mir verstehe. Ich verstehe nichts. Absolut nichts."

Ich ballte die Fäuste, bis sie schmerzten. Ich fühlte mich… schrecklich. Grauenhaft. Gelähmt. Ihre Worte erinnerten mich daran, was für ein Monster ich war… und für immer sein werde.

Summer hob den Kopf, sah mich an, als könne sie in mein Inneres blicken, als könnte sie das Monster erkennen, es wirklich sehen. Ich ertrug den Ausdruck in ihren Augen nicht, senkte den Blick.

„Weißt du", sagte ich zögerlich, „ich glaube nicht, dass du deine Erinnerungen bewusst verdrängst. Vielleicht… hat sie dir ja jemand genommen. Absichtlich."

Summer zitterte am ganzen Körper.

„Was redest du denn da? So etwas gibt es nicht. Man kann keine fremden Erinnerungen *stehlen*. Ich… Nein. So etwas funktioniert nicht."

Ich holte tief Luft, schloss die Augen und fragte: „Wieso sollte es so etwas nicht geben?"

„Weil…", sie überlegte, berührte ihre Schläfe mit den Fingerspitzen, „weil es so etwas nicht geben kann."

„So jemanden wie dich dürfte es demnach also auch nicht geben?"

Sie sah mich verblüfft an. Sagte aber kein Wort.

„Du kannst nicht nur die Gefühle anderer wahrnehmen, du kannst noch so viel mehr. Du kannst, wenn du dich dazu entschließt, wenn du dich *bewusst* dazu entschließt, anderen ihre Gefühle *nehmen.*" Ich schluckte. Ich hatte bereits mehr verraten, als ich hatte verraten wollen. Als ich hätte verraten dürfen.

Summer schüttelte den Kopf, konnte nicht damit aufhören.

Ich fuhr fort, ohne es zu wollen, ohne es verhindern zu können. „Wenn du die Macht besitzt die Gefühle anderer zu beeinflussen, sie zu kontrollieren… und du fremde Gefühle in dir verankern kannst, warum sollte es dann nicht jemanden geben können, der dasselbe mit Erinnerungen machen kann?"

Es sah so aus, als wenn Summer antworten wollte, etwas sagen wollte, doch sie schien keine Worte finden zu können. Sie starrte mich schweigend an. Ich war kurz davor ihr *alles* zu erzählen. Ihr *alles* zu erklären. Doch, obwohl ich es wollte, wirklich wollte, konnte ich nicht, schaffte es einfach nicht und diese Tatsache machte mich wahnsinnig. Ich wusste, dass Summer, genau wie alle anderen vermuteten, dass ich der Schlüssel zu ihren Erinnerungen war. Sie hatten Recht. Und wie Recht sie hatten. Ich könnte, wenn ich wollte ihr die Erinnerungen zurückgeben. Jederzeit. Jetzt und Hier.

Dafür bräuchte ich nichts weiter tun, als sie zu küssen.

Sie endlich zu küssen.

Küssen.

Küssen.

Küssen.

Einfach nur zu küssen.

Doch, ich war nicht der Schlüssel… ich war der Hüter. Der Wächter. Der Tresor. Ich hatte ihr all ihre Erinnerungen gestohlen. Und jedes Mal, wenn sie mich ansah, wenn sie mich anlächelte, wenn sie mir so nah war, so verdammt nah, dann wollte ich nichts weiter, als ihr endlich alles zurückgeben. Wenn ich ihr nur die Bilder von uns zurückgeben könnte, hätte ich es längst getan. Aber… so funktionierte meine Gabe nicht. Alles, was ich mir mit einem Kuss stahl, bewusst stahl… konnte auch nur durch einen solchen Kuss zu ihr zurückkehren, wobei ich nichts *aussortieren* konnte, nichts *zurückhalten* konnte. Auch, wenn ich wünschte, ich wäre dazu in der Lage. Denn, dann würde ich ihr das Grauen, dass ich in mir einsperrte, ersparen. Für immer ersparen.

Ich blinzelte. Schluckte den Schmerz runter. Ich war ein Heuchler. Ein elender Heuchler. Ein Lügner. Ein Betrüger. Ein Egoist. Ein verfluchtes MONSTER. Ich versuchte mir einzureden, dass ich das Richtige tat, obwohl ich sah, wie es sie zerriss. Ich hörte ihre Seele nach mir rufen. Ununterbrochen. Doch ich weigerte mich ihr das zu geben, wonach sie verlangte, wonach sie sich sehnte. Wonach ich mich sehnte.

Und doch stellte ich mir immer öfter die Frage, wie es möglich war, dass Summer anfing sich zu *erinnern*... DAS dürfte nicht möglich sein.

„Wenn... wenn es so etwas geben sollte, dann... keine Ahnung." Sie schüttelte noch immer ungläubig den Kopf. „Warum sollte mir jemand meine Erinnerungen stehlen? Ich mein... ich *nehme* mir nur dann die Gefühle anderer, wenn ich überzeugt bin, etwas Gutes damit zu bewirken. Wenn ich sehe, wie jemand leidet, dann... dann kann ich nicht anders. Dann will ich demjenigen helfen. Ich muss. Es nicht zu tun, würde bedeuten, dass es mir egal wäre. Dass mir sein Schmerz egal wäre, doch so bin ich nicht. Ich fühle alles. Und, wenn ich anfangen würde die Gefühle meiner Mitmenschen zu ignorieren, sie bewusst zu ignorieren, würde ich *MICH* verleugnen. Ich würde *MICH* verlieren.... Wenn ich ihre dunklen, verstörenden, abscheulichen Gefühle spüre, dann... tut es weh. Einfach nur weh. So verdammt weh... trotzdem, oder gerade deswegen, *muss* ich es tun. Verstehst du? Ich... ich will doch bloß helfen." Sie schloss die Augen, schien sich an etwas zu erinnern. Dann fragte sie leise „Ist es verkehrt jemanden helfen zu wollen, der keine Hilfe will?"

Ich schwieg. Wartete.

„Damon... er wollte meine Hilfe nicht. Er sagte, dass ich ihm den Schmerz nicht nehmen dürfte, weil dieser das Einzige wäre, was ihm von *ihr* geblieben wäre."

Damon, er hatte Summer von *ihr* erzählt? Nein. Das konnte nicht sein. Das... das würde bedeuten, dass... Nein.

„Von *ihr?*", hörte ich mich fragen, ohne es verhindern zu können.

„Ich weiß nicht wer *sie* ist, wen er damit gemeint hatte. Er hatte ihren Namen nicht erwähnt... und, da ich gespürt hatte, dass er nicht darüber reden wollte, und es im Endeffekt auch keine Rolle spielte, hatte ich nicht weiter nachgehakt. Was ich eigentlich damit sagen wollte... Darf man überhaupt jemandem, ohne seine Erlaubnis, ohne seine ausdrückliche Zustimmung, etwas *nehmen*, selbst, wenn man überzeugt ist, dass Richtige zu tun? Muss man nicht vielmehr demjenigen die Wahl lassen? Muss letztendlich nicht jeder selbst entscheiden können, ob man vergessen will oder nicht?"

„Was... wenn derjenige aber nicht mehr in der Lage ist zu entscheiden?" fragte ich leise. So verdammt leise.

„Wie meinst du das? Warum sollte man dazu nicht in der Lage sein?"

„Wenn das, was man erlebt hat, was man fühlt... so grauenhaft ist, dass man die Möglichkeit einer Wahl gar nicht mehr in Betracht zieht, sondern einfach nur... *vergessen will. Für immer vergessen. Wenn man nichts mehr fühlen will. Nie wieder.*"

„Du meinst... wenn jemand sterben will?!" Ihre Stimme zitterte.

„Ja. Was dann? Würdest du seinen Wunsch sterben zu wollen, dann immer noch akzeptieren? Oder würdest du versuchen ihn zu retten? Vor sich selbst zu retten?"

„Wenn sich jemand vor lauter Kummer, Leid und Schmerz dazu entschließt, diese Welt verlassen zu wollen, dann sollte jeder, der es sieht... oder *spürt*, helfen. In so einem Fall würde ich nicht zögern... ich würde all seinen Schmerz in mich aufnehmen, für immer einsperren, so dass er lernen könnte wieder glücklich zu werden. Jeder verdient es glücklich zu sein. Jeder."

„Nein. Nicht jeder", knurrte ich, als ich an das Phantom dachte. An denjenigen, der mich zu dem gemacht hatte, der ich war. Schon immer gewesen bin.

„Nicht. Hör auf, Phoenix. Das... das Thema hatten wir schon."

Ich schwieg.

Summer schwieg.

Wir schwiegen gemeinsam.

Und doch schwieg jeder für sich.

Ich suchte nach greifbaren Buchstaben... Wörtern, um vollständige Sätze daraus formulieren zu können. Fragen. Antworten. Ganz egal... Hauptsache sie würde endlich wieder reden. Ich wollte, nein, ich musste den Klang ihrer Stimme hören.

Und dann erinnerte ich mich. Lächelnd sah ich sie an. Fragte schließlich: „Welchen Namen hast du ihm gegeben? Deinem pelzigem Retter…"

Summer holte Luft. Und ihre Augen fingen an zu leuchten. Zu Glänzen. Zu Strahlen.

„Du hast es nicht vergessen…", sagte sie leise, erfüllt von Freude.

„Nein. Wie könnte ich?!" Ich wollte ihr sagen, dass ich mich an ALLES, was sie betraf, erinnerte. An jeden Blick. Jeden Gedanken. Jedes Gefühl. Jedes Wort. Jedes nicht gesagte Wort. An jeden Kuss. An jeden Einzelnen. Und egal wie weh diese Erinnerungen auch taten, ich würde sie niemals hergeben wollen. Es gab nichts, was ich würde vergessen wollen. All das wollte ich ihr sagen. Doch stattdessen wiederholte ich meine Frage: „Und… welchen Namen hast du ihm jetzt gegeben?"

„Thabo", antwortete Summer lächelnd. „Es ist ein afrikanischer Jungenname… und bedeutet so viel wie *Das Glück*. Und unabhängig davon, dass er mich quasi beschützt hat, gerettet hat, war das erste, was ich gefühlt habe, als ich ihm in die Augen gesehen habe GLÜCK gewesen. Ich war einfach glücklich gewesen… und diesem Gefühl war es letztendlich zu verdanken, dass diese Kreatur mich nicht…" Sie schloss die Augen, sprach den Satz nicht zu ende.

„Thabo", murmelte ich leise und versuchte sie auf andere Gedanken zu bringen, „der Name gefällt mir."

Sie lächelte.

„Danke", sagte Summer nach einer Weile des Schweigens.

„Wofür? Dafür, dass mir der Name gefällt?", fragte ich lächelnd. Verwirrt. Irritiert.

„Nein", lachte sie und suchte meinen Blick. „Dafür, dass du jedes Mal für mich da gewesen bist, wenn ich dich gebraucht habe. Dafür, dass du mein persönlicher Thabo bist… Und dafür, dass du heute, ohne zu zögern, gekommen bist, um mich retten zu wollen. Ich mein, auch wenn sich im Nachhinein herausgestellt hat, dass ich nicht wirklich in Gefahr gewesen bin… Ich mein, dass wusstest du ja schließlich nicht… und du bist trotzdem gekommen. Weißt du, dass du ein richtiger Held bist? Nein, nicht irgendein Held… MEIN Held."

„Ich?! Ein Held?!" Im ersten Moment glaubte ich mich verhört zu haben. Ich war alles. Aber mit Sicherheit kein Held. Normalerweise übernahm jemand anderes die Rolle des Helden, so jemand wie Damon. Allein bei dem Gedanken, dass er sie retten könnte, sie beschützen könnte, überrollte mich eine Lawine der Wut. Und dieses Gefühl wurde so stark, dass ich ihn, wenn er jetzt hier auftauchen würde, ohne zu zögern versuchen würde umzubringen.

Ich war derjenige, der vom Helden gejagt wurde. Ich war der Bösewicht. Das gewissenlose Monster. Ohne Skrupel. Berechnend. Grausam. Zerstörerisch.

Ein Blick in ihre wunderschönen Augen verriet mir jedoch, dass sie mich tatsächlich als Helden sah. Hatte sie wirklich den Blick für das Wesentliche zusammen mit ihren Erinnerungen verloren? Warum konnte sie nicht sehen, welches Monster sich hinter dieser Maske versteckte?

„Was tun Helden denn?", fragte ich, denn ich brachte es nicht übers Herz ihr zu widersprechen.

„Du meinst, abgesehen davon mich ständig retten zu müssen?" Sie sah mir tief in die Augen und ich war machtlos. Konnte mich ihrem Blick nicht entziehen.

„Naja, Helden tun, was immer sie tun müssen, um diejenigen zu beschützen, die es zu beschützen gilt. Ein Held denkt immer zuerst an andere. Nie an sich. Selbst dann nicht, wenn es bedeutet, dass der Held am Ende nie das bekommt, was er sich am meisten wünscht… wonach er sich am meisten sehnt…"

Dieser Blick ging mir unter die Haut. Sie sah mich an, als wüsste sie, was ich getan hatte. Was ich wirklich getan hatte. Nein. Unmöglich. Summer konnte es nicht wissen. Niemand wusste es. Absolut niemand. Denn, wenn sie es wüsste, würde sie sich nicht länger mit mir in einem Raum aufhalten wollen. Sie würde meine Nähe keine Sekunde länger ertragen können. Sie würde versuchen zu fliehen. Vor mir. Vor dem Monster. Sie würde verschwinden, ohne sich umzudrehen… ohne jemals zu mir zurückkehren zu wollen.

STOPP. Ich verdrängte diese Art von Gedanken. Momentan wollte ich nichts weiter als die Zeit, die mir mit ihr noch blieb, genießen. Einfach nur genießen. Ja, es war selbstsüchtig. Egoistisch. Aber so lange

Summer mich brauchte, spielte es keine Rolle. Zumindest versuchte ich mir das einzureden.

Ich lehnte mich, auf die Ellbogen gestützt, nach hinten. Sah sie an. Abwartend. Herausfordernd. Und fragte schließlich: „Musst du denn gerettet werden?"

„Sag du es mir…" antwortete sie in einem Ton, der mich um den Verstand brachte. Ihr Blick fesselte mich. Und ich musste den Impuls unterdrücken sie an mich zu ziehen, sie zu küssen. Dieser Blick – ich würde töten für diesen Blick. Ich wünschte, sie würde mich immer so ansehen. Dürfte mich immer so ansehen. Nur Summer war in der Lage mir das Gefühl zu schenken, dass ich wirklich ein Held wäre. Ihr Held.

Auch, wenn es keinen Sinn machte so zu tun, als wäre ich jemand anderes, jemand, der verdiente, dass man an ihn glaubte, so wollte ich in diesem Augenblick nichts weiter als genau dieser JEMAND für sie sein.

Ihr Held.

Ihr Prinz.

Summer

„**D**u bleibst?"

Mit allem hätte ich gerechnet. Nur nicht damit. Nicht, nachdem was ich ihm heute in der Schule an den Kopf geworfen hatte. Schließlich hatte ich bis jetzt noch keine Gelegenheit gehabt, ihm zu erklären, was wirklich passiert war, was hinter dieser Aussage steckte, dass die Worte nicht ihm gegolten hatten, obwohl er direkt vor mir gestanden hatte. Es klang absurd, doch es entsprach nun einmal der Wahrheit. Eine unumstrittene Wahrheit. Noch immer brannten die Worte wie Salzsäure. In meiner Lunge. In meinem Herzen.

Erneut fragte ich mich, wer oder was diesen allesverschlingenden, unbändigen Hass in mir ausgelöst hatte? Der Hass war so verstörend gewesen, dass sich in mir ein Wunsch geäußert hatte, den ich selbst jetzt nicht wagte, freizulassen. Der Wunsch, demjenigen, der für dieses Gefühl verantwortlich war, unsagbare Schmerzen zuzufügen. Ja, ich wäre sogar bereit gewesen, ohne zu zögern, denjenigen zu vernichten, nur um vor diesem kalten Hass fliehen zu können.

„Es sei denn, du willst, dass ich gehe…", antwortete Phoenix.

Darauf konnte er lange warten. Eher würde die Hölle zufrieren, als dass ich diese Worte über meine Lippen bekommen würde. Und genau das sagte ich ihm auch.

„Niemals wirst du diese Worte von mir hören", flüsterte ich leise, tief versunken in seinem Blick.

Noch während ich ihn ansah, erwachten Erinnerungen… Emotionen und Empfindungen, die mich fluteten. Auf mich einprügelten. Die mich packten und zu Boden rissen. Ich taumelte. Taumelte. Taumelte. Versuchte all das zu stoppen. Zu beenden.

Sein Gesicht war direkt vor mir. Ich wusste nicht, was ich sagen sollte, was ich als Nächstes tun sollte, wie ich ihm meine Worte erklären sollte. Meine Gefühle. Meine Gedanken.

Und ich schaffte einfach nicht den Blick von ihm zu lösen. Schaffte nicht ihn freizugeben. Mich freizugeben. Ich ertrank.

Verzweifelt spannte ich jeden Muskel in meinem Körper an. Es fiel mir unsagbar schwer den Ausdruck in seinen Augen zu ertragen. Die Liebe, die ich darin entdeckte, die ich fand, die ich sah, die er jedoch niemals zulassen würde, zu ertragen... und dann der Gedanke, die Erinnerung an die grausamen Worte *ich hasse dich.*

Meine Finger krallten sich in meinen Handballen, um die Gedanken, die verborgenen Geheimnisse, weiterhin festzuhalten, tief in mir einzusperren. Es fiel mir immer schwerer ihn anzuschauen. Wie sollte ich ihn diese Worte, diese grausamen Worte, jemals vergessen lassen können? Ich merkte nicht einmal, dass ich weinte, bis Phoenix mich in seine Arme schloss. Mich auffing. Mich festhielt. Er gab mir einen Kuss auf die Stirn, hauchte leise: „Nicht, Prinzessin. Bitte, hör auf zu weinen... Es bringt mich um, dich so zu sehen."

Erneut stiegen mir Tränen in die Augen, kullerten mir übers Gesicht, tropften leise zu Boden. Ich versuchte mich zusammenzureißen. Ich legte meine Hand auf seine Brust, fühlte seinen Herzschlag. Fühlte seine Anspannung. Fühlte, dass ihn diese Nähe, die es zwischen uns gab und doch nie geben würde, in genauso viele Stücke zerbrach, wie es mich zerbrach. Ich musste es ihm sagen. Erklären. Versuchen zu erklären. Aber ich wusste nicht *wie.*

„Phoenix?", murmelte ich leise, kaum hörbar. „Es tut mir leid." In diesem Moment klang meine Stimme genau so zerbrechlich, wie ich mich fühlte.

„Was?" Verwirrt sah er mich an.

Hatte ich wirklich so leise gesprochen, dass er mich nicht verstanden hatte? Nicht gehört hatte?

„Ich sagte... Es tut mir leid", wiederholte ich, nur dieses Mal etwas lauter. Meine Stimme zitterte. Mein ganzer Körper zitterte.

Lächelnd antwortete er: „Das meinte ich nicht. Ich bin nicht taub." Er strich mir eine Haarsträhne hinters Ohr, sah mir in die Augen. Starrte auf meine Lippen. Meinen Mund. „Was tut dir leid, Prinzessin?"

„Meine Worte", druckste ich herum, senkte den Blick.

„Welche Worte? Wovon redest du?"

„Hast du etwa vergessen, was ich heute früh in der Schule zu dir gesagt habe? Was ich dir an den Kopf geschmissen habe?"

„Nein. Das... habe ich nicht vergessen", gestand er leise und griff sich mit der Hand in den Nacken.

„Trotzdem bist du jetzt hier. Warum?", fragte ich kopfschüttelnd.

Er legte den Finger unter mein Kinn, hob es zärtlich an, bis sich unsere Blicke begegneten. Bis ich gezwungen wurde in seine Augen zu schauen. Bis ich gezwungen wurde in dieses smaragdgrüne Meer einzutauchen, mich von den Wellen tragen zu lassen.

„Du willst wissen *warum*? Weil mich nichts von dir fernhalten könnte. Nichts was du sagst... nichts was du tust... nichts. Verstehst du denn nicht? Selbst *wenn* du diese Worte tatsächlich zu mir gesagt hättest, wäre ich gekommen, um dich zu retten, ganz egal vor wem... ganz egal vor was. Du warst..." Er räusperte sich und fuhr leise flüsternd fort „Nein, du *bist* alles was zählt."

Ich schluckte.

Saß still.

Ganz still.

Rührte mich nicht.

Wartete.

Wartete.

Wartete.

Er war nur wenige Zentimeter von mir entfernt, doch mein Herz hielt er längst in seinen Händen. Meine Seele. *Mich.*

Seine Worte, seine unausgesprochenen Worte durchströmten mich.

„Woher?" Ich sammelte mich. Irgendwie. „Ich mein... wie konntest du wissen, dass diese Worte..."

„Nicht für mich bestimmt waren?", beendete er meine Frage. „Dein leerer Blick. Ich wusste zwar nicht *wen* oder *was* du siehst, aber ich wusste, dass du irgendwo anders warst. Irgendwo, weit weit weg. Viel zu weit weg." Er kam näher. Immer näher. Bis seine Stirn meine Stirn berührte. Haut an Haut. Nah. Und doch niemals nah genug.

Er seufzte leise, dann sagte er kaum hörbar: „In diesem Augenblick konnte ich den Hass spüren, dem du ausgesetzt warst. Ich konnte die Dunkelheit in deinen Augen nicht nur sehen... ich konnte sie fühlen.

Doch für den Bruchteil einer Sekunde hatte ich auch das in dir existierende Licht fühlen können. Ich konnte das Leuchten deiner Seele sehen. Und… ich konnte etwas fühlen, etwas so überaus Mächtiges, etwas so Tiefes, dass ich nicht wusste, wie ich damit umgehen sollte. Deine Gefühle… das, was du für denjenigen empfunden hattest, dem du gegenübergestanden hast, aber nicht hattest sehen können, ließ mich erneut erkennen, wie tief deine Gefühle für mich…" Er stoppte seine Gedanken. Hörte auf zu reden.

„Wenn du es, wie du gerade behauptest, gewusst hast, dann… dann verstehe ich nicht, warum es so ausgesehen hat, als wenn dich diese Worte verletzt hätten. Ich hatte, nachdem ich aufgewacht bin… oder wie auch immer man das nennen will… jedenfalls hatte ich die in dir eingesperrte Traurigkeit, deine Verletzlichkeit *fühlen* können.

„Das hatte nichts mit dir zu tun", antwortete er kühl. Distanziert. Völlig emotionslos.

„Womit denn sonst?"

„Wahrheit oder Lüge?" Er schaute mich an. Abwartend. Und es sah so aus, als wenn er sich vor meiner Antwort fürchtete.

„Wahrheit", hauchte ich schließlich.

Er schwieg.

Ich schwieg.

Er schloss die Augen.

Ich schloss die Augen.

Er atmete tief durch.

Ich atmete tief durch.

Als ich kurz darauf die Augen öffnete, blendete mich ein strahlendes Licht. Es war das Licht seiner Seele. Seine Seele selbst. Ich blinzelte. Blinzelte. Und dann sah ich *sie*… seine blauschwarz schimmernden riesigen Schwingen. Jedes Mal stahl mir dieser Anblick den Atem. Jedes Mal. Mein Körper bebte. Mein Herz stolperte. Und ich zählte die Sekunden, nein, die Atemzüge… so lange, bis mich der Klang seiner Stimme verzauberte… und mich von seinen Schwingen ablenkte.

„Dich so zu sehen… so verwundbar… so verletzlich… während ich hilflos danebenstehe, unfähig dich von den Schatten des Grauens zurückzuholen, dich vor *ihm* zu beschützen…" Er wurde still. Holte tief Luft. „Das Gefühl *versagt* zu haben. Schon wieder. War etwas, womit ich nicht umgehen konnte. Diese Schwäche…" Er rang nach Buchstaben, nach Lauten, nach Silben. Versuchte seine Gedanken in Worte zu verwandeln. Sätze zu bilden. Erklärungen zu formulieren. Ich fühlte, dass er die Schuld bei sich suchte. Und dass, obwohl es meine Stimme gewesen war, meine verstörenden Gefühle, denen er hilflos ausgesetzt gewesen war. Ich hörte seine Schuldgefühle. Seine Wut. Seine Hilflosigkeit. Seine Schwäche. Einfach alles.

Jedes Mal, wenn ich seine dunklen Schwingen sehen konnte, wenn ich mir diese Engelsflügel herbeisehnte, sie heraufbeschwor, dann war er nicht länger in der Lage mich gefühlsmäßig auszusperren. Spätestens in Momenten wie diesen, konnte ich in seine Gefühle eintauchen. Wobei… ich brauchte noch nicht einmal bewusst eintauchen… die Gefühle, sie waren einfach da… als wären es *unsere* Gefühle.

„Hör auf so zu denken. So zu *fühlen*! Du bist nicht *schwach*."

„Vielleicht habe ich mich falsch ausgedrückt. Was ich eigentlich damit meine, ist…" Er schaute mir tief in die Augen, und seine Gefühle küssten mich. „Prinzessin", flüsterte er mit rauer, brüchiger Stimme. „DU bist *meine* Schwäche."

„Ohhh…" Plötzlich fühlte ich mich schuldig. Traurig. Überfordert. Vollkommen durcheinander. Er hielt mich für eine Schwäche. Für *seine* Schwäche. Was sollte ich darauf erwidern? Was?!

Ich begriff, dass er mich über kurz oder lang verlassen würde. Dass selbst mein Bitten und Betteln *bei mir zu bleiben* irgendwann nicht mehr ausreichen würde. Denn, wenn man einmal herausgefunden hatte, wer oder was einen schwächte, dann war es nur noch eine Frage der Zeit, bis man sich zurückziehen würde. Bis man versuchen würde sich selbst zu schützen.

Als wenn er die leisen Stimmen meiner Gefühle flüstern hören könnte, hauchte er gefühlvoll meinen Namen. Vertrieb so die Schatten auf meiner Seele. Die finsteren Gedanken.

Er legte seine Hände an meine Wange, suchte meinen Blick. Ich schmiegte mein Gesicht gegen seine Hand, schloss die Augen, genoss den Moment. Zärtlich fuhr er mit dem Daumen meinen Wangenknochen entlang, zeichnete quälend langsam die Konturen meiner Lippen nach, ehe sein Daumen dort zum Stillstand kam, als würde er mich und meine Gedanken zum Schweigen bringen wollen.

„Vergiss, was du gerade gedacht hast. Denn so ist es nicht. Prinzessin, du bist nur deshalb meine Schwäche, weil…" Er seufzte. „Nichts könnte mich mehr verletzen, als wenn ich zusehen müsste, wie du leidest… wie dir jemand wehtut, dich verletzt. Schmerzen, körperliche Schmerzen, bedeuten mir nichts, ich spüre sie nicht einmal mehr. Diese Schmerzen bin ich gewohnt. Aber… die Schmerzen, die dir jemand zufügen könnte… diese Schmerzen könnte ich nicht ertragen. Wenn dir etwas passieren würde… Nein. Das… das würde ich nicht überleben. Nicht noch einmal. Doch… mit jeder Sekunde, die ich mit dir zusammen verbringe, wächst das Risiko, dass ich dieser *jemand* sein werde. Verstehst du? Es ist nur eine Frage der Zeit, bis ich dir das Herz breche… bis ich dich zerstöre…" Die nächsten Worte hörte ich in Gedanken. Geflüsterte Worte in meiner Seele, in seiner Seele. „Bis ich *uns* zerstöre…"

„Was redest du da für einen Blödsinn?!", fragte ich verärgert. Aufgebracht. Wütend. „Hast du es immer noch nicht begriffen, du dämlicher Schwachkopf?! Das Einzige, was mich zerstören würde, wäre… wenn du aus meinem Leben verschwinden würdest. Nur so könntest du mich zerstören. Doch… du hast mir versprochen, dass du nicht gehst, dass du mich nicht verlassen wirst… bis ich dich darum bitte…"

„Wie hast du mich gerade genannt?", fragte er amüsiert und es erschien dieses umwerfende, charismatische Lächeln auf seinem Engelsgesicht. Ich wusste, dass er versuchte die angespannte Stimmung aufzulösen. Und sein Plan funktionierte. Für dieses Lächeln würde ich sterben. Auferstehen, wie der Phönix aus der Asche… nur, um erneut für dieses Lächeln zu sterben. Immer. Und immer wieder. Alles schrumpfte zur Bedeutungslosigkeit zusammen. Es existierte nur noch dieser wunderschöne finstere Engel mit seinen pechschwarzen, schimmernden Schwingen.

Er lachte. Und ich hielt den Atem an. Hielt die Luft an. Hörte nur noch den Klang und die Melodie dieses Augenblicks. Spürte den Zauber. Die Magie. Das Wunder. Das *Leben*.

Lachend griff ich nach meinem Kopfkissen und warf es nach ihm. Traf ihn.

„Böser Fehler. Ganz böser Fehler", warnte er mich und im gleichen Atemzug sprang ich vom Bett auf, rannte zur Tür.

„Das wird dir nichts nützen. Du kannst nicht vor mir weglaufen. Du kannst es versuchen… aber es wird dir nicht gelingen." Sein neckender Ton ließ den Schwarm Schmetterlinge Luftsprünge machen. Ich drehte mich um, stand jetzt mit dem Rücken zur Tür. Sah ihn an. Starrte ihn an. Anstatt wie geplant vor ihm wegzurennen, erstarrte ich, erfüllt von Freude. Mein Puls stolperte, verriet meine Anspannung. Meine Nervosität. Meine Aufregung. Er ließ mich nicht eine Sekunde lang aus den Augen.

In Zeitlupentempo erhob er sich, stand vom Bett auf und kam auf mich zugelaufen. Er kam näher. Und näher. Schritt für Schritt. Bis er direkt vor mir stand. Er hob die Arme, stemmte seine Hände zu beiden Seiten meines Kopfes gegen die geschlossene Tür. Sperrte mich mit seinem Körper ein. Seine Schwingen – wie gerne hätte ich sie jetzt, in diesem Augenblick, berührt. Nur ganz kurz. Nur für den Bruchteil einer Sekunde. Doch ich konnte mich nicht bewegen. Keinen Millimeter, so nah waren wir uns.

„Ich sagte doch… du kannst nicht vor mir davonlaufen, selbst dann nicht, wenn du es wolltest", zischte er in einem merkwürdigen Ton, mit Gefühlen, die ich nicht verstehen konnte. Nicht begreifen konnte.

„Stimmt. Ich will es nicht… wollte ich nie. Und genau deshalb, wäre es sinnlos, es versuchen zu wollen…", erwiderte ich atemlos.

„Weißt du nicht, wie gefährlich das Spiel mit dem Feuer sein kann?"

„Doch", sagte ich leise.

„Musst du dich wirklich erst verbrennen?"

„Zu spät. Ich brenne längst… ich bin umgeben von Flammen…"

Die Worte hatten kaum meinen Mund verlassen, da drückte er mich mit seinem Körper gegen die Tür. Zu nah. Viel zu nah. In seinen Augen loderte das Feuer. Breitete sich in seinem Körper aus, sprang auf mich über. Sein Blick setzte meine Seele in Flammen.

Ich brannte.

Er brannte.

Wir beide brannten.

Lichterloh.

Unbezwingbar.

Unverwundbar.

Gemeinsam.

Zusammen.

Vereint.

Vereint.

Vereint.

„Du…", knurrte er mit zitternder Stimme, „hast keine Ahnung, welche widersprüchlichen Gefühle du in mir hervorrufst."

Ich hörte sein Herz pochen. Hörte seine Gefühle toben. Dann… hörte ich etwas, was ich nicht zu hören bereit war.

„Du musst aufhören *so* für mich zu empfinden. Du musst endlich damit aufhören. Ich dachte… Scheiße… ich… Ach, vergiss es."

„Was… was dachtest du? Rede mit mir! Hilf mir, dich zu verstehen. Hilf mir deine Gefühle zu verstehen…"

„Es spielt keine Rolle was ich dachte… oder was ich fühle. Hör zu… es gab… Fuck, was rede ich da… es gibt über tausend Gründe, warum ich mich von dir fernhalten sollte, fernhalten müsste… Die Wahrheit ist jedoch, dass mich bis jetzt kein einziger davon abhalten konnte. Kein einziger. Ich. Schaff. Es. Einfach. Nicht. Und genau da liegt das Problem. Verstehst du?! Deine Nähe…" sagte er mit zittriger Stimme, versuchte sich unter Kontrolle zu bringen, seine Gefühle wegzusperren, doch er schaffte es nicht. Nicht dieses Mal. „Deine Nähe", fuhr er fort, „es bringt mich um, dir so nah zu sein… und dich nicht berühren zu dürfen. Doch das Schlimmste ist, wenn ich den Ausdruck in deinen Augen erkenne, wenn du begreifst, dass ich mich zurückziehe, weil ich es nicht zulassen *will*."

„Und wenn ich es möchte? Was, wenn ich aber genau so von dir berührt werden will?" Woher ich den Mut nahm diesen Gedanken laut auszusprechen wusste ich nicht.

„Verdammt, Summer", stöhnte er frustriert, „Begreif es endlich. Es darf nicht passieren. Niemals. Wenn… wenn ich es zulassen würde… wenn ich es wirklich drauf ankommen lassen würde, dann wüsste ich nicht, wer mich hinterher mehr hassen würde. Du? Oder ich mich selbst? Du weißt nicht, welches Monster du in mir wecken würdest. Was du in mir entfesseln würdest… Du weißt nichts über mich. Nicht das Geringste. Weder wer ich bin noch was ich getan habe, wozu ich fähig bin... wozu ich wirklich fähig bin." Phoenix schloss die Augen. Ein gequälter Ausdruck legte sich wie ein Schleier über sein Gesicht. „Allein der Gedanke, dass du mich eines Tages hassen wirst, denn das wirst du, ich versichere dir... du wirst... und die Gewissheit, dass du mich danach nie wieder so ansehen wirst, wie jetzt, wie in genau diesem Augenblick, bringt mich um, schon jetzt."

„Warum tust du das? Was versuchst du damit eigentlich zu erreichen? Kapier es endlich... Ganz egal, was du sagst... ganz egal, was du machst... nichts von alledem wird funktionieren. Nichts könnte mich je dazu bringen, dich mit anderen Augen zu sehen."

„Ohhh, wenn du dich da mal nicht irrst..."

Keine Ahnung, was in diesem Augenblick in ihm vorging. Keine Ahnung, was er dachte... oder fühlte. Und ich wollte es auch nicht wissen. Ich wollte nichts mehr hören. Nichts mehr fühlen. Er hatte bereits mehr gesagt, als ich zu hören bereit war. Mehr, als ich ertragen konnte. Mehr, als ich aushalten konnte. Jedes Wort – wie ein Messerstich. Ein Messer, dessen Klinge mit Salzsäure übergossen worden war.

Er sprach von Trennung, davon... mich zu verlassen, auch ohne, dass er es hatte aussprechen müssen. Ich war nicht blöd. Nicht dumm. Nicht naiv. Vielleicht wollte ich blind sein, aber ich war nicht taub, nicht gefühlstaub. Ich spürte, wenn jemand gehen wollte, wenn jemand bereit war alles hinter sich zu lassen, einfach zu verschwinden, unterzutauchen... Doch bei ihm konnte ich es nicht spüren... ich fühlte, das er vorhatte MICH zu verlassen. MICH vergessen zu wollen.

Ich sah sein Gesicht, getränkt mit Traurigkeit. Gezeichnet mit der Farbe des Schmerzes. Am liebsten hätte ich die Hand nach ihm ausgestreckt, ihn berührt, ihn einfach nur berührt. Aber ich tat es nicht. Wollte nicht. Konnte nicht. Mein Herz schrie unentwegt seinen Namen, genau wie meine Seele, doch mein Kopf wollte davon nichts hören.

Seine Lippen bewegten sich. Stille. Nichts drang zu mir durch. Es blieb still. Alles verstummte. Dann kam sein Gesicht näher, sein Mund, seine Lippen. Leise hauchte er mir ins Ohr: „Ich werde nicht derjenige sein, der dich zerstört."

„Findest du nicht, dass es dafür ein bisschen zu spät ist?!", zischte ich sarkastisch. Zornig. Aufgewühlt. Ich brauchte Abstand.

Abstand.

Abstand.

Ich konnte nicht mehr atmen. Bekam keine Luft mehr. Die Gefühle schnürten mir die Kehle zu, genau wie meine Gedanken.

Ich tastete mit der Hand im Rücken nach dem Türgriff. Er schaute mich an, begriff, was ich vorhatte, begriff, was ich versuchte. Denn jetzt war es so weit.

Ich wollte fliehen.

Vor ihm.

Vor seinen Gefühlen.

Phoenix

Ich konnte verstehen, dass sie jetzt, in genau diesem Moment, versuchte zu fliehen, und doch konnte ich sie nicht gehen lassen. Wollte sie nicht gehenlassen.

Mein Herz pochte zu schnell. Viel zu schnell. Während meine Seele ihren Namen schrie, wild um sich schlug, zu ihr wollte, sie in die Arme schließen wollte, sie küssen wollte, so sehr sehnte ich mich nach ihrer Liebe. Ich biss die Zähne zusammen, bemühte mich um eine ausdruckslose Miene. Summer durfte nicht sehen, wie sehr mich ihre Gefühle durcheinanderbrachten. Durfte nichts von dem in mir stattfindenden Kampf mitbekommen.

Jeder Atemzug. Jeder Herzschlag. Jedes Gefühl. Alles in mir explodierte.

Ich wünschte, ich könnte die Augen vor der Wahrheit verschließen, könnte den wütenden Tornado in mir zum Verstummen bringen, ihn besänftigen, ihm geben, wonach er verlangte, wonach er sich sehnte.

Summer blinzelte. Ihre Augen wirkten glasig, traurig, und plötzlich fing die Luft um uns herum an zu vibrieren, zu schimmern, zu tanzen.

Ein Wirbelwind bestehend aus ihren Gefühlen, gefüllt mit Licht und Farben, zog mich in seinen Bann. Es waren so viele Farben. So unendlich viele. Die flackernde Wärme durchbrach meine Haut, ließ mich in Flammen aufgehen, genau wie ihre Worte.

„Du darfst mich nicht verlassen. Nicht noch einmal…"

Diese Worte brachten alles zum Stillstand. Die Welt hörte auf sich zu drehen. Das, was ich glaubte gehört zu haben, konnte Summer unmöglich gesagt haben. Den letzten Satz *nicht noch einmal* musste ich mir eingebildet haben. Und doch waren diese Worte aus ihrem Mund gekommen. Worte, die mich fluteten.

Ich begegnete ihrem Blick, und begriff, ohne es wirklich begreifen zu können, dass sie sich, ohne sich dessen bewusst zu sein, an einen Teil ihrer Vergangenheit erinnert hatte. An einen Teil *unserer* Vergangenheit. Für einen winzigen Augenblick, für einen scheinbar unbedeutenden Wimpernschlag, verschmolzen unsere Seelen. Heilten sich gegenseitig.

Heilten.

Heilten.

Heilten.

Ich schloss die Augen, überwältigt von diesem kurzen Moment.

Summers Gefühle loderten, setzten alles in Brand. Die Flammen verschluckten mich, versenkten mich. Ich brannte. Und dieses Feuer besaß die Macht die Dunkelheit in mir zu vernichten. Auszulöschen. Doch... das durfte nicht passieren. Egal, wie sehr ich es mir wünschte, ich durfte es nicht zulassen. Sollte meine Dunkelheit mich verlassen, würde mich im gleichen Atemzug *seine* fluten. Ich würde aufhören zu existieren... und alles wäre verloren.

Summer.

Meine Prinzessin.

Mein Licht.

Meine Welt.

Mein Universum.

Wäre verloren.

Ich drängte ihre Gefühle zurück, zumindest soweit, bis die Dunkelheit in mir wieder atmen konnte.

„Es tut mir leid. So unendlich leid. Wenn ich doch bloß nicht versucht hätte dich zu finden...", seufzte ich frustriert. Instinktiv griff ich nach ihrer Hand, streichelte mit dem Daumen über ihren Handrücken. Ich brauchte ihre Nähe. Ich musste sie berühren. Sie fühlen. Einfach nur fühlen.

Sie schüttelte den Kopf. Hörte nicht mehr auf.

„Warum? Warum stößt du mich immer wieder weg? Warum? Ich fühle, dass es dich genauso zerstört wie mich. Oder glaubst du allen Ernstes, dass ich nicht sehen würde, was du dir wünscht, was du *wirklich* willst... wonach du dich sehnst?!"

Ich beugte mich zu ihr, suchte ihre Augen. Wie von selbst legten sich ihre Hände um meinen Nacken, so, als wüsste sie, dass sie in Wahrheit dorthin gehörten. Dass sie zu mir gehörte. An meine Seite. Dass sie mein Leben war. Meine Seelenpartnerin.

Die Zeit blieb stehen.

Ich zählte die Sekunden.

Zählte die Atemzüge.

Zählte die Herzschläge.

Zählte die Sekunden.

Verbotene Gefühle jagten durch meinen Körper. Mit jedem Atemzug steigerte sich die Intensität. Mein Geist war schwach, war dabei sich in Rauch aufzulösen. Alles woran ich denken konnte, war, mich in ihr zu verlieren. Ich wollte nicht länger gegen das Universum ankämpfen, wollte nicht länger gegen das Schicksal ankämpfen, gegen *unser* Schicksal. Ich war es leid meine Gefühle ignorieren zu müssen. Ich war es leid. So leid. Ich wollte nicht länger gegen etwas ankämpfen, dass sich nicht bekämpfen ließ. Meine Gefühle, ich wollte ihnen endlich die Kontrolle überlassen.

Doch mein Verstand weigerte sich. Schrie unentwegt *Nein!* Dabei wollte ich dieser Stimme nicht länger zuhören. Ich konnte der Stimme der Vernunft nicht zuhören. Ich konnte es einfach nicht mehr. Jede Faser meiner selbst verlangte nach ihr. Sehnte sich nach ihr. Schrie unentwegt ihren Namen. Summer. Mein Magnet. Mein persönlicher, wunderschöner Magnet. Ihr Gesicht kam näher. Ihr Mund. Ihre Lippen.

Ich drehte den Kopf, stieß die angehaltene Luft aus. Legte meine Stirn gegen ihre… und flüsterte mit rauer Stimme ihren Namen. Ich kämpfte darum meine Selbstbeherrschung zurückzuerlangen. Mich nicht von meinen Gefühlen überwältigen zu lassen. Einen kühlen Kopf zu bewahren. Wie von selbst legten sich meine Arme um ihre Taille und ich vergrub mein Gesicht in ihrer Halsbeuge. Atmete ihren Duft ein. Atmete ihre Liebe ein. Ich hätte längst auf Abstand gehen sollen. Gehen müssen. Doch… ich konnte nicht. Nicht dieses Mal. Ganz einfach, weil ich nicht wollte. Ich *wollte* sie festhalten, nicht mehr loslassen… sie nie wieder loslassen. Entgegen aller Vernunft ließ ich es geschehen. Hörte auf mich zu wehren. Hörte auf dagegen anzukämpfen.

Wortlos löste ich mich von ihr, lief hinüber zu ihrem Bett. Streifte meine Schuhe ab. Legte mich hin. Meine Augen suchten sie. Summer stand noch immer an der Tür, beobachtete mich. Versuchte zu verstehen, was hier gerade passierte. Versuchte mich zu verstehen. *Uns* zu verstehen.

„Willst du mich noch länger so anstarren? Oder willst du endlich zu mir kommen?"

Als sie die Bedeutung meiner Worte begriff, fingen ihre Augen an zu strahlen. Heller wie die Sonne. Wie ein Sternschnuppenregen in dunkelster Nacht. Hell. So verdammt hell. Sie kletterte zu mir ins Bett, kuschelte sich an mich und legte ihren Arm um mich. Ihr Kopf ruhte auf meiner Brust, direkt über meinem Herzen... und in diesem Augenblick war es mir egal, dass sie es toben hören konnte. Es war unumstritten. Schon immer so gewesen. Mein Herz, es schlug nur für sie. Es würde immer nur für sie schlagen.

Ich legte meinen Arm um ihre Taille, zog sie enger an mich.

„Phoenix?", fragte sie eine Ewigkeit später. Leise. Zögerlich. „Bist du noch wach?"

Als wenn ich in ihrer Nähe an Schlaf denken könnte. Leise lachend antwortete ich: „Kommt drauf an..."

„Ich würde dich gerne etwas fragen..."

„Okay...", antwortete ich skeptisch. Vorsichtig.

„Du musst mir aber versprechen, nicht sauer zu werden... und du musst mir versprechen nicht zu verschwinden..."

„Summer..."

„Versprich es!", forderte sie mich auf, ohne mich zu Wort kommen zu lassen.

„Schön. Meinetwegen", brummte ich, „Ich werde nicht verschwinden..."

Ich hielt den Atem an. Hörte zu.

„Du sagst... oder vielmehr bist du der Meinung, dass deine Nähe unweigerlich meinen Untergang bedeuten würde."

„Stimmt", unterbrach ich sie zornig.

„Doch... wenn das stimmen sollte... wie kann es dann sein, dass mir deine Nähe so viel Kraft gibt? Noch nie habe ich mich so geborgen gefühlt wie bei dir. Und es fühlt sich so vertraut an...wie *nach Hause kommen*. Als wäre ich endlich Zuhause."

„Summer", knurrte ich und unterbrach sie erneut. Doch, sie ließ mich erst gar nicht zu Wort kommen, legte ihren Finger auf meinen Mund und brachte mich zum Schweigen.

„Nein. Lass mich ausreden. Bitte." Sie wartete meine Antwort erst gar nicht ab, sondern redete einfach weiter. „Du hast keine Vorstellung davon, wie verloren ich mich in den letzten drei Jahren gefühlt habe. Unentwegt hatte ich mich auf einer Suche befunden. Doch... als ich dir begegnet bin... war dieses Gefühl plötzlich weg. Einfach verschwunden. Verstehst du, was ich dir damit versuchen will zu sagen? Es kommt mir so vor, als wenn ich nicht mich die ganze Zeit über gesucht hätte, sondern dich."

Ich konnte noch immer nicht atmen. Meine Stimme zitterte, als ich schließlich leise murmelte: „Du weißt nicht, was du redest... Bitte, hör auf." Selbst ich hörte die Traurigkeit in meiner Stimme.

„Hör zu... du kannst gerne so tun, als wenn ich dir das *alles* nie erzählt hätte. Doch es ändert nichts, absolut nichts, an der Tatsache, dass ich nun einmal so empfinde. Vielleicht ist es für dich einfacher als für mich. Doch ich kann die Augen nicht länger vor der Wahrheit verschließen. Genauso wenig kann ich meine Gefühle für dich länger ignorieren. Die Wahrheit und meine Gefühle bedeuten ein- und dasselbe... nämlich, dass ich..."

„Nein!", stoppte ich Summer. „Nicht. Sag es nicht. Bitte... du darfst es nicht aussprechen... bitte", flehte ich mit einer Verzweiflung, die erkennen ließ, wie es in mir aussah, die meine größte Angst widerspiegelte. Summer durfte mir nicht ihre Liebe gestehen. Niemals. Denn ich wusste, dass ich sie spätestens dann küssen würde, dass ich ihr spätestens dann die Erinnerungen würde zurückgeben wollen.

Summer schwieg.

Ich schwieg.

Bis sie schließlich das Schweigen brach.

„Ich werde dir jetzt ein Geheimnis anvertrauen, aber du musst mir versprechen nicht zu lachen."

Erleichtert stieß ich die angehaltene Luft aus.

Ich nickte, blieb stumm.

„Du weißt, dass ich jedes Gefühl wahrnehmen kann. Egal von wem. Abgesehen von dir, abgesehen von deinen Gefühlen. Ich weiß nicht wieso, aber bei dir fühlt es sich anders an. Vertraut. Keine Ahnung... Vielleicht fühle ich deshalb, dass es Momente gibt, wo du mich bewusst aussperrst. Und, obwohl ich weiß, dass ich, wenn ich wollte, trotz alledem problemlos in deine Gefühle eintauchen könnte, so tue ich es nicht... weil es sich falsch anfühlen würde. Verkehrt. Doch... jedes Mal, wenn du mich aussperrst und ich mir wünschte, du würdest es nicht tun... dann... naja... dann verwandelst du dich in einen Engel... mit riesigen Schwingen. Schwingen, so schwarz wie die Nacht und doch leuchtend hell... und jedes Mal, wenn das passiert, wenn ich diese atemberaubenden Flügel sehe, verschwindet diese Blockade... dann hörst du plötzlich auf mich auszusperren... Es ist, als würdest du mir deine Welt zeigen *wollen*... dann lässt du mich all das fühlen, was du sonst versuchst vor der Welt zu verbergen...“

Ich erstarrte.

Erstarrte.

Erstarrte.

Eiswasser flutete mich, floss durch meine Adern, durch jede Zelle meines Körpers.

Nein. Ich hatte ihr die Erinnerungen genommen. Sie dürfte sich an meine Schwingen nicht erinnern. Und sehen dürfte sie diese schon mal gar nicht. Nein. Das... ich wollte lieber nicht darüber nachdenken, was das bedeutete... was es bedeuten könnte. Mir stockte der Atem, während mein Herz nicht aufhören wollte zu jubeln. Es freute sich. Insgeheim freute es sich, dass Summer MICH sehen konnte. Und zwar den Teil von mir, den ich, seit ich denken konnte, vor der Welt versteckte. Verbarg.

Nie zuvor hatte jemand meine Schwingen zu Gesicht bekommen.

Nie.

Niemals zuvor.

Bis auf Summer.

Meine Prinzessin war die Einzige gewesen, die mein Geheimnis gekannt hatte, der ich mein wahres Ich gezeigt hatte, der ich mich anvertraut hatte.

Doch dieses Geheimnis hatte ich mir zurückgeholt. Und zwar in dem Moment, wo ich ihr die Erinnerungen genommen hatte.

Warum verflucht nochmal konnte sie also meine Schwingen sehen?

Meine Flügel?

Mein dunkles Geheimnis?

Träumte ich? Oder verwandelte sich die Realität erneut in ein Monster namens Halluzination? Ich wusste es nicht. Denn die Dämonen meiner Vergangenheit ließen sowohl die Träume als auch die Flashbacks immer realer erscheinen. Teilweise wirkten sie so echt, dass ich nicht sagen konnte, ob ich irgendwo *feststeckte* oder ob das, was ich glaubte zu sehen, auch wirklich passierte. So, wie jetzt.

Der modrige, faule Gestank, der hier in den Mauern feststeckte, stieg mir in die Nase und der aufsteigende Nebel brannte in den Augen. Die Gefühle, die hier gefangen gehalten wurden, versuchten auszubrechen. Ich konnte jedes einzelne Gefühl sehen. Riechen. Sogar auf der Zunge schmecken. Jedes Gefühl, jedes Einzelne, roch nach Vergänglichkeit. Nach Verblassen. Ich spürte, dass sie versuchten nicht in Vergessenheit zu geraten. Doch, wenn es niemanden gab, der sie vermisste, der sie brauchte, der sich an sie *erinnerte*... und der versuchte sie zu retten, war es nur noch eine Frage der Zeit, bis sie aufhören würden zu existieren.

Ich blinzelte und begriff, dass ich gefangen war, in meinem persönlichen Horror, unfähig die Augen vor dem zu verschließen, was mir mein Unterbewusstsein offenbarte. Ich träumte. Ich wusste, dass ich träumte... und doch fühlte es sich real an, als der Nebel lebendig wurde. Als er zum Leben erwachte. Und mit jedem Atemzug erwachten weitere Nebelschwaden. Es wurden immer mehr. Jedes verloren gegangene, jedes geraubte Gefühl verwandelte sich in einen Nebeldunst, in eine Gestalt, die mit den bloßen Augen nicht zu erkennen war. Gefühle, die niemand sehen konnte. Niemand. Außer mir.

Die Angst des Nebels vermischte sich mit meiner eigenen, zerrte an mir. Krabbelte an mir hoch. Meine Knie schlotterten. Ich wünschte, ich könnte mich irgendwo in einer dunkeln Ecke verkriechen, mich verstecken... wo mich niemand finden würde. *Wo* **er** *mich nicht finden würde.* **Er,** *der den unschuldigen Seelen all ihre Gefühle gestohlen hatte, sie einsperrte, sie folterte. Jenes Monster, dass ihnen, seit jeher unsagbares Leid zufügte. Das Monster, dass niemand kommen sah, dass niemand aufhalten konnte.*

Ein unsichtbares Band zog mich in den vor mir liegenden dunklen Gang. Vorsichtig tastete ich mich vorwärts. Eine Hand rechts von mir, wo ich die feuchte Wand fühlen konnte und die andere Hand wie ein Schutzschild nach vorne ausgestreckt. Die Stille, die hier wohnte, war von grausamer Natur. Ich versuchte sie auszublenden, ihr nicht zuzuhören.

Hier herrschte eine Dunkelheit, an die sich meine Augen nicht gewöhnen konnten. Nicht wollten. Ich sah nichts, absolut nichts.

Plötzlich fühlte ich wie sich etwas auf mich zubewegte. Automatisch wich ich einen Schritt zurück und prallte mit dem Rücken gegen etwas Hartes. Eine Wand? Eine Mauer? Das... das konnte nicht sein. Ohne es verhindern zu können, entwich mir ein Schrei. Sofort presste ich mir beide Hände auf den Mund. Verstummte. Unweigerlich stellte ich mir die Frage, ob mein Unterbewusstsein hier im Traum mit meiner Angst spielte... mir Dinge zeigte, die unmöglich existieren konnten. Oder spiegelten die Wände, die unsichtbaren Mauern, die ich plötzlich fühlte, die aus dem Nichts heraus erwacht waren, Bruchstücke meiner Vergangenheit wider? Verbargen sich dahinter Puzzleteile, die ich selbst weggesperrt hatte? Puzzleteile, an die ich mich nicht erinnern wollte... aus welchen Gründen auch immer?

Mein Blick war starr in die vor mir liegende Dunkelheit gerichtet. Und, obwohl mir die Finsternis keine Angst mehr einjagte, war diese hier von grausamer Natur. Unheimlich. Mein Herzschlag beschleunigte sich. Sofort versuchte ich mich mit den Worten **das ist nur ein Traum, nichts von alledem hier ist real...** *zu beruhigen. Im gleichen Atemzug hörte ich ein Knurren. Gefährlich. Bedrohlich. Eine Warnung. Worte flogen durch die Dunkelheit. Worte, die mich fanden.* **Träume sind realer, als du es für möglich halten würdest. Und ich werde dir zeigen WIE REAL sie sein können...**

Was zum Teufel? Ohne zu wissen, wo ich mich befand, rannte ich los. Ziellos den finsteren Korridor entlang. Alles, was in diesem Moment zählte, war, so viel Abstand wie möglich zwischen mir und diesem, was auch immer es gewesen sein mochte, zu bringen. Hier lauerte etwas Böses. Etwas abgrundtief Böses... und es versuchte mich zu verschlingen. Ich konnte es vielleicht nicht sehen, aber ich konnte es fühlen. Durch meine verzweifelte, von Panik begleitete Flucht, versuchte ich diesem gesichtslosen Phantom zu entkommen. Meine Gedanken überschlugen sich, ließen sich nicht mehr fassen. Ich rannte und rannte. Meine Lungen schrien, verwandelten sich in einen Feuersturm, bettelten um eine Pause, wollten sich erholen, nach Luft schnappen. Doch es war zu gefährlich, ich durfte nicht stehenbleiben. Also rannte ich weiter, ohne das Tempo zu verringern. Plötzlich berührte mich etwas. Eine Hand? Finger legten sich um meinen Oberarm. Hielten mich fest. Hielten mich auf.

Der Schrei, der mir entwich, wurde durch eine sich auf meinen Mund gepresste Hand, gedämpft. Dennoch schaffte sich ein winziger Laut zu befreien. Ein erstickter Schrei brach zwischen meinen Lippen empor, während mein Herz am liebsten aufgehört hätte zu schlagen.

„Scht… beruhig dich. Ich bin es…" Ein Name, der, kaum dass er ausgesprochen war, schon wieder vergessen war. Davon schwebte, hinauf zu den Sternen. In die Unendlichkeit floh. Schwerelos. Ein Name, der sich vertraut angefühlt hatte, den ich jedoch nicht hatte festhalten können. Ein Name – nicht mehr, wie ein dunkles Loch. Ich sog tief die Luft ein, sobald ich wieder in der Lage war zu atmen.

Die nächsten Worte sprudelten unkontrolliert aus meiner Erinnerung hervor. Ich hörte mich sprechen. Hörte meine Stimme, ohne meine Lippen zu bewegen. „Du hast mich zu Tode erschreckt. Verdammt! Tu das nie wieder. Nie wieder… hast du verstanden. Ich dachte… er hätte mich gefunden…"

„Du weißt, dass ich das niemals zulassen würde", hörte ich eine schmerzlich vertraute Stimme. Eine Stimme, die einen verborgenen Teil in mir berührte. Eine Stimme, der ich nicht zuhören wollte. Dessen Melodie ich nicht fühlen wollte. Ich weigerte mich ihr zuzuhören. Ich wusste, dass mich mit dieser Stimme etwas verband, das sich nicht in Worte fassen ließ. Und, obwohl ich mir die Ohren zudrückte, konnte ich die Worte in meinem Kopf hören. Klar und deutlich.

Summer, es wird Zeit. Hör auf weglaufen zu wollen. Stell dich deinem Schicksal und hol dir deine Erinnerungen zurück. *Das Echo der Worte wollte nicht verstummen. Im gleichen Atemzug hörte ich mich schreien, als ein brennender Schmerz durch meinen gesamten Körper jagte. Alles, was ich jetzt noch empfinden konnte, war diese tiefe Qual. Diese unsagbare Seelenqual. Ich schrie. Und schrie… und konnte nicht mehr aufhören.*

„Summer. Mach die Augen auf." Diese Stimme – sanft… und drängend zugleich. Ich versuchte diese jedoch auszublenden. Ich wollte nichts hören. Weder meinen eigenen Schrei, noch sonst irgendetwas. Alles, was ich wollte, alles, was ich brauchte war STILLE. Stille in meinen Gedanken. Stille in meinen Gefühlen. Stille.

Doch die andere Stimme wollte nicht verstummen. Sie wurde immer lauter. Sie schrie, genau wie ich. Wurde immer drängender... und verwandelte sich in einen Rettungsring. Instinktiv griff ich danach. Konzentrierte mich einzig und allein auf die Stimme, die mich versuchte zu retten. Die mich von dem Schmerz wegzog...

Schweißgebadet und am ganzen Körper zitternd wachte ich auf. Sofort schlang Phoenix seine Arme um mich. Erleichtert atmete er auf. Wortlos spendete er mir Trost und versuchte die Kälte, die das Grauen zurückgelassen hatte, zu vertreiben.

Eine Kälte, die noch immer zum Greifen nah zu sein schien. Eine Kälte, die selbst jetzt, in der realen Welt, fernab von meinem Traum, versuchte von mir Besitz zu ergreifen.

Ich atmete die angehaltene Luft aus und traute meinen Augen nicht. Träumte ich etwa noch immer? War ich noch immer eine Gefangene meines Unterbewusstseins? Denn das, was ich sah, konnte unmöglich real sein. Es ergab keinen Sinn.

Meine ausgeatmete Luft verwandelte sich vor meinen Augen in unzählige winzige rasiermesserscharfe Eiskristalle. Kunstwerke eiskalter Schönheit, Picassos' der Natur. Wunderschön. Und doch gefährlich. Schmerzhaft schön, und doch... tödlich.

Ich schluckte, schloss die Augen und wünschte ich würde endlich aufwachen.

Endlich.

Endlich.

Aufwachen...

„Mach das Licht aus…", brummte ich leise, als die ersten Sonnen-strahlen durchs Fenster fielen und das Zimmer erhellten. Hinter meinen Augenlidern erwachte ein warmer Rotton, mit einem Hauch Orange. Zeit, um aufzuwachen… dabei war ich noch immer müde.

Ich gähnte. Verschlafen legte ich den Handrücken über die geschlossenen Augenlider, versuchte zurück in den Schlaf zu finden. Vergeblich. Ein schlagartig erwachtes Gefühl hinderte mich daran. *Einsamkeit.* Plötzlich fühlte ich mich allein. Entsetzlich allein. Verlassen. Sofort drehte ich mich um… war hellwach.

Phoenix war weg. Verschwunden.

Mein Herz taumelte, stolperte, stürzte zu Boden, war überrascht, durcheinander, verblüfft, irritiert, während gleichzeitig zarte Gefühle durch meinen Körper rieselten, wie samtweiche Wolken, wie leise schmunzelnde Sonnenstrahlen.

Meine Finger strichen über den leeren Platz neben mir, und ich wünschte mir erneut einen Zauberstab herbei, damit ich die aus dem Märchen gestohlene, entführte, geraubte Uhr der Zeit, die diesen Augenblick laut schreiend beendet hatte, indem sie meinen Märchenprinz zurück in seine Welt verbannt hatte, zurückschicken konnte. Ich wünschte, Phoenix würde noch immer neben mir liegen, schlafend, träumend, damit ich diesem Moment Unsterblichkeit einhauchen könnte.

Ein Geräusch drang zu mir durch. Ich zuckte zurück, erstarrte. War das die Kaffeemaschine?

Verwirrt schüttelte ich den Kopf und legte die Stirn in Falten. Phoenix? War er etwa immer noch hier? Ein Lächeln schlich sich in mein Gesicht und ohne es verhindern zu können erwachte ein Gefühl von freudiger Erwartung. Ich warf die Bettdecke zurück und machte mich auf den Weg nach unten.

Doch, als ich die Küchentür öffnete, kehrte schlagartig die Enttäuschung zurück. Es war niemand hier. Er musste, nachdem er die Kaffeemaschine eingeschaltet hatte, verschwunden sein. Ich zuckte die Schultern. Betrat seufzend die leere Küche, öffnete die Schranktür und holte meine Lieblingstasse raus.

Ein warmer Windzug streifte mein Ohr. Oder war es ein Atemzug? Meine Finger begannen zu zittern. Aus dem Augenwinkel erkannte ich einen Schatten. Einen dunklen Umriss. Eine Gestalt. Vor lauter Schreck ließ ich die Tasse fallen. Die Monster von letzter Nacht waren zurückgekommen. Sie waren hier, wollten beenden, was sie angefangen hatten. Ich durfte jetzt nicht die Nerven verlieren. Ich bezwang die Angst, drängte sie zurück, bändigte sie.

Im Bruchteil einer Sekunde wurde ich ruhig, vollkommen ruhig. Atmete tief durch, ballte beide Hände zu Fäusten und drehte mich blitzartig um. Doch mein geplanter Schlag wurde abgefangen. Eine Hand umschloss meine Faust, während ich mich gleichzeitig sicher und beschützt fühlte. Ich atmete scharf ein und blickte in abgrundtief warme, leuchtendgrüne Augen. Phoenix. Schmunzelnd starrte er mich an. Meine Gefühle explodierten, übermannten mich... und sofort schloss ich die Augen. Senkte den Kopf. *Warum hatte ich ihn nicht früher fühlen können?*

„Spinnst du?", fragte ich mit zittriger Stimme. „Musstest du dich so anschleichen? Noch dazu von hinten? Es hätte nicht mehr viel gefehlt, und ich wäre wie eine Furie auf dich losgegangen. Verdammt, ich wollte dich schlagen."

„Hast du aber nicht."

Ich öffnete die Augen und starrte auf den Fußboden, auf die Scherben, auf meine zerbrochene Tasse. „Sieh nur...!"

„Wenn ich gewusst hätte, dass eine Tasse Kaffee so viel Gefahren mit sich bringt, dann..."

„Ach, sei still", erwiderte ich schnippisch. „Das war meine Lieblingstasse..."

Phoenix ließ meine Hand, die er die ganze Zeit über festgehalten hatte, los und machte einen Schritt zurück. Mit hochgezogenen Augenbrauen schaute er mich an, schüttelte den Kopf. Hüllte sich in Schweigen.

Ich betrachtete sein Gesicht. Fühlte, wie seine Augen mich küssten, mein Herz umarmten und mir geheime, tief verborgene Botschaften zuflüsterten. Hör auf, mich so anzugucken, wollte ich sagen. Hör auf, meiner Seele geflüsterte Sehnsüchte ins Ohr zu hauchen, wollte ich sagen. Doch meine Lippen blieben verschlossen, der Moment hielt mich gefangen, beraubte mich meiner Stimme, denn ich schaute in meine Lieblingsaugen.

Augen, in denen sich die unterschiedlichsten Gefühle in flüssiges Gold verwandelten, ehe das Leuchten verblasste und durch diesen wunderschönen Grünton ersetzt wurde. Seine langen Wimpern, die, je nach Lichteinfall dunkel schimmerten, wie schwarz gesponnene Obsidianfäden.

Und während ich ihn betrachtete, nein, bewunderte, wartete ich auf das Ende seines Schweigens.

„War ja klar", murmelte ich leise. Flüsternd.

„Was?"

„Das", ich zeigte mit dem Finger auf die am Boden liegenden Scherben, „war meine Lieblingstasse gewesen. Und dir scheint das vollkommen egal zu sein."

Er zuckte mit den Schultern, blieb mir eine Antwort schuldig.

„Warum kannst du nicht wenigstens so tun, als wenn es dir leidtun würde und dich entschuldigen?"

„Wozu? Nur, damit du dich besser fühlst?", fragte er mit provozierendem Blick.

„Ja! Nein… Verdammt, du weißt genau, was ich meine."

„Hör zu, Prinzessin. Es gibt Dinge im Leben, bei denen reicht eine Entschuldigung nicht, ganz egal, wie sehr derjenige bereut, was er getan hat. Worte können die Fehler nicht ausradieren, nicht ungeschehen machen. Genauso wenig, wie die daraus resultierenden Folgen." Er seufzte leise." Die Tasse ist zerbrochen. Und sie bleibt es, ganz egal, wie oft ich mich dafür auch entschuldigen würde."

„Man könnte versuchen sie zu reparieren", flüsterte ich, während ein ungutes Gefühl in mir erwachte.

„Manche Dinge lassen sich aber nicht reparieren. Und, selbst wenn, die Risse würden dadurch nicht verschwinden. Narben bleiben. Ein Leben lang."

„Worüber reden wir hier eigentlich?", fragte ich leise, versuchte das Zittern aus meiner Stimme zu verbannen. Es ging schon lange nicht mehr um die Tasse. Phoenix wusste es. Und ich wusste es auch. Das Gespräch hatte eine ungeahnte Wendung genommen.

„Über deine zerbrochene Tasse", antwortete er mit fester Stimme.

Lügner, wollte ich ihm vorwerfen, doch die Worte verwandelten sich in Spinnenweben, klebten an meiner Zunge fest, schafften nicht meinen Mund zu verlassen.

„Die Tasse… Klar. Worüber sonst…", murmelte ich benommen.

„Ich weiß nicht, worüber du glaubst, dass wir hier reden. ICH rede jedenfalls über die Tasse, zumindest über das, was davon übriggeblieben ist", sagte er mit einer sonderbaren, trügerischen Ruhe. Er sperrte mich aus.

„Aber… wir können gerne das Thema wechseln. Wenn du über etwas anderes reden willst. Bitte… Nur zu…"

„Tu das nicht", bat ich leise.

„Was?", zischte er zornig und funkelte mich mit dunklem Blick an. Die Ader auf seiner Stirn pulsierte, seine Brust hob und senkte sich.

„Phoenix…" Meine Stimme brach. Ich rang um Beherrschung, sperrte, genau wie er, meine Gefühle weg.

Er griff sich mit der Hand in den Nacken, schloss die Augen und stieß einen hörbaren Seufzer aus. „Es… tut mir leid."

Ich nickte stumm. Seine Worte, seine Entschuldigung, bezogen sich auf *so viel mehr* als auf das, was gerade eben hier passiert war.

Leise fluchend drehte er sich weg. Sein Blick schweifte durchs Fenster nach draußen.

Ein Moment verging.

Zwei.

Drei.

Noch immer war Phoenix mit seinen Gedanken weit weg. Gefangen an einem Ort, den ich nicht betreten konnte. Nicht betreten durfte. Weil er es nicht zuließ…

Weil er glaubte, nein, weil er überzeugt war, dass seine Welt zu grausam wäre. Zu verstörend. Ich wollte lachen. Weinen. Schreien. Flüstern. Alles gleichzeitig.

Noch immer versuchte er die Wahrheit, sprich seine Gefühle, zu verbergen, zu verleugnen und das obwohl er wusste, längst begriffen hatte, dass ich seine Gefühle nicht nur *fühlen*, sondern auch sehen konnte. Und doch schien er zu begreifen, wirklich zu begreifen, dass die Zeit des Nichtwahrhabenwollens vorbei war.

„Ich muss gehen", riss er mich aus meinen Gedanken.

„Was?" Ich sagte das Wort, ohne meine Lippen zu bewegen. Stieß die Buchstaben aus wie zu lang angehaltene Luft, wie zu lang weggesperrte Gefühle in denen sich die Unfassbarkeit spiegelte, in denen sich die tiefsten Sehnsüchte verbargen. Ich fiel. Und fiel. Ohne auf den Boden aufzuschlagen, so perplex war ich. So verwirrt. So fassungslos.

Nicht wegen seiner Worte, sondern wegen dem Leuchten, dass ich in diesem Moment sehen konnte. Fühlen konnte.

Seine Seele leuchtete. Strahlte. Genau wie die soeben erschienen Schwingen. Schwarze Federn. Weich. Ein Spiegelbild seiner dunklen Seele. Eine Dunkelheit, die mich atmen ließ, die mir Lebendigkeit schenkte.

Er drehte sich weg.

„Warum?" Nur ein Wort. Auf den ersten Blick unbedeutend, nichts sagend, doch in Wahrheit umfasste es alles, schloss alles ein.

„Es gibt ein paar Dinge, die ich klären muss."

„Jetzt?" Noch immer schaffte ich keine ganzen Sätze auszusprechen. Nur Worte. Einzelne Wörter.

„Ja. Jetzt!" Er ballte seine Hände zu Fäusten, senkte den Blick, starrte auf den Boden… auf die Scherben… auf die zerbrochene Tasse.

„Kommst…" Ich griff nach den umherschwirrenden Buchstaben, formte Wörter, und schließlich einen ganzen Satz. „Kommst du zurück?" Eine Frage, auf die ich die Antwort nicht hören wollte. Denn ich kannte sie, lange bevor ich meinen Gedanken hatte Leben einhauchen können. Die Antwort, ich fühlte sie.

Ich wusste, dass er nicht zurückkommen würde.

Nicht heute.

Nicht morgen.

Er schüttelte den Kopf.

Und verschwand.

Ich trank den letzten Schluck Kaffee und beschloss zu spülen. Trübsal blasen konnte ich schließlich noch früh genug. Während das Wasser ins Spülbecken lief, verwandelten sich meine Gedanken in einen reißenden Fluss. Einen Wasserfall. Und ich mich in einen Wassertropfen, einen Regentropfen. Verärgert über mich selbst schüttelte ich den Kopf und schmiss den Lappen vor Wut ins Spülbecken. Wasser spritze mir aus dem glitzernden Schaumbad entgegen. Grummelnd wischte ich mir mit dem Handrücken die Tropfen und den Schaum vom Gesicht. Von der Stirn. Von der Nase.

„Buhhh", ertönte es plötzlich hinter mir. Erschrocken zuckte ich zusammen. Gab dabei einen undefinierbaren Laut von mir. Langsam drehte ich mich um und sah wie Hope sich vor Lachen krümmte. Als sie meinen vorwurfsvollen Blick bemerkte lachte sie noch lauter. Sie hörte gar nicht mehr auf. Ich verschränkte die Arme vor der Brust, starrte sie kommentarlos an. Um das Lachen zu unterdrücken, presste sie sich die Hand auf den Mund. Vergebens. Sie lachte, wenn überhaupt möglich, noch lauter. Noch herzhafter.

„Das. Ist. Nicht. Witzig", zischte ich und funkelte Hope mit warnendem Blick an. Kopfschüttelnd murmelte ich „Mich so zu erschrecken…"

„Sorry, Süße. Aber… ich konnte nicht anders. Es war wie ein innerer Zwang", erwiderte sie noch immer lachend.

„Du spinnst doch. Wie bist du überhaupt hereingekommen?"

„Hast du etwa vergessen, dass Holly mir einen Ersatzschlüssel gegeben hat? Für den Fall der Fälle. Du weißt schon… Wenn du dich aussperrst. Wenn du das Haus überflutest… oder es vor lauter Trübsal blasen einfach wegpustest."

„Ja. Ja. Schon kapiert. Kannst also aufhören so zu übertreiben."

„Ich? Übertreiben? Ich würde sagen, dass ich, wenn ich dich so an-gucke, eher *untertreibe.*"

„Versuchst du gerade mich zu provozieren?", fragte ich und kniff die Augen zusammen. „Denn, wenn ja… dann kannst du direkt wieder verschwinden!"

„Was ist? Kaffee?", fragte sie leise. Mitfühlend. „So kratzbürstig kenn ich dich gar nicht."

„So schlimm?" Ich senkte den Blick. „Sorry. Das hat weder etwas mit meinem Koffeinkonsum zu tun, noch mit dir."

„Meinst du, das wüsste ich nicht? Ach, Süße… Ich kann mir denken *wer* für deine schlechte Laune verantwortlich ist. Was hat er dieses Mal angestellt? Denn, wenn er nicht bald damit aufhört, dann…"

„Tu mir einen Gefallen", unterbrach ich Hope, „bitte… lass uns über etwas anderes reden. Ich *will* nicht an ihn erinnert werden. Oder daran, was er getan hat… oder auch nicht getan hat."

Hope sah mich an. Grinste. Nur gefiel mir dieses Grinsen nicht, es verhieß nichts Gutes.

„Tja, genau das wollte ich von dir hören. Ich weiß, wie ich dich auf andere Gedanken bringen kann. Ich verspreche… du wirst gar nicht mehr wissen, dass es ihn gibt." Ihre Augen glitzerten.

„Hoooope?", fragte ich und zog ihren Namen dabei in die Länge. „Was hast du vor?"

„Nichts Schlimmes. Ehrlich. Es wird dir sogar Spaß machen. Ver-sprochen."

„Hope!"

„Da hat doch dieser neue Club in der Stadt aufgemacht, du weißt schon, der, von dem alle sprechen… Naja, jedenfalls findet dort heute Abend eine Party statt. Und wir zwei Hübschen werden dort die Nacht zum Tag machen."

„Ach. Werden wir?!"

„Jep. Und wie wir das werden…", konterte sie, ohne sich von mei-nem Blick aus der Ruhe bringen zu lassen. Ich spürte ihre Zuversicht. Ihre Freude. Und das Gefühl des Sieges.

„Ich weiß nicht einmal, ob ich überhaupt Spaß haben will", wehrte ich ab.

„Das, meine Liebe, findest du nur heraus, wenn du es ausprobierst. Jetzt sag schon *ja*. Ich mein, was hast du denn schon großartig zu verlieren?"

„I-ich... weiß nicht", stammelte ich.

„Summer." Hopes Blick ruhte auf mir. „Wann waren wir das letzte Mal feiern? Hm? Sollte es dir wirklich keinen Spaß machen, dann bring ich dich persönlich nach Hause, wo wir uns dann zusammen irgendwelche langweiligen Filme reinziehen und uns gegenseitig bemitleiden. Du, weil du nicht feiern willst... und ich mich, weil ich als Freundin versagt habe."

„Und der Abwasch...?"

Hope seufzte theatralisch und verdrehte die Augen. „Du machst dir nicht ernsthaft Gedanken über den Abwasch... oder?!" Sie warf demonstrativ einen Blick auf ihre Armbanduhr. „Es ist jetzt zehn Uhr. Morgens! Die Party beginnt frühestens in elf Stunden. Elf Stunden... für einen Abwasch? Für eine Tasse?" Sie warf mir einen skeptischen Blick zu. „Okay. Vielleicht hast du Recht. Zumindest, wenn du die Tasse, die du übrigens seit ich hier aufgetaucht bin, in den Händen hältst, weiterhin versuchst weiß schrubben zu wollen, obwohl sie schwarz ist... dann, aber nur dann, könnte es unter Umständen knapp werden."

Während ich mir den Kopf über eine passende *und* plausible Ausrede zerbrach, verdrehte Hope die Augen. Bedachte mich mit ihrem *Mir-kannst-du-nichts-vormachen-Blick*. War ja nicht so, als wenn ich ihr Angebot nicht zu schätzen gewusst hätte. Immerhin wäre diese Art von Ablenkung definitiv angebracht, zumindest zum jetzigen Zeitpunkt. Und es würde meine Laune auch mit Sicherheit verbessern (wenn auch nur vorübergehend), allerdings schaffte ich einfach nicht die Begeisterung aufzubringen, die für all das notwendig gewesen wäre. Was vermutlich mit der Frage zusammenhing *Wollte ich überhaupt abgelenkt werden?*

„Trotzdem", murmelte ich, ohne zu wissen, was ich überhaupt sagen wollte. Super Antwort, dachte ich sarkastisch. Ganz toll. Manchmal war Schweigen eben doch die bessere Alternative.

„Ich weiß nicht...", stammelte ich auf der Suche nach einer passenden Antwort, anstatt einfach den Mund zu halten.

„Trotzdem?", wiederholte Hope schmunzelnd und schüttelte ihren hübschen Kopf. „Was Besseres fällt dir nicht ein? Ehrlich, Summer... du warst definitiv schon kreativer, wenn es darum ging sich vor irgendetwas zu drücken..."

Als Antwort zuckte ich gespielt gleichgültig mit den Schultern.

„Sag mal... die Party, über die wir hier gerade sprechen... ist nicht zufällig diese sagenumwobene Kostümparty?", fragte ich, nachdem ich eine Art Geistesblitz gehabt hatte und mich wie durch ein Wunder an diese kreativen Flyer erinnerte, die überall in der Schule verteilt worden waren. Ein pechschwarzer Zettel, auf dem, mit goldener Schrift, die Frage geschrieben stand **Und? In welches Monster würdest du dich gerne verwandeln? Trau dich. Zeig *dein wahres Gesicht.*** Wie kreativ, dachte ich zynisch und verdrehte in Gedanken die Augen, während ich Hope aufmerksam beobachtete.

„Vielleicht...", erwiderte sie mit einem dreckigen Grinsen im Gesicht.

„Hope! Du weißt, was ich von solch idiotischen Partys halte", versuchte ich zu argumentieren.

„Ach... Weiß ich das?", fragte sie scheinheilig und schenkte mir ein sarkastisches Lächeln. Dieses Biest, dachte ich und konnte nicht anders als im nächsten Moment lautstark loszulachen.

„Also... wann soll ich dich abholen?"

Scheinbar hatte Hope meinen Lachanfall als Zusage angesehen, denn sie schenkte mir, wie jedes Mal, wenn ich mich geschlagen gab, ein triumphierendes Lächeln.

Doch dieses Mal machte ich ihr einen Strich durch die Rechnung. So schnell würde ich mich nicht geschlagen geben. Nicht, wenn es dabei um eine dämliche Kostümparty ging.

„Moooment", sagte ich und zog das Wort in die Länge, um ihren Siegesrausch zu unterbrechen. „Wie soll ich zu einer Kostümparty gehen, wenn ich gar kein Kostüm besitze?!" Fragend zog ich die Brauen zusammen und fixierte sie mit einem Blick, der eindeutig sagte, dass ICH dieses Mal diejenige war, die dieses Geplänkel gewonnen hatte.

„Tja, wenn das so ist."

„Sorry. Aber genau so sieht es leider aus. Kein Kostüm. Keine Party..." Ich hatte die Worte noch nicht ganz ausgesprochen, da fing

Hope auch schon an, leise zu lachen. Das war definitiv kein gutes Zeichen.

„Nicht so schnell, Süße. Es gibt kein Problem, was sich nicht lösen lässt. Außerdem… du glaubst doch wohl nicht ernsthaft, dass mich diese Kleinigkeit davon abhalten würde, dich mitzuschleifen, oder? Und, mal ganz davon abgesehen… erzählen kannst du viel. Wir zwei Hübschen gehen jetzt in dein Zimmer und durchforsten deinen Kleiderschrank", befahl sie in einem Ton, der keinen Widerspruch zuließ.

„Wäre ja gelacht, wenn ich nichts Passendes finden würde…"

„Die Mühe können wir uns sparen. Du wirst nichts finden…", protestierte ich kleinlaut.

„Das… Süße… überlass mal getrost mir. Sollten wir allerdings wirklich Nichts finden, tja… dann gibt es immer noch *meinen* Schrank."

Ich gab mich geschlagen, hob schnaubend die Schultern (als Zeichen meines Protests… auch, wenn er im Endeffekt nichts mehr brachte) und nuschelte ein leises: „Meinetwegen. Gibst ja sonst eh keine Ruhe…"

Auf dem Weg in mein Zimmer betete ich, dass sich irgendwo in den Tiefen meines Kleiderschrankes ein einigermaßen gescheites Kostüm verbergen würde. Die Aussicht darauf, womöglich eines von Hope anziehen zu müssen, falls wir hier nicht fündig werden würden, ließ meine Laune, wenn überhaupt möglich, nochmal ne Stufe tiefer rutschen. Ich kannte ihren Geschmack, wenn es darum ging in *fremde* Rollen zu schlüpfen… Immerhin stellte sie es jedes Jahr aufs Neue unter Beweis. Und bisher war jedes ihrer Kostüme so knapp gewesen, dass sie genauso gut hätte nackt gehen können.

Ich seufzte. Starrte die Türen meines Kleiderschrankes an, hilflos, überfordert… denn ich hatte keinen Schimmer, wonach ich überhaupt suchen sollte. Im Gegensatz zu Hope. Sie schien regelrecht Feuer und Flamme zu sein und durchwühlte bereits die Klamotten. Sie wühlte und wühlte, während ich mit verschränkten Armen neben ihr stand und sie, mit einem breiten Grinsen im Gesicht, dabei beobachtete. Immer wieder nuschelte sie irgendwelche unverständlichen Wörter. Ich fragte erst gar nicht nach, sondern ließ sie in Ruhe ihre Suche fortsetzen.

„Warte hier. Ich bin gleich zurück."

Bevor ich überhaupt reagieren konnte, war Hope auch schon zur Tür hinaus und ließ mich mit einem völlig perplexen Gesichtsausdruck zurück. Ihr Verschwinden konnte nichts Gutes bedeuten. Ich ahnte Schreckliches. Frustriert stöhnte ich und warf den Kopf in den Nacken. Kurz bevor ich mich im Kleiderschrank verstecken wollte, erschien Hope auch schon wieder und legte genau drei Kostüme, oder zumindest das, was sie darunter verstand, auf mein Bett und sah mich freudestrahlend an.

„Und?", grinste sie zufrieden.

„Jetzt sag nicht, dass du diese Dinger gerade eben aus deinem Auto geholt hast…?!"

Ihr Lächeln war Antwort genug. Ich verdrehte grinsend die Augen.

„Und?", wiederholte Hope ihre einsilbige Frage.

„Und *was*? Du glaubst doch wohl nicht ernsthaft, dass ich eines von diesen… diesen Dingern da anziehen werde", widersprach ich und starrte meine beste Freundin ungläubig an.

„Das hier ist doch ganz nett", sagte sie und hielt mir ein schwarzes Etwas entgegen.

Den letzten Satz hatte sie noch nicht ganz zu Ende gesprochen, da schüttelte ich schon, als Zeichen meines Protests, den Kopf. „Niemals. Vergiss es."

„Komm schon… Probiere es wenigstens mal an. Mir zuliebe", antwortete sie und setzte ihren Welpenblick ein.

„Du kannst mich nicht zwingen… und hör gefälligst auf mich so anzugucken."

„Ich würde dich nie zu etwas zwingen", antwortete sie und zog jetzt einen Schmollmund. „Außerdem… ich weiß gar nicht, was du hast." Hope begutachtete das schwarze Etwas auf meinem Bett. „Es ist…"

„Genau. Es ist *ohne Worte*", beendete ich ihren angefangenen Satz, woraufhin wir beide anfingen zu lachen.

„Jetzt stell dich nicht so an. Und hör gefälligst auf zu lachen", forderte sie mich kurze Zeit später auf und versuchte dabei ernst zu gucken.

„Du willst mich wirklich zwingen?", fragte ich gespielt schockiert.

Sie sah mich nur grinsend an.

„Du willst, dass ich *das* anprobiere?! Was soll es überhaupt darstellen? Ich mein, es ist noch nicht einmal ein richtiges Kostüm. Verdammt… ist dem Schneider etwa der Stoff ausgegangen? Hope…",
jammerte ich.

„Du wirst traumhaft aussehen. Vertrau mir."

Ich schenkte ihr einen vernichtenden Blick, der jedoch leider den gegenteiligen Zweck erzielte. Denn, anstatt Mitleid mit mir zu haben, fing Hope freudestrahlend an zu grinsen.

„Ich geh uns eben etwas zu Trinken holen. Zieh du dich schon mal um. Bin gleich zurück…", sagte Hope und schon war sie verschwunden.

Da stand ich nun und wusste nicht, ob ich lachen, weinen oder hysterisch schreien sollte. Stöhnend zog ich mich aus und zwängte mich mit geschlossenen Augen in den Stofffetzten. Aber, irgendwie fühlte sich dieser Hauch von Nichts, jetzt, wo ich ihn anhatte… keine Ahnung… irgendwie merkwürdig an. Als würde ich in ein warmes Sprudelbad steigen, als würden Wellen mich umkreisen, als würde der Stoff mit meiner Haut verschmelzen. Blind tastend griff ich nach der Schranktür, öffnete diesen. Denn, obwohl ich mir damals absichtlich einen Kleiderschrank ohne Spiegeltüren ausgesucht hatte, hatte Hope, bei einer ihren Übernachtungen hier, darauf bestanden, zumindest einen Spiegel in der Innenseite einer Schranktür befestigen zu dürfen. Sie hatte ihre Bitte damit gerechtfertigt, dass ich, ihrer Meinung nach, irgendwann mal einen Spiegel bräuchte… und, wenn ich mich recht erinnerte lautete der genaue Wortlaut *Du wirst ihn brauchen. Vertrau mir.* Schmunzelnd schüttelte ich den Kopf. *Vertrau mir.*

Und eben, weil ich ihr vertraute, wollte ich die Augen erst öffnen, wenn sie zurückkehrte. Allerdings ließ Hope sich verdammt viel Zeit. Sie kam und kam einfach nicht wieder. Merkwürdig. Warum dauerte es denn bloß so lange? Meine Neugier wuchs und wuchs, genau wie meine Ungeduld. Meine Spannung. Jedenfalls konnte und wollte ich nicht länger warten. Ich musste mir das Ergebnis im Spiegel ansehen… und zwar genau *jetzt.*

Blinzelnd öffnete ich die Augen.

Und hielt die Luft an. Starrte ungläubig in den Spiegel. Blinzelte. Blinzelte erneut. Vergaß noch immer zu atmen. Nein. Unmöglich. Ich presste mir eine Hand auf den Mund. Das, was der Spiegel mir zeigte, ging weit über meine Vorstellungskraft hinaus. Wie war das möglich?

Der winzige Stofffetzen, den ich noch vor wenigen Minuten in den Händen gehalten hatte, hatte sich in etwas Atemberaubendes verwandelt. Etwas, das nicht existieren dürfte. Das, was ich am Körper trug, was mit mir verschmolz, fühlte sich nicht nur wie eine zweite Haut an, es saß auch genau *so*. Eine dunkle Perfektion.

Hope hatte Recht, und wie Recht sie hatte. Das, was ich sah, gefiel mir. Machte mich sprachlos.

Schwarze Seide. Glänzend. Dunkel. Geheimnisvoll. Der Ausschnitt des bodenlangen Kleides war zwar tief, aber nicht zu tief. Genau richtig. Die Frage wie es sein konnte, dass dieser winzige Stofffetzen sich in so etwas Wunderschönes hatte verwandeln können, blendete ich aus. Ich schüttelte den Kopf. Das Kleid war so lang, dass ich nicht einmal meine Füße sehen konnte. Von hinten zog es sogar wie eine Art Schleier hinter sich her. Ich konnte den Blick nicht vom Spiegel abwenden, so sehr faszinierte mich dieses schwarze *Wunder*. Überall Perlen. Dunkle, schimmernde Perlen. Das Kleid wirkte lebendig, so verdammt lebendig. Als würde es sich bewegen, tanzen, wie schwarze Wellen auf einem, aus dunklem Samt bestehendem, Meer. Bis zur Taille lag es eng an, floss dann in auslaufender Bewegung bis zum Boden.

Dieses Kleid verwandelte mich in eine mir völlig fremde Person. Plötzlich wirkte ich mysteriös. Geheimnisvoll. Mit dem Hauch einer Bedrohung. Eine Gefahr, die man fühlen, aber nicht sehen konnte. Und ich strahlte etwas Machtvolles aus. War es meine Gabe, die ich jetzt auf eine völlig neue Art wahrnehmen konnte?

Ich blinzelte, schüttelte den Kopf. Dieses sonderbare Gefühl von Macht verbündete sich mit einer unbekannten, und doch vertrauten, Dunkelheit in mir. Legte sich wie ein schützender Schleier um meine Seele. Ich erkannte mich kaum wieder. Der dunkle Ausdruck in meinem Blick sollte mich erschrecken, aber dem war nicht so.

Anstatt den Blick vom Spiegel abzuwenden, so wie sonst immer, wenn er drohte mich in seinen Bann zu ziehen, guckte ich in die mir entgegenstarrenden Augen und fühlte eine Faszination, die mit Worten nicht zu beschreiben war.

Es fühlte sich an, als wenn dieses Kleid *mich* widerspiegelte.

Mein wahres Ich.

Mein verlorenes Ich.

Mein in Vergessenheit geratenes Ich.

Dieses Kleid verlieh mir ein nie dagewesenes Selbstbewusstsein. Eine ungeahnte Stärke. Eine tief in mir verwurzelte Macht. Es war berauschend. Und ich genoss jedes einzelne Gefühl.

Der Anblick meines Spiegelbildes fesselte mich so sehr, dass ich Hope erst bemerkte, als sie leise ehrfürchtig seufzte „Du siehst umwerfend aus. Einfach... atemberaubend." Der darin verborgene Stolz war nicht zu überhören. Ihr Kompliment, in Verbindung mit ihren Gefühlen, zauberte mir ein Lächeln ins Gesicht.

„Es übertrifft bei Weitem meine Erwartung. Ich mein... sieh dich an. Du siehst aus wie eine Königin", flüsterte sie.

„Fehlt nur noch die Krone", erwiderte ich schmunzelnd und verdrehte die Augen, als ich daran denken musste, wie Phoenix mich immer wieder nannte. *Prinzessin. Meine Prinzessin.*

„Wozu eine Krone? Jeder, der Augen im Kopf hat, wird dich zweifelsohne als das anerkennen, was du bist. Was du wirklich bist. Eine Königin wie du... braucht keine Krone. Kein Diadem. Wahre Stärke kommt von innen... und genau das, spiegelt dieses Kleid wider. Kein Reichtum der Welt könnte deiner Ausstrahlung gerecht werden."

Ich nickte, ohne zu wissen wie ich ihre Worte verstehen sollte. Hatte sie etwa gewusst, dass dieser Stofffetzen sich in dieses wunderschöne Kleid verwandeln würde? Das... das war doch absurd. So etwas passierte nur im Märchen. In Filmen. In Träumen. Aber nicht in der realen Welt. Diese Wirklichkeit existierte nicht. Oder doch?

Irgendwie beschlich mich ein ungutes Gefühl.

Irgendwie bekamen die Worte *Meine Prinzessin* eine vollkommen neue Bedeutung.

Was würde Phoenix wohl sagen, wenn er mich jetzt so sehen könnte?

Da waren sie wieder – die verbotenen Gedanken. Mein Plan, ihn aus meinem Kopf zu verbannen, hatte ja bestens funktioniert. Grrrhh. *Was hast du erwartet?!* hörte ich eine leise Stimme in meinem Kopf lachen. Grausam. Verbittert. *Ohhh, du dummes, naives Kind. Du hast wirklich gedacht, es könnte funktionieren…* Von der eigenen Stimme mit Sarkasmus verhöhnt zu werden war erniedrigend. Der bloße Gedanke an ihn reichte aus, um mein Blut zum Kochen zu bringen. Völlig mühelos schaffte er, ohne dabei anwesend sein zu müssen, mich zur Weißglut zu treiben. Okay. Weißglut war vielleicht ein wenig übertrieben. Aber wen interessierte das schon?! Letztendlich war es meinem Stolz zu verdanken, dass ich so empfand. Doch auch das, würde ich keinem gegenüber zugeben. Nicht einmal mir selbst.

Hope schien zu merken, dass ich mit meinen Gedanken ganz woanders war. Trotz ihrer angeborenen Neugier sprach sie mich nicht darauf an. Sie versuchte nicht einmal den Grund hierfür herauszufinden. Nicht ein einziges Wort kam ihr diesbezüglich über die Lippen.

Stattdessen erzählte sie mir von dem Musicalbesuch, zu dem Logan sie eingeladen hatte.

Ich stand schweigend da, hörte ihr aufmerksam zu. Es tat gut nichts sagen zu müssen.

Plötzlich stoppte Hope ihren Redefluss. Sah mich, eine gefühlte Ewigkeit lang, schweigend an. Nachdenklich. In ihren eigenen Gedanken versunken.

Dann verabschiedete sie sich. Sagte, sie hätte noch etwas Wichtiges zu klären.

Phoenix

Kaltes, eiskaltes Wasser prasselte gerade auf meinen Körper, als es an der Haustür klingelte. Für gewöhnlich bekam ich keinen Besuch. Zumindest keinen unangekündigten. Abgesehen von Summer vielleicht. Aber, nachdem ich vorhin mehr oder weniger überstürzt abgehauen war, bezweifelte ich, dass sie es war, die in diesem Moment vor der Haustür stand. Ich griff nach einem Handtuch und wickelte es mir um die Hüften. Es klingelte erneut. Leise knurrend öffnete ich die Haustür und traute meinen Augen nicht. Keine Ahnung, wen ich erwartet hatte, aber mit Sicherheit nicht Hope.

„Wir müssen reden. Jetzt!", grummelte sie und stiefelte wutschnaubend an mir vorbei.

„Ich kann mich nicht daran erinnern, dich hereingebeten zu haben", wies ich Hope auf das Offensichtliche hin.

„Ist mir nicht entgangen."

„Und?", zischte ich, während ich sie grimmig anfunkelte.

„Bevor wir anfangen zu reden, wäre es nett, wenn du dir etwas anziehen könntest", forderte sie mich mit einer Selbstverständlichkeit auf, die mich gegen meinen Willen schmunzeln ließ.

„Wozu? Wenn es dich stört, steht es dir frei zu verschwinden. Es zwingt dich keiner hier zu bleiben. Was *mich* allerdings stört, ist, wenn jemand versucht mir in meinen eigenen vier Wänden Vorschriften zu machen. Du kannst von Glück reden, dass ich dich noch nicht vor die Tür gesetzt habe."

„Als wenn du mich vor die Tür setzen würdest. Ich bitte dich, mach dich nicht lächerlich, Phoenix", warf sie mir an den Kopf und sah mich mit einem provozierenden Blick an. „Wir wissen beide, dass es nur einen Grund gibt, warum ich hier auftauche… trotz deiner Warnung, dass sich niemand von uns hier blicken lassen sollte. Also tu nicht so, als wenn dich nicht interessieren würde, was ich zu sagen habe."

Es ging um Summer. Natürlich. Worum auch sonst?! Abwartend sah ich ihr ins Gesicht.

„Willst du dich nicht setzen?"

„Nein", knurrte ich leise, „ich stehe lieber, wenn es dir nichts ausmacht, liebste Hope." Ich versuchte nicht zu lachen, auch wenn es mir schwerfiel.

Hope stemmte ihre Arme in die Hüfte und funkelte mich angriffslustig an. „Du elender Mistkerl, was zum Teufel ist los mit dir? Warum tust du ihr das an?!", fauchte sie mit vor Wut zitternder Stimme und strafte mich mit einem so kalten Blick, dass ich unweigerlich anfing zu frösteln. Wäre ihr Blick eine Waffe, würde ich jetzt mit Sicherheit tot auf dem Boden liegen. Erfroren. Zu einer Eisskulptur erstarrt. Auch, wenn mir ihre Feindseligkeit nicht gefiel, so konnte ich sie dennoch nachvollziehen. Summer war ihre beste Freundin. Und ich war derjenige, der ihrer Freundin immer wieder das Herz brach.

Der dunkle, weggesperrte Teil in mir verlangte, nein, sehnte sich danach, Hope für die Kälte, für die Aufmüpfigkeit, die sie mir entgegenbrachte, zurechtzuweisen, zu bestrafen.

Ich holte tief Luft, konzentrierte mich einzig und allein auf meine Atmung. So lange, bis mich eine innere Ruhe erfüllte.

In einer beschwichtigten Geste hob ich abwehrend beide Hände und murmelte: „Okay. Wenn es dir lieber ist, dann setz ich mich eben!"

„Geht´s noch?! Als wenn das wichtig wäre", knurrte sie. „Es ist mir ehrlich gesagt scheißegal, ob du stehst, sitzt, liegst… oder tot umfällst. Kapiert?! Was mir jedoch nicht egal ist, ist, wie du mit Summers Gefühlen spielst", sagte sie mit einem drohenden Unterton, den ich ihr gar nicht zugetraut hätte. „Und, wenn du mir nicht auf der Stelle erklärst, warum du sie so quälst, dann…", drohte sie mir, ohne den Satz zu beenden. Das war auch überhaupt nicht nötig. Hope war niemand, mit dem ich mich anlegen wollte, zumindest nicht, wenn es sich vermeiden ließ. Immerhin wusste ich, dass sie sich in eine Amazone, einen Wirbelsturm, verwandeln konnte, wenn sie ihre Familie bedroht sah. Und Summer zählte für sie schon immer zur Familie.

„Wann kapierst du es endlich?! Summer weiß längst *wer* du bist, dafür mussten ihre Erinnerungen nicht einmal zurückkehren. Sie fühlt es… und es zerreißt sie. Wozu das ganze Theater? Der ganze Herzschmerz?! Du dämlicher Vollidiot. Ich… ich versteh dich einfach nicht. Ich mein… ich sehe eure Blicke. Deine Blicke. Jeder von uns weiß, wie sehr du Summer liebst… und jeder sieht, dass es dich genauso zerstört wie sie… Warum beendest du es nicht endlich? Warum kannst du ihr nicht einfach deine Liebe gestehen. Ihr sagen, WER du bist. Wer du wirklich bist…"

Sekunden vergingen, dehnten sich zu Minuten. Mir fehlten die Worte. Denn egal, was ich sagen würde, es wäre eine weitere Lüge gewesen. Die Wahrheit? Niemand kannte die Wahrheit. Und, obwohl ich es dabei belassen wollte, hörte ich mich, gegen meinen Willen, sagen: „Ein Kuss – und all die schrecklichen Erinnerungen würden zu ihr zurückkehren. Ein einziger Kuss. Verstehst du jetzt, warum ich mich von ihr fernhalten muss?!"

Die unterdrückten Emotionen versuchten sich an die Oberfläche zu kämpfen. „Ich HASSE es, ihr nicht nah sein zu dürfen. Ich HASSE es, dass ich zu schwach bin, um mich von ihr fernzuhalten. Doch am meisten HASSE ich mich dafür, dass ich *derjenige* bin, der sie zerstört… Und dass, obwohl ich geschworen hatte sie zu beschützen…"

„Was redest du da? Ich… verstehe nicht." Sie blinzelte, sah mich verwirrt an, ehe Begreifen in ihrem Blick erwachte. „WAS hast du getan? WAS?!" Hopes Stimme wurde mit jedem Wort lauter, schneidender. Denn plötzlich verstand sie, was ich meinte, auch ohne, dass ich es hatte aussprechen müssen.

Jeder Dämon besaß eine Fähigkeit, eine Gabe, wie auch immer man es nennen mochte. Hope mochte vielleicht nicht wissen, dass ich über mehrere Fähigkeiten verfügte, doch über diese eine wusste sie Bescheid.

Wenn ich jemanden küsste und mir dabei Zugang zu seinem Geist verschaffte, konnte ich demjenigen auf diese Weise all seine Erinnerungen rauben, auslöschen… ihn all die schrecklichen Dinge vergessen lassen.

Doch bei Summer hätte es nicht gereicht ihr nur die Erinnerungen an die schrecklichsten Stunden ihres Lebens auszulöschen. Nein. Um sie wirklich retten zu können, hatte ich ihr ALLES nehmen müssen. Sie hatte vergessen müssen, wer sie war. Nur so hatte ich sicher sein können, dass sie niemals die Wahrheit über ihre Vergangenheit herausfinden würde. Eine Vergangenheit, die sie in der Sekunde zerstören würde, sollten die Erinnerungen zurückkehren.

Hope hatte Recht. Ich liebte Summer, mehr als mein Leben… und in der Sekunde, wo ich sie hatte auslöschen müssen, hatte ich auch mich ausgelöscht. Ich hatte *uns* ausgelöscht. Summer war mein Licht in der Dunkelheit gewesen, doch ohne ihre Liebe war jene Finsternis zu mir zurückgekehrt, vor der ich schon mein ganzes Leben geflohen war, von der ich gedacht hatte, dass ich ihr nie wieder gegenübertreten müsste. Mein Erbe. Mein Fluch. Nur hatte ich mich ihr dieses Mal bereitwillig in die Arme geworfen, schlimmer noch, ich hatte sie angefleht mich all meiner Gefühle zu berauben. Ich hatte nichts mehr fühlen wollen. Nie wieder.

Mit weitaufgerissenen Augen starrte Hope mich an, schüttelte ungläubig den Kopf.

„Nein…", flüsterte sie gefährlich ruhig. Die Ruhe stand im absoluten Widerspruch zu der Wut, die sich in ihrem Blick verbarg. „Phoenix! Sie hat dich geliebt! Du warst ihr Leben. Sie hätte alles für dich getan. Einfach ALLES. Wie… wie konntest du ihr das antun?!"

Hope holte tief Luft, sammelte ihre Gedanken. Schlagartig veränderte sich der Ausdruck in ihren Augen. Sie suchte meinen Blick, starrte mich irritiert an.

„Das ergibt doch überhaupt keinen Sinn. Ich mein… Summer ist die Liebe deines Lebens, deine Seelenpartnerin. Du könntest sie niemals absichtlich verletzen, ihr wehtun, geschweige denn…" Sie stoppte ihre Gedanken. Seufzte. Fuhr schließlich fort. „Trotzdem hast du ihr die Erinnerungen genommen. Obwohl du wusstest, was das bedeutet. Ich mein… Du wusstest, dass sie DICH dadurch vergessen würde, dass sie *Euch* vergessen würde. Warum? Denn letztendlich hast du nicht nur sie damit bestraft, sondern auch dich. Du konntest Summer vielleicht die Erinnerungen nehmen, aber… deine?! Du kannst deine eigenen Erinnerungen nicht auslöschen oder manipulieren… und, selbst wenn du jemanden gefunden hättest, der dazu in der Lage gewesen wäre, bezweifle ich, dass du es getan hättest. Denn ich weiß, dass ihre Liebe das Einzige war, dass dich hatte retten können. Und genau deshalb weiß ich auch, dass du selbst jetzt nicht bereit wärst diese Liebe zu opfern, ganz egal wie sehr es dich quält."

Mit traurigen, mitfühlenden Augen sah sie mich an. „Phoenix. Was ist damals passiert? Was war so schlimm, dass du bereit warst euch beide auszulöschen? Wovor hast du versucht sie zu retten?"

Meine Stimme versagte. Nie zuvor hatte ich mit irgendeiner dämonischen Seele über jene verhängnisvolle Nacht gesprochen. Über die Nacht, die alles verändert hatte. Selbst jetzt fiel es mir schwer die richtigen Worte zu finden. Es schmerzte auf eine unvorstellbare Art und Weise. Und, obwohl ich die Entscheidung von damals jederzeit wieder treffen würde, fühlte es sich nach wie vor verkehrt an. Falsch. Dabei hatte ich lediglich versucht das Richtige zu tun. Sowohl damals wie heute.

Nur stellte ich mir in letzter Zeit immer häufiger die Frage, ob es wirklich richtig war. Dieses Gespräch streute Salz in eine nicht verheilte Wunde. Der dunkle Schmerz kehrte mit voller Wucht zurück, und ich starb erneut einen Tod, den ich nicht sterben konnte.

„Vor sich selbst…"

„Wie meinst du das? *Vor sich selbst*?!"

„Summer… sie wollte sterben", hörte ich mich mit leiser, brüchiger Stimme antworten.

„Was redest du da?"

„Der Moment, wo Lia vor ihren Augen gestorben ist… der hat sie zerbrochen. Summer ist damals mit ihr zusammen gestorben… sie hat einfach aufgehört zu existieren. Das Leuchten in ihren Augen, in ihrer Seele, war erloschen und ihr Herz war zu Eis gefroren. Verstehst du? Ein Herz aus EIS! Unfähig zu fühlen. Unfähig zu lieben." Ich schloss die Augen, durchlebte diesen Moment in meiner Erinnerung erneut. „Durch unsere Seelenverbindung, hatte ich alles, was sie in diesem Moment durchlebt hatte, ebenfalls fühlen können. Einfach ALLES. *All ihren Schmerz. All ihre Trauer. All ihre Hoffnungslosigkeit. All die Kälte… und letztendlich… ihre DUNKELHEIT.*" Ich schluckte. „Doch dann wurde plötzlich diese kalte Dunkelheit von etwas überschattet. Etwas, das so mächtig gewesen war, dass es jegliche Gefühle, in ihr hatte auslöschen können. Selbst ihre Gabe, ihre Empathie. Einfach *ALLES*. Es hatte nur noch der Wunsch sterben zu wollen, sich selbst auslöschen zu können, existiert."

„Ich weiß, wie sehr sie Lia geliebt hat. Aber ich weiß auch, wie sehr sie dich geliebt hat. Sie hätte dich nie verlassen… ganz egal, wie groß ihr Schmerz auch gewesen sein mochte. Deine Liebe… du hättest sie retten können. Verflucht… Warum hast du nicht versucht sie zu retten?!"

„Das habe ich."

„Nein, hast du nicht. Du hast sie aufgegeben. Du hast EUCH aufgegeben. EURE LIEBE war das Einzige, was sie wirklich hätte retten können. Und das weißt du!"

„Nein, du irrst dich. Die Liebe… hätte ihr diesen Schmerz nicht nehmen können. Die Liebe… hätte sie nicht vergessen lassen können. Verstehst du? Die Liebe, unsere Liebe, hätte sie nur dann retten können, wenn sie bereit gewesen wäre, sich retten zu lassen. Und das war sie nicht mehr."

„Woher willst du das wissen?!"

Ich seufzte. „Weil ich es gefühlt habe. Ich konnte es fühlen…"

„Lass es mich fühlen", bat sie und sah mir dabei direkt in die Augen. „Bitte. Lass es mich fühlen."

„Hope… ich… ich kann nicht."

„Tu das nicht, Phoenix. Lüg mich nicht an. Ich weiß, wozu du fähig bist. Du kannst vielleicht nicht jeden alles fühlen lassen, so wie Summer… aber dank eurer Verbindung bist du sehr wohl in der Lage *ihre eigenen* Gefühle, zumindest die, die du davon in dir bewahrst, auf eine einzelne Person zu projizieren. Und ich weiß, dass du niemals eines ihrer Gefühle aufgeben würdest… ganz egal, um welches Gefühl es sich dabei auch handelt. Du bewahrst sie alle auf. Jedes Einzelne. Das hast du schon immer. Also… lüg mich bitte nicht an."

„Dann lass es mich anders formulieren. Ich *will* es nicht."

„Warum?"

„Weil es für mich schon schwer genug ist, in *ihre* Gefühlswelt abzutauchen, trotz unserer Seelenverbindung, doch jemand wie du… Hope, verstehst du nicht?! Es könnte dich zerstören. Wenn du die volle Ladung ihrer Gefühle abbekommst, ihnen schutzlos ausgeliefert wärst… nein… das kann und werde ich dir nicht antun."

Sie verschränkte die Arme vor der Brust, musterte mich kühl.

„Du musst ja nicht direkt die volle Ladung auf mich loslassen", sagte sie, als wenn es sich hierbei um die einfachste Sache der Welt handeln würde. Dabei war es das genaue Gegenteil. Es war gefährlich. Verflucht. Summer wurde schließlich nicht umsonst als *Waffe* bezeichnet. Ihre Gefühle glichen einer Atombombe, wobei selbst deren Druckwelle ein Witz war, im Vergleich zu der Druckwelle ihrer Gefühle.

Hopes Augen fesselten mich, fixierten mich. Unerbittlich. Gnadenlos.

Also schön. Sie hatte es nicht anders gewollt. Ich griff nach diesem einem bestimmten Gefühl, absorbierte einen winzigen Teil davon und projizierte diesen auf Hope. Es dauerte nur den Bruchteil einer Sekunde, bis ich registrierte, dass selbst dieser winzige Funken, Hope drohte von einer Klippe zu stürzen, hinab in die tiefsten Tiefen, in die dunkelste Dunkelheit. Ich spürte, wie Summers sehnlichster Wunsch *sterben* zu wollen Hope in Ketten legte und ihre eigenen Gefühle überschattete. Ich spürte, wie sie kurz davor war, sich selbst aufzugeben. Dabei waren es nicht einmal ihre eigenen Gefühle, die sie in diesem Augenblick folterten.

Ich stoppte die Verbindung. Durchtrennte sie. Keuchend sank Hope in die Knie, während in ihrem Blick pure Verzweiflung erkennbar war. Noch immer. Und dass, obwohl sie diesem Gefühl längst nicht mehr ausgeliefert war.

„Verstehst du es jetzt?" Meine Stimme zitterte. „Wenn der kleinste Funken Hoffnung bestanden hätte, sie retten zu können... UNS retten zu können..." Ich stoppte meine Gedanken, hörte auf zu reden.

Ein seltsames Gefühl erwachte, als würde ein glühendes Messer in meine Seele gerammt werden. Ich schloss die Augen, schüttelte es ab und beendete meinen Satz. „Ihr die Erinnerungen zu nehmen... war der einzige Ausweg. Nur so konnte ich sie retten. Und, auch wenn es die schwerste Entscheidung meines Daseins war, so bereue ich nichts. Ich würde jedes Mal, wenn ihr Leben davon abhinge, ganz genauso handeln. Kein Schmerz, keine Seelenqual der Welt könnte mich davon abbringen, wenn ich wüsste, dass das der einzige Weg wäre, um sie vor dem sicheren Untergang zu bewahren."

„Summer braucht ihre Erinnerungen. Wie soll sie sonst die Prophezeiung erfüllen? Wie?! Und, abgesehen davon weiß ich nicht, wie lange wir sie hier noch beschützen können. Das Schutzschild, dass sie, seit wir die Welt der Menschen betreten haben, beschützt und die in ihr schlummernde Macht vor *ihm* verbirgt… es wird schwächer. Und zwar von Tag zu Tag. Was glaubst du wird passieren, wenn *er* sie findet?! Wenn er merkt, dass sie vollkommen schutzlos ist, wird er ihr keinen schnellen Tod gönnen. Er wird sie foltern, quälen… und, er wird mit Freuden dabei zusehen, wie er sie zerbricht. Zerstört. Und das alles nur, weil sie nicht weiß, WER sie ist… weil du, aus welchen Gründen auch immer, nicht bereit bist, ihr die Erinnerungen zurückzugeben. Ich weiß, dass du glaubst du würdest das Richtige tun. Ich weiß, dass du versuchst sie zu beschützen. Aber es ist der falsche Weg. Lass sie selbst über ihr Leben, über das von der Schicksalsgöttin vorherbestimmte Leben, entscheiden. Gib ihr die Möglichkeit zu wählen. Nimm ihr diese Wahl nicht ab… denn…"

„Soll ich ihre Gefühle nochmal auf dich projizieren?!", knurrte ich angriffslustig.

Hope verlangte, dass ich Summer opferte? Wozu? Warum? Nur, weil sie die Prophezeite unserer Welt war?! Nur, weil sie als Einzige in der Lage war die verlorene, geraubte, Empathie retten zu können, zurückbringen zu können? Nur, weil jeder davon überzeugt war, dass nur sie das Phantom würde aufhalten können? Nur, weil sie die beiden Königreiche, Licht und Dunkelheit, würde endlich vereinen können? Es hatte mich damals schon einen Scheißdreck interessiert. Warum sollte sich meine Meinung also geändert haben? Wegen der Konsequenzen? Wegen der beschissenen Konsequenzen? Ich wusste, was meine Entscheidung für jeden einzelnen Dämon bedeutete.

Ich wusste es, verflucht nochmal. Fuck! Ich wusste es sogar besser als jeder andere. Die letzten Jahre hatte ich jeden Tag, jeden einzelnen beschissenen Tag, mitansehen müssen, wie die Macht des Phantoms gewachsen war, wie er mit seinem Volk, seinen Erschaffenen, seinen willenlosen, gebrochenen Sklaven, ja, denn was anderes waren sie in seinen Augen nicht, umging. Wie er sie behandelte. Welchen Preis sie hatten zahlen müssen, nein, bereitwillig hatten zahlen wollen, um zu überleben. *Leben* dachte ich verbittert. Als wenn man diesen Zustand als *Leben* bezeichnen könnte. Bezeichnen dürfte. Dieses Dasein... war weitaus schlimmer als der Tod. Unsere Welt drohte in Dunkelheit und grausamer Kälte zu versinken, zu sterben.

Und all das nur wegen der Menschen. Wegen ihrer krankhaften, unstillbaren Gier nach Macht. Denn jedes Mal, wenn einer von diesen sterblichen Monstern seine Seele bereitwillig der Dunkelheit verschrieb, seine Empathie eigenhändig zerstörte, auslöschte, hatte das für Unseresgleichen Folgen. Schwerwiegende Folgen. Um das beschissene, kosmische Gleichgewicht nicht zu gefährden, beraubte man uns unserer Fähigkeiten. Doch ein Dämon, besonders ein Schattendämon, ohne seine mit der Geburt verliehene Fähigkeit, ohne seine Gabe, würde in unserer Welt, dank der Grausamkeiten des Phantoms nicht lange überleben. Und so hatte sich das Phantom nach und nach seine eigene Armee erschaffen. Willenlose Soldaten.

Denn, in dem irrwitzigen Glauben, dass das Phantom einen verschonen würde, wenn man ihm bereitwillig diente, hatten unzählige meiner Art diese Abscheulichkeit um die Rückgabe der geraubten Fähigkeiten gebeten, hatten ihm im Gegenzug, im Tausch, das Einzige angeboten, was ihn interessierte, was er begehrte. Die einzige Fähigkeit, die die Menschen uns nicht hätten nehmen können. Unsere eigene Empathie. Wohlwissen, dass man dem Teufel seine Seele verkauft hatte, und dass die damit verbundene Loyalität seinem Erschaffer gegenüber, ungebrochen sein würde.

Summer hatte sie immer *Marionetten* genannt. Seelenlose, manipulative Monster... ohne jegliche Empathie... nur darauf bedacht, ihrem Meister zu gehorchen und jeden seiner Befehle auszuführen, ohne zu hinterfragen. Mit jeder ausgelöschten Seele wuchs seine finstere Magie. Es war ein immerwährender Kampf zwischen Licht und Dunkelheit. Das Phantom bediente sich einer Macht, die in der Lage war, diesen Kampf für immer zu beenden.

Doch es gab Mächte, dunkle Mächte, die sich jeglicher Kontrolle entzogen. Jeder wusste das. Jeder. Selbst er. Und doch bediente er sich dieser Macht. Denn er wusste, dass er nur dann das Königreich des Lichts würde vernichten können, wenn diese Mächte ihn dabei unterstützen würden. Sollte ihm das wirklich eines Tages gelingen... und er würde die Seelen der Lichtdämonen auslöschen... Nein. Darüber wollte ich lieber nicht nachdenken. ~~Es wäre das Ende. Unser aller Ende.~~

„Was willst du damit sagen?! Dass ich Summers Leben riskiere? Du verdammter Bastard. Ich würde mein Leben für sie opfern… und dass weißt du auch."

„Warum verlangst du dann von mir, dass ich ihr die Erinnerungen zurückgebe?"

„Die Erinnerungen werden zurückkehren… es ist nur noch eine Frage der Zeit. Und das weißt du. *DU* bringst sie dazu sich erinnern zu wollen. Ich mein damit nicht nur die ständigen Flachbacks. Sondern auch ihre Träume. Hast du gewusst, dass ihre Träume die letzten drei Jahre lediglich aus Gefühlen und Dunkelheit bestanden hatten? Erst seitdem du hier aufgetaucht bist, ist sie wieder in der Lage zu träumen. Zumindest geht sie davon aus, dass es sich dabei um gewöhnliche Träume handelt. Doch… sie irrt sich… es sind Erinnerungen. Und jetzt verrate mir, wie es sein kann, dass sie sich im Traum an Sachen erinnert, die du ihr angeblich genommen hast? Hast du es jetzt endlich begriffen?!! *DU* veränderst sie nicht nur, du bringst sie zurück. Deine LIEBE… ist der Zugang zu ihrer Seele. Du bist der Schlüssel zu ihrem Herzen. Und genau deshalb bist du als Einziger in der Lage sie zu retten, sie vor sich selbst zu retten, sobald die Erinnerungen zu ihr zurückkehren… oder vielmehr… wenn du sie ihr endlich zurückgibst. Es sind IHRE Erinnerungen. Nicht deine. Phoenix… EURE LIEBE ist unerschütterlich, es gibt nichts, was ihr nicht schaffen könnt. Ich weiß, dass du Angst hast… die habe ich auch… aber ich *weiß*, dass deine Liebe sie retten wird."

„Woher willst du das wissen?"

„Weil ich fest daran glaube!"

Deutlicher konnten ihre Worte nicht sein. Worte, die ich nur allzu gern glauben würde. Worte, die ich jedoch nicht bereit war zu hören. Einzig und allein, weil sie mir die Hoffnung zurückbringen würden. Hoffnung, wo keine Hoffnung sein durfte.

„Hope… da gibt es etwas, was du wissen solltest…"

Sie sah mich aufmerksam an.

„In dem Moment, wo ihr mit Summer verschwunden seid, wo ihr unsere Welt verlassen habt, ist das Phantom aus seinem Gefängnis ausgebrochen… Keiner weiß, wie das passieren konnte."

„Moment", unterbrach sie mich. „Das Phantom ist WAS?!" Sie schüttelte den Kopf, verengte ihre Augen zu Schlitzen und funkelte mich vorwurfsvoll an. „Und das erzählst du mir erst JETZT?! Das heißt, dieses Monster läuft seit drei Jahren frei herum? Du wusstest es… und bist erst jetzt zu dem Entschluss gekommen es mir mitzuteilen? WIR hätten es in dem Moment erfahren müssen, als er ausgebrochen ist! Was, wenn er sie gefunden hätte?! Ist dir eigentlich klar in welcher Gefahr Summer geschwebt hat? Noch immer schwebt?!"

„Glaubst du ernsthaft, dass ich zugelassen hätte, dass ihr etwas passiert?! Summer war die letzten drei Jahre nicht eine Sekunde lang in Gefahr!"

„Ach?! Und das weißt du deshalb so genau, WEIL???"

Mein Herz raste. Jetzt oder nie. Ich musste Hope die Wahrheit erzählen, zumindest einen winzigen Teil davon. „Weil ich einen Pakt mit ihm geschlossen hab."

„Du hast WAS?! Verdammt, Phoenix… Wie konntest du nur?!… Was für einen Pakt?"

„Die Abmachung lautete, dass er Summer weder suchen noch hier, in der Welt der Menschen, versuchen würde anzugreifen. Sondern erst, wenn sie zurückkehren würde, um die Prophezeiung erfüllen zu wollen. Denn, ich weiß nicht woher, aber er hatte gewusst, dass sie unsere Welt verlassen hatte. Verstehst du? Summer war nie in Gefahr. Nicht eine Sekunde lang. Was glaubst du wohl, warum ich mich die letzten Jahre versucht hatte von ihr fernzuhalten?!"

„Was hast du ihm dafür geben müssen?"

Ich schluckte. „Meine Treue. Ich hatte ihm meine Treue schwören müssen."

„Du hast deine Seele an den Teufel verkauft?!"

„Ja! Um sie vor ihm zu beschützen." Ich seufzte. „Das ist ein weiterer Grund, warum ich ihr die Erinnerungen nicht zurückgeben darf. Denn… sobald sie weiß, wer sie ist, wird sie zurückkehren *wollen*. Und dann…"

„…wird ihn nichts mehr daran hindern können sie zu zerstören. Und weißt du auch, wie ihm DAS gelingen wird?! Indem er dich ins Spiel bringt. Deine Treue wird ihr Untergang sein."

„Nein! Ihm mag vielleicht meine Treue gehören, aber nicht mein Herz… und solange es schlägt, werde ich mich immer für SUMMER entscheiden! Immer! Daran wird kein Pakt der Welt etwas ändern können."

„Du bist ein Narr, wenn du das glaubst. Du weißt, was passiert, wenn du einen geschlossenen Pakt brichst. Du würdest deiner Seele beraubt werden. DU würdest aufhören zu existieren. Du würdest dich in eine dieser erbärmlichen Marionetten verwandeln. Und… egal, was du versuchen würdest, ganz egal, wie sehr du dagegen ankämpfen würdest… du weißt, genauso gut wie ich, dass du diesen Kampf nicht gewinnen könntest."

Genau da hatte das Problem gelegen. Ich hatte Summer aus mehreren Gründen ihre Erinnerungen nicht zurückgeben wollen. Nicht nur, weil ihre eigenen Gefühle sie zerstören könnten, sondern auch wegen meinem, mit dem Teufel, geschlossenen Pakt. Ich hatte gewusst, dass mein Treueschwur in dem Moment ihren Untergang bedeuten würde, wenn sie mitansehen müsste, wie ER mich vor ihren Augen, in eine seiner Marionetten verwandeln würde.

Aber dadurch, dass er versucht hatte Summer hier anzugreifen, hatte er gegen die Spielregeln verstoßen.

„Das weiß ich. Aber nur, wenn dieser nicht vorher schon gebrochen wurde."

„Was willst du damit andeuten?" Hope sah mich aufmerksam an.

„Das, was Summer erlebt hat, waren nicht alles Flashbacks gewesen."

„Verdammt, jetzt lass dir doch nicht jedes Wort aus der Nase ziehen!"

„Er war es, der Summer angegriffen hatte. Im Wald. Bei ihr zu Hause. Es waren seine Schatten gewesen. Schatten, die auf seinen Befehl hin, gehandelt haben. Das bedeutet, dass er den Pakt gebrochen hat. Er! Nicht ich. DAS bedeutet, dass dieser Pakt hinfällig ist. Bedeutungslos. Meine geschworene Treue gilt nicht länger diesem Monster!"

„Bist du dir sicher?"

„Ja! Ich bin mir absolut sicher!"

„Verstehe ich das richtig? ER ist hier? Er hat Summer gefunden?"

„Sozusagen."

„Was soll das denn jetzt schon wieder heißen?"

„Seine Gefühle haben sie gefunden. Sein Geist. Denn sein Körper ist an unsere Welt gebunden. Er kann unsere Welt nicht verlassen." Ich konnte und durfte Hope nicht alles erzählen. Verdammt, ich hatte jetzt schon mehr verraten, mehr gesagt, als ich hätte sagen dürfen.

„Keine Ahnung, ob mich das jetzt beruhigen soll... oder nicht."

„Es bedeutet zumindest, dass er sie hier nicht angreifen kann, zumindest nicht so, dass es sie zerstört. Seine Gefühle können sie vielleicht für eine gewisse Zeit manipulieren, aber er kann sie nicht brechen."

„Versteh ich das richtig?! Er hat sie gefunden und bereits *angegriffen* und sie hat diese Manipulationen nur unbeschadet überstanden, weil sie Glück gehabt hatte?! Und, während er wahrscheinlich nach irgendeiner Möglichkeit sucht, um das zu beenden, was er angefangen hat, überlegst du immer noch, ob es richtig ist, Summer ihre Erinnerungen zurückzugeben? Was muss denn noch passieren, damit du Vollpfosten begreifst, dass ihr die Zeit davonläuft. Jetzt, wo er sie gefunden hat, wird er nicht eher ruhen, bis er sein Ziel erreicht hat. Du sagst, dass der Pakt durch ihn gebrochen wurde. Also... worauf wartest du dann noch? Du kannst sie nur retten, indem du ihr die Erinnerungen zurückgibst. Zeig ihr, wer sie ist. Ich weiß, dass du Angst hast sie zu verlieren, aber... wenn du noch länger wartest, gehst du das Risiko ein, dass er sie zerstört. Und wenn das geschieht, wirst du sie verlieren. Für IMMER!"

Summer

Noch immer starrte ich die Person an, die mir gegenüberstand. Mein Spiegelbild. Zum ersten Mal wollte ich den Blick nicht abwenden. Ich wollte in diese Augen sehen. Nein. Ich *musste*. Es war eine vollkommen neue Art der Faszination. Eine, die ich nicht verstehen konnte, nicht begreifen konnte. Obwohl es sich um mein Spiegelbild handelte, also um MICH, konnte ich mich mit der Person, die ich dort fand, trotz alledem nicht identifizieren. Denn diese Person wirkte stark. Unnahbar. Und auf erschreckende Weise emotionslos. Kalt. Das konnte ich nicht sein. Unmöglich. So war ich einfach nicht. Oder war ich es tief in meinem Herzen und wollte es nur nicht wahrhaben? Hatte ich mich deshalb immer geweigert meinem Spiegelbild gegenüberzutreten?

Wer bin ich? Wer bin ich wirklich? Nicht zum ersten Mal stellte ich mir diese Frage. Eine Frage, auf die ich bis heute keine Antwort gefunden hatte. Ich schloss die Augen, atmete tief durch und schluckte den Kloß in meinem Hals runter. Jetzt wirkten die Augen, die mir entgegenstarrten, traurig. Ich lächelte und drängte das merkwürdige Gefühl zurück. *Reiß dich gefälligst zusammen!*

Ich blinzelte. Blinzelte. Und ohne, dass ich es verhindern konnte, stellte ich mir die Frage, was Phoenix jetzt wohl denken würde, wenn er mich so sehen könnte.

Dieser winzige Gedanke reichte aus, um mich erneut aus der Bahn zu werfen. Dabei hatte ich genau das verhindern wollen. Schließlich wollte ich heute nichts weiter, als gleich mit meiner besten Freundin zusammen Spaß haben. Einen unvergesslichen Abend erleben.

Wie schwer konnte es schon werden? Die Antwort auf diese Frage gefiel mir nicht. Ganz und gar nicht.

Seufzend ließ ich mich aufs Bett fallen, griff nach meinem Kissen und missbrauchte es als Sandsack. Die Zeiger der Uhr verrieten, dass Hope in weniger als dreißig Minuten hier auftauchen würde. Zweifel befreiten sich. Sollte ich wirklich auf diese dämliche Kostümparty gehen? Noch dazu in diesem Outfit?! Die Euphorie, die mich vorhin überwältigt hatte, war verschwunden. Manchmal waren die scheinbar einfachsten Entscheidungen die schwersten. Zumindest, wenn man sich, wie ich in diesem Moment, unnötig den Kopf über eine Sache zerbrach, auf die es im Grunde nur eine Antwort gab. Was sprach denn schon dagegen etwas Spaß zu haben? Sich abzulenken? Genau. Nichts! Ja!... Ja, ich würde gleich auf diese Party gehen. Und ja, ich würde dort Spaß haben. Hope war genau die Richtige, um mich von meinen düsteren Gedanken zu befreien.

Es klingelte. Endlich. Eilig stürmte ich die Treppe runter und schnappte mir im Vorbeigehen die Jacke, die auf dem Treppengeländer hing. Mit einem Grinsen im Gesicht öffnete ich die Tür und traute meinen Augen nicht. Hope sah einfach überwältigend aus. Ihr Anblick verschlug mir glatt die Sprache. Der enganliegende pechschwarze Catsuit betonte ihre Kurven genau an den richtigen Stellen, während die venezianische Maske den Ausdruck in ihren Augen zur Geltung brachte. Ihr Blick wirkte dadurch düster und gefährlich, ja, geradezu bedrohlich.

„Du siehst... Wow... ich mein, ich weiß nicht, was ich sagen soll", stammelte ich, als würde eine Fremde vor mir stehen. Ich schüttelte den Kopf. Sammelte meine Gedanken.

„Geheimnisvoll, mit einem Hauch mystischer Bedrohung. Ich glaub, ein Blick von dir reicht... und du schlägst jeden Angreifer in die Flucht." Ich lachte.

„Tja, was soll ich sagen?" Hope grinste verschwörerisch. „Mein Blick ist eben tödlich. Genau wie ich."

„Wer braucht schon männliche Beschützer, wenn man eine Freundin wie dich hat..." antwortete ich schmunzelnd und zog die Haustür hinter mir zu.

Im Auto durchsuchte ich die Playliste des Sticks nach unserem Lieblingslied. *Demons* von Imagine Dragons. Als die Melodie erklang drehte ich die Lautstärke hoch und wir trällerten lautstark mit. Es klang krumm und schief. Aber das spielte keine Rolle. Nicht nur, weil uns niemand hören konnte, sondern einzig und allein, weil es uns ohnehin egal gewesen wäre.

Obwohl die Musik in den Ohren dröhnte, erfüllte sie nicht den gewünschten Effekt. Selbst dieser Song schaffte nicht meine Gedanken zum Verstummen zu bringen. Phoenix. Er füllte jeden Millimeter in meinem Kopf. Ständig kreisten meine Gedanken um ihn. Ausschließlich um ihn. Ich konnte an nichts anders mehr denken. Und das machte mich wahnsinnig. WARUM? Warum fiel es mir nur so verdammt schwer ihn zu verbannen? Ihn zumindest für einen Abend auszublenden? Einmal nicht an ihn denken zu müssen… Mittlerweile schrien die Gedanken so laut in meinem Kopf, dass ich nicht einmal mehr die Musik hören konnte. *Warum? Du fragst ernsthaft WARUM?!* verhöhnte mich die Stimme in meinem Kopf. Mal wieder. Immer noch. *Weil ER dir das Gefühl gibt atmen zu können. Lebendig zu sein. Frei zu sein… Und, weil er Gefühle in dir weckt, die du dir nie zu träumen gewagt hättest… Gefühle, die…* „Stopp. Ich will das nicht hören!", murmelte ich genervt.

„Hast du was gesagt?" Hope riss mich mit ihrer Frage aus meinem inneren Monolog. Scheinbar hatte ich den letzten Satz wohl etwas zu laut gesagt.

„Ich sagte *Stopp*…"

„Hä?"

„Der Club… Du bist dran vorbeigefahren."

„Ach, was du nicht sagst." Sie schnalzte missbilligend mit der Zunge. „Soll ich etwa *in* den Club fahren?!"

„Nein. Ich dachte nur, du hättest ihn vielleicht nicht bemerkt."

„Süße. Ich weiß genau, wo wir hinmüssen. Okay? Ich versuche nur gerade einen Parkplatz zu finden."

„Oh. Okay."

In dem Moment, wo sie den Motor abstellte, verschwand ihr *Ich-bring-euch-alle-um* Blick. Grinsend verdrehte ich die Augen, so, dass sie es nicht sehen konnte.

Schon von Weitem entdeckten wir die Jungs. Hope stupste mir leicht in die Seite und schwärmte: „Sieht er nicht zum Anbeißen aus?"

Kaum, dass die Worte ausgesprochen waren, kam Logan auch schon freudestrahlend auf uns zugelaufen, als könnte er es keine Sekunde länger ohne seine Angebetete aushalten.

Anstatt etwas zu sagen, zog er meine beste Freundin an seine Brust, schaute ihr tief in die Augen und küsste sie. Allerdings handelte es sich um keinen gewöhnlichen Begrüßungskuss. Sondern viel eher um die Sorte, die ausdrückte *Komm-lass-uns-von-hier-verschwinden.*

Prompt folgte meine Reaktion. Genervt verdrehte ich die Augen und jammerte: „Oh, bitte. Leute! Muss das sein? Ihr seid nicht allein hier."

Scheinbar hatten sie mich nicht gehört, naja, vielleicht hatten sie mich aber auch ganz einfach nicht hören wollen. Jedenfalls sah es nicht danach aus, als wenn sie meiner Bitte nachkommen und diesen Kuss beenden würden. Ich räusperte mich. Noch immer keine Reaktion.

Zum Glück erschien Damon, mein Retter in der Not. Dankbar lächelte ich ihn an.

„Nehmt euch gefälligst ein Zimmer. Das grenzt ja schon an Erregung öffentlichen Ärgernisses!"

Lautlos formte ich das Wort DANKE. Damon war genau zur richtigen Zeit aufgetaucht. Diese wilde Knutscherei hätte ich keine Sekunde länger ausgehalten. DAS war definitiv nicht jugendfrei.

„Wo sind eigentlich die anderen?" Ich sah mich suchend um, konnte aber weder Tyler noch Simon entdecken.

„Die wollten sich die Piep-Show nicht länger angucken."

„Und wieso bist du ihnen nicht einfach gefolgt? Hättest besser auf die beiden aufpassen sollen, als hier einen auf großen Bruder machen zu müssen." Hope kniff die Augen zusammen und streckte Damon die Zunge heraus.

„Dafür sind große Brüder schließlich da", konterte er und zwinkerte seiner Schwester zu. Der Schalk stand ihm deutlich ins Gesicht geschrieben.

„Wofür? Um der Schwester auf die Nerven zu gehen?! Na, vielen Dank auch."

„Immer wieder gern", grinste er. „Aber, mal davon abgesehen, musste ich schließlich meine Pflicht als Superheld erfüllen und Summer zu Hilfe eilen."

„Oh, ja… genau. Die Jungfrau in Nöten", kicherte Hope.

Während ich Hope den Mittelfinger zeigte, suchte ich Damons Blick und bedankte mich bei ihm mit den Worten „Mein Held. Dafür werde ich dir auf Ewig dankbar sein." Um meiner Rolle als *Jungfrau in Nöten* gerecht zu werden, drückte ich den Handrücken gegen meine Stirn und klimperte übertrieben mit den Wimpern.

Erst jetzt bemerkte ich sein Outfit. Damon trug zwar einen schwarzen Anzug, der ihn geheimnisvoll erscheinen ließ, doch seine Augenfarbe verriet, dass er keineswegs als Superheld unterwegs war. Diese Kontaktlinsen leuchteten in einem so intensiven Rot, dass es erschreckend real wirkte, so, als wenn dieses Rubinrot seine natürliche Augenfarbe lediglich verstärken würde.

Ein eisiger Schauer jagte mir daraufhin durch die Adern. Irgendwie wirkte Damon in diesem Augenblick erschreckend bedrohlich.

„Seid ihr endlich fertig mit euren Lobeshymnen?" Hopes Frage riss mich aus meinen Gedanken. Ich blinzelte und die Eiszapfen in meinem Blut schmolzen. Lösten sich auf.

„Wenn wir euch noch länger zuhören müssen, schließt der Laden, bevor ich die Möglichkeit hatte, deine Schwester zum Tanzen aufzufordern", zog Logan uns auf. Er sah erst Damon an, dann mich. Und Hope hatte nichts Besseres zu tun, als ihren Freund zu unterstützen. Sie verschränkte demonstrativ die Arme vor der Brust und sah uns missbilligend an. Als sie dann auch noch anfing ungeduldig mit dem Fuß zu wippen, griff Logan kopfschüttelnd nach ihrer Hand und die beiden marschierten, wie zwei stolze Gockel, grinsend an uns vorbei. Diese Darbietung war definitiv das Highlight dieses Abends. Dabei hatte dieser gerade erst begonnen.

Mit offenem Mund starrte ich den beiden hinterher. Bis Damon mich mit der Bemerkung „Ohne Worte", grinsend aus der Verblüffung riss.

Ich sah ihn an.

„Darf ich bitten?" Wie ein Gentleman hielt Damon mir seinen Arm entgegen und verbeugte sich.

„Sie dürfen", erwiderte ich leise kichernd und hakte mich bei ihm unter.

Wir quetschten uns an blutverschmierten Typen, Superhelden und Schurken vorbei. Egal wohin ich sah… überall tanzten entstellte Gesichter. Dämonen. Untote. Schattenwesen. Monster, denen die Nacht gehörte. Das Schwarzlicht verlieh dem Ganzen etwas Bedrohliches und die vielen Monster wirkten dadurch real. So verdammt echt, dass ich froh war Damon an meiner Seite zu haben.

Alle Naselang rempelte ich jemanden an. Oder trat einem von ihnen auf die Füße. Die vielen bösen Blicke ignorierte ich. Zumindest versuchte ich es. Ein entstellter Ork hob die Arme und wollte mich zweifelsohne gerade für meinen versehentlichen Rempler zur Rechenschafft ziehen, als Damon sich umdrehte und ihn zornig anfunkelte. Er sagte nichts, kein Wort. Er funkelte diesen Kerl einfach nur an. Mit einem eisigen Blick. Der Ork erstarrte, bewegte sich keinen Millimeter mehr. Wenn ich es nicht besser wüsste, würde ich glatt behaupten, dass Damon ihn mit seinem Blick in eine lebendige Eisskulptur verwandelt hatte. Doch, bevor ich mir darüber ernsthaft Gedanken machen konnte, schleifte Damon mich auch schon weiter.

Wie wir uns einen Weg zur Theke freigekämpft hatten, blieb mir ein Rätsel. Hier war es zum Glück nicht so überfüllt wie auf der Tanzfläche.

„Oh, man", seufzte ich, während mein Blick über die vielen Gesichter wanderte. Als ich begriff, dass ich nach einem ganz bestimmten Gesicht Ausschau hielt, beendete ich unverzüglich die Suche. „Das ist echt der Wahnsinn."

„Du bist der Wahnsinn", murmelte Damon und bewunderte mein Outfit. Im ersten Moment wollte ich so tun, als wenn ich wegen der lauten Musik kein Wort verstanden hätte. Nur leider funktionierte das nicht. Also versuchte ich mir einzureden, dass er mit diesem Kompliment lediglich das Kostüm gemeint hatte, und nicht mich. Doch auch das funktionierte nicht. Ohne es verhindern zu können, stieg mir die Hitze in die Wangen und ich wurde rot. Nur dem Schwarzlicht war es zu verdanken, dass er meine Reaktion nicht sehen konnte. Irgendwie schaffte ich sogar seinem Blick standzuhalten.

„Summer? Bist du das? WOW… Ich mein… WOW", hörte ich plötzlich jemanden hinter mir rufen und war froh nicht länger mit Damon allein sein zu müssen. Blinzelnd drehte ich mich der Stimme entgegen und blickte in die blutunterlaufenen Augen von Tyler. Er strahlte übers ganze Gesicht.

„Tyler." Überschwänglich warf ich mich in seine Arme. Sofort sprangen seine Gefühle auf mich über. Wie ein warmer Herbstwind, deren sanfte Berührung mich an leuchtende Blätter erinnerte. Jedes seiner Gefühle war einzigartig, genau wie jedes durch die Luft gewirbelte Blatt.

Als ich ihn schließlich genauer musterte oder besser gesagt sein Kostüm, konnte ich mir die Bemerkung „Für dich kommt wohl jede Hilfe zu spät", nicht verkneifen. Tyler ging als lebender Toter.

„Kommt drauf an, wer mich retten möchte." Auf seinem Gesicht erschien dieses umwerfende Lächeln. „Wer weiß, vielleicht gibt es ja doch noch Rettung für mich. Na, wie wäre es mit einem Versuch?" Er zwinkerte mir hinterhältig zu und bevor ich reagieren konnte, fiel er mir auch schon um den Hals.

„Sorry. Zombies können nicht gerettet werden", sagte ich schmunzelnd und schob ihn von mir weg.

„Tja, schade. Aber, es besteht immer noch Hoffnung für uns. Also für dich und für mich. Wir könnten die Unsterblichkeit nämlich zusammen verbringen. Dafür müsstest du nichts weiter tun, als dich von mir *infizieren* zu lassen."

„Was ist mit mir?", fragte Damon, „willst du mich auch *infizieren*?"

Lachend klopfte Tyler ihm auf die Schulter. „Nimm es mir nicht übel Kumpel, aber ich steh eher auf die weiblichen Helden. Wenn du verstehst was ich meine."

„Wo sind eigentlich die anderen?", unterbrach ich die beiden.

„Welche anderen? Ihr seid die Ersten, die ich in diesem Chaos gefunden habe", antwortete Tyler.

„Wie? Selbst deine bessere Hälfte hast du verloren?", fragte ich grinsend.

„Sieht so aus. Die ganzen Bösewichte haben Simon wohl verschreckt. Ich wette, er hat sich vor Angst im Klo eingesperrt und wartet dort auf seine Rettung. Aber da muss er sich wohl noch etwas gedulden. Denn jetzt trinken wir erstmal einen zusammen."

„Versteckt er sich vor den Monstern… oder vor mir?"

Tyler sah mich an.

„Kann es sein, dass er mir versucht aus dem Weg zu gehen?"

„Wie kommst du darauf?" Fragend zog Tyler die Augenbrauen hoch. „Ah, verstehe. Du meinst, wegen dem peinlichen Zwischenfall letztens bei euch im Garten..." Er zuckte mit den Schultern. „Ich glaub, das hat er längst vergessen. Zumindest hat er mir gegenüber nichts mehr erwähnt. Also... was wollt ihr trinken?"

Tja, damit war das Thema wohl beendet. Mein Blick huschte zu den Hockern, die nur wenige Meter von uns an der Theke standen und nur darauf warteten, dass ich meinen Hintern darauf ausruhte. Gerade als ich versuchte mit diesem Kleid auf einen der Hocker zu hüpfen, stießen Hope und Logan zu uns. Gefolgt von Simon. Während alle anderen mit der Wahl ihrer Getränke beschäftigt waren, kratzte Simon sich verlegen am Hinterkopf und sah mich an. Ich spürte seine Reue. Sein schlechtes Gewissen.

Er kam auf mich zugelaufen, stellte sich direkt neben mich. Seine Ellbogen ruhten auf der Theke und er senkte beschämt den Kopf. Er schaffte einfach nicht mir in die Augen zu sehen. Dabei war seine Reaktion vollkommen unbegründet.

Ich war weder sauer noch nachtragend. Und genau das ließ ich ihn spüren, indem ich ihm meine Gefühle entgegenpustete. Winzige Funken rieselten wie schillernde Sandkörner auf ihn nieder. Glitzernde Luft. Das Schwarzlicht verlieh dem Ganzen etwas Einzigartiges, etwas Atemberaubendes. Simon drehte sich in meine Richtung und schenkte mir ein erleichtertes Lächeln.

„Du bist also nicht sauer?"

„Wieso sollte ich? Ehrlich, ich habe keine Ahnung wovon du redest", grinste ich. Für mich war das Thema längst abgehackt. Simon mochte an dem Abend vielleicht den Bogen überspannt haben, doch ich konnte nicht leugnen, dass ich ihn auf gewisse Weise verstand. Was nicht bedeutete, dass ich es guthieß. Aber er hatte sich halt Sorgen gemacht. Allein deshalb konnte ich ihm einfach nicht böse sein. Und... weil ich nun einmal ein harmoniesüchtiger Gefühlsjunkie war.

Aus dem Augenwinkel sah ich wie Logan und Damon mit einem Tablett voller Tequilas auf uns zusteuerten. Oh. Oh. Wenn ich nicht aufpasste, könnte der Abend übel enden. Diesen Gedanken verwarf ich jedoch in dem Moment, wo Hope mir einen Tequila unter die Nase hielt und mich freudestrahlend angrinste. „Auf uns, Süße." Sie griff nach meiner freien Hand, tröpfelte etwas von dem Zitronensaft auf meine Haut und anschließend noch eine Prise Salz.

„Auf uns."

Hope und ich kippten die klare Flüssigkeit in uns hinein. Angewidert verzog ich das Gesicht. Da konnte auch der bittersüße Geschmack der Zitrone oder das Salz nichts dran ändern. Das Zeug brannte wie Höllenwasser.

„Igitt", stöhnte Hope, „wie kann man das nur freiwillig in sich hineinkippen."

„Stimmt", kicherte ich zustimmend. „Aber wer sagt, dass es schmecken muss? Hauptsache es hilft."

Mit einem bitterbösen Blick funkelte Hope mich grimmig an. „Du weißt schon, dass dieses Teufelszeug nicht deine Probleme mit Phoenix lösen wird... oder?!"

Wollte sie mich etwa mit diesem Blick einschüchtern? Pfff. Vielleicht hätte es gewirkt, wenn ich nicht gerade eben dieses *Teufelszeug* in mich hineingeschüttet hätte.

„Hmmm?", überlegte ich laut und tippte mir nachdenklich mit dem Finger auf die Oberlippe. „Keine Ahnung wovon du redest", antwortete ich zischend, obwohl ich ihre Gefühlsmischung bestehend aus Reue, Wut und Sorge mehr als deutlich spüren konnte. Verdammt. Ich wollte nicht mit ihr streiten. Alles, was ich wollte, war einen schönen Abend mit meinen Freunden verbringen. Einen Abend, an dem ich mich auf andere Gedanken bringen konnte. Wo ich zur Abwechslung mal nicht an *ihn* denken wollte. Doch jetzt, wo Hope seinen Namen erwähnt hatte, wusste ich einfach nicht, wie ich den Sturm in mir beruhigen sollte.

Ohne sich dessen bewusst zu sein, hatte Hope gerade eben, mit nur einem einzigen Wort, meinen gutdurchdachten Plan zerstört. Wie sollte ich diesen Namen jetzt bloß wieder aus meinem Kopf verbannen können? Als Antwort darauf kippte ich den nächsten Tequila, ohne Zitrone und ohne Salz, einfach in mich hinein. Woraufhin ich mir einen erneuten bitterbösen Blick von Hope einfing. Heute Abend wollte ich nur eins, VERGESSEN.

Phoenix! Der Schock traf mich völlig unvorbereitet. Verflucht! Das… das war unmöglich. Er konnte nicht hier sein. Er *durfte* nicht hier sein. Obwohl ich ihn sah, traute ich meinen Augen nicht. Wollte es nicht wahrhaben. Verzweiflung und Wut erwachten in mir. Verwirrt schüttelte ich den Kopf und schloss die Augen. Atmete tief durch.

Einatmen.

Ausatmen.

Einatmen.

Ausatmen.

Langsam öffnete ich die Augen. Blinzelte. Blinzelte. Doch er stand noch immer inmitten der tanzenden Menge. Mit ausgebreiteten schwarz schimmernden Schwingen schaute er mich an. Mein dunkler Racheengel. Ob ich die Einzige war, die seine atemberaubenden Schwingen sehen konnte? Moment! Was passierte hier gerade?! Der Alkohol sollte mir eigentlich dabei helfen, ihn aus meinen Gedanken zu verbannen. Nicht ihn heraufbeschwören. Es konnte sich nicht um Phoenix handeln. Es durfte sich nicht um ihn handeln.

Hm. Vielleicht handelte es sich ja hierbei einfach um eine optische Täuschung. Eine Halluzination. ~~Ein Herzenswunsch. Eine tiefverborgene Sehnsucht.~~ Vielleicht war ich betrunkener als es sich in Wahrheit anfühlte. Vielleicht ließ mich der Alkohol halluzinieren und zeigte mir das, wonach ich mich am meisten sehnte. STOPP! So wollte ich nicht denken. So durfte ich nicht denken. Unter gar keinen Umständen. Augenblicklich drehte ich mich so, dass ich ihn nicht länger sehen konnte. Ob Halluzination oder nicht…

„Warum nicht noch einen", murmelte ich gedankenverloren und griff bereits nach dem letzten Tequila, als dieser mir vor der Nase weggeschnappt wurde.

„Ey! Das war meiner", beschwerte ich mich und funkelte Damon, der *meinen* Shot in der Hand hielt, giftig an. Allerdings schien ihn mein

Gezicke nicht im Geringsten zu imponieren. Im Gegenteil. Während er mir ein dreistes Grinsen schenkte, kippte er im gleichen Atemzug den Tequila quälend langsam, ohne mich aus den Augen zu lassen, runter und knallte das leere Pinnecken demonstrativ vor mir auf den Tresen. „Ups… zu spät."

„Ha! Ha! Ha!", spottete ich.

„Ach komm. Sei ein würdiger Verlierer…", zog er mich auf.

„Halt einfach die Klappe…"

„Außerdem mein ich es nur gut. Ehrlich. Spätestens morgen wirst du mir dankbar dafür sein. Summer, du hast jetzt schon mehr getrunken, als du verträgst", belehrte er mich und suchte meinen Blick.

„Das, liebster Damon, geht dich nichts an. *Ich* entscheide, wann ich genug habe. Nicht du!", erwiderte ich herablassend und hielt seiner wachsamen Überprüfung stand.

„Ich bezweifle, dass du in deinem jetzigen Zustand überhaupt noch etwas entscheiden kannst", zog er mich grinsend auf. Er nahm mich nicht ernst.

„Ach… Leck mich", zischte ich wütend.

„Gern", lachte er amüsiert, „aber vorher besorge ich uns noch etwas zum Trinken. Wasser mit oder ohne Sprudel?"

Er tat es schon wieder. Oder besser gesagt – immer noch. Damon passte auf mich auf. Vielleicht war mein Hirn momentan etwas benebelt, zugegeben, aber ich war keineswegs besoffen. Ich wusste sehr wohl, was ich tat und was ich sagte, auch wenn Damon *das* scheinbar etwas anders sah.

„Damon, du bist…"

„Summer?", unterbrach mich Damon gefühlvoll. Leise. Und sein Blick brachte mich gegen meinen Willen zum Kichern. Mist! Scheiß Alkohol. Vielleicht wäre ein Glas Wasser jetzt wirklich die bessere Alternative. Mein Gehirn formte nämlich bereits Wörter, die mein Mund nicht schaffte auszusprechen.

„Tust du mir einen Gefallen?", beendete er seinen angefangenen Satz.

Mit einem aufgesetzten Lächeln erwiderte ich „Hm… Kommt drauf an…"

„Und *worauf*, wenn ich fragen darf?"

„Naja… darauf, *was* du von mir möchtest…"

Wie in Zeitlupe lehnte sich Damon zu mir herüber. Sein Gesicht kam näher und näher. Ich schluckte, schaffte aber nicht zurückzuweichen.

„Oh, Summer", flüsterte er mir leise ins Ohr, „wenn ich dir erzählen würde, *was ich möchte*…"

Er hörte auf zu reden, ohne sich zurückzuziehen. Sein Atem kitzelte mich und sämtliche Alarmglocken in mir begannen zu klirren. Die Art und Weise wie Damon mit mir sprach, war alles andere als harmlos. Hinzu kamen seine Gefühle. Gefühle die mich komplett verwirrten. Ich wurde nervös. Und, obwohl ich eigentlich hätte auf Abstand gehen sollen, hörte ich mich lieblich säuseln „*Was* genau möchte mein Superheld denn?" Meine Zunge redete schneller als mein Gehirn schalten konnte. *Bist du jetzt total bescheuert?! Was zum Teufel machst du hier?!* hörte ich die Stimme in meinem Kopf schreien. Ach, jetzt meldete sich mein Gewissen also. Jetzt, wo es zu spät war. Schöne Scheiße! Wieso hatte ich nicht einfach die Klappe halten können?! Verdammt. Ich brauchte dringend einen klaren Kopf. Und zwar so schnell wie möglich.

„Das, was sich jeder Superheld wünscht… Wir beide… Du und ich… ein Glas Wasser. Sprudelnd. Mit Blickkontakt." Bevor ich reagieren konnte, drückte Damon mir ein Küsschen auf die Wange und zog sich zurück. Er drehte sich zum Barkeeper und gab seine Bestellung auf.

Lächelnd schüttelte ich den Kopf. Damon wusste einfach immer, wie er mit mir umzugehen hatte. Egal in welcher Situation. Und dafür war ich ihm in diesem Moment mehr als nur dankbar, denn er hatte die für mich peinliche Situation einfach mit seiner witzigen, charmanten Art überspielt.

Während ich auf die Getränke wartete, huschte mein Blick immer wieder in die Richtung, wo ich vorhin Phoenix gesehen hatte. Unzählige Gesichter. Fratzen. Masken. Es gab nichts, was ich nicht entdeckte. Nur mein schwarzer Racheengel war nirgends zu sehen. Ohne es verhindern zu können, machte sich ein Gefühl der Enttäuschung in mir bemerkbar. Dabei sollte ich eigentlich erleichtert sein. ~~Wem versuchte ich hier eigentlich etwas vorzumachen?! Erleichterung? Das ich nicht lachte!~~

Eine Weile versank ich in meinen Gefühlen. Doch dann riss mich Damon glücklicherweise aus diesem erbärmlichen Zustand. Er hielt mir ein Glas Wasser vors Gesicht. Ein Glas. Mit exakt zwei Strohhalmen. Allein dieses Bild entlockte mir ein Lächeln.

„Denk dran… ich sagte *Sprudelnd. Mit Blickkontakt…*"

Jetzt musste ich lachen. Ich griff mir den rosa Strohhalm und Damon sich den blauen. *Wie passend.* Erst als das Glas bis auf den letzten Tropfen geleert war, beendeten wir den Blickkontakt.

„So, zufrieden?! Geht es dir jetzt besser?" Diese schnippische Frage konnte ich mir einfach nicht verkneifen.

Er grinste. „Noch nicht ganz…"

„Was denn noch?"

„Tanz mit mir."

Ich lachte. Schüttelte den Kopf.

„Vergiss es! So besoffen bin ich dann doch wieder nicht… Nichts gegen dich, Damon… aber… hast du mich jemals nüchtern tanzen gesehen? Nein! Und das hat seine Gründe."

„Okay, scheinbar bist du doch nicht so besoffen, wie ich vermutet hatte", gab er lachend zurück, während sein Blick immer wieder Richtung Tanzfläche huschte. Damon liebte es zu tanzen. Er besaß das, was mir fehlte. Taktgefühl… Rhythmus im Blut.

„Worauf wartest du? Jetzt geh schon…", forderte ich ihn auf.

„Ich lass dich hier nicht allein."

„Damon", ermahnte ich ihn liebevoll. „Allein? Bei all den Monstern?" Ich schmunzelte. „Was soll schon passieren? Ich mein, du hast selbst gesagt, dass ich nicht besoffen bin. Die paar Minuten werde ich schon auf mich aufpassen können. Abgesehen davon, bist du eh nur einen Blick entfernt… Ich werde keine Dummheiten machen. Versprochen. Und jetzt *hau endlich ab.* Geh tanzen. Hab Spaß!"

Nur, weil ich zwei linke Füße besaß, wollte ich nicht, dass Damon sich verpflichtet fühlte mir Gesellschaft zu leisten.

„Ich behalte dich im Auge", versicherte er mir grinsend und marschierte schließlich Richtung Tanzfläche. Zu Tyler und Simon.

Ich beobachtete meine Freunde, bewunderte sie für ihre Unbeschwertheit und genoss die Leichtigkeit ihrer Gefühle.

Plötzlich hörte ich jemanden neben mir die Worte „So ganz allein…" sagen. Im ersten Moment reagierte ich nicht, da ich mich nicht angesprochen fühlte. Erst der darauffolgende Satz ließ mich erkennen, dass tatsächlich ich gemeint war.

„Stumm? Oder zu besoffen, um zu reden?"

Sei still, wollte ich sagen. Verschwinde, wollte ich sagen. Aber, bevor die Worte aus meinem Mund purzeln konnten, sperrten meine Gedanken die Worte ungefragt weg.

Dieser Jemand stellte sich neben mich. Starrte mich völlig unverfroren an. Auf den ersten Blick wirkte der Vampir, oder was auch immer er darstellen mochte, irgendwie schnuckelig. Meine Meinung änderte sich jedoch schlagartig, als ich den Fehler beging seinen Blick zu erwidern. Der Ausdruck in seinen Augen gefiel mir nicht. Genauso wenig wie seine Gefühle. Abwartend, ohne einen Ton von mir zu geben, senkte ich den Blick.

„Also… du musst nicht reden, wenn du nicht willst. *Das* geht auch ohne Worte. Allerdings müsstest du für das, was ich will, schon deine Lippen benutzen."

Er hielt sich für unwiderstehlich, allerdings auf eine völlig krankhafte, verkorkste Art. Alles, was er in diesem Moment ausstrahlte, alles, was ich von ihm empfing, war abstoßend. Instinktiv sperrte ich ihn aus. Ignorierte seine Worte. Zumindest versuchte ich es.

„Aber wer weiß… vielleicht breche ich dein Schweigen. Bisher habe ich jede Frau zum Schreien gebracht", sagte er mit lüsternem Blick.

Du bringst mich höchstens zum Kotzen dachte ich, drehte mich weg und schaute demonstrativ in die entgegengesetzte Richtung.

„Jetzt zier dich nicht so. Ich weiß doch worauf, Tussis wie du abfahren."

Ich drehte den Kopf. Funkelte ihn an. *Tussis wie ich?!*

Sein Blick wanderte provokativ über meinen Körper. „Ich wette dein Arsch ist sogar noch geiler als deine Titten…"

Mit den Worten „Wenigstens habe ich den Arsch an der richtigen Stelle…" brach ich mein Schweigen.

Ungläubig starrte er mich an. Entweder hatte er die Botschaft nicht verstanden oder sein IQ war tatsächlich niedriger als bei einem Knäckebrot. Und das lag mit Sicherheit nicht an seinem Promillewert. Anstatt die Abfuhr als solche zu erkennen, und mich endlich in Ruhe zu lassen, textete er mich weiterhin zu, so, als wenn ich ihn nicht gerade eben beleidigt hätte. Oh, ich wurde wütend. Verdammt wütend.

„Was ist jetzt? Du und ich…", nuschelte er, während er mir auf die Brust starrte. „Dein Arsch… ich wette er ist noch Jungfrau. Aber das lässt sich ändern, es geht auch von hinten. Brauchst mich noch nicht mal drum zu bitten…"

Er schaffte nicht einmal den Satz vernünftig auszusprechen. Wobei das auch überhaupt nicht nötig war. Ich hatte auch so jedes Wort verstanden.

„Ich glaub, du weißt noch nicht einmal wo HINTEN ist", konterte ich bissig, versuchte jedoch die aufsteigende Wut auszublenden.

„Wie wäre es, wenn wir verschwinden und es versuchen herauszufinden", nuschelte er.

Dieser Widerling starrte mich schamlos an. Wartete auf eine Antwort. Ein anzügliches Grinsen schlich sich in sein Gesicht und ich spürte seine nicht in Worte zu fassenden kranken Phantasien, spürte, wie sie mir die Haut wegätzten, die Knochen. Ich war so fassungslos, so entsetzt, dass ich für den Bruchteil einer Sekunde mein Schutzschild komplett fallenließ. Dieser winzige Moment reichte aus, um seinen kranken Gefühlen endgültig schutzlos ausgeliefert zu sein. Erschrocken zuckte ich zusammen, schnappte nach Luft, sperrte ihn mit einer krankhaften Kälte, die mich folterte, aus. Sofort. Unverzüglich. Ich zog nicht nur die Mauern hoch, sondern verstärkte diese.

Dieser Typ hatte definitiv eine Grenze überschritten. Das kalte Grauen in mir wuchs und wuchs. Vergiftete meine Gedanken. Ich begann mir Dinge vorzustellen, die ich nicht in Worte fassen wollte. Dinge, die ich ihm antun wollte. Dinge, die mich selbst erschreckten. Seine nächsten Worte rissen mich aus den düsteren Gedanken.

„Entscheid dich… Süße. Ich habe nicht ewig Zeit." Kaum waren die Worte raus, rückte er an mich heran. Sein Gesicht kam immer näher. „Ich weiß genau, worauf meine Prinzessin steht", murmelte er und sein stinkiger Geruch brachte mich zum Würgen. *Wie hatte er mich gerade genannt? Seine Prinzessin?!* Die Wut verwandelte sich in eine Handgranate. NIEMAND durfte mich so nennen. NIEMAND! Außer Phoenix. Meine finsteren Gedanken erwachten zu neuen Leben, drohten mich zu überwältigen. Die angestauten Emotionen wollten freigelassen werden, wollten ihn bestrafen, wollten ihm Schmerzen zufügen. Es fiel mir zunehmend schwerer mich zu beherrschen, meine Gedanken zu bändigen, zu kontrollieren. Ich konnte den allesverschlingenden Zorn bereits schreien hören. Das Blut rauschte durch meine Adern, durch meine Venen und plötzlich fühlte ich alles viel deutlicher. Viel intensiver.

Dann passierte es…

Eine Hand packte mich im Nacken, während sich eine zweite Hand auf meine Hüfte legte. Das Ganze passierte so unerwartet, dass ich im ersten Moment viel zu geschockt war, um zu reagieren. Wie konnte er es wagen *MICH, gegen meinen Willen,* zu berühren?! Sein Gesicht kam näher und näher. Dieser Typ versuchte doch tatsächlich mich zu küssen. Angewidert stieß ich ihm, so fest ich konnte, mit beiden Händen gegen die Brust und knurrte mit vor Zorn bebender Stimme „NIMM. DEINE. FINGER. WEG! SOFORT!"

Er ignorierte meine Drohung.

„Ich steh drauf, wenn die Prinzessin sich wehrt…"

Das aufsteigende, beklemmende Empfinden in die Enge getrieben zu werden, zog den Stift der Handgranate und der Zorn explodierte in meinem Inneren. Ich schloss die Augen. Gab mich dieser brennenden Schwere hin. Schaltete meine Gedanken ab. Doch, anstatt meine Emotionen auf ihn loszulassen, ballte ich meine rechte Hand zur Faust, holte aus… und schlug diesem Dreckskerl so fest ich konnte ins Gesicht. Traf ihn oberhalb des Wangenknochens.

Normalerweise verabscheute ich körperliche Gewalt. Aber in diesem Fall hatte ich eine Ausnahme machen müssen. Denn die Gefühle, die sich in der Zwischenzeit in mir angestaut hatten, hätten ihm weitaus größere Qualen beschert.

Im ersten Moment spürte ich eine gewisse Erleichterung. Es war berauschend. Befreiend. Doch dann setzte ein stechender Schmerz in meiner Hand ein. Jetzt konnte ich mir in etwa vorstellen, wie fest ich tatsächlich zugeschlagen hatte.

Ungläubig tastete er mit seinen Fingern die Stelle ab, an der ich ihn soeben getroffen hatte.

„Du miese kleine Schlampe", zischte er, „das war ein Fehler!" Während diese leise Drohung durch die Luft flog, ballte er die Hand zur Faust und holte aus.

Meine Gefühle sammelten sich. Bündelten sich. Begannen zu vibrieren. Ließen die Luft glitzernd flimmern.

Alles verlangsamte sich. Sämtliche Bewegungen. Die tanzende Menge. Meine Atmung. Mein Herzschlag. Selbst die Zeit.

Doch, kurz bevor die Druckwelle meiner Gefühle sich endgültig befreien konnte, wurde meine Erstarrung durch ein bedrohliches Knurren, das die mich umgebene Stille durchbrach, aufgelöst.

Zögerlich blinzelte ich. Öffnete die Augen und sah, wie Damon die Faust dieses Typen festhielt, umklammerte. So fest, als wollte er diese zerquetschen. Sein Blick war kalt. Eiskalt. Das Rot seiner Augen leuchtete bedrohlich. Doch, je länger Damon diesen Kerl anfunkelte, desto mehr begann sich das rote Glimmern aufzulösen, zu verschwinden. Jetzt waren seine Augen dunkel. Tiefschwarz.

Damons Blick bohrte sich in die Seele dieses Widerlings, während sich sämtliche Muskeln in seinem Körper anspannten. Seine Brust hob und senkte sich, während er mit einer tödlichen Stille flüsterte: „DAS. WAR. EIN. FEHLER!"

Der Typ starrte Damon verängstigt in die Augen, seine Lippen bebten, doch wie durch ein Wunder gelang es diesem Widerling zu reden. „Die Schlampe hat MICH geschlagen." Er zitterte vor Wut. Vor Angst. Vor Verblüffung. Vor Entsetzen.

Plötzlich ballte der Typ seine Hand zur Faust, holte aus, wollte auf Damon losgehen, ihn schlagen, verprügeln, seinen Frust an ihm auslassen. Doch Damon sah den Angriff kommen, duckte sich und holte im gleichen Atemzug zum Gegenschlag aus. Er traf ihn mit voller Wucht am Kiefer. Dann verpasste er ihm einen Schlag in den Magen, woraufhin der Typ sich keuchend, am Boden liegend, zusammenrollte. Es sah nicht so aus, als wenn Damon vorhatte aufzuhören. Er schien die Kontrolle über sich zu verlieren. Ich spürte, dass er keine Skrupel mehr besaß. Es war meinem besten Freund schlichtweg egal, dass der Typ sich vor Schmerzen krümmte, dass dieser unfähig war sich zu wehren, zu verteidigen. Damon holte gerade zum erneuten Schlag aus, als Logan hinter ihm auftauchte, die Arme um seinen Oberkörper schlang und ihn so daran hinderte, wie ein Wahnsinniger auf den Kerl einzuprügeln. Hope kam auf mich zu, schloss mich kommentarlos in ihre Arme. Ich war viel zu verblüfft, als dass ich in der Lage gewesen wäre etwas zu sagen.

„Er wollte Summer schlagen…", schrie Damon außer sich vor Wut, während er versuchte sich aus Logans Klammergriff zu befreien.

„Er hat genug. Siehst du es denn nicht? Es reicht…", redete Logan beruhigend auf Damon ein, versuchte ihn so zu besänftigen. Damon schien ihn allerdings nicht zu hören. Seine komplette Aufmerksamkeit galt dem am Boden liegenden Kerl.

„Es reicht?", wiederholte Damon schließlich ungläubig. Er hatte Logan also doch gehört. „Es reicht, wenn ich meine, dass es reicht!" Noch immer starrte er dem Typen ins Gesicht, damit dieser die Drohung auch verstand. Er sollte wissen, dass Damon nicht vorhatte ihn davonkommen zu lassen.

Logan verstärkte seinen Griff, woraufhin Damon ein bedrohliches Knurren von sich gab. „Lass mich los, Logan. Du kannst mich nicht daran hindern, diesem Typen sämtliche Knochen zu brechen. Angefangen bei seinem Kiefer…"

Endlich fand ich meine Stimme wieder. „Damon, bitte. Er ist es nicht wert", versuchte ich ihn zu beruhigen. Suchte seinen Blick, flehte ihn stumm an meiner Bitte nachzukommen.

„Damon… bitte. Summer hat Recht", bat Hope und machte einen Schritt auf ihren Bruder zu, nahm sein Gesicht in ihre Hände und flüsterte ihm irgendetwas ins Ohr. Etwas, das nur für ihn bestimmt war. Ich spürte, wie Damon sich beruhigte. Was auch immer Hope zu ihm gesagt hatte, es schien zu funktionieren.

Logan ging in die Hocke und zischte dem Typen ebenfalls leise etwas ins Ohr. „Verschwinde. Sofort. Oder ich lass ihn mit dir machen, was auch immer er mit dir anstellen möchte. Nur werde ich ihn kein zweites Mal versuchen daran zu hindern."

Trotz der Entfernung und trotz des Lärms verstand ich jedes Wort. Kristallklar.

Ohne großartig zu überlegen nutzte dieser Widerling seine Chance und verschwand so plötzlich, wie er aus dem Nichts heraus aufgetaucht war. Erst als er außer Sichtweite war löste sich Damons Faust und sofort suchte er meinen Blick, fragte besorgt: „Geht es dir gut? Hat er dir wehgetan?"

„Nein", beruhigte ich Damon und schenkte ihm ein zaghaftes Lächeln. „Mir ist nichts passiert."

„Von wegen *ich kann allein auf mich aufpassen*. Hast du eigentlich die leiseste Ahnung, was ich mit dem Typen angestellt hätte, wenn Logan mich nicht versucht hätte daran zu hindern? Verdammt, Summer... Warum hast du mich nicht früher gerufen? Oder Tyler? Oder Logan... oder sonst irgendjemanden?"

„Ich... keine Ahnung. Ich dachte, ich werde allein mit diesem Typen fertig..." rechtfertigte ich mich.

„Du dachtest?" Ungläubig schüttelte Damon den Kopf und seufzte frustriert. „Von jetzt an werde ich dich nicht mehr aus den Augen lassen. Nicht eine Sekunde lang."

„Meinetwegen", gab ich mich zerknirscht geschlagen, „wenn du dich dadurch besser fühlst."

„Es geht nicht um *mich* oder darum, ob ich mich dadurch besser fühle! Es geht um DICH!"

Damon starrte mich an. Herausfordernd. Anklagend. Mitfühlend. Besorgt. Und obwohl ich wusste, dass er lediglich versuchte auf mich aufzupassen, merkte ich, wie es anfing in mir zu brodeln. Wut, Scham und Reue vermischten sich. Ich schloss die Augen, atmete tief durch und sperrte all die negativen Emotionen weg.

Logan legte mir seinen Arm um die Schulter, beugte sich zu mir und flüsterte „Damon hat nicht ganz Unrecht. Gerade heute Abend zeigen die Monster ihr wahres Gesicht. Doch am gefährlichsten sind diejenigen, die keine Masken tragen..."

„Ja, ja... schon kapiert", antwortete ich bissig. Etwas zu bissig. Sofort schenkte ich Logan einen entschuldigenden Blick. Dann suchten meine Augen Damon. Ich erstarrte. In seinen Augen spiegelte sich jener Schmerz wider, der ihn immer dann quälte, wenn er, wie ich begriffen hatte, sich gestattete an *sie* zu denken. Wer auch immer *sie* sein mochte...

Sein Schmerz wühlte mich auf, versetzte mir einen Stich mitten ins Herz. Es war unerträglich. Ich konnte ihm nicht länger in die Augen gucken also senkte ich den Blick, drehte mich weg.

Hope hielt mir ein Glas Wasser unter die Nase und schenkte mir ein schwaches Lächeln. Auch sie schien Damons Gefühle in diesem Augenblick wahrnehmen zu können.

Nachdem ich das Glas leergetrunken hatte, stellte ich es auf der Theke ab und hörte meinen Freunden bei ihrem Gespräch zu, zumindest versuchte ich es. Allerdings lenkten mich Damons Gefühle immer wieder ab. Bis jetzt war es ihm nicht gelungen seine Emotionen unter Kontrolle zu bringen. Jedes Mal, wenn ich den Mut gefasst hatte, Hope nach dieser mysteriösen Unbekannten zu fragen, hatte Damon in meine Richtung gesehen. Mich beobachtet. Woraufhin sich die Neugier jedes Mal unverzüglich in Luft aufgelöst hatte.

Ein paar Minuten später räusperte sich Hope und suchte meinen Blick. „Wir sollten reden."

Als wenn sie meine Gedanken hätte hören können, meine unausgesprochenen Fragen.

„Ich wollte eh gerade fragen, ob du mitkommst zur Toilette."

Hope beugte sich zu ihrem Bruder, flüsterte ihm etwas ins Ohr, ehe sie nach meiner Hand griff und mich hinter sich herzog. Zusammen schlängelten wir uns durch die maskierte Menge. Völlig unerwartet blieb Hope stehen, drehte sich zu mir und sagte: „Ich habe da hinten jemanden gesehen, mit dem ich unbedingt reden muss. Geh schon mal vor... Ich komm sofort nach."

Bevor ich zu einer Antwort ansetzen konnte, war sie auch schon verschwunden. Ich zuckte mit den Schultern und machte mich auf den Weg zu den Toiletten.

Ich bog gerade um die Ecke, als ich abrupt stoppte. Geradeaus, keine zwei Meter von mir und dem Notausgang entfernt, stand ein Mädchen mit dem Rücken zur Wand. Versuchte sich verzweifelt aus dem Griff eines vor ihr stehenden Typen zu befreien. Als sie mich entdeckte, schaute sie mich ängstlich und hilfesuchend an. Die Panik in ihrem Blick bohrte sich schlagartig in meine Seele.

Es blieb keine Zeit zum Überlegen. „LASS. SIE. LOS!", zischte ich durch zusammengebissene Zähne und lief auf die beiden zu. Er war groß, breite Schultern. Ohne die Aufmerksamkeit von dem Mädchen abzuwenden knurrte er zornig „Verschwinde!"

Diese Stimme… sie kam mir bekannt vor. Kaltes Entsetzen schleuderte mich zu Boden.

Es war dieselbe Stimme wie vorhin bei mir. Dieselben abscheulichen Gefühle. *Dieselben.* Der Schock traf mich unvorbereitet, stieß mich von einer Klippe. Allerdings blendete ich dieses Gefühl aus. Ignorierte die Stimme des Schocks, die mir riet, so schnell wie möglich von hier zu verschwinden. Ich durfte mir meine Unsicherheit nicht anmerken lassen. Nicht jetzt. Nicht vor diesem widerlichen Kerl.

„Ich sagte, du sollst sie loslassen!" Meine Stimme hörte sich viel mutiger und entschlossener an, als ich mich in Wahrheit fühlte. Logan hatte Recht. Auf dieser Party wimmelte es von unzähligen, zum Teil entstellten, hässlichen, grauenhaften, Monstern, die allesamt eine Maske trugen, damit man sie als solche erkannte, während die wahren Monster sich hinter einer Maske versteckten, die mit dem bloßen Auge nicht zu erkennen war. Das in ihnen existierende Grauen zeichnete sich nämlich nicht, wie bei allen anderen maskierten Monstern, auf ihrem hübschen Gesicht ab, sondern spiegelte sich lediglich in ihren Augen wider. Und die Augen dieses Typen waren abgrundtief böse.

Dieses unmaskierte Monster musste aufgehalten werden. Ich konnte, nein, durfte dieses unschuldige Mädchen nicht sich selbst überlassen. Ich musste verhindern, dass er seine dunklen Gelüste an ihr auslebte. Musste seine abscheulichen, von Düsternis getränkte Gedanken auslöschen.

Vielleicht wäre es klüger, wenn ich Hilfe holen würde… doch die Angst dieses Mädchens schrie so laut, dass die damit verbundene Verzweiflung meine Logik auslöschte. Ich konnte sie unmöglich mit ihm allein lassen. Durfte es nicht, und wollte es auch überhaupt nicht. Nicht, nachdem ich *seine* abscheulichen Gefühle hatte spüren können.

Die Erleichterung in den Augen des Mädchens, als sie realisierte, dass ich nicht wegsehen würde, dass ich sie nicht mit diesem Monster alleine lassen würde, zeigte mir, wie groß ihre Panik tatsächlich war. Erneut versuchte sich das Mädchen zu befreien. Sich loszureißen. Zu fliehen. Doch je verzweifelter sie sich zur Wehr setzte, desto stärker presste er sie gegen die Wand.

Er knurrte leise. Berauscht. Ich spürte, dass ihre Angst ihn anturnte. Seine Finger schlossen sich um ihren Hals und während er ein wenig Druck ausübte, drehte er den Kopf langsam in meine Richtung. Als sich unsere Blicke trafen, umspielte ein hinterlistiges, falsches… böses Lächeln seine Lippen. Er erkannte mich, wusste wer ich war.

Seine Augen wurden dunkel, unheilvoll. Ich spürte seine Gier. Sein Verlangen. Seine Lust und seinen Wunsch, mir die Demütigung, die er vorhin meinetwegen hatte über sich ergehen lassen müssen, zurückzuzahlen. Ja, er wollte *mich* bestrafen. Seine vorherigen Worte in die Tat umsetzen. Seine Fantasien an mir ausleben. Seine Augen glitten erneut über meinen Körper.

Dieses Mal verspürte ich einen tiefen Schmerz. Es fühlte sich an, als würde jemand Salzsäure über meiner Haut verteilen, und zwar quälend langsam. Überall dort, wo mich sein Blick berührte, wurde mir die Haut verätzt. Es brannte. Schmerzte.

Als ich begriff, dass es nicht sein Blick war, der mir diese Schmerzen zufügte, sondern die in ihm schlummernden grauenhaften Gefühle, beendete ich den Blickkontakt. Seinem wahren Ich in die Augen sehen zu müssen, diesem Blick schutzlos ausgeliefert zu sein, brachte mich in diesem Moment an meine Grenzen.

Instinktiv zog ich meine Mauern hoch, sperrte dieses Monster aus, während ich gleichzeitig meine eigenen Gefühle abstellte, wie auf Knopfdruck. Meine Angst – wie weggeblasen. Der einzig existierende Gedanke in meinem Kopf galt diesem Mädchen. Ich musste ihr helfen, sie beschützen. Vor einer Qual bewahren, die ihre Seele jeden Tag aufs Neue missbrauchen würde, foltern würde, vergewaltigen würde.

Blanke Wut packte mich. Glühender Zorn ließ meine Knochen in Flammen aufgehen.

Noch immer starrte er mich an. Nur dieses Mal konnte die in ihm existierende Finsternis mich nicht in die Knie zwingen. Ich mochte seine Gefühle vielleicht nicht wahrnehmen können, aber sein Blick verriet eindeutig, dass er die Situation hier sichtlich genoss. Er wollte Macht ausüben. Über das Mädchen… und über mich. Frauen waren für ihn lediglich zu seinem Vergnügen da… dabei spielte es keine Rolle, ob die Frau wollte oder nicht. Ohne es verhindern zu können, hörte ich seine Gedanken in meinem Kopf. Mir wurde schlecht.

Mit jedem Wort, dass zu mir durchdrang, dass ich empfing, steigerte sich mein Zorn, bis sich dieser schließlich in Hass verwandelte.

Er war der festen Überzeugung, dass er mit uns beiden *spielen* konnte. Er glaubte tatsächlich, dass er uns seinen Willen aufzwingen konnte... genauso wie er davon ausging, dass es eine Kleinigkeit werden würde, uns im Nachhinein zum Schweigen zu bringen, indem er uns einfach *entsorgte*... Wegwarf... sich unserer entledigte.

„Und ich sagte *Verschwinde*. Du hattest deine Chance." Er sah mich an. „Andererseits... wenn du unbedingt *willst*, kannst du uns beiden hier gerne Gesellschaft leisten. Zu dritt macht es gleich doppelt so viel Spaß."

„Willst du *spielen*?" hörte ich mich fragen. Provozierend. Angriffslustig. „Wenn ja, dann komm... lass uns spielen. ALLEIN. Nur du und ich!"

Irgendetwas passierte in seinem kranken Hirn.

Irgendetwas lösten meine Worte bei ihm aus.

Denn kaum waren die Worte aus meinem Mund gesprungen, wie ein Bungeespringer von den Klippen, ließ er das Mädchen los, drehte sich langsam in meine Richtung. Seine Augen funkelten unheilvoll, während sich ein widerliches Grinsen in seine Visage schlich.

Meine Instinkte rieten mir zu verschwinden, nein, sie schrien es regelrecht. Doch ich widerstand dem Impuls zu fliehen, als er sich mir näherte. Er sollte unter keinen Umständen merken, dass er mich gegen meinen Willen einschüchterte. Meine Hände ballten sich zu Fäusten. Je näher er kam, desto weniger Angst verspürte ich. Denn jetzt übernahm der unbändige Hass die Kontrolle, drängte alles andere in den Hintergrund, blendete alles andere aus. Jedes Geräusch. Jedes Gefühl. Einfach alles.

„Du willst mich also nicht *teilen*? Interessant", knurrte er leise. Zielstrebig kam er auf mich zugelaufen. Ich wollte gerade etwas sagen, als er mich mit den Worten „Sei still", zum Schweigen brachte. „Ich finde du hast genug geredet. Lass uns anfangen zu *spielen*... Solltest du jedoch, ohne meine Erlaubnis, auch nur ein weiteres Wort von dir geben, dann schwöre ich, wirst du, wenn ich mit dir fertig bin, für immer schweigen. Bis jetzt war ich gnädig... aber du redest eindeutig zu viel.

Vorhin hast du mir besser gefallen. Viel besser. Also, halt deine vorlaute Klappe oder ich stopfe es dir mit meinem Schwanz."

Kaum hatte er seine Drohung ausgesprochen, fing ich lautstark an zu lachen.

„Du willst WAS?", lachte ich, „Mir das Maul stopfen?! Womit? Mit dem Schwanz? Selbst der Stachel einer Biene ist größer."

Sein Gesicht verzerrte sich vor Wut. Das Wissen, dass ich ihn so leicht provozieren konnte, stachelte mich nur weiter an. Oh ja, ich wollte ihn provozieren, ihn bis auf Äußerste reizen. Der Ausdruck in seinen Augen faszinierte mich auf eine nicht nachvollziehbare Art und Weise. Es mochte erschreckend sein, aber leugnen wäre zwecklos gewesen.

Plötzlich wünschte ich mir nichts sehnlicher, als dass er die Kontrolle über sich verlor. Ja, er sollte mir einen Grund geben. Einen Grund, um meinen Entschluss, seine Seele in Flammen aufgehen zu lassen, zu rechtfertigen.

Mit einer Gewissheit, die ich mir nicht erklären konnte, wusste ich, dass ich ihn jederzeit auf eine so grauenhafte Art foltern könnte, dass er sich wünschen würde, niemals geboren worden zu sein. Und das, ohne mir die Finger an ihm schmutzig machen zu müssen. Ich müsste dafür nichts weiter tun, als meine Gefühle auf ihn projizieren, gleichzeitig in seinen Geist eindringen, in seine Gefühle eintauchen und ihn all das fühlen lassen, dass er seinen unzähligen Opfern angetan hatte.

„Nimm das zurück", schleuderte er mir mit hasserfülltem Blick entgegen, während er am ganzen Körper zitterte. Ich begriff, dass er vor Wut zitterte und genoss dieses berauschende Gefühl der Gewissheit, dass er jeden Moment die Kontrolle über sich verlieren würde.

Anstatt mich einschüchtern zu lassen, lachte ich ein bitteres, gehässiges Lachen.

„Zurücknehmen? Wozu? Glaubst du dadurch würde er größer werden. Wo nichts ist, kann auch nichts wachsen."

In seinen Augen blitzte etwas Grauenhaftes auf. „Du", knurrte er und sah dem Mädchen, dass noch immer wie versteinert an der Wand lehnte, in die Augen. „Verschwinde! Sofort!"

Ich nickte ihr zu. Im ersten Moment zögerte sie. Ich spürte, dass sie mich nicht allein lassen wollte, dass sie Angst hatte. Angst um mich.

Ich pustete ihr meine Gefühle entgegen, in Verbindung mit meinen Gedanken. Nur so konnte ich sie davon überzeugen, endlich zu verschwinden. Denn ich *wollte,* dass sie mich mit ihm allein ließ.

Er beachtete das Mädchen nicht länger, hatte sein Interesse verloren. Er wollte mich. Sie sah mir in die Augen, bedankte sich stumm und dann endlich rannte sie los. Erst als sie aus meinem Blickfeld verschwunden war, widmete ich meine Aufmerksamkeit wieder diesem Abschaum.

Nicht mehr lange... und er würde seine Strafe erhalten. Es war überwältigend. Meine Gefühle und Gedanken fluteten den Raum. Sein Gesicht – nur wenige Millimeter von mir entfernt. Er stand direkt vor mir. Ich wartete. Wartete. Wartete. Sehnte den Moment herbei. Gleich wäre es endlich so weit, und er würde von jener alles verschlingender Panik verschlungen werden, die er einst in seinen Opfern ausgelöst hatte.

Doch er würde auch jedes andere Gefühl zu spüren bekommen. All die Seelenqualen. Die Demütigungen. Die Erniedrigungen. Die Hilflosigkeit. Die pure Verzweiflung. Das kalte Grauen. Die seelische Vergewaltigung, ebenso wie die körperliche. Die schiere Hoffnungslosigkeit.

Du wirst schreien... so wie deine Opfer geschrien haben. Du wirst leiden, so wie jede einzelne von ihnen hatte leiden müssen. Und während du mich um Gnade anbetteln wirst, werde ich dir kalt ins Gesicht lächeln, mich an deinem Leid ergötzen... ich werde mich in jenes Monster verwandeln, wovor du dich selbst fürchtest, denn ich werde sein wie DU!

Von meinen grauenhaften Gedanken ahnte er nichts.

„Tsts... hat da etwa jemand Angst?", schnalzte er mit der Zunge und drückte mich im nächsten Moment mit seinem Körper gegen die Wand. Er presste seine Hand auf meinen Mund, um zu verhindern, dass ich um Hilfe schrie. Was er nicht wusste, nicht wissen konnte, war, dass ich nicht vorhatte um Hilfe zu schreien. Für das, was hier gleich passieren würde, brauchte ich keine Zeugen.

Ich hörte, wie er mit der freien Hand den Reißverschluss seiner Hose runterzog. Ich wartete. Wartete auf den richtigen Moment.

„Braves Mädchen. So ist es richtig. Schön ruhig... Denn ich würde dir nur ungern den Kiefer brechen, bevor du ihn hast benutzen dürfen..."

Ekel erwachte. Angewidert schloss ich die Augen, wappnete mich, während mich eine kalte Dunkelheit in ihre Arme schloss. Gerade, als ich meine Gefühle freilassen wollte, meldeten sich meine anderen Instinkte und ich rammte ihm mein Knie mit voller Wucht zwischen die Beine. Immer und immer wieder. So lange, bis mich ein Gefühl von Sicherheit umhüllte. Noch bevor ich die Augen öffnete, wusste ich, dass er hier war.

Phoenix.

Mein dunkler Racheengel.

„Du bist tot!", donnerte eine tiefe, vor Zorn bebende Stimme. Seine Stimme. Ich öffnete die Augen. Sah, wie Phoenix den Typen von mir wegzerrte und ihn, als wäre er leicht wie eine Feder, gegen die gegenüberliegende Wand schmetterte. Mit einer übermenschlichen Geschwindigkeit stand er einen Wimpernschlag später vor diesem Abschaum. Phoenix ballte seine Hand zur Faust... schlug mit voller Wucht zu. Jeder Schlag dröhnte in meinen Ohren. Er schlug immer fester zu. Verlor die Kontrolle. Aber anstatt ihn aufzuhalten, schaute ich ihm dabei zu. Genoss jeden Treffer. Ja, ich wollte, dass dieser Kerl Schmerzen erleidet. Schreckliche Schmerzen. Schmerzen, die er sein Leben lang nicht mehr vergessen würde.

Ich wusste, dass dieser Gedanke falsch war, aber ich blendete es einfach aus. Diese dunkle Faszination sollte mich erschrecken, doch es fühlte sich an, als wäre dieser verborgene Teil in mir schon immer da gewesen. Es war, als würden sich meine schlimmsten Befürchtungen bewahrheiten. Sofort schloss ich die Augen, wand den Blick von dem sich mir bietenden Grauen ab. *STOPP! Das bin ich nicht! So will ich nicht sein!* Es waren nicht meine Gefühle gewesen, die mich so fasziniert hatten. Es waren seine gewesen. Die, meines Racheengels.

Ich zog die Mauern hoch, verstärkte sie und erst als ich sicher war, dass kein fremdes Gefühl sie würde zerstören können, öffnete ich vorsichtig die Augen. Schwarz schimmernde Schwingen verhinderten, dass ich etwas erkennen konnte, während mir der Geruch von Eisen in die Nase stieg. Ich hörte, wie das Blut zu Boden tropfte... hörte wie es mich um Hilfe anflehte. Das Blut. Es schrie… immer lauter und lauter. Eine beängstigende Dunkelheit schwebte über mich hinweg. Nein. Es waren dunkle Gefühle, getarnt als Schatten.

Je näher sie auf mich zuflogen, desto bedrohlicher wirkten sie. Gerade, als ich überzeugt war, von den dunklen Sturmböen verschluckt zu werden, verloren die Schatten ihre Tiefe, ihre Schwärze. Lösten sich schließlich auf. Meine Haut kribbelte. Mein Herz raste. Mein Puls stolperte… doch ein Blick in Phoenix' Augen reichte, um mich atmen zu lassen. Im Bruchteil einer Sekunde erfüllte mich das vertraute Gefühl von Sicherheit.

Phoenix starrte mich an. Der Ausdruck in seinem Blick verriet, wie aufgewühlt er noch immer war, wie sehr der Hass ihn kontrollierte und wie wenig er diesem entgegenzusetzen hatte. Doch je länger er mir in die Augen schaute, desto ruhiger wurde er. Die sturmumtosten Augen verwandelten sich in sanfte Wellen, grün leuchtend. Die Dunkelheit wich zurück. Verschwand. Gab ihn frei.

„Bist du okay?" fragte er vorsichtig. Verunsichert.

„Ich… denke schon", antwortete ich zögerlich und versank in dem smaragdgrünen Meer. Die Zeit blieb stehen.

Ich sah nur ihn.

Meinen Retter.

Meinen Beschützer.

Meinen Engel.

Meinen Seelenpartner.

Mein.

Mein.

Mein.

Phoenix.

Immer wieder Phoenix.

Mein Herz hatte entschieden.

Genau wie meine Seele.

Es gab nur ihn.

Und ich wusste, dass keine Zeit der Welt daran würde etwas ändern können.

Ich gehörte ihm.

Unwiderruflich.

Jetzt.

Für Immer.

Auf EWIG.

Ein Stöhnen ertönte, durchbrach den Zauber, löschte diesen aus. Zerstörte meinen Moment.

Schlagartig kehrte in Phoenix' Augen der Hass zurück. Und ich fühlte, wie dieses zerstörerische Gefühl erneut drohte ihn zu kontrollieren.

Er umfasste den Hals des am Boden liegenden, wimmernden Typen und hob ihn, ohne große Kraftanstrengung, hoch.

Erschrocken zuckte ich zusammen. Welch Ironie! Die Schläge und das viele Blut hatten mir nichts ausgemacht, doch die Tatsache, dass er diesen Kerl mit nur einer Hand vom Boden hochhob, als würde er nicht mehr wiegen wie ein Stück Papier, erschreckte mich. Die Füße baumelten einen halben Meter über dem Boden, während er verzweifelt nach der Hand griff, die ihm die Luft zum Atmen nahm.

„Ich… keine Luft…", röchelte er, strampelte wild mit den Füßen. Die Gesichtsfarbe veränderte sich, wurde leicht bläulich. Entsetzen und Todesangst wirbelten durch die Luft. Das war der Moment, wo ich aus meiner Trance erwachte. Ich konnte nicht länger schweigend zusehen. Ich *durfte* nicht.

Langsam lief ich auf Phoenix zu und legte ihm von hinten meine Hand auf die Schulter.

„Es reicht. Er hat bekommen, was er verdient hat", flüsterte ich ihm leise ins Ohr.

Doch, anstatt seinen Griff zu lockern, drückte er nur fester zu. „Ich bin noch nicht fertig mit ihm", erwiderte er mit ruhiger, hasserfüllter Stimme.

„Phoenix! Sieh mich an", bat ich sanft. „Lass ihn los. Du bringst ihn noch um."

„Er wollte dich…", knurrte er, schaffte aber nicht die Worte auszusprechen. Er schloss die Augen. „Er wird darum betteln, sterben zu dürfen."

Vor Panik weiteten sich die Augen des Typens, als er begriff was Phoenix mit seiner Drohung unterschwellig andeutete.

„Bitte! Lass ihn gehen."

„Nenn mir einen Grund, Prinzessin. Nur einen! Verflucht… dieser Abschaum wird sich nicht ändern. Wann begreifst du es endlich?! Du kannst die Menschen nicht retten. Du kannst IHN hier nicht retten. Weißt du, was passiert, wenn ich ihn jetzt gehen lasse? Er wird seinen Frust, seine Wut und seine perversen Gelüste an einem wehrlosen Mädchen auslassen. Er wird sie für das, was wir ihm angetan haben, bestrafen. Er hat bereits so viele Seelen zerstört und es gibt nichts, was ihn aufhalten wird. Es sei denn ICH beende es endlich. JETZT und hier. Monster wie er… können nicht gerettet werden, weil sie verdammt nochmal nicht gerettet werden wollen. Prinzessin, ich weiß, dass du das, was er diesen Mädchen angetan hat, hast spüren können, genauso wie du seine tiefsten Abgründe hast spüren können. Und ich weiß, was du ihm angetan hättest, wenn ich dich nicht daran gehindert hätte. Warum lässt du mich das hier dann jetzt nicht beenden?"

Die Frage, woher er wusste, WAS ich gefühlt hatte, ignorierte ich… darauf würde ich später eine Antwort haben wollen. Aber nicht jetzt.

Im ersten Moment rollte eine Welle der Erleichterung über mich hinweg. Wenn Phoenix nicht aufgetaucht wäre… ich wagte nicht diesen Gedanken zu Ende zu denken. Denn, ich wusste, dass ich diesem Typen nicht nur seelisches Leid zugefügt hätte. Nein. Ich hätte ihn so lange gefoltert und gequält, bis sein Herz aufgehört hätte zu schlagen… denn der Hass seiner Opfer hatte mich so sehr in Fesseln gelegt, dass ich an nichts anderes mehr hatte denken können, als daran, ihn für all die Seelenqualen büßen zu lassen.

Zweifel plagten mich. Wenn Phoenix ihn jetzt gehen lassen würde, wäre es nur eine Frage der Zeit, bis er ein anderes Mädchen für das, was ich ihm angetan hatte, würde bezahlen lassen. Ich wusste es. Ich konnte es spüren. Doch durfte ich deshalb dabei zusehen, wie Phoenix sich der Dunkelheit hingab, nur um die Welt von diesem Monster zu befreien? Verstand und Gefühl führten einen aussichtslosen Kampf…

„Wenn du sehen könntest, was ich sehe… glaub mir, du würdest mich anflehen dieses Monster zu töten", hörte ich ihn leise flüstern. Was Phoenix nicht wusste – ich hatte es sehen können. In seinen Gedanken. In seinen Erinnerungen. Ich wusste zwar nicht *wie*, aber ich hatte all die schrecklichen Bilder sehen UND spüren können. Genauso wie ich seine Gedanken hatte hören können. In meinem Kopf. In meiner Seele. Jeden einzelnen grauenhaften Gedanken.

Denn es waren nicht nur die verlorenen Gefühle seiner Opfer gewesen, die über mich hereingestürzt waren, sondern auch seine. Sie alle hatten sich vermischt, hatten versucht sich in meiner Seele einzunisten, wie ein Parasit.

Auch, wenn ich zwischenzeitlich eine Mauer, bestehend aus Granit, um mich herum errichtet hatte, damit mir all die düsteren Gefühle nichts mehr anhaben konnten, quälten mich dennoch die Erinnerungen an die damit verbundene, entsetzliche Kälte.

Ich schüttelte den Kopf, schaffte endlich die schrecklichen Bilder zu verbannen, sie endgültig in meinen Gedanken auszulöschen.

Meine Entscheidung stand fest. Ich suchte Phoenix' Blick. Hoffte, dass er verstand, worum ich ihn stumm bat. Seine Augen fanden mich, küssten mich und ich fühlte nicht nur diese unerklärliche, tiefe Verbindung unserer Seelen, nein, ich konnte diese sogar sehen. Lichtfäden, gesponnen aus purem Gold. Jeder Faden strahlte so hell wie die Sonne selbst. Dieser Anblick war unbeschreiblich. Wunderschön. Majestätisch. Und, während die Goldfäden sich an uns schmiegten, erfüllte mich eine einzigartige Wärme, berührte mich. Mich und meine Seele.

Plötzlich wusste ich, was ich zu tun hatte. Meine Macht, meine Gabe, übernahm die Kontrolle. Die umherschwirrenden Goldfäden, Phoenix' und meine sichtbare Verbindung, drangen in meine Seele, suchten dort nach den düsteren Gefühlen *seiner* Opfer. Bündelten sie. Verankerten sie. Erst, als die Goldfäden alle aufgespürt hatten, gab mich meine eigene Gabe wieder frei. Verließ mich, zusammen mit der fremden Dunkelheit. Mit dem fremden Grauen. Befreite mich. Jetzt schwebten die Goldfäden durch die Luft. Wartend. Wartend. Wartend. Schwarz schimmernd. Unheilvoll. Bedrohlich und doch war ihr Anblick atemberaubend. Ich spürte die schlummernde Macht jedes einzelnen gesponnenen Fadens. Und ich wusste, dass sie auf meine Anweisung warteten. Denn sie gehörten zu mir. Zu meiner Gabe. Zu meiner Essenz. Sie unterstanden mir, befolgten jeden meiner Gedanken. Jetzt lag es an mir.

Sollte ich dieses Monster verschonen? Jemanden, der andere quälte, für seine Zwecke missbrauchte, dem kein Leben etwas bedeutete? Jemanden, der skrupellos Seelen auslöschte, ihnen das Licht stahl? Jemanden, der emotionslos mordete?

Nein! Die Antwort lautete eindeutig NEIN! So *jemand* hatte in meinen Augen jegliches Recht auf LEBEN verloren.

Das Leben war unantastbar, jedes Leben. Aber auf diese Aussage, auf dieses Recht, durfte sich nur jemand berufen, der das LEBEN achtete, und zwar jedes einzelne Leben.

Meine Entscheidung war gefallen. Im gleichen Atemzug drangen die schwarzschimmernden Fäden in die Seele des mich anstarrenden Typens. Er mochte die Gefühlsfäden vielleicht nicht sehen können, aber er konnte sie spüren. Jeden Einzelnen. Fassungslosigkeit und pure Angst spiegelten sich in seinen Augen wider, während ich lächelnd dabei zusah, wie die Fäden sich zusammenzogen, sich in seine dunkle Seele drängten, sie durchbohrten, sie in Fesseln legte, sich dort verankerten.

Ohne Vorwarnung drang ich in seinen Geist.

Schock und Entsetzen erwachten in ihm.

„Was hast du getan?", flüsterte er, erfüllt von einer nie gekannten Angst.

„Ich?" Ich lächelte ihm kalt ins Gesicht. „Nichts." Und in Gedanken fügte ich hinzu, so dass nur er mich hören konnte „*Noch nichts. Solltest du jedoch jemals wieder jemanden Leid zufügen, wirst du dir wünschen niemals geboren worden zu sein. Doch... nicht ich werde diejenige sein, die dich in Flammen aufgehen lassen wird, sondern die Seelen all deiner Opfer... Denn sie warten auf dich!*"

„WAS bist du?"

„Du willst wissen WAS ich bin?!", fragte ich kühl. Emotionslos. „Hm..." überlegte ich und antwortete schließlich „Das... wirst du noch früh genug herausfinden."

„Atme! Solange du noch kannst! Doch vergiss nicht... die Anzahl deiner Atemzüge hängt ganz allein von dir ab!"

Phoenix, der uns die ganze Zeit über schweigend beobachtet hatte, lockerte langsam den Griff, gab den Typen frei.

Angewidert drehte er sich von dem Kerl weg. Kaum hatte Phoenix ihm den Rücken zugewandt, versuchte der Typ allen Ernstes auf ihn loszugehen. Er holte aus und schlug mit der Faust zu. Doch… er traf nicht, denn Phoenix drehte sich blitzartig um und wehrte den Schlag ab, indem er die Faust mit seiner Hand umschloss, wie einen Baseball. In der nächsten Sekunde ging dieser Widerling auch schon mit schmerzverzerrtem Gesicht in die Kniee. Ein dumpfes Knacken ertönte. Phoenix, er hatte ihm sämtliche Knochen seiner Hand gebrochen, zertrümmert… einfach zerquetscht. Ohne jegliche Kraftanstrengung.

Der Typ schrie. Wimmerte. Schrie. Wimmerte.

Phoenix kannte keine Gnade. Nicht in diesem Fall. Anstatt den Griff um die zertrümmerte Hand zu lockern, drückte er fester zu.

Für den Bruchteil einer Sekunde blitzte etwas in den Augen des Typen auf. Es war jedoch kein Schmerz. Sondern schiere Fassungslosigkeit. Blankes Entsetzen. Panik. Todesangst.

Phoenix stieß ihn mit voller Wucht gegen die Wand. Mit schmerzverzerrtem Gesicht sackte dieses Monster zusammen. Langsam ging Phoenix in die Hocke, kniete sich vor ihn, um ihm in die Augen gucken zu können. „Genieß die letzten Atemzüge. Denn… meine Augen werden die letzten sein, die du sehen wirst, bevor die in dir verankerten Seelen dir den Atem rauben werden!"

Was? Er wusste, was ich getan hatte? Aber… woher? Wie? Ich schüttelte den Kopf, vertrieb die vielen Fragezeichen. Jetzt war nicht der richtige Moment, um nach den Antworten zu suchen.

Wimmernd hielt der Typ sich die Hand, kroch von Phoenix weg. Dann rappelte er sich hoch und floh. Sollte er ruhig versuchen zu fliehen. Sollte er ruhig glauben, dass er seinem Schicksal entkommen wäre… doch ich wusste es besser. Ich spürte es.

Und diese Genugtuung atmete ich ein. Denn nicht ich würde sein Leben beenden. Oder Phoenix. Nein. Er allein wäre, über kurz oder lang, für das, was mit ihm passieren würde verantwortlich. Ich hatte ihn gewarnt. Mehr hatte ich nicht machen können. Mehr hatte er nicht verdient. Kalt lächelnd sah ich ihm hinterher.

Als der Typ endlich aus meinem Blickfeld verschwunden war, lief ich zu Phoenix. Er kniete noch immer auf dem Boden, am ganzen

Körper zitternd. Ich wusste, dass ich ihm in die Augen gucken musste. Nur so würde er die Kontrolle über sich zurückerlangen.

„Phoenix", hauchte ich leise seinen Namen.

Sofort öffnete er die zuvor noch geschlossenen Augen, sah mich an. Langsam hob er die Hand, legte sie mir zärtlich an die Wange. Ich fühlte wie mich seine Wärme erfüllte. Genauso wie ich fühlte, dass ihn meine Nähe wärmte, zu mir zurückbrachte.

„Geht es dir gut?"

Ich nickte. „Was ist mit dir?"

„Um mich brauchst du dir keine Sorgen zu machen." Bevor ich protestieren konnte, fuhr er leise fort. „Prinzessin… ich glaub, wir sollten reden. In Ruhe…"

„Jetzt?" Das Wort war so leise, dass ich selbst nicht wusste, ob ich es ausgesprochen oder nur gedacht hatte.

Doch dann nickte er. „Jetzt."

Ohne ein weiteres Wort griff er nach meiner Hand und verschränkte unsere Finger. Wir mussten reden. Dringend. Über so vieles.

Da ich allerdings nicht still und heimlich verschwinden wollte, bat ich Phoenix mich zu meinen Freunden zu begleiten. Ich wollte einfach vermeiden, dass sie sich erneut Sorgen um mich machten.

Ich war erleichtert. Weder Damon noch Simon hielten sich in der Nähe von Hope auf. Lächelnd sah sie uns an. Mich. Genauso wie Phoenix.

„Na los, verschwindet endlich von hier. Ich rede mit meinem Bruder…"

Lautlos formte ich mit den Lippen das Wort *DANKE*. Dann, endlich, tauchten wir in der tanzenden Menge unter, bahnten uns einen Weg zum Ausgang.

Summer

Der Schleier der Nacht hatte sich über die Stadt gelegt. Über alles und jeden. Ich legte den Kopf in den Nacken und, während mein Blick hinauf zu den Sternen wanderte, schenkte ich der Dunkelheit ein zufriedenes Lächeln. Seit wir den Club verlassen hatten, hatte keiner von uns ein Wort verloren. Wir schwiegen. Jeder in seinen eigenen Gedanken versunken.

Noch immer waren unsere Finger ineinander verschränkt. Keiner von uns war bereit den anderen loszulassen. Diese unbeschwerte Leichtigkeit, die ich tief in mir fühlte, war eine vollkommen neue Erfahrung. Es war berauschend. Wunderschön. Einzigartig.

Aus unerklärlichen Gründen fühlte sich dieses Gefühl jedoch vertraut an. Seltsam vertraut. Erschreckend vertraut.

Vertraut.

Vertraut.

Vertraut.

Doch es erwachten weitere Gefühle. Neue Gefühle. Mächtige Gefühle. Und jedes einzelne von ihnen war so überwältigend, dass ich nicht schaffte sie in Worte zu fassen. Vielleicht, weil dafür einfach keine Wörter existierten. Man konnte es nicht erklären. Nicht beschreiben. NUR FÜHLEN!

Der Wald wirkte seltsam dunkel und verlassen, wie eine in Vergessenheit geratene Erinnerung. Doch, bevor ich mir darüber Gedanken machen konnte, tauchte der Mond hinter der Wolkendecke auf und beleuchtete den vor uns liegenden Waldweg. Ich pustete ihm meinen Dank entgegen und konnte nicht anders als zu lächeln.

Wenig später erreichten wir den See. Meinen See. *Unseren See.*

Während der Mond sich auf der Wasseroberfläche spiegelte, wirkten die Lichter der Sterne hier unten seltsam verloren. Ich schaute nach oben. Nur wenige Sterne leuchteten am Himmelszelt. Doch jeder einzelne von ihnen funkelte auf eine majestätische Weise. Wie ein schimmernder Diamant. Gerade weil es heute nur so wenige durch die Wolkendecke geschafft hatten, leuchteten sie heller als sonst. So, als würde sich das Licht all derer, die nicht sichtbar waren, in ihnen bündeln.

Plötzlich entzog Phoenix mir seine Hand. Gerade, als ich protestieren wollte, fühlte ich, wie er von hinten die Arme um mich legte, mich an seine Brust zog.

Engumschlungen bewunderten wir die Stille des Wassers. Diesen Moment wollte ich so lange wie möglich genießen.

Eine Erinnerung, die mir niemand mehr stehlen konnte.

Eine Erinnerung, die ich tief in meinem Herzen einsperrte.

Phoenix drehte mich zu sich. So, dass wir uns jetzt direkt gegenüberstanden. Wobei er mich nicht eine Sekunde lang losließ. Scheinbar wollte er den unausweichlichen Moment genauso lange hinauszögern, wie ich. Ein Blick in seine Augen reichte, um mein Herz höherschlagen zu lassen, währen die darin verborgenen Gefühle drohten mein Herz zu zerbrechen. Vor Glück. Vor purem Glück. Denn ich sah seine bedingungslose Liebe.

Und doch fühlte ich seinen inneren Kampf. Seine Zweifel. Seine Ängste. Ich wünschte, ich könnte diese Zweifel auslöschen, aber ich wusste, dass er das niemals zulassen würde. Also blieb mir nichts anders übrig, als zuzusehen. Hilflos danebenzustehen. Dabei wäre es so einfach. Es könnte so einfach sein. Alles, was er dafür tun müsste, wäre aufzuhören dagegen anzukämpfen. Sowohl gegen meine Gefühle als auch gegen seine eigenen.

Gerade als ich etwas sagen wollte, ließ mich der Ausdruck in seinen Augen verstummen. Und zwar, bevor ich die Worte, die mir im Kopf herumschwirrten, aussprechen konnte. Die Gedanken überschlugen sich. Es wurden immer mehr. Doch keinen einzigen davon schaffte ich zu Ende zu denken. Alles wurde komplizierter. Verworrener. Verschwommener. Unerträglicher.

Ich musste etwas sagen. Irgendetwas. Egal was. Meine Gefühle mussten raus, wollten gehört werden. Doch kein Laut kam über meine Lippen. Unschlüssig sah ich Phoenix an. Verzweifelt.

Er schüttelte langsam den Kopf. Keine Ahnung wie ich dieses Kopfschütteln deuten sollte. Jedes weggesperrte Gefühl drohte auszubrechen... dann wurde es still.

Plötzlich fühlte es sich an, als hätte ich ihn verloren. Verloren, bevor ich die Möglichkeit gehabt hatte ihm zu sagen, was ich für ihn empfand. Wie tief meine Gefühle mittlerweile gingen. Nein! Das durfte ich nicht zulassen. Ich musste es ihm endlich sagen, es laut aussprechen, denn ich wusste, dass er es hören musste.

Vielleicht würde er dann endlich aufhören mich aussperren zu wollen. Vielleicht würde er dann endlich aufhören gegen etwas ankämpfen zu wollen, was sich nicht bekämpfen ließ.

Das, was wir beide fühlten, war das mächtigste, schönste, atemberaubendste, leichteste und wunderschönste Gefühl, das existierte. Das Gefühl aller Gefühle.

Seine Mauern, die, die er um sich herum errichtet hatte, begannen zu bröckeln. Ich konnte die Risse fühlen, jeden einzelnen... und es wurden von Atemzug zu Atemzug mehr. Doch ich fühlte, dass er noch immer nicht bereit war sie einzureißen, niederzureißen... wirklich fallenzulassen.

Warum schaffte er nicht zu seinen Gefühlen zu stehen? Warum wehrte er sich so verzweifelt? All die Qualen... all die Schmerzen... WOFÜR?

„Es tut mir leid. Das... das habe ich nicht gewollt", sagte er leise, als hätte er meine Gedanken hören können.

Ich drohte an dem Kloß in meinem Hals zu ersticken, denn ich fühlte das Echo seines Schmerzes. Sein Schmerz wurde zu meinem. Und doch war er derjenige, der diesen Kampf beenden musste. Egal wie. Nicht ich musste eine Entscheidung treffen, sondern er. Meine Entscheidung war längst gefallen.

Am liebsten hätte ich die Arme um ihn geschlungen, nur um den qualvollen Ausdruck in seinen Augen verschwinden zu lassen. Doch er wich zurück, als hätte er diesen Gedanken ebenfalls hören können. Dann passierte es. Er zog sich zurück. Sperrte mich aus.

„Tu das nicht...", flüsterte ich mit zittriger Stimme und versuchte meine Gefühle vor ihm zu verbergen. Er durfte jetzt nicht sehen, wie sehr mich sein Verhalten verletzte. Vorsichtig berührte ich sein Gesicht, legte meine Hand an seine Wange. Sein Blick wirkte seltsam verloren. Irritiert. Verwundert. Ängstlich. Ich fühlte einen leichten Stromschlag. Langsam ließ ich meine Hand sinken.

„Was?" fragte er mit hochgezogenen Augenbrauen, presste aber im gleichen Atemzug die Lippen so fest aufeinander, als bereute er überhaupt etwas gesagt zu haben.

„Hör auf damit!" Es kostete mich enorme Willenskraft meine in Wut verwandelte Angst hinunterzuschlucken. Ich zwang mich ruhig zu bleiben, doch er machte es mir verdammt schwer.

„Womit?" In seiner Stimme schwang leichte Irritation mit. Ich konnte ihm nicht länger in die Augen gucken. Der Kampf, sein Kampf, war unerträglich. Mir fehlte einfach die Kraft. Ich konnte diesen Kampf nicht länger für ihn versuchen auszutragen. Ich hatte es oft genug versucht. Immer und immer wieder. Doch, wie sollte ich ihm helfen, wenn ich der Grund für diese Zerrissenheit war? Wie?! Das war unmöglich. Schlagartig fühlte ich mich verloren. Vergessen.

Mein Blick wanderte hinauf zu den Sternen. Ich suchte *meinen Stern*. Ich musste ihn finden. Warum nur konnte ich ihn nirgendwo entdecken? Ich brauchte doch seine Hilfe. Jetzt. In diesem Augenblick.

Nur, wenn ich meine Gefühle zu ihm hinaufschicken könnte, wenn er die in mir weggesperrte Traurigkeit und die damit verbundene Hoffnungslosigkeit eine Zeitlang für mich aufbewahren würde, wäre ich weiterhin in der Lage die Intensität aller anderen Gefühle zu ertragen. Denn, die in mir weggesperrten Gefühle und die vielen vielen vielen Emotionen begannen weh zu tun. Je öfter ich sie ignorierte oder ausblendete, desto schlimmer wurde es. Mittlerweile schnürten sie mir die Luft ab.

Ich schloss die Augen. Doch, anstatt meine Gefühle auf eine unbekannte Reise hinauf zu meinem Stern zu schicken, fühlte ich, wie der Stern mir neuen Mut schenkte.

Kraft.

Zuversicht.

Hoffnung.

Ich setzte alles auf eine Karte. Ich brauchte Gewissheit. Es blieb mir keine andere Wahl als ihn hier und jetzt zur Rede zu stellen. Hier, wo uns niemand hören konnte. Niemand. Außer die Sterne.

„Entweder sagst du mir hier und jetzt *was* du willst, was du wirklich willst… oder…" Ich zögerte, schaffte nicht die Worte, die mir auf der Seele brannten, laut auszusprechen.

„Oder?", fragte er vorsichtig, wobei er vermied mir in die Augen zu gucken.

„Oder… du verschwindest aus meinem Leben… für immer. Denn so… so kann ich einfach nicht weitermachen. Ich… ich *will* das nicht mehr. Verstehst du? Das, was ich für dich empfinde ist so unbeschreiblich intensiv, dass ich nicht weiß, wie lange ich diese Gefühle noch in mir einsperren kann, ohne dass es mich zerbricht. Und… ich habe Angst davor, was passiert, wenn diese Gefühle ausbrechen… wenn ich die Kontrolle verliere…" Kaum waren die Worte ausgesprochen, wünschte ich, ich hätte ihn nicht vor die Wahl gestellt. Die Angst, dass er verschwinden könnte, dass er mich tatsächlich verlassen könnte, wuchs mit jedem Herzschlag, bis sie sich schließlich in Panik verwandelte. Jede Faser in mir vibrierte. Jede Zelle in meinem Körper schrie um Hilfe. Das Blut pulsierte in meinen Venen, in meinen Adern, verwandelte sich in glühende, kochende Lava. Versenkte mich. Beraubte mich all meiner Sinne.

Dann… endlich brach er sein Schweigen. Doch die Antwort war genau das, was ich nicht hatte hören wollen.

„Vielleicht wäre es besser, wenn ich verschwinde, wenn ich dich…"

Stopp. Er sollte aufhören zu reden. Ich hatte genug von seinen ständigen Ausreden. Von seinen Lügen.

„WAHRHEIT!", schrie ich aufgewühlt. „Ich will die Wahrheit hören. Ich will wissen, was DU willst. Wonach DU dich am meisten sehnst. Nicht was du für das Beste hältst… oder von dem du glaubst, dass es das Richtige ist."

„Ich habe nie ein Geheimnis daraus gemacht, dass es besser für dich wäre, wenn du dich von mir fernhältst. Verdammt, Summer… ich will doch nur…"

Er wich mir aus. Wie so oft.

Meine Wut, ich konnte sie nicht länger einsperren, also ließ ich sie frei…

„WAS VERFLUCHT NOCH MAL WILLST DU?!", schrie ich außer mir, erfüllt von einer nie dagewesenen Angst. Die Angst ihn verlieren zu können. Ich zitterte am ganzen Körper und mein Herz schrie so entsetzlich laut, dass ich nicht wusste, wie ich damit umgehen sollte. „Es spielt keine Rolle *was* ich will!", knurrte er zornig. Oh ja… und wie zornig er war. Ich konnte es fühlen.

„Doch! Für mich spielt es eine Rolle!" Ich konnte nicht verhindern, dass er den Schmerz in jedem einzelnen Wort, in jedem einzelnen Buchstaben, heraushörte. „Warum musst du alles so kompliziert machen?! Warum kannst du mir nicht einfach sagen, was du willst… wonach du dich so verzweifelt sehnst…" Mit jedem Wort wurde ich leiser, weil die Sehnsucht, seine Sehnsucht, mich folterte, quälte… und mich in Ketten legte. „Bitte", flehte ich verzweifelt. „Bitte… ich muss es wissen."

„Wozu?!", knurrte er. „Du kennst die Antwort. Warum willst du, dass ich es ausspreche? Warum kannst du nicht einfach aufhören? Bitte… hör auf… Du tust dir nur selber weh…"

„Du bist derjenige, der mir wehtut!", antwortete ich mit tränenerstickter Stimme und versuchte die Tränen runterzuschlucken. Gequält schloss er die Augen. Er schwieg. Sagte nichts. Kein Wort.

Doch das war auch nicht nötig. Seine Gefühle schlugen ein wie eine Atombombe. Seine unsagbare Sehnsucht. Seine bedingungslose Liebe. Sein unterdrücktes Verlangen. Sein grenzenloser Selbsthass. Seine Angst. Sein Entsetzen. Seine Wut. Sein ungezügelter brennender Zorn.

„Phoenix! Ich brauche dich!"

Noch immer hüllte er sich in Schweigen, während jedes seiner Gefühle mich lautschreiend um Hilfe anflehte.

„Verdammt… Prinzessin!" Als er sprach kämpfte er um einen ruhigen Tonfall, doch ich hörte den wütenden Sturm, fühlte ihn in meinem Herzen. Er machte einen Schritt auf mich zu. Als er direkt vor mir stand, umschloss er mit beiden Händen zärtlich mein Gesicht. Schaute mir tief in die Augen. Berührte meine Seele. „Das Letzte was ich wollte, war dir wehzutun… Aber du musst endlich aufhören mich so sehr zu wollen."

„Das kann ich nicht", hauchte ich verzweifelt, „Und das weißt du. Genauso wenig, wie du es kannst."

„Ich werde dich zerstören", flüsterte er mir rauer Stimme, ohne mir dabei in die Augen gucken zu können.

„Das… glaub ich dir nicht…"

„Es wäre besser, wenn du es tätest."

„Sag mir, WAS du WILLST. Sag es! Und hör endlich auf uns beiden wehzutun!"

„Du weißt, was ich will…", seufzte er gequält.

„Sag es!", forderte ich ihn erneut auf.

Er machte einen Schritt zurück, als bräuchte er Abstand. „DICH!", schrie er mir entgegen. Keuchend schnappte ich nach Luft. Seine Augen brannten… lichterloh. „Ist es das, was du hören wolltest?! JA! ICH WILL DICH! Mehr als alles andere auf dieser Welt. Mehr, als ich es jemals für möglich gehalten hätte. Und ja… es bringt mich genauso um, wie dich. ABER es ändert nichts an der Tatsache, dass es falsch ist."

„Wie kann es falsch sein, wenn es sich richtig anfühlt?", fragte ich mit brüchiger Stimme und wollte gerade einen Schritt auf ihn zu machen, als er mich mit einem Kopfschütteln davon abhielt. Er drehte sich um, kehrte mir den Rücken zu.

„Prinzessin", seufzte er leise. „Ich…" Er griff sich mit der Hand in den Nacken, legte den Kopf leicht nach hinten und schaute hinauf in den Nachthimmel. „Es ist alles meine Schuld", murmelte er so leise, dass ich sicher war, dass diese Worte nicht für mich bestimmt gewesen waren. „Es darf nicht sein… Ich… Ich hätte es nie so weit kommen lassen dürfen. Es ist falsch!"

„Hör auf", unterbrach ich ihn. „An der Liebe ist niemals etwas falsch! NIE! Also hör auf mir einreden zu wollen, dass es verkehrt wäre dich zu lieben. Meine Gefühle werden sich deshalb nicht ändern… oder verschwinden. Im Gegenteil… sie werden stärker. Intensiver. Ich hab dagegen angekämpft… ich habe wirklich versucht mich dagegen zu wehren, wollte es nicht zulassen… aber ich schaff es nicht. Ich weiß nämlich nicht WIE! Wann begreifst du das endlich?!"

Verwirrt drehte er sich zurück in meine Richtung.

587

„Du lässt mich Dinge fühlen, die ich nie für möglich gehalten hätte. Und das macht mir Angst. Diese Gefühle sind so überwältigend... so intensiv... dass ich nicht weiß, wie ich sie stoppen kann. Du stellst nicht bloß meine gesamte Welt auf den Kopf... es ist, als würdest du mir eine völlig neue Welt zeigen. Eine Welt, die sich auf unerklärliche Weise vertraut anfühlt. So verdammt vertraut... und all das ist so verwirrend, dass ich diese Gefühle nicht länger in mir einsperren kann. Nichts ist mehr so, wie es war. Alles verändert sich. Ich verändere mich... wegen DIR!" Tränen brannten in meinen Augen. Ich schluckte, suchte seinen Blick.

„Du... du weißt nicht, was du redest", stammelte er irritiert, verärgert... und doch fühlte ich seine Erleichterung, seine immer stärker werdende Hoffnung. „Wenn du wüsstest WER ich bin... und WAS ich getan habe... glaub mir, du würdest mich hassen." Er klang so traurig, dass es mir in der Seele wehtat.

„Niemals, hörst du... niemals wäre ich in der Lage DICH zu hassen. Ganz egal, was du in der Vergangenheit auch getan haben magst, meine Gefühle werden dadurch nicht verschwinden, meine Liebe wird dadurch nicht aufhören zu existieren. NIE! Und willst du wissen wieso? Weil es mir egal ist WER du bist. Verstehst du? All das ist bedeutungslos, weil ich DICH sehe. Ich FÜHLE wie du wirklich bist. Du bist ALLES was zählt. ALLES. Begreifst du es immer noch nicht?! Mir ist alles egal, alles... so lange du bei mir bleibst."

„Summer... Prinzessin", stöhnte er frustriert. „So unvernünftig darfst du nicht sein..."

„LIEBE ist niemals Vernunft... sie ist Gefühl."

„Was machst du nur mit mir?" Er schaute mir tief in die Augen. Alles in mir sehnte sich nach ihm.

Mein Atem wurde unregelmäßig. Ehrlich gesagt, wusste ich nicht einmal mehr, dass ich überhaupt Luft holen musste. Die Gefühle, die er in mir hervorrief, brachten mich um den Verstand. Mein Herz drohte jeden Moment zu explodieren. Sein Blick wurde mit jeder Sekunde intensiver, tiefer...

„Du sagst... du willst mich." Ich zögerte. Wusste nicht, wie ich das, was ich sagen wollte, in Worte fassen sollte. „Warum? Was genau empfindest du für mich?"

Mit angehaltenem Atem wartete ich auf seine Antwort. Ängstlich. Und je länger er mich schweigend anstarrte, desto größer wurde diese Angst.

So plötzlich wie dieses Gefühl aufgetaucht war, so plötzlich verschwand es auch wieder. Vollkommen unerwartet... und ich wusste, dass er dafür verantwortlich war. Phoenix. Jedes Mal, wenn die Angst drohte mich zu überwältigen, löste er in mir eine innere Ruhe und Zufriedenheit aus, die nicht nur meinen Herzschlag beruhigte, sondern auch meine Seele. Im gleichen Atemzug erfüllte mich Glück. Tiefes Glück. Phoenix, er lächelte. Und... obwohl in seinem Lächeln etwas Trauriges mitschwang, beruhigte es mich. Denn ich fühlte, dass sein Kamp beendet war. Meine Gefühle lachten. Genau wie seine.

„Du willst wissen, WAS ich für dich empfinde?", wiederholte er ungläubig. Lächelnd schüttelte er den Kopf. Die Traurigkeit, die ich noch vor wenigen Momenten von ihm empfangen hatte, die sich in seinen Augen widergespiegelt hatte, war verschwunden... als hätte sie nie existiert.

„Du", er machte einen Schritt auf mich zu, stand jetzt direkt vor mir, „bist mein Licht in der Dunkelheit. Du bist mein Anfang und mein Ende. Du bist mein erster Gedanke, wenn ich die Augen aufschlage... und mein Letzter, wenn ich sie abends schließe. Du bist mein Herz. Mein Atem. Meine Seelengefährtin. DU BIST ALLES FÜR MICH! Verstehst du? Alles andere ist bedeutungslos. Ohne dich..." Leise seufzend legte er seine Hände um mein Gesicht, schaute mir tief in die Augen. „Du hast keine Ahnung, wie sehr ich dich LIEBE!"

Die Welt hörte auf sich zu drehen.

Zeit und Raum hörten auf zu existieren.

Ich konnte nicht glauben *was* er mir gerade eben gestanden hatte.

Der Sinn seiner Worte.

Die Tiefe seiner Gefühle...

all das überstieg meine Vorstellungskraft.

Wartend sah ich ihn an.

Wartend.

Wartend.

Denn ich wartete auf den Moment, wo er mich, wie sonst immer, von sich wegstieß, wo er mich mit gebrochenem Herzen zurücklassen würde…

Der Moment wurde zur Ewigkeit.

Ein Atemzug.

Ein Herzschlag.

Ein Atemzug.

Zögerlich kam sein Gesicht näher.

Näher.

Immer näher.

Wir waren uns so nah, wie niemals, niemals, niemals zuvor…

Ich hielt den Atem an.

Hörte meine Gefühle lachen.

Während mein Herz nicht aufhören konnte zu stolpern.

Dann…

KÜSSTE.

ER.

MICH.